U0143900

·高等学校计算机基础教育教材精选·

Pro/ENGINEER Wildfire 4.0 中文版标准实例教程

蒋晓 主编

沈培玉 苗青 曾欣 刘康 副主编

清华大学出版社

北京

内容简介

全书共分15章，每章都是按实际教学的要求，围绕一个主题，将Pro/ENGINEER Wildfire 4.0众多的命令进行了分解，再以典型的产品和零件应用实例为线索有机地串联起来。既详细介绍了各个命令有关选项、提示说明和操作步骤，又通过操作实例给出了产品设计的思路以及命令使用的方法和步骤。同时，根据编者们长期从事Pro/ENGINEER教学和研究的体会，通过"注意"总结了许多关键要点。主要内容包括Pro/ENGINEER的入门知识、二维草图的绘制、基准特征的创建、实体建模、曲面设计、零件的装配和工程图的创建等。与众不同的是本书除第1章外每章都配有"上机操作实验指导"和"上机题"，读者可以根据给出的详细操作步骤自由轻松地创建出富有创意的三维模型。章中所附的上机题都给出了详细的提示。

本书所选实例内容丰富且紧密联系工程实际，具有很强的专业性和实用性。另外，操作步骤命令提示和插图都非常详尽，可操作性强。为配合教学，编者们还制作了为本书配套的电子教案，供任课教师选用。

本书特别适合读者自学和各类高等学校和职业院校作为相应课程的教材和参考书。同时也适合从事机械设计、工业设计的工程技术人员学习和参考。

图书在版编目（CIP）数据

Pro/ENGINEER Wildfire 4.0 中文版标准实例教程 / 蒋晓主编．—北京：清华大学出版社，2010.1

（高等学校计算机基础教育教材精选）

ISBN 978-7-302-21253-9

Ⅰ．P… Ⅱ．蒋… Ⅲ．机械设计：计算机辅助设计—应用软件，Pro/ENGINEER Wildfire 4.0—高等学校—教材 Ⅳ．TH122

中国版本图书馆CIP数据核字(2009)第180424号

责任编辑：汪汉友 白立军
责任校对：梁 毅
责任印制：何 芊

出版发行：清华大学出版社
地　　址：北京清华大学学研大厦A座
http://www.tup.com.cn
邮　　编：100084
社 总 机：010-62770175
邮　　购：010-62786544
投稿与读者服务：010-62776969，c-service@tup.tsinghua.edu.cn
质 量 反 馈：010-62772015，zhiliang@tup.tsinghua.edu.cn
印 刷 者：北京密云胶印厂
装 订 者：三河市溧源装订厂
经　　销：全国新华书店
开　　本：185×260　**印　　张**：25.25　**字　　数**：592千字
版　　次：2010年1月第1版　**印　　次**：2010年1月第1次印刷
印　　数：1～4000
定　　价：39.00元

本书如存在文字不清、漏印、缺页、倒页、脱页等印装质量问题，请与清华大学出版社出版部联系调换。联系电话：010-62770177转3103　产品编号：031913-01

出版说明

在教育部关于高等学校计算机基础教育三层次方案的指导下，我国高等学校的计算机基础教育事业蓬勃发展。经过多年的教学改革与实践，全国很多学校在计算机基础教育这一领域中积累了大量宝贵的经验，取得了许多可喜的成果。

随着科教兴国战略的实施以及社会信息化进程的加快，目前我国的高等教育事业正面临着新的发展机遇，但同时也必须面对新的挑战。这些都对高等学校的计算机基础教育提出了更高的要求。为了适应教学改革的需要，进一步推动我国高等学校计算机基础教育事业的发展，我们在全国各高等学校精心挖掘和遴选了一批经过教学实践检验的优秀的教学成果，编辑出版了这套教材。教材的选题范围涵盖了计算机基础教育的三个层次，包括面向各高校开设的计算机必修课、选修课以及与各类专业相结合的计算机课程。

为了保证出版质量，同时更好地适应教学需求，本套教材将采取开放的体系和滚动出版的方式（即成熟一本、出版一本，并保持不断更新），坚持宁缺毋滥的原则，力求反映我国高等学校计算机基础教育的最新成果，使本套丛书无论在技术质量上还是文字质量上均成为真正的"精选"。

清华大学出版社一直致力于计算机教育用书的出版工作，在计算机基础教育领域出版了许多优秀的教材。本套教材的出版将进一步丰富和扩大我社在这一领域的选题范围、层次和深度，以适应高校计算机基础教育课程层次化、多样化的趋势，从而更好地满足各学校由于条件、师资和生源水平、专业领域等的差异而产生的不同需求。我们热切期望全国广大教师能够积极参与到本套丛书的编写工作中来，把自己的教学成果与全国的同行们分享；同时也欢迎广大读者对本套教材提出宝贵意见，以便我们改进工作，为读者提供更好的服务。

我们的电子邮件地址是：jiaoh@tup. tsinghua. edu. cn。联系人：焦虹。

清华大学出版社

前言

笔者长期从事CAD/CAID的教学与CAD/CAID技术的应用和研发工作，曾先后主编和参编(译)过多本AutoCAD、Pro/ENGINEER、MDT和Visual LISP等方面的书籍。受到了业界的热烈欢迎，并被许多著名院校作为指定教材，累计发行数已超过数万册。随着最新版Pro/ENGINEER Wildfire 4.0的推出，在广泛听取读者们意见和建议的基础上，以Pro/ENGINEER在机械设计和工业设计中的应用为主线精心组织编写了本教程。其主要特点如下。

(1) 科学性：根据由浅入深和循序渐进的原则对学时和内容进行科学合理的安排。

(2) 操作性：以实例引导讲解命令各选项功能的操作方法、步骤和技巧，非常便于读者自学。

(3) 实用性：以机械与产品实例为线索串联每章的内容，在“上机操作实验指导”中，采用Step by Step的方式详细介绍完成该实例的操作方法和步骤。

(4) 经典性：所选机械实例堪称经典，使读者倍感亲切，易于触类旁通。

(5) 创新性：所选产品实例具有一定的创新性，且全部为原创设计。

(6) 针对性：配有大量针对性强的同步上机题，供学员课后上机练习和复习。并附详细建模提示。

(7) 简明性：根据专业的需要，对Pro/ENGINEER的核心内容进行整合，突出简明和高效。

(8) 丰富性：配有电子教案和实例素材等资源，供任课老师选用。

全书贯彻重要的理念是“边学边用、边用边学”。这种源自于学习语言的方法，经过实践证明是学习CAD软件最佳的方法。笔者曾先后培训过数以万计的学员，取得了非常好的效果。还需要说明的是本书虽然是以Pro/ENGINEER Wildfire 4.0中文版为平台，但在编写过程中也兼顾了Pro/ENGINEER Wildfire 1.0、2.0和3.0的读者。

本书由江南大学蒋晓、沈培玉、苗青、曾欣、刘康、常海和吴杰编写，全书由蒋晓负责策划和统稿。课件由蒋晓、沈培玉、苗青、曾欣、刘康、常海、张明真、李瑞和贺传熙制作。另外，唐永志、唐正宁和朱晓红等同志也付出了辛勤劳动，谨向他们表示致敬！

本书在编写过程中还得到了江南大学过伟敏、李世国、叶碧云、周一届、朱佳金和袁锡昌等教授和专家的大力支持，在此表示衷心感谢！

由于受水平的限制，虽然已尽了最大的努力，但疏漏和不当之处在所难免，欢迎读者批评指正。有问题请发至E-mail:cwtyz@163.com。

编　者

目录

第1章 预备知识

Pro/ENGINEER 是美国 PTC 公司开发的高度集成化的 CAD/CAM/CAE 三维软件系统，在业界有着举足轻重的地位。被广泛地应用于航天航空、机械、电子、汽车、家电、玩具等各行各业中。其功能非常强大，包括零件设计、工业设计、模具设计、钣金件设计、装配、工程图、有限元分析和仿真等许多模块，并且具有单一数据库、参数化、基于特征和全相关性的特点。

本章将介绍的内容如下。

(1) 启动 Pro/ENGINEER Wildfire 4.0 的方法。

(2) Pro/ENGINEER Wildfire 4.0 工作界面介绍。

(3) 模型的操作。

(4) 文件的管理。

(5) 退出 Pro/ENGINEER Wildfire 4.0 的方法。

1.1 启动 Pro/ENGINEER Wildfire 4.0 的方法

启动 Pro/ENGINEER Wildfire 4.0 有下列两种方法。

(1) 双击桌面上 Pro/ENGINEER Wildfire 4.0 快捷方式图标。

(2) 单击任务栏上的"开始"|"程序"| PTC | Pro ENGINEER | Pro ENGINEER 命令。

1.2 Pro/ENGINEER Wildfire 4.0 工作界面介绍

Pro/ENGINEER Wildfire 4.0 工作界面如图 1-1 所示。

Pro/ENGINEER Wildfire 4.0 工作界面主要由标题栏、菜单栏、工具栏、导航栏、绘图区、信息栏和过滤器等组成。

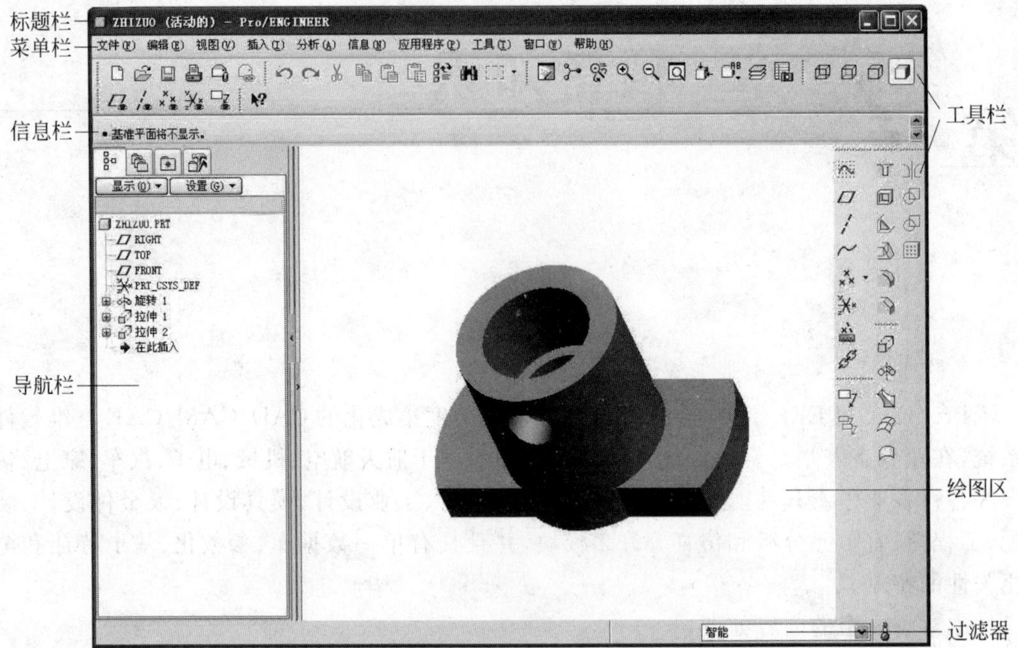

图 1-1　Pro/ENGINEER Wildfire 4.0 工作界面

1.2.1　标题栏

标题栏位于主界面的顶部，用于显示当前正在运行的 Pro/ENGINEER Wildfire 4.0 应用程序名称和打开的文件名等信息。

1.2.2　菜单栏

菜单栏位于标题栏的下方，默认共有 10 个菜单项，包括“文件”、“编辑”、“视图”、“插入”、“分析”、“信息”、“应用程序”、“工具”、“窗口”和“帮助”菜单。单击菜单项将打开对应的下拉菜单，下拉菜单对应 Pro/ENGINEER 的操作命令。但调用不同的模块，菜单栏的内容会有所不同。

1.2.3　工具栏

工具栏是 Pro/ENGINEER 为用户提供的又一种调用命令的方式。单击工具栏图标按钮，即可执行该图标按钮对应的 Pro/ENGINEER 命令。位于绘图区顶部的为系统工具栏，位于绘图区右侧的为特征工具栏。

1.2.4 导航栏

导航栏位于绘图区的左侧，在导航栏顶部依次排列着“模型树”、“文件夹浏览器”、“收藏夹”和“连接”四个选项卡。例如，单击“模型树”选项卡可以切换到如图 1-2 所示的面板。模型树以树状结构按创建的顺序显示当前活动模型所包含的特征或零件，可以利用模型树选择要编辑、排序或重定义的特征①。单击导航栏右侧的符号“>”，显示导航栏；单击导航栏右侧的符号“<”，则隐藏导航栏。

1.2.5 绘图区

绘图区是界面中间的空白区域。在默认情况下，背景颜色是灰色，用户可以在该区域绘制、编辑和显示模型。单击下拉菜单选择“视图”|“显示设置”|“系统颜色”命令，弹出如图 1-3 所示的“系统颜色”对话框，在该对话框中单击下拉菜单执行“布置”命令，选择默认的背景颜色，如图 1-4 所示，再单击“确定”按钮，则绘图区背景颜色自动改变。

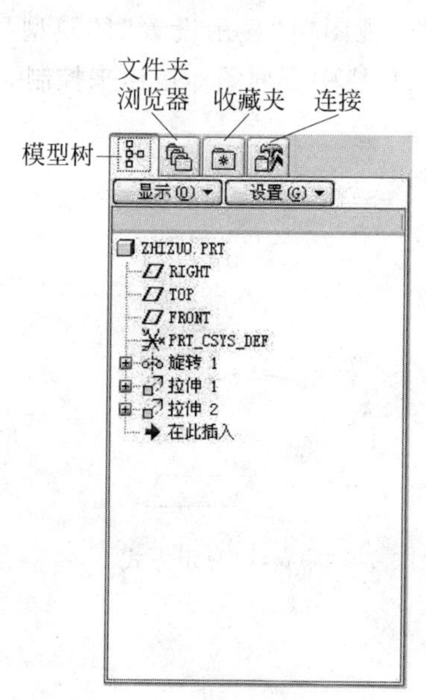

图 1-2 “模型树”面板

图 1-3 “系统颜色”对话框

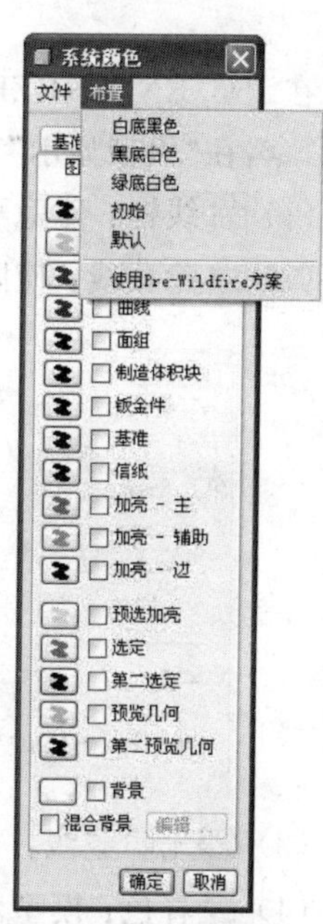

图 1-4 默认背景颜色选项

1.2.6 信息栏

信息栏显示在当前窗口中操作的相关信息与提示，如图 1-5 所示。

---

① 参考本书第 9 章。

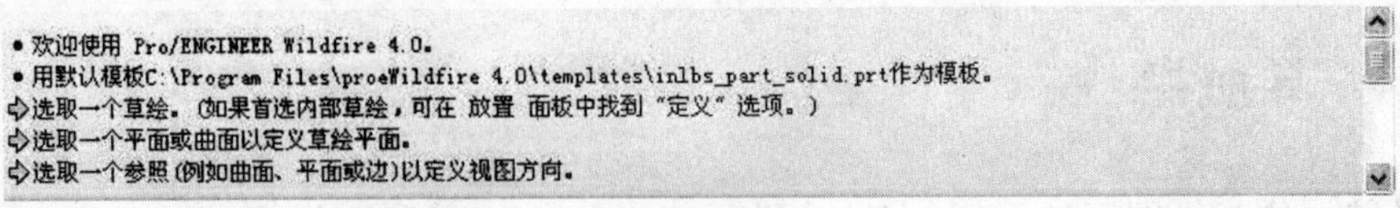

• 欢迎使用 Pro/ENGINEER Wildfire 4.0。
• 用默认模板C:\Program Files\proeWildfire 4.0\templates\inlbs_part_solid.prt作为模板。
⇨选取一个草绘。(如果首选内部草绘，可在 放置 面板中找到 "定义" 选项。)
⇨选取一个平面或曲面以定义草绘平面。
⇨选取一个参照 (例如曲面、平面或边)以定义视图方向。

图 1-5　信息栏

1.2.7　过滤器

过滤器位于工作区的右下角。利用过滤器可以设置要选取特征的类型，这样可以非常快捷地选取到要操作的对象。

1.3　模型的操作

1.3.1　模型的显示

在 Pro/ENGINEER 中模型的显示方式有四种，执行“视图”|“显示设置”|“模型显示”命令，在“模型显示”对话框中设置，也可以单击系统工具栏中下列图标按钮来控制。

(1) 线框：使隐藏线显示为实线，如图 1-6 所示。

(2) 隐藏线：使隐藏线以灰色显示，如图 1-7 所示。

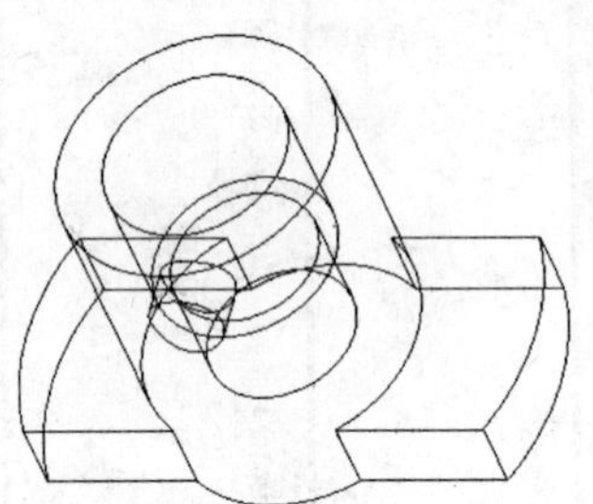

图 1-6　“线框”显示方式

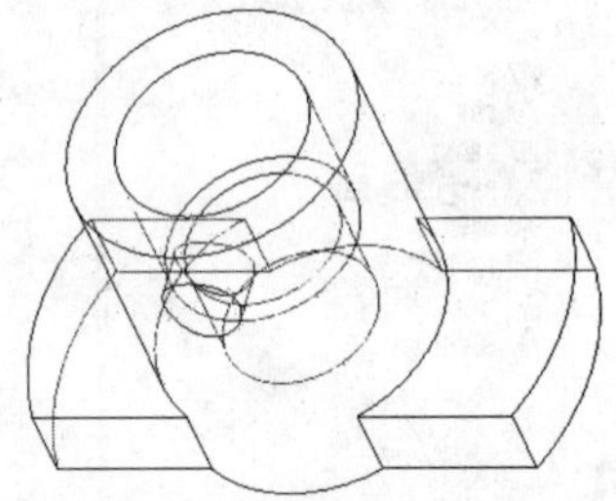

图 1-7　“隐藏线”显示方式

(3) 无隐藏线：不显示隐藏线，如图 1-8 所示。

(4) 着色：模型着色显示，如图 1-9 所示。

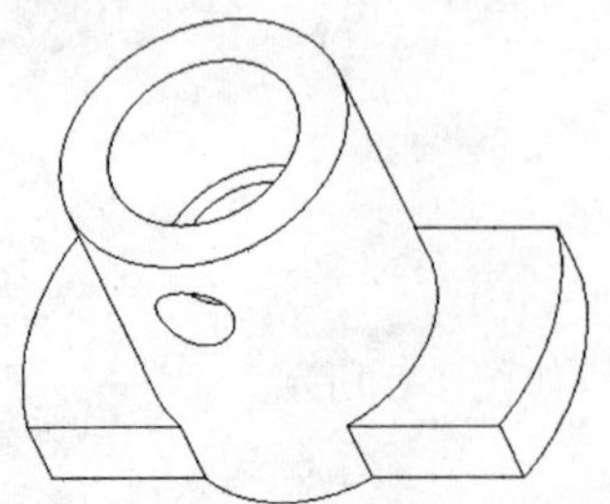

图 1-8　“无隐藏线”显示方式

图 1-9　“着色”显示方式

1.3.2 模型的观察

为了从不同角度观察模型局部细节，需要放大、缩小、平移和旋转模型。在 Pro/ENGINEER 中，可以用三键鼠标来完成下列不同的操作。

(1) 旋转：按住鼠标中键＋移动鼠标。

(2) 平移：按住鼠标中键＋Shift 键＋移动鼠标。

(3) 缩放：按住鼠标中键＋Ctrl 键＋垂直移动鼠标。

(4) 翻转：按住鼠标中键＋Ctrl 键＋水平移动鼠标。

(5) 动态缩放：转动中键滚轮。

另外，系统工具栏中还有以下与模型观察相关的图标按钮，其操作方法非常类似于 AutoCAD 中的相关命令。

(1) 缩小：缩小模型。

(2) 放大：窗口放大模型。

(3) 重新调整：相对屏幕重新调整模型，使其完全显示在绘图窗口。

1.3.3 模型的定向

1. 选择默认的视图

在建模过程中，有时还需要按常用视图显示模型。可以单击系统工具栏中图标按钮，在其下拉列表中选择默认的视图，如图 1-10 所示，包括标准方向、默认方向、后视图、俯视图、前视图（主视图）、左视图、右视图和仰视图。

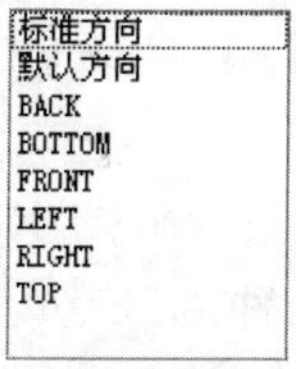

标准方向
默认方向
BACK
BOTTOM
FRONT
LEFT
RIGHT
TOP

图 1-10 保存的视图列表

2. 重定向视图

除了选择默认的视图，如果用户根据需要重定向视图。操作步骤如下。

第 1 步，单击系统工具栏中的图标按钮，弹出"方向"对话框，如图 1-11 所示。

第 2 步，选取 DTM1 基准平面为参照 1，如图 1-12 所示。

注意：*DTM1 基准平面为用户创建的平面*[①]。

第 3 步，选取 TOP 基准平面为参照 2。

注意：*参照平面 1 和参照平面 2 必须互相垂直。*

第 4 步，单击"已保存视图"按钮，在名称文本框中输入"自定义"，单击"保存"按钮。

第 5 步，单击"确定"按钮，模型显示如图 1-13 所示。同时，"自定义" 视图保存在如图 1-10 所示的视图列表中。

---

① 参见本书第 4.1 小节。

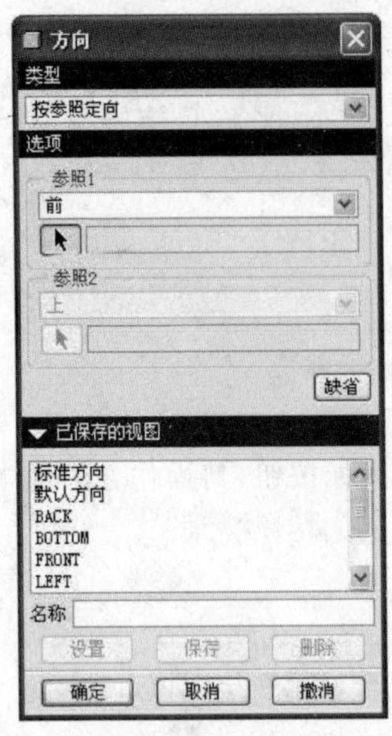

图 1-11 “方向”对话框

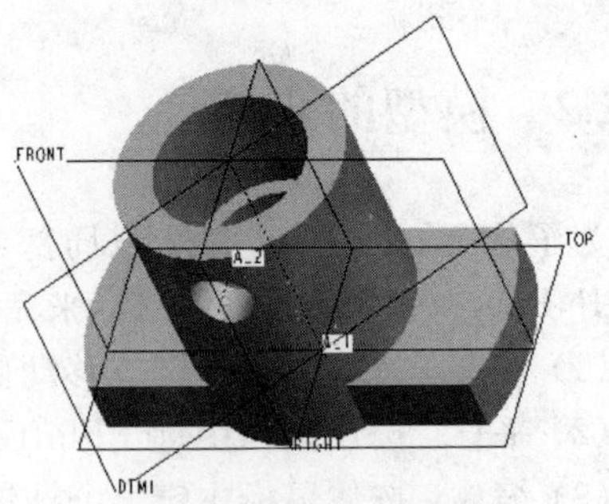

图 1-12 DTM1 基准平面为参照 1

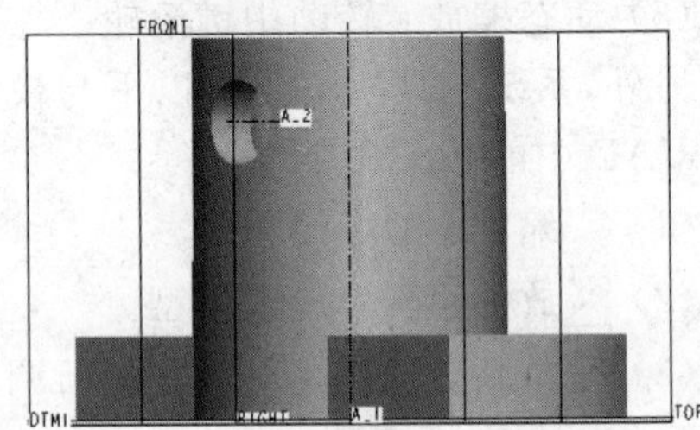

图 1-13 “自定义”视图

1.4 文件的管理

1.4.1 新建文件

在 Pro/ENGINEER 中可以利用“新建”命令调用相关的功能模块，创建不同类型的新文件。

调用命令的方式如下。

菜单：执行“文件”|“新建”命令。

图标：单击系统工具栏中□的图标按钮。

操作步骤如下。

第 1 步，调用“新建”命令，弹出如图 1-14 所示的“新建”对话框。

第 2 步，在“类型”选项组中，选择相关的功能模块单选按钮，默认为“零件” 模块，子类型模块为“实体”。

注意：本书所涉及的模块参见表 1-1。

第 3 步，在“名称”文本框中输入文件名。

注意：如果选择的是“零件”模块，则默认的文件名是 prt0001；如果选择的是“组件”模块，则

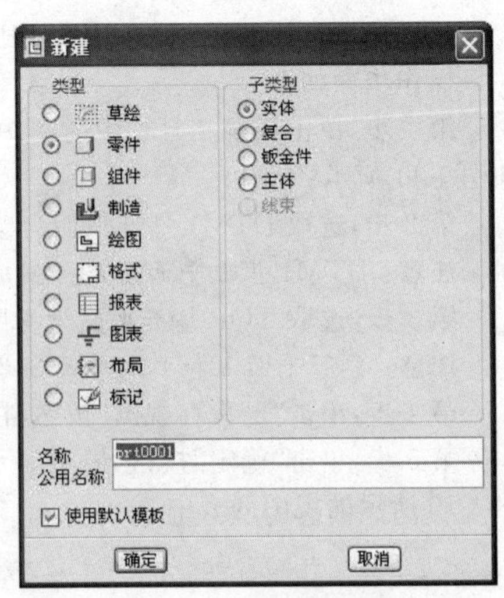

图 1-14 “新建”对话框

表 1-1　主要模块类型和功能一览表

模 块 类 型	功　　能	文件扩展名
草绘	创建二维草图	*.sec
零件	创建三维模型	*.prt
组件	创建三维模型装配	*.asm
绘图	创建二维工程图	*.drw
格式	创建二维工程图格式	*.frm

默认的文件名是 asm0001;如果选择的是“绘图”模块,则默认的文件名是 drw0001。用户可以删除后自行输入。

第 4 步,取消选中“使用默认模板”复选框。单击“确定”按钮,弹出如图 1-15 所示的“新文件选项”对话框。

图 1-15　“新文件选项”对话框

第 5 步,在下拉列表中选择 mmns_part_solid,单击“确定”按钮。

1.4.2　打开文件

“打开”命令可以打开已保存的文件。

调用命令的方式包括如下几种。

菜单:执行“文件”|“打开”命令。

图标:单击系统工具栏中的图标按钮。

操作步骤如下。

第 1 步,调用“打开”命令,弹出如图 1-16 所示的“文件打开”对话框。

第 2 步,选择要打开文件所在的文件夹,在文件名称列表框选中该文件,单击“预览”按钮。

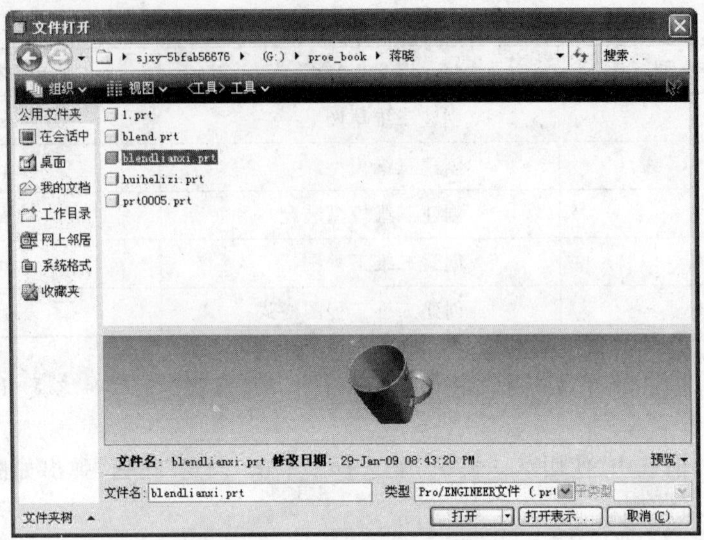

图 1-16 “文件打开”对话框

第 3 步,单击“打开”按钮。

1.4.3 保存文件

可以利用“保存”命令保存文件。

调用命令的方式如下。

菜单:执行“文件”|“保存”命令。

图标:单击系统工具栏中的图标按钮。

操作步骤如下。

第 1 步,调用“保存”命令。弹出如图 1-17 所示的“保存对象”对话框。

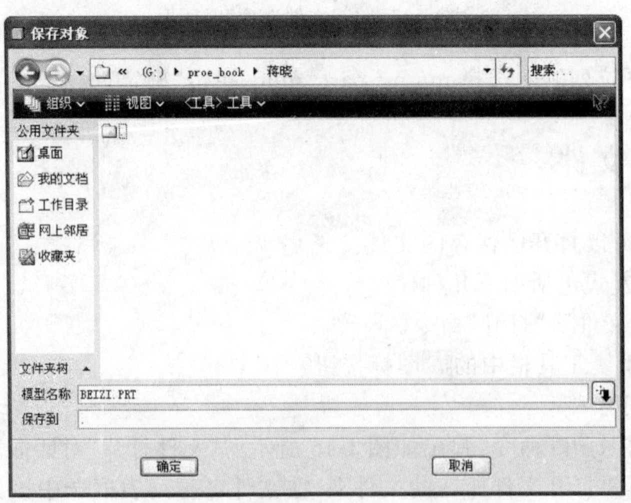

图 1-17 “保存对象”对话框

第 2 步，指定文件保存的路径。

第 3 步，单击“确定”按钮。

注意：在 Pro/ENGINEER 中，保存一个名为 beizi 的零件，首次保存时文件名为 beizi. prt. 1。如果再次保存该零件时，文件名会变为 beizi. prt. 2，依次类推，每次保存其版本号自动加 1。

1.4.4 保存副本

“保存副本”命令可以用新文件名保存当前图形或保存为其他类型的文件。

调用命令的方式如下。

菜单：执行“文件”|“保存副本”命令。

操作步骤如下。

第 1 步，调用“保存副本”命令后，将弹出如图 1-18 所示的“保存副本”对话框。

图 1-18 “保存副本”对话框

第 2 步，在“新建名称”文本框中，输入新文件名。

第 3 步，单击“类型”下拉列表框，选择文件保存的类型。

第 4 步，单击“确定”按钮。

1.4.5 删除文件

“删除”命令可以删除当前零件的所有版本文件或者仅删除其所有旧版本文件。

1. 删除所有版本

调用命令的方式如下。

菜单：执行“文件”|“删除”|“所有版本”命令。

操作步骤如下。

第 1 步，调用“删除”命令，选择“所有版本”项后，将弹出如图 1-19 所示的“删除所有确认”对话框。

图 1-19 “删除所有确认”对话框

第 2 步，单击“是”按钮，则删除当前零件的所有版本文件。

2. 删除旧版本

调用命令的方式如下。

菜单：执行“文件”|“删除”|“旧版本”命令。

操作步骤如下。

第 1 步，调用“删除”命令，选择“旧版本”项，将弹出如图 1-20 所示的“输入其旧版本要被删除的对象”文本框。

输入其旧版本要被删除的对象 PRT0004.PRT 

图 1-20 “输入其旧版本要被删除的对象”文本框

第 2 步，输入要被删除的对象的文件名。

第 3 步，单击☑按钮，则该零件文件的旧版本被删除，只保留最新版本。

1.4.6 拭除文件

“拭除”命令可以拭除内存中的文件，但并没有删除硬盘中的原文件。

1. 拭除当前文件

调用命令的方式如下。

菜单：执行“文件”|“拭除”|“当前”命令。

操作步骤如下。

第 1 步，调用“拭除”命令，选择“当前”项，将弹出如图 1-21 所示的“拭除确认”对话框。

第 2 步，单击“是”按钮，则将当前活动窗口中的零件文件从内存中删除。

2. 拭除不显示文件

调用命令的方式如下。

菜单：执行“文件”|“拭除”|“不显示”命令。

操作步骤如下。

第1步，调用“拭除”命令，选择“不显示”项，将弹出如图1-22所示的“拭除未显示的”对话框。

图1-21 “拭除确认”对话框

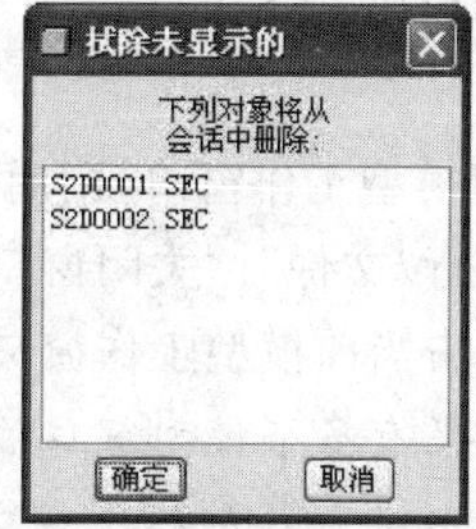

图1-22 “拭除未显示的”对话框

第2步，单击“确定”按钮，则将所有没有显示在当前窗口中的零件文件从内存中删除。

1.4.7 设置工作目录

“设置工作目录”命令可以直接按设置好的路径，在指定的目录中打开和保存文件。

调用命令的方式如下。

菜单：执行“文件”|“设置工作目录”命令。

操作步骤如下。

第1步，调用“设置工作目录”命令，将弹出如图1-23所示的“选取工作目录”对话框。

图1-23 “选取工作目录”对话框

第 2 步，选择目标路径设置工作目录。

第 3 步，单击“确定”按钮。

1.4.8 关闭窗口

关闭当前模型工作窗口，调用命令的方式如下。

菜单：执行“文件”|“关闭窗口”命令，或者执行“窗口”|“关闭”命令。

图标：单击当前模型工作窗口标题栏右端的☒图标按钮。

注意：如果有多个模型窗口被打开，则可以单击“窗口”下拉菜单，在如图 1-24 所示列表中单击选择要切换的模型窗口。

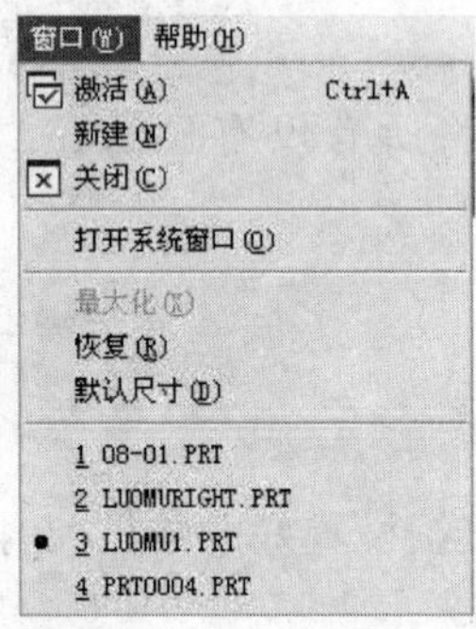

图 1-24 “窗口”下拉菜单

1.5 退出 Pro/ENGINEER Wildfire 4.0 的方法

退出 Pro/ENGINEER Wildfire 4.0 调用命令的方式如下。

菜单：执行“文件”|“退出”命令。

图标：单击 Pro/ENGINEER Wildfire 4.0 应用程序主窗口标题栏右端的☒图标按钮。

操作步骤如下。

第 1 步，调用“退出”命令，系统弹出如图 1-25 所示的“确认”对话框，提示用户保存文件。

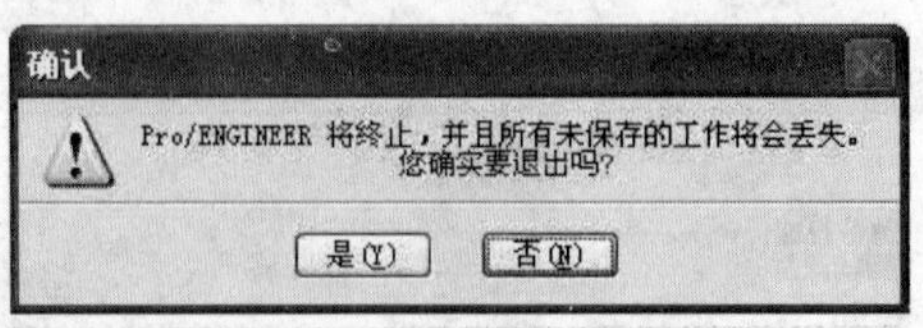

图 1-25 “确认”对话框

第 2 步，单击“是”按钮，则退出 Pro/ENGINEER Wildfire 4.0。

第 2 章　二维草图的绘制

二维草图是 Pro/ENGINEER 三维建模的基础。使用 Pro/ENGINEER 在创建基于草绘的三维特征时，需要通过创建内部二维截面或选取现有的"草绘"特征来定义其形状、尺寸和常规放置等。因此，二维截面是生成三维实体的基本元素，三维实体其实就是二维截面在三维空间的变化。所谓二维截面一般是由一个或多个草绘段组成的单个开放或封闭的环，是生成三维特征所需要的二维几何对象，可以通过绘制二维草图来创建截面特征。

本章将介绍的内容如下。

(1) 草绘工作界面。

(2) 直线的绘制。

(3) 圆的绘制。

(4) 圆弧的绘制。

(5) 矩形的绘制。

(6) 圆角的绘制。

(7) 使用边界图元。

(8) 样条曲线的绘制。

(9) 文本的创建。

(10) 草绘器调色板。

(11) 草绘器诊断。

2.1　二维草绘的基本知识

2.1.1　进入二维草绘环境的方法

在 Pro/ENGINEER 中，二维草绘的环境称为"草绘器"，进入草绘环境有以下两种方式。

(1) 由"草绘"模块直接进入草绘环境。创建新文件时，在如图 2-1 所示的"新建"对话框中的"类型"选项组内选择"草绘"，并在"名称"编辑框中输入文件名称后，可直接进入草绘环境。在此环境下直接绘制二维草图，并以扩展名为.sec 保存文件。此类文件可以导入到零件模块的草绘环境中，作为实体造型的二维截面；也可导入到工程图模块，作为二维平面图元。

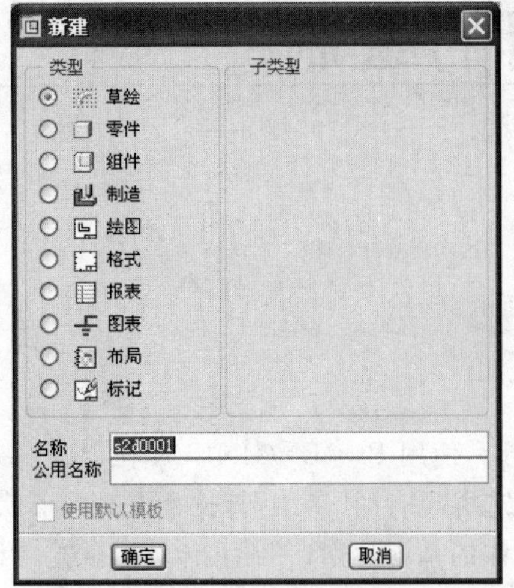

图 2-1　在“新建”对话框中选择“草绘”

（2）由“零件”模块进入草绘环境。创建新文件时，在“新建”对话框中的“类型”选项组内选择“零件”，进入零件建模环境。在此环境下通过选择“基准”工具栏中的“草绘工具”图标按钮，进入“草绘”环境，绘制二维截面，可以供实体造型时选用。或是在创建某个三维特征命令中，系统提示“选取一个草绘”时，进入草绘环境①，此时所绘制的二维截面属于所创建的特征。用户也可以将零件模块的草绘环境下绘制的二维截面保存为副本，以扩展名为.sec 保存为单独的文件，以供创建其他特征时使用。

本章除第 2.7 节采用第二种方式外，其余均采用第一种方式，直接进入草绘环境，绘制二维草图。

2.1.2　草绘工作界面介绍

进入二维草绘的环境后，将显示如图 2-2 所示的工作界面。该界面是典型的 Windows 应用程序窗口，主要包括标题栏、导航区、菜单栏、工具栏、草绘区、信息栏等。

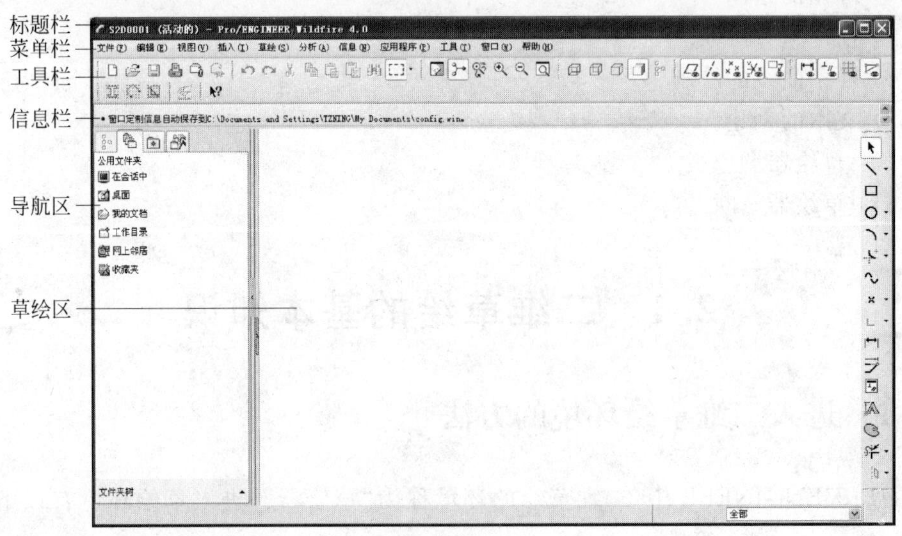

图 2-2　草绘工作界面

① 参见本书第 5 章。

1. 菜单栏

位于标题栏下方的菜单栏共有 11 个下拉菜单，显示了二维草绘环境所提供的命令菜单，包括创建、保存和修改草图的命令以及设置 Pro/ENGINEER 环境和配置选项等命令。仅亮显的菜单项才能在活动的草绘窗口内使用。

2. 工具栏

工具栏可位于窗口的顶部、右侧和左侧，采用拖动的方式可以改变工具栏的位置。在任一工具栏上右击，弹出如图 2-3 所示的快捷菜单，选择需要显示或隐藏的某一工具栏，控制其显示与否。当选择“工具栏”选项时，将打开“定制”对话框中的“工具栏”选项卡，在其中也可以设置工具栏的显示与位置，如图 2-4 所示。在绘制二维草图时，应显示如图 2-5所示的“草绘器”和如图 2-6 所示的“草绘器工具”工具栏。

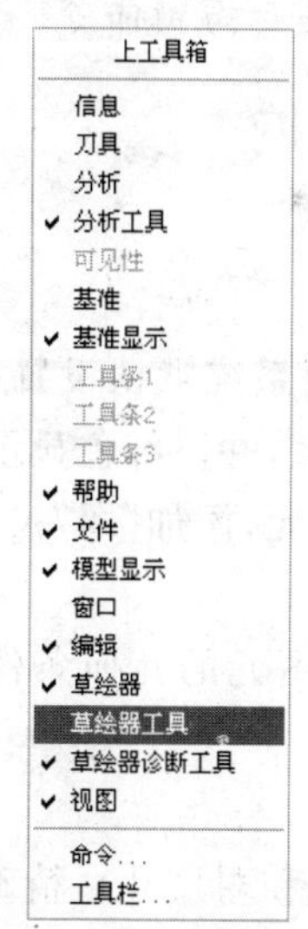

图 2-3　设置工具栏快捷菜单

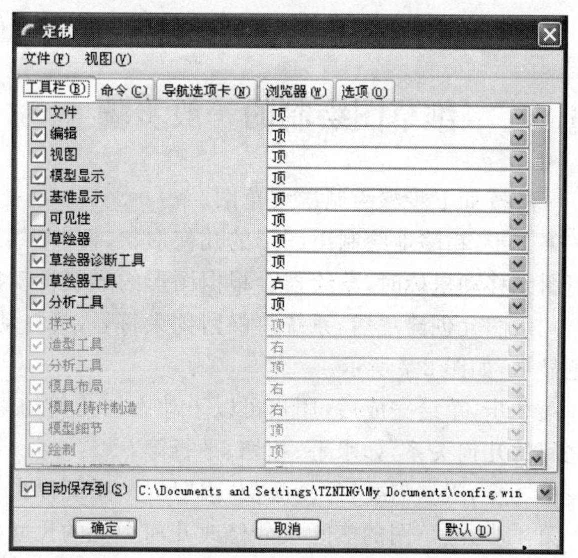

图 2-4　在“定制”对话框中设置工具栏

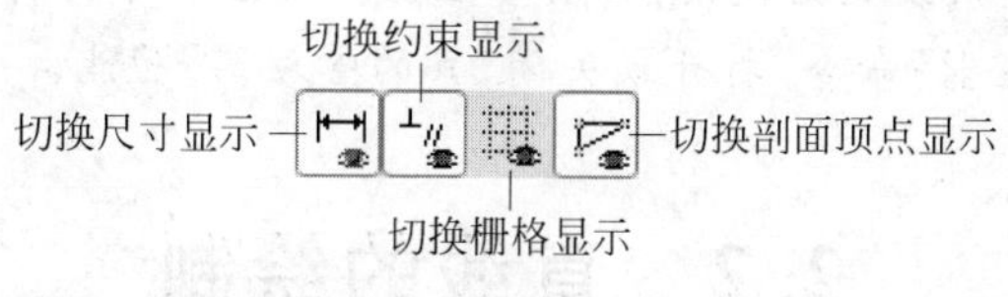

图 2-5　“草绘器”工具栏

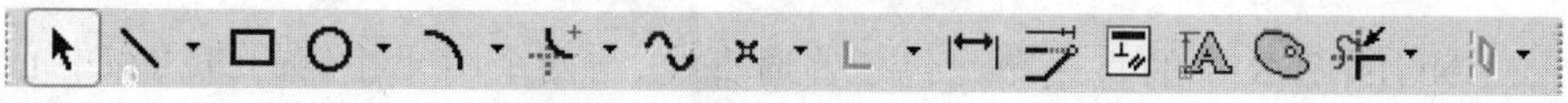

图 2-6　“草绘器工具”工具栏

“草绘器”工具栏控制尺寸、几何约束[①]、屏幕栅格、线段端点的显示或隐藏。默认设

① 参见本书第 3.1 节。

置下，除了“屏幕栅格”功能关闭外，其余三个功能均为打开状态，系统显示几何约束符号和尺寸，如图 2-7(a)所示。当打开“栅格”后，草绘区显示“栅格”，如图 2-7(b)所示。

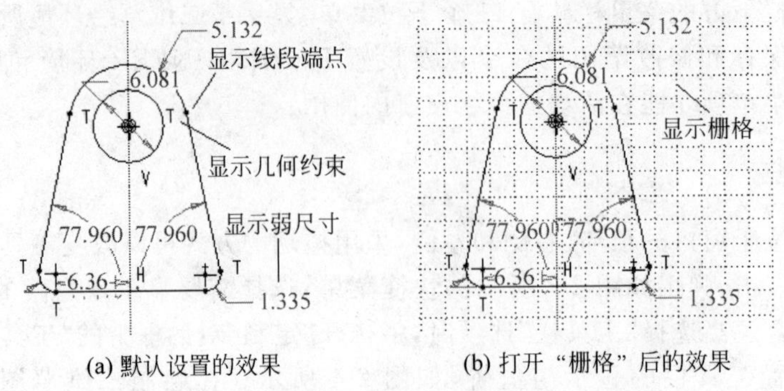

图 2-7 “草绘器”工具栏中各按钮的控制效果

“草绘器工具”工具栏提供了绘制二维草图时，几何图元的创建与编辑命令。

2.1.3 二维草图绘制的一般步骤

一般按如下步骤绘制二维草图。

第 1 步，粗略地绘制出图形的几何形状，即“草绘”。如果使用系统默认设置，在创建几何图元移动鼠标时，草绘器会根据图形的形状自动捕捉几何约束，并以红色显示约束条件。几何图元创建之后，系统将保留约束符号，且自动标注草绘图元，添加“弱”尺寸，并以灰色显示，如图 2-7 所示。

第 2 步，草绘完成后，用户可以手动添加几何约束条件，控制图元的几何条件以及图元之间的几何关系，如水平、相切、平行等。

第 3 步，根据需要，手动添加“强”尺寸，系统以白色显示。

第 4 步，按草图的实际尺寸修改几何图元的尺寸(包括强尺寸和弱尺寸)，精确控制几何图元的大小、位置，系统将按实际尺寸再生图形，最终得到精确的二维草图。

注意：“草绘器”默认设置为使用“目的管理器”，草绘时才会自动添加约束和弱尺寸。单击“草绘”|“目的管理器”命令，打开或关闭“目的管理器”功能。

2.2 直线的绘制

Pro/ENGINEER 中的直线图元包括普通直线、与两个图元相切的直线和中心线。

2.2.1 普通直线的绘制

利用“线”命令可以通过两点创建普通直线图元，此为绘制直线的默认方式。

调用命令的方式如下。

菜单：执行“草绘”|“线”|“线”命令。

图标：单击“草绘器工具”工具栏中的╲图标按钮。

快捷菜单：在草绘窗口内右击，在快捷菜单中选取“线”。

操作步骤如下。

第 1 步，在草绘器中，单击╲图标按钮，启动“线”命令。

第 2 步，在草绘区内单击，确定直线的起点。

第 3 步，移动鼠标，草绘区显示一条“橡皮筋”线，在适当位置单击，确定直线段的端点，系统在起点与终点之间创建一条直线段。

第 4 步，移动鼠标，草绘区接着上一段线又显示一条“橡皮筋”线，再次单击，创建另一条首尾相接的直线段。直至单击鼠标中键。

第 5 步，重复上述第 2 步～第 4 步，重新确定新的起点，绘制直线段；或单击鼠标中键，结束命令。

如图 2-8 所示，为绘制平行四边形的操作过程。其中约束符号 H 表示水平线、$//_1$ 表示绘制两条平行线，L_1 表示两线长度相等，◎表示创建相同点。图 2-8(e)所示为最终的草图。

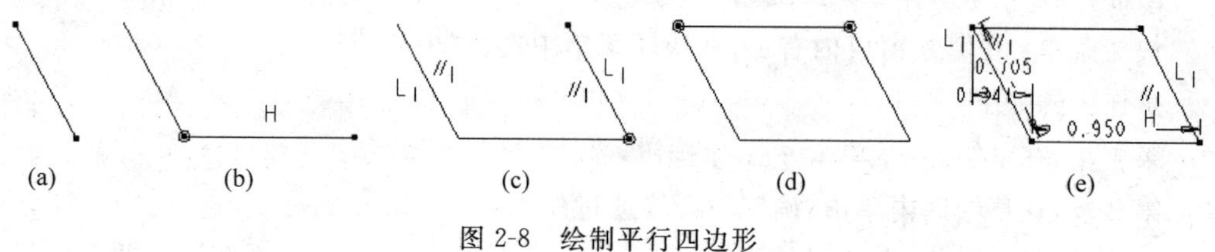

图 2-8　绘制平行四边形

注意：单击“草绘器工具”工具栏上的↖图标按钮，也可以结束命令。

2.2.2　与两图元相切直线的绘制

利用“直线相切”命令可以创建与两个圆或圆弧相切的公切线。

调用命令的方式如下。

菜单：执行“草绘”|“线”|“直线相切”命令。

图标：单击“草绘器工具”工具栏中的“线”弹出式工具栏中的图标按钮。

操作步骤如下。

第 1 步，在草绘器中，单击图标按钮，启动“直线相切”命令。

第 2 步，系统弹出“选取”对话框，如图 2-9 所示，并提示“在弧或圆上选取起始位置”时，在圆或圆弧的适当位置单击，确定直线的起始点。

第 3 步，系统提示“在弧或圆上选取结束位置”时，移动鼠标，在另一个圆或圆弧适当位置单击，系统将自动捕捉切点，创建一条公切线，如图 2-10 所示。

第 4 步，系统再次显示“选取”对话框，并提示“在弧或圆上选取起始位置”时，重复上述第 2 步～第 3 步，或单击鼠标中键，结束命令。

注意：系统根据在圆或圆弧上选取的位置不同，自动判断是内切还是外切。

图 2-9 “选取”对话框

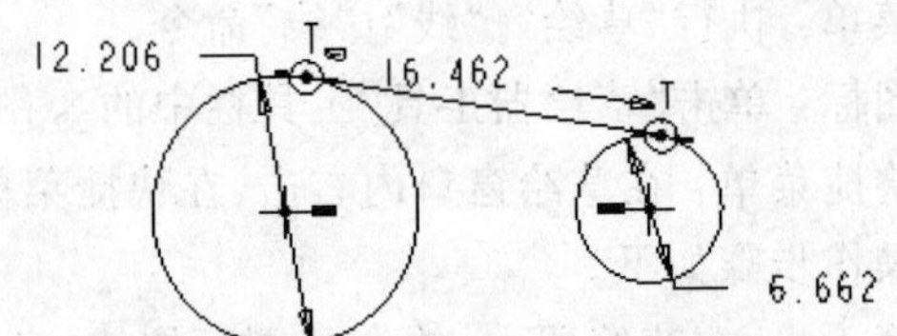

图 2-10 绘制与两图元相切的直线

2.2.3 中心线的绘制

中心线不能用于创建三维特征，而是用作辅助线，主要用于定义旋转特征的旋转轴、对称图元的对称线，以及构造直线等。利用“中心线”命令可以定义两点绘制无限长的中心线。

调用命令的方式如下。

菜单：执行“草绘”|“线”|“中心线”命令。

图标：单击“草绘器工具”工具栏的“线”弹出式工具栏中的图标按钮。

快捷菜单：在草绘窗口内右击，在快捷菜单中选取“中心线”。

操作步骤如下。

第 1 步，在草绘器中，单击图标按钮，启动“中心线”命令。

第 2 步，在草绘区内单击，确定中心线通过的一点。

第 3 步，移动鼠标，在适当位置单击，确定中心线通过的另一点，系统通过两点创建一条中心线。

第 4 步，重复上述第 2 步～第 3 步，绘制另一条中心线；或单击鼠标中键，结束命令。

2.3 圆的绘制

Pro/ENGINEER 创建圆的方法有指定圆心和半径画圆、画同心圆、三点画圆、画与 3 个图元相切的圆，如图 2-11 所示。

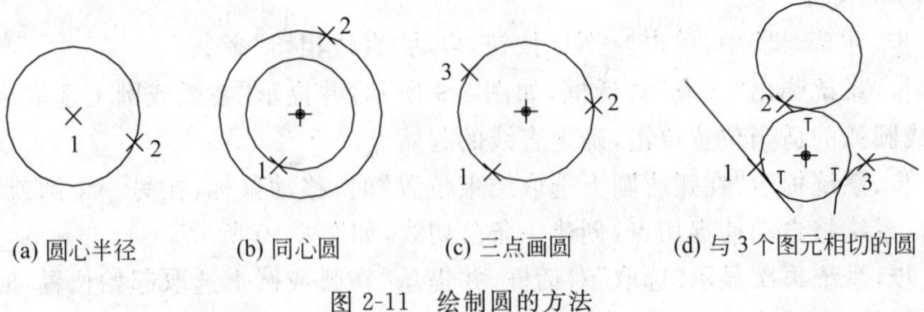

(a) 圆心半径 (b) 同心圆 (c) 三点画圆 (d) 与 3 个图元相切的圆

图 2-11 绘制圆的方法

2.3.1 指定圆心和半径绘制圆

利用“圆心和点”命令可以指定圆心和圆上一点创建圆，即指定圆心和半径绘制圆，该方式是默认画圆的方式，如图 2-11(a)所示。

调用命令的方式如下。

菜单：执行“草绘”|“圆”|“圆心和点”命令。

图标：单击“草绘器工具”工具栏中的图标按钮。

快捷菜单：在草绘窗口内右击，在快捷菜单中选取“圆”。

操作步骤如下。

第 1 步，在草绘器中，单击图标按钮，启动“圆”命令。

第 2 步，在合适位置单击，确定圆的圆心位置。如图 2-11(a)所示的点 1。

第 3 步，移动鼠标，在适当位置单击，指定圆上的一点，如图 2-11(a)所示的点 2。系统则以指定的圆心，以及圆心与圆上一点的距离为半径画圆。

第 4 步，重复上述第 2 步～第 3 步，绘制另一个圆；或单击鼠标中键，结束命令。

2.3.2 同心圆的绘制

利用圆的“同心”命令可以创建与指定圆或圆弧同心的圆，如图 2-11(b)所示。

调用命令的方式如下。

菜单：执行“草绘”|“圆”|“圆心和点”命令。

图标：单击“草绘器工具”工具栏的“圆”弹出式工具栏中的图标按钮。

操作步骤如下。

第 1 步，在草绘器中，单击图标按钮，启动圆的“同心”命令。

第 2 步，系统弹出“选取”对话框，并提示“选取一弧(去定义中心)。”时，选取一个圆弧或圆。如图 2-11(b)所示，在小圆的点 1 处单击。

第 3 步，移动鼠标，在适当位置单击，指定圆上的一点，如图 2-11(b)所示的点 2。系统创建与指定圆同心的圆。

第 4 步，移动鼠标，再次单击，创建另一个同心圆。或单击鼠标中键。

第 5 步，系统再次弹出“选取”对话框，并提示“选取一弧(去定义中心)。”时，可重新选取另一个圆弧或圆；或单击鼠标中键，结束命令。

注意：选定的参照圆或圆弧可以是草绘的图元，也可以是已创建的实体特征的一条边。

2.3.3 指定三点绘制圆

利用圆的“3 点”命令可以通过指定三点创建一个圆，如图 2-11(c)所示。

调用命令的方式如下。

菜单：执行“草绘”|“圆”|“3 点”命令。

图标：单击“草绘器工具”工具栏的“圆”弹出式工具栏中的○图标按钮。

操作步骤如下。

第 1 步，在草绘器中，单击○图标按钮，启动圆的“3 点”命令。

第 2 步，分别在适当位置单击，确定圆上的第 1、2、3 点，系统通过指定的三点画圆，如图 2-11(c)所示。

第 3 步，重复上述第 2 步，再创建另一个圆。直至单击鼠标中键，结束命令。

2.3.4 指定与三个图元相切圆的绘制

利用圆的“3 相切”命令可以创建与 3 个已知的图元相切的圆，已知图元可以是圆弧、圆、直线，如图 2-11(d)所示。

调用命令的方式如下。

菜单：执行“草绘”|“圆”|“3 相切”命令。

图标：单击“草绘器工具”工具栏的“圆”弹出式工具栏中的○图标按钮。

操作步骤如下。

第 1 步，在草绘器中，单击○图标按钮，启动圆的“3 相切”命令。

第 2 步，系统弹出“选取”对话框，并提示“在弧、圆或直线上选取起始位置。”时，选取一个圆弧或圆或直线。如图 2-11(d)所示，在直线点 1 处单击。

第 3 步，系统提示“在弧、圆或直线上选取结束位置。”时，选取第 2 个圆弧或圆或直线，如图 2-11(d)所示，在上面的圆的点 2 处单击。

第 4 步，系统提示“在弧、圆或直线上选取第三个位置。”时，选取第 3 个圆弧或圆或直线，如图 2-11(d)所示，在右侧的圆弧点 3 处单击。

第 5 步，系统再次提示“在弧、圆或直线上选取起始位置。”时，重复上述第 2 步～第 4 步，再创建另一个圆。直至单击鼠标中键，结束命令。

注意：系统根据选取图元时的位置不同，绘制不同的相切圆，如图 2-12 所示粗实线表示的圆，是当选择圆时的点 2 位置不同得到的不同圆。

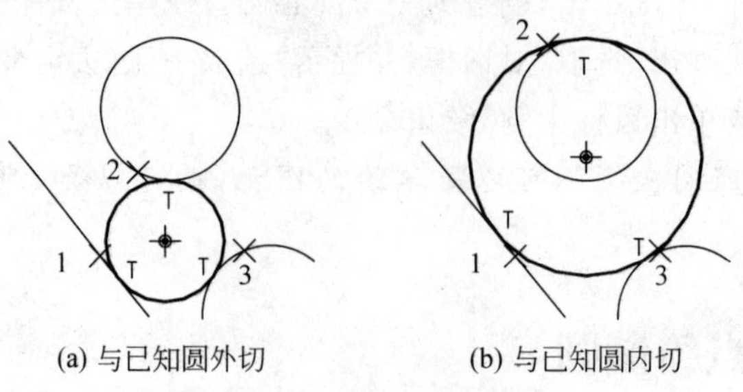

(a) 与已知圆外切　　(b) 与已知圆内切

图 2-12　绘制“3 相切”圆

2.4 圆弧的绘制

2.4.1 指定三点绘制圆弧

利用“3 点/相切端”命令可以指定三点创建圆弧，该方式是默认画圆弧的方式。

调用命令的方式如下。

菜单：执行“草绘”|“弧”|“3 点/相切端”命令。

图标：单击“草绘器工具”工具栏中的图标按钮。

快捷菜单：在草绘窗口内右击，在快捷菜单中选取“3 点/相切端”。

操作步骤如下：

第 1 步，在草绘器中，单击图标按钮，启动“3 点/相切端”命令。

第 2 步，在合适位置单击，确定圆弧的起始点，如图 2-13(a)所示的点 1。

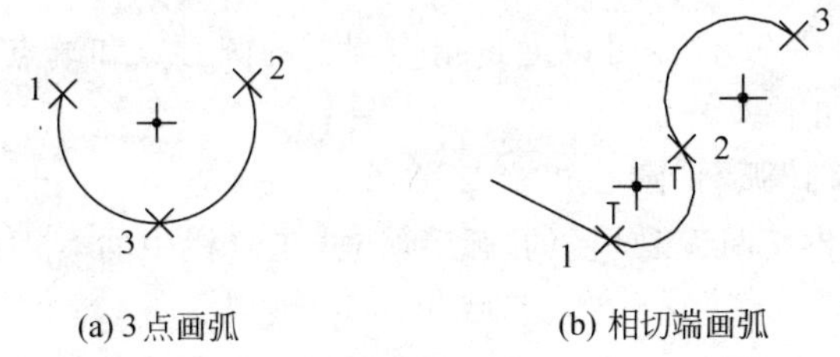

图 2-13　三点绘制圆弧

第 3 步，移动鼠标，在适当位置单击，指定圆弧的终点，如图 2-13(a)所示的点 2。

第 4 步，移动鼠标，在适当位置单击，如图 2-13(a)所示的点 3，确定圆弧的半径。

第 5 步，重复上述第 2 步～第 4 步，创建另一个圆弧；或单击鼠标中键，结束命令。

注意：若第 2 步将圆弧的起点选择在某一已知的直线、圆弧、曲线的端点处，系统接着提示“选择图元的一端以确定相切。”以及“选取弧的端点。”，用户单击以确定圆弧的另一端点，则创建与已知线段相切的圆弧，如图 2-13(b)所示。

2.4.2 同心圆弧的绘制

利用弧的“同心”命令可以创建与指定圆或圆弧同心的圆弧。

调用命令的方式如下。

菜单：执行“草绘”|“弧”|“同心”命令。

图标：单击“草绘器工具”工具栏的“弧”弹出式工具栏中的图标按钮。

操作步骤如下。

第 1 步，在草绘器中，单击图标按钮，启动弧的“同心”命令。

第 2 步，系统提示“选取一弧(去定义中心)。”时，选取一个圆弧或圆。如图 2-14 所示，在已知圆弧上点 1 处单击。

第 3 步，移动鼠标，在适当位置单击，指定圆弧的起点，如图 2-14 所示的点 2。

第 4 步，移动鼠标，在另一适当位置单击，指定圆弧的端点，如图 2-14 所示的点 3，系统创建与指定圆或圆弧同心的圆弧。

第 5 步，重复上述第 3 步～第 4 步，再创建选定圆或圆弧的同心圆弧；或单击鼠标中键，结束命令。

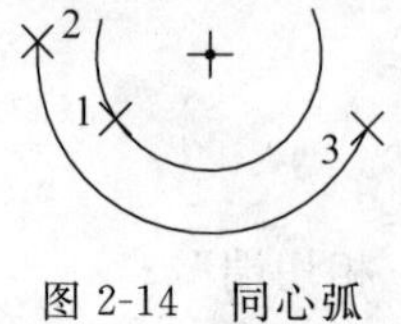

图 2-14　同心弧

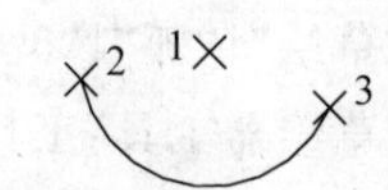

图 2-15　指定圆心和端点绘制圆弧

2.4.3　指定圆心和端点绘制圆弧

利用弧的“圆心和端点”命令可以通过指定圆弧的圆心点和端点创建圆弧。

调用命令的方式如下。

菜单：执行“草绘”|“弧”|“圆心和端点”命令。

图标：单击“草绘器工具”工具栏的“弧”弹出式工具栏中的图标按钮。

操作步骤如下。

第 1 步，在草绘器中，单击图标按钮，启动圆弧的“圆心和端点”命令。

第 2 步，移动鼠标，在适当位置单击，指定圆弧的圆心，如图 2-15 所示的点 1。

第 3 步，移动鼠标，在适当位置单击，指定圆弧的起始点，如图 2-15 所示的点 2。

第 4 步，移动鼠标，在适当位置单击，指定圆弧的端点，如图 2-15 所示的点 3。

第 5 步，重复上述第 2 步～第 4 步，再创建另一个圆弧。直至单击鼠标中键，结束命令。

2.4.4　指定与三个图元相切圆弧的绘制

利用弧的“3 相切”命令可以创建与三个已知的图元相切的圆弧，操作方法与“3 相切”画圆方法类似。

调用命令的方式如下。

菜单：执行“草绘”|“弧”|“3 相切”命令。

图标：单击“草绘器工具”工具栏的“弧”弹出式工具栏中的图标按钮。

操作步骤如下。

第 1 步，在草绘器中，单击图标按钮，启动弧的“3 相切”命令。

第 2 步～第 5 步，同本书第 2.3.4 小节的第 2 步～第 5 步。

注意：绘制与三个图元相切的圆弧实质是指定三点画圆弧，只是所指定的三点是与已知图元相切的切点，即第一个切点为圆弧的起点，第二个切点为圆弧的终点。所以应根据圆弧的端点确定选取相切图元的顺序。另外注意选取图元的位置，如图 2-16 所示。

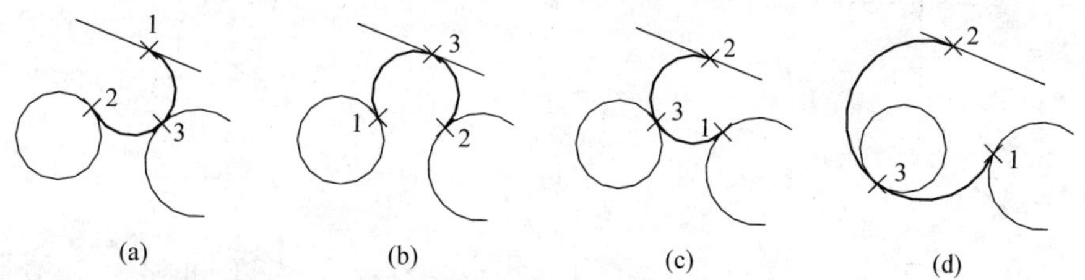

图 2-16　绘制与三个图元相切的圆弧

【例 2-1】 用“直线”、“圆”、“圆弧”命令绘制如图 2-17 所示的草图。

操作步骤如下。

步骤 1　创建新文件

第 1 步，执行“文件”|“新建”命令，弹出如图 2-1 所示的“新建”对话框。

第 2 步，在“类型”选项组内选择“草绘”。

第 3 步，在“名称”编辑框中输入文件名称，单击“确定”按钮，进入草绘环境。

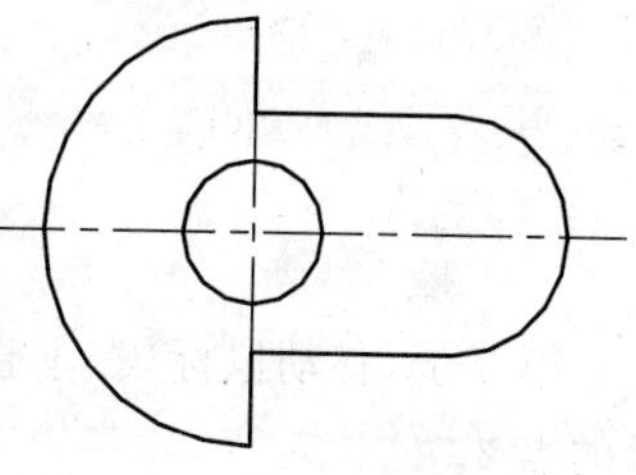

图 2-17　绘制二维草图(一)

步骤 2　绘制互相垂直的中心线

第 1 步，单击“草绘器工具”工具栏的“线”弹出式工具栏中的[图标]图标按钮，启动“中心线”命令。

第 2 步，在草绘区内单击，确定中心线通过的一点。

第 3 步，移动鼠标，出现“垂直”约束符号 V，单击，绘制垂直中心线。

第 4 步，在草绘区内单击，确定中心线通过的一点。

第 5 步，移动鼠标，出现“水平”约束符号 H，单击，绘制水平中心线。

第 6 步，单击鼠标中键，结束命令。

步骤 3　绘制中间圆

第 1 步，单击“草绘器工具”工具栏中的[图标]图标按钮，启动“圆”命令。

第 2 步，移动鼠标，在两条中心线交点处单击，确定圆的圆心位置，如图 2-18(a)所示的点 1。

第 3 步，移动鼠标，在适当位置单击，指定圆上的一点，绘制圆。

第 4 步，单击鼠标中键，结束命令。

步骤 4　绘制左半圆弧

第 1 步，单击“草绘器工具”工具栏的“弧”弹出式工具栏中的[图标]图标按钮，启动弧的“同心”命令。

第 2 步，系统提示“选取一弧(去定义中心)。”时，选取中间圆。

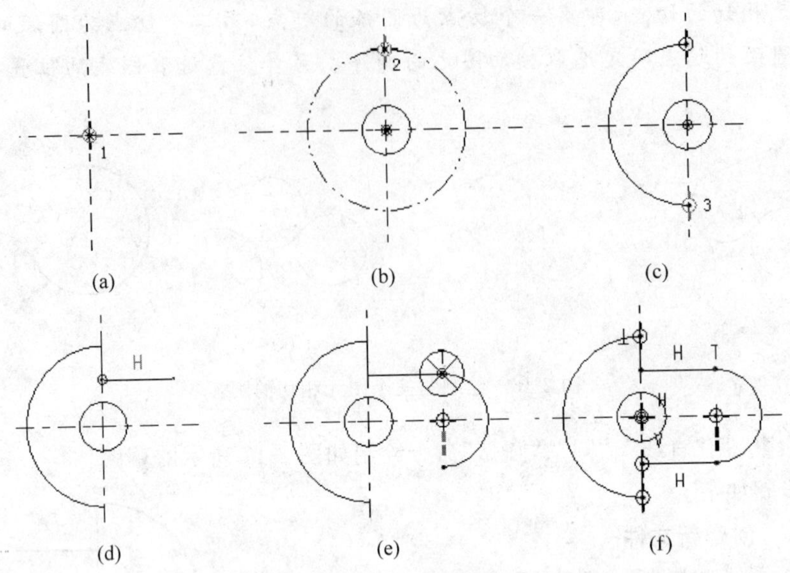

图 2-18　草图绘制过程(一)

第 3 步,移动鼠标,在垂直中心线的适当位置单击,指定圆弧的起点,如图 2-18(b)所示的点 2。

第 4 步,移动鼠标,出现如图 2-18(c)所示的界面单击,指定圆弧的端点 3,保证圆弧上下对称。

第 5 步,连续单击鼠标中键两次,结束命令。

步骤 5　绘制上半两条直线段

第 1 步,单击"草绘器工具"工具栏中的 图标按钮,启动"线"命令。

第 2 步,单击圆弧的上端点,确定直线的起点。

第 3 步,向下移动鼠标,在垂直中心线的适当位置单击,确定直线段的端点,绘制一段垂直线段。

第 4 步,向右移动鼠标,出现"水平"约束符号 H,单击,绘制水平直线段,如图 2-18(d)所示。

第 5 步,连续单击鼠标中键两次,结束命令。

步骤 6　绘制右半圆弧

第 1 步,单击"草绘器工具"工具栏中的 图标按钮,启动"3 点/相切端"命令。

第 2 步,在水平线段的右端点单击,确定圆弧的起始点,如图 2-18 所示。

第 3 步,移动鼠标,出现如图 2-18(e)所示的约束条件时单击,指定圆弧的终点。

第 4 步,单击鼠标中键,结束命令。

步骤 7　绘制下半两条直线段

操作过程略。结果如图 2-18(f)所示。

注意:本章各例题与上机题图例均关闭"尺寸显示"功能。

2.5 矩形的绘制

Pro/ENGINEER 通过指定矩形的两个对角点创建矩形。

调用命令的方式如下。

菜单：执行“草绘”|“矩形”命令。

图标：单击“草绘器工具”工具栏中的图标按钮。

快捷菜单：在草绘窗口内右击，在快捷菜单中选取“矩形”。

操作步骤如下。

第 1 步，在草绘器中，单击图标按钮，启动“矩形”命令。

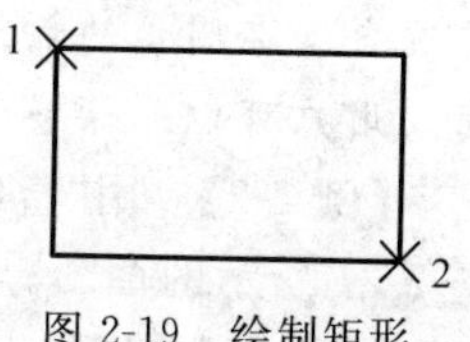

图 2-19　绘制矩形

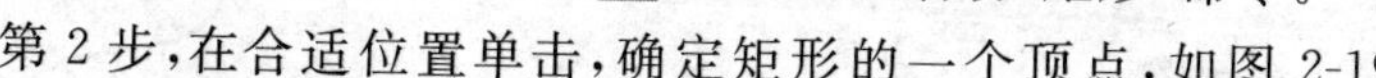

第 2 步，在合适位置单击，确定矩形的一个顶点，如图 2-19 所示的点 1；再移动鼠标，在另一位置单击，确定矩形的另一对角点，如图 2-19 所示的点 2，矩形绘制完成。

第 3 步，重复上述第 2 步，继续指定另一矩形的两个对角点，绘制另一矩形，直至单击鼠标中键，结束命令。

2.6 圆角的绘制

利用“圆角”命令可以在选取的两个图元之间自动创建圆角过渡，这两个图元可以是直线、圆和样条曲线。圆角的半径和位置取决于选取两个图元时的位置，系统选取离开二线段交点最近的点创建圆角，如图 2-20(a)所示。

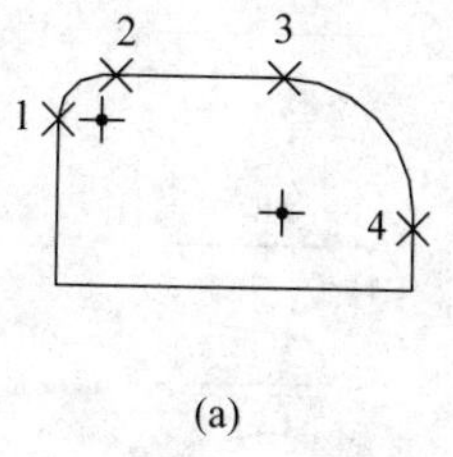

(a)

(b)

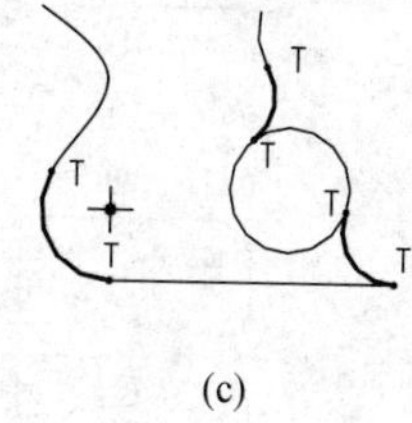

(c)

图 2-20　绘制圆角

调用命令的方式如下。

菜单：执行“草绘”|“圆角”|“圆形”命令。

图标：单击“草绘器工具”工具栏中的图标按钮。

快捷菜单：在草绘窗口内右击，在快捷菜单中选取“圆角”。

操作步骤如下。

第 1 步，在草绘器中，单击图标按钮，启动“圆角”命令。

第 2 步，系统弹出“选取”对话框，并提示“选取两个图元。”时，分别在两个图元上单击,如图 2-20(a)所示的点 1、点 2,系统自动创建圆角。

第 3 步,系统再次提示"选取两个图元。"时,继续选取两个图元,如图 2-20(a)所示的点 3、点 4,创建另一个圆角。直至单击鼠标中键,结束命令。

注意:

(1) 倒圆角时不能选择中心线,且不能在两条平行线之间倒圆角。

(2) 如果在两条非平行的直线之间倒圆角,则为修剪模式,即二直线从切点到交点之间的线段被修剪掉,如图 2-20(a)所示。如果被倒圆角的两个图元中存在非直线图元,则系统自动在圆角的切点处将两个图元分割,如图 2-20(b)所示,粗实线圆弧表示绘制的圆角。用户可以删除多余的线段,如图 2-20(c)所示。

【例 2-2】 用"直线"、"矩形"、"圆弧"、"圆角"命令绘制如图 2-21 所示的草图。

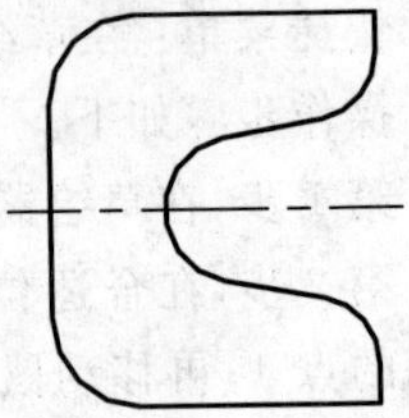

图 2-21 绘制二维草图(二)

操作步骤如下。

步骤 1 创建新文件

操作过程略。

步骤 2 绘制水平中心线

操作过程略。

步骤 3 绘制矩形

第 1 步,单击"草绘器工具"工具栏中的□图标按钮,启动"矩形"命令。

第 2 步,在合适位置单击,确定矩形的一个顶点;再移动鼠标,出现如图 2-22(a)所示的界面,单击,确定矩形的另一对角点,绘制矩形。

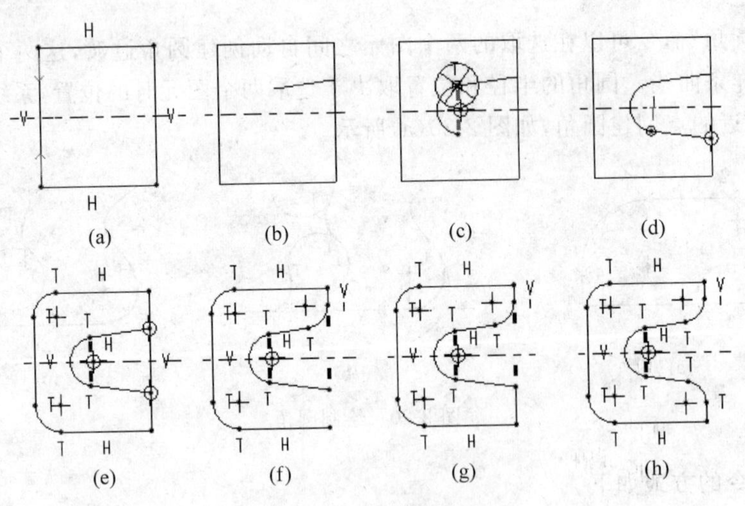

图 2-22 草图绘制过程(二)

第 3 步,单击鼠标中键,结束命令。

步骤 4 绘制上段斜线

斜线起始点在矩形右侧边上,如图 2-22(b)所示,操作过程略。

步骤 5 绘制中间圆弧

用"3 点/相切端"命令画圆弧,保证该圆弧与斜线相切,如图 2-22(c)所示。操作过程略。

步骤 6　绘制下段斜线

如图 2-22(d)所示，操作过程略。

步骤 7　绘制圆角

第 1 步，单击"草绘器工具"工具栏中的图标按钮，启动"圆角"命令。

第 2 步，系统弹出"选取"对话框，并提示"选取两个图元。"时，分别在矩形左侧边与顶边单击。

第 3 步，系统再次提示"选取两个图元。"时，继续在矩形左侧边与底边单击，创建另一个圆角。创建的圆角如图 2-22(e)所示。

注意：要使圆角尺寸相等，可添加几何约束①

第 4 步，系统再次提示"选取两个图元。"时，分别选择矩形右侧边上端与上端斜线，创建的圆角如图 2-22(f)所示。单击鼠标中键，结束命令。

步骤 8　绘制右下端铅垂线

如图 2-22(g)所示，操作过程略。

步骤 9　绘制右下端圆角

操作过程略。结果如图 2-22(h)所示。

注意：如图 2-22(a)所示，要能设置对称约束，必须绘制中心线。

2.7　使用边界图元

在零件模式下进入草绘环境，如果"草绘"菜单中"边"选项以及"草绘"工具栏上"边"图标按钮均亮显，用户可以使用边界图元，即将实体特征的边投影到草绘平面创建几何图元或偏移图元，系统在创建的图元上添加"～"约束符号。

2.7.1　使用边直接创建图元

利用"边"的"使用"命令可以创建与已存在的实体特征的边相重合的几何图元。

调用命令的方式如下。

菜单：执行"草绘"|"边"|"使用"命令。

图标：单击"草绘器工具"工具栏的"边"弹出式工具栏中的图标按钮。

如图 2-24 以及图 2-25 所示的模型，均以其顶面作为草绘平面②，进入草绘环境，利用"边"的"使用"命令，创建几何图元。

操作步骤如下。

第 1 步，在草绘器中，单击图标按钮，启动边的"使用"命令。

---

① 参见本书第 3.1 节。

② 参见本书第 5.1.1 和 5.1.3 小节。

第 2 步，系统同时弹出如图 2-23 所示的边“类型”对话框和“选取”对话框，并提示“选取要使用的边。”时，移动鼠标，在实体特征的某条边上单击，如图 2-24(a)所示，选取上半圆边界，系统自动创建与所选边重合的图元，即具有约束符号“～”的边。

(a) 三维模型　　(b) 使用边

图 2-23 “边类型”和选取对话框　　图 2-24 创建单个边界图元

第 3 步，系统再次提示“选取要使用的边。”时，移动鼠标，在实体特征的另一条边上单击，如图 2-24(a)所示，选取下半圆边界，系统再创建与所选边重合的图元，直至单击“类型”对话框中的“关闭”按钮。

注意：选择实体上圆边界时，并非创建一个圆，而是创建上下分界的圆弧，要创建圆，必须分别选取两段圆弧。

操作及选项说明如下。

1. 单个(S)

选定实体特征上单一的边创建草绘图元。该类型为默认的边类型，操作步骤如上述步骤所示。

2. 链(H)

选定实体特征上的两条边，创建连续的边界。如图 2-25 所示的三维模型，进入草绘环境，使用“链”边类型，当系统提示“通过选取曲面的两条边或曲线的两个实体指定一个链。”时，选取实体特征上的一条边，如图 2-27(a)所示的顶端大圆弧，再按住 Ctrl 键选取另一条边，如图 2-27(a)所示的右侧大圆弧，系统将这两条边之间的所有边以红色粗实线显示。随即弹出如图 2-26 所示的“菜单管理器”，当直接选择“接受”，关闭“类型”对话框后，则创建如图 2-27(b)所示的边界图元。如果选择“下一个”，则另一侧连续边被选中，如图 2-27(c)所示，再选择“接受”，则创建如图 2-27(d)所示的图元。

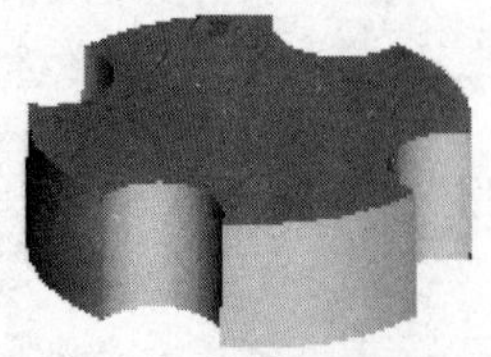

图 2-25 三维模型

图 2-26 “链”边类型菜单管理器

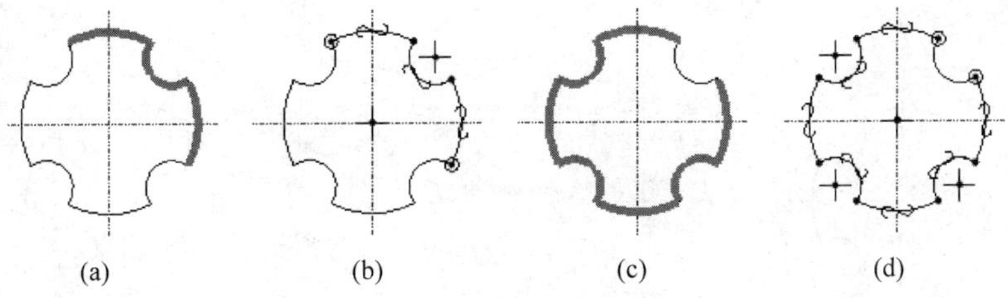

图 2-27　使用“链”边类型创建图元

注意：选择的两条边必须在同一个面上。

3. 环(L)

从实体特征上图元的一个环来创建循环边界图元。系统提示“选取指定图元环的图元或选取指定围线的曲面。”时，选取实体特征的面。如果所选面上只有一个环，则系统直接创建循环的边界图元，如图 2-28(a)所示。如果所选面上含有多个环，如图 2-28(b)所示，则提示“选择所需围线。”，并弹出如图 2-29 所示的菜单管理器，用户选择其中的一个环，单击菜单管理器上的“接受”；或持续单击“下一个”，再单击“接受”，创建所需要的环。

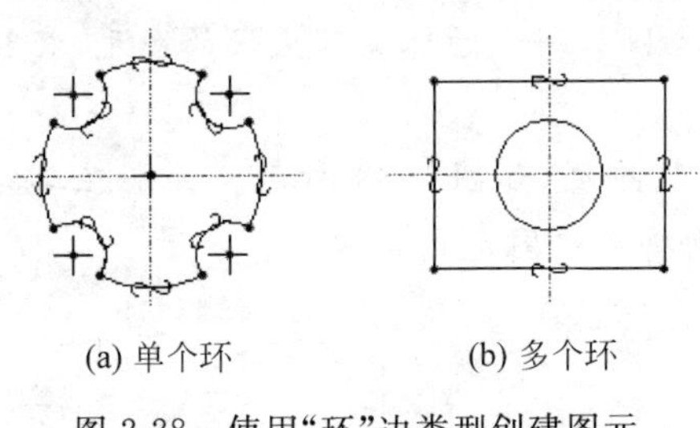

图 2-28　使用“环”边类型创建图元

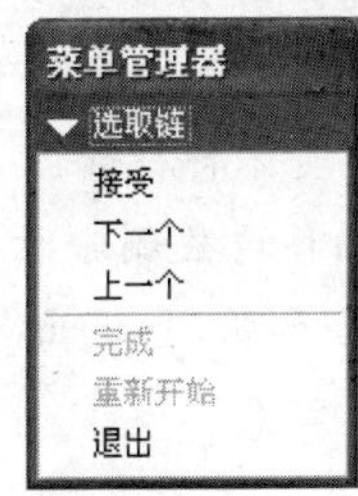

图 2-29　“环”边类型菜单管理器

2.7.2　使用偏移边创建图元

利用“边”的“偏移”命令可以创建与已存在的实体特征的边偏移一定距离的几何图元。

调用命令的方式如下。

菜单：执行“草绘”|“边”|“偏移”命令。

图标：单击“草绘器工具”工具栏的“边”弹出式工具栏中的图标按钮。

操作步骤如下。

第 1 步，在草绘器中，单击图标按钮，启动边的“偏移”命令。

第 2 步，系统同时弹出如图 2-30 所示的选择偏距边“类型”对话框和“选取”对话框，并提示“选取要偏置的边。”时，移动鼠标，在实体特征的某条边上单击，如图 2-31(a)所示，选取顶部的一条弧。

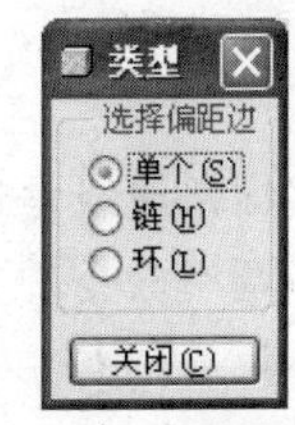

图 2-30　选择偏距边类型

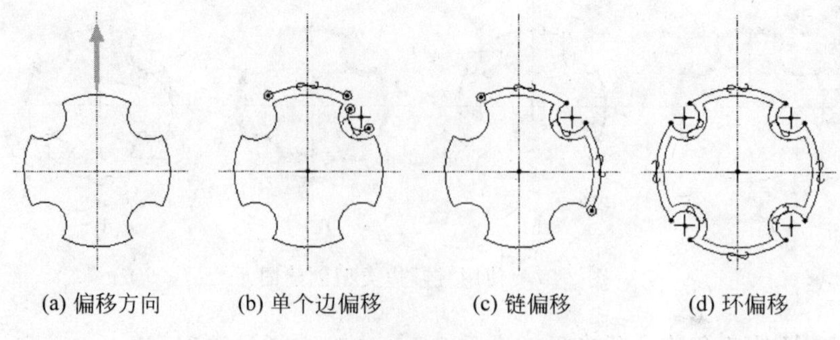

图 2-31 选择偏距边类型

第 3 步,系统显示"于箭头方向输入偏距[退出]" 文本框,并在草绘区显示偏移方向的箭头,如图 2-31(a)所示,用户在该文本框中输入偏距。

第 4 步,系统再次提示"选取要偏置的边。"时,重复上述第 2 步～第 3 步,直至单击"类型"对话框中的"关闭"按钮。

注意:

(1) 若偏距值为正,则沿箭头方向偏移边;若偏距值为负,则沿箭头的反方向偏移边。

(2) 上述步骤为偏距边类型的默认选项"单个"。偏距边类型选项意义与"使用边"类型相同,创建的图元如图 2-31 所示。由如图 2-31(d)所示的环偏移生成的图元,经拉伸造型[①]后生成的实体特征如图 2-32 所示。

(3) 当偏移边被删除时,系统将保留其参照图元,如图 2-33 所示。如果在二维截面中不使用这些参照,当退出"草绘器"时,系统则将参照图元删除。

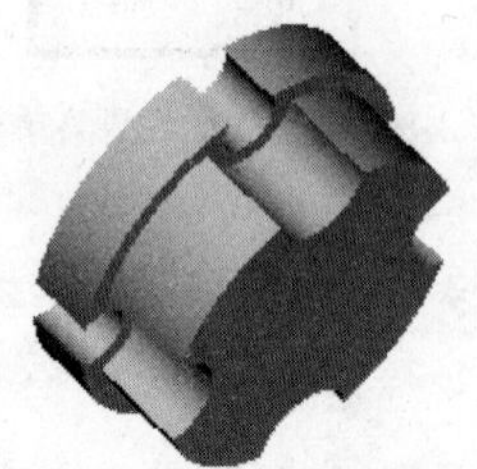

图 2-32 使用环偏移边生成的实体

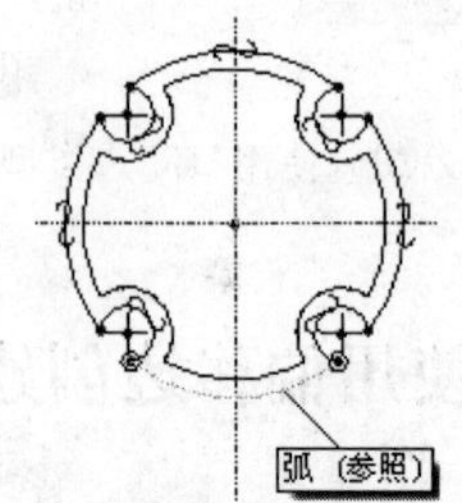

图 2-33 偏移边删除后的参照图元

2.8 样条曲线的绘制

样条曲线是通过一系列指定点的平滑曲线,为三阶或三阶以上多项式形成的曲线。调用命令的方式如下。

菜单:执行"草绘"|"样条"命令。

① 参见本书第 5.1 节。

图标：单击“草绘器工具”工具栏中的[~]图标按钮。

操作步骤如下。

第 1 步，在草绘器中，单击[~]图标按钮，启动“样条”命令。

第 2 步，移动鼠标，依次单击，确定样条曲线所通过的点，直至单击鼠标中键终止该曲线的绘制。

第 3 步，重复上述第 2 步，绘制另一条曲线；单击鼠标中键，结束命令。

注意：创建的样条曲线可以通过拖动其通过点至新的位置，改变曲线的形状，如图 2-34(a)所示，拖动点 A 至新的位置 B 点处，样条曲线的形状如图 2-34(b)所示。

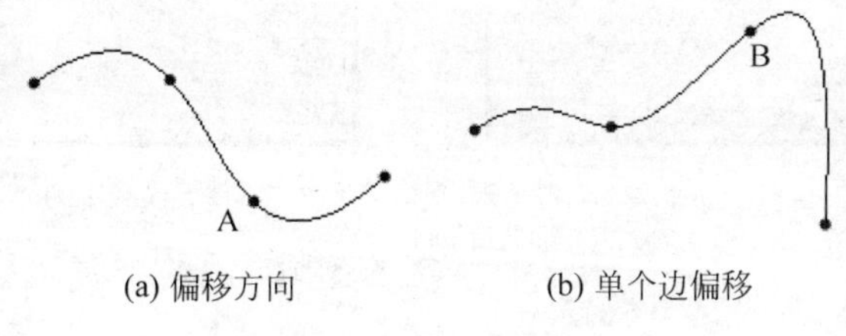

(a) 偏移方向　　(b) 单个边偏移

图 2-34　样条曲线

2.9　文本的创建

利用“文本”命令可以创建文字图形，在 Pro/ENGINEER 中文字也是剖面，可以用“拉伸”命令对文字进行操作。

调用命令的方式如下。

菜单：执行“草绘”|“文本”命令。

图标：单击“草绘器工具”工具栏中的[A]图标按钮。

操作步骤如下。

第 1 步，在草绘器中，单击[A]图标按钮，启动“文本”命令。

第 2 步，系统提示“选择行的起始点，确定文本高度和方向。”时，移动鼠标，单击，确定文本行的起点。

第 3 步，系统提示“选取行的第二点，确定文本高度和方向。”时，移动鼠标，在适当位置单击，确定文本行的第二点。系统在起点与第二点之间显示一条直线(构建线)，并弹出“文本”对话框，如图 2-35(a)所示。

第 4 步，在“文本”对话框中的“文本行”文本框中输入文字，最多可输入 79 个字符，且输入的文字动态显示于草绘区。

第 5 步，在“文本”对话框中的“字体”选项组内选择字体、设置文本行的对齐方式、宽高比例因子、倾角等。

第 6 步，单击“确定”按钮，关闭对话框，系统创建单行文本。

注意：

(1) 构建线的长度决定文本的高度，其角度决定文本的方向，如图 2-36 所示。

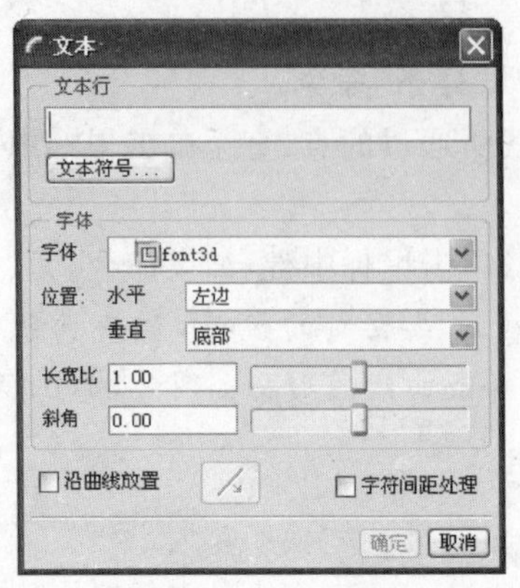

(a) 在“草绘”模式中的“文本”对话框

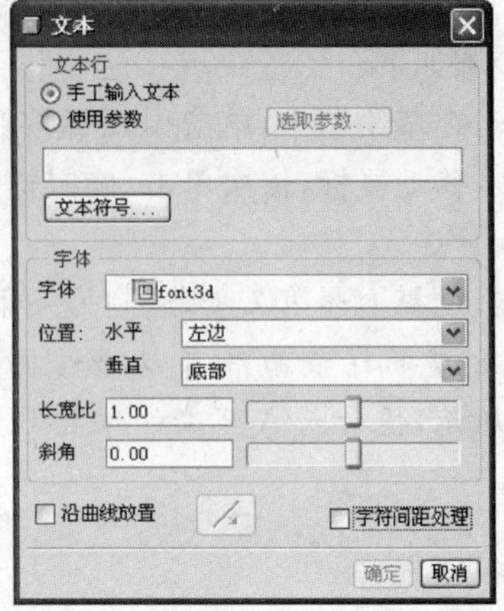

(b) 在“零件”模式中的“文本”对话框

图 2-35 “文本”对话框

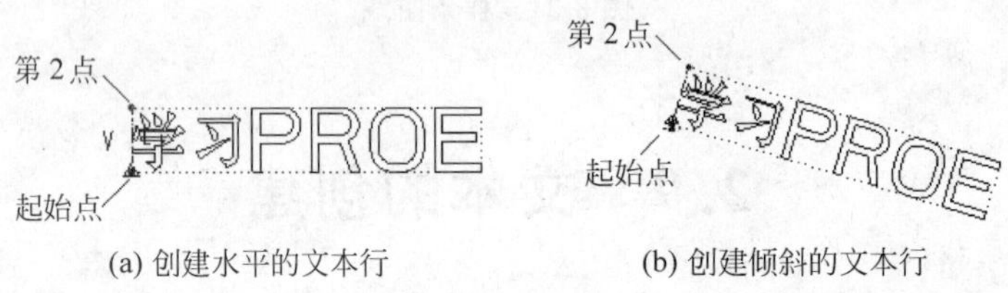

(a) 创建水平的文本行

(b) 创建倾斜的文本行

图 2-36 创建文本

(2) 双击已创建的文字，可以打开“文本”对话框，以更改文字内容及其相关设置。操作及选项说明如下。

(1) 单击“文本符号”按钮，弹出如图 2-37 所示的对话框，从中选取要插入的符号。

图 2-37 “文本符号”对话框

(2) 当由“零件”模式进入草绘环境，则“文本”对话框如图 2-35(b)所示。系统允许用户选择“使用参数”单选按钮，单击“选取参数”按钮，从“选取参数”对话框中选择已定义的参数，显示其参数值。如果选取了未赋值的参数，则文字中将显示“***”。

(3) “字体”下拉列表中显示了系统提供的字体文件名。表中有两类字体，其中 PTC 字体为 Pro/ENGINEER 系统提供的字体，True Type 字体是由 Windows 系统提供的已注册的字体，在字体文件名前分别用回、T前缀区别。

(4) 在“位置”选项区，选取水平和垂直位置的组合，确定文本字符串相对于起始点的对齐方式。其中“水平”定义文字沿文本行方向(即垂直于构建线方向)的对齐方式，有“左边”、“中心”、“右边”三个选项，“左边” 为默认设置，其设置效果如图 2-38 所示。“垂直”定义文字沿垂直于文本行(即构建线方向)的对齐方式，有“底部”、“中间”、“顶部”三个选项，“底部” 为默认设置，其设置效果如图 2-39 所示。“△”表示文本行的起始点。

(a) 左边　　(b) 中心　　(c) 右边

图 2-38　设置文本的水平位置

(a) 底部　　(b) 中间　　(c) 顶部

图 2-39　设置文本的垂直位置

(5) 在“长宽比”文本框中输入文字宽度与高度的比例因子，或使用滑动条设置文本的长宽比。

(6) 在“斜角”文本框中输入文本的倾斜角度，或使用滑动条设置文本的斜角。

图 2-40　“文本符号”对话框

(7) 选中“沿曲线放置”复选框，设置将文本沿一条曲线放置，接着选取要在其上放置文本的曲线，如图 2-40 所示。

(8) 选中“字符间距处理”复选框，将启用文本字符串的字体字符间距处理功能，以控制某些字符对之间的空格，设置文本的外观。

2.10　草绘器调色板

草绘器调色板是一个具有若干个选项卡的几何图形库，系统含有四个预定义的选项卡：多边形、轮廓、形状、星形，每个选项卡包含若干同一类别的截面形状。用户可以向调色板添加选项卡，将截面形状按类别放入选项卡内，并且随时使用调色板中的形状。

2.10.1　使用调色板

利用“调色板”命令可以方便快捷地选定调色板中的几何形状，将其输入到当前草绘中，并且可以对选定的形状调整大小，进行平移和旋转操作。

调用命令的方式如下。

菜单：执行“草绘”|“数据来自文件”|“调色板”命令。

图标：单击“草绘器工具”工具栏中的图标按钮。

操作步骤如下。

第 1 步，在草绘器中，单击图标按钮，启动“调色板”命令，系统弹出如图 2-41(a)所示的“草绘器调色板”对话框。

第 2 步，系统提示“将调色板中的外部数据插入到活动对象。”时，选择所需的选项卡，

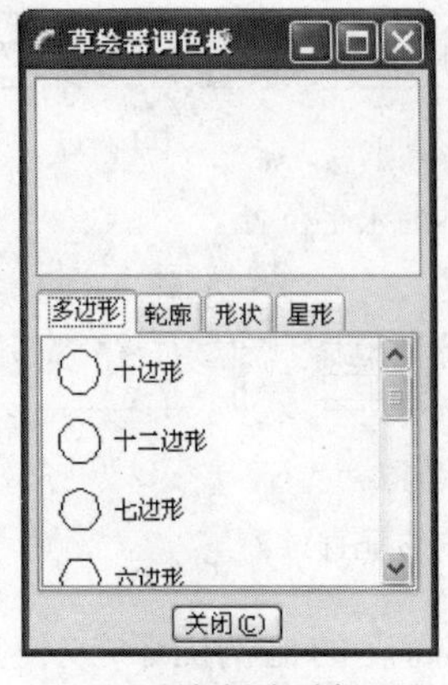

(a) 调色板选项卡

(b) 选定形状并预览

图 2-41 “草绘器调色板”对话框

显示选定选项卡中形状的缩略图和标签，选择某一截面，则在预览区显示相对应的截面形状，如图 2-41(b)所示。

第 3 步，双击选定形状的缩略图或标签，光标变成。

第 4 步，单击，确定放置形状的位置，系统弹出如图 2-42(a)所示的“缩放旋转”对话框，同时被输入的形状位于带有句柄(控制滑块)的虚线方框内，“平移”控制滑块与选定的位置重合，如图 2-42(b)所示。

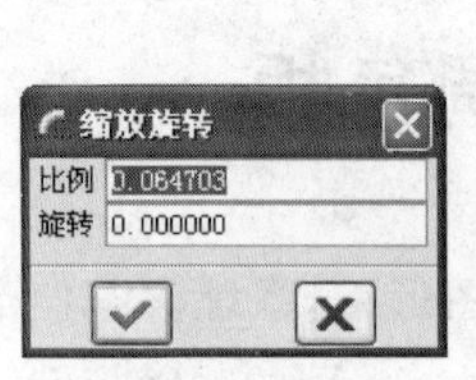

(a) “缩放旋转”对话框

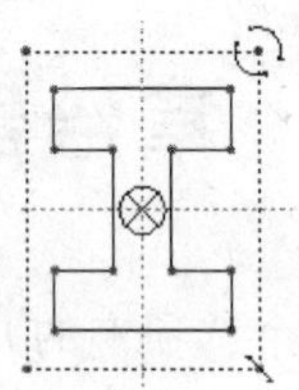

(b) 输入选定形状

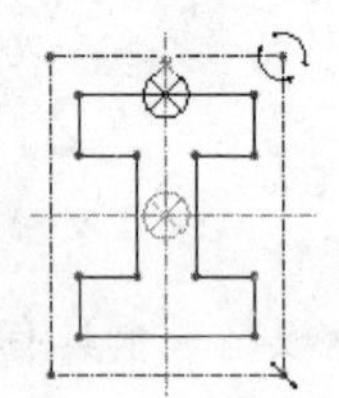

(c) 平移控制滑块在形状上重新定位

图 2-42 输入调色板形状

第 5 步，在“缩放旋转”对话框中输入缩放比例以及旋转角度。

第 6 步，单击图标按钮，关闭“缩放旋转”对话框。

第 7 步，单击“关闭”按钮，关闭“草绘器调色板”对话框。

第 8 步，单击，结束命令。

操作说明如下。

(1) 拖动平移控制滑块，可移动所选图元；拖动旋转控制滑块，可旋转所选图元；拖动缩放控制滑块，修改所选图元的比例。

(2) 在上述第 4 步，单击并按住鼠标左键拖动，输入的形状将从非常小的尺寸逐渐增大，同时“缩放旋转”对话框内的比例值随之变化，直至松开左键。

(3) 默认情况下，平移控制滑块位于形状的中心，在上右击，并将其拖动到所需的捕捉点上，如图 2-42(c)所示。

注意：输入形状的尺寸为强尺寸。

2.10.2 创建自定义形状选项卡

用户可以预先创建自定义形状的草绘文件(.sec 文件)，置于当前工作目录下，则在草绘器调色板中会出现一个(仅出现一个)与工作目录同名的选项卡，且工作目录下的草绘文件中的截面形状将作为可用的形状出现该选项卡中。如图 2-43 所示。

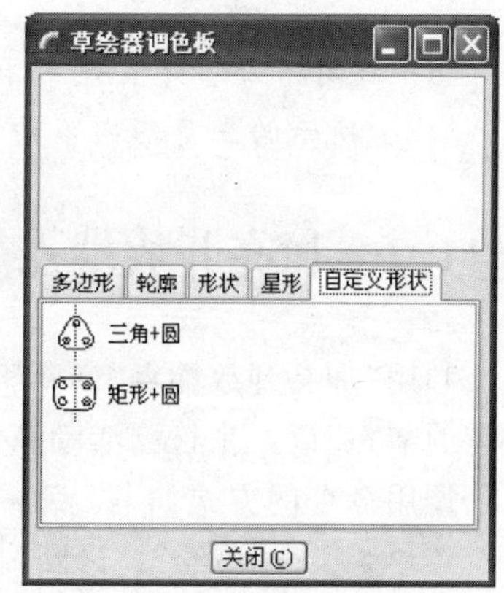

图 2-43 创建自定义形状选项卡

注意：

(1) 如果将草绘文件名称更改为中文名，其截面形状仍然是可用的形状，但是该草绘文件自身将不能被打开。

(2) 默认情况下，系统将草绘器形状目录下的截面文件定义为草绘器调色板中的形状，故要创建自定义形状选项卡，除了上述方法，用户也可以将需要的若干个自定义形状的截面文件置于该目录下。使用配置选项 sketcher_palette_path 可以指定草绘器形状目录的路径。

2.11 草绘器诊断

草绘器诊断是 Pro/ENGINEER 4.0 的新功能，提供了与创建基于草绘的特征和再生失败相关的信息，可以帮助用户实时了解草绘中出现的问题。

2.11.1 着色的封闭环

利用“着色的封闭环”诊断工具，系统将以预定义颜色填充形成封闭环的图元所包围的区域，以此来检测几何图元是否形成封闭环。

调用命令的方式如下。

菜单：执行“草绘”|“诊断”|“着色的封闭环”命令。

图标：单击“草绘器诊断工具”工具栏中的图标按钮。

执行该命令后，系统将着色当前草绘中所有的几何封闭环，如图 2-44(a)所示。

注意：

(1) 只有“草绘器工具”工具栏上的图标按钮下凹时，即处于“选取项目”状态，才显示封闭环的着色填充。

(2) 如果封闭环内包含封闭环，则从最外层环起，奇数环被着色，如图 2-44(b)所示。

(3) 当该诊断模式打开，草绘时，一旦形成封闭环，将被着色。

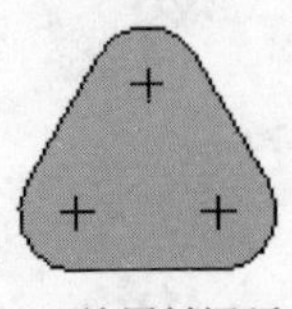

(a) 单层封闭环

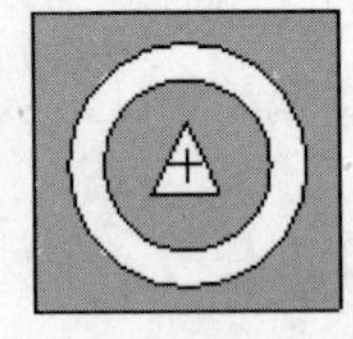

(b) 多层封闭环

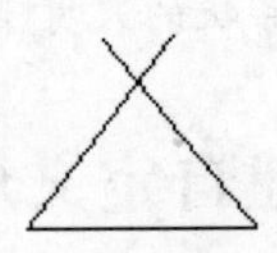

(c) 未构成封闭环

图 2-44　着色封闭环

(4) 封闭环必须是首尾相接、自然封闭。不允许有图元重合，或出现多余图元，如图 2-44(c)所示的三角形内不被着色。

2.11.2　加亮开放端点

利用“加亮开放端点”诊断工具，系统将加亮属于单个图元的端点，即不为多个图元所共有的端点，以此来检测活动草绘中任何与其他图元的终点不重合的图元的端点。

调用命令的方式如下。

菜单：执行“草绘”|“诊断”|“加亮开放端点”命令。

图标：单击“草绘器诊断工具”工具栏中的图标按钮。

执行该命令后，系统将以默认的红色圆加亮显示当前草绘中所有开放的端点，如图 2-45 所示。

注意：当该诊断模式打开，创建新图元时，一旦形成开放端，则自动加亮显示。

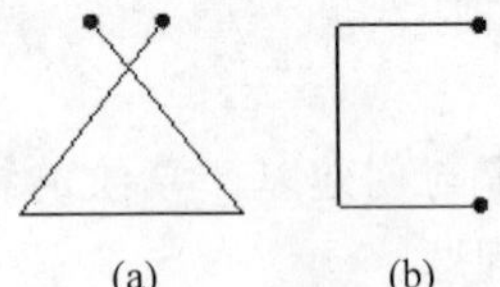

(a)　(b)

图 2-45　加亮开放的端点

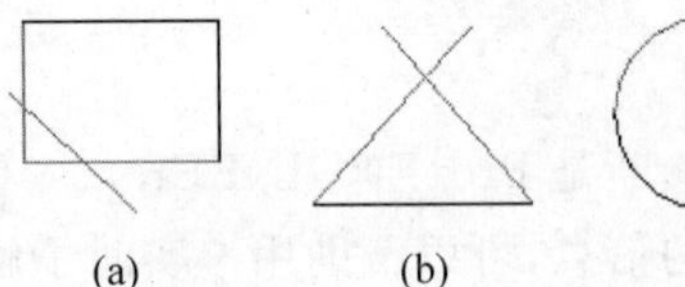

(a)　(b)　(c)

图 2-46　显示重叠几何

2.11.3　重叠几何

利用“重叠几何”诊断工具，系统将加亮重叠图元，以此来检测活动草绘中任何与其他图元相重叠的几何。

调用命令的方式如下。

菜单：执行“草绘”|“诊断”|“重叠几何”命令。

图标：单击“草绘器诊断工具”工具栏中的图标按钮。

执行该命令后，系统将以默认的绿色加亮显示当前草绘中相重叠的几何边，如图 2-46 所示。

注意：“着色的封闭环”、“加亮开放端点”、“重叠几何”三个诊断工具在二维草绘器和三维草绘器中均可用。

2.11.4 特征要求

在“3D 草绘器”中，利用“特征要求”诊断工具，可以分析判断草绘是否满足其定义的当前特征类型的要求。

调用命令的方式如下。

菜单：执行“草绘”|“诊断”|“特征要求”命令。

图标：单击“草绘器诊断工具”工具栏中的图标按钮。

执行该命令后，系统将弹出“特征要求”对话框，该对话框显示当前草绘是否适合当前特征的消息，并列出了对当前特征的草绘要求及其状态，如图 2-47 所示。在状态列中用以下状态符号表示是否满足要求的状态。

(1) ✔：满足要求。

(2) △：满足要求，但不稳定。表示对草绘的简单更改可能无法满足要求。

(3) ❶：不满足要求。

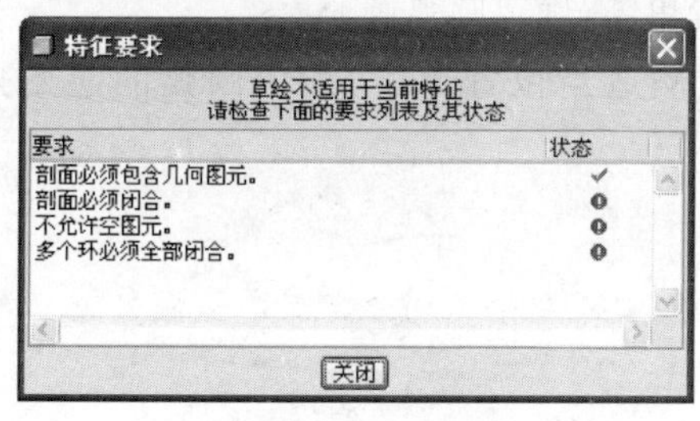

(a) 不合适的草绘

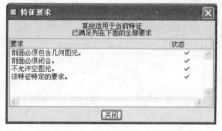

(b) 合适的草绘

图 2-47 “特征要求”对话框

注意：

(1)“特征要求”诊断工具在“2D 草绘器”中不可用。

(2) 当有一个要求未满足时，则该草绘即为不合适。

2.12 上机操作实验指导一 简单二维草图绘制

根据如图 2-48 所示的平面图形，绘制其二维草图。主要涉及的命令包括“直线”命令、“圆弧”命令、“圆角”命令、“圆”命令。

操作步骤如下。

步骤 1 创建新文件

操作过程略。

步骤 2 绘制垂直中心线

操作过程略。

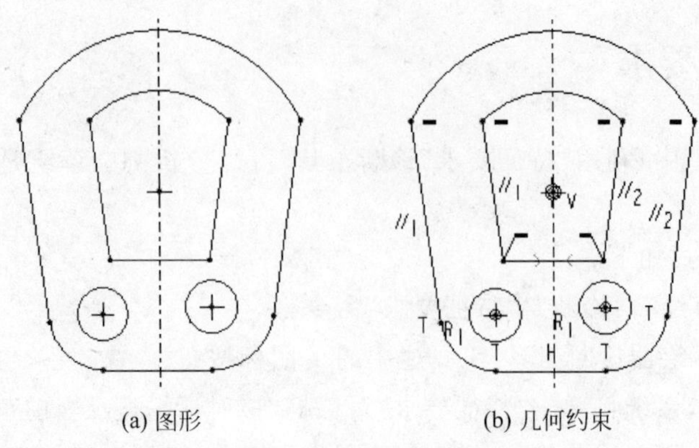

(a) 图形　　　　(b) 几何约束

图 2-48　二维草图的绘制

步骤 3　绘制上端同心圆弧

第 1 步，单击“草绘器工具”工具栏的“弧”弹出式工具栏中的图标按钮，启动圆弧的“圆心和端点”命令。

第 2 步，移动鼠标，在垂直中心线适当位置单击，确定圆弧圆心。

第 3 步，向左移动鼠标，在垂直中心线左侧适当位置单击，指定圆弧的起始点，如图 2-49(a)所示。

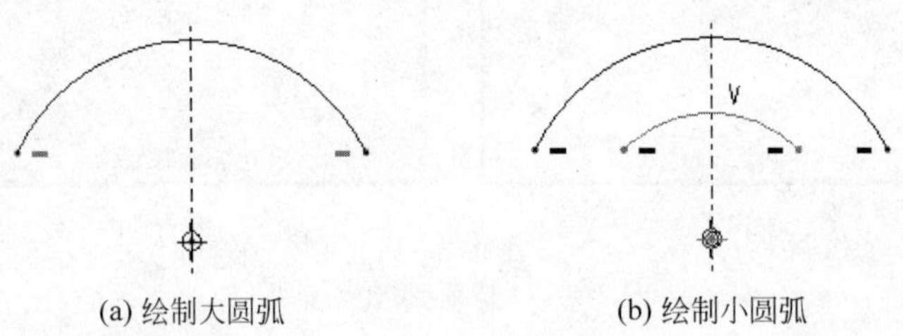

(a) 绘制大圆弧　　　　(b) 绘制小圆弧

图 2-49　绘制同心圆弧

第 4 步，向右移动鼠标，出现如图 2-49(a)所示的界面单击，指定圆弧的端点，保证圆弧左右对称。

第 5 步，单击大圆弧的圆心，如图 2-49(b)所示，确定小圆弧的圆心。

第 6 步，移动鼠标，保证起始点与大圆弧端点在同一直线上，如图 2-49(b)所示。

第 7 步，向右移动鼠标，出现如图 2-49(b)所示的界面单击，指定小圆弧的端点，保证圆弧左右对称。

第 8 步，单击鼠标中键，结束命令。

步骤 4　绘制直线

第 1 步，在适当位置绘制左右对称的水平直线段，如图 2-50(a)所示，以及右外侧斜线。

第 2 步，绘制左外侧斜线段。

第 3 步，绘制左内侧斜线段，保证与左外侧斜线平行，如图 2-50(b)所示。

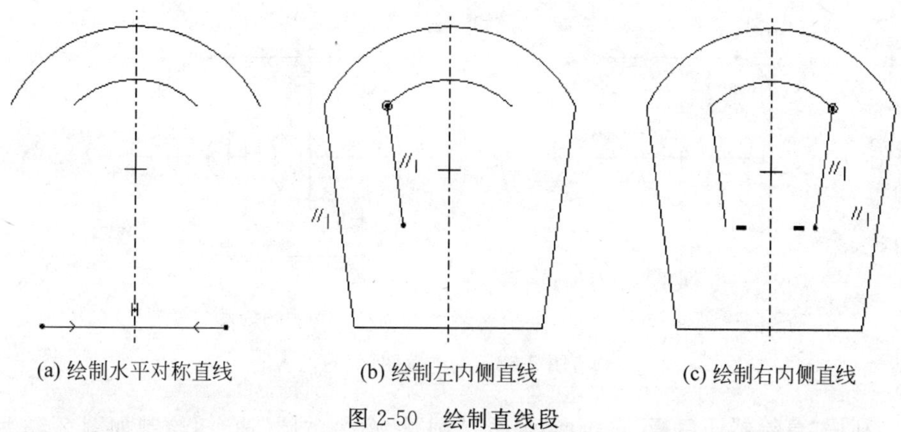

(a) 绘制水平对称直线　　(b) 绘制左内侧直线　　(c) 绘制右内侧直线

图 2-50　绘制直线段

第 4 步，绘制右内侧斜线段，保证与右外侧斜线平行，且下端点与左内侧斜线下端点共线，如图 2-50(c)所示。继续绘制内侧水平线段。

步骤 5　绘制圆角

如图 2-51(a)所示，操作过程略。

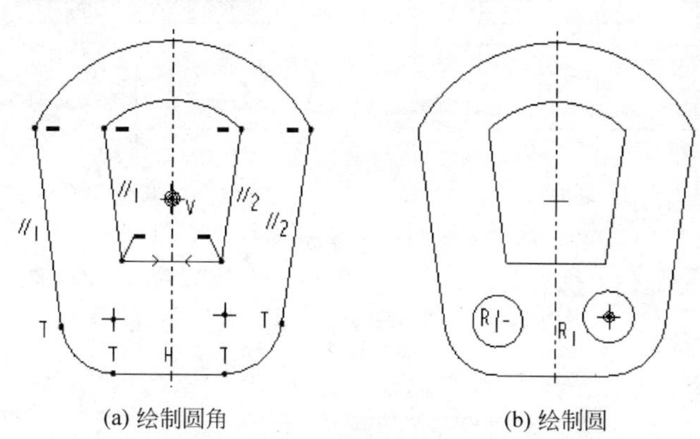

(a) 绘制圆角　　(b) 绘制圆

图 2-51　绘制圆角和圆

步骤 6　绘制圆

第 1 步，启动"圆心和点"命令，单击左侧圆角的圆心，再在适当位置单击，画左侧圆。

第 2 步，单击右侧圆角的圆心，出现如图 2-51(b)所示的界面单击，保证两圆直径相等。

步骤 7　保存图形

参见本书第 1 章，操作过程略。

2.13　上　机　题

1. 利用"直线"命令、"圆弧"命令、"圆角"命令，绘制如图 2-52 所示的二维草图，保证指定的约束条件。

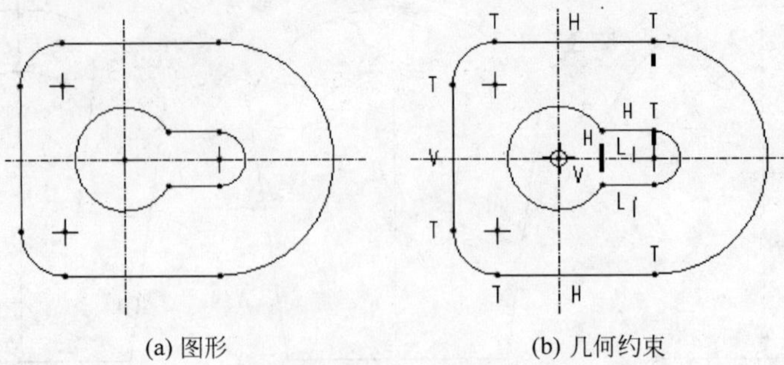

(a) 图形　　　　(b) 几何约束

图 2-52　二维草图(一)

2. 利用“草绘器调色板”、“矩形”命令、“圆弧”命令、“圆”命令，绘制如图 2-53 所示的二维草图，保证指定的约束条件。

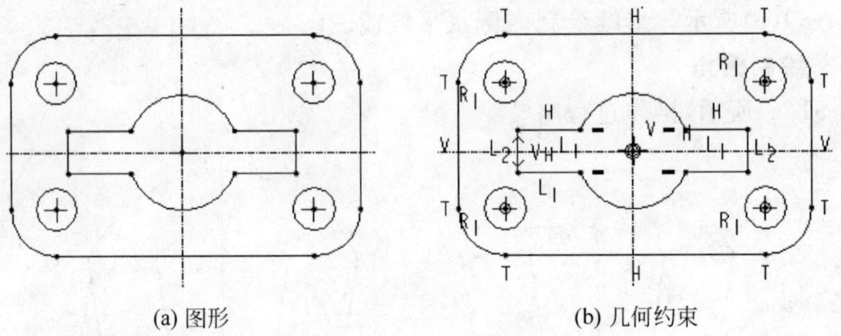

(a) 图形　　　　(b) 几何约束

图 2-53　二维草图(二)

第3章 二维草图的编辑

第2章在草绘器中绘制二维草图时，使用的是系统默认设置，草图的几何形状由草绘器自动捕捉几何约束加以控制。而一般情况下，绘制二维草图时，首先是粗略地画出最初的几何形状，然后再利用Pro/ENGINEER草绘器的编辑功能，对几何图元进行适当的调整、修改，得到最终准确的图形。

本章将介绍的内容如下。

(1) 几何约束。

(2) 尺寸约束。

(3) 选择图元的方法。

(4) 删除图元。

(5) 修剪图元。

(6) 分割图元。

(7) 镜像图元。

(8) 缩放旋转图元。

(9) 复制图元。

3.1 几何约束

在草绘器中，几何约束是利用图元的几何特性(如等长、平行等)对草图进行定义，也称为几何限制。几何约束可以减少不必要的尺寸，以利于图形的编辑和设计变更，达到参数化设计的目的，满足设计要求。几何约束的设置有以下两种方法。

(1) 自动设置几何约束。

(2) 手动添加几何约束。

注意：

(1) 本书第2章均是采用自动设置几何约束的方法创建的二维草图。

(2) 本章第3.1.1小节和第3.1.2小节均关闭“尺寸显示”功能。

3.1.1 自动设置几何约束

1. 几何约束符号

默认设置下，绘制图元时，系统会随着鼠标的移动自动捕捉几何约束，帮助用户来定位几何图元，即自动设置几何约束，并在几何图元旁边显示相应的约束符号，表 3-1 列出了系统的约束条件的符号、含义等。

表 3-1 约束条件符号

约束符号	含 义	解 释
V	竖直图元	铅垂的直线
H	水平图元	水平的直线
//	平行图元	互相平行的直线
⊥	垂直图元	互相垂直的直线
T	相切图元	与圆或圆弧相切的线段
R	相等半径	具有半径相等的圆或圆弧
L	相等长度	具有相等长度的直线段
M	中点	点或圆心处于线段的中点
—►◄—	对称图元	关于中心线对称的两点
□	相同点	点或圆心重合
—○—	图元上的点	点或圆心位于图元上
--	水平排列	两点水平对正
¦	竖直排列	两点垂直对正

如图 3-1 所示的二维草图设置了多种几何约束条件。其中带有相同下标号的约束符号为一对几何约束条件。如 R_1 表示两个圆具有相等的半径，R_2 表示两个圆角的半径

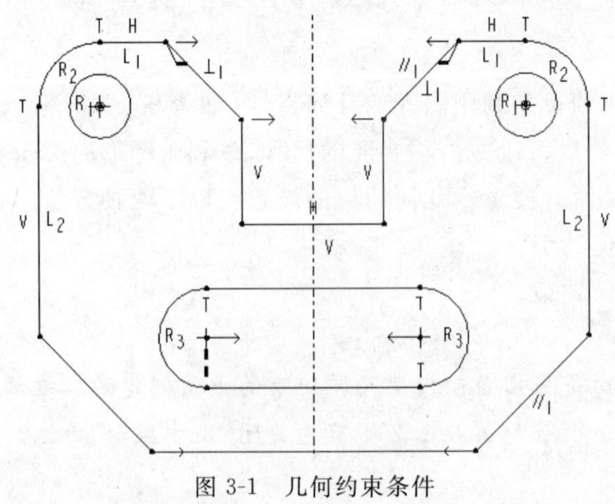

图 3-1 几何约束条件

相等。

2. 设置约束优先选项

几何约束符号的显示，以及用于自动设置的约束类型，均可以在“草绘器优先选项”对话框中设置。

调用命令的方式如下。

菜单：执行“草绘”|“选项”命令。

操作步骤如下。

第 1 步，调用“选项”命令，系统弹出如图 3-2 所示的“草绘器优先选项”对话框。

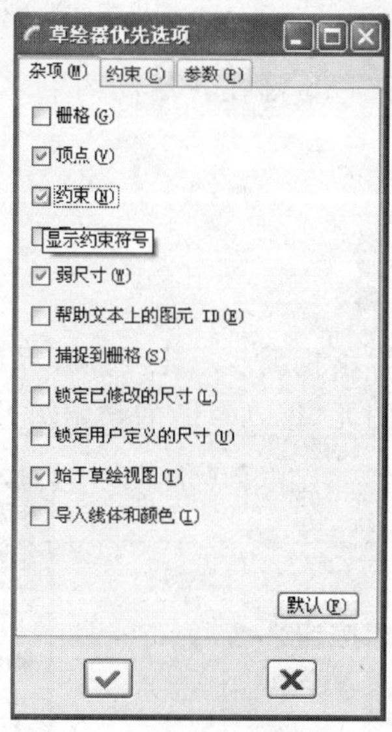

(a) “杂项”选项卡设置约束符号的显示

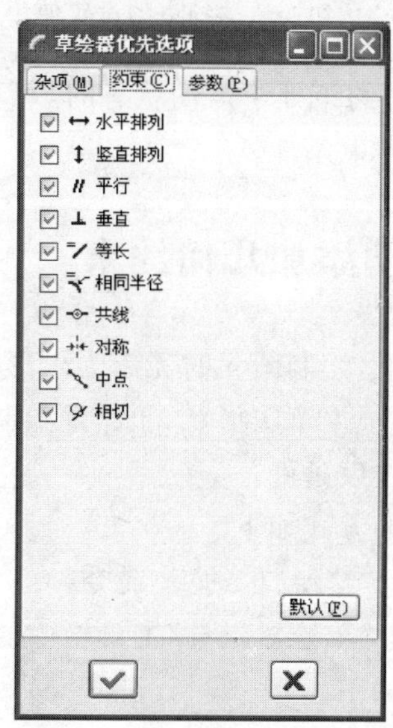

(b) “约束”选项卡设置可用的约束条件

图 3-2 “草绘器优先选项”对话框

第 2 步，在“杂项”选项卡中，“约束”复选框控制约束符号的显示。

第 3 步，单击“约束”选项卡，该选项卡列出了约束类型，默认情况下各约束条件前的复选框均为选中，单击复选框，可以选中或移除约束条件。

第 4 步，单击✔图标按钮，确认所作的设置，关闭对话框。

注意：

(1) 只有在“约束”选项卡中被选中的约束条件，才能在自动设置约束时可用。

(2) 单击“默认”按钮，可以重新设置为默认的约束类型。

(3) 单击“草绘器”工具栏中的图标按钮，也可以控制约束符号的显示。

3. 几何约束条件的控制

在使用自动设置约束创建图元的过程中，系统所显示的几何约束为活动约束，并以红色显示，用户可以在单击进行定位前，对几何约束加以控制。

(1) 如果不希望设置系统显示的活动约束,可以右击以禁用该约束,如图 3-3(b)所示,禁止使用两点水平对正约束。再次右击可以重新启用活动约束。

(2) 如果某个活动约束重要,可以在右击的同时按住 Shift 键,以锁定该约束,如图 3-4 所示,锁定水平约束条件。再次用同样的方法即可解除锁定约束。

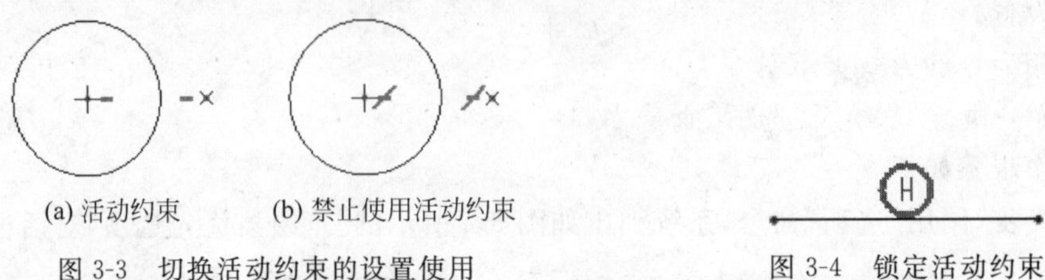

(a) 活动约束　(b) 禁止使用活动约束

图 3-3　切换活动约束的设置使用

图 3-4　锁定活动约束

(3) 当多个约束处于活动状态时,可以使用 Tab 键在各活动约束之间进行切换,以选择所需要的约束条件。

3.1.2　手动添加几何约束

一般情况下,绘制图元时无需力求形状准确,不拘泥于一定要使用系统自动捕捉的约束条件,只需要根据草图形状,粗略地绘制几何图元,得到草图的初始图形,然后根据几何条件手动添加约束条件。

调用命令的方式如下。

菜单:执行“草绘”|“约束”命令。

图标:单击“草绘器工具”工具栏中的图标按钮。

操作步骤如下。

第 1 步,在草绘器中,单击图标按钮,启动“约束”命令,系统弹出如图 3-5 所示的“约束”对话框。

图 3-5　“约束”对话框

第 2 步,选取所需要的约束条件。

第 3 步,按照系统提示,单击选取需要添加约束条件的图元。

第 4 步,重复上述第 2 步～第 3 步,添加其他约束条件。

第 5 步,单击“关闭”按钮,退出“约束”对话框。系统按照所添加的约束条件更新草图。

注意:

(1) 对于各约束命令,系统重复提示选取图元,可以设置其他图元的约束条件。

(2) 当单击“解释”按钮,系统在信息区提示“选择约束或尺寸,加亮参照,并提供解释消息。”时,用户可以选择一个约束符号,系统将根据所选择的约束,在信息栏显示相应的解释。如选择平行约束符号,系统显示“加亮直线平行”的信息。

以下介绍“约束”对话框中各图标的含义及其约束条件的添加方法。

1. 铅垂/水平约束

第 1 步,在“约束”对话框中单击↕/↔图标按钮,系统弹出“选取”对话框。

第 2 步，系统提示“选取一直线或两点。”时，选取一条斜线或两个点。所选的斜线更新为铅垂线或水平线，或使两点位于一条铅垂线或水平线上。

2. 垂直/平行约束

第 1 步，在“约束”对话框中单击 / 图标按钮。

第 2 步，系统提示“选取两图元使它们正交/平行。”时，选取两条线(包括圆弧)。被选择的两条线成为互相垂直/平行的线条，如图 3-6 所示。

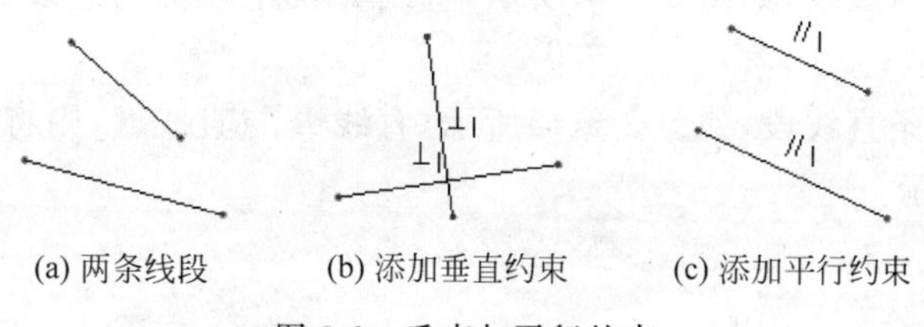

(a) 两条线段　(b) 添加垂直约束　(c) 添加平行约束

图 3-6　垂直与平行约束

3. 相切约束

第 1 步，在“约束”对话框中单击 图标按钮。

第 2 步，系统提示“选取两图元使它们相切。”时，选取直线段以及圆弧或圆，被选中的直线与圆弧或圆成为相切的图元，如图 3-7 所示。

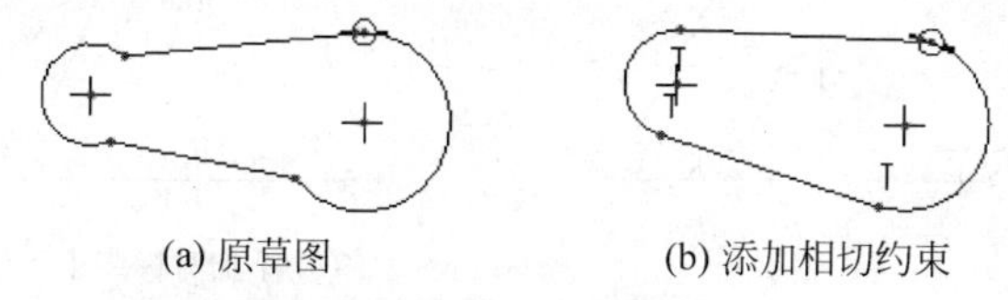

(a) 原草图　(b) 添加相切约束

图 3-7　相切约束

4. 对中约束

第 1 步，在“约束”对话框中单击 图标按钮。

第 2 步，系统提示“选取一点和一条线或弧。”时，分别选取一个点或圆心以及一条直线或圆弧，则所选的点将置于所选线的中点。

5. 对齐约束

第 1 步，在“约束”对话框中单击 图标按钮。

第 2 步，系统提示“选取要对齐的两图元或顶点。”时，选择两个点；或点与线条；或两条直线段。

注意：选择的点可以是点、线段端点、圆或圆弧的圆心，线条可以是直线、圆弧等。

操作说明如下。

(1) 当选择两个点时，如图 3-8(a)所示，直线 L 的下端点与直线 R 的左端点，则将所选的两点重合，如图 3-8(b)所示；

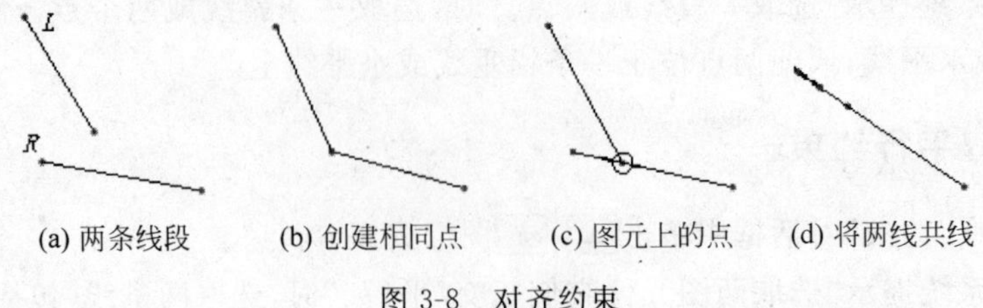

(a) 两条线段　(b) 创建相同点　(c) 图元上的点　(d) 将两线共线

图 3-8　对齐约束

(2) 当选择点与线条，如图 3-8(a)所示，直线 L 的下端点与直线 R，则将点置于直线上，如图 3-8(c)所示；

(3) 当选择两条直线段，如图 3-8(a)所示，直线 L 与直线 R，则将两条直线设置为共线，如图 3-8(d)所示。

6. 对称约束

第 1 步，在"约束"对话框中单击图标按钮。

第 2 步，系统提示"选取中心线和两顶点来使它们对称。"时，选择对称的中心线以及两个点，如图 3-9 所示，选择铅直中心线以及水平线段的左端点和右端点，则所选的两个端点关于铅直中心线对称。

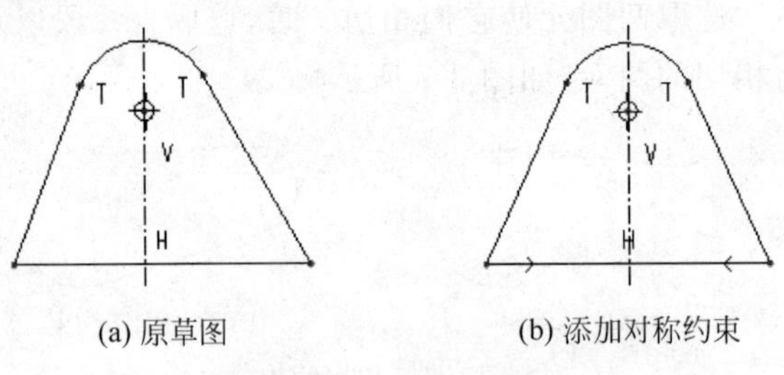

(a) 原草图　(b) 添加对称约束

图 3-9　对称约束

7. 等长等径约束

第 1 步，在"约束"对话框中单击 = 图标按钮。

第 2 步，系统提示"选取两条直线(相等段)，或两个弧/圆/椭圆(等半径)，或一个样条与一条线或弧(等曲率)。"时，分别选取两条直线段，或两个弧/圆/椭圆，结果如图 3-10 所示。

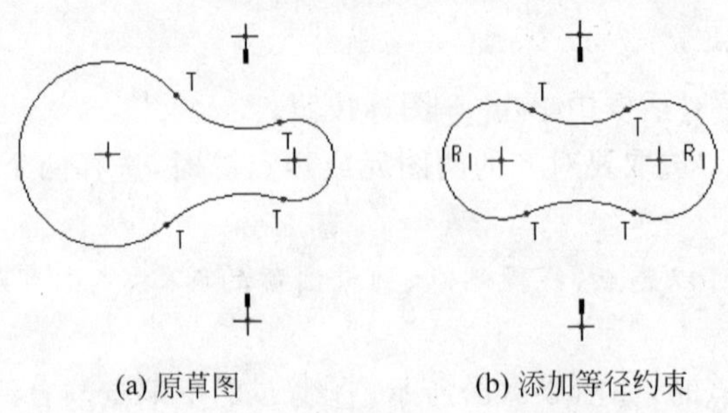

(a) 原草图　(b) 添加等径约束

图 3-10　等径约束

3.1.3 删除几何约束

几何约束条件虽然可以帮助用户准确定义草图，减少所标注的尺寸。但在某些情形下，有些系统自动设置的约束条件并不是用户所需要的，而在创建图元时又没有禁用该约束，那么在图元创建之后可以将该约束删除，通过尺寸加以控制。

操作步骤如下。

第 1 步，单击"草绘器工具"工具栏中的图标按钮。

第 2 步，选取需要删除的约束符号。

第 3 步，按 Delete 键，删除所选取的约束条件。

注意：选择需要删除的约束符号，右击，利用快捷菜单中的"删除"，也可以删除约束条件。

删除一个约束条件，系统将自动添加一个尺寸。如图 3-11(a)所示，如果修改尺寸 2.02，具有等长约束条件 L_1 的两条线段的长度会同时变化。如果希望上面水平边能够单独更改长度，则可删除等长约束条件 L_1，则系统自动添加尺寸 2.30，如图 3-11(b)所示，将其修改为 2.5，如图 3-11(c)所示。

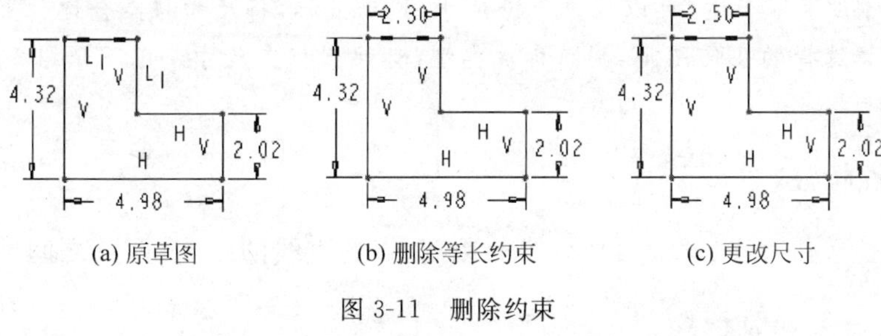

(a) 原草图　　(b) 删除等长约束　　(c) 更改尺寸

图 3-11　删除约束

3.2 尺寸约束

在绘制几何图元后，系统会自动为其标注弱尺寸，以完全定义草图。但弱尺寸标注的基准无法预测，且有些弱尺寸往往不是用户所需要的，不能满足设计要求。要完成精确的二维草图，且能根据设计要求控制尺寸，在设置几何约束条件后，应该手动标注所需要的尺寸，即标注强尺寸。然后根据具体尺寸数值对各尺寸加以修改，系统便能再生出最终的二维草图。

3.2.1 标注尺寸

手动标注尺寸的类型有线性尺寸、径向尺寸、角度尺寸等。

调用命令的方式如下。

菜单：执行“草绘”|“尺寸”|“垂直”命令。

图标：单击“草绘器工具”工具栏中的[icon]图标按钮。

快捷菜单：在“草绘器”窗口内右击，在快捷菜单中选取“尺寸”。

操作步骤如下。

第 1 步，在草绘器中，单击[icon]图标按钮，启动“尺寸”|“垂直”命令，系统弹出“选取”对话框。

第 2 步，单击选取需要标注的图元。

第 3 步，移动鼠标，在适当位置单击鼠标中键，确定尺寸的放置位置。

第 4 步，重复上述第 2 步～第 3 步，标注其他尺寸。

第 5 步，单击[icon]图标按钮或选择其他命令，结束尺寸标注。

注意：

(1) 如图 3-2(a)所示，默认设置下，“草绘器优先选项”对话框的“杂项”选项卡中，“尺寸”和“弱尺寸”两个复选框均被选中，系统显示所有尺寸(包括强尺寸和弱尺寸)。另外，单击“草绘器”工具栏中的[icon]图标按钮，可以控制尺寸的显示。

(2) 弱尺寸不能手动删除，而在添加强尺寸后，系统会自动删除不必要的弱尺寸和几何约束。

(3) 尺寸位置不合适，可以单击选择尺寸，拖动鼠标，将尺寸移至合适位置。

系统根据选择的几何图元，判断标注类型，标注出相应尺寸。以下介绍各类尺寸的标注方法。

1. 线性标注

线性标注包括直线长度、两平行线的距离、点到直线的距离、两点之间的距离等，如图 3-12 所示。

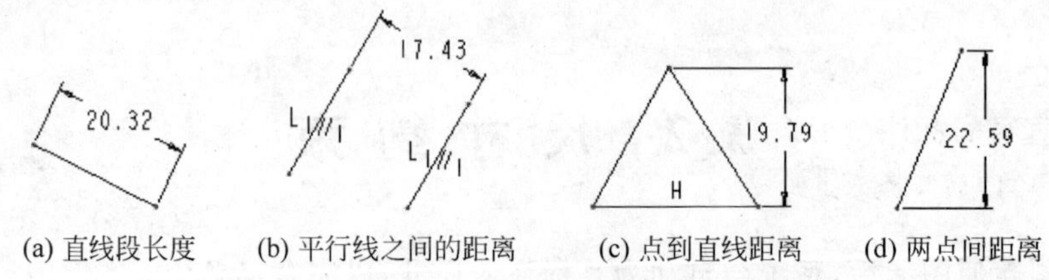

(a) 直线段长度　(b) 平行线之间的距离　(c) 点到直线距离　(d) 两点间距离

图 3-12　标注线性尺寸

(1) 直线的长度。命令执行后，单击选取需要标注长度的直线或直线段的两个端点，以鼠标中键点取尺寸位置。

(2) 两平行线的距离。命令执行后，单击选取需要标注距离的两条直线，以鼠标中键点取尺寸位置。

(3) 点到直线的距离。命令执行后，单击选取点以及直线，以鼠标中键点取尺寸位置。

(4) 两点之间的距离。命令执行后，分别单击选取两个点(包括点图元、线的端点、圆或圆弧圆心)，以鼠标中键点取尺寸位置。系统根据点取的尺寸位置，标注这两个点之间的垂直或水平距离。

注意：

(1) 当选取直线段两端点后，若尺寸位置点取在以标注线段为对角线的矩形范围内，如图 3-13(b)所示的点 A，则标注直线段长度，如图 3-13(c)所示；否则，标注线段两端点的垂直或水平距离，如图 3-13(d)所示。

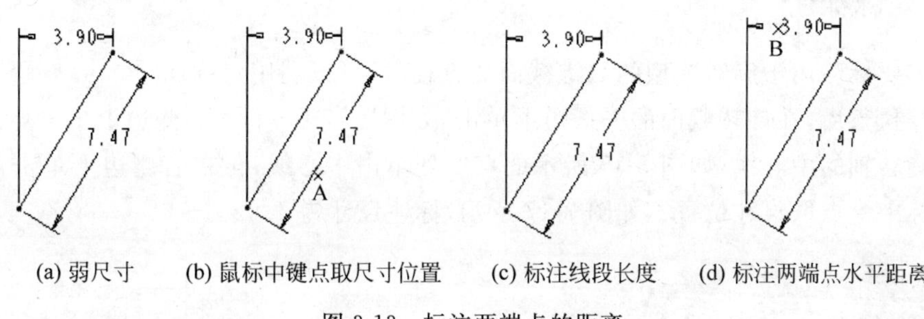

(a) 弱尺寸　(b) 鼠标中键点取尺寸位置　(c) 标注线段长度　(d) 标注两端点水平距离

图 3-13　标注两端点的距离

(2) 无法标注中心线的长度。

2. 径向标注

径向标注是指圆或圆弧的半径或直径尺寸的标注。

(1) 半径的标注。命令执行后，单击选取需要标注半径的圆或圆弧，以鼠标中键点取尺寸位置。如图 3-14(a)所示。

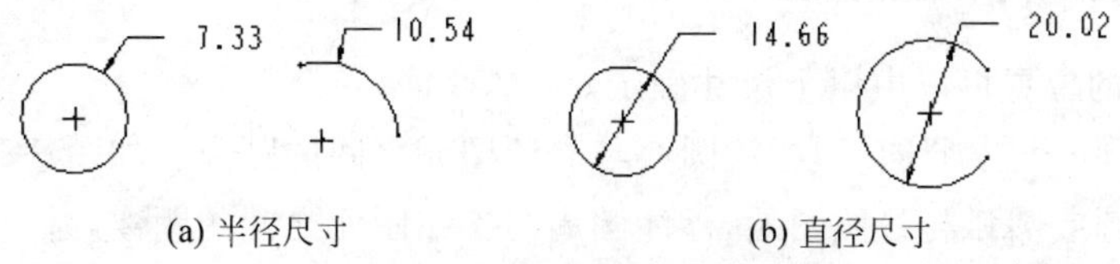

(a) 半径尺寸　(b) 直径尺寸

图 3-14　标注径向尺寸

(2) 直径的标注。命令执行后，双击选取需要标注直径的圆或圆弧，以鼠标中键点取尺寸位置。如图 3-14(b)所示。

3. 角度标注

角度尺寸是指两非平行直线之间的夹角以及圆弧的中心角。

(1) 两直线夹角标注角度。命令执行后，分别单击选取需要标注角度的两条非平行直线，以鼠标中键点取尺寸位置。如图 3-15 所示。

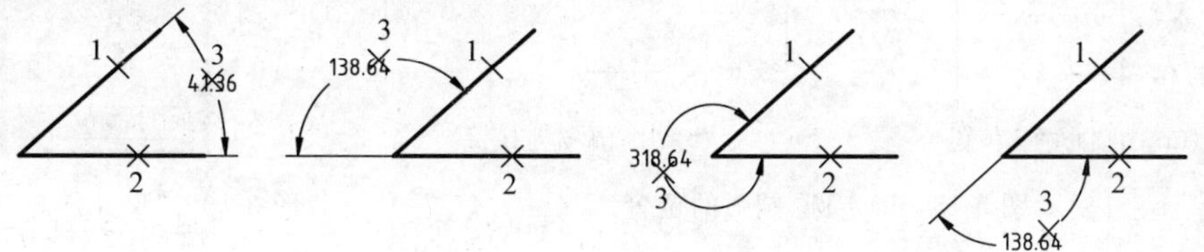

图 3-15　标注两直线的夹角

注意：当标注两条直线夹角时，点取尺寸的位置将影响标注的结果，如图 3-15 所示。

(2) 圆弧的中心角的标注。命令执行后，单击选取某圆弧，再分别单击选取该圆弧的两个端点，以鼠标中键点取尺寸位置。如图 3-16 所示。

4. 对称标注

当需要标注用于旋转造型的二维截面的直径时，可以利用对称标注。

命令执行后，在旋转截面的一条边上单击，如图 3-17 所示，在右侧边上单击点 1，再选取作为旋转轴的中心线，如图 3-17 所示的点 2 处单击中心线，再在右侧边上单击点 3，最后以鼠标中键点取尺寸位置。如图 3-17 所示，标注尺寸为 4.02。

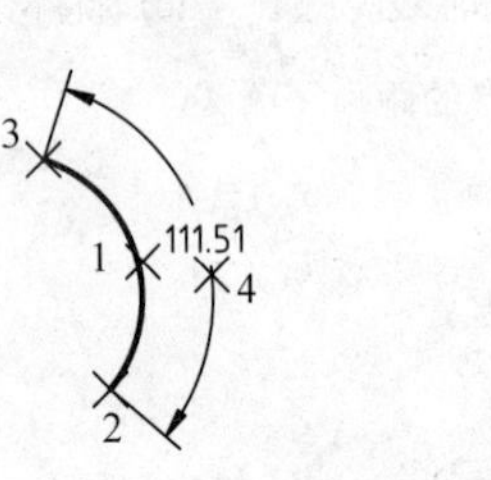

图 3-16　标注圆弧的中心角

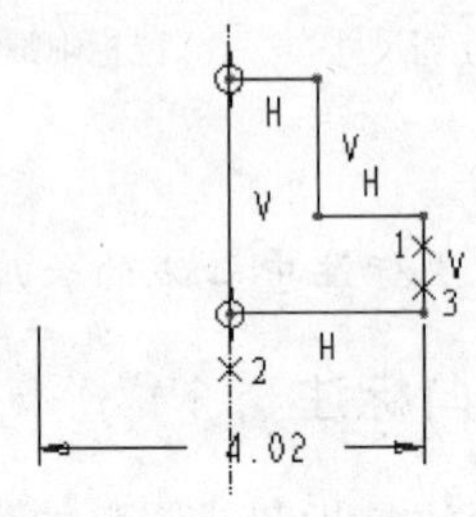

图 3-17　对称标注

5. 圆或圆弧的位置标注

圆或圆弧的位置可以由以下尺寸确定。

(1) 选择圆心与参照图元，标注圆心与参照图元之间的距离。如图 3-18(a)所示。

(2) 选择圆或圆弧与参照图元，标注圆周与参照图元之间的距离，系统自动将尺寸界线与所选的圆或圆弧相切。如图 3-18(b)所示。

命令执行后，分别单击选取圆或圆弧的圆周以及参照图元，以鼠标中键点取尺寸位置，即可标注圆周与参照图元之间的距离。

当选择的参照图元仍然是圆或圆弧，则在点取尺寸位置后，系统弹出如图 3-19 所示的"尺寸定向"对话框，选择竖直或水平，单击"接受"按钮，即可标注两个圆周之间的距离。如图 3-18(b)所示，尺寸 12.28 为圆与圆弧的水平距离。

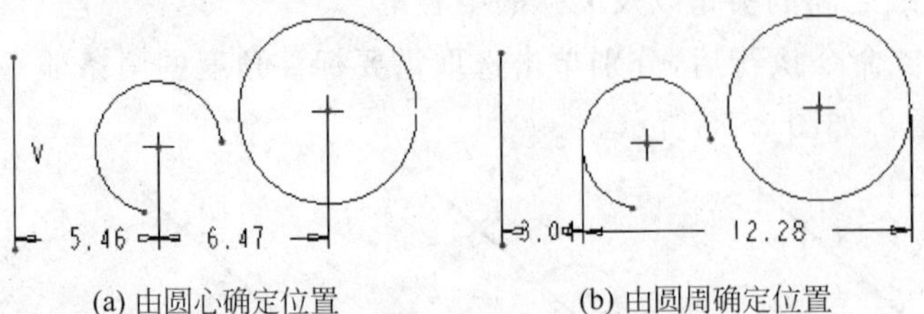

(a) 由圆心确定位置　(b) 由圆周确定位置

图 3-18　确定圆、圆弧的位置

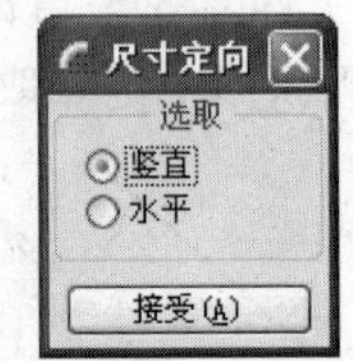

图 3-19　"尺寸定向"对话框

6. 圆角位置标注

由于在两条非平行的直线之间倒圆角时，两直线从切点到交点之间的线段被修剪掉。如需要标注交点的位置，则在倒圆角之前，先利用"绘图"菜单的"点"命令，在交点处创建点图元，倒圆角后标注点图元与参照图元之间的距离，即可确定圆角的位置。如图 3-20 所示，创建两个点图元，倒角后，标注两个点之间的距离。

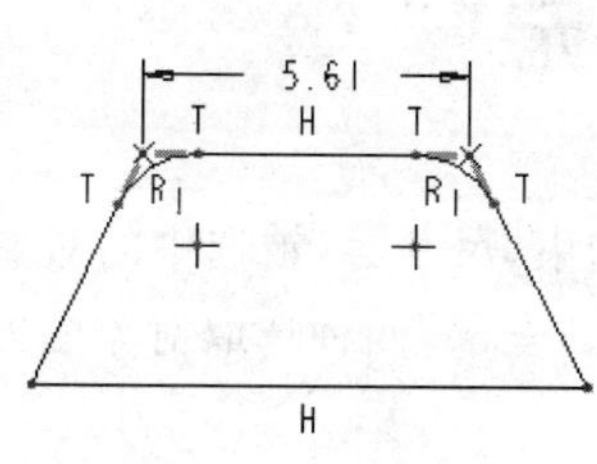

图 3-20　标注圆角位置

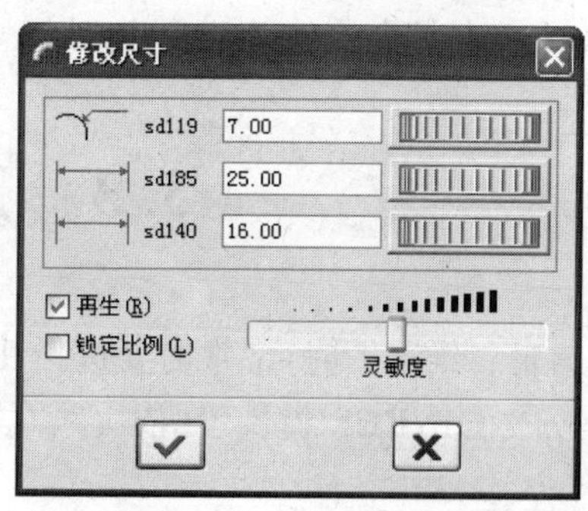

图 3-21　"修改尺寸"对话框

3.2.2　修改尺寸

设计时一般都需要修改弱尺寸或手动标注的强尺寸，进行设计变更。使用"修改尺寸"对话框可修改几何图元的尺寸数值。

调用命令的方式如下。

菜单：执行"编辑"|"修改"命令。

图标：单击"草绘器工具"工具栏中的图标按钮。

操作步骤如下。

第 1 步，在草绘器中，单击图标按钮，启动"修改"命令。

第 2 步，系统弹出"选取"对话框，选取需要修改的某个尺寸。

第 3 步，系统弹出"修改尺寸"对话框，如图 3-21 所示。继续选取其他需要修改的尺寸，则所有选择的尺寸均列在对话框中。

第 4 步，不选中"再生"复选框(默认为选中)。

第 5 步，依次在各尺寸的文本框中输入新的尺寸数值，回车。

第 6 步，单击"确定"按钮，系统再生二维草图，并关闭对话框。

操作及选项说明如下。

(1) 默认设置下，每输入一个新的数值回车后，系统随即再生草图，致使草图形状发生变化，如果输入的数值不合适，则会造成计算失败。故一般在修改尺寸数值之前，执行上述第 4 步，不选中"再生"复选框，在所有的尺寸数值输入后，单击 "确定"按钮后，系统才再生草图。

(2) 在"修改尺寸"对话框中，单击并拖动每个尺寸文本框右侧的旋转轮盘，或在旋转轮盘上使用鼠标滚轮，动态修改尺寸数值。需要增大尺寸值，可以向右拖动相应旋转轮盘，或是在相应的旋转轮盘上，使鼠标滚轮向上滚动。否则，减少尺寸值。

(3)“锁定比例”复选框默认为不选中，一个尺寸发生变化，随即改变草图形状。当选中“锁定比例”复选框，一个尺寸数值改变后，被选择的尺寸将一起发生变化，保证尺寸数之间的比例关系。

注意：如果只需修改一个尺寸，也可以在需要修改的尺寸上双击，使尺寸处于编辑状态，在尺寸文本框中输入新的尺寸数值，回车。

3.3 选择图元

在编辑二维草图时，常常需要选择几何图元、几何约束、尺寸等，被选中的对象呈现红色。Pro/ENGINEER 提供了“依次”、“链”、“所有几何”、“全部”四种选取对象的方法。

1. 依次

调用命令的方式如下。

菜单：执行“编辑”|“选取”|“依次”命令。

图标：单击“草绘器工具”工具栏中的图标按钮。

操作说明如下。

(1) 在某一对象上单击，则选择该对象，被选中的对象呈现红色。

(2) 如果需要选择多个对象，可以在按下 Ctrl 键的同时，依次在各对象上单击；或在适当位置按下鼠标左键，并拖动鼠标，构成一个选择窗口，松开鼠标左键，则窗口内的对象被选中。

(3) 当创建选项集后，系统在“状态”栏上的“所选项目”区域指示已选取 n 个。

注意：

(1) 用窗口框选对象时，几何图元以及文字必须完全落在窗口内才被选中；标注对象只要其尺寸数值落在窗口内，就被选中。

(2) 当创建选择集后，又单击某个对象，或用窗口框选多个对象后，系统则从选择集中清除原先的所有被选中的对象，而用最后选取的对象创建新的选择集。

(3) 如果要从选项集中删除某对象，移动鼠标至该加亮的对象上，按下 Ctrl 键的同时单击。

2. 链

调用命令的方式如下。

菜单：执行“编辑”|“选取”|“链”命令。

使用“链”方法选取对象时，系统弹出“选取”对话框，并在信息区提示“选取作为所需链的一端或所需环一部分的图元”，单击其中一个图元，即可选中与该对象具有公共顶点或相切关系的连续的多条边或曲线。

3. 所有几何

调用命令的方式如下。

菜单：执行“编辑”|“选取”|“所有几何”命令。

使用“所有几何”方法选取对象时，系统自动选取所有的几何图元。

4. 全部

调用命令的方式如下。

菜单：执行“编辑”|“选取”|“全部”命令。

使用“全部”方法选取对象时，系统自动选取所有的几何图元、几何约束、尺寸。

3.4 删除图元

调用命令的方式如下。

菜单：执行“编辑”|“删除”命令。

操作步骤如下。

第 1 步，选取需要删除的图元。

第 2 步，执行“编辑”| “删除”命令，系统随即删除选定的图元。

注意：通过按下 Delete 键，也可以删除选定的图元。

3.5 修剪图元

利用修剪功能可以将不需要的部分图元修剪掉。

3.5.1 拖动方式修剪图元

采用鼠标拖动端点的方式可以修剪线段或圆弧。操作方法如下。

移动鼠标至线段或圆弧的端点上，按住 Ctrl 键并按下左键不放，拖动该端点，线段在其方向上被修剪，如图 3-22(a)所示，圆弧在其圆周上被修剪，如图 3-22(b)所示。

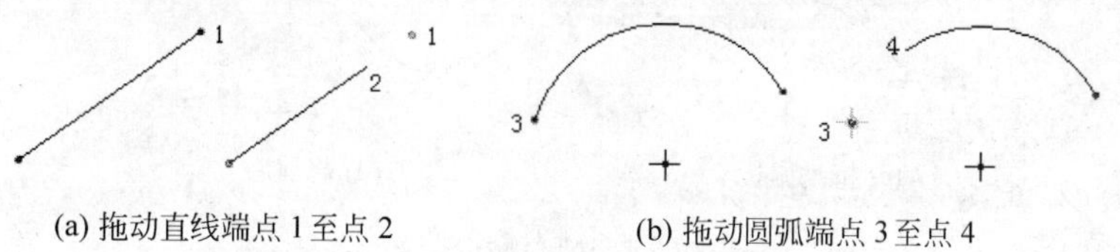

(a) 拖动直线端点 1 至点 2　　(b) 拖动圆弧端点 3 至点 4

图 3-22　拖动方式修剪图元

注意：

(1) 按住 Ctrl 键并按下左键不放，拖动直线的端点时，线段方向保持不变；拖动圆弧的端点时，保证半径不变。该方式还可以将线段延伸。拖动端点时，系统在该线段与其他图元的相交处自动显示其创建的约束。如图 3-23 所示。

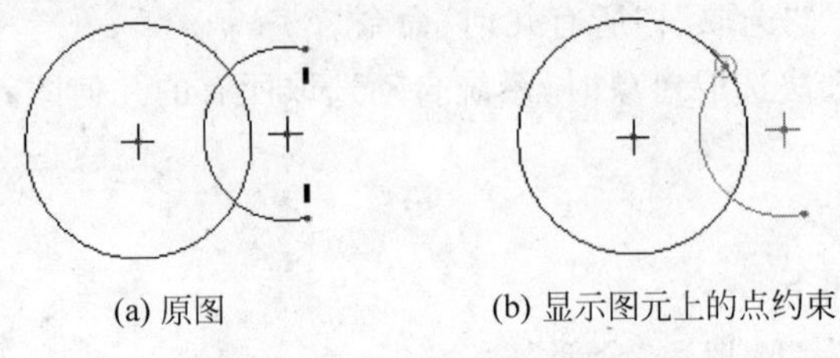

(a) 原图　　(b) 显示图元上的点约束

图 3-23　拖动圆弧端点至圆上

(2) 如果按下左键不放，拖动端点时不按住 Ctrl 键，则该端点可以被拖至任意位置，而另一端点的位置不变。此时，直线段可以绕固定端点旋转并伸缩；圆弧可以改变圆心位置和半径。

3.5.2　动态修剪图元

调用命令的方式如下。

菜单：执行“编辑”|“修剪”|“删除段”命令。

图标：单击“草绘器工具”工具栏的“修剪”弹出式工具栏中的图标按钮。

操作步骤如下。

第 1 步，在草绘器中，单击图标按钮，启动修剪的“删除段”命令。

第 2 步，单击选取需要修剪的图元，系统将其显示红色后，随即删除该图元。如图 3-24(b)所示，水平线段与右侧圆相切的切点右侧被修剪。

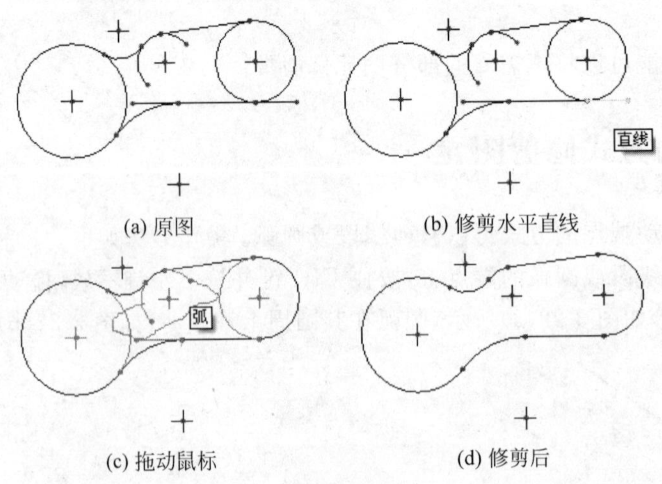

(a) 原图　　(b) 修剪水平直线

(c) 拖动鼠标　　(d) 修剪后

图 3-24　动态修剪图元

注意：

(1) 可以拖动鼠标绘出不规则的曲线，与该曲线相交的线段被选中，并呈现红色，当松开鼠标左键后，这些线段被修剪。如图 3-24(c)、(d)所示。

(2) 如果所选图元不与其他图元相交，则整个线段被删除；如果所选图元与其他图元相交(相切)，则位于交点(切点)一侧的图元选择位置所处的那一段图元被修剪。

3.5.3 拐角修剪

调用命令的方式如下。

菜单：执行“编辑”|“修剪”|“拐角”命令。

图标：单击“草绘器工具”工具栏的“修剪”弹出式工具栏中的图标按钮。

操作步骤如下。

第 1 步，在草绘器中，单击图标按钮，启动修剪的“拐角”命令。

第 2 步，系统提示“选取要修整的两个图元。”时，单击选取两条线，则系统自动修剪或延伸所选的两条线。如图 3-25 所示。

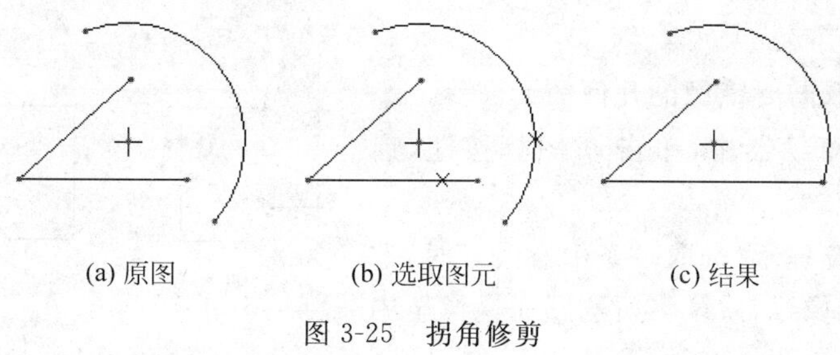

(a) 原图　　(b) 选取图元　　(c) 结果

图 3-25　拐角修剪

注意：如果线段被修剪，则应在保留的那一侧单击选择线段，如图 3-25(b)所示，选择圆弧的位置。

3.5.4 分割图元

调用命令的方式如下。

菜单：执行“编辑”|“修剪”|“分割”命令。

图标：单击“草绘器工具”工具栏的“修剪”弹出式工具栏中的图标按钮。

操作步骤如下。

第 1 步，在草绘器中，单击图标按钮，启动修剪的“分割”命令。

第 2 步，在要分割的位置单击图元，则系统在指定位置将所选的图元分割成两段。如图 3-26 所示。

注意：如果在两个图元的交点附近单击，系统则会自动捕捉交点，并将两个图元分别在交点处分割成两段。

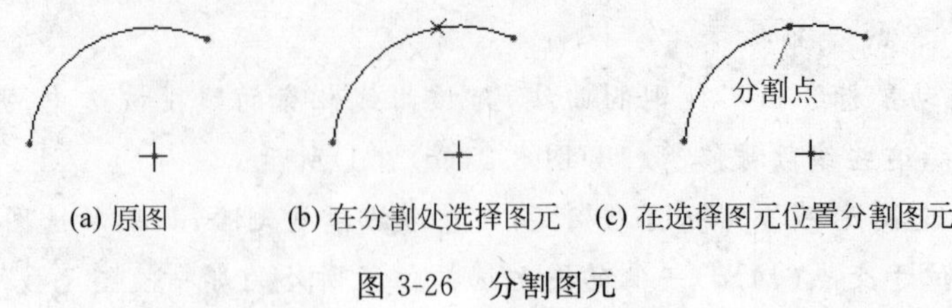

(a) 原图　(b) 在分割处选择图元　(c) 在选择图元位置分割图元

图 3-26　分割图元

3.6　镜 像 图 元

利用中心线作为对称线，将几何图元镜像复制到中心线的另一侧。对于对称的二维草图，可以只画对称中心线一侧的半个图形，然后使用镜像命令，复制得到另一侧图形，这样可以减少尺寸数。

调用命令的方式如下。

菜单：执行"编辑"|"镜像"命令。

图标：单击"草绘器工具"的弹出式工具栏中的图标按钮。

操作步骤如下。

第 1 步，选取需要镜像的几何图元。

第 2 步，在草绘器中，单击图标按钮，启动"镜像"命令。

第 3 步，系统提示"选取一条中心线。"时，选取中心线作为镜像线，系统将所选图元镜像至中心线的另一侧。如图 3-27 所示。

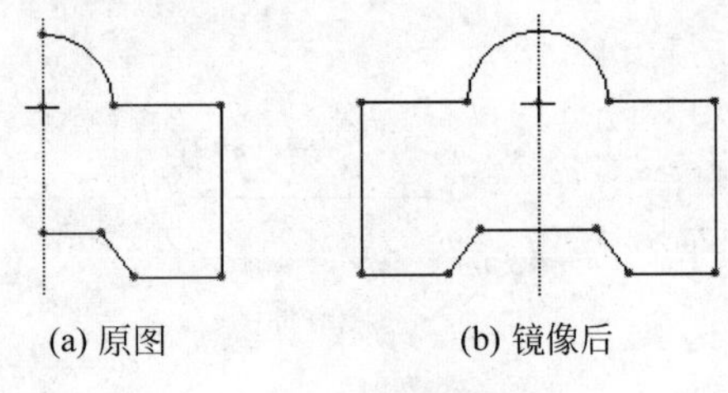

(a) 原图　(b) 镜像后

图 3-27　镜像图元

第 4 步，单击，结束命令。

注意：只能镜像几何图元，无法镜像尺寸、文本图元、中心线和参照图元。

3.7　缩放旋转图元

利用"旋转和缩放"命令可以将选定的图元移动、缩放和旋转。

调用命令的方式如下。

菜单：执行"编辑"|"缩放和旋转"命令。

图标：单击"草绘器工具"的弹出式工具栏中的图标按钮。

操作步骤如下。

第 1 步，选取几何图元。

第 2 步，在草绘器中，单击图标按钮，启动边的"缩放和旋转"命令。

第 3 步，系统弹出"缩放旋转"对话框，如图 3-28(a)所示，并显示带有控制滑块句柄的虚线方框。如图 3-28(b)所示。

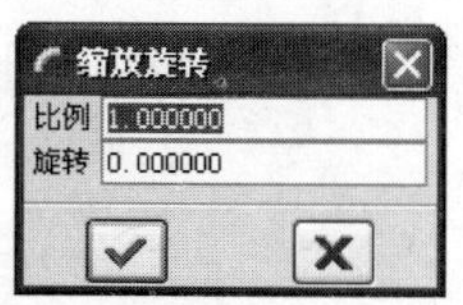

(a) “缩放旋转”对话框

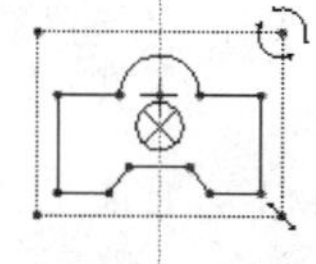

(b) 带有句柄的方框

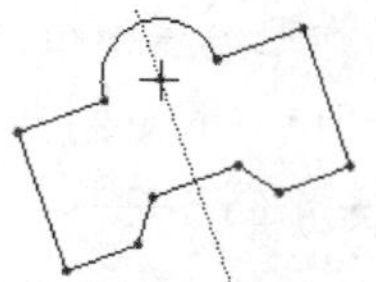

(c) 缩放旋转后

图 3-28　缩放旋转图元

第 4 步，在“缩放旋转”对话框中输入缩放比例或旋转角度。

第 5 步，单击✔图标按钮，关闭对话框。

注意：

(1) 角度为正，被选择的图元逆时针旋转，否则顺时针旋转。

(2) 控制滑块含义及操作参见本书第 2.10.1 小节。

3.8 图元的复制

通过复制操作可以将选定的对象置放于剪贴板中，再使用粘贴操作将复制到剪贴板中的对象粘贴到当前窗口的草绘器(活动草绘器)中。可以进行复制的对象有几何图元、中心线以及与选定几何图元相关的强尺寸和约束等。允许多次使用剪贴板上复制或剪切的草绘几何。可以在多个草绘器窗口中通过复制、粘贴操作来移动某个草图对象。被粘贴的草绘图元可以平移、旋转或缩放。

3.8.1 复制图元

调用命令的方式如下。

菜单：执行“编辑”|“复制”命令。

图标：单击“编辑”工具栏中的图标按钮。

快捷菜单：在“草绘器”窗口内右击，在快捷菜单中选取“复制”。

操作步骤如下。

第 1 步，将需要进行复制操作的草绘器窗口激活为当前活动窗口。

第 2 步，选择需要复制的对象，如图 3-29(a)所示的整个图元。

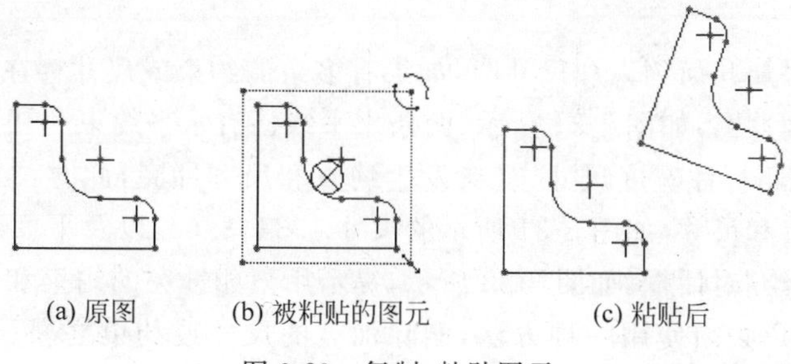

(a) 原图　(b) 被粘贴的图元　(c) 粘贴后

图 3-29　复制、粘贴图元

第 3 步，在草绘器中单击图标按钮，启动“复制”命令，系统将选定的图元及其相关的强尺寸和约束一起复制到剪贴板上。

注意：使用 Ctrl＋C 组合键也可以复制选定的对象。

3.8.2 粘贴图元

调用命令的方式如下。

菜单：执行“编辑”|“粘贴”命令。

图标：单击“编辑”工具栏中的图标按钮。

快捷菜单：在“草绘器”窗口内右击，在快捷菜单中选取“粘贴”。

操作步骤如下。

第 1 步，将需要进行粘贴操作的草绘器窗口激活为当前活动窗口。

第 2 步，单击图标按钮，启动“粘贴”命令。

第 3 步，光标显示为时，单击确定放置粘贴图元的位置。

第 4 步，系统弹出如图 3-28(a)所示的“缩放旋转”对话框，同时被粘贴图元的中心在指定位置，并位于带有句柄的虚线方框内，如图 3-29(b)所示。

第 5 步～第 6 步，同本书第 3.7 节的第 4 步～第 5 步。系统将会创建附加的尺寸和几何约束。

注意：

(1) 使用 Ctrl＋V 组合键也可以粘贴剪贴板上的对象。

(2) 在适当位置按下鼠标左键并移动鼠标至指定的位置，粘贴图元可以动态更改缩放比例。

(3) 单击鼠标中键也可以结束命令。

(4) 可以在当前草绘器窗口中粘贴另一个草绘器中复制到剪贴板上的图元，如图 3-30 所示。

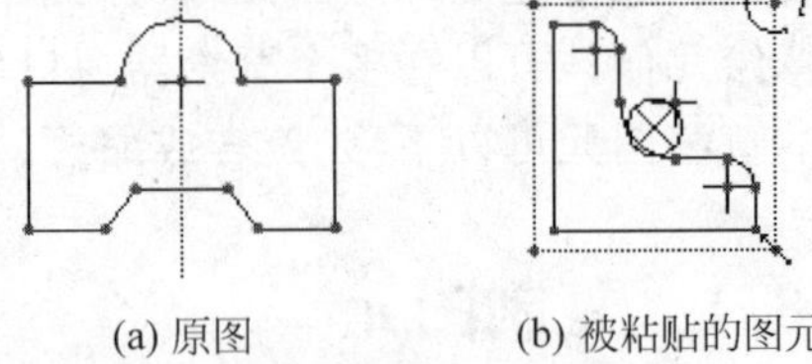

(a) 原图　　(b) 被粘贴的图元

图 3-30　在当前草绘器窗口粘贴另一个草绘器中的图元

3.9 解决约束和尺寸冲突问题

有时在手动添加几何约束和尺寸时，如果有多余的约束或尺寸存在，就会与已有的强约束或强尺寸发生冲突，如图 3-31 所示，两条水平线已有水平约束和相切约束，且标注有半径尺寸 4.34，如再标注宽度尺寸，就会发生约束和尺寸冲突，此时，“草绘器”系统会加亮显示冲突的约束和尺寸，如图 3-31 所示的尺寸 4.34、8.68，以及下面的“水平”约束 H。同时弹出“解决草绘”对话框，如图 3-32 所示，提示用户相冲突的约束和尺寸，给出解决冲突的处理方法，用户必须使用一种方法，删除加亮的尺寸或约束之一。操作及选项说明如下。

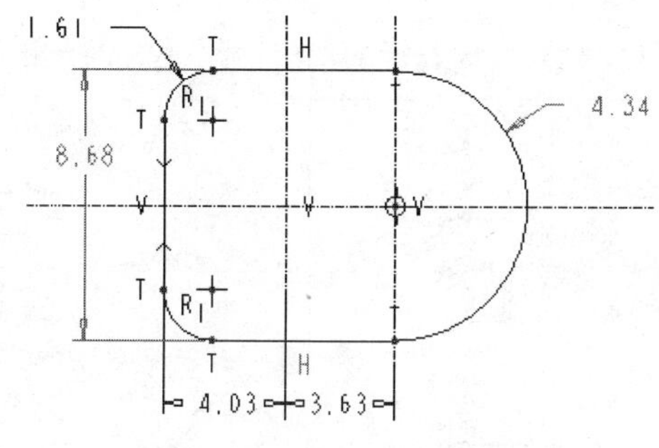

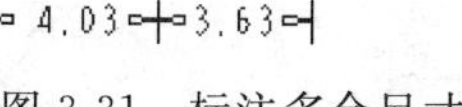

图 3-31　标注多余尺寸

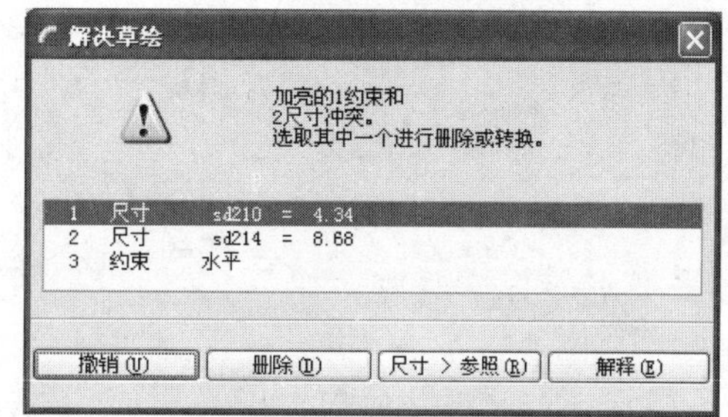

图 3-32　“解决草绘”对话框

(1) 单击“撤销”按钮，取消正在添加的约束或尺寸，回到导致冲突之前的状态。

(2) 选取某个约束或尺寸，单击“删除”按钮，将其删除。

(3) 当存在冲突尺寸时，“尺寸＞参照”按钮亮显，选取一个尺寸，单击该按钮，将所选尺寸转换为参考尺寸。如图 3-33 所示的尺寸为 8.68。

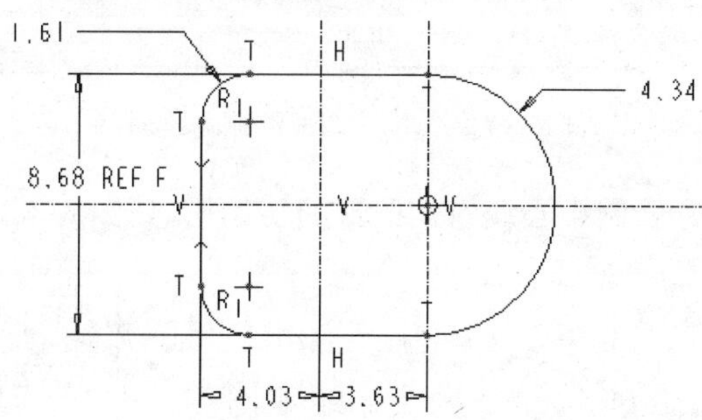

图 3-33　将选定的多余尺寸转换为参考尺寸

(4) 选取一个约束，单击“解释”按钮，“草绘器”将加亮与该约束有关的图元。可以获取该约束的说明。

3.10　上机操作实验指导二　复杂二维草图绘制

1. 根据如图 3-34 所示的平面图形，绘制与编辑其二维草图。主要涉及的命令包括“直线”命令、“圆弧”命令、“圆角”命令、“圆”命令、“修剪”命令、“镜像”命令、“约束”命令、“标注尺寸”命令、“修改尺寸”命令等。

操作步骤如下。

步骤 1　创建新文件

操作过程略。

步骤 2　绘制垂直中心线

操作过程略。

步骤 3　绘制编辑中心线右侧图形

第 1 步，单击“草绘器”工具栏中的图标按钮，关闭尺寸的显示。

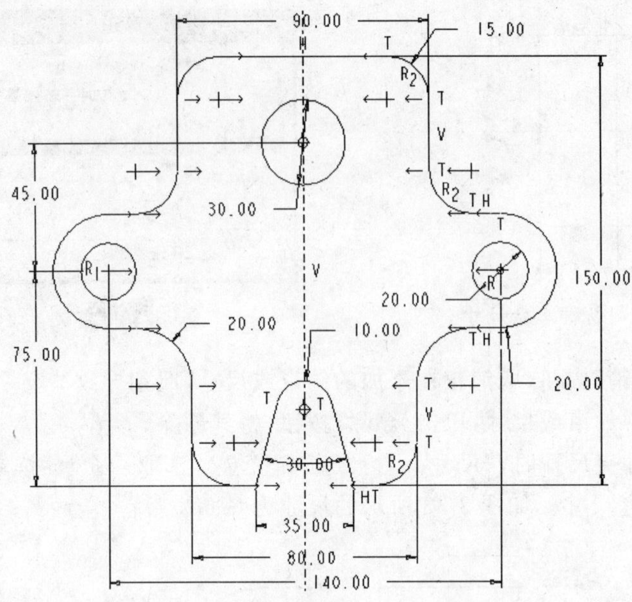

图 3-34　复杂二维草图的绘制与编辑(一)

第 2 步，用"线"命令绘制中心线右侧图形的初始图，如图 3-35(a)、(b)所示。

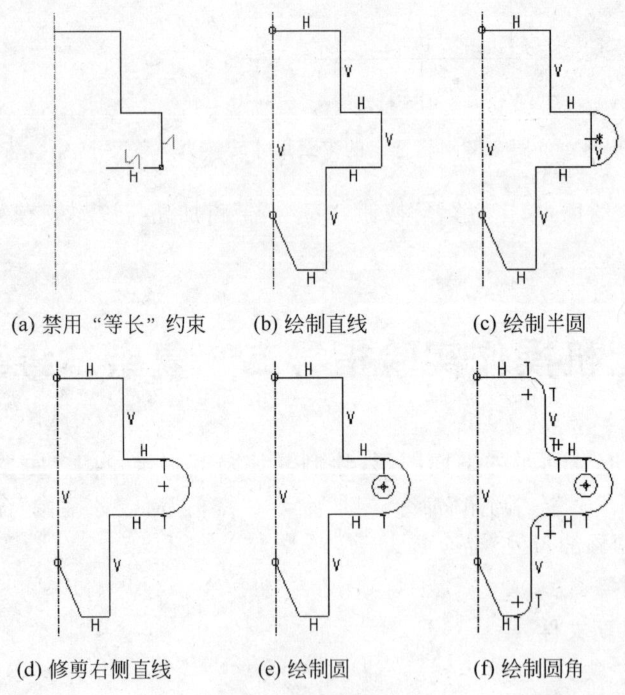
(a) 禁用"等长"约束　(b) 绘制直线　(c) 绘制半圆

(d) 修剪右侧直线　(e) 绘制圆　(f) 绘制圆角

图 3-35　绘制右侧图形

注意：不使用系统自动设置几何约束，右击。如图 3-35(a)所示，禁止使用"等长"约束。

第 3 步，用“圆心和端点”命令绘制半圆，圆心捕捉最右侧直线段中点，如图 3-35(c)所示。

第 4 步，在草绘器中，单击图标按钮，单击选取最右侧线段，删除该线段，如图 3-35(d)所示。

第 5 步，用“圆心和点”命令，绘制圆，如图 3-35(e)所示。

第 6 步，用“圆角”的“圆形”命令绘制圆角，如图 3-35(f)所示。

步骤 4　镜像右侧图形

第 1 步，用框选方法选取右侧几何图元，在状态行显示信息“选取了 34”。

第 2 步，在草绘器中，单击图标按钮，启动“镜像”命令。

第 3 步，系统提示“选取一条中心线。”时，选取中心线作为镜像线，系统将所选图元镜像至中心线的另一侧。如图 3-36 所示。

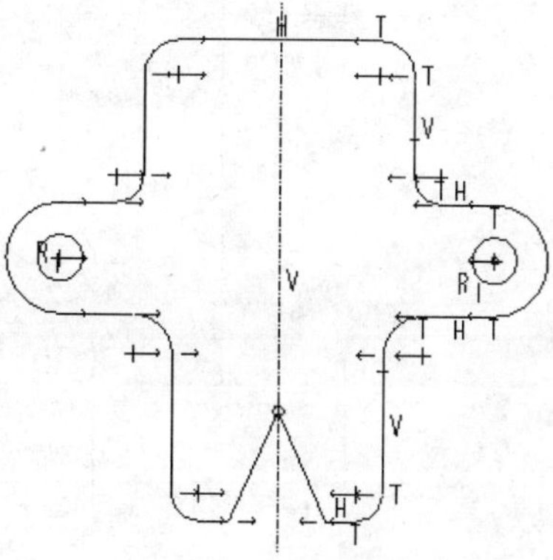

图 3-36　镜像图形

第 4 步，单击，结束命令。

步骤 5　完成图形

第 1 步，用“圆角”的“圆形”命令绘制底部中间圆角，如图 3-37(a)所示。

第 2 步，用“圆心和点”命令，绘制上部圆，且禁用“等径”约束，如图 3-37(b)所示。

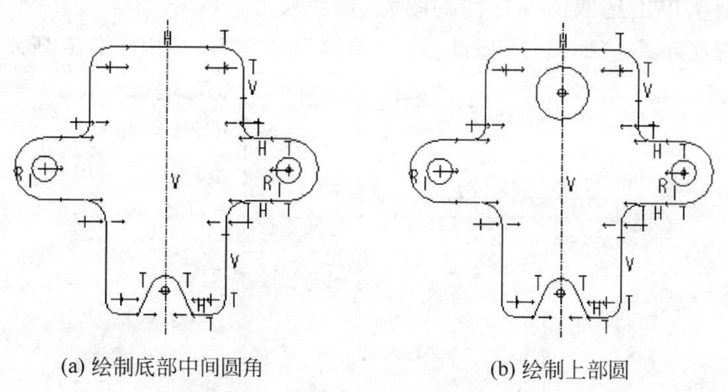

(a) 绘制底部中间圆角　　(b) 绘制上部圆

图 3-37　完成图形

步骤 6　手动添加几何约束

第 1 步，在草绘器中，单击图标按钮，启动“约束”命令，系统弹出如图 3-5 所示的“约束”对话框。

第 2 步，在“约束”对话框中选择图标按钮。

第 3 步，系统提示“选取两条直线(相等段)，或两个弧/圆/椭圆(等半径)，或一个样条与一条线或弧(等曲率)。”时，分别选取右上角圆角和中间圆角，以及右上圆角和右下端圆角，添加等径约束。

第 4 步，单击“关闭”按钮，退出“约束”对话框。系统按照所添加的约束条件更新草图。如图 3-38 所示。

步骤 7　标注尺寸

第 1 步，单击“草绘器”工具栏中的图标按钮，打开尺寸的显示；单击“草绘器”工具栏中的图标按钮，关闭约束的显示。如图 3-39 所示。

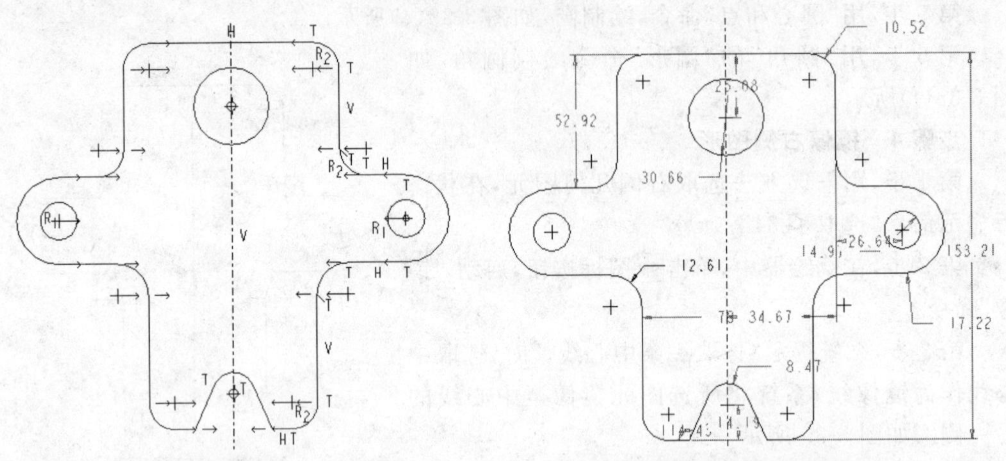

图 3-38　添加“等径”约束　　图 3-39　显示弱尺寸，关闭约束显示

第 2 步，在草绘器中，单击图标按钮，启动“尺寸”|“垂直”命令，系统弹出“选取”对话框。

第 3 步，依次单击选取需要标注的图元，标注尺寸。

第 4 步，依次单击选择尺寸，拖动鼠标，调整尺寸位置。如图 3-40 所示。

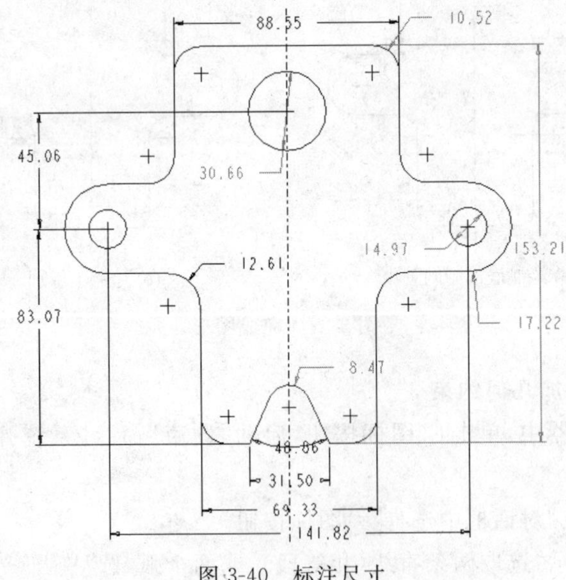

图 3-40　标注尺寸

步骤 8　修改尺寸

第 1 步，在草绘器中，单击图标按钮，启动“修改”命令。

第 2 步，系统弹出“选取”对话框，用框选方法选取所有尺寸。

第 3 步，系统弹出“修改尺寸”对话框，不选中“再生”复选框，如图 3-41 所示。

第 4 步，依次在各尺寸的文本框中输入新的尺寸数值，回车。

第 5 步，单击“确定”按钮，系统再生二维草图，并关闭对话框。

步骤 9　保存图形

参见本书第 1 章，操作过程略。

2. 根据如图 3-42 所示的平面图形，绘制与编辑其二维草图。主要涉及的命令包括“直线”命令、“修剪”命令、“镜像”命令、“复制”命令、“粘贴”命令、“约束”命令、“标注尺寸”命令和“修改尺寸”命令等。

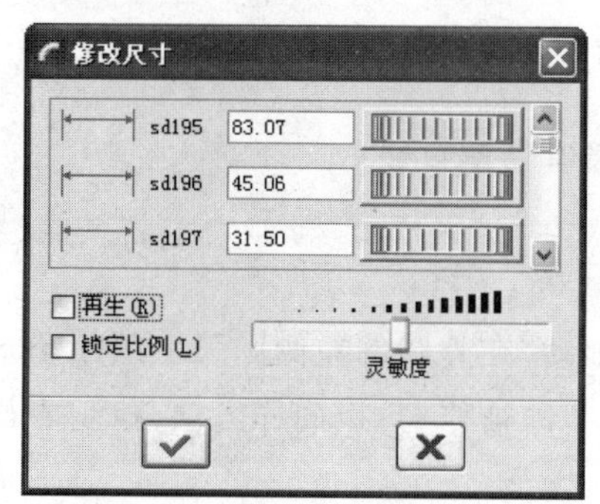

图 3-41　“修改尺寸”对话框

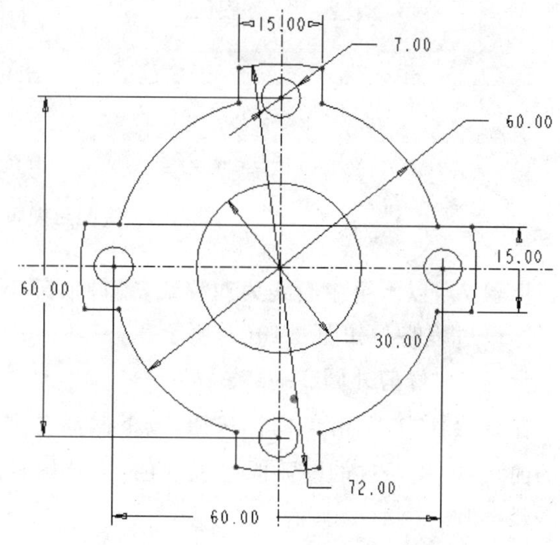

图 3-42　复杂二维草图的绘制与编辑(二)

操作步骤如下。

步骤 1　创建新文件

操作过程略。

步骤 2　绘制水平和垂直中心线

操作过程略。

步骤 3　以中心线交点为圆心，绘制三个圆

操作过程略。如图 3-43(a)所示。

步骤 4　绘制顶部小圆

操作过程略。如图 3-43(b)所示。

步骤 5　绘制顶部右侧直线

操作过程略。如图 3-43(b)所示。

步骤 6　以垂直中心线为对称线，镜像右侧直线

操作过程略。如图 3-43(c)所示。

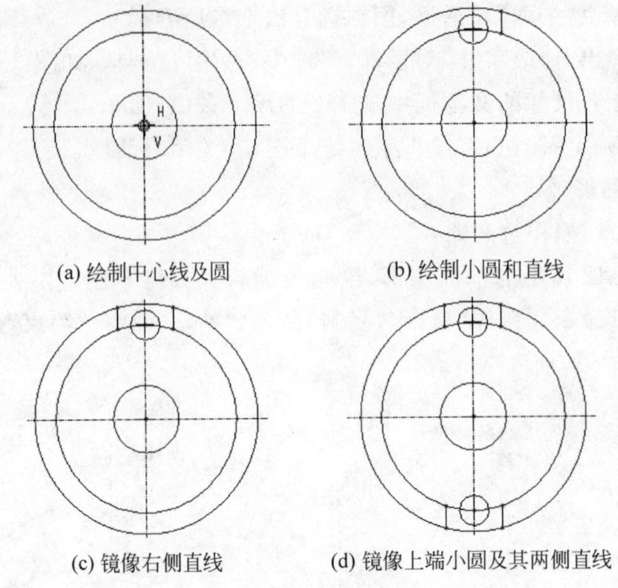

(a) 绘制中心线及圆　(b) 绘制小圆和直线

(c) 镜像右侧直线　(d) 镜像上端小圆及其两侧直线

图 3-43　绘制与编辑几何图元

步骤 7　以水平中心线为对称线，镜像顶部小圆及其两侧直线

操作过程略。如图 3-43(d)所示。

步骤 8　修剪外圆

在草绘器中，单击图标按钮，按下鼠标左键并拖动，在外圆的左侧圆弧上绘出不规则的曲线，曲线经过的圆弧段呈现红色，松开鼠标左键，即被修剪；用同样方法，修剪右侧外圆弧，如图 3-44(a)所示。

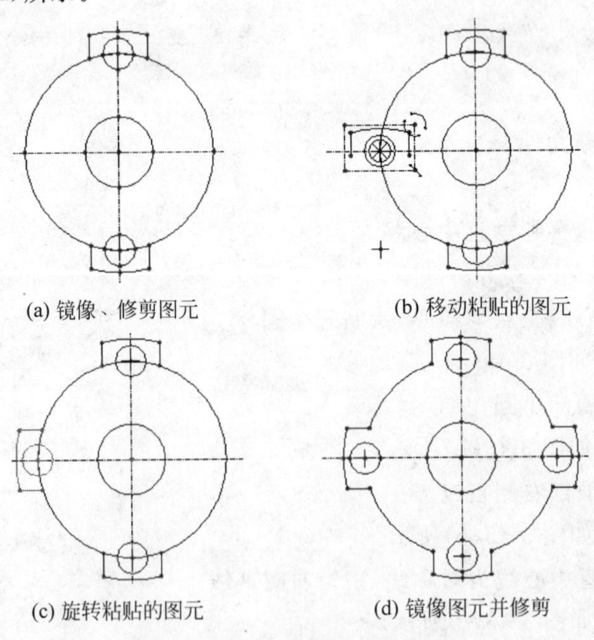

(a) 镜像、修剪图元　(b) 移动粘贴的图元

(c) 旋转粘贴的图元　(d) 镜像图元并修剪

图 3-44　编辑图元

步骤 9　复制粘贴顶部小圆及其两侧直线

第 1 步，用框选方法选取顶部圆弧、小圆及其两侧直线。

第 2 步，单击图标按钮，将选定的图元及其相关的强尺寸和约束一起复制到剪贴板上。

第 3 步，单击图标按钮，启动"粘贴"命令，光标显示为时，单击确定放置粘贴图元的位置。系统弹出如图 3-28(a)所示的"缩放旋转"对话框，同时被粘贴的图元位于带有句柄的虚线方框内。拖动平移控制滑块⊗，移动粘贴的图元至圆的左侧象限点，如图 3-44(b)所示。拖动旋转控制滑块，将粘贴的图元旋转 90°，如图 3-44(c)所示。

步骤 10　镜像左侧图元，并修剪图形

操作过程略，如图 3-44(d)所示。

步骤 11　手动添加几何约束

第 1 步，单击"草绘器"工具栏中的图标按钮，打开尺寸的显示；单击"草绘器"工具栏中的图标按钮，打开约束的显示。如图 3-45 所示。

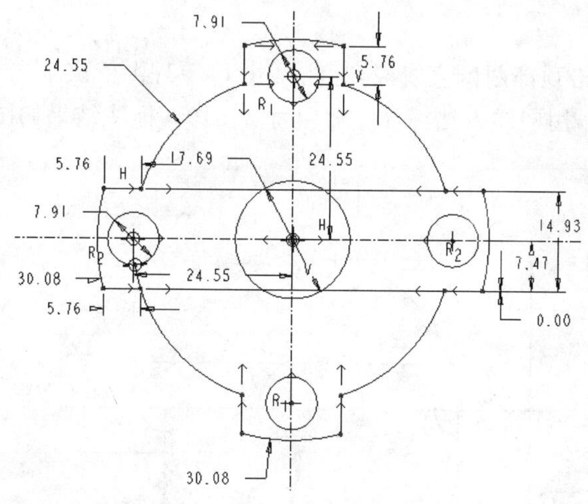

图 3-45　显示约束和尺寸

第 2 步，在草绘器中，单击图标按钮，启动"约束"命令，系统弹出如图 3-5 所示的"约束"对话框。在"约束"对话框中单击图标按钮，进行"等长"约束，使各段直线段等长；继续进行"等径"约束，使各个小圆等径，以及外侧顶部与左侧圆弧等径。单击图标按钮，进行"对称"约束，使右侧上下两直线段对水平中心线对称，如图 3-46 所示。单击"关闭"按钮，退出"约束"对话框。

注意：*每添加一个约束，就相应减少一个弱尺寸。*

步骤 12　标注尺寸

第 1 步，单击"草绘器"工具栏中的图标按钮，关闭约束的显示。

第 2 步，在草绘器中，单击图标按钮，启动"尺寸"|"垂直"命令，系统弹出"选取"对话框。

第 3 步，双击半径为 24.55 的圆弧，标注直径尺寸 49.10。用同样方法标注直

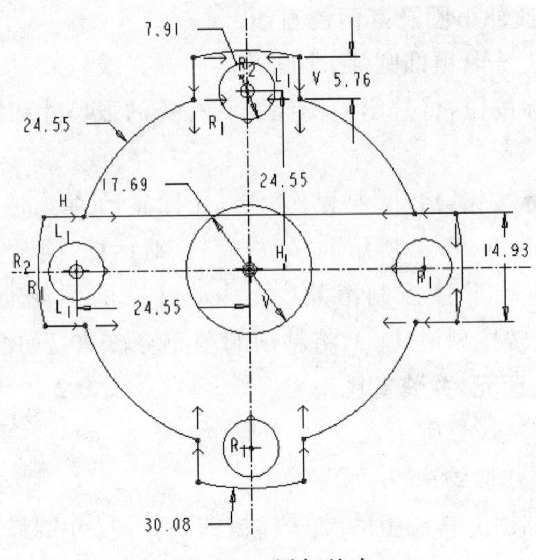

图 3-46 添加约束

径 60.17。

第 4 步，依次单击顶部两侧直线段，标注尺寸 14.93；再依次单击左右两个小圆圆心，标注水平尺寸 49.10，用同样方法标注垂直尺寸 49.10。标注结果如图 3-47 所示。

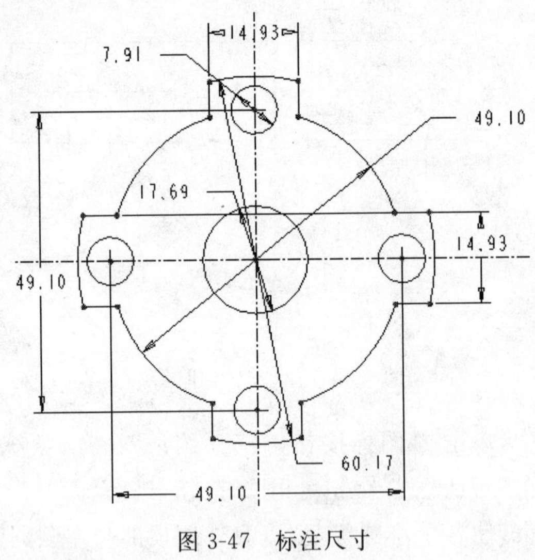

图 3-47 标注尺寸

步骤 13 修改尺寸

第 1 步，在草绘器中，单击图标按钮，启动“修改”命令。

第 2 步，系统弹出“选取”对话框，用框选方法选取所有尺寸。

第 3 步，系统弹出“修改尺寸”对话框，不选中“再生”复选框。

第 4 步，依次在各尺寸的文本框中输入新的尺寸数值，回车。

第 5 步，单击“确定”按钮，系统再生二维草图，并关闭对话框。

第 6 步，单击，完成二维草图的绘制与编辑。

步骤 14　保存图形

参见本书第 1 章，操作过程略。

3.11　上　机　题

按约束条件和尺寸绘制如图 3-48 所示的二维草图。

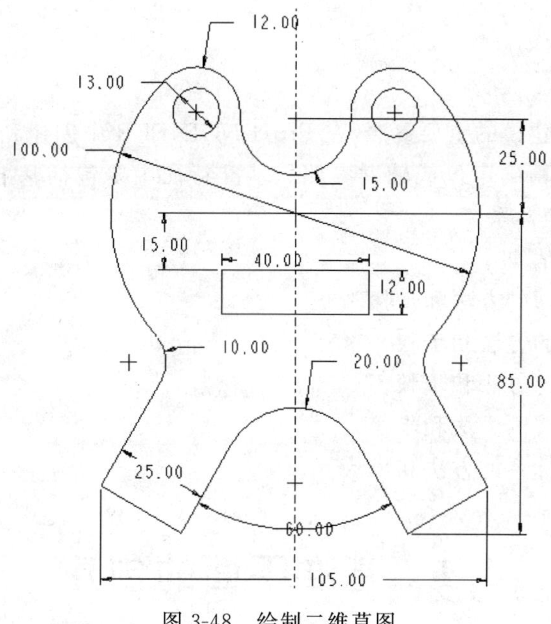

图 3-48　绘制二维草图

第4章 基准特征的创建

基准特征是三维建模的重要参照，在Pro/ENGINEER中创建和放置其他特征时，往往需要用到基准特征精确定位或辅助参照。基准特征主要包括基准平面、基准轴、基准点、基准曲线和基准坐标系。

本章将介绍的内容如下。

(1) 创建基准平面的方法和步骤。

(2) 创建基准轴的方法和步骤。

(3) 创建基准点的方法和步骤。

(4) 创建基准曲线的方法和步骤。

(5) 创建基准坐标系的方法和步骤。

4.1 基准平面的创建

基准平面既可以作为特征的草绘平面或参照平面，也可以用作尺寸定位或约束参照。

调用命令的方式如下。

菜单：执行“插入”|“模型基准”|“平面”命令。

图标：单击“基准”工具栏中的▱图标按钮。

4.1.1 创建基准平面

创建基准平面的方式有很多种，但操作过程非常类似，只是根据不同的约束条件选择不同的参照对象，下面介绍几种常用的创建方式。

1. 通过一平面创建基准平面

将参照平面沿法向方向偏移指定距离来创建基准平面。参照平面可以是基准平面或实体平面。

操作步骤如下。

第1步，打开Ch4-2.prt。

第 2 步，单击“基准”工具栏中的图标按钮，弹出“基准平面”对话框，如图 4-1 所示。

第 3 步，在模型上选择如图 4-2 所示的一个平面，作为基准平面的参照，此时基准平面对话框如图 4-3 所示。

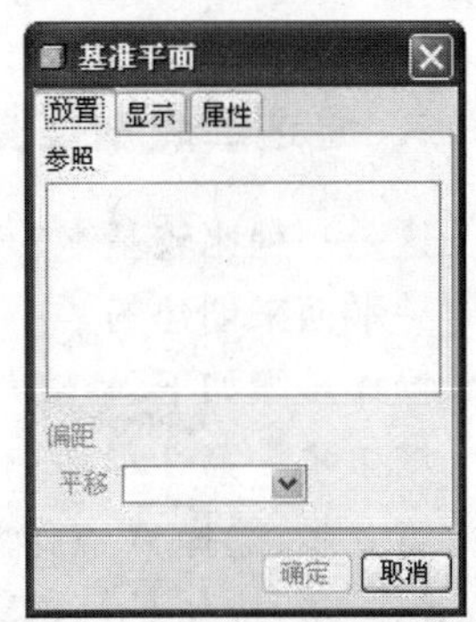

图 4-1 “基准平面”对话框

注意：在 Pro/ENGINEER 建模过程中，很多情况下会直接选择系统默认的基准平面(FRONT 平面、RIGHT 平面、TOP 平面)来创建新基准平面。

第 4 步，设置约束类型为“偏移”模式(此为默认选项)，并输入平移偏距值为 50，回车，模型显示如图 4-5 所示。

注意：除了输入偏移值的这种“偏移”模式之外，在“参照”收集器中单击所选的参照平面，这时在右边的下拉表框中，还可以选择“穿过”、“平行”或“法向”模式，如图 4-4 所示。若选择“穿过”模式，则可以创建出与参照平面重合的基准平面，若选择“平行”或“法向”模式，则还需要一个辅助点或直线来创建通过该点或直线的平行或垂直基准平面。

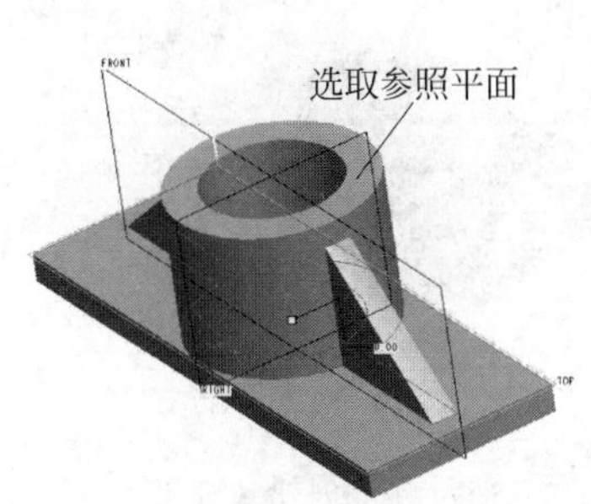

图 4-2 选取参照平面

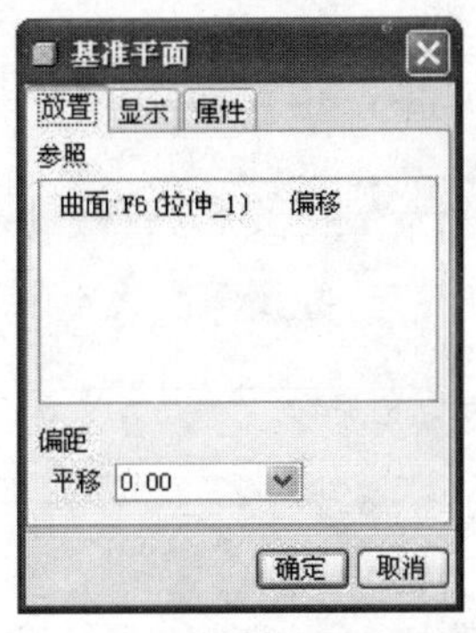

图 4-3 选择的参照平面

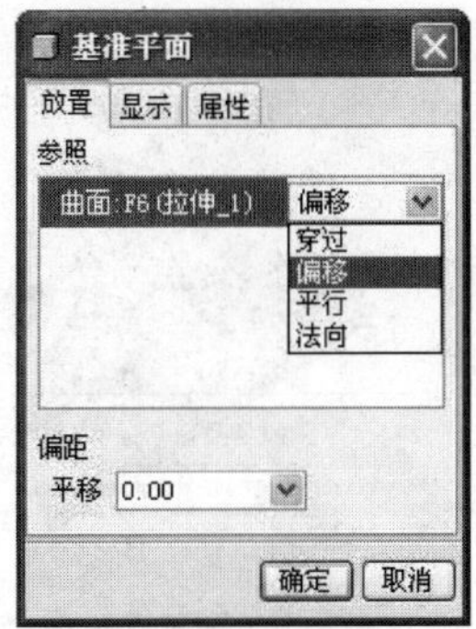

图 4-4 设置约束类型

第 5 步，单击“基准平面”对话框中的“确定”按钮，完成基准平面的创建，如图 4-6 所示。

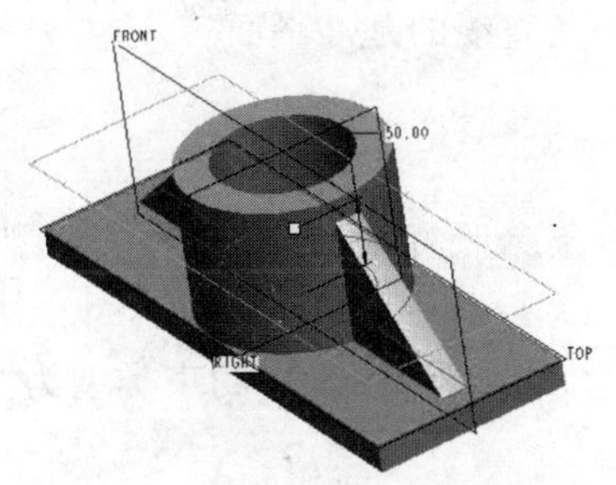

图 4-5 创建基准平面预览

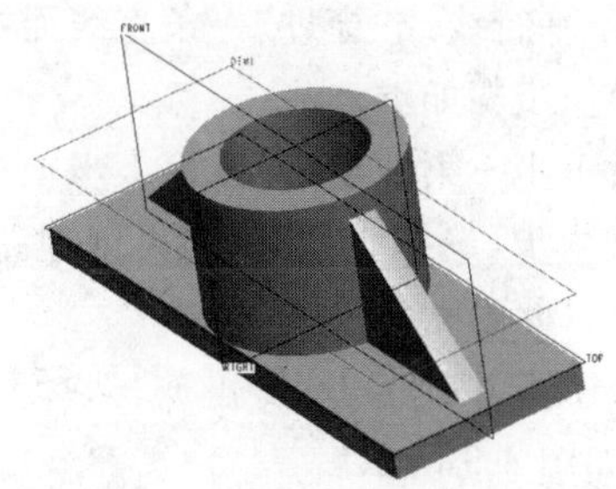

图 4-6 通过一平面创建基准平面

注意：在建立基准平面时，系统对所创建的基准平面的命名依次是 DTM1、DTM2、DTM3、……，用户可以在左边的模型树当中对其进行重命名，方法是先选中要重命名的基准平面，然后右击，在弹出的快捷菜单中选择“重命名”选项，接下来便可以输入新的名称。

2. 通过三点创建基准平面

这是一种比较基本的创建基准平面的方法，操作过程也很简单，它是利用“穿过”三点确定一平面来创建的。

操作步骤如下。

第 1 步～第 2 步，同上第 1 步～第 2 步。

第 3 步，选择 A 点作为创建基准平面的第一个参照点。

第 4 步，按住 Ctrl 键不放，选择 B 点作为创建基准平面的第二个参照点。

第 5 步，继续按住 Ctrl 键不放，选择 C 点作为创建基准平面的第三个参照点，如图 4-7 所示。

第 6 步，单击“确定”按钮，创建基准平面，如图 4-8 所示。

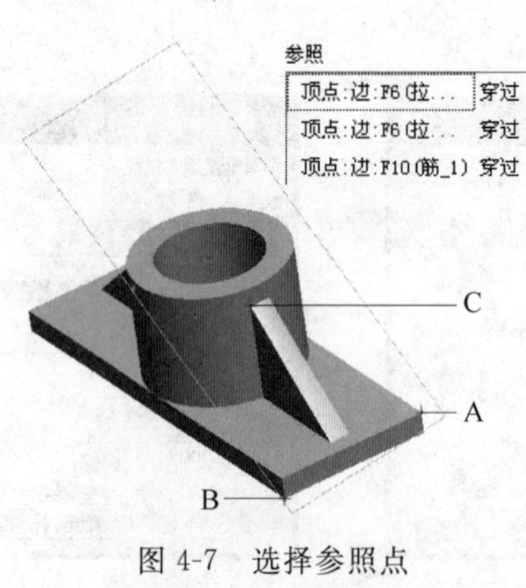

图 4-7　选择参照点

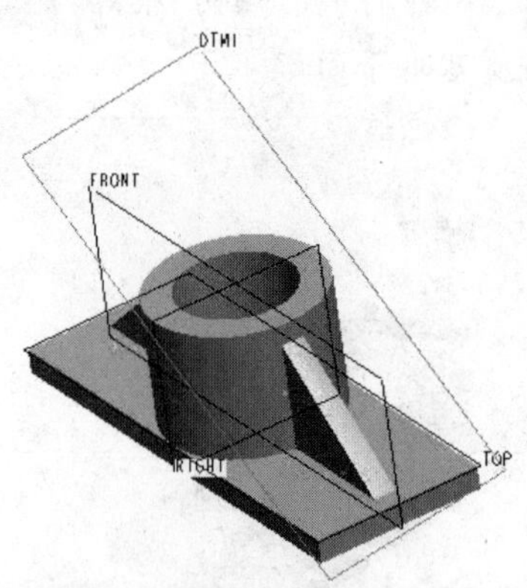

图 4-8　通过三点创建基准平面

3. 通过两条直线创建基准平面

通过这种方式创建基准平面，主要利用的是空间两直线的平行或垂直关系，创建“穿过”两条平行线或“穿过”一条直线而“法向”于另外一条直线的基准平面。

操作步骤如下。

第 1 步～第 2 步，同上第 1 步～第 2 步。

第 3 步，选择直线 A 作为创建基准平面的第一条参照直线，并设置约束类型为“穿过”模式(此为默认设置)。

第 4 步，按住 Ctrl 键不放，选择直线 B 作为第二条参照直线，设置约束类型为“法向”模式，如图 4-9 所示。

第 5 步，单击“确定”按钮，创建基准平面，如图 4-10 所示。

4. 通过一点与一面创建基准平面

通过一点与一面来创建基准平面，创建的基准平面“穿过”该点，且与选择的参照平面平行、垂直或相切。

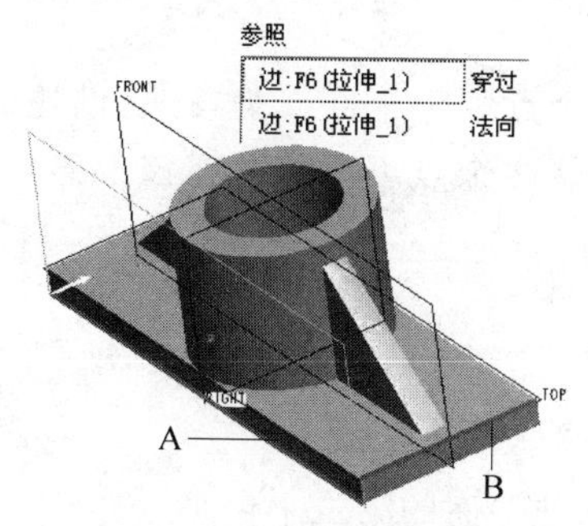

图 4-9　选择两直线

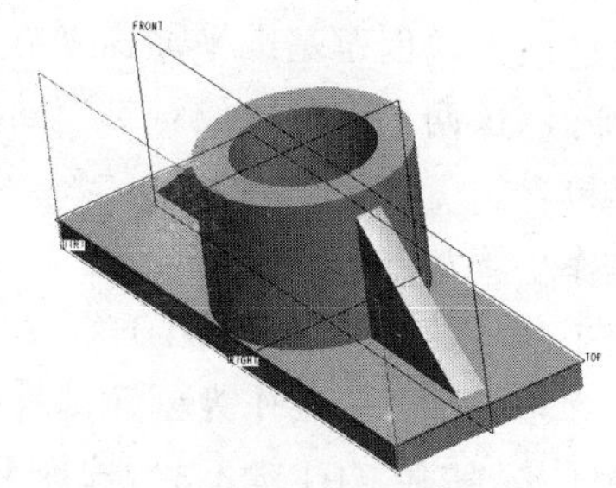

图 4-10　通过两直线创建基准平面

操作步骤如下。

第 1 步～第 2 步，同上第 1 步～第 2 步。

第 3 步，选择 A 点作为创建基准平面的参照点。

第 4 步，按住 Ctrl 键不放，选择平面 B 作为创建基准平面的参照平面，并设置约束类型为“平行”模式(此为默认设置)，如图 4-11 所示。

第 5 步，单击“确定”按钮，创建基准平面，如图 4-12 所示。

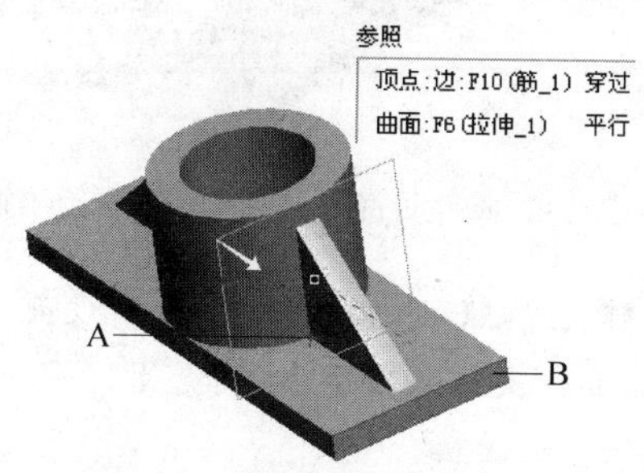

图 4-11　选择一点与一平面

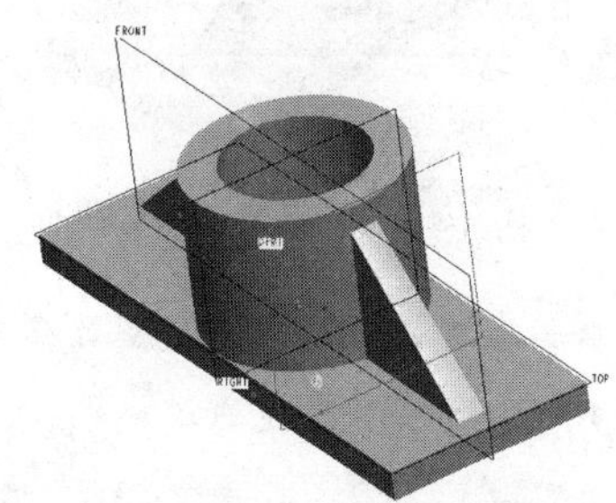

图 4-12　通过一点与一平面创建基准平面

注意：如果选择的是圆弧面作为放置参照，并设置约束类型为“相切”模式，则可以创建出通过点且与圆弧面相切的基准平面，如图 4-13 和图 4-14 所示。

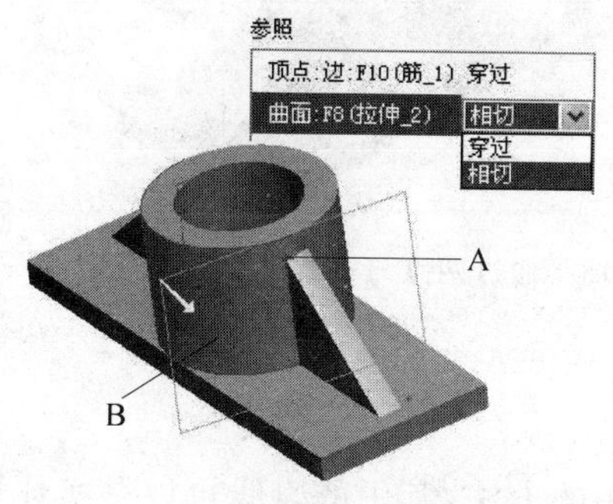

图 4-13　选择一点与一圆弧面

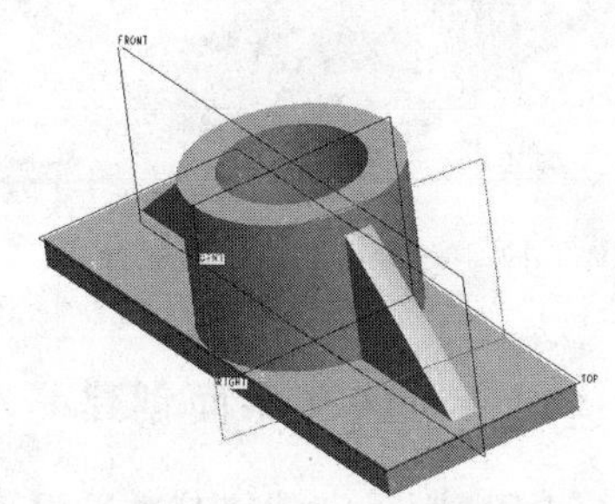

图 4-14　通过一点与一圆弧面创建基准平面

5. 通过两点与一面创建基准平面

通过该方式创建基准平面需要在模型上选择两个点和一个面作为参照，创建的基准平面“穿过”这两个点且“平行”或“法向”于参照面。这两个点可以包含在该参照面内，也可以不包含。

操作步骤如下。

第 1 步～第 2 步，同上第 1 步～第 2 步。

第 3 步，选择 A 点作为创建基准平面的参照点。

第 4 步，按住 Ctrl 键不放，选择 B 点作为创建基准平面的第二个参照点。

第 5 步，继续按住 Ctrl 键不放，选择平面 C 作为参照平面，并设置约束类型为“法向”模式(此为默认设置)，如图 4-15 所示。

第 6 步，单击“确定”按钮，创建基准平面如图 4-16 所示。

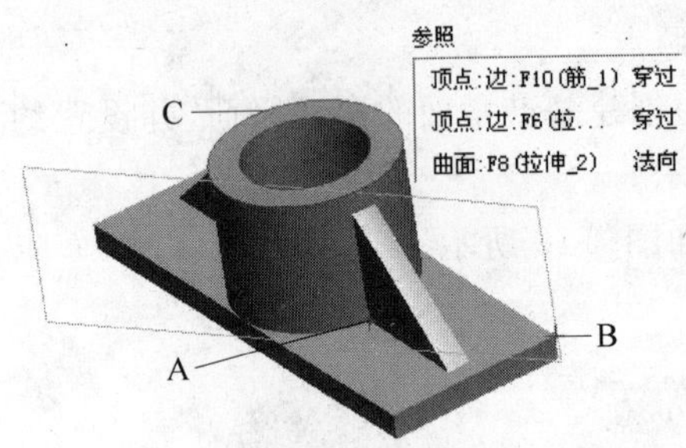

图 4-15　选择两点与一平面

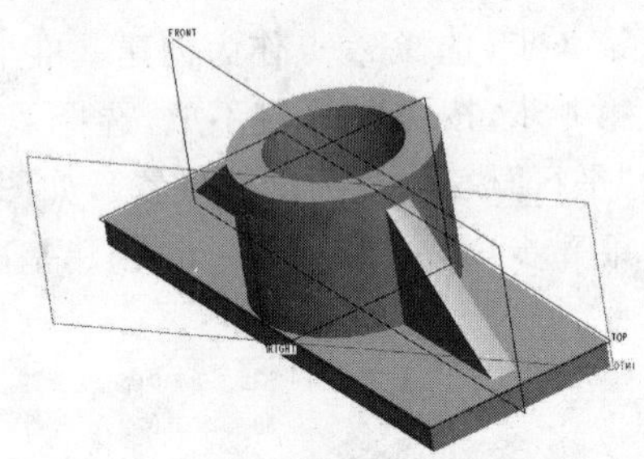

图 4-16　通过两点与一平面创建基准平面

注意：如果选择的是圆弧面及其上的两个点作为参照(采用默认的模式设置)，如图 4-17 所示，则可以创建通过这两个参照点并与圆弧面相交的基准平面，如图 4-18 所示。

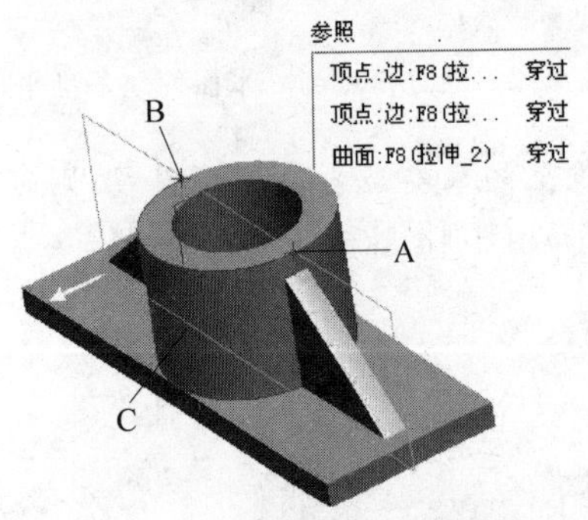

图 4-17　选择两点与一圆弧面

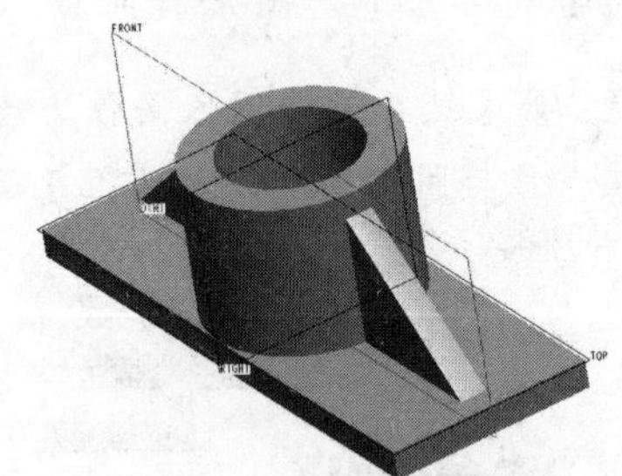

图 4-18　通过两点与一圆弧面创建基准平面

6. 通过一直线和平面创建基准平面

通过一直线与平面创建基准平面也是比较常用的方法，其中的直线可以是实体边线或轴线。该方法常用来创建与参照平面呈一定角度的基准平面。

操作步骤如下。

第 1 步～第 2 步，同上第 1 步～第 2 步。

第 3 步，选择直线 A 作为创建基准平面的参照直线，并设置约束类型为“穿过”模式（此为默认设置）。

第 4 步，按住 Ctrl 键不放，选择平面 B 作为创建基准平面的参照平面，并设置约束类型为“偏移”模式（此为默认设置）。

第 5 步，在对话框的“偏距”，文本框中输入旋转角度值 45，回车，如图 4-19 所示。

第 6 步，单击“确定”按钮，创建基准平面，如图 4-20 所示。

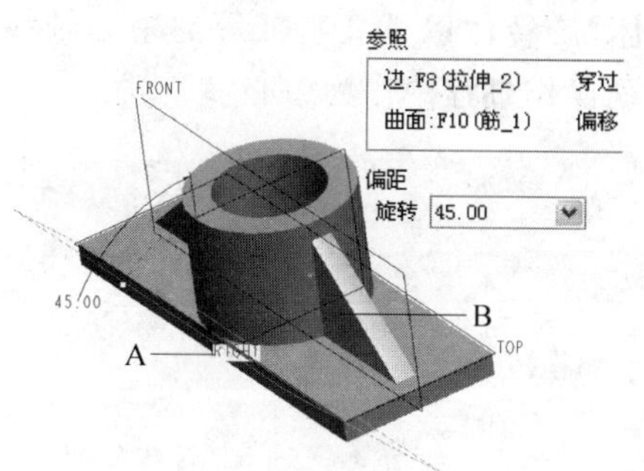

图 4-19　选择一直线与一平面

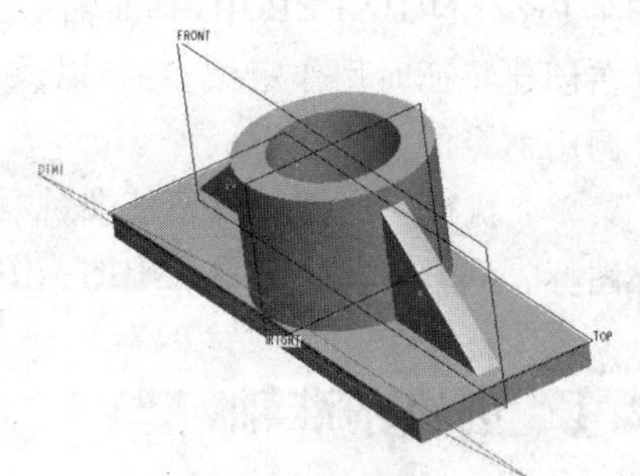

图 4-20　通过一直线与一平面创建基准平面

注意：

(1) 参照平面可以有三种约束类型，选择“偏移”模式，创建的基准平面与参照平面可以成指定角度；若选择“平行”模式，则创建的基准平面与参照平面平行；若选择“法向”模式，则创建的基准平面与参照平面垂直。

(2) 如果选择的参照不是平面而是圆弧曲面，如图 4-21 所示，则可以创建通过直线且“穿过”圆弧曲面的轴线或“相切”于圆弧曲面的基准平面，如图 4-22 所示。

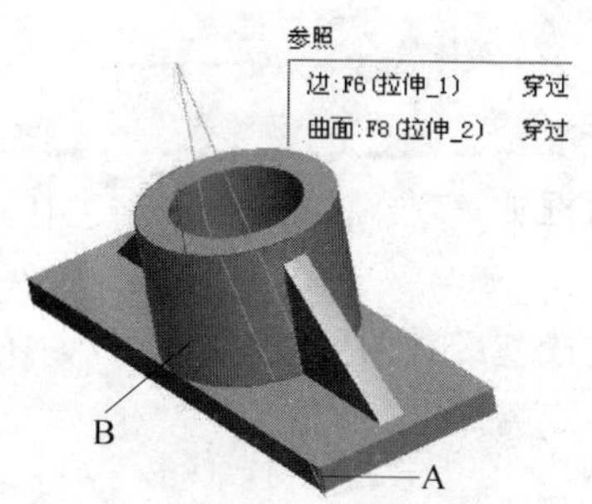

图 4-21　选择一直线与一圆弧面

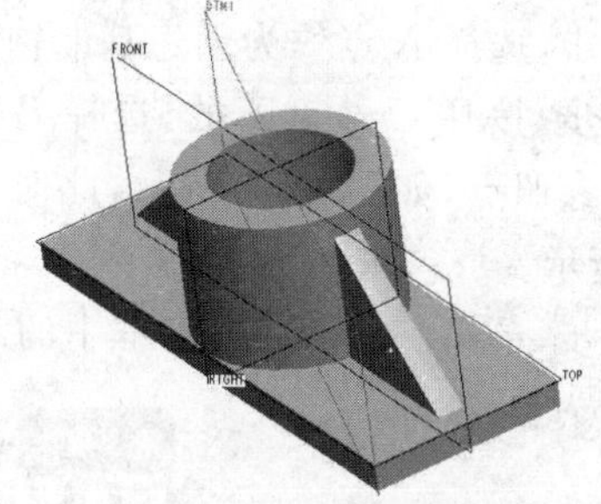

图 4-22　通过一直线与一圆弧面创建基准平面

4.1.2　操作及选项说明

在创建基准平面时，系统会根据模型的大小自动调整基准平面的大小，有时这种默认的大小会妨碍建模过程中的观察，这时，可以对其大小进行调整。

操作步骤如下。

第 1 步，单击“基准”工具栏中的▱图标按钮，打开“基准平面”对话框。

第 2 步，选择“显示”选项卡，选中“调整轮廓”复选框，然后选择“大小”模式，在“宽度”和“高度”文本框中输入相应值。这样就可以根据实际需要自定义基准平面的大小。

4.2 基准轴的创建

在 Pro/ENGINEER 中，基准轴主要作为柱体、旋转体以及孔特征等的中心轴线，也可以在创建特征时用作定位参照，以及在旋转阵列操作过程中作为中心参照等。

调用命令的方式如下。

菜单：执行“插入”|“模型基准”|“轴”命令。

图标：单击“基准”工具栏中的/图标按钮。

4.2.1 创建基准轴

与创建基准平面一样，创建基准轴的方式也有很多种，它们的创建方法类似。用户并不需要记住这些创建方法，应该是根据几何约束条件在创建过程中灵活运用。

1. 通过两个点创建基准轴

操作步骤如下。

第 1 步，打开 Ch4-24. prt。

第 2 步，单击“基准”工具栏中的/图标按钮，弹出“基准轴”对话框，如图 4-23 所示。

图 4-23 “基准轴”对话框

第 3 步，选择 A 点作为创建基准轴的第一个参照点。

第 4 步，按住 Ctrl 键不放，选择 B 点作为创建基准轴的第二个参照点，如图 4-24 所示，此时“基准轴”对话框如图 4-25 所示。

第 5 步，单击“基准轴”对话框中的“确定”按钮，完成基准轴的创建，如图 4-26 所示。

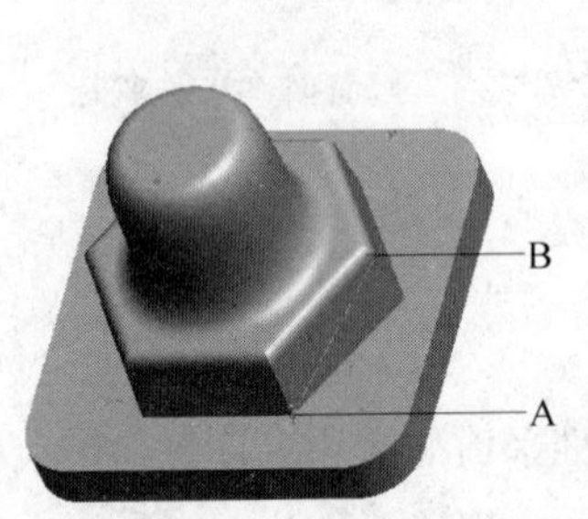

图 4-24 选取参照点

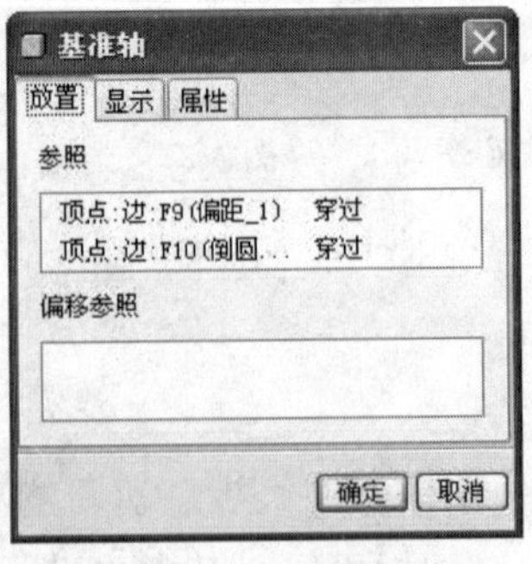

图 4-25 对话框中参照设置

图 4-26 通过两点创建基准轴

注意：在 Pro/ENGINEER 中，系统对所创建的基准轴的命名依次为 A_1、A_2、A_3 等，用户可以根据需要在左边的模型树中对其进行重命名。

2. 通过一点与一平面创建基准轴

该方式是通过一点创建垂直于平面的基准轴。在通常情况下，可以选取实体边线上的顶点、交点以及在该平面上所创建的基准点等类型的点，然后再选取一参照平面。

操作步骤如下。

第 1 步～第 2 步，同上第 1 步～第 2 步。

第 3 步，选取 A 点作为创建基准轴的参照点。

第 4 步，按住 Ctrl 键不放，选择 B 平面作为参照平面，设置约束类型为“法向”模式，如图 4-27 所示。

第 5 步，单击“确定”按钮，创建基准轴，如图 4-28 所示。

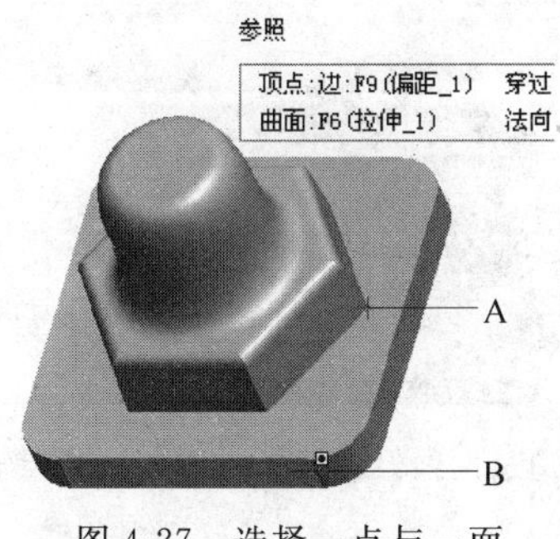

图 4-27　选择一点与一面

图 4-28　通过一点与一面创建基准轴

3. 通过两个不平行平面创建基准轴

该方式是利用空间两个不平行平面相交，有且只有一条公共交线来创建基准轴。这种相交包括两平面在延长后相交或平面与圆弧面的相切。

操作步骤如下。

第 1 步～第 2 步，同上第 1 步～第 2 步。

第 3 步，选择平面 A 作为创建基准轴的第一个参照平面，并设置约束类型为“穿过”模式。

第 4 步，按住 Ctrl 键不放，选择 B 平面作为第二个参照平面，设置约束类型为“穿过”模式，如图 4-29 所示。

第 5 步，单击“确定”按钮，创建基准轴，如图 4-30 所示。

4. 通过曲线上一点并相切于曲线创建基准轴

该方法利用在同一平面内，有且只有一条直线通过曲线上的一点并与曲线相切。这里的曲线包括圆、圆弧以及样条曲线等。

操作步骤如下。

第 1 步～第 2 步，同上第 1 步～第 2 步。

第 3 步，选择曲线 A 作为创建基准轴的曲线参照，并设置约束类型为“相切”模式。

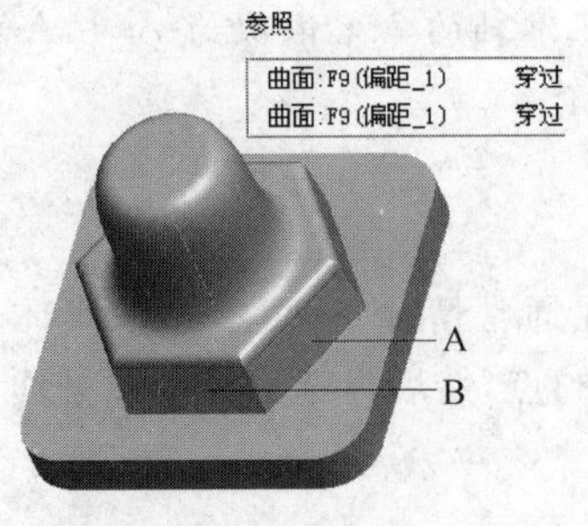

图 4-29　选择两平面

图 4-30　通过两平面创建基准轴

第 4 步，按住 Ctrl 键不放，选择曲线 A 上一点 B 作为参照点，如图 4-31 所示。

第 5 步，单击"确定"按钮，创建基准轴，如图 4-32 所示。

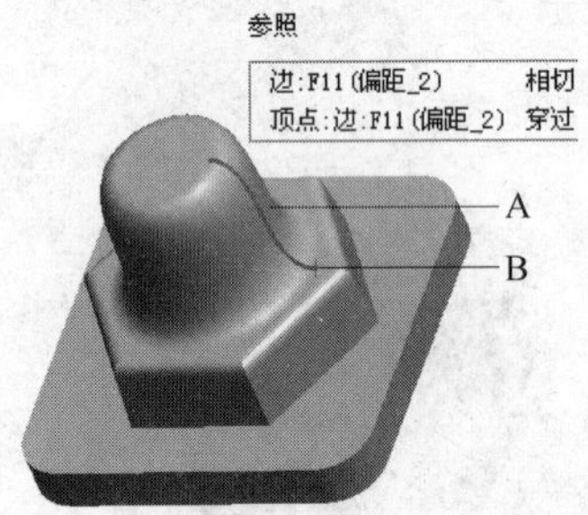

图 4-31　选择曲线及曲线上一点

图 4-32　通过曲线及曲线上一点创建基准轴

5. 通过圆弧轴线创建基准轴

在 Pro/ENGINEER 中创建圆柱体、孔等特征时，系统会自动生成相应的基准轴。而对于模型中的倒圆角、圆弧过渡等特征，则可以根据实体的圆弧部分，创建出与轴线同轴的基准轴。

操作步骤如下。

第 1 步～第 2 步，同上第 1 步～第 2 步。

第 3 步，选择如图 4-33 所示的实体倒圆角边线作为创建基准轴的参照，并设置约束类型为"中心"模式(此为默认设置)。

第 4 步，单击"确定"按钮，创建基准轴，如图 4-34 所示。

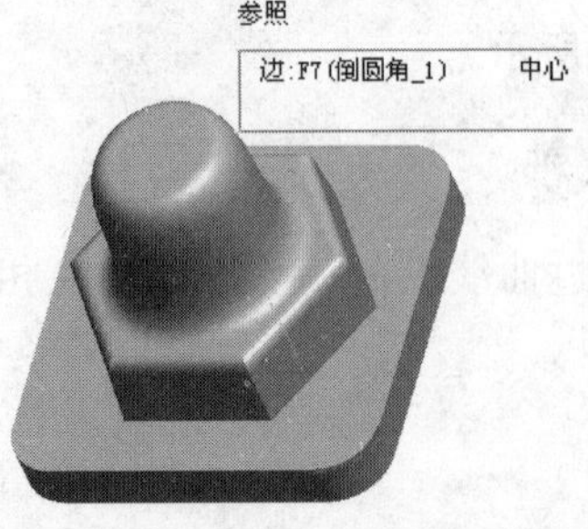

图 4-33　选择实体倒圆角边线

图 4-34　通过圆弧轴线创建基准轴

6. 通过垂直于曲面创建基准轴

通过这种方式创建基准轴，除了运用前面所讲的放置参照外，还需要运用到偏移参照。其方法是利用通过曲面上的一点，加上两个定值的约束来确定出一条唯一的基准轴。

操作步骤如下。

第 1 步～第 2 步，同上第 1 步～第 2 步。

第 3 步，在模型中选择用来放置基准轴的曲面，采用默认的约束类型设置，如图 4-35 所示。

第 4 步，单击“基准轴”对话框中的“偏移参照”收集器，将其激活。

第 5 步，选择平面 A 作为第一个偏移参照平面。

第 6 步，按住 Ctrl 键不放，选择平面 B 作为第二个偏移参照平面，如图 4-36 所示。

图 4-35 选择曲面参照

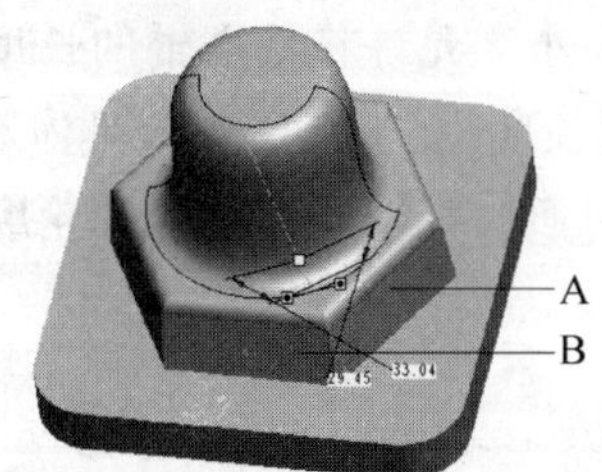

图 4-36 选取偏移参照

第 7 步，在“偏移参照”收集器中修改偏移值分别为 40 和 30，如图 4-37 所示。

第 8 步，单击“基准轴”对话框中的“确定”按钮，完成基准轴的创建，结果如图 4-38 所示。

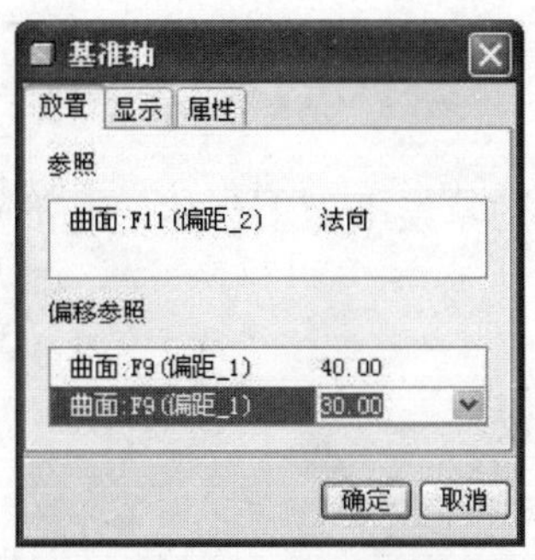

图 4-37 输入偏移值

图 4-38 通过垂直于曲面创建的基准轴

4.2.2 操作及选项说明

1. “放置”选项卡

(1) “参照”收集器。使用该收集器选取放置创建基准轴的参照，并选择参照模式。

参照的模式包括如下几种。

穿过：表示基准轴通过选定的参照。

法向：放置垂直于选定参照的基准轴。该模式的参照还需要用到添加附加点或在"偏移参照"收集器中定义参照来进行约束。

相切：放置与选定参照相切的基准轴。该模式需要添加附加点作为参照。

中心：通过选定圆弧的中心，且垂直于该圆弧所在的平面。

(2) 偏移参照收集器。若"参照"收集器中所选参照的模式为"法向"，则可以激活该收集器选取偏移参照。

2. "显示"选项卡

"显示"选项卡中的"调整轮廓"复选框允许调整基准轴轮廓的长度，它包含有以下选项。

(1) 大小。允许将基准轴的长度显示调整到指定的长度，可以通过使用控制柄手动调整或在"长度"文本框中输入具体数值精确调整。

(2) 参照。可以调整基准轴轮廓的长度使其与选定参照相拟合。

4.3 基准点的创建

基准点不但可以用来构成其他基本特征，还可以作为创建拉伸、旋转等基础特征时的终止参照，以及作为创建孔特征、筋特征的放置和偏移参照对象。基准点包括草绘基准点、放置基准点、偏移坐标系基准点和域基准点，本节介绍的是前两种。

4.3.1 草绘基准点的创建

在 Pro/ENGINEER 中，草绘基准点就是在所选取的草绘平面上创建的基准点，一般可以用来分割图元或作为修改节点来使用。

调用命令的方式如下。

菜单：执行"插入"|"模型基准"|"点"|"草绘的"命令。

图标：单击"基准"工具栏中的图标按钮。

操作步骤如下。

第 1 步，打开 Ch4-39. prt，如图 4-39 所示。

第 2 步，在"基准"工具栏中单击图标按钮，弹出"草绘的基准点"对话框，如图 4-40 所示。

第 3 步，选择图 4-41 所示的平面作为草绘平面，采用系统默认参照和方向，单击"草绘"按钮，进入草绘模式。

注意：进入草绘模式后，工具栏与草绘界面中的有所不同，只有部分工具处于激活状

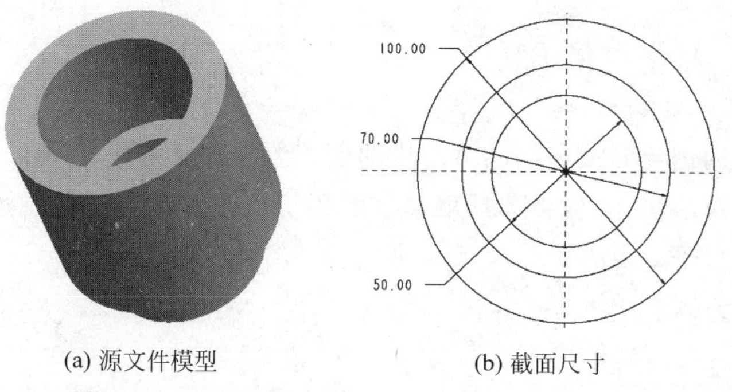

(a) 源文件模型　　(b) 截面尺寸

图 4-39　创建草绘基准点源文件

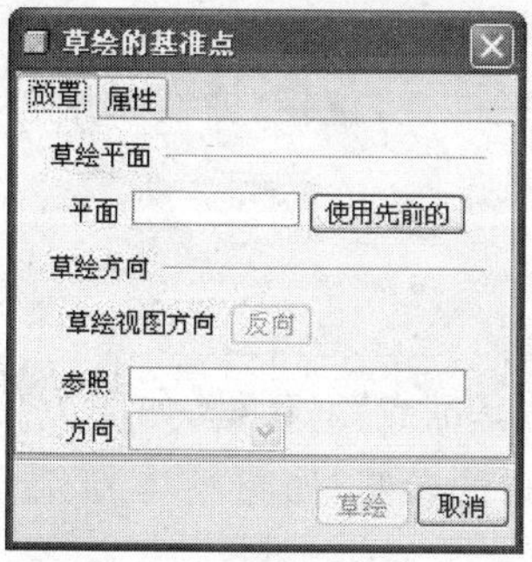

图 4-40　“草绘的基准点”对话框

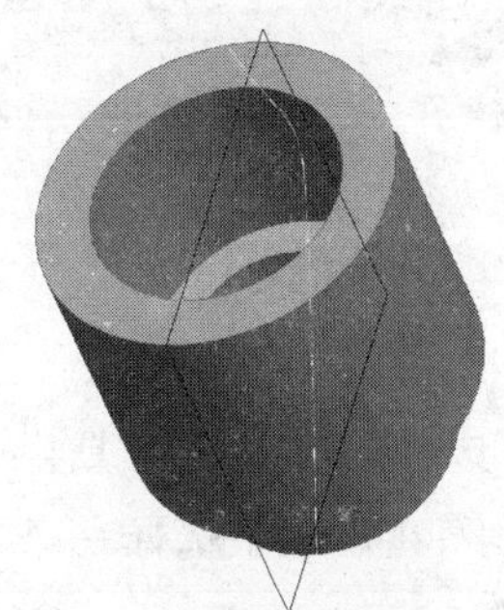

图 4-41　选择草绘平面

态。其中，单击“圆心和点构建”图标按钮或“同心构造”图标按钮，可以用来绘制构造圆辅助确认草绘点的位置。

接下来，将在上面那个管状体上表面圆环 1/2 处，即 $D=85$ 处创建一个基准点。

第 4 步，单击“草绘器工具”工具栏中的“圆心和点构建”图标按钮，以坐标中心为圆心，创建一个直径为 85 的构造圆，如图 4-42 所示。

第 5 步，单击“草绘器工具”工具栏中的“创建点”×图标按钮，在图中构造圆与基准轴相交处创建一个草绘点。

第 6 步，单击工具栏中的✔图标按钮，完成草绘点的创建，如图 4-43 所示。

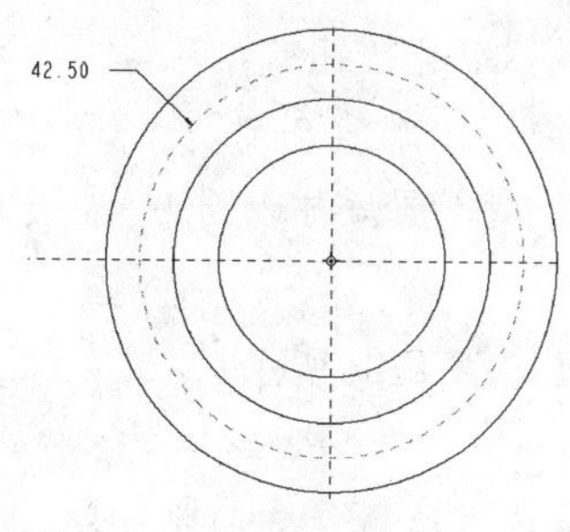

图 4-42　创建构造圆

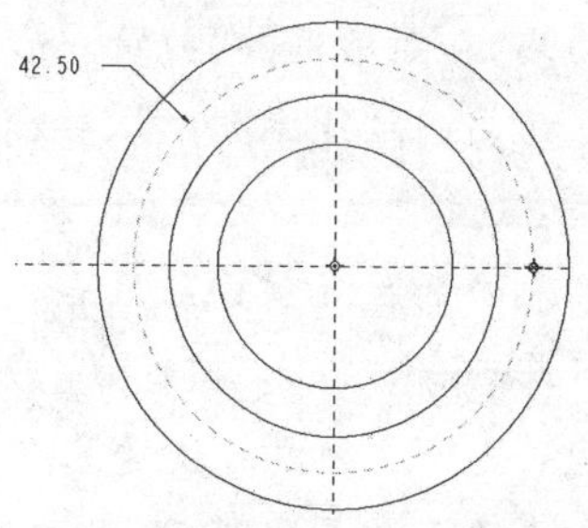

图 4-43　创建的草绘基准点

4.3.2 放置基准点的创建

放置基准点的创建方法与前两节所讲的创建基准平面和基准轴的方法类似，创建时首先需要定义放置参照，然后再选择偏移参照用于设置基准点的定位尺寸。可以通过多种方式来创建放置基准点。

调用命令的方式如下。

菜单：执行"插入"|"模型基准"|"点"|"点"命令。

图标：单击"基准"工具栏中的图标按钮。

1. 在曲线和边线上创建基准点

该创建方式主要是在曲线或实体的边线上创建基准点，包括"曲线末端"和"参照"两种模式。

操作步骤如下。

第 1 步，打开 Ch4-45. prt。

第 2 步，单击"基准"工具栏中图标按钮，弹出"基准点"对话框，如图 4-44 所示。

第 3 步，在模型中选择一条边线，作为创建基准点的参照，如图 4-45 所示。

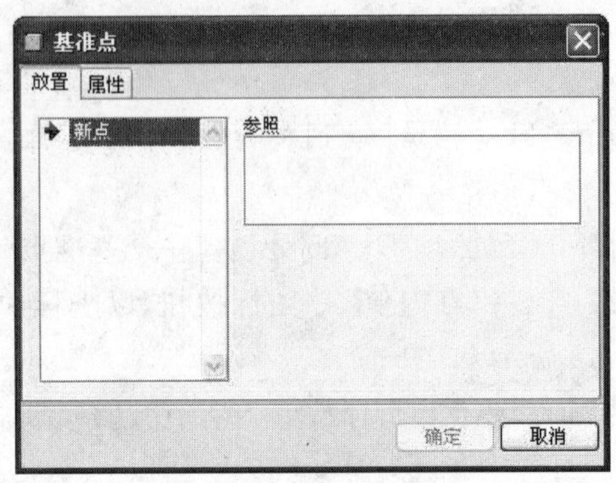

图 4-44 "基准点"对话框

图 4-45 选择边线参照

第 4 步，在对话框的"放置"选项卡中选择"曲线末端"单选按钮。

第 5 步，选择"比率"方式，并在"偏移值"文本框中输入比率值 0.8。

注意：选择"比率"方式时，在"偏移值"文本框中输入的数值可以为 0～1 之间的数，系统将在相应的位置创建基准点。

第 6 步，单击"确定"按钮，完成基准点的创建，结果如图 4-46 所示。

注意：运用这种方式创建基准点时，如果选择偏移参照为"参照"方式，则需要在图形中选取一个平面作为偏移参照，这个平面必须与曲线或实体边线在空间中相交，而设置的偏移距离为基准点到该平面的垂直距离，如图 4-47 所示。

图 4-46 “曲线末端”方式创建基准点

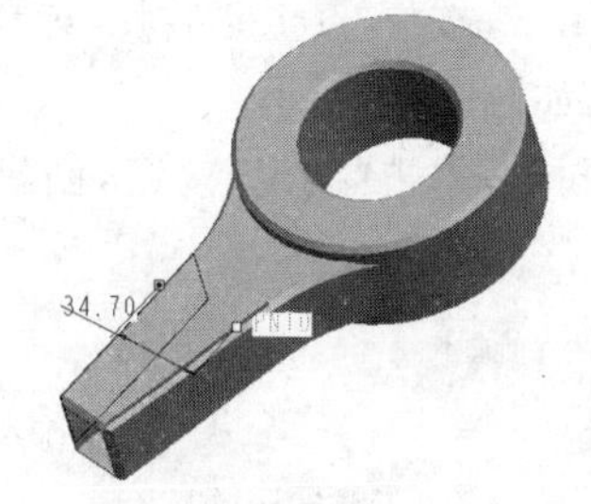

图 4-47 “参照”方式创建基准点

2. 在曲线的交点处创建基准点

该方式需要用到空间中相交或相异的两条曲线或实体边线。若是相交关系，则在交点处创建基准点，如果有多个交点，可以单击“参照”收集器下的“下一相交”按钮来进行切换；若是相异的关系，则会在第一条曲线上创建基准点，基准点的位置在两条曲线的最短距离处。

操作步骤如下。

第 1 步～第 2 步，同上第 1 步～第 2 步。

第 3 步，选择曲线 A 作为创建基准点的第一条参照曲线，并设置其约束类型为“在其上”模式。

第 4 步，按住 Ctrl 键不放，选择曲线 B 作为创建基准点的第二条参照曲线，并设置其约束类型为“在其上”模式，如图 4-48 所示。

第 5 步，单击“确定”按钮，创建的基准点如图 4-49 所示。

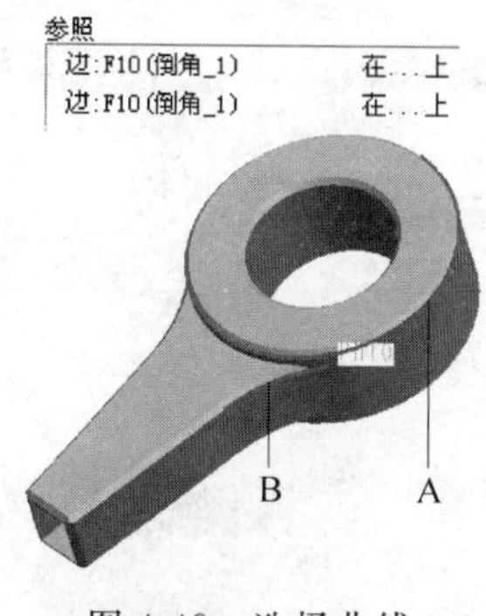

图 4-48 选择曲线

图 4-49 在曲线的交点处创建基准点

3. 在曲线与曲面的交点处创建基准点

该方式是利用曲线与曲面相交处产生的交点来创建基准点，在操作过程中，不仅是曲线与曲面，也可以是实体边线和平面。

操作步骤如下。

第 1 步～第 2 步，同上第 1 步～第 2 步。

第 3 步，选择曲线 A 作为创建基准点的第一条参照曲线，并设置其约束类型为“在其上”模式。

第 4 步，按住 Ctrl 键不放，选择曲面 B 作为创建基准点的参照面，采用默认的约束类型设置，如图 4-50 所示。

第 5 步，单击“确定”按钮，创建的基准点如图 4-51 所示。

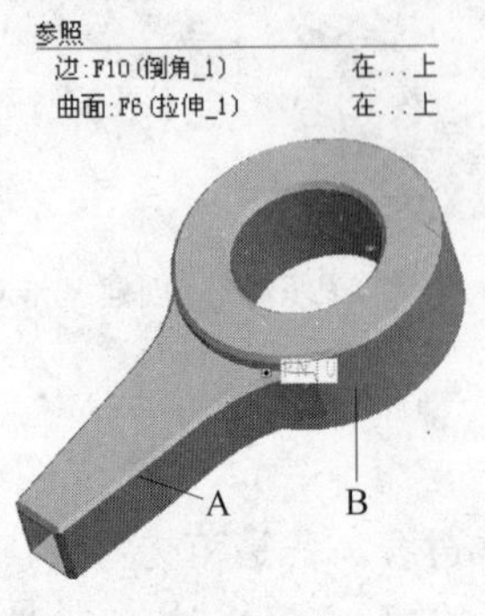

图 4-50 选择曲线与曲面

图 4-51 在曲线与曲面的交点处创建基准点

4. 在圆的中心创建基准点

对于圆这种特殊的几何形态，既可以在它的中心创建基准点，也可以在圆弧上创建基准点。在设置约束类型时，可以选择“在其上”模式或是“居中”模式。“在其上”模式即为前面讲的“在曲线和边线上创建基准点”；若选择“居中”模式，则创建的基准点则在圆心处。

操作步骤如下。

第 1 步～第 2 步，同上第 1 步～第 2 步。

第 3 步，选择如图 4-52 所示的圆弧作为创建基准点的参照曲线，并设置其约束类型为“居中”模式。

第 4 步，单击“确定”按钮，创建的基准点如图 4-53 所示。

图 4-52 选择圆弧曲线

图 4-53 在圆的中心创建基准点

5. 通过偏移点创建基准点

除了通过线与面创建基准点之外，还可以通过点来创建基准点，主要是通过偏移的方式来实现的。用来作为偏移参照的点包括图形中的各种类型的点，此外，还需要用到辅助参照，辅助参照可以是实体边线、曲线、平面的法线方向以及坐标系中的坐标轴。在辅助参照的规定下，偏移点沿指定方向偏移一定的距离来创建基准点。

操作步骤如下。

第1步～第2步，同上第1步～第2步。

第3步，选择A点作为创建基准点的偏移参照点，并设置其约束类型为“偏移”模式。

第4步，按住Ctrl键不放，选择实体边线B作为辅助参照线。

第5步，在“偏移”文本框中输入偏移值30，回车，如图4-54所示。

第6步，单击“确定”按钮，创建的基准点如图4-55所示。

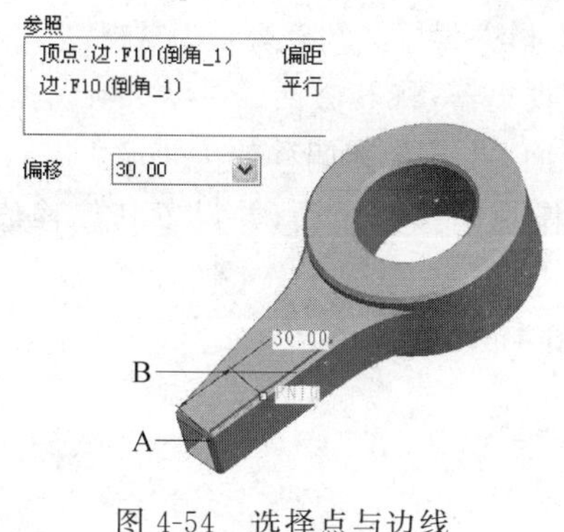

图4-54 选择点与边线

图4-55 通过偏移点创建基准点

6. 通过三个相交面创建基准点

该方式利用三个相交面在相交处创建基准点，相交的面可以是曲面，也可以是平面。如果相交处有多个点，可以单击基准点对话框中的“下一相交”按钮来进行切换。

操作步骤如下。

第1步～第2步，同上第1步～第2步。

第3步，选择曲面A作为创建基准点的第一个参照面，并设置约束类型为“在其上”模式。

第4步，按住Ctrl键不放，选择曲面B作为第二个参照面。

第5步，按住Ctrl键不放，继续选择曲面C作为第三个参照面，如图4-56所示。

第6步，单击“确定”按钮，创建的基准点如图4-57所示。

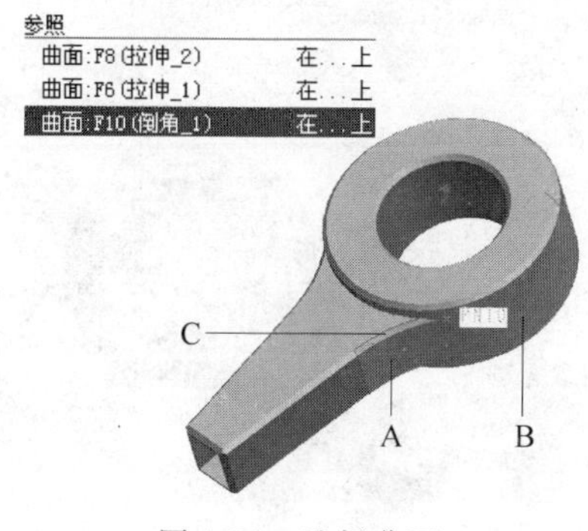

图4-56 选择曲面

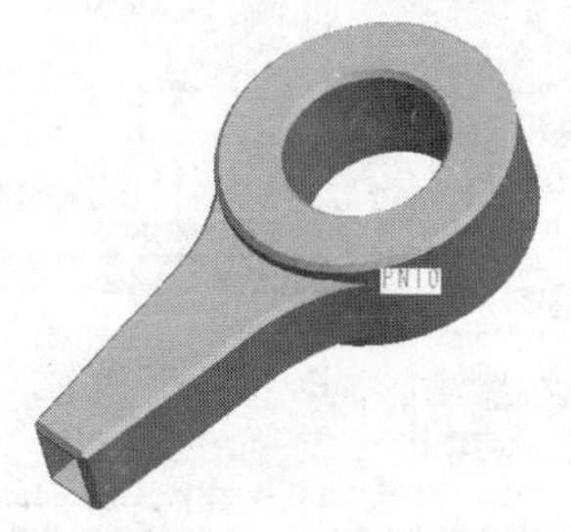

图4-57 通过多个相交曲面创建基准点

7. 在曲面上或偏移曲面创建基准点

通过该方式创建基准点时，当选择一个曲面后，有两种创建模式。一种是“在其上”模式，选择此模式后需要继续选择两个面或两条实体边线作为定位参照，用来辅助确定基准点的位置。另一种是“偏移”模式，选择这种模式后需要选择两个平面或实体边线作为辅助定位的参照，此外，还需设置偏移的距离值。

操作步骤如下。

第 1 步～第 2 步，同上第 1 步～第 2 步。

第 3 步，选择一个面 A 作为创建基准点的参照面，并设置其约束类型为“在其上”模式。

第 4 步，单击“基准点”对话框的“偏移参照”收集器，将其激活。

第 5 步，选择一个面 B 作为第一个偏移参照面，并设置其偏移值为 10。

第 6 步，按住 Ctrl 键不放，选择第二个面 C 作为偏移参照面，并设置其偏移值为 40，如图 4-58 所示。

第 7 步，单击“确定”按钮，创建的基准点如图 4-59 所示。

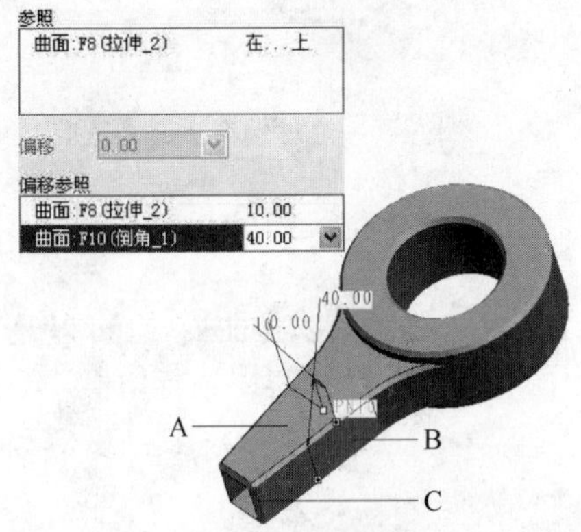

图 4-58　选择参照面

图 4-59　“在曲面上”模式创建基准点

注意：若第 1 步中，设置约束类型为“偏距”模式，则可以在“偏移”文本框中输入偏移值，如输入 50，如图 4-60 所示，结果如图 4-61 所示。

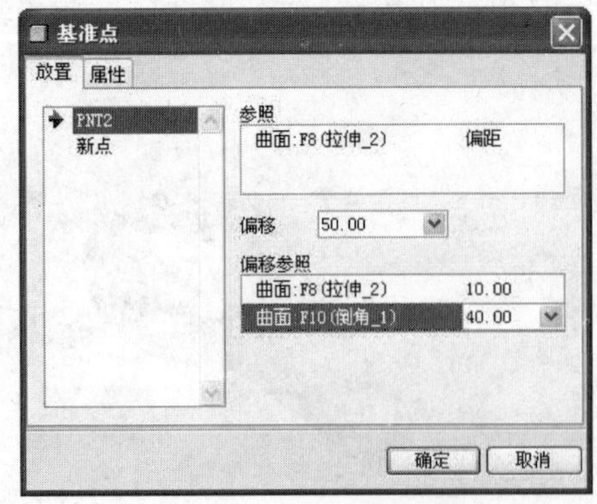

图 4-60　参照设置

图 4-61　“偏移”模式创建基准点

4.4 基准曲线的创建

在 Pro/ENGINEER 中，基准曲线可以用来创建和修改曲面，并作为扫描轨迹线或截面轮廓来创建其他特征。创建基准曲线的方式也可以有很多种，下面对其中常见的几种进行详细介绍。

4.4.1 绘制基准曲线

绘制基准曲线是指在草绘环境下通过各种方式绘制几何曲线，包括直线、圆弧、一般曲线等。在进行绘制基准曲线的操作过程中，可以利用工具栏中的“草绘”工具，打开“草绘”对话框，进行完草绘平面、参照及视图方向的设置之后，进入草绘界面进行基准曲线的绘制。

操作步骤如下。

第 1 步，打开 Ch4-62. prt，如图 4-62 所示。

第 2 步，在“基准”工具栏中单击“草绘工具”图标按钮，弹出“草绘”对话框。

第 3 步，选择图 4-62 中图形的侧面为草绘平面，采用默认参照设置，方向为右，如图 4-63 所示，单击“确定”按钮，进入草绘模式。

图 4-62 草绘基准曲线

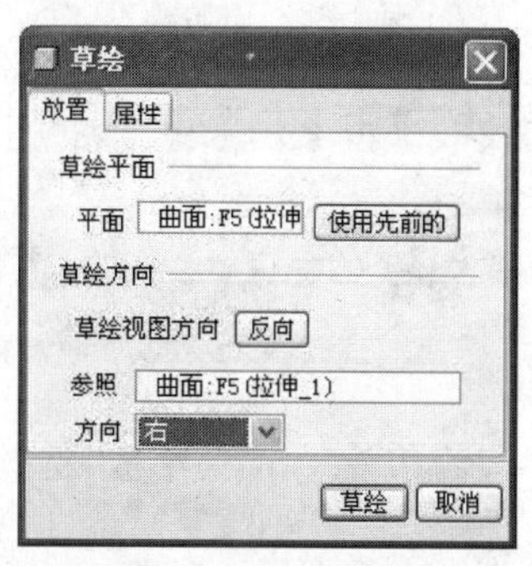

图 4-63 定义草绘平面

第 4 步，选择工具栏中的“创建样条线”工具，在模型上绘制一条曲线，如图 4-64 所示。

第 5 步，单击“基准”工具栏中的图标按钮，完成基准曲线的创建，如图 4-65 所示。

4.4.2 投影创建基准曲线

该方式是将一个面上的曲线通过“投影”命令投影到其他面上。

调用命令的方式如下。

菜单：执行“编辑”|“投影”命令。

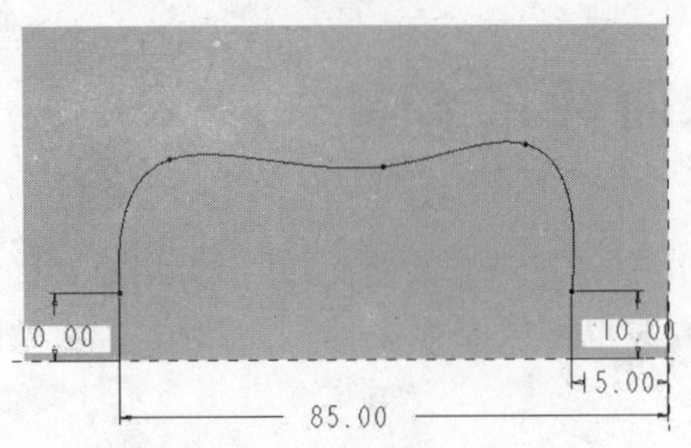

图 4-64 绘制曲线

图 4-65 草绘的基准曲线

操作步骤如下。

第 1 步，打开 Ch4-66.prt，如图 4-66 所示。

第 2 步，选择用来投影的曲线，如图 4-67 所示。

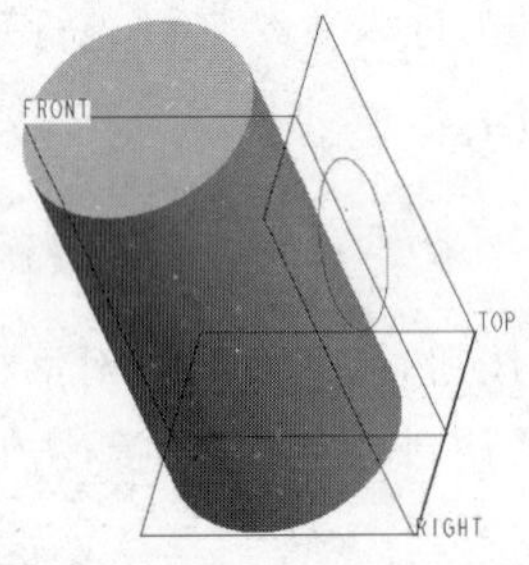

图 4-66 原始模型

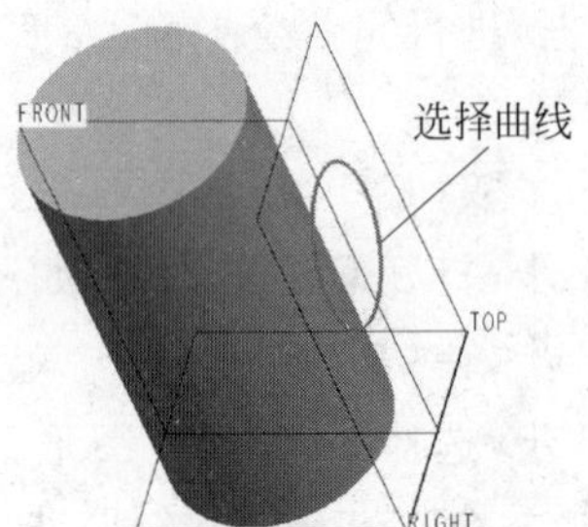

图 4-67 选择投影曲线

第 3 步，单击下拉菜单“编辑”|“投影”，打开“投影”操控板，如图 4-68 所示。

图 4-68 “投影”操控板

第 4 步，按住 Ctrl 键不放，选择如图 4-69 所示的圆柱体曲面。采用操控板上默认的设置。

第 5 步，单击“确定”按钮，创建的基准曲线如图 4-70 所示。

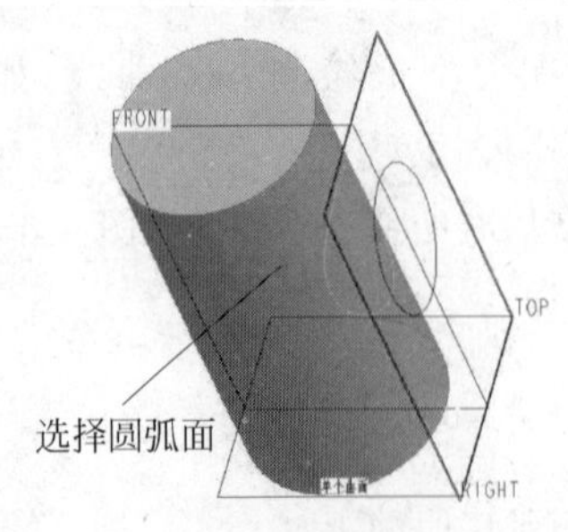

图 4-69 选择圆弧曲面

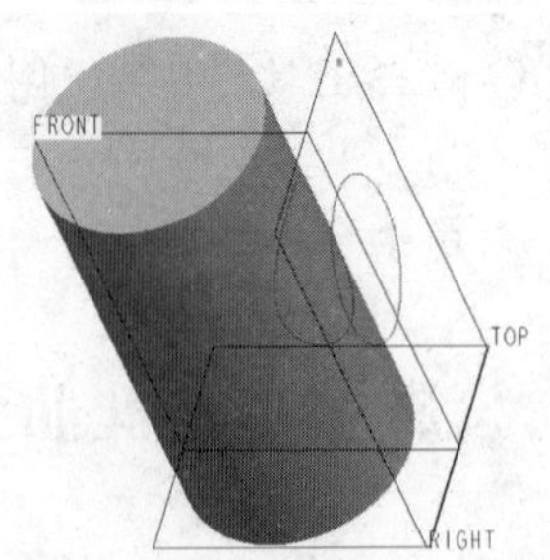

图 4-70 创建投影基准曲线

注意：在“投影”操控板中，默认的“方向”设置是“沿方向”选项，表示沿指定的方向投影。单击图标按钮可以改变投影方向。如果选择“垂直于曲面”选项，则表示垂直于曲线平面或指定的平面、曲面投影。

下面将要介绍的创建基准曲线的方法与前面的不同，需要用到“基准曲线”命令。

调用命令的方式如下。

菜单：执行“插入”|“模型基准”|“曲线”命令。

图标：单击“基准”工具栏中的图标按钮。

4.4.3 经过点创建基准曲线

运用这种方式创建基准曲线，需要在操作过程中先定义好曲线的起始点、中间点和末点，然后再定义点的连接类型。

操作步骤如下。

第 1 步，打开 Ch4-73.prt。

第 2 步，单击“基准”工具栏中的图标按钮，弹出“曲线选项”菜单管理器，如图 4-71 所示。

第 3 步，选择“经过点”|“完成”选项，系统弹出“连接类型”菜单管理器与“曲线：通过点”及“选取”对话框，选择“样条”|“整个阵列”|“添加点”选项(此为默认的设置)，如图 4-72 所示。

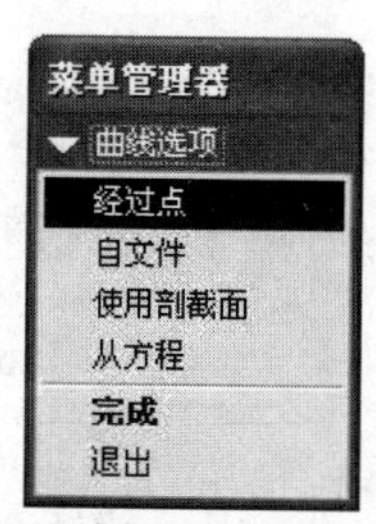

图 4-71 “曲线选项”菜单管理器

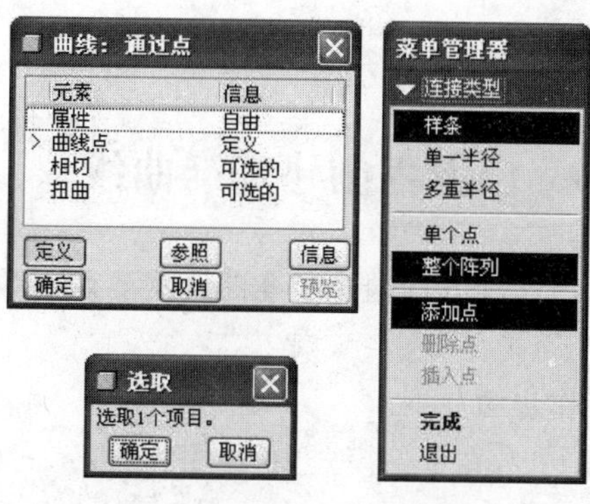

图 4-72 相关菜单管理器和对话框

注意：在“曲线设置”菜单管理器中也可以选择“自文件”或“使用剖截面”方式创建基准曲线。如果选择“自文件”方式，可以打开多种格式的文件来创建基准曲线，但在打开文件之前需要选择好坐标系。若选择的是“使用剖截面”方式，则可以直接选取横截面的边界线创建基准曲线，也可以利用横截面与零件轮廓的交线来创建。

第 4 步，在模型上选择如图 4-73 所示的几个点。

第 5 步，选择好了创建点以后，单击“连结类型”菜单管理器中的“完成”选项，然后单击“曲线：通过点”对话框中的“确定”按钮，完成基准曲线的创建，如图 4-74 所示。

图 4-73　选择点

图 4-74　“经过点”方式创建基准曲线

注意：在第 3 步中，若将图 4-72 中的“曲线设置”菜单管理器中“连结类型”选择为“单一半径”选项，那么创建的点将以直线相连，直线之间将以统一半径的圆弧过渡，如图 4-75 所示。

若选择“多重半径”选项，创建的点仍以直线相连，而直线之间以不同半径的圆弧过渡，如图 4-76 所示。另外，在进行第 5 步操作尚未单击“曲线”对话框中的“确定”按钮时，可以选择其中的“相切”选项，并单击“定义”按钮来对曲线进行设置。

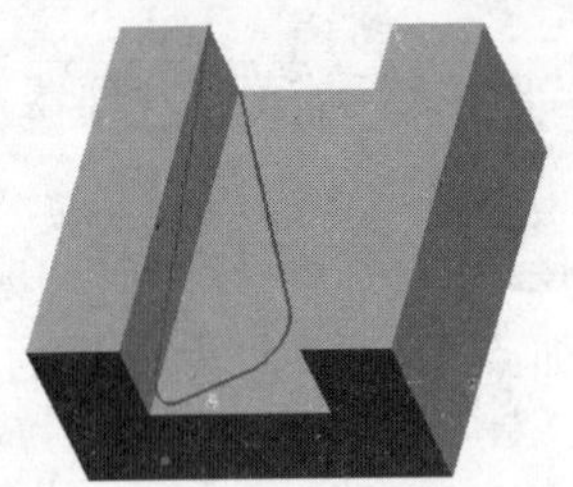
图 4-75　“单一半径”创建基准曲线

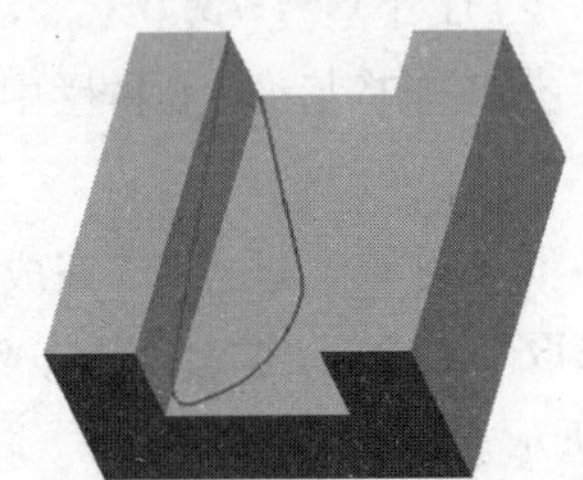
图 4-76　“多重半径”创建基准曲线

4.4.4　由方程创建基准曲线

运用这种方式创建基准曲线需要用到数学公式，主要用于创建一些具有特定形状的模型特征。

操作步骤如下。

第 1 步，在零件模式中，单击“基准”工具栏中的～图标按钮，弹出“曲线选项”菜单管理器。

第 2 步，选择“从方程”|“完成”，弹出如图 4-77 所示的“曲线：从方程”与“选取”对话

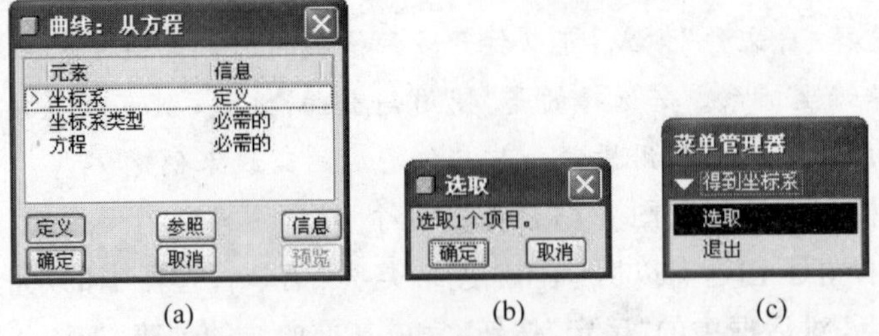

图 4-77　相关菜单管理器和对话框

框及“得到坐标系”菜单管理器。

第 3 步，根据系统提示选择坐标系，这里单击选择系统默认的坐标系 PRT_CSYS_DEF，此时系统弹出如图 4-78 所示的“设置坐标系类型” 菜单管理器。

图 4-78 “设置坐标系类型”菜单管理器

第 4 步，选择坐标类型为“笛卡儿”模式，系统打开“rel.ptd_记事本”窗口。

第 5 步，在该窗口中输入曲线方程“X=100 * t，Y=50 * t，Z=100+150 * sin(t * 360)”，如图 4-79 所示。

第 6 步，在“rel.ptd_记事本”窗口中单击下拉菜单“文件”|“保存”，然后关闭该窗口。

第 7 步，单击鼠标中键或单击“曲线：从方程”对话框中的“确定”按钮，完成基准曲线的创建，如图 4-80 所示。

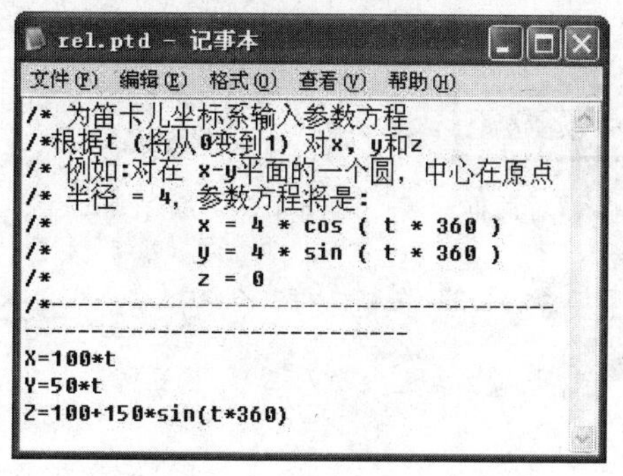

图 4-79 输入曲线方程

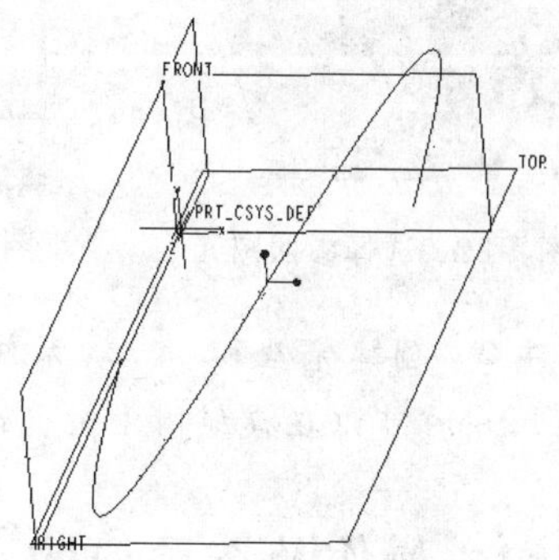

图 4-80 由方程创建的基准曲线

4.5 坐标系的创建

在 Pro/ENGINEER 中，坐标系可以用来添加到零件组件中作为参照特征，常用的基准坐标系类型有笛卡儿坐标系、柱坐标系和球坐标系，其中笛卡儿坐标系为系统默认的基准坐标系。在进行三维建模时，通常使用默认坐标系。

调用命令的方式如下。

菜单：执行“插入”|“模型基准”|“坐标系”命令。

图标：单击“基准”工具栏中的图标按钮。

4.5.1 创建基准坐标系

利用“坐标系”命令创建基准坐标系。

操作步骤如下。

第 1 步，打开 Ch4-81.prt，如图 4-81 所示。

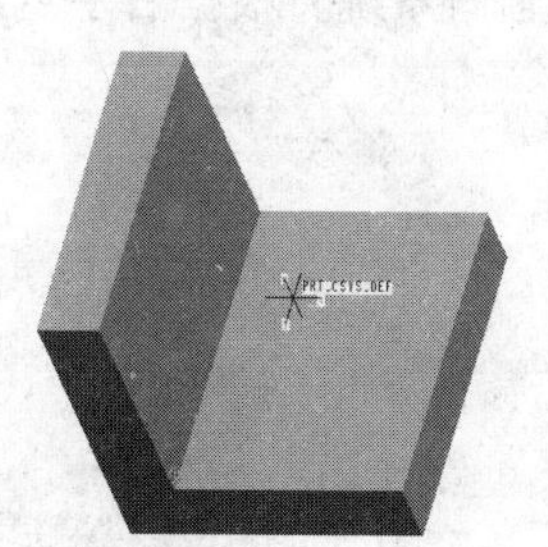

图 4-81 原始模型

第 2 步，单击“基准”工具栏中的图标按钮，弹出“坐标系”对话框。

第 3 步，按住 Ctrl 键不放，在模型中选择如图 4-82 所示三个平面作为创建坐标系的参照，此时对话框如图 4-83 所示。

注意：如果对创建的坐标系不满意，可以在对话框的“定向”选项卡中调整坐标系的轴向。单击“反向”按钮，可将对应坐标轴的方向反向。

第 4 步，单击“坐标系”对话框中的“确定”按钮，完成坐标系的创建，如图 4-84 所示。

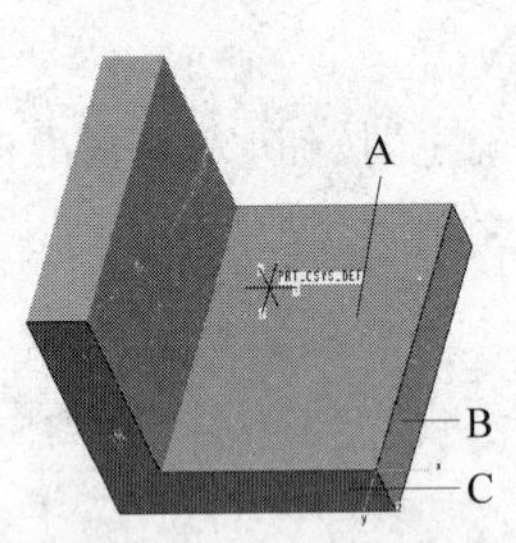

图 4-82　选择参照图元

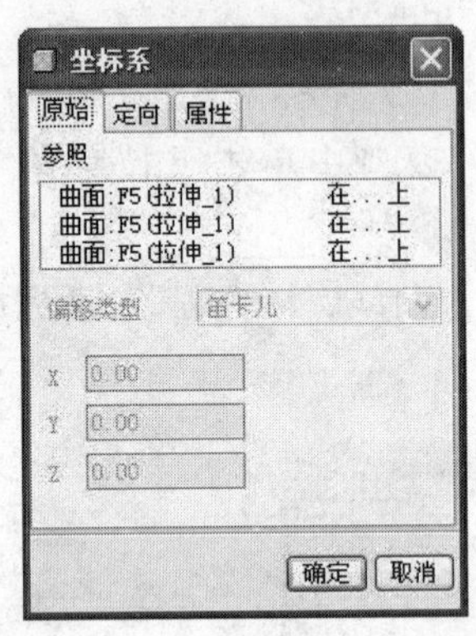

图 4-83　“坐标系”对话框

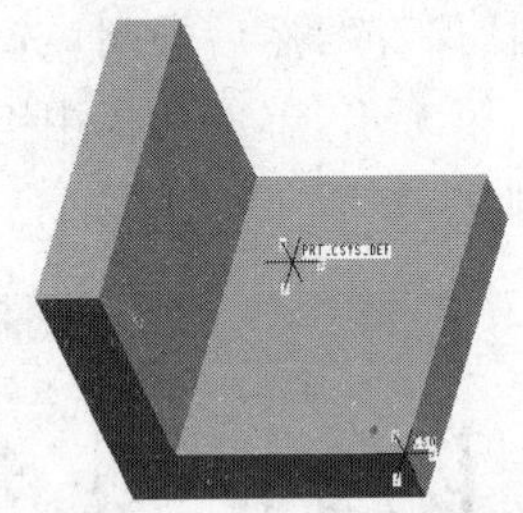

图 4-84　新创建的坐标系

注意：创建完坐标系后，系统将依次把所创建的坐标系命名为 CS0、CS1、CS2、CS3…，用户可以在模型树中对其进行重命名。

4.5.2　操作及选项说明

1. 创建坐标系的方法

在创建坐标系时，根据选择参照的不同，可以分为以下几种方法。

(1) 通过三个面。即为上面所介绍的方法。

(2) 通过两直线。在模型上选择两实体边线、轴线或曲线作参照创建坐标系，它们的交点或最短距离处为坐标系原点，且原点位于选择的第一条直线上，如图 4-85 所示。

(3) 通过一点与两直线。先在模型上选择一个点作为创建坐标系的原点，然后将对话框切换到“定向”选项卡，激活“使用”收集器，选择两直线作为两个方向上的轴向，第三轴向系统将根据右手定则自动确定，如图 4-86 所示。

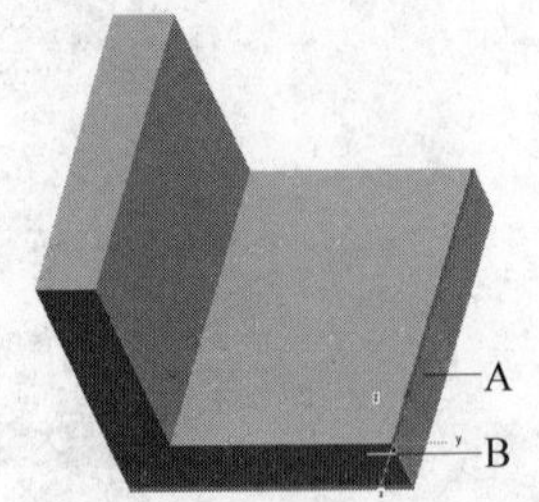

图 4-85　通过两直线创建坐标系

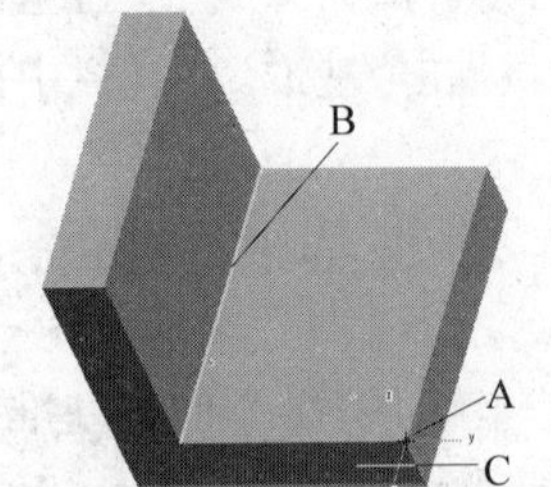

图 4-86　通过一点两线创建坐标系

(4) 通过偏移或旋转现有坐标系：选择一个现有坐标系，然后在对话框中设置偏移值，如图 4-87 所示，或选择现有坐标系后单击“定向”选项卡，再在其中设置各轴向的旋转角度，如图 4-88 所示。

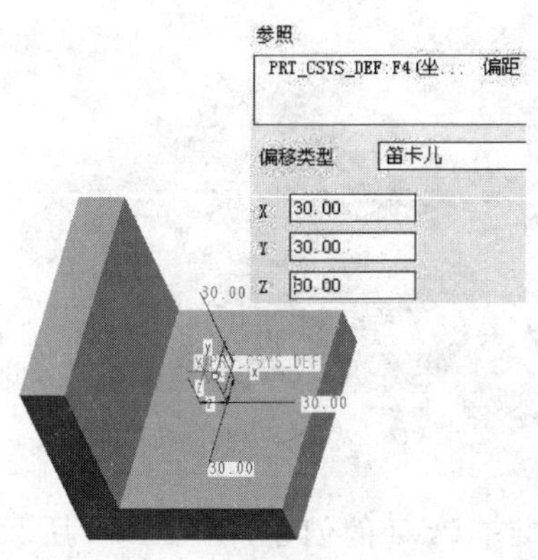

图 4-87 通过偏移创建坐标系

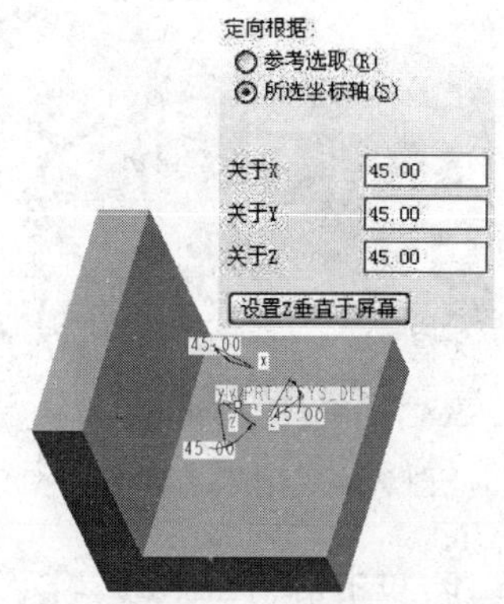

图 4-88 通过旋转创建坐标系

2. 其他选项说明

在“坐标系”对话框中，包含有“原始”选项卡、“定向”选项卡和“属性”选项卡。“原始”选项卡中又包含以下选项。

(1) 参照。用于收集模型上的参照图元，需要调整已选参照时，可在其上右击，在弹出的快捷菜单中选择“移除”。

(2) 偏移类型。表示按哪种方式偏移坐标系以及设置相应的偏移值，包含有“笛卡儿”、“圆柱状”、“球状”和“自文件”几种方式。

“定向”选项卡可以用来设置坐标系的位置，包含的选项有如下几种。

(1) 参考选取。该选项在要求所选取的参照来确定轴向的情况下使用，如在前面介绍的“通过三面”、“通过两线”、“通过一点两线”的情况下。

(2) 所选坐标轴。该选项用来设置与原坐标系各轴向之间的旋转角度。

(3) 设置 Z 垂直于屏幕。该按钮可以快速定向 Z 轴，使其垂直于查看的屏幕。

4.6 上机操作实验指导三 基准特征创建

根据基准特征创建的相关知识，在模型上创建如图 4-89 所示的基准特征。主要涉及的命令包括“平面”命令、“轴”命令和“点”命令。

操作步骤如下。

步骤 1 打开文件

参见本书第 1 章，打开 Ch4-90. prt。

步骤 2 创建基准轴

第 1 步，单击“基准”工具栏中的 / 图标按钮，打开“基准轴”对话框。

第 2 步，在模型上选取如图 4-90 所示的曲面作为基准轴创建的参照，并在对话框中选择“穿过”模式(此为默认设置)，如图 4-91 所示。

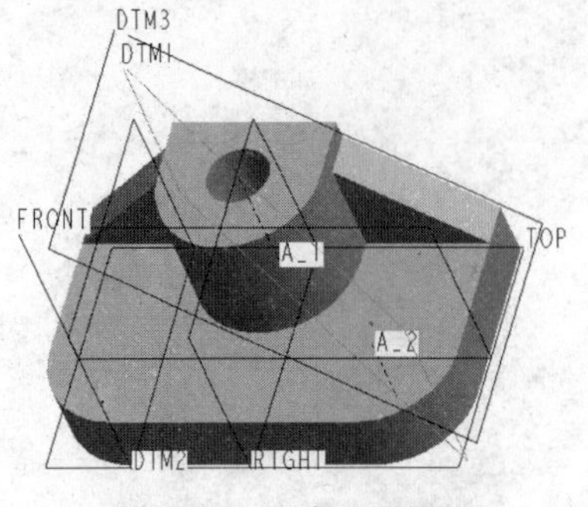

图 4-89 创建基准特征

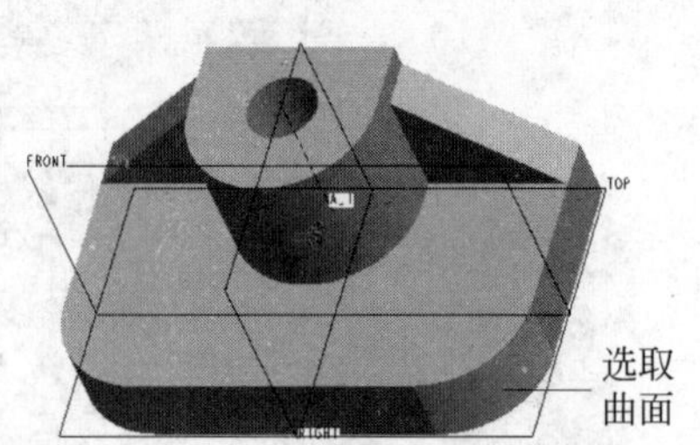

图 4-90 选取曲面参照

第 3 步，单击对话框中的“确定”按钮，完成基准轴 A_2 的创建，如图 4-92 所示。

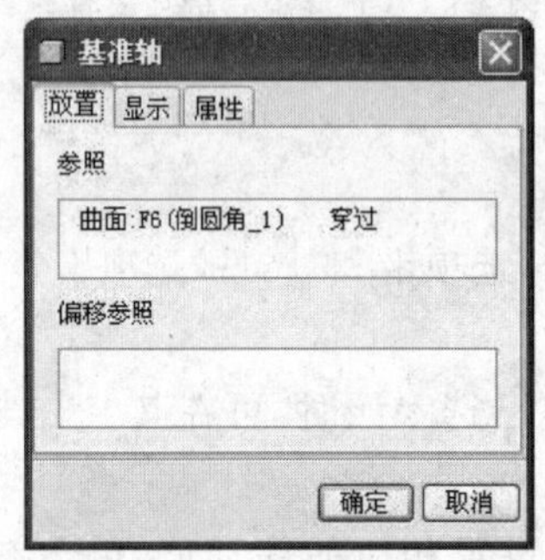

图 4-91 “基准轴”对话框

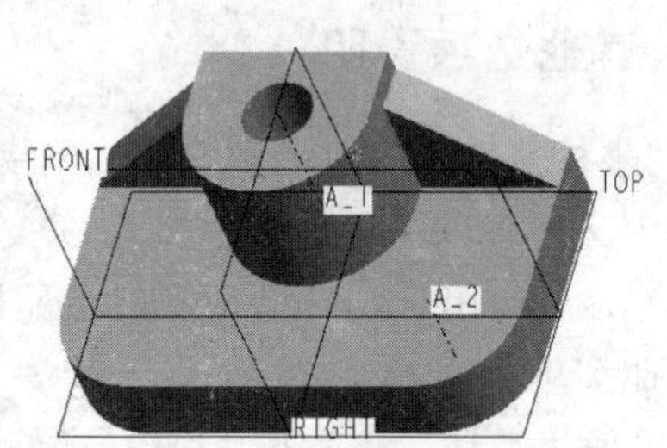

图 4-92 创建基准轴

步骤 3 创建基准点

第 1 步，单击“基准”工具栏中的图标按钮，弹出“基准点”对话框。

第 2 步，在模型中选择如图 4-93 所示的圆弧线为基准点创建的参照，并在对话框中设置其模式为“居中”，如图 4-94 所示。

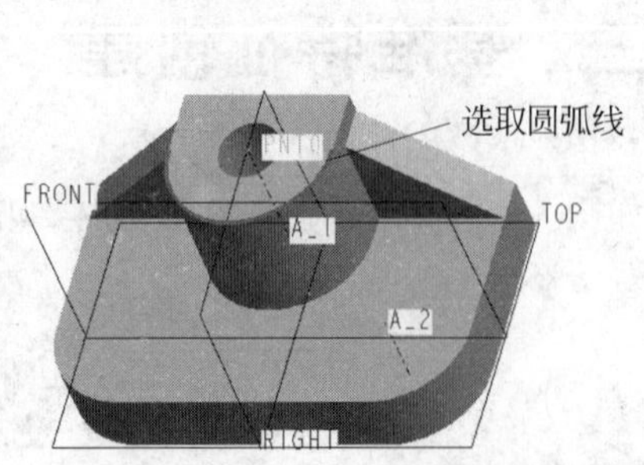

图 4-93 选取参照

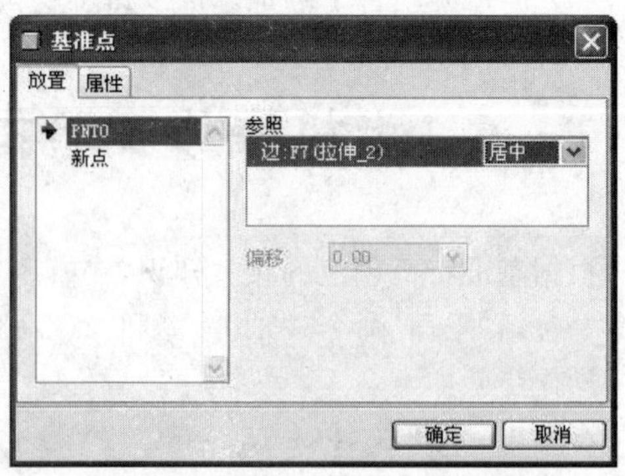

图 4-94 参照模式设置

第 3 步，单击“基准点”对话框中的“确定”按钮，完成基准点 PNT0 的创建，如图 4-95 所示。

步骤 4　创建基准点

第 1 步，同步骤 3 中第 1 步。

第 2 步，在模型中选择一条边线，并在对话框中设置偏移比率为 0.5，如图 4-96 所示。

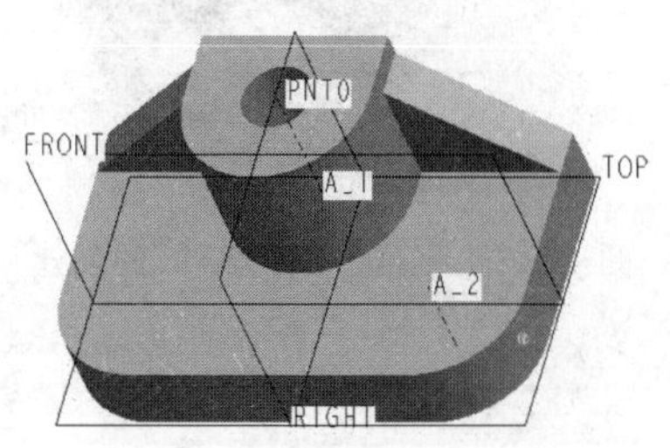

图 4-95　基准点 PNT0 的创建

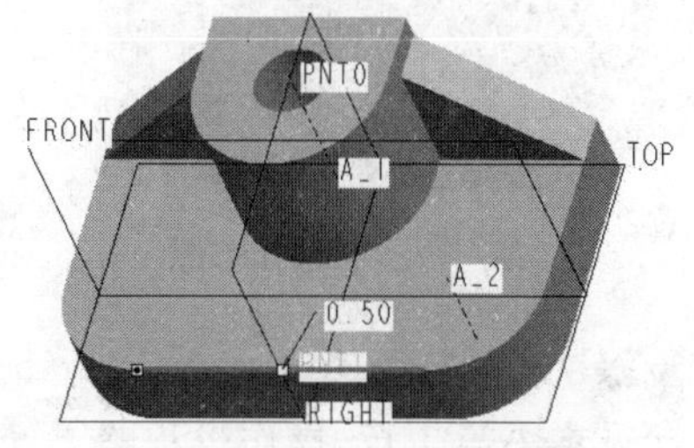

图 4-96　选择并设置基准点的位置

第 3 步，单击“基准点”对话框中的“确定”按钮，完成基准点 PNT1 的创建，如图 4-97 所示。

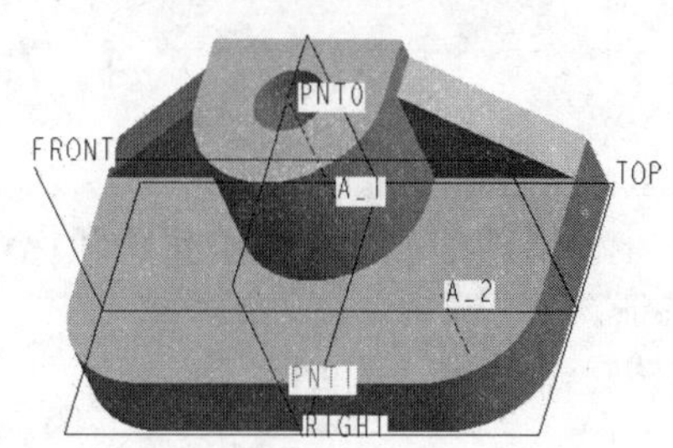

图 4-97　基准点 PNT1 的创建

步骤 5　创建基准平面

第 1 步，单击“基准”工具栏中的▱图标按钮，弹出“基准平面”对话框。

第 2 步，按住 Ctrl 键不放，选择模型中的两条轴线 A_1 和 A_2，对话框中均采用“穿过”模式（此皆为默认设置），如图 4-98 所示。

第 3 步，单击“基准平面”对话框中的“确定”按钮，完成基准平面 DTM1 的创建，如图 4-99 所示。

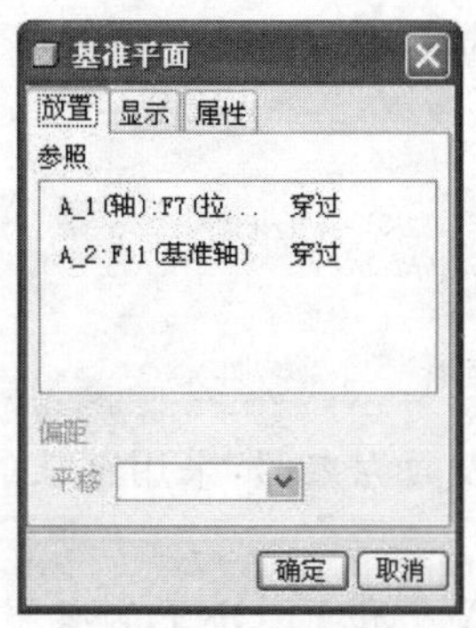

图 4-98　选择参照

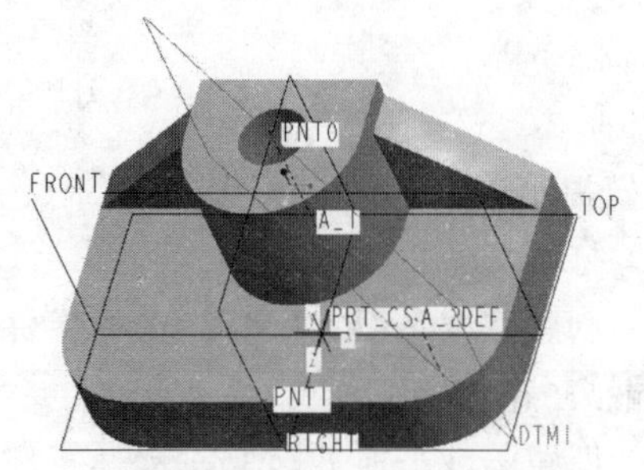

图 4-99　基准平面 DTM1 的创建

步骤 6　创建基准平面

第 1 步，同步骤 5 中第 1 步。

第 2 步，在模型中选择如图 4-100 所示的平面作为参照，在“基准平面”对话框中采用“穿过”模式。

第 3 步，单击对话框中的“确定”按钮，完成基准平面 DTM2 的创建，如图 4-101 所示。

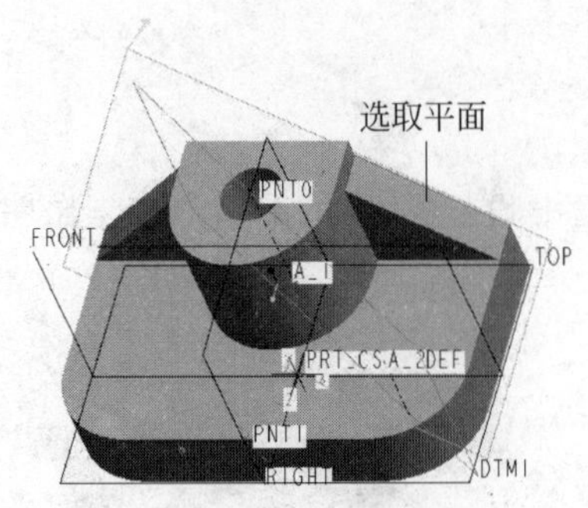

图 4-100　选择参照

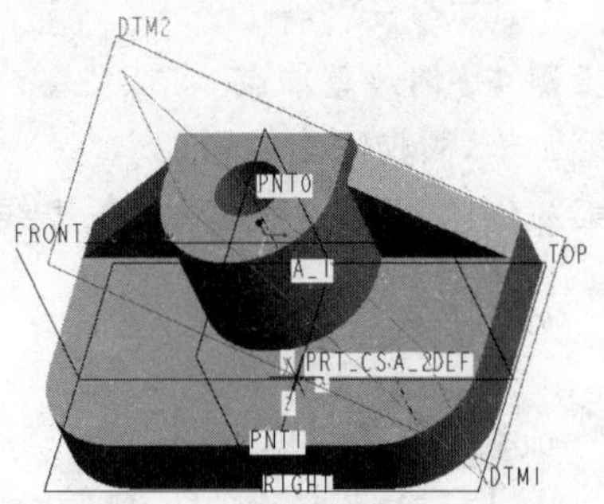

图 4-101　基准平面 DTM2 的创建

步骤 7　保存图形

参见本书第 1 章，操作过程略。

4.7 上　机　题

根据基准特征创建的相关知识，利用“平面”和“轴”命令，创建如图 4-102 所示的基准特征。

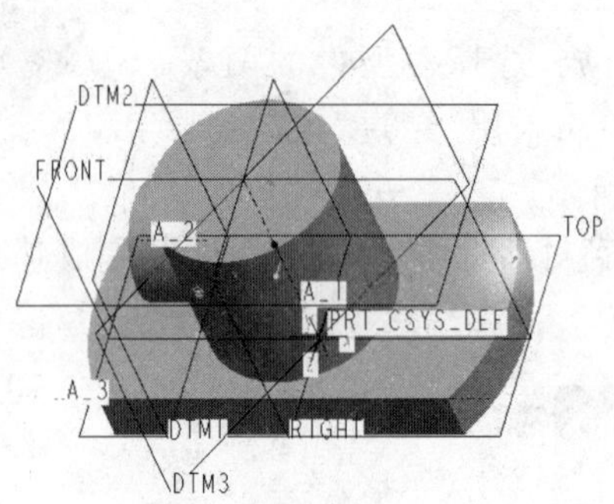

图 4-102　创建基准特征

建模提示：

(1) 打开 Ch4-102.prt。

(2) 创建基准平面 DTM2。选择零件模型底座的上表面为参照，采用默认的“偏移”模式，偏移距离为 40。

(3) 创建基准平面 DTM3。选择零件模型中的轴线 A_1 和 FRONT 为参照，其中轴线采用“穿过”模式(此为默认设置)，FRONT 平面采用“偏移”模式(此为默认设置)。在“偏距”的文本框中输入旋转角度值为 45。

(4) 创建基准轴 A_3。选择零件底座的上表面和近侧面为参照，两者皆采用“穿过”模式。

第 5 章 基础特征的创建

基础特征是 Pro/ENGINEER 三维建模的最基本也是最重要的特征之一。与其他工程类三维 CAD 软件类似，基础特征都是对二维特征截面经过不同处理后形成的特征。在建模过程中，可以增加材料也可以去除材料，可以创建实体特征和薄壳也可以创建曲面特征。

本章将介绍的内容如下。

(1) 创建拉伸特征的方法和步骤。

(2) 创建旋转特征的方法和步骤。

(3) 创建扫描特征的方法和步骤。

(4) 创建混合特征的方法和步骤。

5.1 拉伸特征的创建

拉伸特征是将二维特征截面沿垂直于草绘平面的方向拉伸而生成的特征。

调用命令的方式如下。

菜单：执行“插入”|“拉伸”命令。

图标：单击“基础特征”工具栏中的图标按钮。

5.1.1 创建增加材料拉伸特征

利用“拉伸”命令可以创建增加材料拉伸特征。

操作步骤如下。

第 1 步，在零件模式中，单击图标按钮，打开“拉伸特征”操控板，如图 5-1 所示。

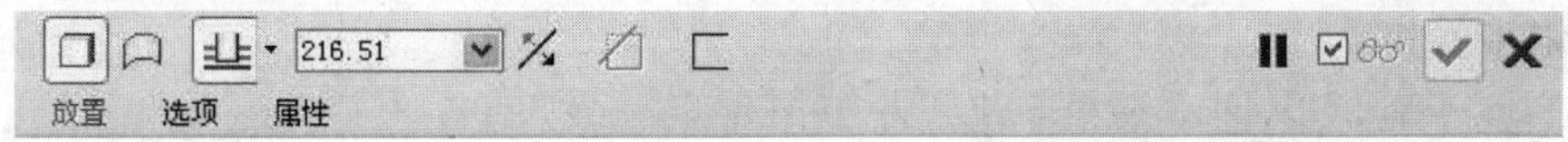

图 5-1 “拉伸特征”操控板

第 2 步，在该操控板中，单击“拉伸为实体”图标按钮(此为默认设置)。

注意：这里如果单击“拉伸为曲面”□图标按钮，则可以创建曲面[①]。

第 3 步，单击“放置”按钮，在弹出的上滑面板中，单击“定义”按钮，如图 5-2 所示，弹出“草绘”对话框。

图 5-2 “放置”上滑面板

第 4 步，选择 TOP 基准平面为草绘平面，RIGHT 基准平面为参照平面，参照平面方向为向右（此为默认设置），如图 5-3 所示，单击“草绘”按钮，进入草绘模式。

注意：草绘平面即绘制二维特征截面或轨迹线的平面，可以选择基准平面或实体上的平面。参照平面即选择一个与草绘平面垂直的平面，作为草绘平面放置位置的参照[②]。参照平面可以选择基准平面或实体上的平面，或者也可以利用“基准平面”命令临时创建一个基准平面[③]。

第 5 步，草绘二维特征截面并修改草绘尺寸值，如图 5-4 所示，待重生成草绘截面后，单击✓图标按钮，回到零件模式，如图 5-5 所示。

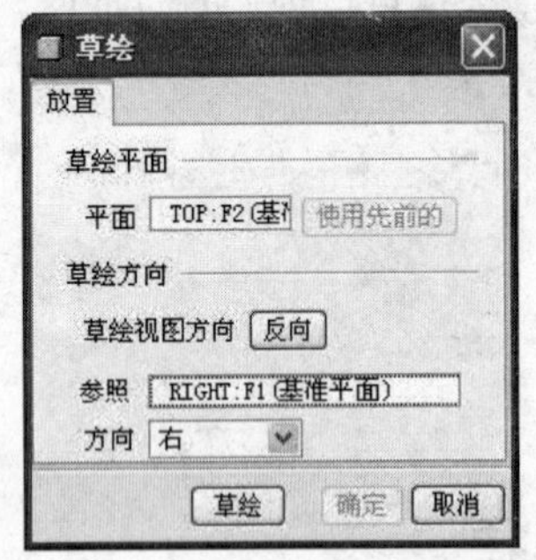

图 5-3 设置草绘平面和参照平面

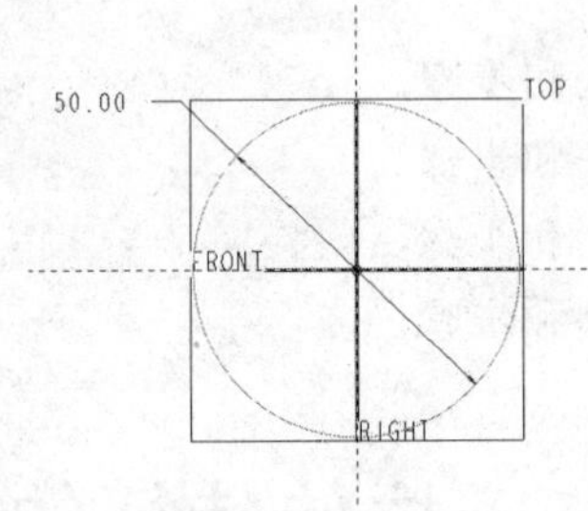

图 5-4 二维特征截面

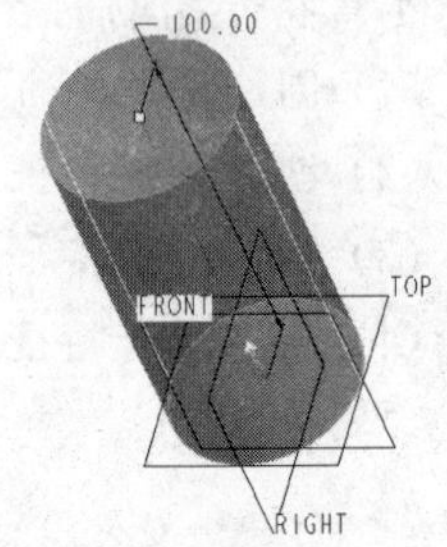

图 5-5 创建拉伸特征

第 6 步，在“拉伸特征”操控板中，指定拉伸特征深度的方法为“盲孔”（此为默认设置），输入“深度值”为 100，如图 5-6 所示，单击✓图标按钮。

图 5-6 输入拉伸深度值

注意：深度值也可以在如图 5-5 中直接双击数值后，在弹出的文本框中修改。

5.1.2 创建去除材料拉伸特征

利用“拉伸”命令可以创建去除材料拉伸特征。

操作步骤如下。

第 1 步～第 3 步，同本书第 5.1.1 小节第 1 步～第 3 步。

---

① 参见本书第 10.1 节。

② 参见本书第 5.1.3 小节。

③ 参见本书第 4.1 节。

第 4 步，选择零件上表面为草绘平面，RIGHT 基准平面为参照平面，参照平面方向为向右（此为默认设置），如图 5-7 所示，单击“草绘”按钮，进行草绘模式。

第 5 步，草绘二维特征截面并修改草绘尺寸值，如图 5-8 所示，待重生成草绘截面后，单击图标按钮，回到零件模式。

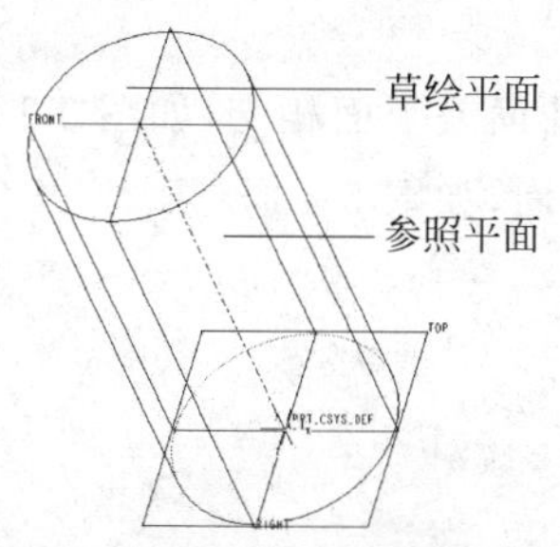

图 5-7　选择草绘平面和参照平面

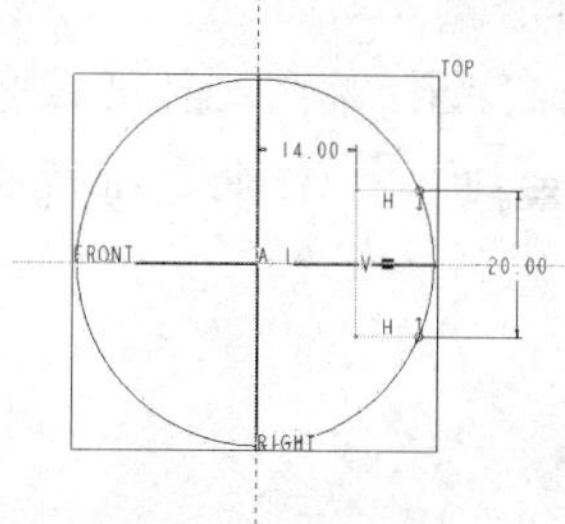

图 5-8　二维特征截面

第 6 步，在“拉伸特征”操控板中，单击“去除材料”图标按钮。

注意：这里，如果去除材料的一侧为默认，则三维模型如图 5-9 所示。如果单击“反向材料侧”图标按钮，则生成的三维模型如图 5-10 所示。

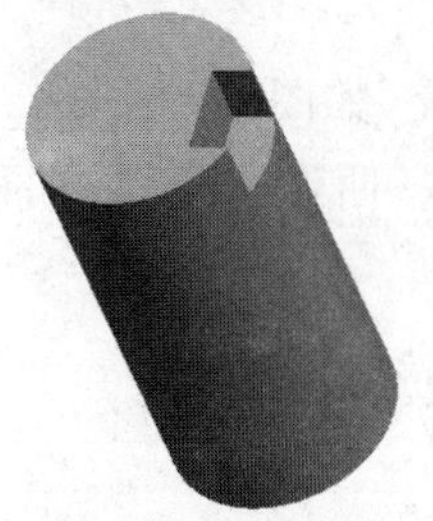

图 5-9　去除材料为默认一侧

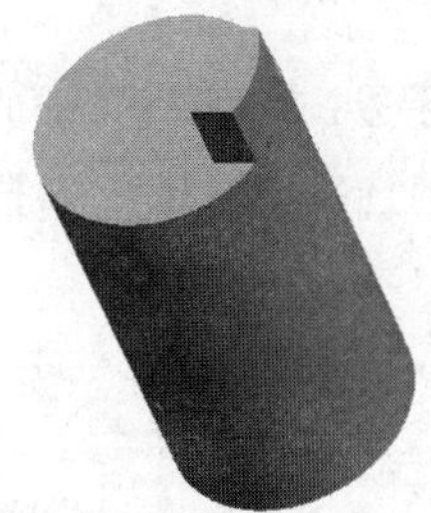

图 5-10　去除材料为反向材料侧

第 7 步，在“拉伸特征”操控板中，指定拉伸特征深度的方法为“盲孔”（此为默认设置），输入“深度值”为 15，单击图标按钮。

5.1.3　操作及选项说明

1. 定义二维特征截面的方法

(1) 在激活“拉伸”命令前选取一条草绘的基准曲线。

(2) 在“拉伸”命令使用过程中，系统提示“选取一个草绘（如果首选内部草绘，可在放置面板中找到“定义”选项。）”时，单击“基础特征”工具栏中的“草绘工具”图标按钮。

(3) 激活“拉伸”命令并选取一条已有的草绘基准曲线。

(4) 激活“拉伸”命令并草绘截面。

2. 指定拉伸特征深度的方法

在“拉伸特征”操控板中，单击图标按钮右侧的图标，可以指定拉伸特征的深度的方法。

(1) 盲孔：自草绘平面以指定深度值拉伸二维特征截面。

注意：指定一个负的深度值可以改变拉伸深度方向。

(2) 对称：在草绘平面两侧分别以指定深度值的一半对称拉伸二维特征截面，如图 5-11 所示。

(3) 穿至：将二维特征截面拉伸，使其与选定曲面或平面相交，如图 5-12 所示。

(4) 到下一个：将二维特征截面拉伸至下一曲面，如图 5-13 所示。

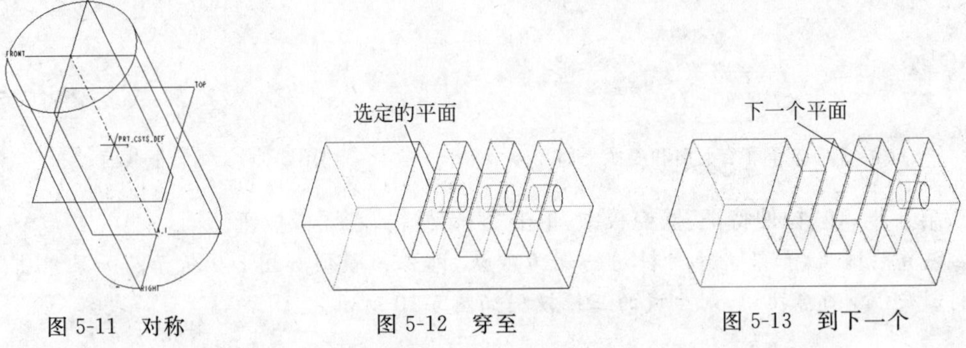

图 5-11 对称　　图 5-12 穿至　　图 5-13 到下一个

(5) 穿透：拉伸二维特征截面，使之与所有曲面相交，如图 5-14 所示。

(6) 到选定的：将二维特征截面拉伸至一个选定点、曲线、平面或曲面，如图 5-15 所示。

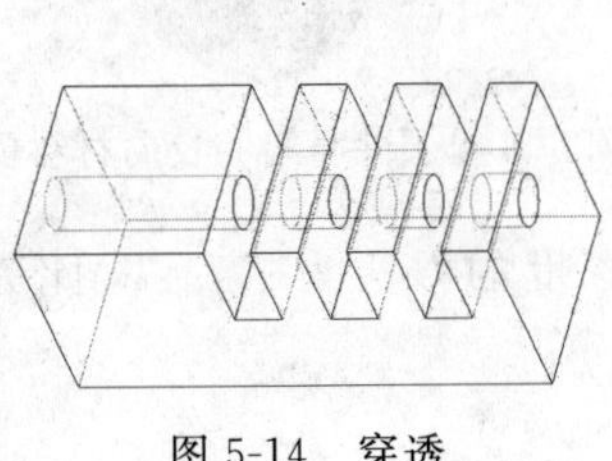

图 5-14 穿透

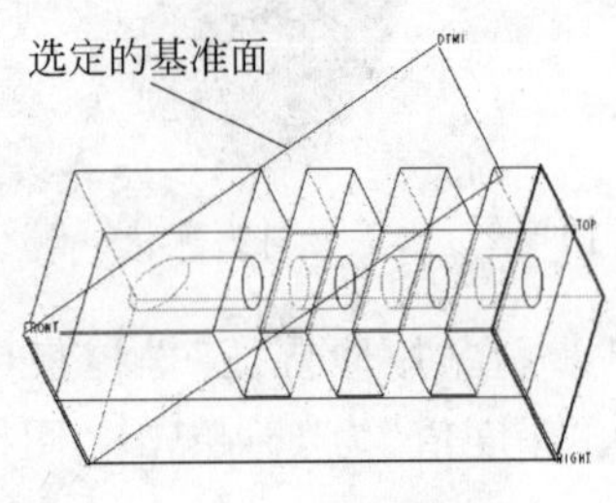

图 5-15 到选定的

3. 其他选项说明

(1) ：将拉伸的深度方向更改为草绘的另一侧。

(2) ：为截面轮廓指定厚度创建薄壳特征，如图 5-16 所示，建模过程可以参考增加材料拉伸特征。

(3) ：预览要生成的拉伸特征以进行校验。

(4) ：暂停模式。

(5) ：取消特征创建或重定义。

(6) "选项"：单击该按钮，弹出如图 5-17 所示的"选项"上滑面板，在该上滑面板中可以重定义草绘平面一侧或两侧拉伸特征的深度。"封闭端"复选框可以设置创建的曲面拉伸特征端口是否封闭,但在创建实体特征时不可用。

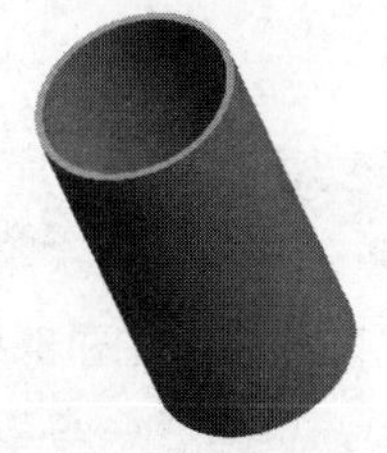

图 5-16　薄壳特征

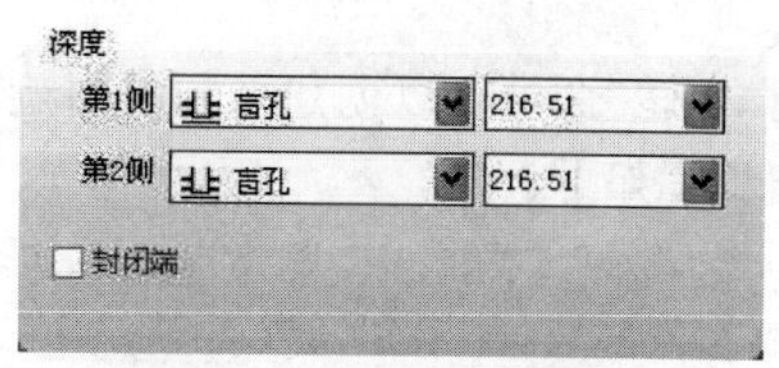

图 5-17　“选项”上滑面板

4. 参照平面方向的设置

在 Pro/ENGINEER 中,创建草绘特征必须选取或创建草绘平面和参照平面,草绘平面用于绘制二维特征截面,而参照平面用来为草绘平面定向。系统总是按如图 5-3 所示“草绘”对话框中设置的参照平面的方向,将草绘平面转至与屏幕平行的位置,然后再进行二维草绘。参照平面的方向可以有四种,如图 5-18 实体模型所示分别是顶(如图 5-19 所示)、底(如图 5-20 所示)、左(如图 5-21 所示)、右(如图 5-22 所示)。

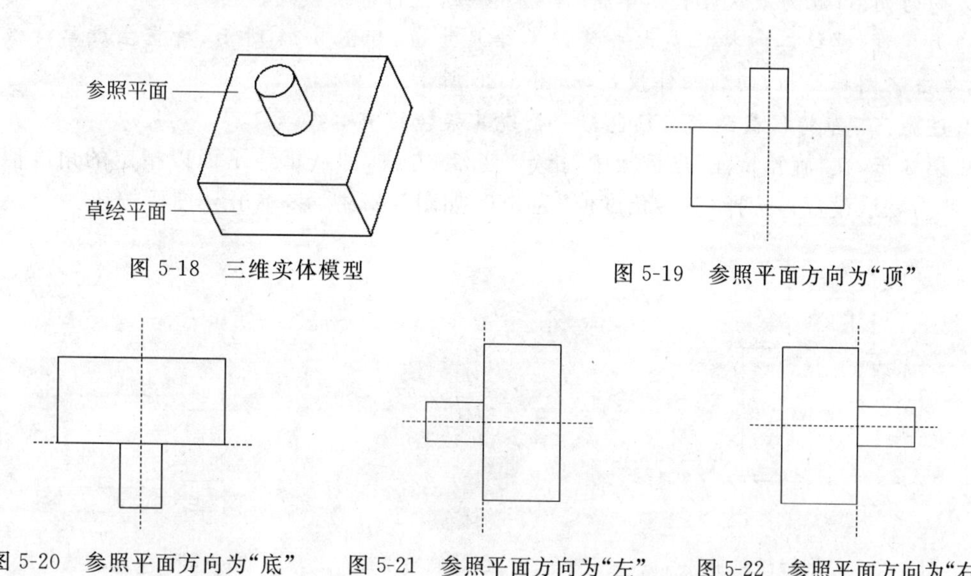

图 5-18　三维实体模型

图 5-19　参照平面方向为“顶”

图 5-20　参照平面方向为“底”

图 5-21　参照平面方向为“左”

图 5-22　参照平面方向为“右”

5.2　旋转特征的创建

旋转特征是将二维特征截面绕中心轴旋转生成的特征。

调用命令的方式如下。

菜单:执行“插入”|“旋转”命令。

图标:单击“基础特征”工具栏中的图标按钮。

5.2.1 创建增加材料旋转特征

利用“旋转”命令可以创建增加材料旋转特征。

操作步骤如下。

第 1 步，在零件模式中，单击图标按钮，打开“旋转特征”操控板，如图 5-23 所示。

图 5-23 “旋转特征”操控板

第 2 步，在该操控板中，单击“旋转为实体”图标按钮（此为默认设置）。

注意：这里如果单击“旋转为曲面”图标按钮，则可以创建曲面[①]。

第 3 步，单击“位置”按钮，在弹出的上滑面板中，单击“定义”按钮，弹出“草绘”对话框。

第 4 步，选择 FRONT 基准平面为草绘平面，RIGHT 基准平面为参照平面，参照平面方向为向右（此为默认设置），单击“草绘”按钮，进行草绘模式。

第 5 步，草绘二维特征截面并修改草绘尺寸值，如图 5-24 所示，待重生成草绘截面后，单击✔图标按钮，回到零件模式，如图 5-25 所示。

注意：二维特征截面中必须包括一条绕其旋转的中心线。

第 6 步，在“旋转特征”操控板中，指定“变量”方式，即从草绘平面以指定的角度值旋转（此为默认设置），选择“旋转角度值”为 360，如图 5-26 所示，单击☑图标按钮。

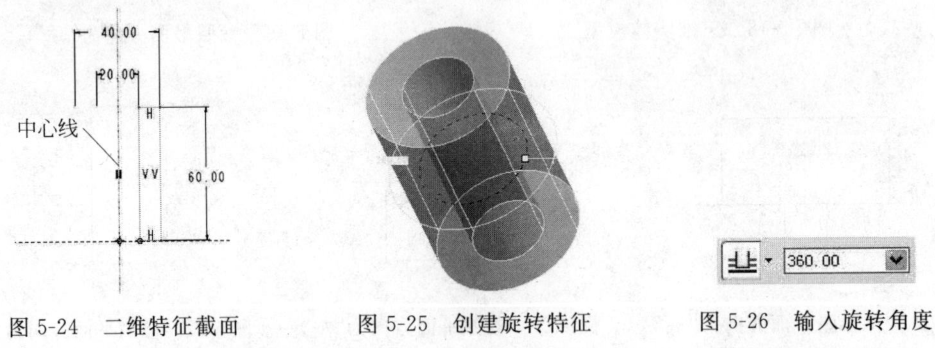

图 5-24 二维特征截面　　图 5-25 创建旋转特征　　图 5-26 输入旋转角度

5.2.2 创建去除材料旋转特征

利用“旋转”命令可以创建去除材料旋转特征。

操作步骤如下。

第 1 步～第 4 步，同本书第 5.2.1 小节第 1 步～第 4 步。

---

① 参见本书第 10.1 节。

第 5 步，草绘二维特征截面并修改草绘尺寸值，如图 5-27 所示，待重生成草绘截面后，单击✔图标按钮，回到零件模式。

第 6 步，在"旋转特征"操控板中，单击"去除材料"图标按钮。

第 7 步，在"旋转特征"操控板中，指定"变量"方式，即从草绘平面以指定的角度值旋转（此为默认设置），选择"旋转角度值"为 90，单击图标按钮，生成的三维实体模型如图 5-28 所示。

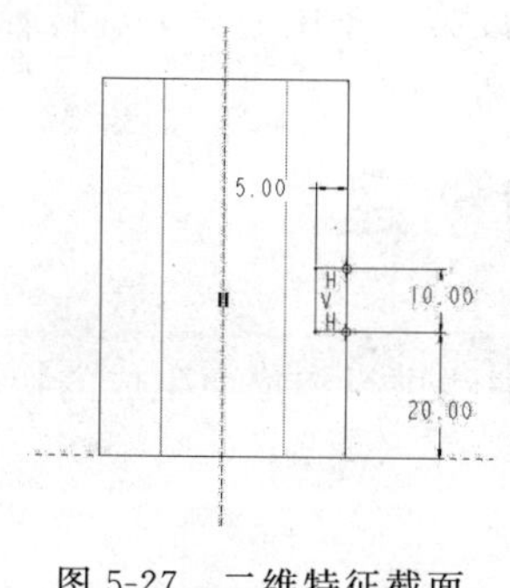

图 5-27　二维特征截面

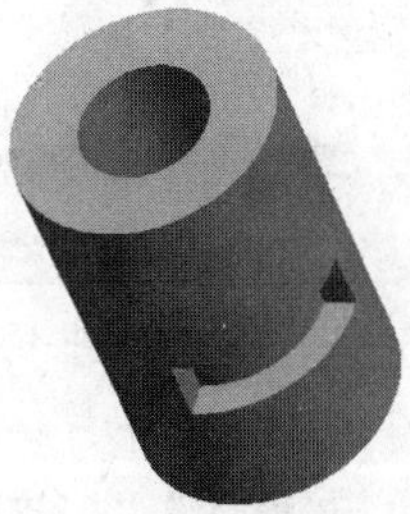

图 5-28　三维实体模型

5.2.3　操作及选项说明

1. 指定旋转角度的方法

在"旋转特征"操控板中，单击图标按钮右侧的▾，可以指定旋转特征的旋转角度的方法。

(1) 变量：自草绘平面以指定的角度值旋转二维特征截面。

(2) 对称：在草绘平面两侧分别以指定角度值的一半对称旋转二维特征截面。

(3) 到选定的：将二维特征截面旋转至选定点、平面或曲面，如图 5-29 所示。

2. 其他选项说明

(1) ：将旋转的角度方向更改为草绘的另一侧。

(2) ：为截面轮廓指定厚度创建薄壳特征。

(3) "选项"：单击该按钮，弹出如图 5-30 所示的"选项"上滑面板，在该上滑面板中

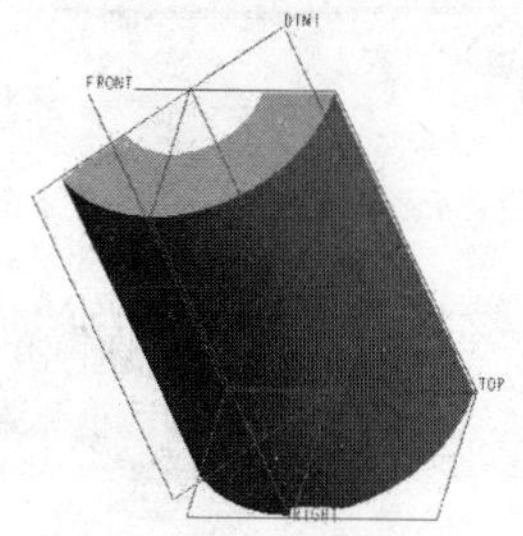

图 5-29　二维特征截面旋转至指定基准面

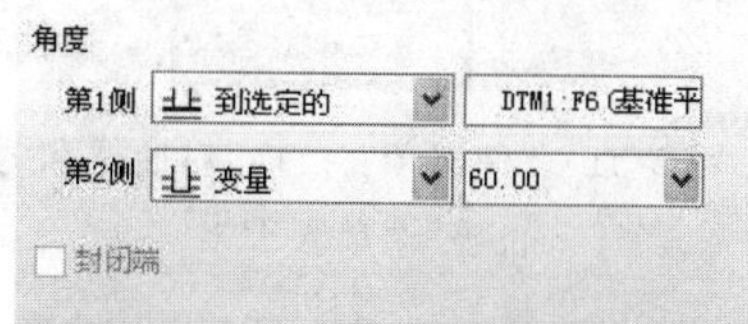

图 5-30　"选项"上滑面板

可以重定义草绘平面一侧或两侧的旋转角度。"封闭端"复选框可以设置创建的曲面旋转特征端口是否封闭，但在创建实体特征时不可用。

3. 二维特征截面绘制要点

(1) 旋转实体特征的截面必须是封闭的，旋转曲面特征的截面可以是不封闭的。

(2) 二维特征截面必须在中心线的一侧。

(3) 如果二维特征截面中包含多条中心线，则系统以第一条中心线为旋转轴。

5.3 扫描特征的创建

扫描特征是将一个二维特征截面沿给指定的轨迹曲线进行扫描而生成的特征。

调用命令的方式如下。

菜单：执行"插入"|"扫描"命令。

图标：单击"基础特征"工具栏中的图标按钮。

注意：*单击图标按钮启动的是可变剖面扫描*[①]*，可以设置为恒定剖面扫描，扫描二维特征截面与轨迹线垂直。*

5.3.1 创建增加材料扫描特征

利用"扫描"命令创建增加材料扫描特征。

操作步骤如下。

第 1 步，在零件模式中，单击下拉菜单"插入"|"扫描"|"伸出项"，系统弹出如图 5-31 所示的"伸出项：扫描"对话框和"扫描轨迹"菜单管理器。

第 2 步，选择"扫描轨迹"菜单管理器中的"草绘轨迹"选项。系统弹出如图 5-32 所示

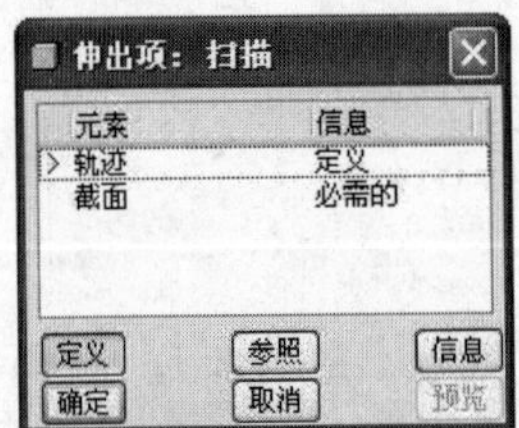

图 5-31 "伸出项：扫描"对话框和"扫描轨迹"菜单管理器

图 5-32 "设置草绘平面"菜单管理器和"选取"对话框

① 参见本书第 8.1 节。

的“设置草绘平面” 菜单管理器和“选取”对话框。

注意：这里如果选择“扫描轨迹”菜单中的“选取轨迹”命令，则选取现有曲线或边作为扫描轨迹。

第 3 步，选择 TOP 基准平面为草绘平面，系统弹出如图 5-33 所示的“方向”菜单管理器，选择草绘视图方向，选择“正向”选项，则系统弹出如图 5-34 所示的“草绘视图”菜单管理器，选择草绘视图方向参照，选择“右”选项，系统弹出“设置平面” 菜单管理器，选择“平面”选项(此为默认设置)，选择 RIGHT 基准平面为参照平面，参照平面方向为向右，进入草绘模式。

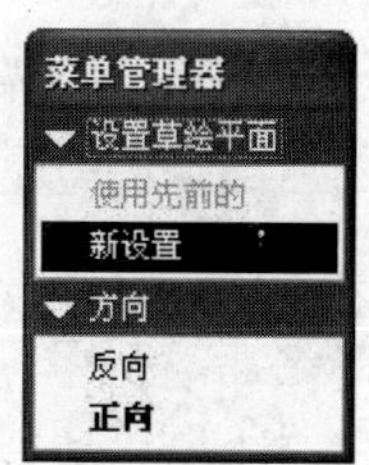

图 5-33 选择草绘视图方向

第 4 步，绘制扫描轨迹如图 5-35 所示，单击✔图标按钮。

第 5 步，在系统弹出的“属性”菜单管理器(如图 5-36 所示)中选择“无内部因素”|“完成”选项。

图 5-34 选择草绘视图方向参照和“选取”对话框

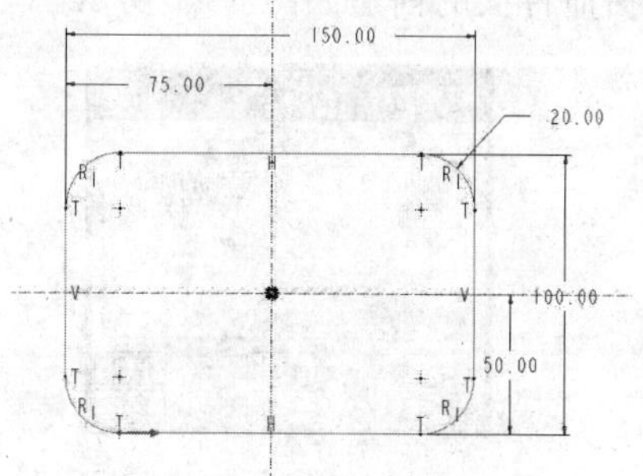

图 5-35 扫描轨迹

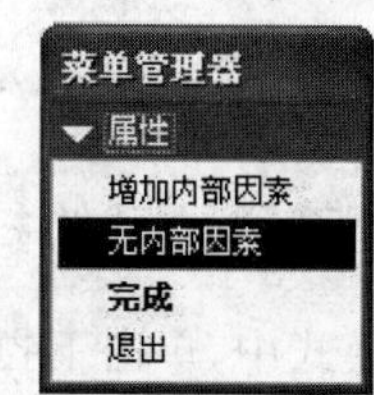

图 5-36 “属性”菜单管理器

第 6 步，绘制草绘封闭截面如图 5-37 所示，单击✔图标按钮。

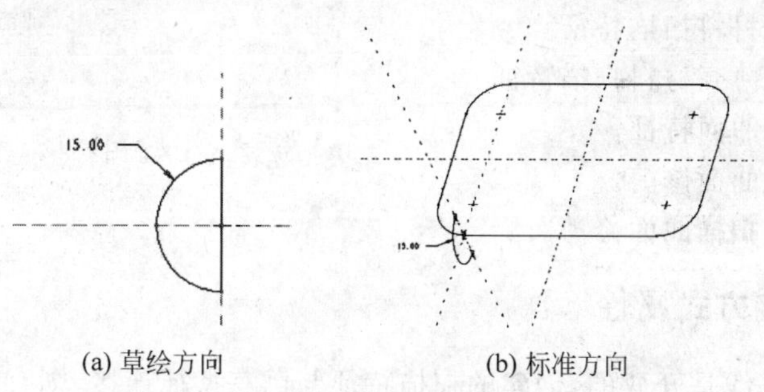

(a) 草绘方向　　(b) 标准方向

图 5-37 封闭草绘截面

注意：如果在“属性”菜单管理器中选择“增加内部因素”，并且绘制草绘截面是开放的，如图 5-38 所示，则草绘的截面沿轨迹扫描时，可以自动补足内部部分的特征，如图 5-39 所示。

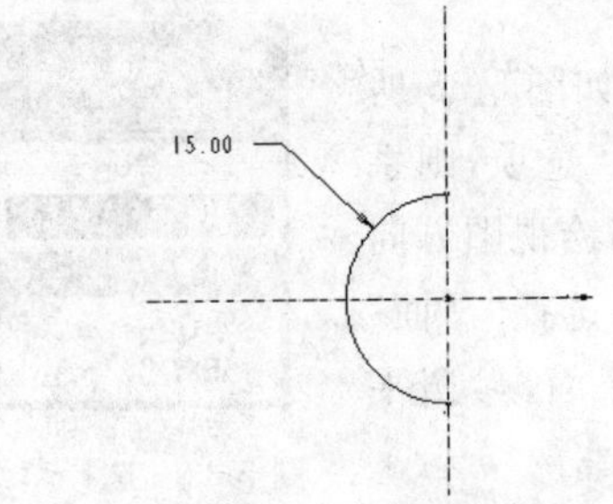

图 5-38　草绘方向开放草绘截面

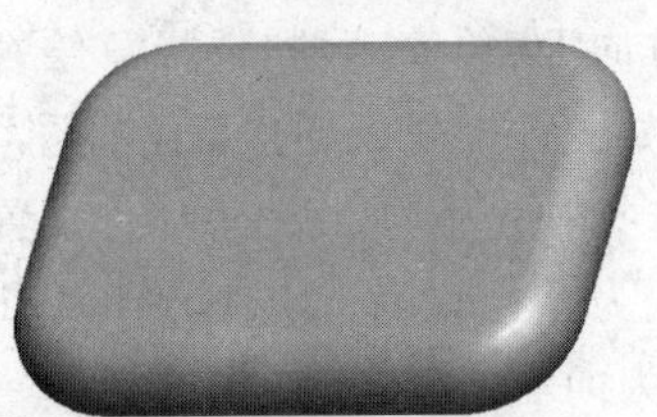

图 5-39　“增加内部因素”扫描

第 7 步，在如图 5-40 所示的“伸出项：扫描”对话框中，单击“确定”按钮，完成封闭截面扫描特征的创建如图 5-41 所示。

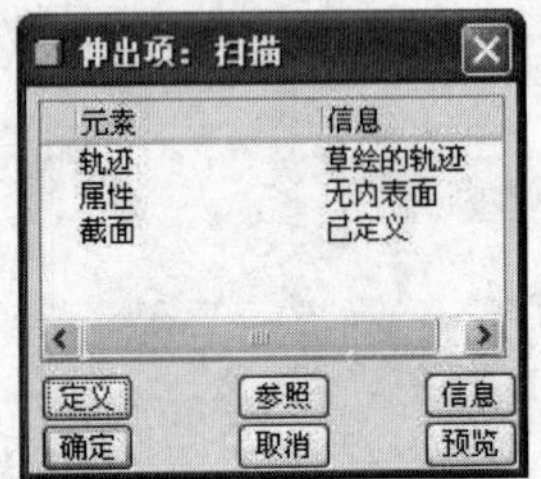

图 5-40　“伸出项：扫描”对话框

图 5-41　“无内部因素”扫描

5.3.2　操作及选项说明

1. 创建不同种类的扫描特征

在零件模式中，单击下拉菜单“插入”|“扫描”，系统弹出如图 5-42 所示的子菜单。可以创建如下不同类型的扫描特征。

(1) 创建增加材料扫描特征。

(2) 创建薄壳扫描特征。

(3) 创建去除材料扫描特征。

(4) 创建去除薄壳材料扫描特征。

(5) 创建扫描曲面特征。

(6) 创建扫描曲面修剪。

(7) 创建薄壳扫描曲面修剪。

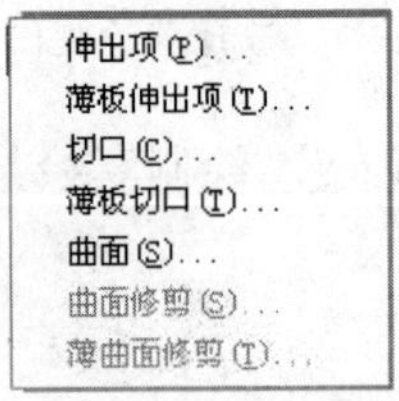

伸出项(P)...
薄板伸出项(T)...
切口(C)...
薄板切口(T)...
曲面(S)...
曲面修剪(S)...
薄曲面修剪(T)...

图 5-42　“扫描”命令子菜单

2. 设置连接方式属性

如果扫描轨迹线是开放的，创建的扫描特征与已有特征连接，则有两种不同的连接方式。如图 5-43 所示的“属性”菜单管理器。

(1) 合并终点：如图 5-44(a)所示为两实体连接时完全融合。

图 5-43 “属性”菜单管理器

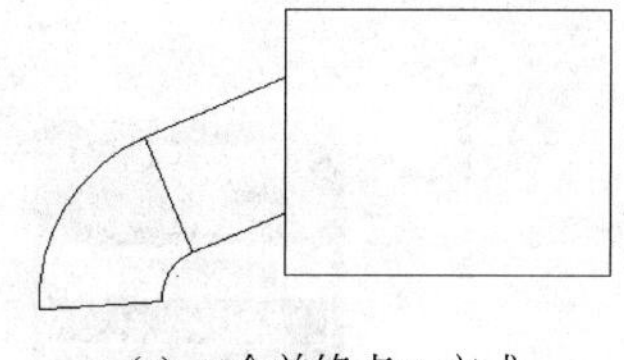

(a) “合并终点”方式

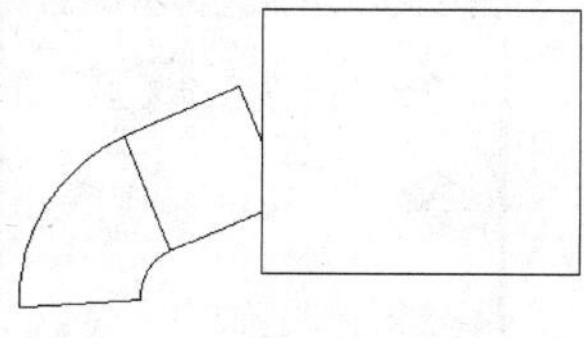

(b) “自由端点”方式

图 5-44 连接方式

注意：扫描端点处必须要在实体曲面上。

(2) 自由端点：如图 5-44(b)所示为两实体连接时相互不融合。

3. 轨迹线绘制要点

(1) 轨迹线不能自交。

(2) 相对于扫描截面的大小，扫描轨迹线中的弧或样条曲线的半径不能太小，否则扫描会失败。

5.4 混合特征的创建

混合特征是将至少两个以上的平面截面在其边处用过渡曲面连接生成的连续特征。

调用命令的方式如下。

菜单：执行“插入”|“混合”命令。

5.4.1 创建增加材料混合特征

利用“混合”命令创建增加材料混合特征。

操作步骤如下。

第 1 步，在零件模式中，单击下拉菜单“插入”|“混合”|“伸出项”，系统弹出如图 5-45 所示的“混合选项”菜单管理器。

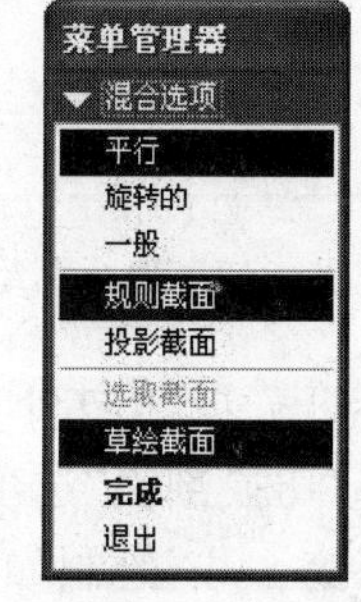

图 5-45 “混合选项”菜单管理器

第 2 步，选择“平行”|“规则截面”|“草绘截面”选项(此为默认设置)。

第 3 步，选择“完成”选项，系统弹出如图 5-46 所示的“伸出项：混合，平行…”对话框和“属性”菜单管理器。

第 4 步，选择“直的”|“完成”选项。系统弹出如图 5-47 所示的“设置草绘平面”菜单管理器和“选取”对话框。

注意：如果在“属性”菜单管理器中选择“光滑”|“完成”命令，则完成混合特征如图 5-54 所示。

第 5 步，选择 TOP 基准平面为草绘平面，系统弹出如图 5-48

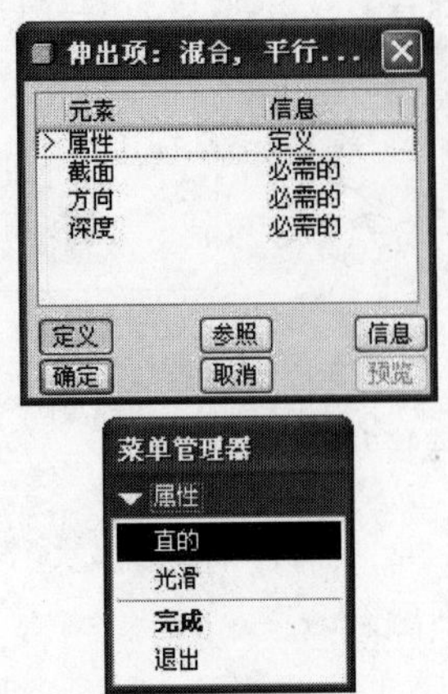

图 5-46 “伸出项：混合，平行…”对话框和“属性”菜单管理器

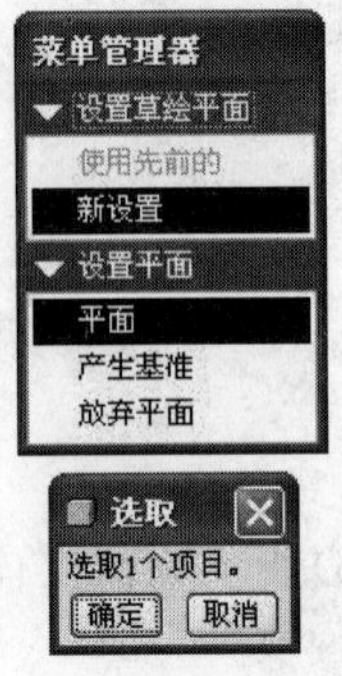

图 5-47 “设置草绘平面”菜单管理器和“选取”对话框

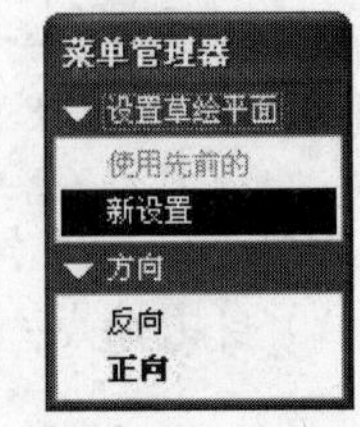

图 5-48 选择草绘视图方向

所示的“方向”菜单管理器，选择草绘视图方向，选择“正向”选项，则系统弹出如图 5-49 所示的“草绘视图”菜单管理器，选择草绘视图方向参照，选择“右”选项，系统弹出“设置平面”菜单管理器，选择“平面”选项（此为默认设置），选择 RIGHT 基准平面为参照平面，参照平面方向为向右，进入草绘模式。

第 6 步，绘制如图 5-50 所示的第 1 个二维截面。

图 5-49 选择草绘视图方向参照和“选取”对话框

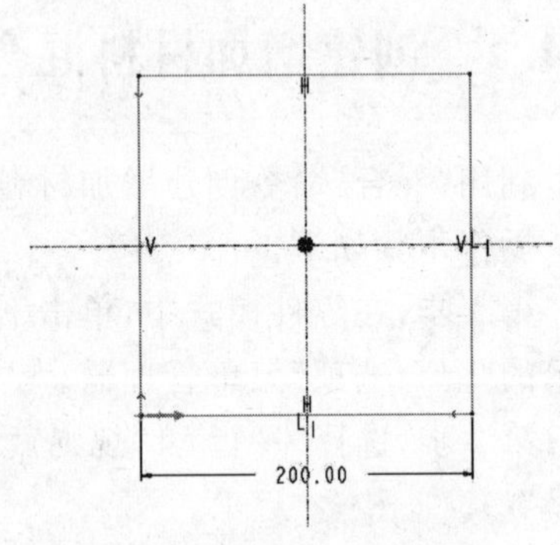

图 5-50 第 1 个二维截面

第 7 步，单击下拉菜单“草绘”|“特征工具”|“切换剖面”或右击，在弹出的快捷菜单中选择“切换剖面”选项。

第 8 步，绘制如图 5-51 所示的第 2 个二维截面。

第 9 步，单击下拉菜单“草绘”|“特征工具”|“切换剖面”或右击，在弹出的快捷菜单中选择“切换剖面”选项。

第 10 步，绘制如图 5-52 所示的第 3 个二维截面，单击✔图标按钮。

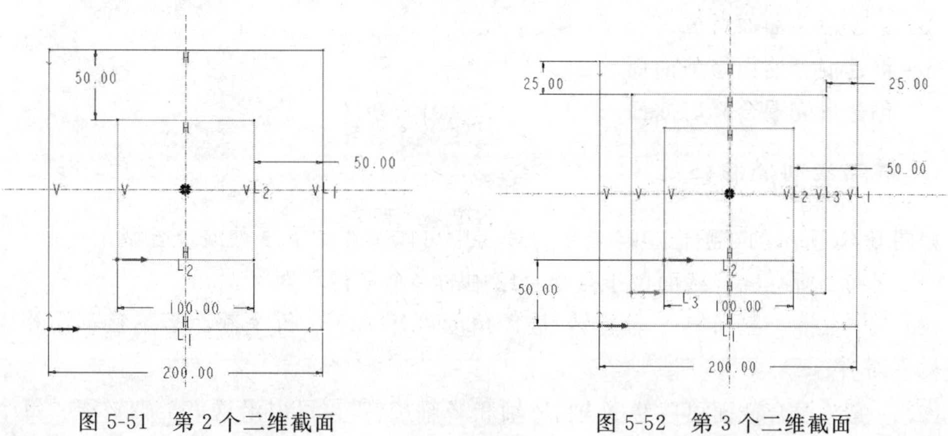

图 5-51 第 2 个二维截面　　图 5-52 第 3 个二维截面

第 11 步，在“输入截面 2 的深度”文本框中，输入 150，第 2 截面至第 1 截面的距离为 150，回车。

第 12 步，在“输入截面 3 的深度”文本框中，输入 150 为第 3 截面至第 2 截面的距离为 150，回车。

第 13 步，在如图 5-46 所示的混合对话框，单击“确定”按钮，完成“直的”混合特征的创建如图 5-53 所示。

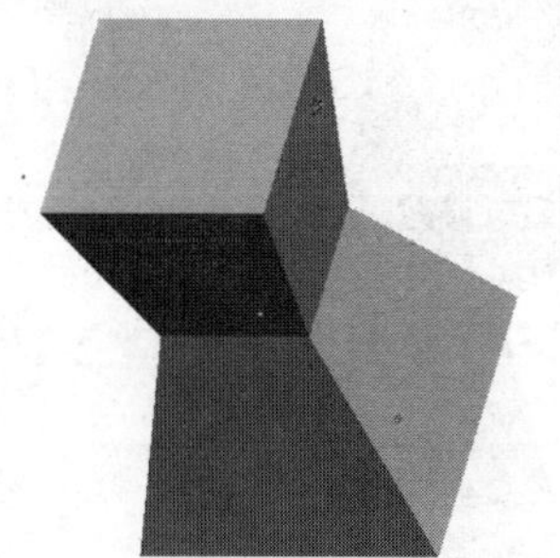

图 5-53 “直的”混合

图 5-54 “光滑”混合

伸出项(P)...
薄板伸出项(T)...
切口(C)...
薄板切口(T)...
曲面(S)...
曲面修剪(S)...
薄曲面修剪(T)...

图 5-55 “混合”命令子菜单

5.4.2 操作及选项说明

1. 创建不同种类的混合特征

在零件模式中，单击下拉菜单“插入”|“混合”，系统弹出如图 5-55 所示的子菜单。可以创建如下不同种类的混合特征。

(1) 创建增加材料混合特征。

(2) 创建薄壳混合特征。

(3) 创建去除材料混合特征。

(4) 创建去除薄壳材料混合特征。

(5) 创建混合曲面特征。

(6) 创建混合曲面修剪曲面。

(7) 创建薄壳混合修剪曲面。

2. 不同类型的混合

如图 5-45 所示的"混合选项"菜单管理器中可以选择如下三种混合类型。

(1) 平行：所有混合截面位于截面草绘中的多个平行平面上。

(2) 旋转：混合截面绕 Y 轴旋转，最大角度可达 120°。每个截面都单独草绘并用截面坐标系对齐。

(3) 一般：混合截面可以绕 X 轴、Y 轴和 Z 轴旋转，也可以沿这三个轴平移。每个截面都单独草绘，并用截面坐标系对齐。

3. 创建混合特征的要点

(1) 修改起始点的方法

如果起始点不一致，如图 5-56 所示，则生成如图 5-57 所示扭曲的混合特征。

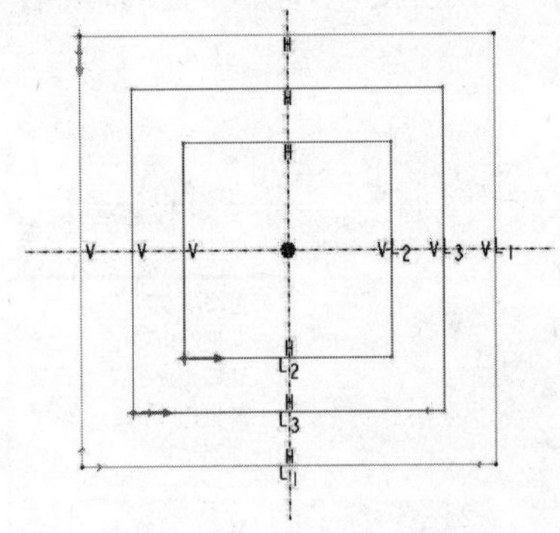

图 5-56　起始点不一致

图 5-57　扭曲的混合特征

修改起始点操作步骤如下。

第 1 步，右击，在弹出的快捷菜单中选择"切换剖面"命令，切换到如图 5-52 所示的第 3 个二维截面。

第 2 步，选中第 3 个二维截面的左下角点，右击，在弹出的快捷菜单中选择"起始点"命令。则生成如图 5-54 所示的混合特征。

注意：如果要改变起始点箭头方向，可以再右击，在弹出的快捷菜单中选择"起始点"命令。

(2) 混合截面图元数不同处理的方法

因为在 Pro/ENGINEER 中要求每个混合截面必须有相同数目的图元。当图元数不同时可以根据建模的要求采用以下两种方法。

1）加入混合顶点

如图 5-58 所示的第 1 个截面有 4 个图元，第 2 个截面有 3 个图元，必须加入 1 个混合顶点增加 1 个图元，操作步骤如下。

第 1 步，右击，在弹出的快捷菜单中选择“切换剖面”命令，切换到第 2 个二维截面（如果第 2 个截面为选中状态，则可以省略该步）。

第 2 步，选中混合顶点，单击下拉菜单“草绘”|“特征工具”|“混合顶点”。生成混合特征如图 5-59 所示。

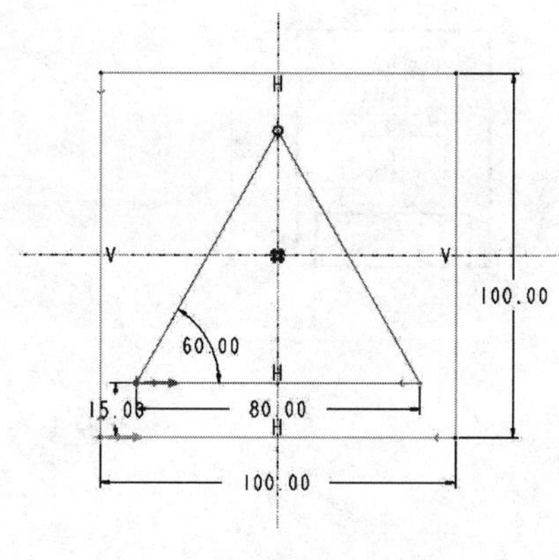

图 5-58　加入混合顶点

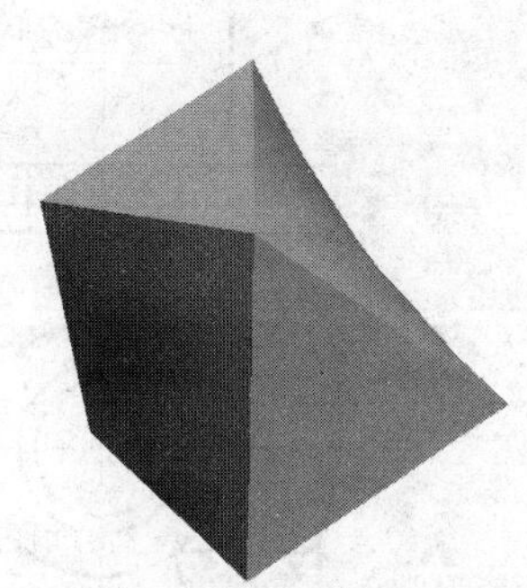

图 5-59　加入混合顶点后生成的混合特征

2）加入分割点

如图 5-60 所示的第 1 个截面有 1 个图元，第 2 个截面有 4 个图元，可以在第 1 个截面上加入 4 个分割点，操作步骤如下。

第 1 步，右击，在弹出的快捷菜单中选择“切换剖面”命令，切换到第 1 个二维截面（如果第 1 个截面为选中状态，则可以省略该步）。

第 2 步，绘制两条中心线与圆相交，单击图标按钮，分割中心线与圆的 4 个交点。生成混合特征如图 5-61 所示。

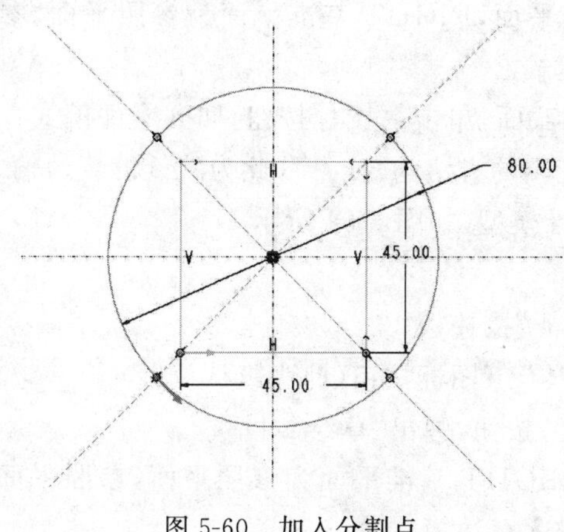

图 5-60　加入分割点

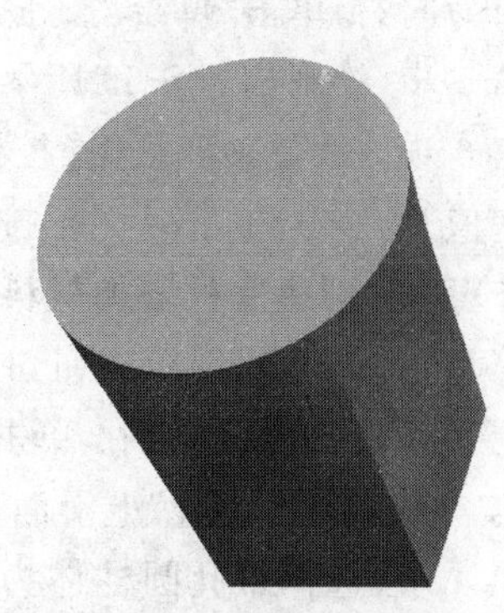

图 5-61　分割点后生成的混合特征

5.5 上机操作实验指导四　支座和锁建模

1. 根据如图 5-62 所示的支座三视图，创建该零件的三维实体模型。主要涉及的命令包括"拉伸"命令和"旋转"命令。

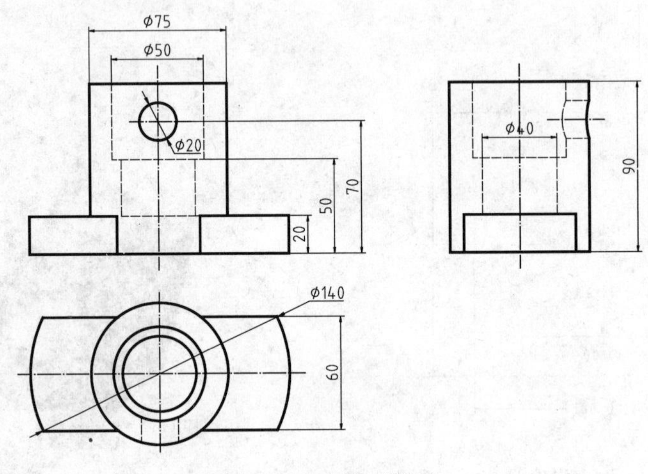

图 5-62　支座三视图

操作步骤如下。

步骤 1　创建新文件

参见本书第 1 章，操作过程略。

步骤 2　创建带孔圆柱体旋转特征

第 1 步，在零件模式中，单击图标按钮，打开"旋转特征"操控板。

第 2 步，在该操控板中，单击"旋转为实体"图标按钮。

第 3 步，单击"放置"上滑面板中的"定义"按钮，弹出"草绘"对话框。

第 4 步，选择 FRONT 基准平面为草绘平面，RIGHT 基准平面为参照平面，参照平面方向为向右，单击"草绘"按钮，进入草绘模式。

第 5 步，绘制如图 5-63 所示的二维特征截面，单击✔图标按钮，回到零件模式。

第 6 步，在"旋转特征"操控板中，指定旋转的方法为"变量"(此为默认设置)，输入"旋转角度值"为 360，单击图标按钮，完成三维模型，如图 5-64 所示。

步骤 3　创建底板增加材料拉伸特征

第 1 步，单击图标按钮，打开"拉伸特征"操控板。

第 2 步，在该操控板中，单击"拉伸为实体"图标按钮(此为默认设置)。

第 3 步，单击"放置"上滑面板中的"定义"按钮，弹出"草绘"对话框。

第 4 步，选择带孔圆柱体为草绘平面，RIGHT 基准平面为参照平面，参照平面方向为向右(此为默认设置)，单击"草绘"按钮，进入草绘模式。

第 5 步，草绘二维特征截面如图 5-65 所示，单击✔图标按钮，回到零件模式。

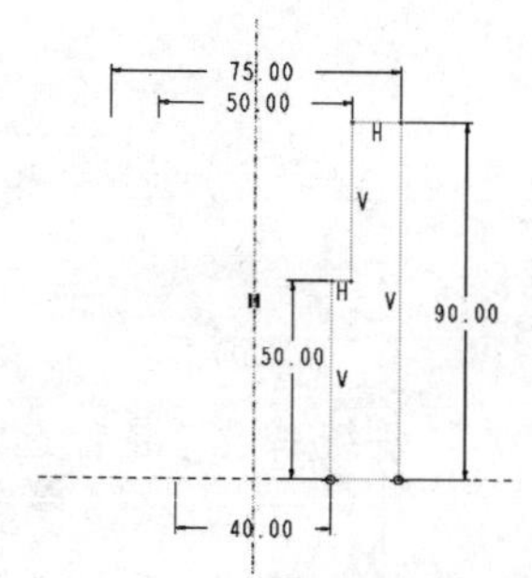

图 5-63　带孔圆柱二维特征截面

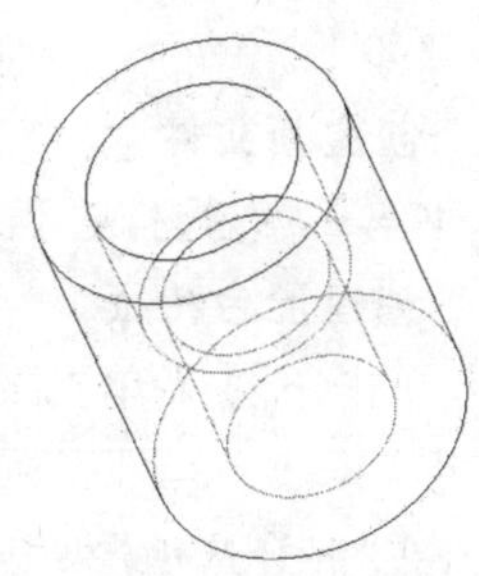
图 5-64　带孔圆柱特征

第 6 步，在“拉伸特征”操控板中，指定拉伸特征深度的方法为“盲孔”(此为默认设置)，输入“深度值”为 20，单击图标按钮，完成三维模型，如图 5-66 所示。

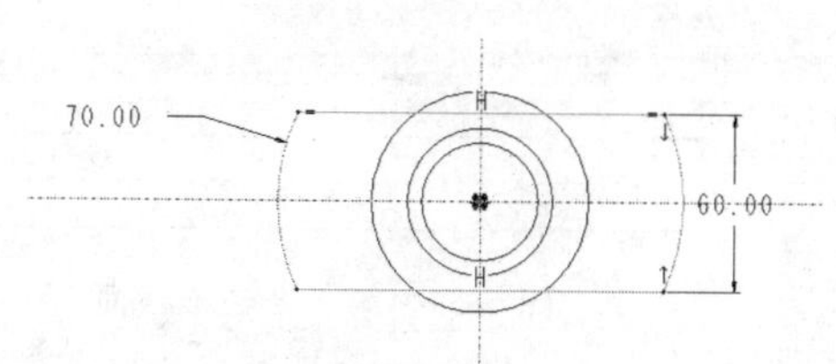

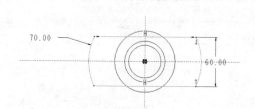

图 5-65　底板二维特征截面

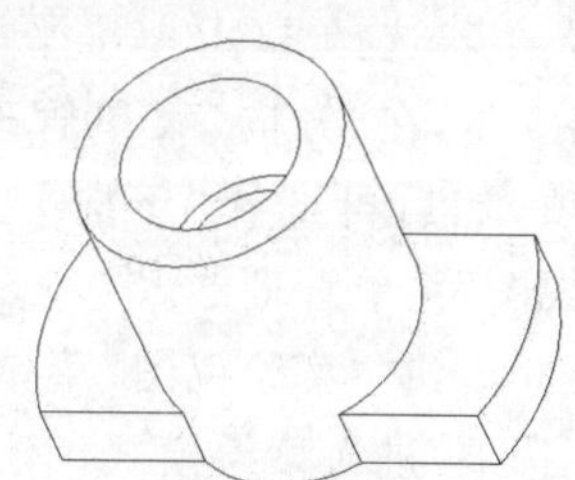
图 5-66　底板特征

步骤 4　创建孔去除材料拉伸特征

第 1 步～第 3 步同步骤 3 第 1 步～第 3 步。

第 4 步，选择 FRONT 为草绘平面，RIGHT 基准平面为参照平面，参照平面方向为向右(此为默认设置)，单击“草绘”按钮，进行草绘模式。

第 5 步，草绘一圆并修改草绘尺寸值，待重生成草绘截面后，单击图标按钮，回到零件模式。

第 6 步，在“拉伸特征”操控板中，单击“去除材料”图标按钮。

第 7 步，在“拉伸特征”操控板中，指定拉伸特征深度的方法为“穿透”，单击图标按钮，完成三维模型如图 5-67 所示。

步骤 5　保存图形

参见本书第 1 章，操作过程略。

2. 创建如图 5-68 所示的锁的模型。主要涉及的命令包括“混合”命令、“倒圆角”命

图 5-67　支座三维模型

图 5-68　锁模型

令、“拉伸”命令和“扫描”命令。

操作步骤如下。

步骤 1　创建新文件

参见本书第 1 章，操作过程略。

步骤 2　创建混合特征

第 1 步，单击下拉菜单“插入”|“混合”|“伸出项”，系统弹出“混合选项”菜单管理器。

第 2 步，在“混合选项”菜单管理器中选择“平行”|“规则截面”|“草绘截面”选项，然后单击“完成”选项，弹出“伸出项”对话框和“属性”菜单管理器。

第 3 步，在“属性”菜单管理器中选择“光滑”|“完成”选项，系统弹出“设置草绘平面”菜单管理器和“选取”对话框。

第 4 步，选择 TOP 基准平面为草绘平面，系统弹出“方向”菜单管理器。

第 5 步，在“方向”菜单管理器中选择“反向”选项，然后再选择“正向”选项，系统弹出“草绘视图”菜单管理器。

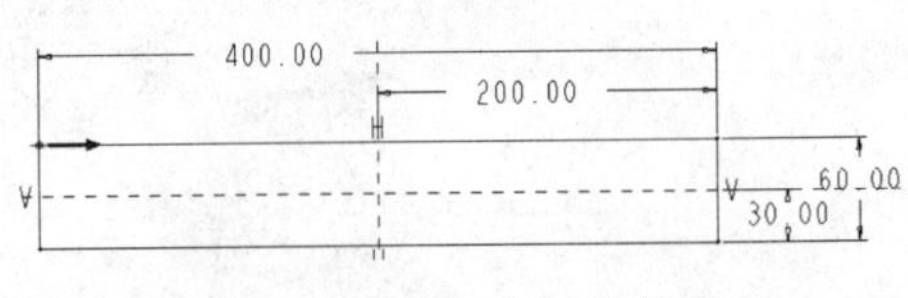

图 5-69　第 1 个二维截面

第 6 步，在“草绘视图”菜单管理器中选择“默认”选项，进入草绘模式。绘制第 1 个二维截面如图 5-69 所示。

第 7 步，单击下拉菜单“草绘”|“特征工具”|“切换剖面”，或直接在作图区右击，从弹出的快捷菜单中选择“切换剖面”选项。然后在作图区绘制第 2 个二维截面，如图 5-70 所示。

第 8 步，同上一步，绘制第 3 个二维截面，形状和尺寸与第 1 个二维截面相同，如图 5-71 所示。

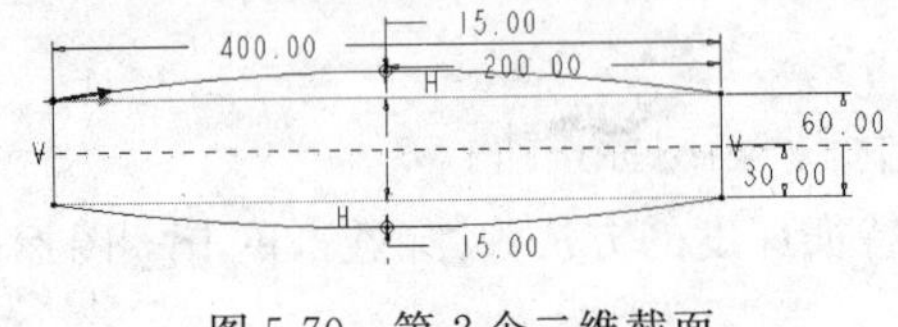

图 5-70　第 2 个二维截面

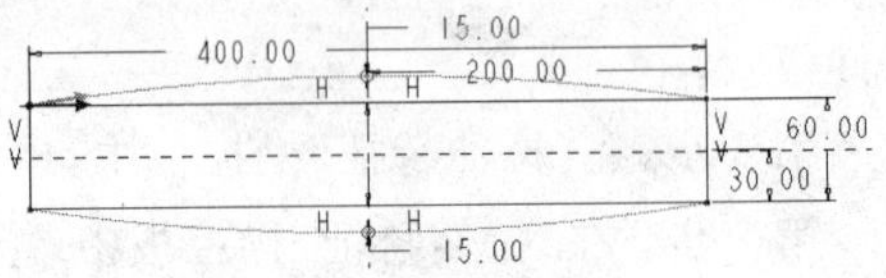

图 5-71　第 3 个二维截面

第 9 步，单击✔图标按钮，完成混合截面的绘制。

第 10 步，根据提示信息，输入截面 2 的深度为 150，单击图标按钮，输入截面 3 的深度为 150，并单击图标按钮。

第 11 步，单击对话框中的“确定”按钮，完成混合特征的创建，如图 5-72 所示。

步骤 3　创建倒圆角特征[①]

第 1 步，单击“基础特征”工具栏中的图标按钮，打开倒圆角特征操控板。

第 2 步，在操控板的文本框中设置倒圆角半径值为 5，回车。

---

① 参见本书第 6.2 节。

第 3 步，按住 Ctrl 键不放，在模型上选择所有的边线，如图 5-73 所示。

第 4 步，单击操控板中的☑图标按钮，完成倒圆角特征的创建，如图 5-74 所示。

图 5-72　创建混合特征

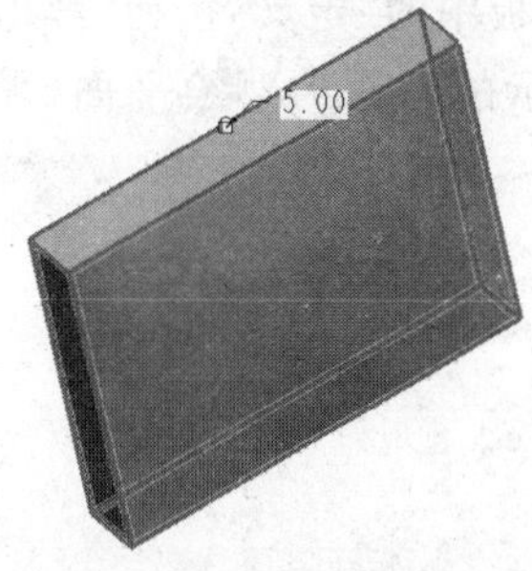

图 5-73　选择倒圆角边

图 5-74　创建倒圆角特征

步骤 4　创建扫描特征

第 1 步，单击下拉菜单“插入”|“扫描”|“伸出项”，系统弹出“伸出项”对话框和“扫描轨迹”菜单管理器。

第 2 步，在“扫描轨迹”菜单管理器中选择“草绘轨迹”选项，系统弹出“设置草绘平面”菜单管理器。

第 3 步，选择 RIGHT 基准平面为草绘平面，系统弹出“方向”菜单管理器。

第 4 步，在“方向”菜单管理器中选择“正向”选项，系统弹出“草绘视图”菜单管理器。

第 5 步，在“草绘视图”菜单管理器中选择“默认”选项，进入草绘模式。

第 6 步，在作图窗口中绘制如图 5-75 所示的图形作为扫描的轨迹线。

第 7 步，单击✔图标按钮，完成扫描轨迹线的绘制。系统弹出“属性”菜单管理器。

第 8 步，在“属性”菜单管理器中选择“合并终点”选项，然后选择“完成”选项，进入草绘模式。

第 9 步，绘制如图 5-76 所示的图形作为扫描截面。

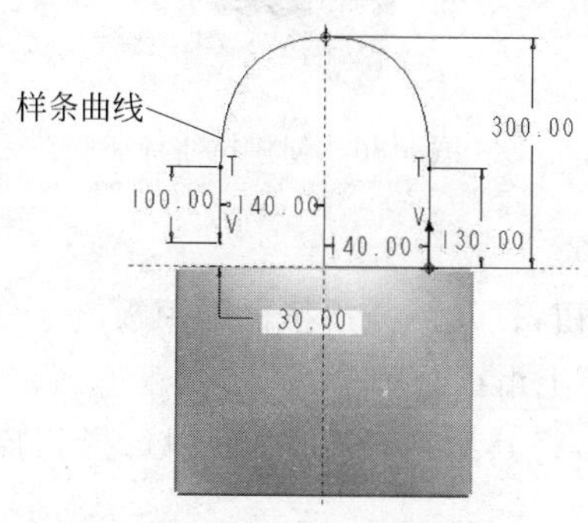

图 5-75　草绘扫描轨迹线

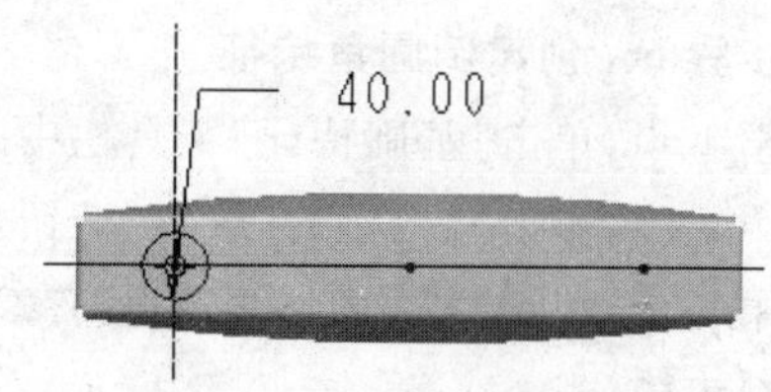

图 5-76　绘制扫描截面

第 10 步，单击✔图标按钮，完成扫描截面的绘制。

第 11 步，单击“确定”按钮，完成扫描特征的创建，如图 5-77 所示。

步骤 5　创建拉伸特征

第 1 步，单击图标按钮，打开“拉伸特征”操控板。

第 2 步，在该操控板中，单击“拉伸为实体”图标按钮（此为默认设置），并单击“去除材料”图标按钮。

第 3 步，单击“放置”上滑面板中的“定义”按钮，弹出“草绘”对话框。

第 4 步，选取如图 5-78 所示的平面为草绘平面，采用默认的参照和方向设置，单击“草绘”按钮，进入草绘模式。

图 5-77 创建扫描特征

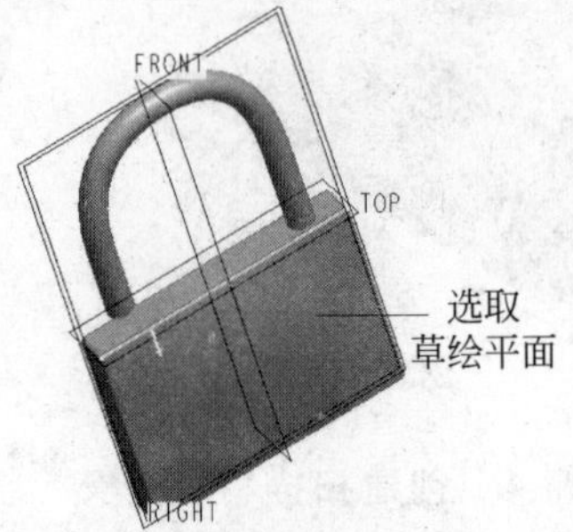

图 5-78 选取草绘平面

第 5 步，草绘二维特征截面并修改草绘尺寸值，如图 5-79 所示，待重生成草绘截面后，单击图标按钮，回到零件模式。

第 6 步，在“拉伸特征”操控板中，指定拉伸特征深度的方法为“盲孔”（此为默认设置），输入“深度值”为 39。

第 7 步，单击图标按钮，完成拉伸特征的创建，如图 5-80 所示。

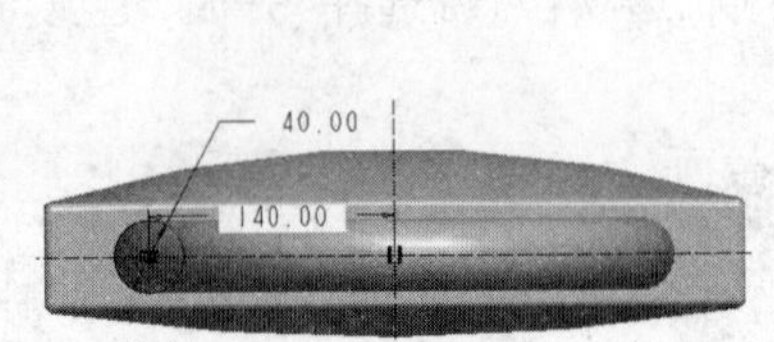

图 5-79 绘制拉伸截面

图 5-80 创建拉伸特征

步骤 6 创建倒圆角特征

第 1 步，单击“基础特征”工具栏中的图标按钮，打开倒圆角特征操控板。

第 2 步，单击操控板的“放置”按钮，弹出“放置”上滑面板。

第 3 步，单击“放置”上滑面板的“参照”收集器，将其激活，并在模型中选择扫描特征的尾部边线。

第 4 步，在上滑面板的“半径”选项栏中设置其倒圆角半径值为 10，回车。

第 5 步，单击“放置”上滑面板中的“新组”命令，创建第二处倒圆角特征“设置 2”，并在模型中选择拉伸特征的顶部边线。

第 6 步，在上滑面板的“半径”选项栏中设置其倒圆角半径值为 1，回车。如图 5-81 所示，此时模型如图 5-82 所示。

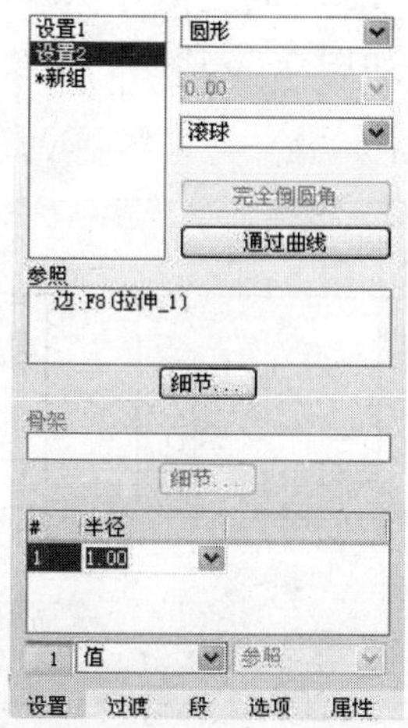

图 5-81 “放置”上滑面板设置

图 5-82 选择倒圆角边线

第 7 步，单击操控板中的☑图标按钮，完成倒圆角特征的创建，完成三维模型，如图 5-74 所示。

步骤 7 保存图形

参见本书第 1 章，操作过程略。

5.6 上 机 题

1. 利用“拉伸”命令、“旋转”命令、“倒角”命令和“螺旋扫描”命令创建如图 5-83 所示的 M16 螺母三维模型。

建模提示：

(1) 利用“拉伸”命令创建螺母六棱柱边长为 16，高为 12.8。

(2) 利用“旋转”命令去除材料，旋转截面如图 5-84 所示。

图 5-83 螺母三维模型

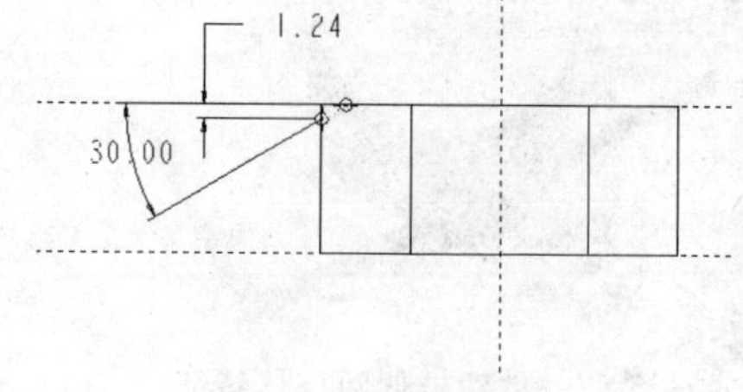

图 5-84 旋转截面

(3) 利用“拉伸”命令创建孔直径为 13.6。

(4) 利用“倒角”命令对孔倒角 C2[①]。

① 参见本书第 6.3 节。

(5) 利用“螺旋扫描”命令创建螺距为 1.55 的内螺纹[①]。

2. 创建如图 5-85 所示的组合体零件模型，三视图如图 5-86 所示。主要涉及的命令包括“拉伸”命令和“旋转”命令。

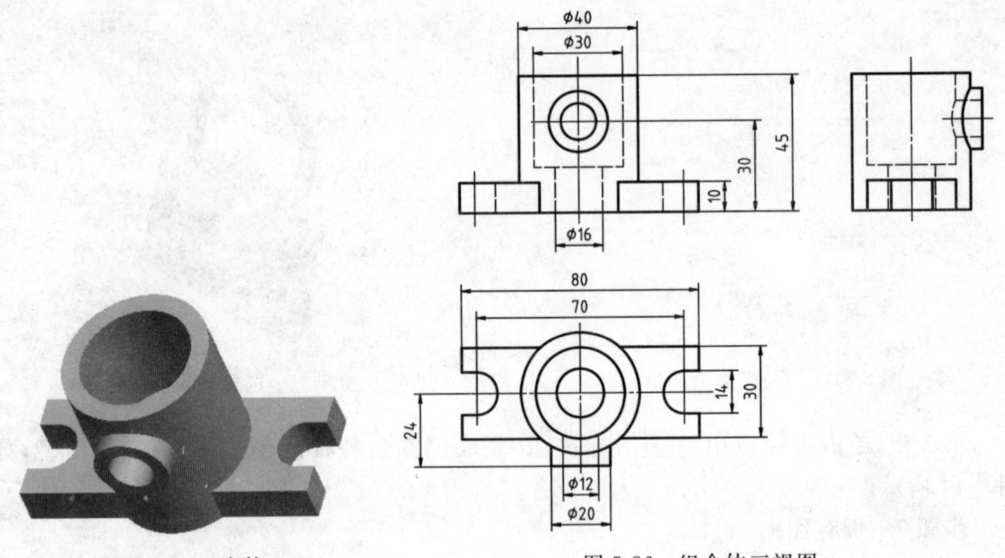

图 5-85 组合体

图 5-86 组合体三视图

建模提示：

(1) 创建底座拉伸特征。选择 TOP 平面为草绘平面，采用默认的参照和方向设置。

(2) 创建拉伸圆柱体特征。仍选择 TOP 平面为草绘平面，采用默认的参照和方向设置，完成三维模型如图 5-87 所示。

(3) 创建旋转去除材料特征。以 FRONT 平面为草绘平面，采用默认的参照和方向设置。绘制的二维截面如图 5-88 所示。在“旋转特征”操控板上单击“去除材料”图标按钮，完成三维模型如图 5-89 所示。

图 5-87 创建拉伸圆柱体特征

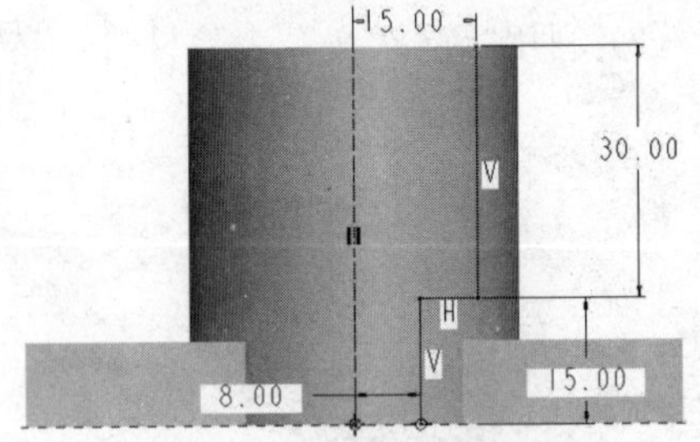

图 5-88 绘制旋转截面

(4) 创建拉伸去除材料特征。分别对拉伸底板的两端进行拉伸去除材料操作，完成三维模型如图 5-90 所示。

① 参见本书第 8.3 节。

图 5-89　创建旋转去除材料特征

图 5-90　创建拉伸去除材料特征

(5) 创建基准平面。以 FRONT 平面为偏移参照，平移距离为 24，创建一个基准平面 DTM1，如图 5-91 所示。

(6) 创建拉伸特征。以新创建的基准平面 DTM1 为草绘平面，草绘一直径为 20 的圆作为特征截面，采用默认的参照和方向设置。指定拉伸特征深度为“到选定的”方式，并选择(2)中圆柱体的外表面作为拉伸的终止面。创建的拉伸特征如图 5-92 所示。

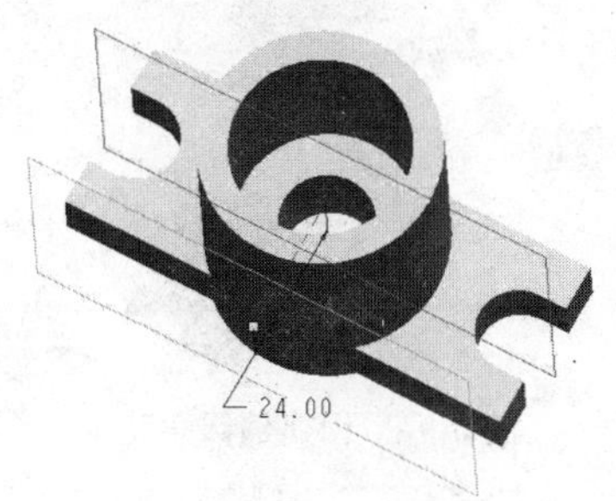

图 5-91　创建基准平面

图 5-92　创建拉伸特征

(7) 创建拉伸去除材料特征。创建方法与上一步相似，草绘一直径为 12 的圆作为特征截面，在“拉伸特征”操控板上选中“去除材料”图标按钮。选择(2)中圆柱体的内表面作为拉伸的终止面。完成三维模型如图 5-89 所示。

图 5-93　花盆模型

3. 创建如图 5-93 所示的花盆模型。主要涉及的命令包括“混合”命令、“倒圆角”、“拉伸”命令和“旋转”命令。

建模提示：

(1) 创建混合特征。单击下拉菜单“插入”|“混合”|“伸出项”，然后在弹出的菜单管理器中选择“平行”|“规则截面”|“草绘截面”|“完成”选项；在弹出的“属性”菜单管理器中选择“光滑”|“完成”选项；接下来弹出“选取平面”菜单管理器，在作图窗口中选择 TOP 平面为截面的草绘平面，选择“正向”|“默认”选项，进入草绘模式。绘制的二维截面图形如图 5-94 所示。第 1 个截面为一直径为 110 的圆；第 2 个截面为一个边长为 60 的正方形；第 3 个截面为一直径为 50 的圆；第 4 个截面为一直径为 20 的圆形。

截面绘制完成后，输入截面 2 的深度为 50，截面 3 的深度为 40，截面 4 的深度为 5，得到的混合特征如图 5-95 所示。

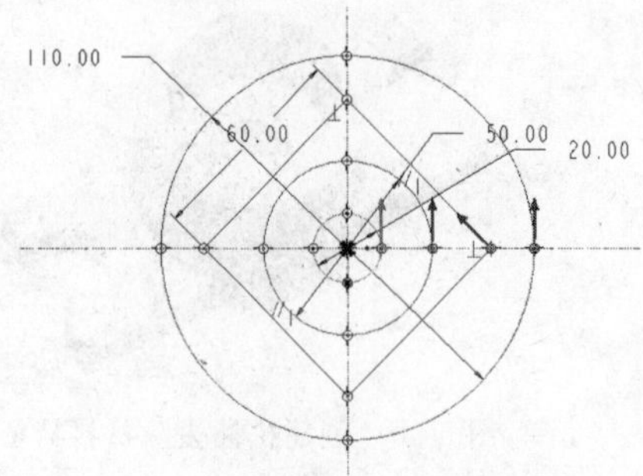

图 5-94　混合特征截面尺寸图

图 5-95　创建混合特征

(2) 创建倒圆角特征。选择如图 5-96 所示的四条边线进行倒圆角操作，设置倒圆角半径为 10，完成三维模型如图 5-97 所示。

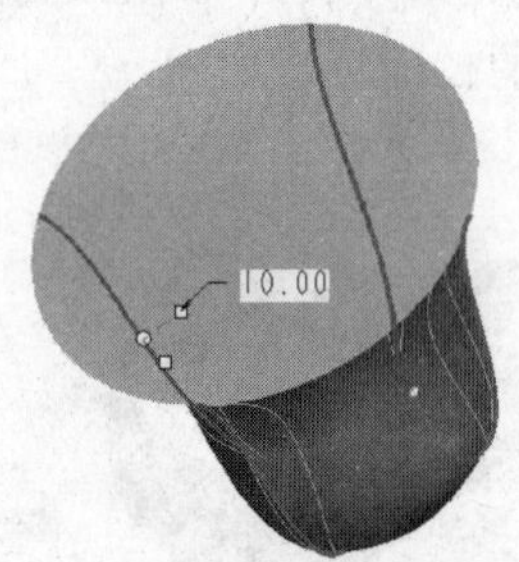

图 5-96　选择倒圆角边线

图 5-97　创建倒圆角特征

(3) 创建壳特征[①]。选择模型的顶面为移除的曲面，设置抽壳的厚度为 2，如图 5-98 所示。完成三维模型如图 5-99 所示。

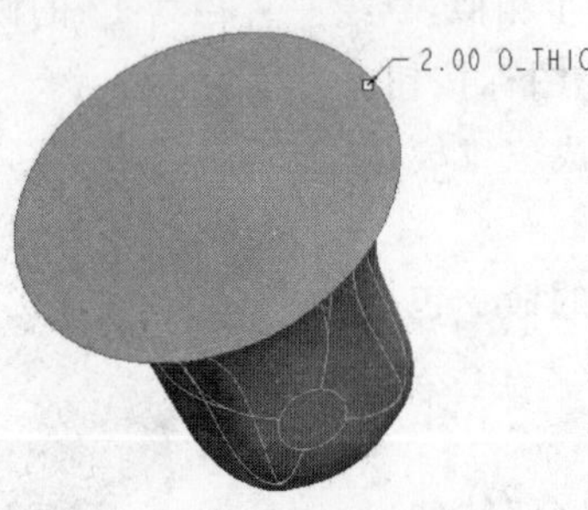

图 5-98　选择移除的曲面

图 5-99　创建壳特征

(4) 创建基准点及基准平面。如图 5-100 所示，在两条圆弧线的中点分别创建一个基准点 PNT0 和 PNT1。过这两个点以 TOP 基准平面为参照，创建一个基准平面，该基准平面通过这两个基准点并且垂直于 TOP 基准平面，如图 5-101 所示。

(5) 创建去除材料拉伸特征。以新创建的基准平面 DTM1 为草绘平面，采用默认的

① 参见本书第 6.5 节。

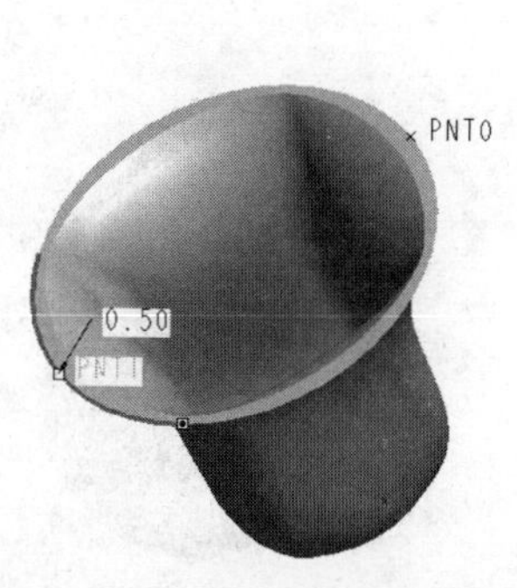

图 5-100　创建基准点

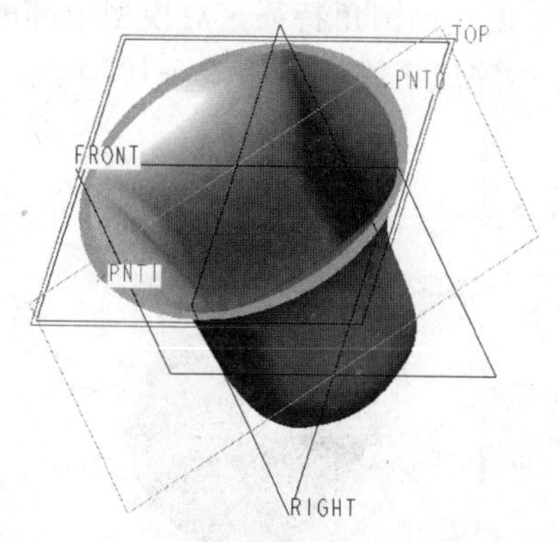

图 5-101　创建基准平面

参照和方向为“底”，拾取点 A 和点 B 为参照，绘制如图 5-102 所示的拉伸二维特征截面。创建去除材料拉伸特征，设置拉伸的深度值为 148，并采用对称的方式向两边同时拉伸，如图 5-103 所示。

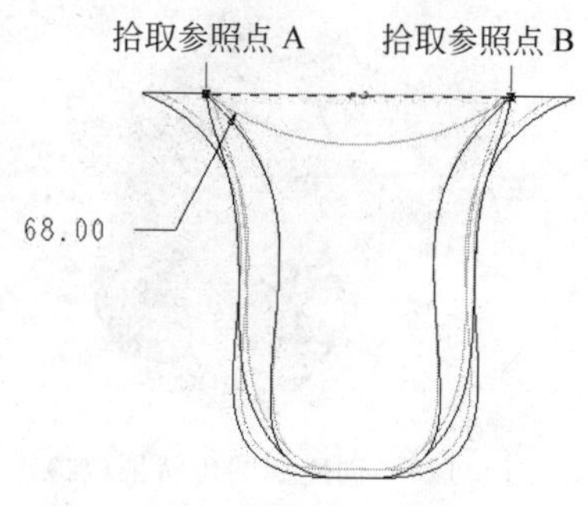

图 5-102　绘制拉伸截面

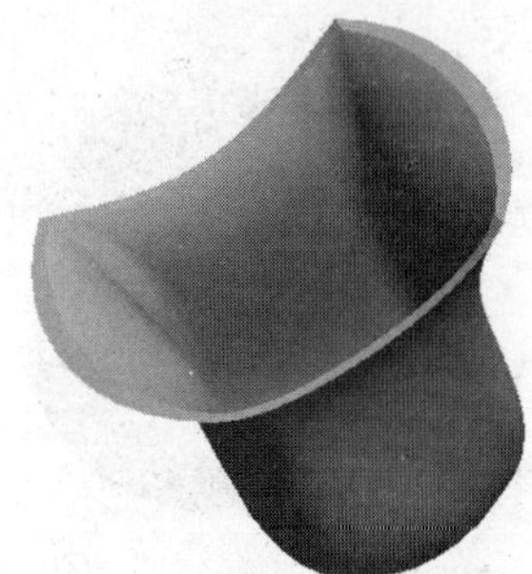
图 5-103　创建去除材料拉伸特征

(6) 创建去除材料拉伸特征。同步骤(4)和(5)。在创建基准点时，选择两条圆弧边作参照，创建的基准点 PNT2 和 PNT3 及基准平面 DTM2 如图 5-104 所示。完成三维模型如图 5-105 所示。

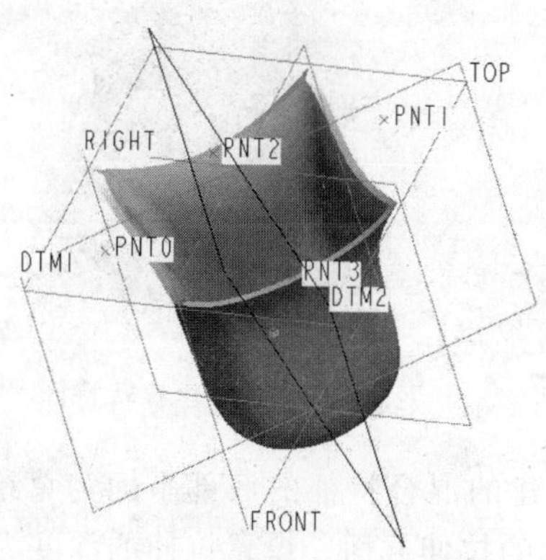

图 5-104　创建基准点和基准平面

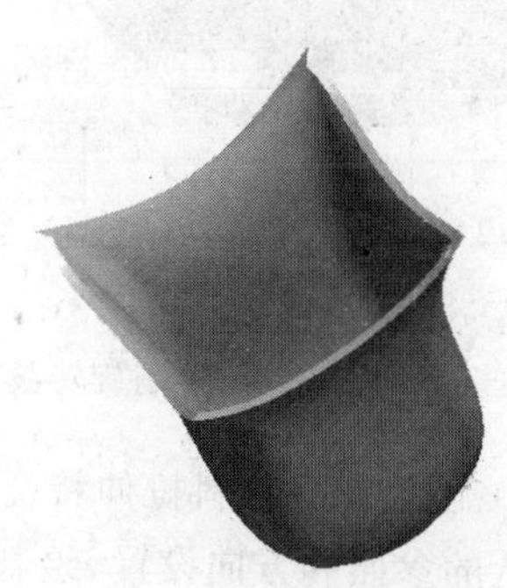
图 5-105　创建去除材料拉伸特征

(7) 创建倒圆角特征。对模型顶部的四条边倒圆角，如图 5-106 所示，设置倒圆角半径值为 9，完成三维模型如图 5-107 所示。

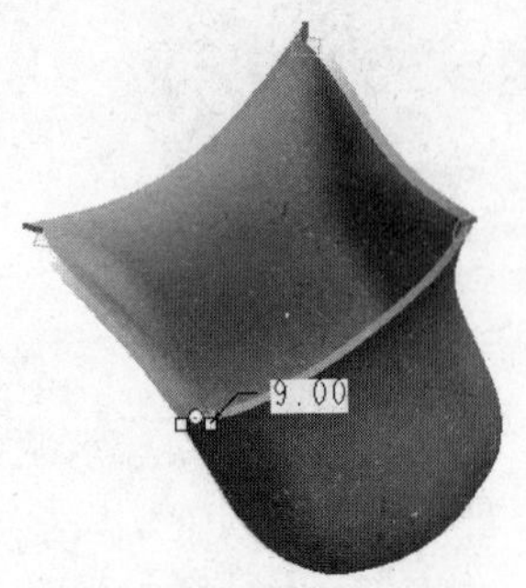

图 5-106　选择边线

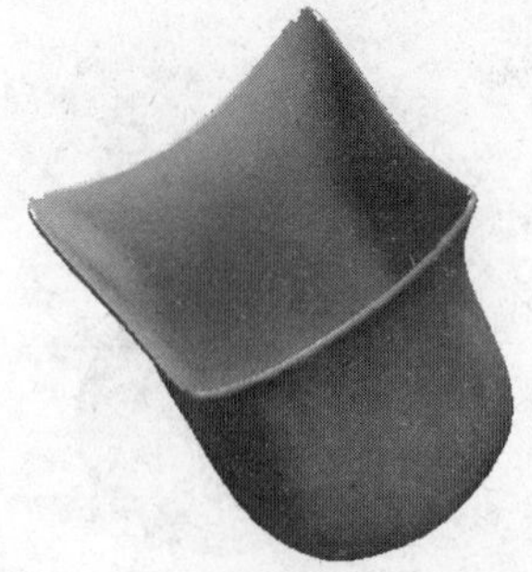

图 5-107　创建倒圆角特征(一)

(8) 创建倒圆角特征。在上一步的基础上对模型的开口进行倒圆角，如图 5-108 所示，设置倒圆角半径值为 2，完成三维模型如图 5-109 所示。

图 5-108　选择倒圆角边

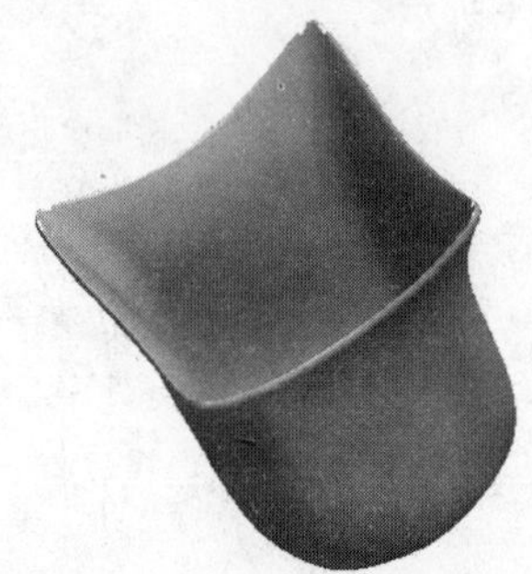

图 5-109　创建倒圆角特征(二)

(9) 创建旋转特征。以 FRONT 平面为草绘平面，采用默认的参照和方向设置，绘制如图 5-110 所示的二维特征截面。创建的旋转特征如图 5-111 所示。

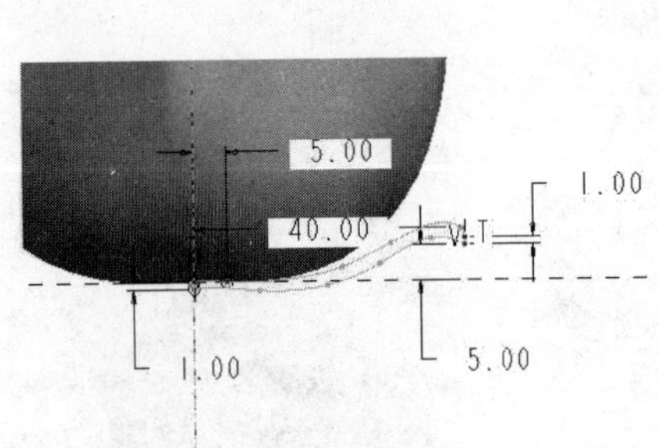

图 5-110　绘制旋转截面

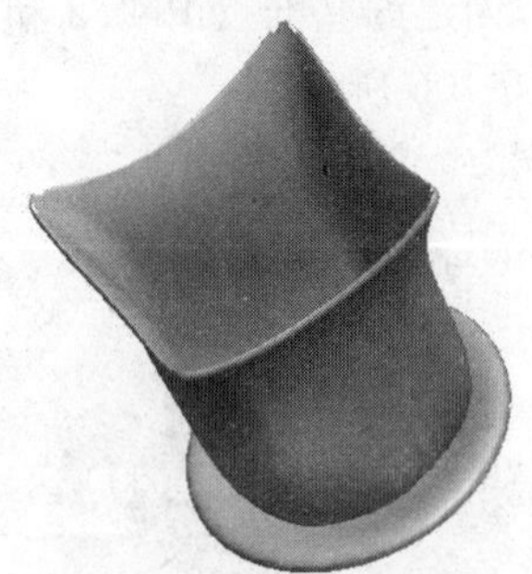

图 5-111　创建旋转特征

(10) 创建去除材料拉伸特征。选择(1)中创建的混合特征的底部平面为草绘平面，采用默认的参照和方向设置，绘制如图 5-112 所示的拉伸截面。设置拉伸的深度为 60，采用对称的方式向两边同时拉伸去除材料，如图 5-113 所示。

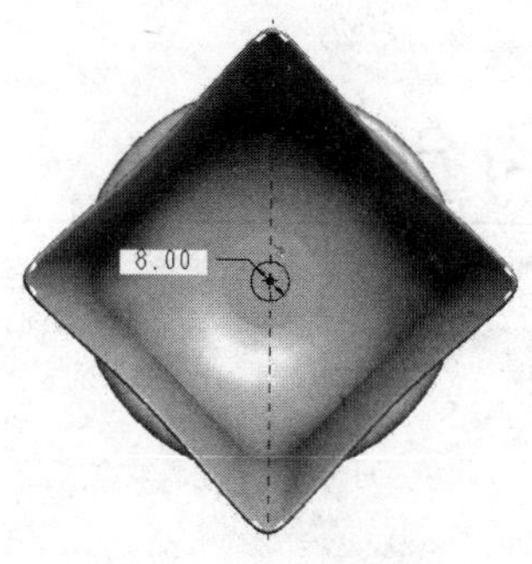

图 5-112 绘制拉伸截面

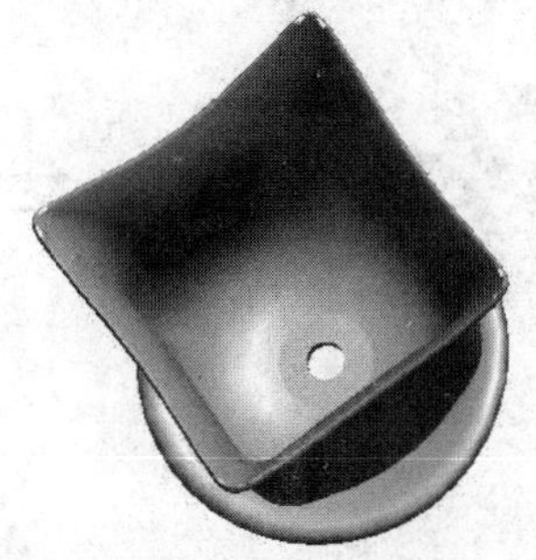

图 5-113 创建去除材料拉伸特征

(11) 创建倒圆角特征。对(10)中创建的圆孔边缘进行倒圆角,设置倒圆角半径值为1,完成三维模型如图 5-89 所示。

第 6 章 工程特征的创建

工程特征是基于工程实践中建模的需要而建立起来的一种重要的三维实体特征。与基础特征及其他实体特征不同，工程特征都是在已有的特征基础之上对其进行加材料或去除材料而创建的特征。

本章将介绍的内容如下。

(1) 创建孔特征的方法和步骤。

(2) 创建圆角特征的方法和步骤。

(3) 创建自动倒圆角特征的方法和步骤。

(4) 创建倒角特征的方法和步骤。

(5) 创建抽壳特征的方法和步骤。

(6) 创建拔模特征的方法和步骤。

(7) 创建筋特征的方法和步骤。

6.1 孔特征的创建

孔特征是通过预先指定孔的放置平面、定位尺寸、直径、深度等一系列参数而生成的特征。

调用命令的方式如下。

菜单：执行“插入”|“孔”命令。

图标：单击“工程特征”工具栏中的图标按钮。

6.1.1 简单孔特征的创建

利用“孔”命令可以创建简单孔特征。

操作步骤如下。

第 1 步，在零件模式中，单击图标按钮，以 TOP 基准平面为草绘平面，采用默认参照和方向设置，绘制二维特征截面，如图 6-1 所示，设置拉伸深度为 200，创建拉伸实体特征，如图 6-2 所示。

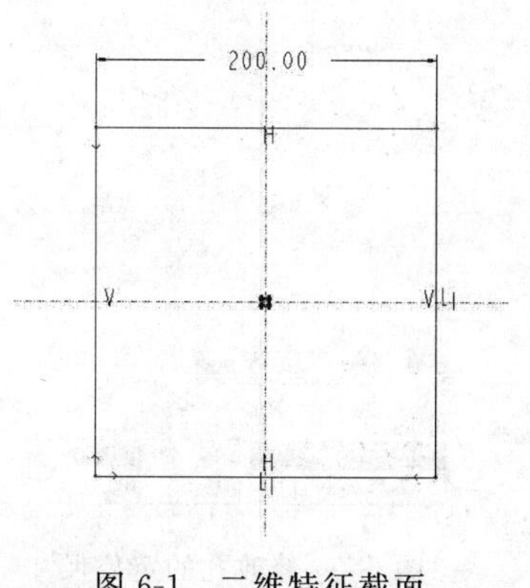

图 6-1　二维特征截面

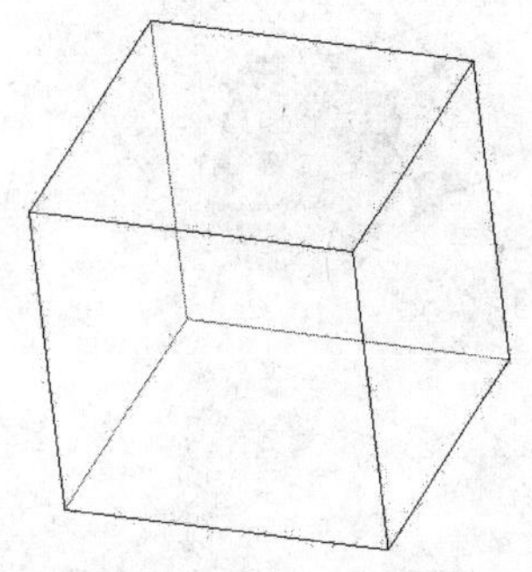

图 6-2　拉伸实体特征

第 2 步，单击图标按钮，打开“孔特征”操控板，如图 6-3 所示。

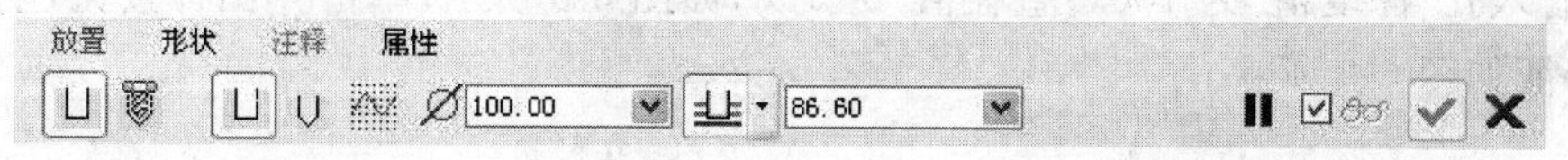

图 6-3　“孔特征”操控板

第 3 步，在该操控板中，单击“创建简单孔”图标按钮(此为默认设置)。

第 4 步，单击“放置”按钮，弹出如图 6-4 所示的“放置”上滑面板，在该上滑面板中激活“放置参照收集器”，选择正方体的上表面作为孔的放置平面，模型显示如图 6-5 所示。

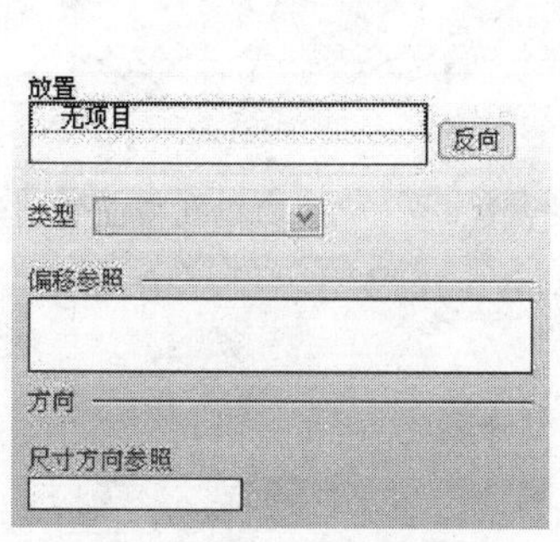

图 6-4　“放置”上滑面板

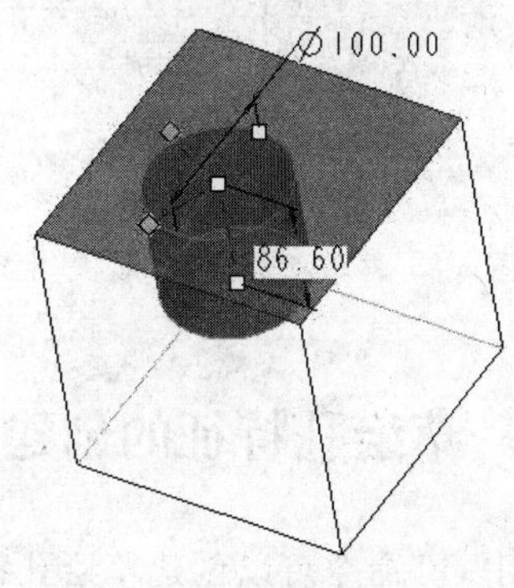

图 6-5　选择孔的放置平面

第 5 步，在“放置”上滑面板中，设置孔的定位方式的“类型”为线性，并激活“偏移参照收集器”，按住 Ctrl 键不放，依次选取正方体上表面的两条边作为孔的定位基准，如图 6-6 所示。

注意：选取偏移参照作为孔的定位基准也可以直接用鼠标拖动两个定位句柄至指定的边或者面，这样的方法可以让操作变得更加快捷。

第 6 步，在该上滑面板中，修改“偏移参照收集器”中孔的定位尺寸，如图 6-7 所示。

注意：修改孔的定位尺寸也可以直接在绘图区中显示的相应的尺寸上双击进行修改，这样的方法同时也适用于定义钻孔的直径和深度。

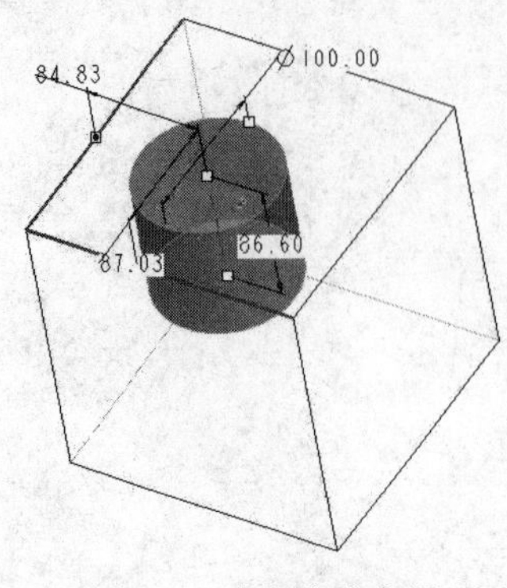

图 6-6　选取偏移参照

图 6-7　修改孔的定位尺寸

第 7 步，单击“形状”按钮，弹出“形状”上滑面板，选择“盲孔”方式以指定钻孔的深度值，并输入孔“深度值”为 100，“直径值”为 150，如图 6-8 所示，单击图标按钮，生成的简单孔特征如图 6-9 所示。

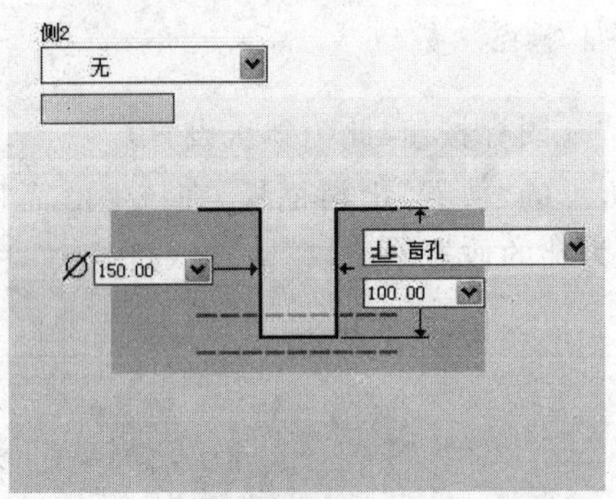

图 6-8　修改参数后的“形状”上滑面板

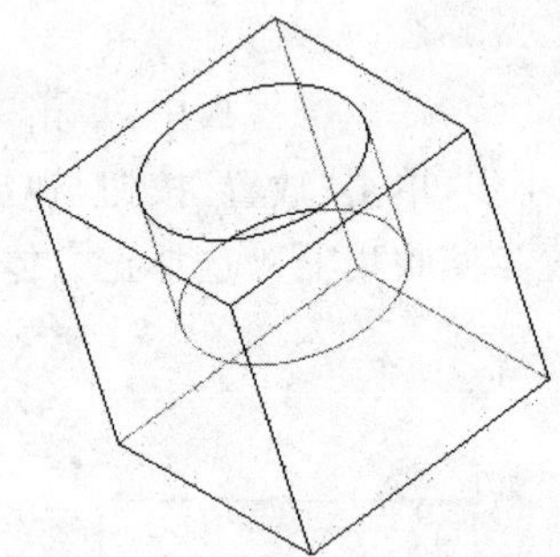

图 6-9　完成简单孔特征的创建

6.1.2　草绘孔特征的创建

利用“孔”命令可以创建草绘孔特征。

操作步骤如下。

第 1 步～第 6 步，同本书第 6.1.1 小节第 1 步～第 6 步。

第 7 步，在“孔特征”操控板中，单击图标按钮，选取“草绘”定义孔轮廓，如图 6-10 所示，再单击图标按钮，系统进入草绘模式。

图 6-10　选取“草绘”定义孔轮廓

注意：在单击图标按钮之后，在其右侧会出现两个按钮，单击图标按钮，打开已有的草绘文件作为孔的草绘轮廓；单击图标按钮，直接进入草绘模式创建剖面。

第 8 步，草绘二维特征截面并修改尺寸值，如图 6-11 所示，待重生成草绘截面后，单击图标按钮，回到零件模式。

注意：绘制孔特征的截面，必须具备垂直的旋转轴；至少有一个图元垂直于旋转中心；所有图元位于旋转轴的一侧；截面必须为封闭环。

第 9 步，单击图标按钮，完成草绘孔特征的创建，如图 6-12 所示。

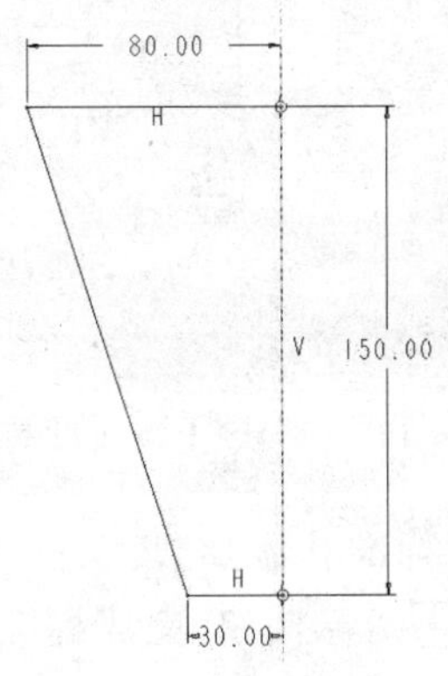

图 6-11 二维特征截面

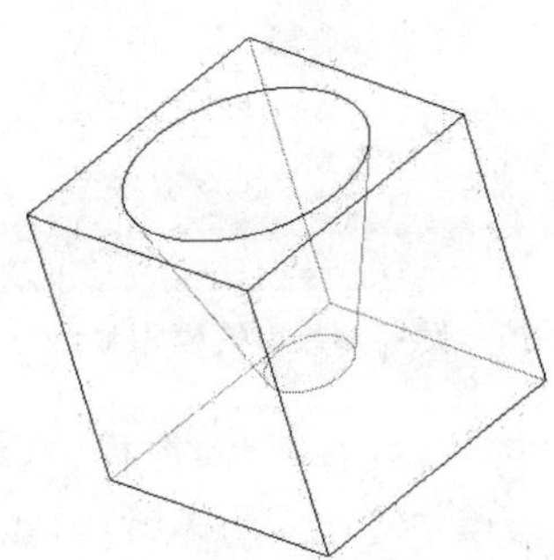

图 6-12 完成草绘孔特征的创建

注意：回到零件模式后，再次单击图标按钮，可直接对草绘的特征截面进行修改。

6.1.3 标准孔特征的创建

利用“孔”命令可以创建标准孔特征。

操作步骤如下。

第 1 步～第 6 步，同本书 6.1.1 小节第 1 步～第 6 步。

第 7 步，在“孔特征”操控板中，单击图标按钮，以创建标准孔，如图 6-13 所示。

图 6-13 创建标准孔

第 8 步，在该操控板中，单击“添加攻丝”图标按钮（此为默认设置），以创建具有螺纹特征的标准孔，指定标准孔的螺纹类型为 ISO，输入螺钉的尺寸为 M64x6，指定钻孔深度的类型为“盲孔”（此为默认设置），单击图标按钮，并输入直到孔尖端的“钻孔深度值”为 150，设置参数后的操控板如图 6-14 所示，此时绘图区中模型的显示如图 6-15 所示。

图 6-14 设置参数后的操控板

注意：螺纹类型包括 ISO、UNC、UNF 三个标准，其中 ISO 标准在我国广泛采用。

第 9 步，单击“形状”按钮，弹出“形状”上滑面板，依次输入螺纹的“深度值”为 120，钻孔顶角的“角度值”为 120，如图 6-16 所示。

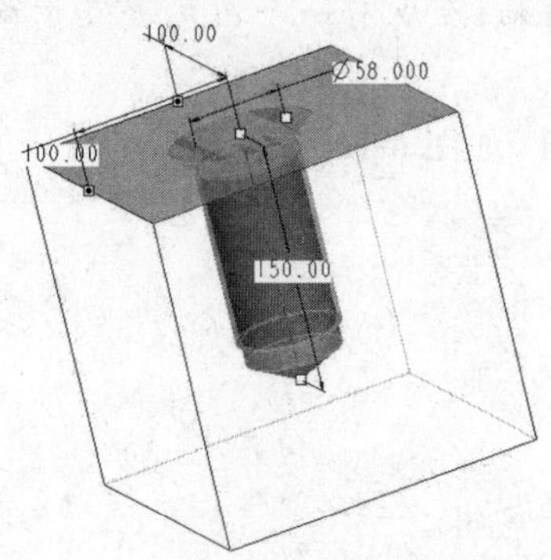

图 6-15　设置参数后的模型显示

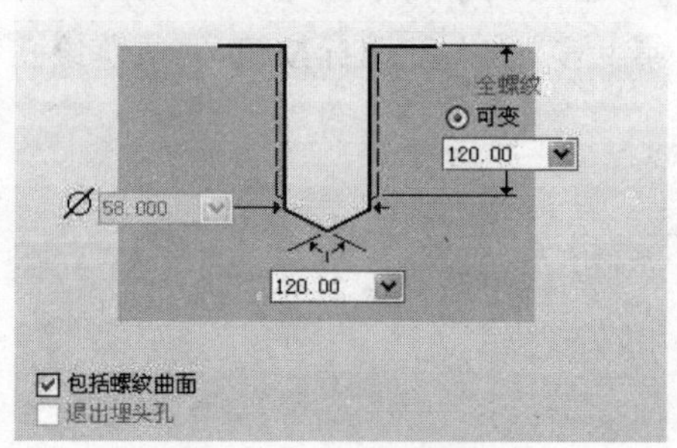

图 6-16　“形状”上滑面板

第 10 步，在“孔特征”操控板中，单击图标按钮，为标准孔添加“埋头孔”，并在“形状”上滑面板中定义相应的参数值，如图 6-17 所示，单击图标按钮，完成标准孔特征的创建，如图 6-18 所示。

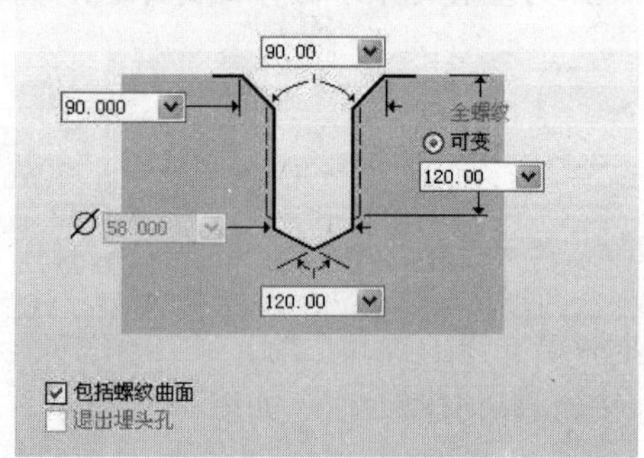

图 6-17　“形状”上滑面板

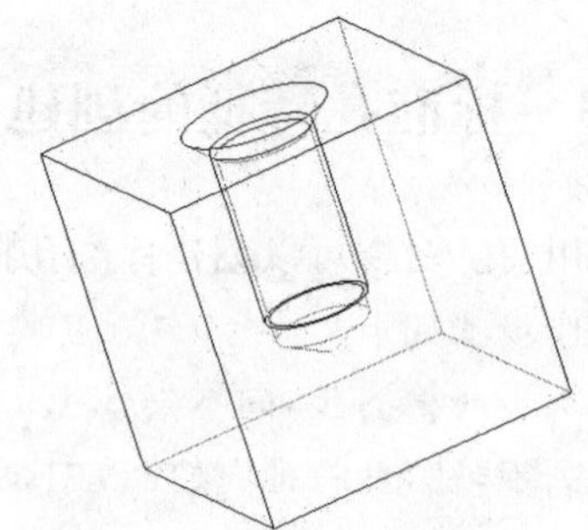

图 6-18　完成标准孔特征的创建

6.1.4　操作及选项说明

1. 孔的定位方式的类型

在“放置”上滑面板中，可以指定孔的定位方式的类型。

(1) 线性：使用两个线性尺寸，通过预先指定的偏移参照来确定孔的中心线的坐标位置。

(2) 径向：使用一个线性尺寸和一个角度尺寸，通过预先指定的参考轴和参考平面来确定孔的中心线的极坐标位置，如图 6-19 所示。

(3) 直径：和径向定位方式类似，不同的是其用直径标注极坐标，如图 6-20 所示。

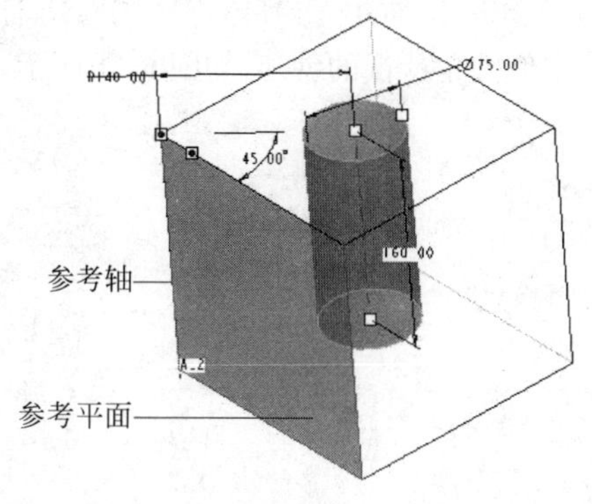

图 6-19　孔的径向定位方式

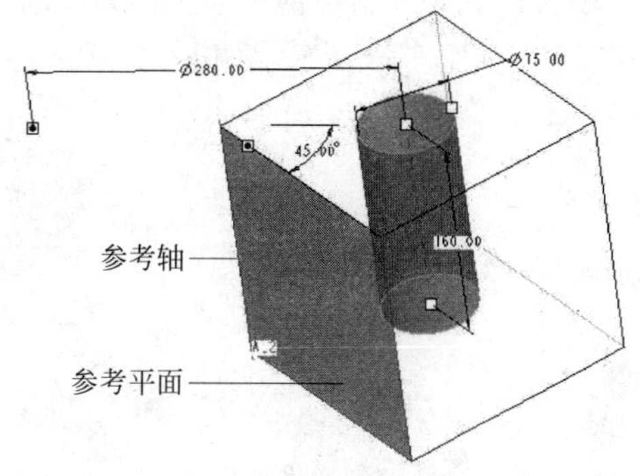

图 6-20　孔的直径定位方式

2. 其他选项说明

(1) ：选中该图标按钮可以创建具有螺纹特征的孔，同时使用该选项可以在螺纹或锥孔和间隙孔或钻孔之间切换，系统默认状态下会选择此项“攻丝”。

(2) ：指定到肩末端的钻孔深度。

(3) ：指定到孔尖端的钻孔深度。

(4) ：允许用户创建锥孔。

(5) ：允许用户创建间隙孔。

6.2　圆角特征的创建

圆角特征是一种通过向一条或多条边、边链或在曲面之间添加半径而形成的一种边处理特征，其中的曲面可以是实体模型曲面或者常规的 Pro/ENGINEER 零厚度面组和曲面。

调用命令的方式如下。

菜单：执行“插入”|“倒圆角”命令。

图标：单击“工程特征”工具栏中的图标按钮。

6.2.1　恒定倒圆角特征的创建

利用“倒圆角”命令可以创建恒定倒圆角特征。

操作步骤如下。

第 1 步，打开 Ch6-2. prt。

第 2 步，单击图标按钮，打开“圆角特征”操控板，如图 6-21 所示。

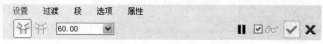

图 6-21　“圆角特征”操控板

第 3 步，选取正方体的一条边作为倒圆角参照，如图 6-22 所示，并输入恒定倒圆角的“半径值”为 80，如图 6-23 所示，单击☑图标按钮，完成恒定倒圆角特征的创建，如图 6-24 所示。

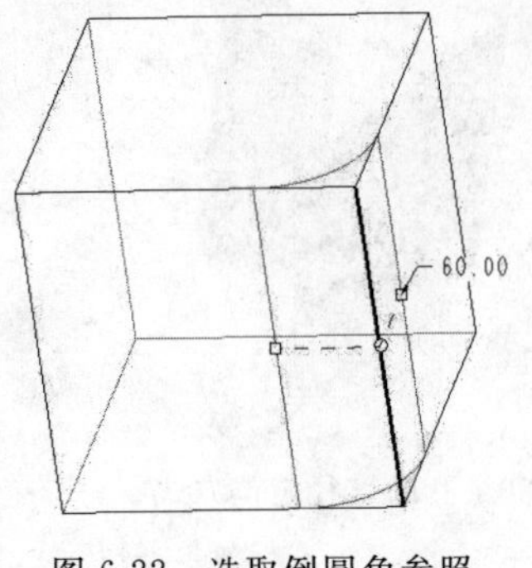

图 6-22　选取倒圆角参照

图 6-23　输入倒圆角半径值

图 6-24　完成恒定倒圆角特征的创建

注意：拖动半径句柄可以动态修改尺寸。

6.2.2　完全倒圆角特征的创建

利用“倒圆角”命令可以创建完全倒圆角特征。

操作步骤如下。

第 1 步～第 2 步，同本书第 6.2.1 小节第 1 步～第 2 步。

第 3 步，按住 Ctrl 键不放，选取正方体上表面两侧的两条边线作为完全倒圆角的参照，如图 6-25 所示。

注意：完全倒圆角是将两参照边线或者两曲面之间的模型表面全部转化为圆角，因此不能选取相邻的边线或者曲面作为参照，否则完全倒圆角特征将无法生成。

第 4 步，单击“设置”按钮，弹出“设置”上滑面板，如图 6-26 所示，单击“完全倒圆角”

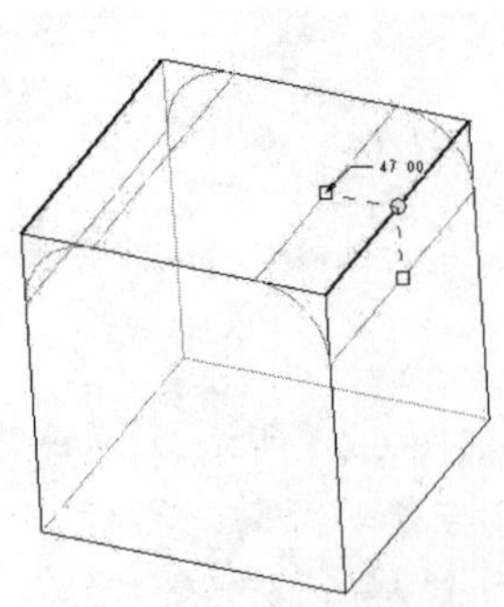

图 6-25　选取倒圆角参照

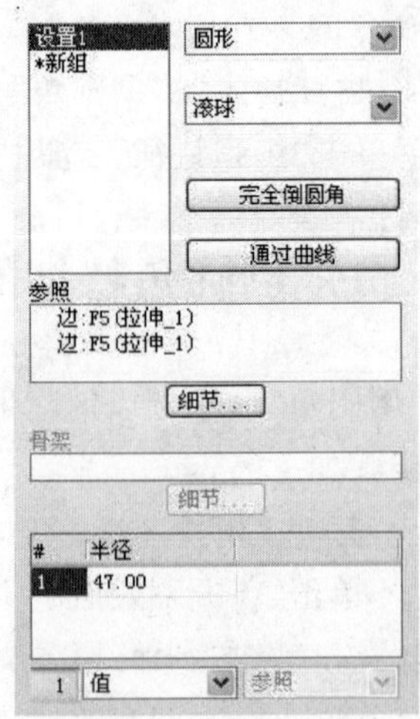

图 6-26　“设置”上滑面板

按钮，此时的模型显示如图 6-27 所示。

第 5 步，在“圆角特征”操控板中，单击☑图标按钮，完成完全倒圆角特征的创建，如图 6-28 所示。

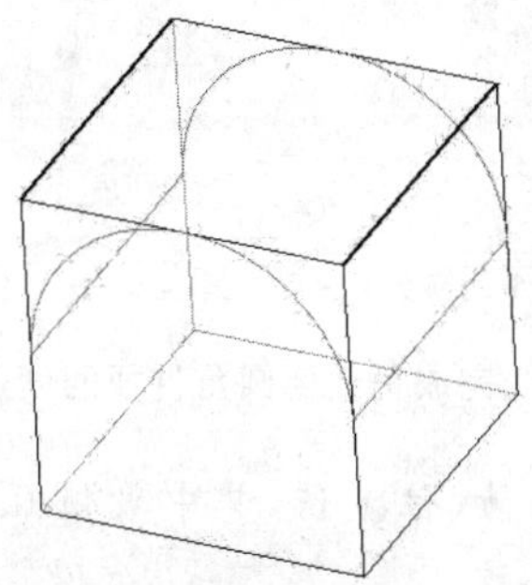

图 6-27 “完全倒圆角”操作

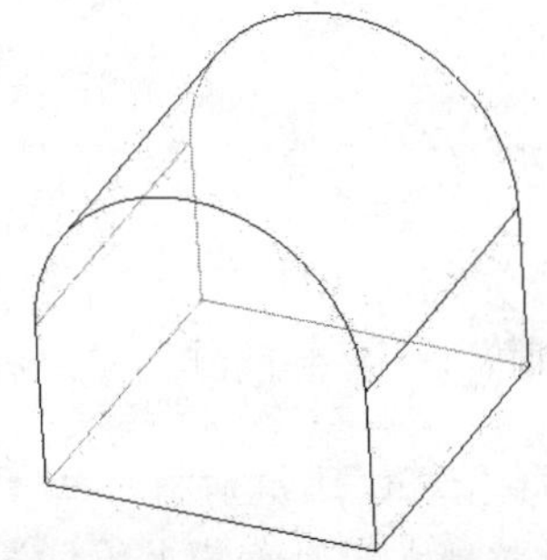

图 6-28 完成完全倒圆角特征的创建

6.2.3 可变倒圆角特征的创建

利用“倒圆角”命令可以创建可变倒圆角特征。

操作步骤如下。

第 1 步～第 2 步，同本书 6.2.1 小节第 1 步～第 2 步。

第 3 步，选取正方体的一条边作为倒圆角参照，如图 6-29 所示。

注意：可变倒圆角也可以在多条边或边链上创建半径发生变化的圆角，但一般情况下只应用于一条边。

第 4 步，在绘图区中，将鼠标移至半径或半径句柄处并右击，在右键快捷菜单中选择“添加半径”选项，如图 6-30 所示，为圆角添加一个新的半径，此时的模型显示如图 6-31 所示。

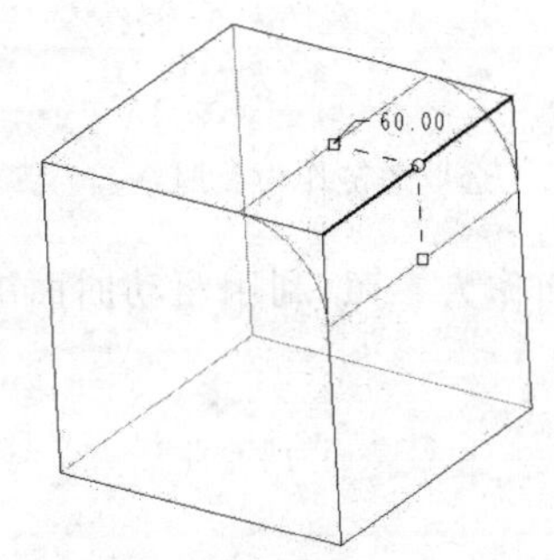

图 6-29 选取倒圆角参照

图 6-30 选择“添加半径”

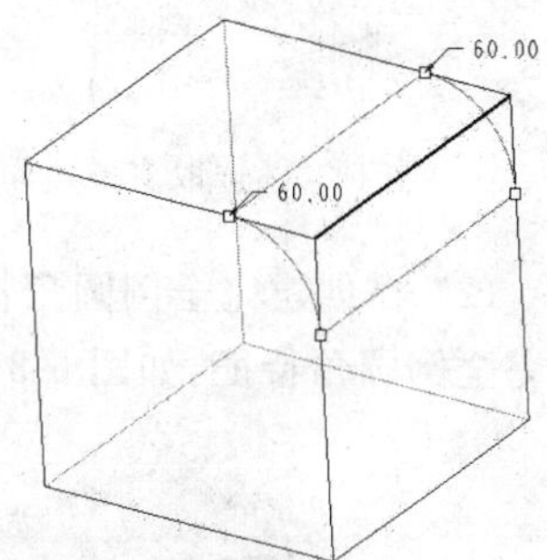

图 6-31 为圆角添加新半径

注意：在“设置”上滑面板的半径栏中右击，弹出的快捷菜单同样可以选择“添加半径”选项，另外选择“成为常数”选项会去除该半径。

第 5 步，在模型中利用相同的方法为圆角再添加一个新的半径，在绘图区中，双击相应的半径值修改其尺寸，如图 6-32 所示，单击☑图标按钮，完成可变倒圆角特征的创建，如图 6-33 所示。

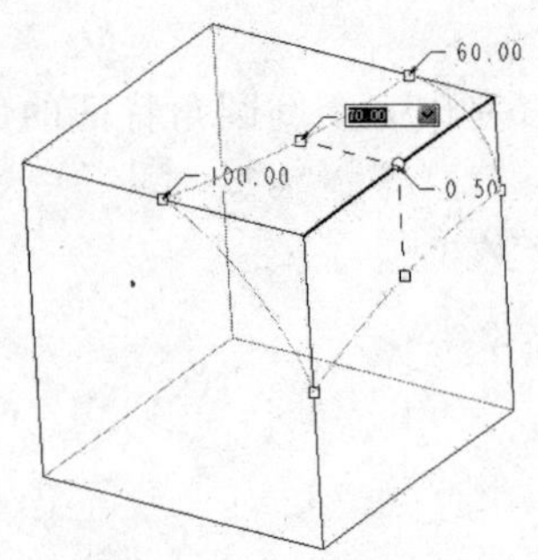

图 6-32　修改半径尺寸

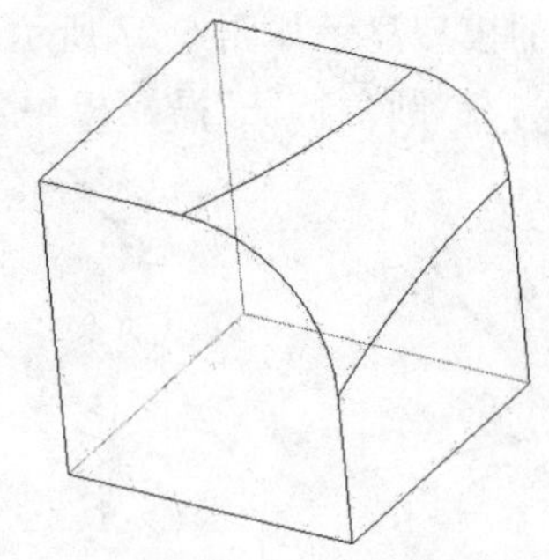

图 6-33　完成可变倒圆角特征的创建

注意：在“设置”上滑面板中也可以设置相应的半径值、位置值，其中数值 0.50 表示相应的圆角控制点在圆角片上的位置比例。

6.2.4　操作及选项说明

1. 选取倒圆角参照的方式

(1) 在创建恒定倒圆角特征的过程中，也可选取多条边、边链或相邻的两曲面作为倒圆角参照，如图 6-34～图 6-36 所示。

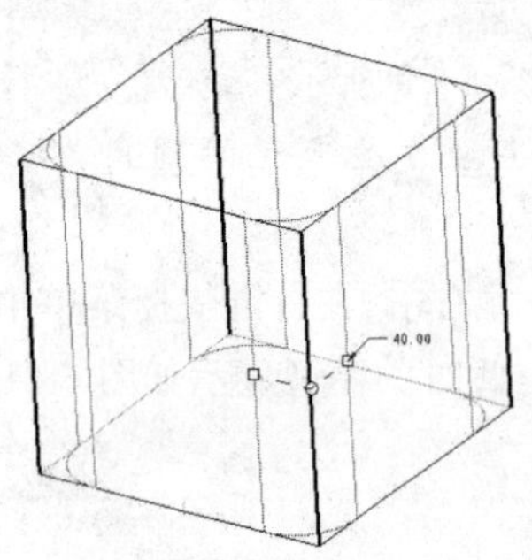

图 6-34　选取多条边作为参照

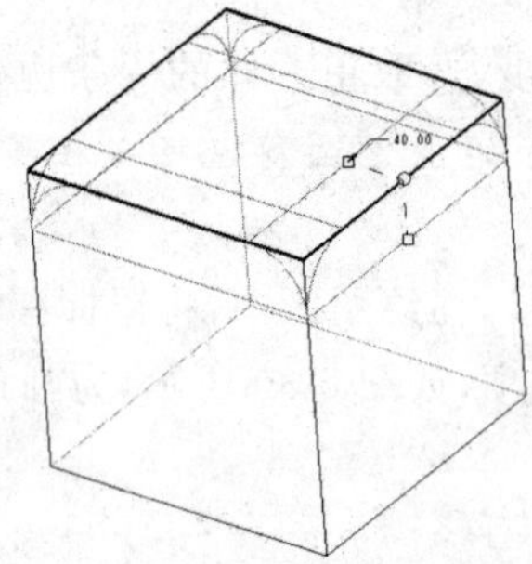

图 6-35　选取边链作为参照

(2) 在创建完全倒圆角特征的过程中，也可选取两个曲面作为参照，利用驱动曲面决定完全倒圆角特征，如图 6-37 所示。

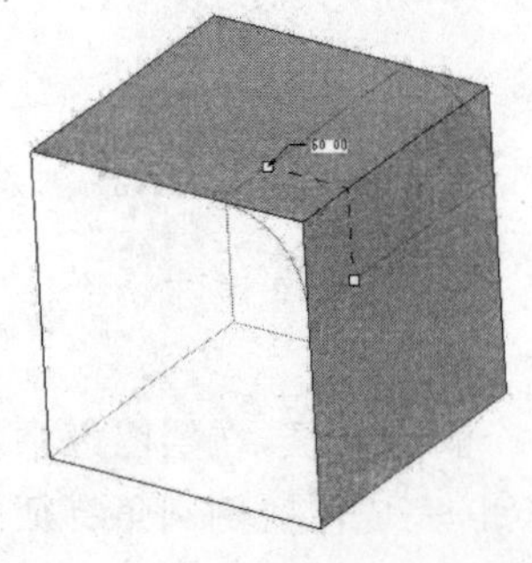

图 6-36　选取两曲面作为参照

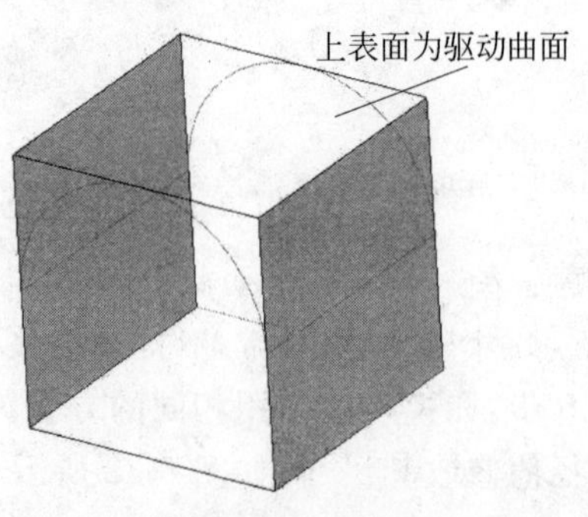

图 6-37　驱动曲面决定完全倒圆角

2. 其他选项说明

(1) ：单击该图标按钮，会激活“设置”模式，用来处理倒圆角集，系统默认状态下会选取此项。

(2) ：单击该图标按钮，会激活“过渡”模式，利用该模式可以定义倒圆角特征的所有过渡。

(3) “设置”：在该面板上可以定义圆角的类型及各种参数，同时可查看并编辑倒圆角参照及其属性。

(4) “过渡”：激活“过渡”模式后可使用此项，该栏列出所有除默认过渡之外的用户定义的过渡。

(5) “段”：利用该上滑面板可查看倒圆角特征的全部倒圆角集，查看当前倒圆角集中的全部倒圆角段，修剪、延伸或排除这些倒圆角段，以及处理放置模糊问题。

(6) “选项”：单击该按钮，可在弹出的上滑面板中定义实体圆角或曲面圆角。

6.3 自动倒圆角特征的创建

自动倒圆角特征是通过排除边线的方式，系统自动选取其他所有的边线创建圆角而生成的一种倒圆角特征，其中被选取的排除边线保持不变。

调用命令的方式如下。

菜单：执行“插入”|“自动倒圆角”命令。

利用“自动倒圆角”命令可以创建自动倒圆角特征。

操作步骤如下。

第 1 步，在零件模式中，单击图标按钮，以 TOP 基准平面为草绘平面，创建一边长为 200 的正方体实体特征，如图 6-38 所示，再以正方体的上表面为草绘平面，创建一边长为 150 的正方体去除材料拉伸特征，如图 6-39 所示。

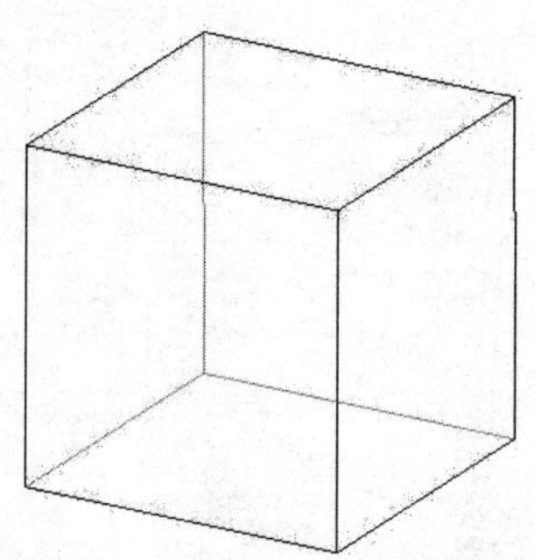

图 6-38　创建正方体实体特征

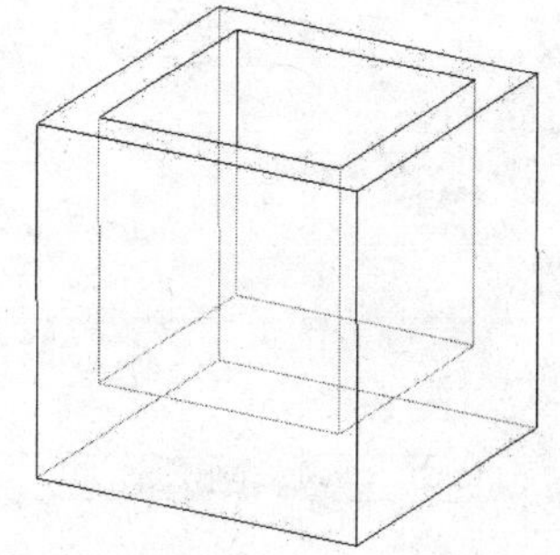

图 6-39　创建去除材料拉伸特征

第 2 步，单击下拉菜单“插入”|“自动倒圆角”，打开“自动倒圆角特征”操控板，如图 6-40 所示。

图 6-40 “自动倒圆角特征”操控板

第 3 步，单击“范围”按钮，弹出“范围”上滑面板，如图 6-41 所示，选择“实体几何”单选按钮，并选中“凸边”复选框和“凹边”复选框(此均为默认设置)。

注意：对实体几何上的边自动倒圆角，应选择“实体几何”单选按钮；对曲面组上的边自动倒圆角，应选择“面组”单选按钮；不通过排除边的方式，仅对选取的边或边链倒圆角，应选择“选取的边”单选按钮；仅对“凸边”倒圆角，应选中“凸边”复选框；仅对“凹边”倒圆角，应选中“凹边”复选框。

第 4 步，单击“排除”按钮，弹出“排除”上滑面板，如图 6-42 所示，激活“排除的边”收集器，按住 Ctrl 键依次选取实体特征上表面的四条边作为排除参照，如图 6-43 所示。

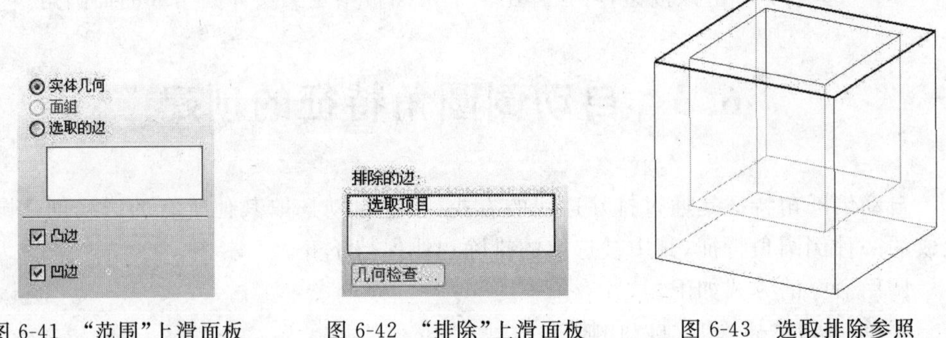

图 6-41 “范围”上滑面板　　图 6-42 “排除”上滑面板　　图 6-43 选取排除参照

注意：直接在绘图区模型中选取排除参照也可，选取的结果将会在“排除”上滑面板中显示。

第 5 步，在“自动倒圆角”操控板中，输入凸边的“半径值”为 10，凹边的“半径值”为 5，如图 6-44 所示，单击☑图标按钮，完成自动倒圆角特征的创建，如图 6-45 所示。

图 6-44 输入凸边和凹边的半径值

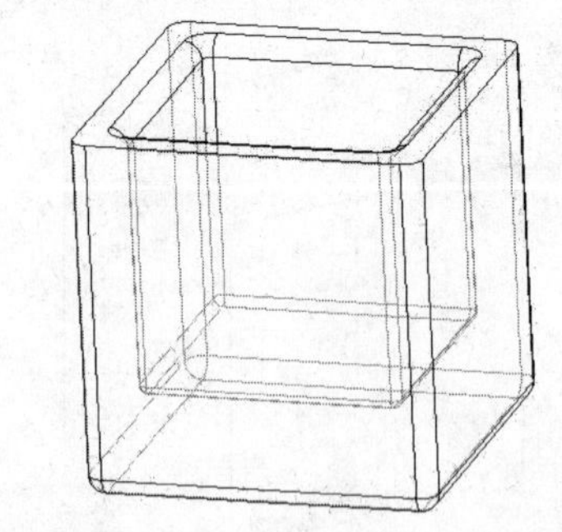

图 6-45 完成自动倒圆角特征的创建

注意：如果输入的凸边或凹边的半径值过大，将会导致部分凸边或凹边不能形成倒圆角特征。

6.4 倒角特征的创建

倒角特征是对边或拐角进行斜切削而生成的一种特征。

调用命令的方式如下。

菜单：执行“插入”|“倒角”|“边倒角”、“拐角倒角”命令。

图标：单击“工程特征”工具栏中的图标按钮。

6.4.1 边倒角特征的创建

利用“倒角”命令可以创建边倒角特征。

操作步骤如下。

第 1 步，打开 Ch6-2. prt。

第 2 步，单击图标按钮，打开“倒角特征”操控板，如图 6-46 所示。

图 6-46 “倒角特征”操控板

第 3 步，按住 Ctrl 键依次选取正方体的三条相邻的边作为倒角参照，如图 6-47 所示，在“倒角特征”操控板中，指定边倒角的类型为 DxD(此为默认设置)，输入倒角值 D 为 50，如图 6-48 所示。

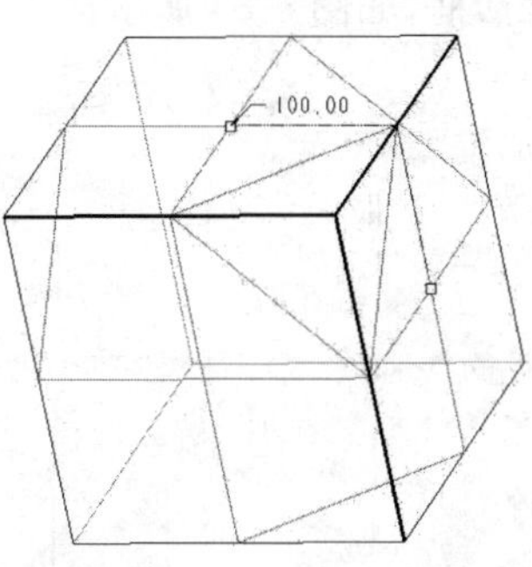

图 6-47 选取倒角参照

注意：*倒角值 D 也可以在如图 6-46 中直接双击数值后，在弹出的文本框中修改。*

第 4 步，在“倒角特征”操控板中，单击图标按钮，激活“过渡”模式，在该操控板中打开下拉列表，指定过渡类型为“拐角平面”，如图 6-49 所示，单击图标按钮，完成边倒角特征的创建，如图 6-50 所示。

图 6-48 指定倒角类型并输入 D 值

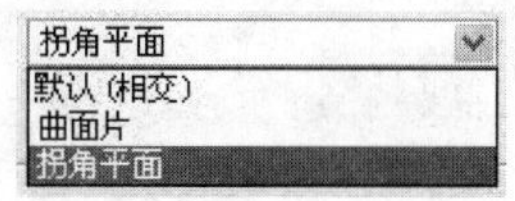

图 6-49 选取倒角参照

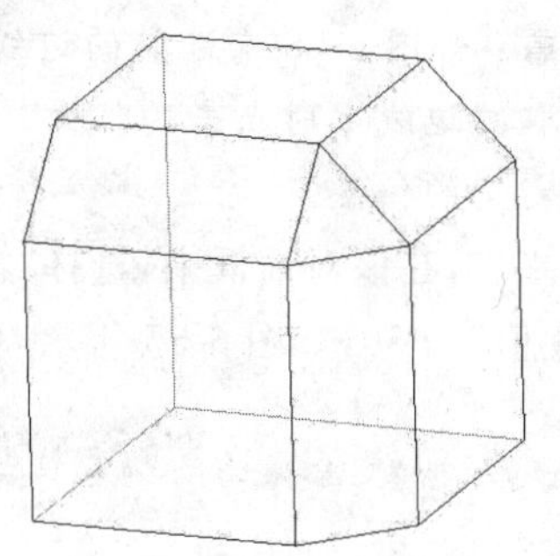

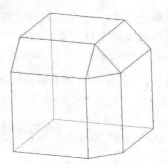

图 6-50 完成边倒角特征

6.4.2 拐角倒角特征的创建

利用“拐角倒角”命令可以创建拐角倒角特征。

操作步骤如下。

第 1 步，同本书第 6.4.1 小节第 1 步。

第 2 步，单击下拉菜单“插入”|“倒角”|“拐角倒角”，如图 6-51 所示，弹出“倒角（拐角）：拐角”对话框，如图 6-52 所示。

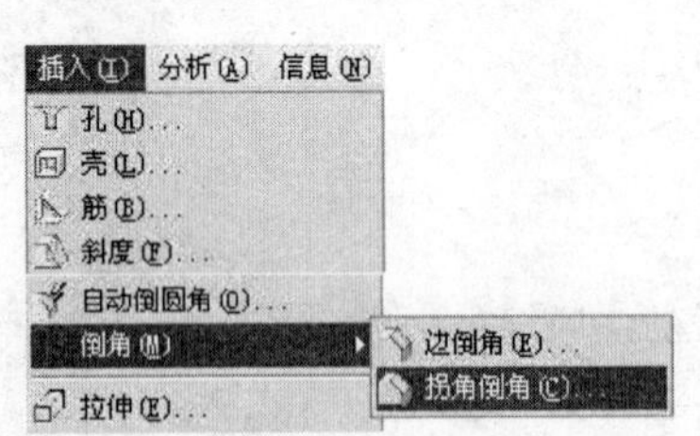

图 6-51 “拐角倒角”操作

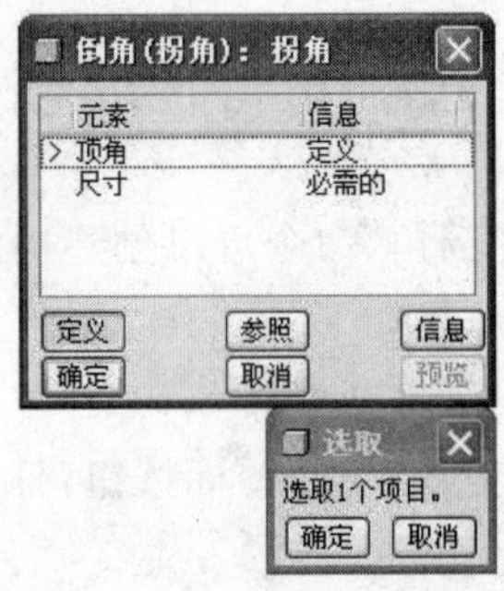

图 6-52 “倒角(拐角)：拐角”对话框

第 3 步，选取拐角的一条边线，以定义拐角的位置，如图 6-53 所示，弹出“选出/输入”对话框，如图 6-54 所示。

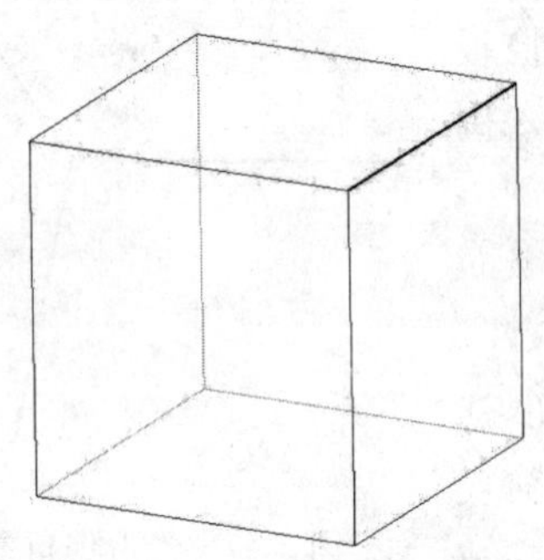

图 6-53 定义拐角的位置

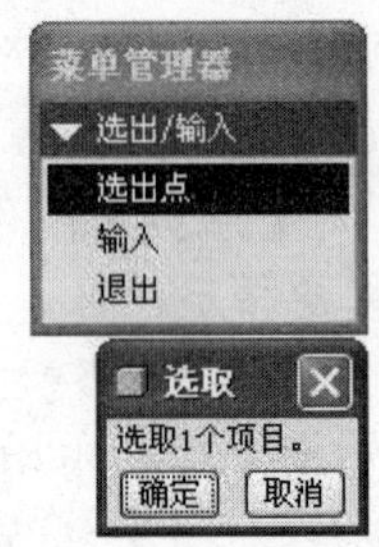

图 6-54 “选出/输入”菜单管理器

注意：如图 6-53 中选取的边线与正方体的两个拐角相关，则拐角的位置取决于鼠标在所选取的边线上所点击的位置，若其中一个拐角的顶点与该位置的距离较小，则该拐角为最终定义的位置。

第 4 步，在该对话框中，选择“输入”选项，并在消息区域输入定义第一条拐角边尺寸的“长度值”为 50，如图 6-55 所示，单击图标按钮，完成第一条拐角边的设置。

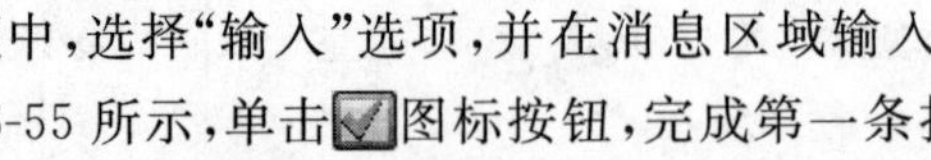

图 6-55 输入长度值

第 5 步，根据消息区域的提示，依次输入定义另外两条拐角边的“长度值”分别为 70、100，完成拐角边的参数设置后，单击“倒角(拐角)：拐角”对话框中的“确定”按钮，完成拐角倒角特征的创建，如图 6-56 所示。

注意：系统默认拐角边的顺序为逆时针，用户将按照此顺序依次定义每条拐角边尺寸的长度值；另外，用户可用鼠标直接在相应的边上按此顺序依次选择位置以定义尺寸。

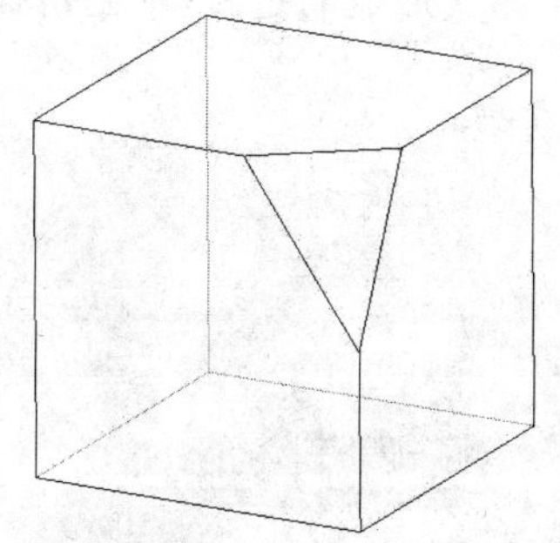

图 6-56　完成拐角倒角特征的创建

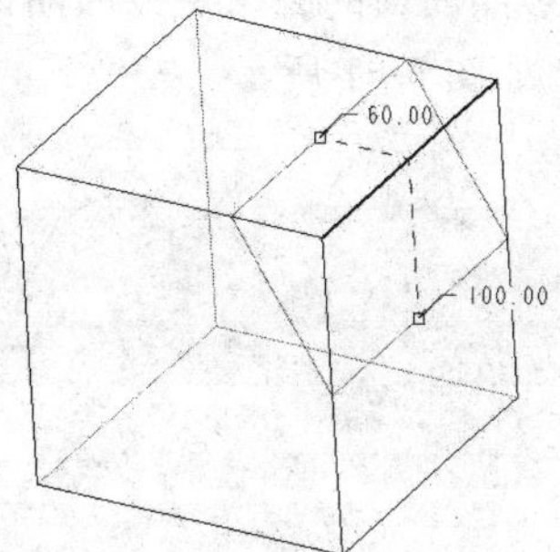

图 6-57　D1×D2 标注形式

6.4.3　操作及选项说明

1. 边倒角的类型

在“倒角特征”操控板中，可以选择不同的边倒角类型。

(1) D×D：将创建倒角边两侧的倒角距离相等的倒角特征。

(2) D1×D2：可以创建倒角边两侧的倒角距离不相等的倒角特征，如图 6-57 所示。

(3) 角度×D：可以创建通过一个倒角距离和一个倒角角度定义的倒角特征，如图 6-58 所示。

注意：在“倒角特征”操控板中，单击 图标按钮，可以切换角度使用的参照曲面。

(4) 45×D：仅限在两正交平面相交处的边线上创建倒角特征，系统将默认倒角的角度为 45°，如图 6-59 所示。

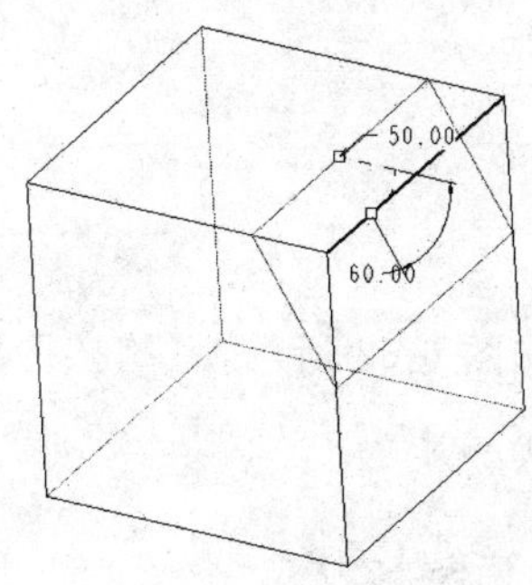

图 6-58　角度×D 标注形式

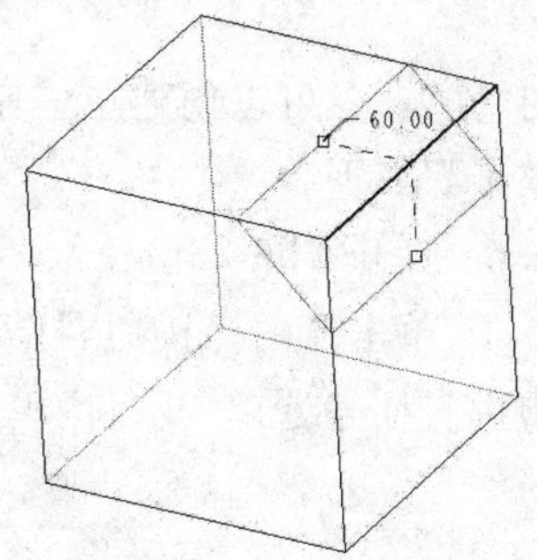

图 6-59　45×D 标注形式

2. 过渡的几种类型

在“倒角特征”操控板中，单击▣图标按钮，激活“过渡”模式，可以定义倒角特征的过渡类型。

(1) 默认(相交)：倒角过渡处将按照系统默认的方式进行处理，如图 6-60 所示。

(2) 曲面片：在选取参照曲面后，对于三个倒角相交形成的过渡，可以创建能够设置相对于参照曲面的圆角参数的曲面片；对于四个倒角相交形成的过渡，则创建系统默认的曲面片，如图 6-61 所示。

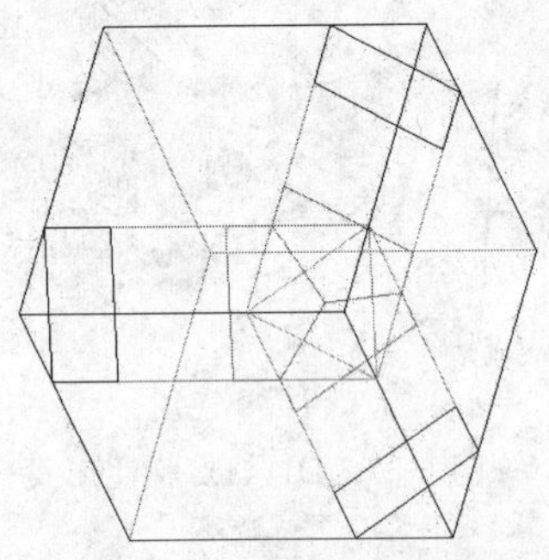

图 6-60　默认(相交)的过渡

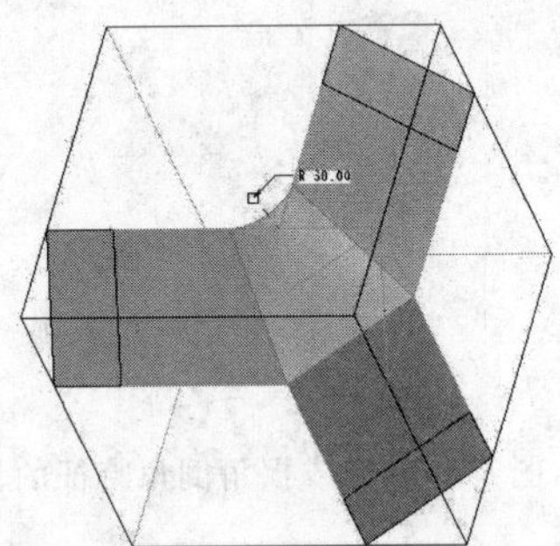

图 6-61　曲面片的过渡

(3) 拐角平面：对倒角过渡处进行平面处理。

6.5　抽壳特征的创建

抽壳特征是通过将实体内部掏空只留一个特定壁厚的壳而生成的特征。

调用命令的方式如下。

菜单：执行“插入”|“壳”命令。

图标：单击“工程特征”工具栏中的▣图标按钮。

6.5.1　单一厚度抽壳特征的创建

利用“壳”命令可以创建单一厚度抽壳特征。

操作步骤如下。

第 1 步，打开 Ch6-2.prt。

第 2 步，单击▣图标按钮，打开“壳特征”操控板，如图 6-62 所示，系统按照默认的方式对模型进行抽壳处理，此时的模型显示如图 6-63 所示。

图 6-62　“壳特征”操控板

第 3 步，单击“参照”按钮，弹出“参照”上滑面板，如图 6-64 所示，激活“移除的曲面”收集器，按住 Ctrl 键依次选取正方体的上表面和一个侧面作为移除参照，如图 6-65 所示。

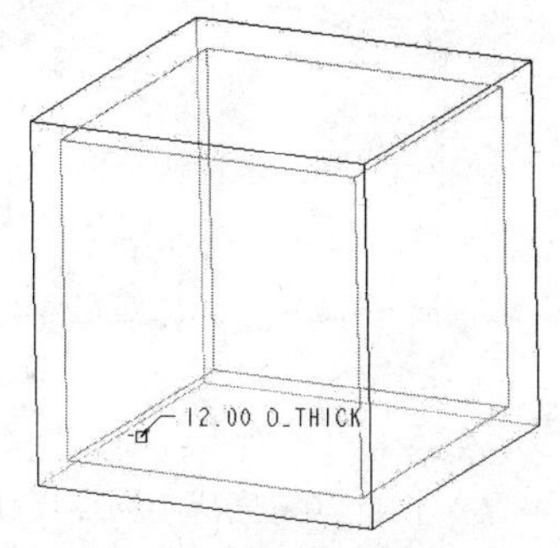

图 6-63 系统默认的抽壳

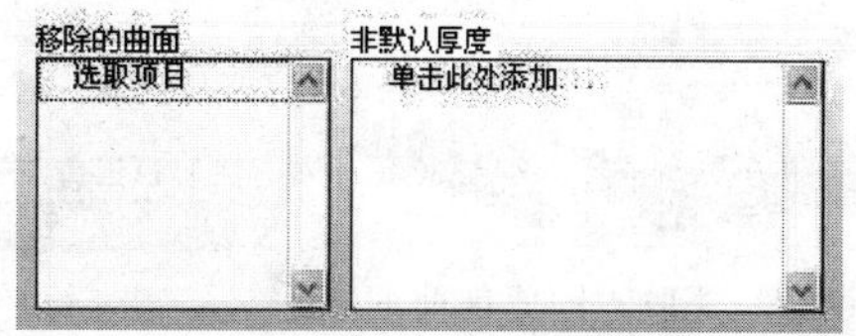

图 6-64 “参照”上滑面板

注意：如果未选取要移除的曲面，则会创建一个如图 6-63 所示的“封闭”壳，整个零件内部被掏空，并且空心部分没有入口；如果要删除某个移除参照，则在“移除的曲面”收集器中右击选择的曲面，选择“移除”选项即可。

第 4 步，在“壳特征”操控板中，输入壳体的“厚度值”为 30，如图 6-66 所示。

第 5 步，单击☑图标按钮，完成单一厚度抽壳特征的创建，如图 6-67 所示。

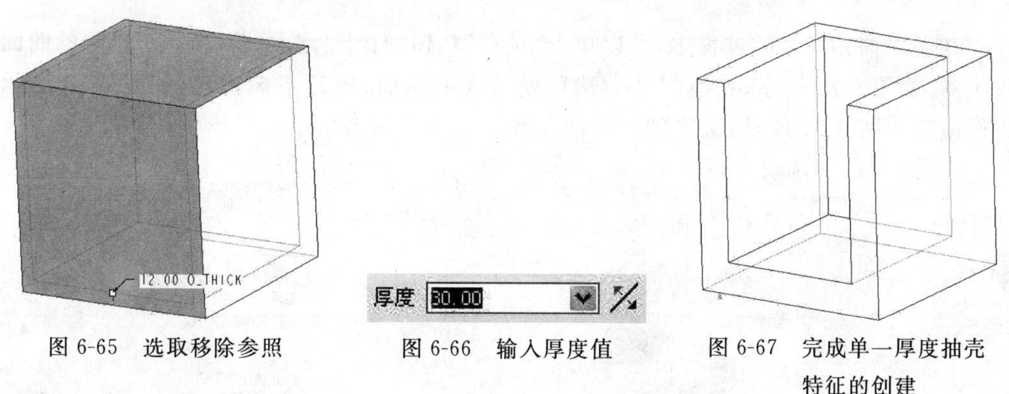

图 6-65 选取移除参照　　图 6-66 输入厚度值　　图 6-67 完成单一厚度抽壳特征的创建

注意：单击“壳特征”操控板上的图标按钮或将壳体的“厚度值”定义为负值，壳厚度将被添加到零件的外部。

6.5.2 不同厚度抽壳特征的创建

利用“壳”命令可以创建不同厚度抽壳特征。

操作步骤如下。

第 1 步～第 4 步，同本书第 6.5.1 小节第 1 步～第 4 步。

第 5 步，在“参照”上滑面板中，激活“非默认厚度”收集器，选取正方体的底面，以修改该面的抽壳厚度，如图 6-68 所示。

第 6 步，在该收集器中，输入已选的不同厚度曲面的“厚度值”为 60，如图 6-69 所示，在“壳特征”操控板中，单击☑图标按钮，完成不同厚度抽壳特征的创建，如图 6-70 所示。

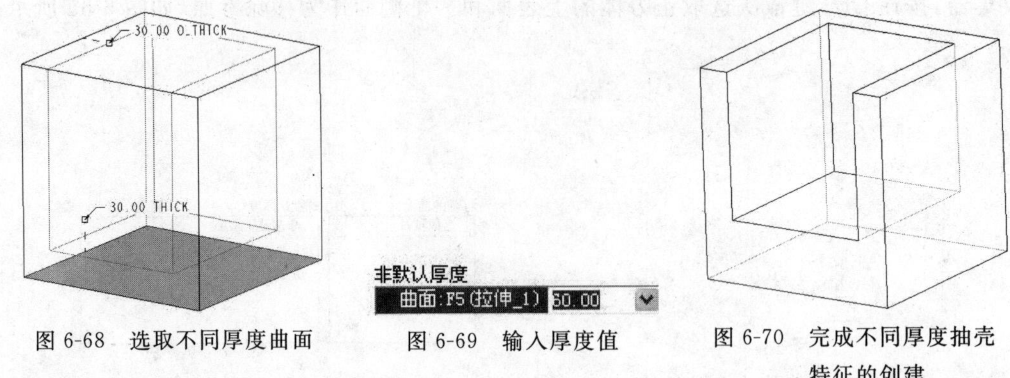

图 6-68 选取不同厚度曲面　　图 6-69 输入厚度值　　图 6-70 完成不同厚度抽壳特征的创建

注意：Pro/ENGINEER 在创建抽壳特征时，会将之前添加到实体的所有特征掏空，因此使用“壳”工具时特征创建的次序特别重要，一般最后创建抽壳特征会避免出现壳体不均匀的缺陷。

6.5.3 操作及选项说明

在创建抽壳特征的过程中，可以单击“选项”按钮，打开上滑面板并激活“排除的曲面”收集器，如图 6-72 所示，在绘图区中选取要排除的曲面，使其不被壳化，如图 6-73 所示，原始模型如图 6-71 所示，最终创建的抽壳特征如图 6-74 所示。

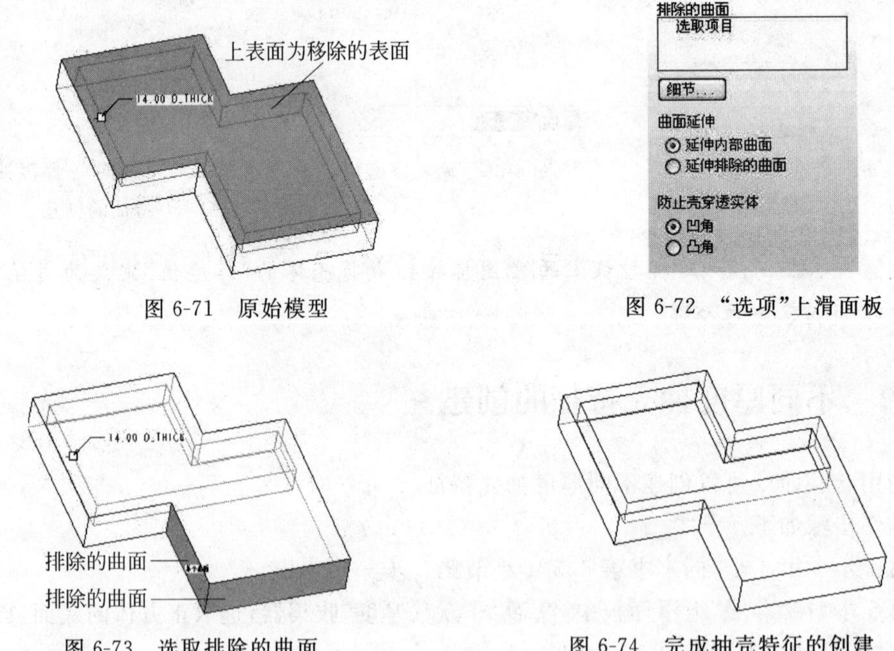

图 6-71 原始模型　　图 6-72 “选项”上滑面板

图 6-73 选取排除的曲面　　图 6-74 完成抽壳特征的创建

6.6 拔模特征的创建

拔模特征是向单独曲面或一系列曲面中添加一个介于－30°和＋30°之间的拔模斜度而形成的一种特征。

调用命令的方式如下。

菜单：执行“插入”|“斜度”命令。

图标：单击“工程特征”工具栏中的图标按钮。

6.6.1 基本拔模特征的创建

利用“斜度”命令可以创建基本拔模特征。

操作步骤如下。

第 1 步，在零件模式中，单击图标按钮，以 TOP 基准平面为草绘平面，采用默认参照和方向设置，指定拉伸特征深度的方法为“对称”，创建一边长为 200 的正方体实体特征，如图 6-75 所示。

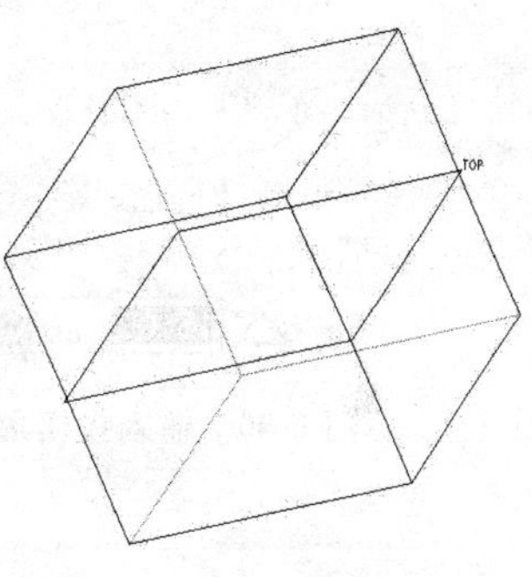

图 6-75 正方体实体特征

第 2 步，单击图标按钮，打开“拔模特征”操控板，如图 6-76 所示。

图 6-76 “拔模特征”操控板

第 3 步，选取正方体的前表面作为拔模曲面参照，如图 6-77 所示。

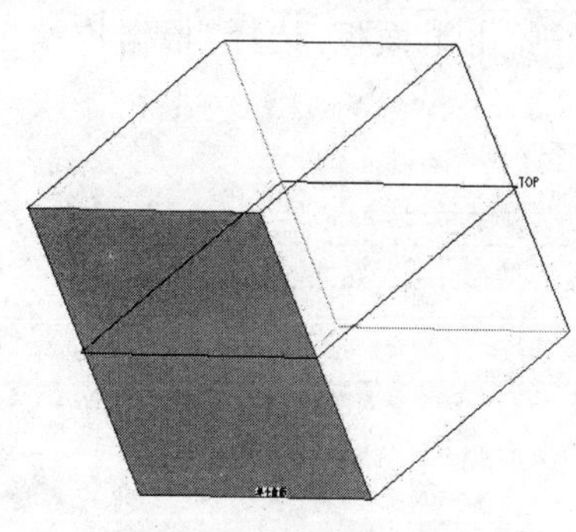

图 6-77 选取拔模曲面参照

注意：单个曲面或曲面组都可以作为拔模曲面的参照。

第 4 步，在“拔模特征”操控板中，激活“拔模枢轴收集器”，如图 6-78 所示，选取正方体的上表面作为拔模枢轴参照，如图 6-79 所示。

注意：选取上表面作为拔模枢轴后，系统会默认上表面为拖拉方向参照。拖拉方向也称拔模方向，是用于测量拔模角度的方向，右击“拖拉方向收集器”，在快捷菜单中选择“移除”选项，可重新定义拖拉方向参照。

第 5 步，在该操控板中，输入拔模的“角度值”为 15，如图 6-80 所示，单击图标按钮，完成基本拔模特征的创建，如图 6-81 所示。

图 6-78 激活拔模枢轴收集器

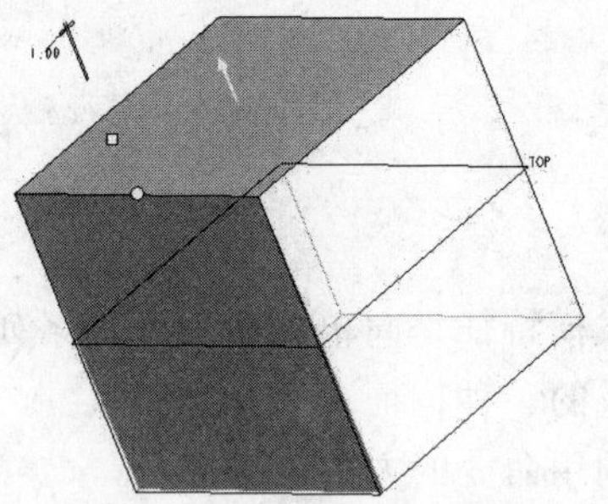

图 6-79 选取拔模枢轴参照

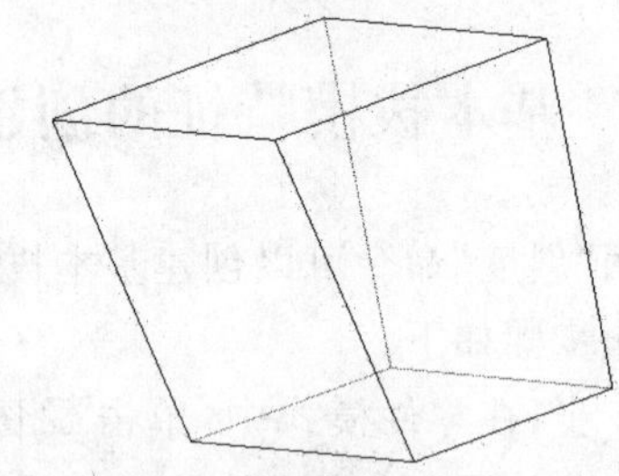

图 6-80 输入拔模角度值

图 6-81 完成基本拔模特征的创建

6.6.2 分割拔模特征的创建

利用“斜度”命令可以创建分割拔模特征。

操作步骤如下。

第 1 步～第 3 步，同本书第 6.6.1 小节第 1 步～第 3 步。

第 4 步，激活“拔模特征”操控面板下的“拔模枢轴收集器”，选取 TOP 基准平面作为拔模枢轴参照，如图 6-82 所示。

第 5 步，单击“分割”按钮，弹出如图 6-83 所示的“分割”上滑面板，选择“根据拔模枢轴分割”选项，如图 6-84 所示。

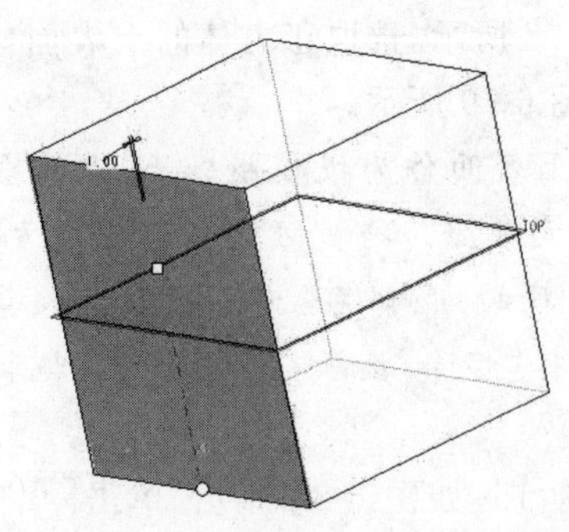

图 6-82 选取拔模参照

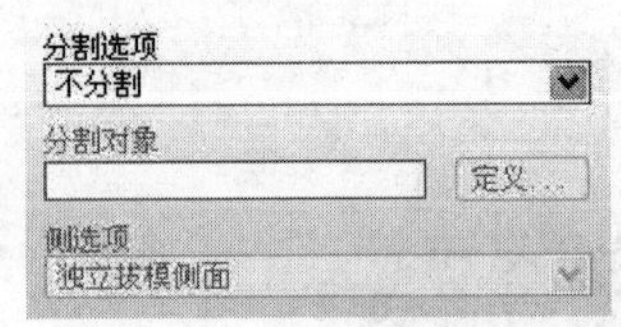

图 6-83 “分割”上滑面板

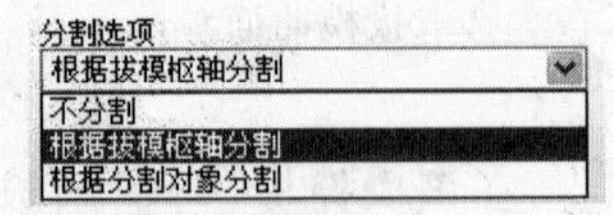

图 6-84 选择根据拔模枢轴分割

第 6 步，在“拔模特征”操控板中，输入拔模的“角度值”分别为 10、30，如图 6-85 所示，单击☑图标按钮，完成分割拔模特征的创建，如图 6-86 所示。

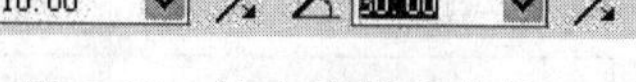

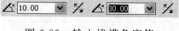

图 6-85　输入拔模角度值

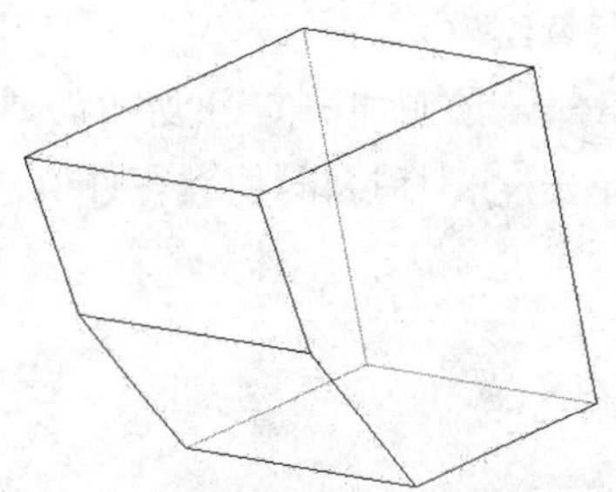

图 6-86　完成分割拔模特征的创建

6.7　筋特征的创建

筋特征是在相邻两曲面间形成薄翼或腹板伸出项的一种增料特征。

调用命令的方式如下。

菜单：执行“插入”|“筋”命令。

图标：单击“工程特征”工具栏中的图标按钮。

利用“筋”命令可以创建筋特征。

操作步骤如下。

第 1 步，在零件模式中，单击图标按钮，以 TOP 基准平面为草绘平面，创建一长为 200、宽为 200、高为 30 的长方体，如图 6-87 所示，再以长方体的上表面为草绘平面创建一直径为 100、高为 80 的圆柱体，如图 6-88 所示。

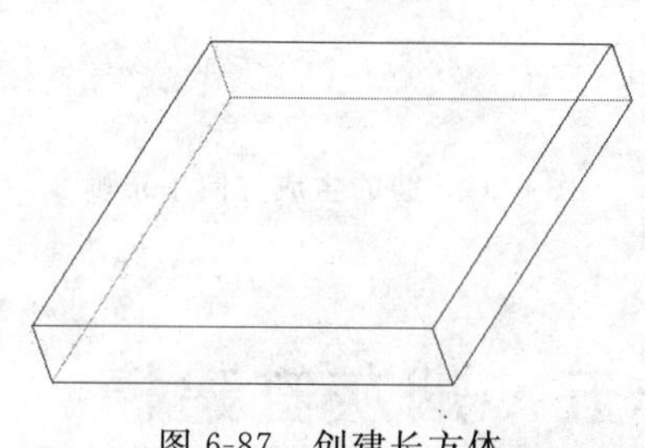

图 6-87　创建长方体

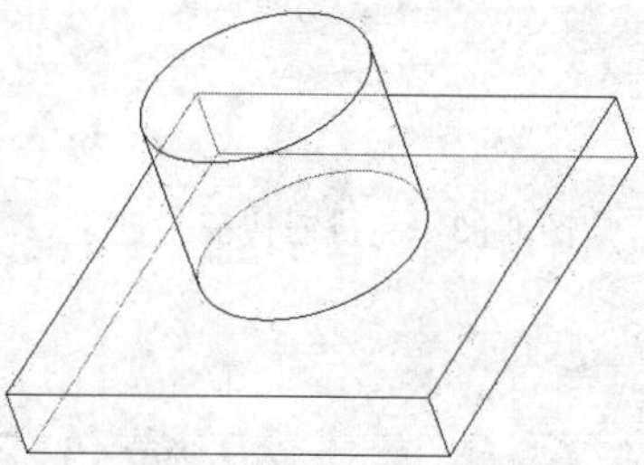

图 6-88　创建圆柱体

第 2 步，单击图标按钮，打开“筋特征”操控板，如图 6-89 所示。

图 6-89　“筋特征”操控板

第 3 步，单击“参照”上滑面板中的“定义”按钮，如图 6-90 所示，选择 FRONT 基准平面为草绘平面，接受系统默认的 RIGHT 基准平面为参照平面，方向向右，单击“草绘”按钮，进行草绘模式。

第 4 步，绘制如图 6-91 所示的截面直线，绘制时注意必须使截面直线与相邻两图元相交，单击☑图标按钮，回到零件模式。

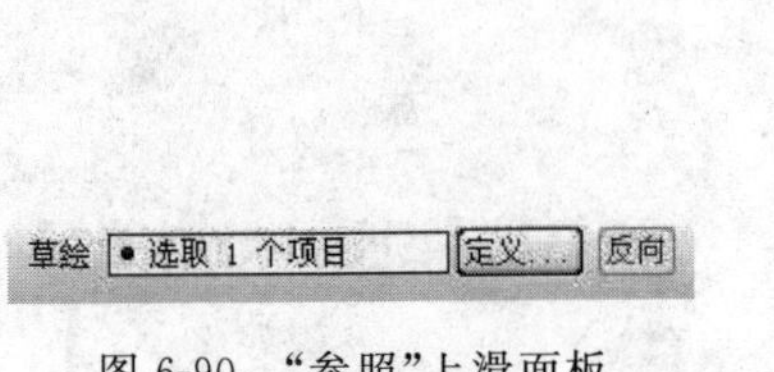

图 6-90 “参照”上滑面板

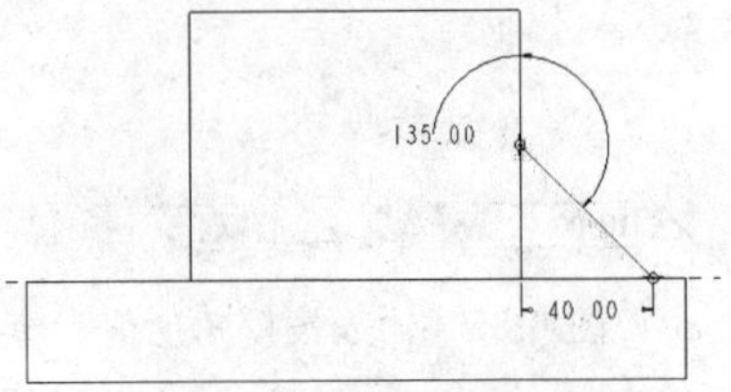

图 6-91 绘制截面直线

第 5 步，在“筋特征”操控板中，输入筋的“厚度值”为 30，如图 6-92 所示，单击☑图标按钮，完成筋特征的创建，如图 6-93 所示。

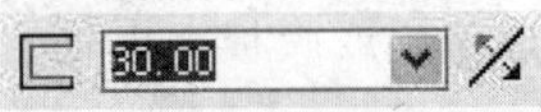

图 6-92 输入筋厚度值

注意：若发现材料的生成方向不正确，如图 6-94 所示，可单击“参照”上滑面板中的“反向”按钮，或直接单击图形上的方向指示箭头。

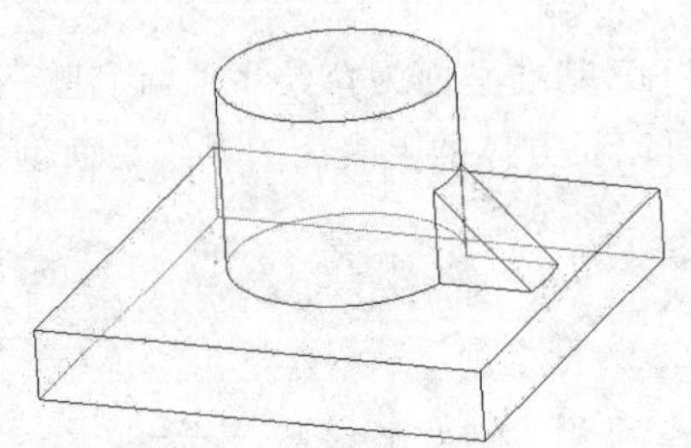

图 6-93 完成筋特征的创建

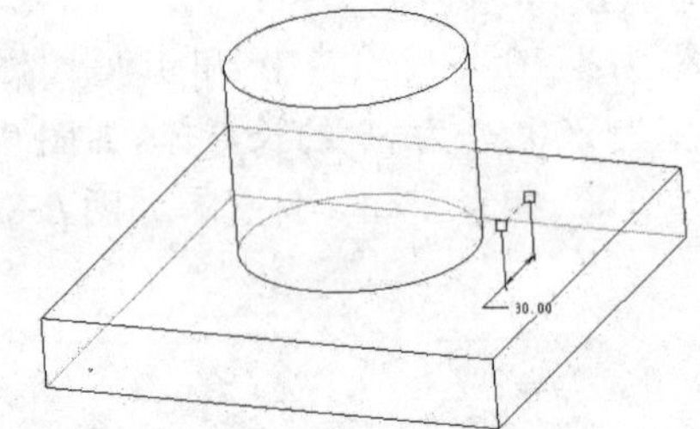

图 6-94 筋的生成方向不正确

6.8 上机操作实验指导五 烟灰缸建模

根据工程特征创建的相关知识，创建如图 6-95 所示的烟灰缸模型。主要涉及的命令包括“斜度”命令、“孔”命令、“倒圆角”命令以及“壳”命令。

操作步骤如下。

步骤 1 创建新文件

参见本书第 1 章，操作过程略。

步骤2　创建基本拔模特征

第1步，以TOP基准面为草绘平面，采用默认参照和方向设置。绘制如图6-96所示的圆形封闭曲线。

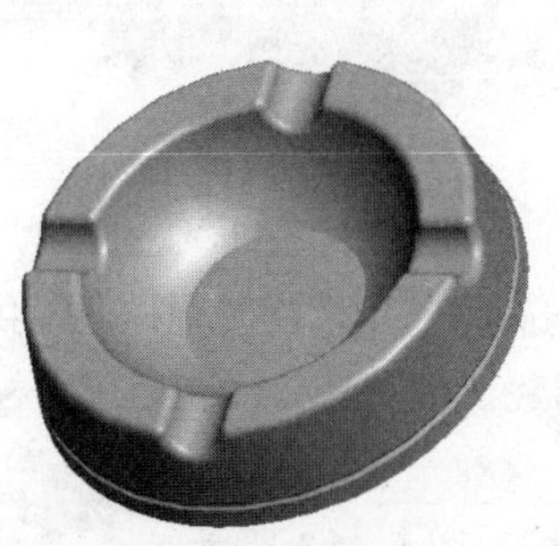
图6-95　烟灰缸模型

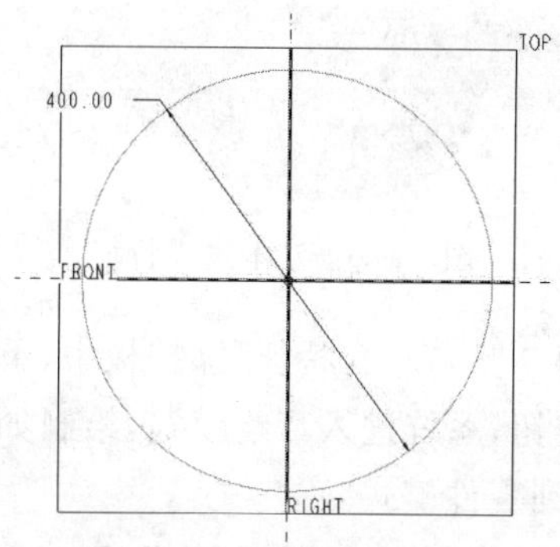

图6-96　二维特征截面

第2步，在零件模式中，单击图标按钮，选取圆形封闭曲线作为二维特征截面，创建拉伸实体特征，如图6-97所示。

第3步，单击图标按钮，打开“拔模特征”操控板，并选取拉伸实体的侧面作为拔模曲面参照，如图6-98所示。

第4步，在该操控板中，激活“拔模枢轴收集器”，并选取拉伸实体的上表面作为拔模枢轴参照，如图6-99所示。

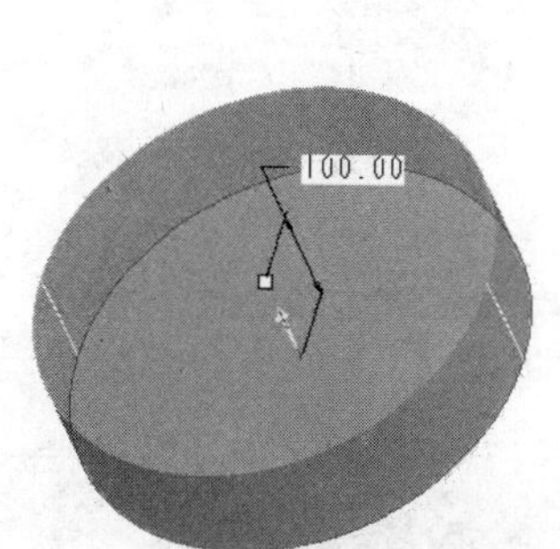

图6-97　创建拉伸实体特征

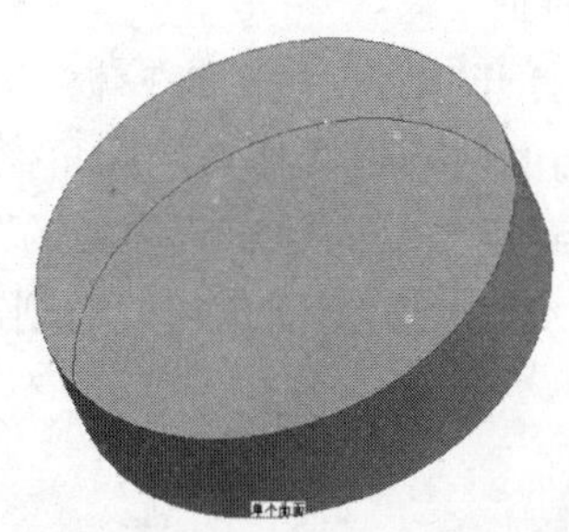
图6-98　选取拔模曲面参照

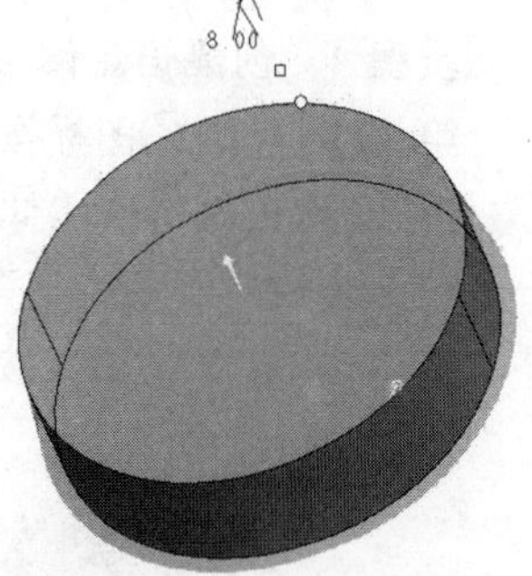

图6-99　选取枢轴参照

第5步，输入拔模的“角度值”为10，单击图标按钮，完成基本拔模特征的创建，如图6-100所示。

步骤3　创建草绘孔特征

第1步，单击图标按钮，打开“孔特征”操控板。

第2步，在该操控板中，单击“放置”按钮，弹出“放置”上滑面板，激活“放置参照收集器”，并选取拔模特征的上表面和拉伸实体特征的中心轴A1作为放置参照，如图6-101所示。

图 6-100　基本拔模特征

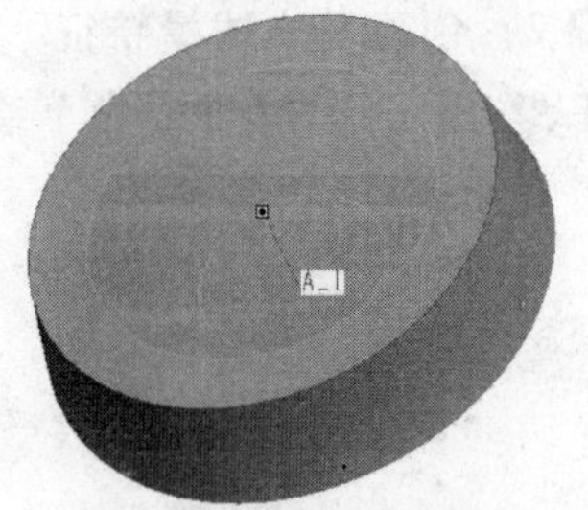

图 6-101　选取放置参照

第 3 步，在“孔特征”操控板中，单击图标按钮，选取“草绘”定义孔轮廓，再单击图标按钮，系统进入草绘模式，绘制如图 6-102 所示的二维特征截面，然后单击✔图标按钮，回到零件模式。

第 4 步，单击☑图标按钮，完成草绘孔特征的创建，如图 6-103 所示。

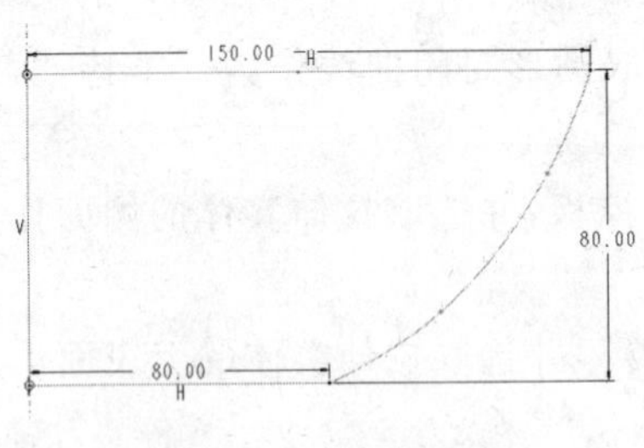

图 6-102　二维特征截面

图 6-103　草绘孔特征

步骤 4　创建恒定倒圆角特征

第 1 步，单击图标按钮，打开“圆角特征”操控板。

第 2 步，依次选取实体表面的两条边线作为倒圆角参照，如图 6-104 所示。

第 3 步，在“圆角特征”操控板中，输入恒定倒圆角的“半径值”为 10。

第 4 步，单击☑图标按钮，完成恒定倒圆角特征的创建，如图 6-105 所示。

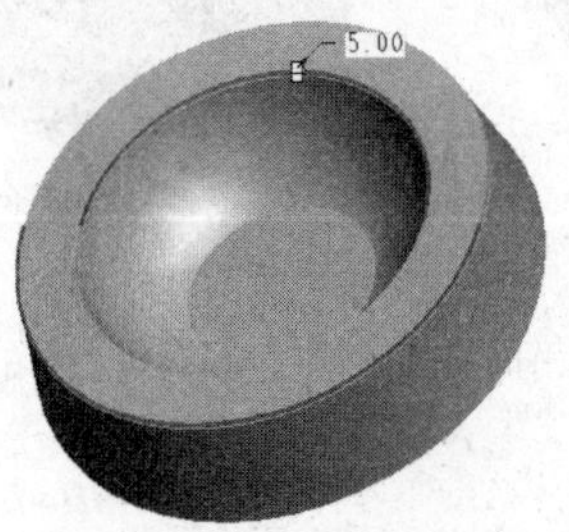

图 6-104　选取倒圆角参照

图 6-105　恒定倒圆角特征

步骤 5　创建凹槽去除材料拉伸特征

参见本书第 5 章，以 RIGHT 基准面为草绘平面，TOP 基准平面为参照平面，方向向上。绘制如图 6-106 所示的圆形封闭曲线，输入“深度值”为 300，创建去除材料拉伸特征，最终模型显示如图 6-107 所示。

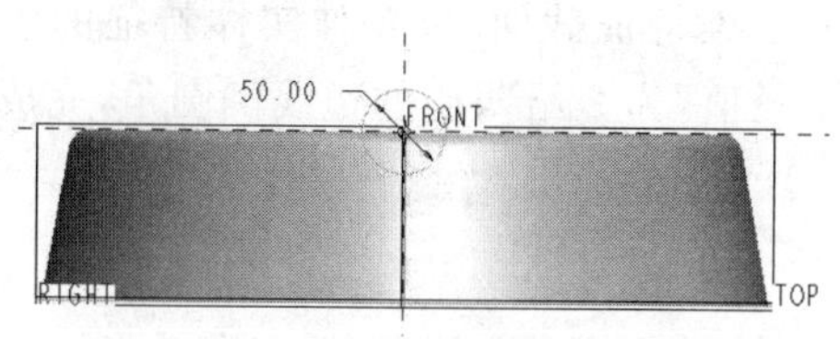

图 6-106　圆形封闭曲线

图 6-107　去除材料拉伸特征

步骤 6　创建圆角和阵列特征

第 1 步，同步骤 4 第 1 步。

第 2 步，选取凹槽的边线作为倒圆角参照，输入“半径值”为 10，创建恒定倒圆角特征，如图 6-108 所示。

第 3 步，创建阵列特征，参见本书第 7 章，此时模型显示如图 6-109 所示。

图 6-108　创建恒定倒圆角特征

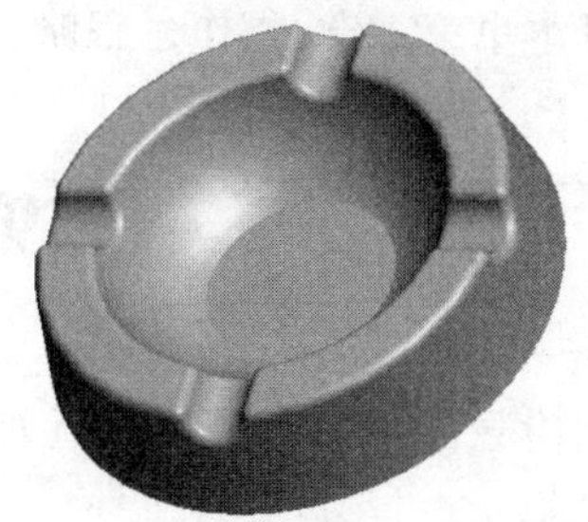

图 6-109　创建阵列特征

步骤 7　创建抽壳特征

第 1 步，单击回图标按钮，打开“壳特征”操控板，系统以默认的方式对模型进行抽壳处理，此时的模型显示如图 6-110 所示。

第 2 步，选取底面作为移除参照，如图 6-111 所示，在“壳特征”操控板中，输入壳体的“厚度值”为 10。

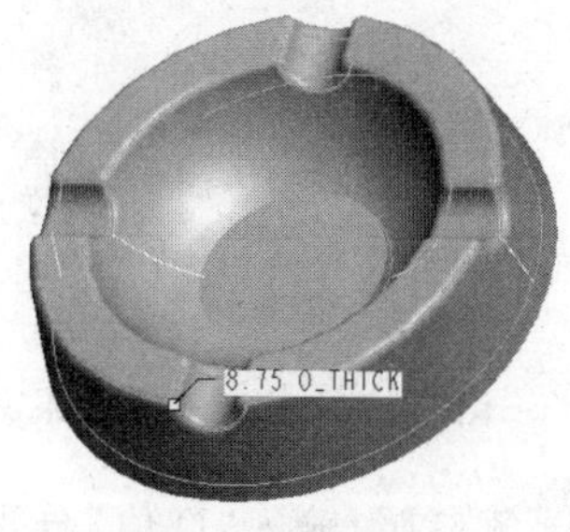

图 6-110　抽壳

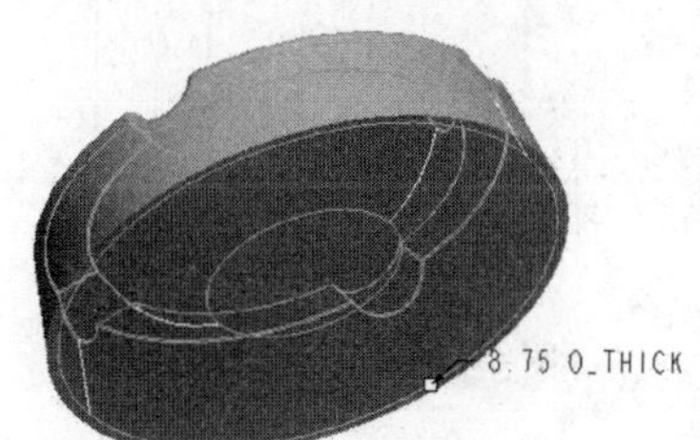

图 6-111　选取移除参照

第 3 步，单击☑图标按钮，完成抽壳特征的创建，如图 6-112 所示。

步骤 8　创建底部去除材料旋转特征

参见本书第 5 章，以 FRONT 基准面为草绘平面，采用默认参照和方向设置，绘制如图 6-113 所示的圆形封闭曲线作为旋转特征的二维特征截面，以拉伸实体特征的中心轴 A1 为旋转轴，创建去除材料旋转特征，并以“半径值”为 2 给凹槽的边线倒圆角，完成烟灰缸模型的创建如图 6-95 所示。

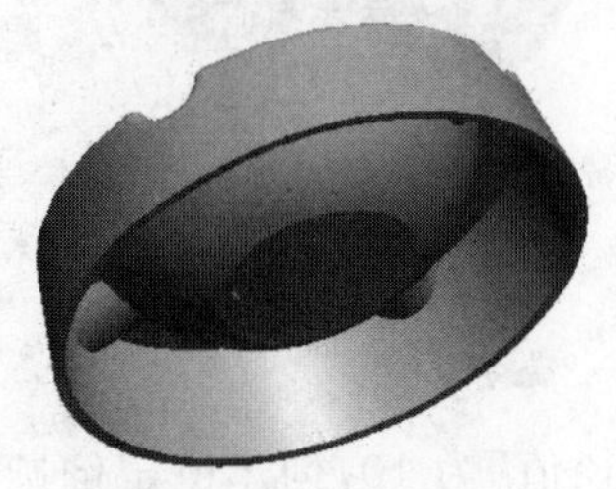

图 6-112　抽壳特征

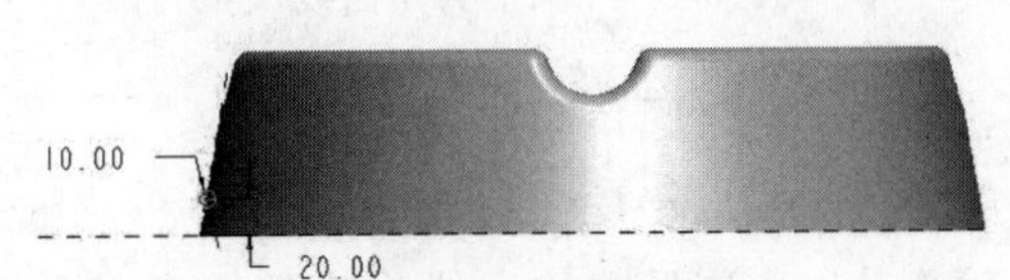

图 6-113　二维特征截面

步骤 9　保存图形

参见本书第 1 章，操作过程略。

6.9　上　机　题

根据附录图 A-6(e)所示千斤顶底座的视图，创建该零件的三维模型。

建模提示：

(1) 以 FRONT 基准面为草绘平面，采用默认参照和方向设置，绘制如图 6-114 所示的二维特征截面，创建如图 6-115 所示的旋转实体特征。

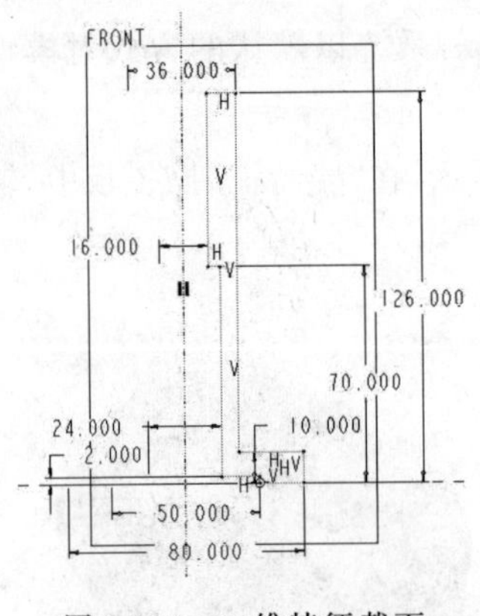

图 6-114　二维特征截面

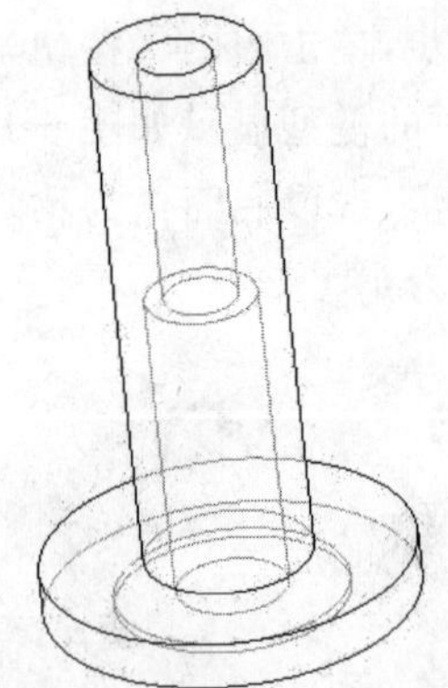

图 6-115　旋转实体特征

(2) 分别选取旋转实体特征顶部的两条边线作为倒角参照，输入“D 值”分别为 2、1 创建边倒角特征，如图 6-116、图 6-117 所示，最终模型显示如图 6-118 所示。

(3) 以 FRONT 基准面为草绘平面，采用默认参照和方向设置，绘制如图 6-119 所示的二维特征截面，输入“厚度值”为 6 创建筋特征，如图 6-120 所示。

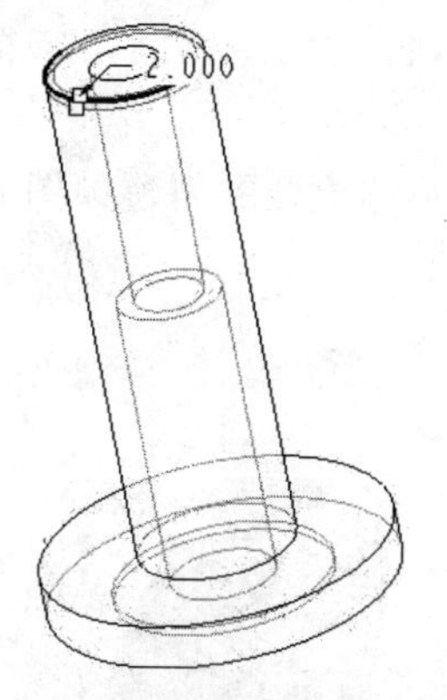

图 6-116　创建边倒角特征 1

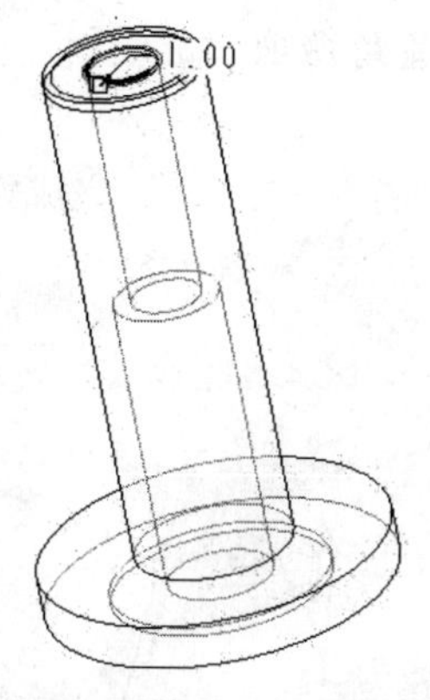

图 6-117　创建边倒角特征 2

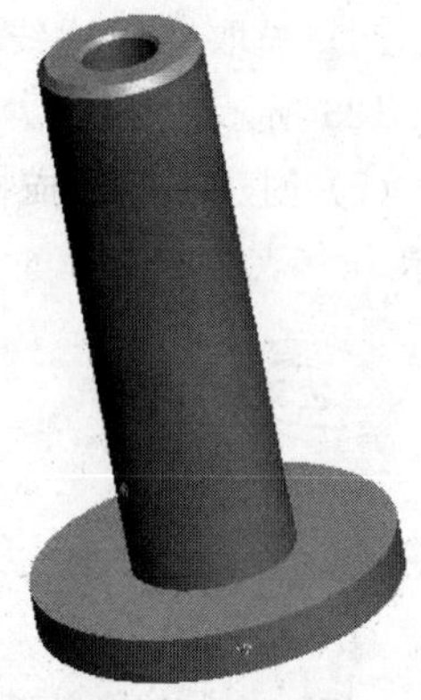

图 6-118　模型显示

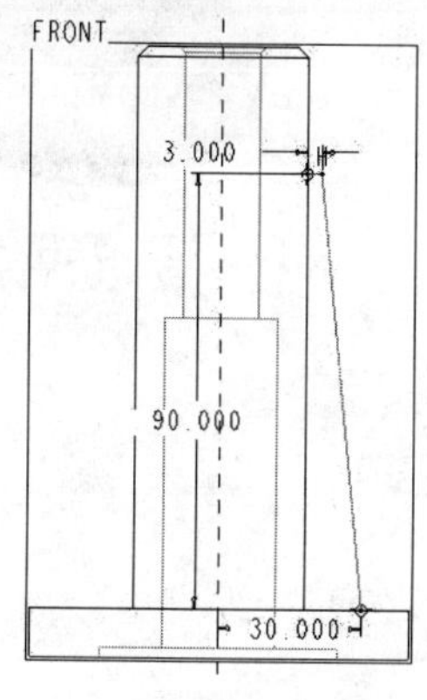

图 6-119　二维特征截面

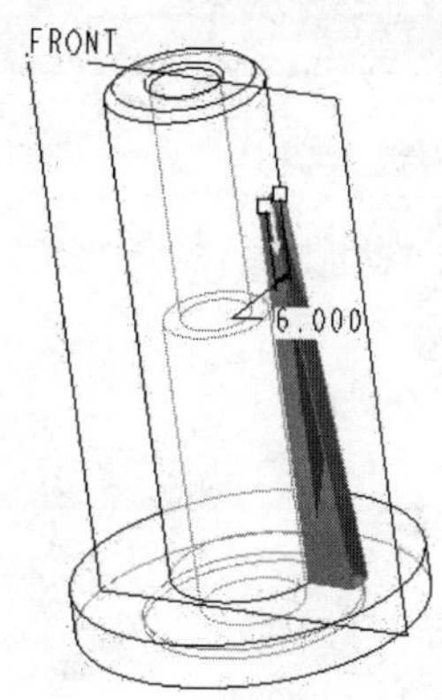

图 6-120　创建筋特征

(4) 选取筋特征的边线作为倒圆角参照，输入“半径值”分别为 1、2、3，创建恒定倒圆角特征，如图 6-121 所示。

(5) 创建阵列特征①，此时模型显示如图 6-122 所示。

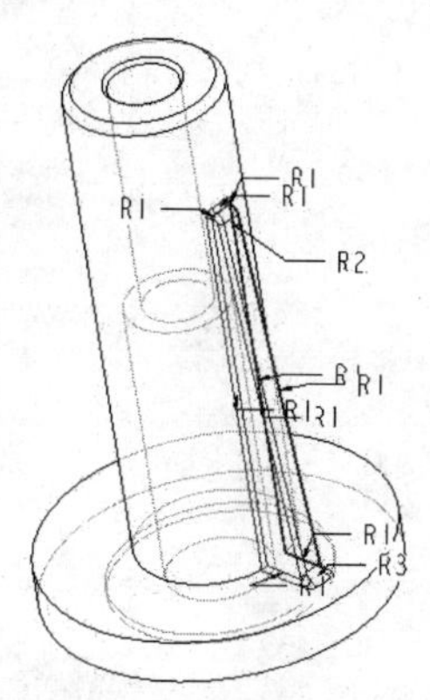

图 6-121　创建圆角特征

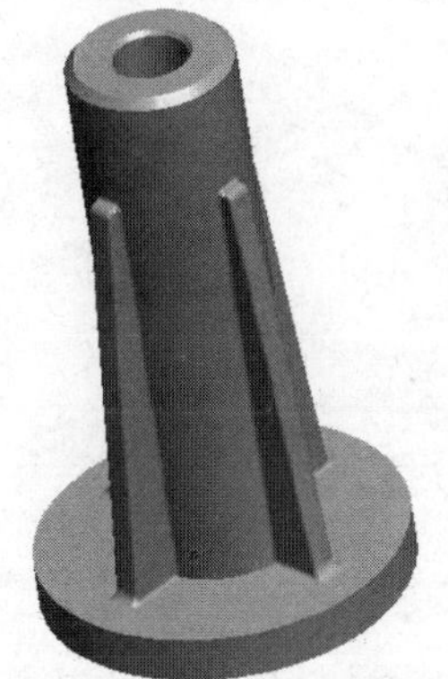

图 6-122　创建阵列特征

---

① 参见本书第 7 章。

(6) 选取底部边线作为倒圆角参照，输入“半径值”为 2，创建恒定倒圆角特征，如图 6-123 所示。

(7) 创建螺旋扫描特征[①]，如图 6-124 所示，完成底座三维实体模型的创建如图 6-125 所示。

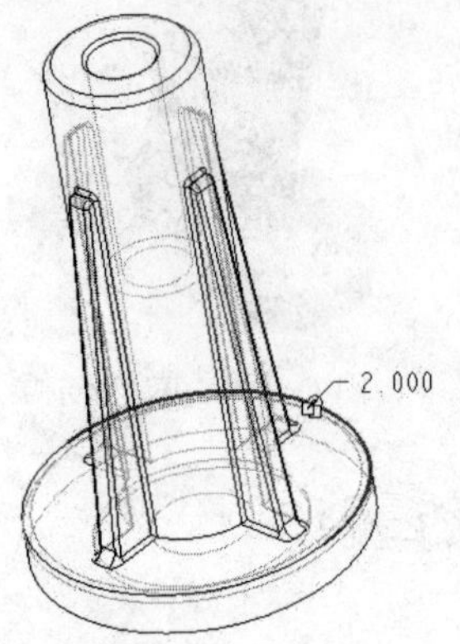

图 6-123 创建圆角特征

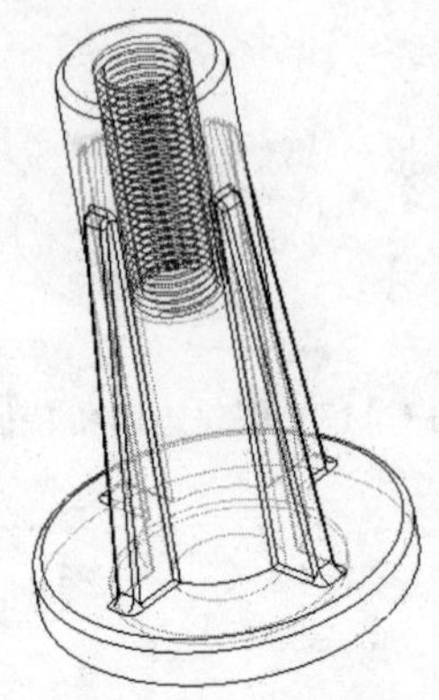

图 6-124 创建螺旋扫描特征

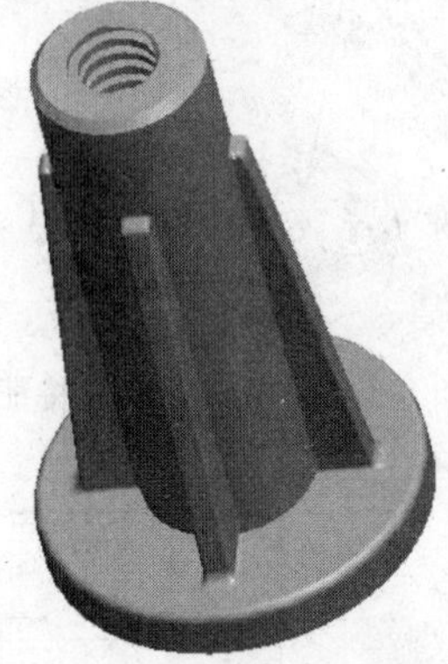

图 6-125 底座三维模型

① 参见本书第 8 章。

第7章 特征的编辑

在实际应用中,用户经常会遇到模型上具有相同的特征,如果重复建模非常烦琐,又没有必要。这时便可以利用特征的编辑命令对其进行复制、镜像、阵列等操作。这样,可以大大提高设计效率。

本章将介绍的内容如下。

(1) 创建相同参考复制特征的方法和步骤。

(2) 创建新参考复制特征的方法和步骤。

(3) 创建镜像复制特征的方法和步骤。

(4) 创建移动复制特征的方法和步骤。

(5) 创建旋转复制特征的方法和步骤。

(6) 创建阵列特征的方法和步骤。

7.1 相同参考复制特征

相同参考复制特征是指利用与源特征相同的放置面和参考面来复制特征,而只对源特征的尺寸进行修改。

调用命令的方式如下。

菜单:执行“编辑”|“特征操作”|“复制”|“相同参考”命令。

7.1.1 利用相同参考方式复制特征

利用“相同参考”方式复制模型特征。

操作步骤如下。

第 1 步,打开 Ch7-4.prt。

第 2 步,单击下拉菜单“编辑”|“特征操作”,弹出“特征”菜单管理器,如图 7-1 所示。

第 3 步,单击“特征”菜单管理器中的“复制”选项,弹出“复制特征”菜单管理器,如图 7-2 所示。

第 4 步,在“复制特征”菜单管理器中选择“相同参考”|“选取”|“独立”|“完成”选项,

弹出“选取特征”菜单管理器，如图 7-3 所示。

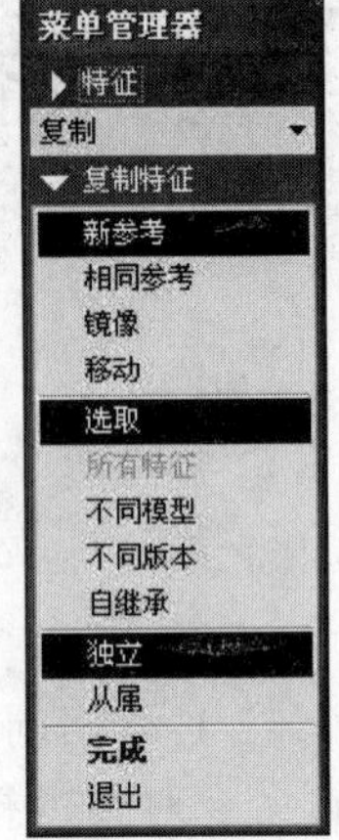

图 7-1 “特征”菜单管理器　　图 7-2 “复制特征”菜单管理器　　图 7-3 “选取特征”菜单管理器

注意：“复制特征”菜单管理器中包含特征复制的方式、特征复制的范围以及特征副本的关联属性等几大项。

第 5 步，在模型中选择进行相同参考方式复制的特征，如图 7-4 所示。

第 6 步，单击“选取特征”菜单管理器中的“完成”选项，此时模型显示出尺寸，如图 7-5 所示。同时弹出“组元素”对话框和“组可变尺寸”菜单管理器以及“选取”对话框，如图 7-6 所示。

图 7-4 选取源特征

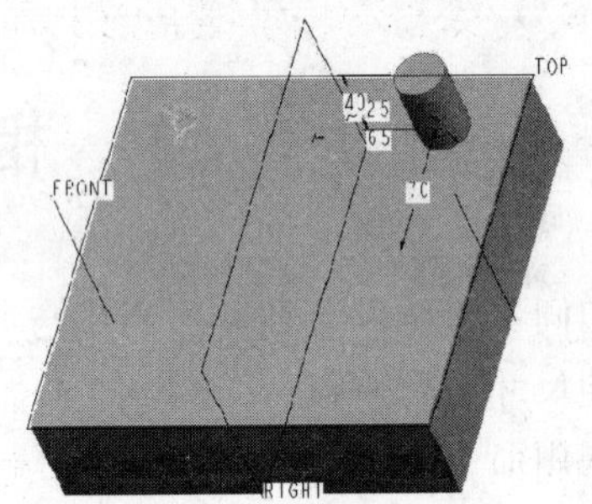

图 7-5 模型尺寸显示

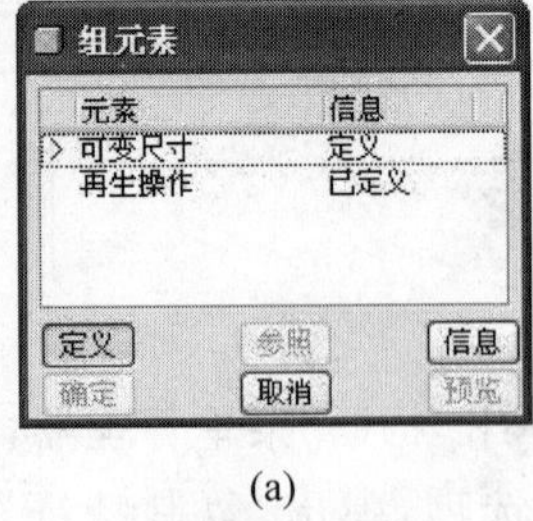

(a)

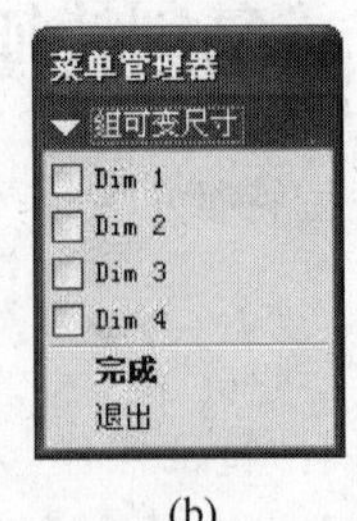

(b)

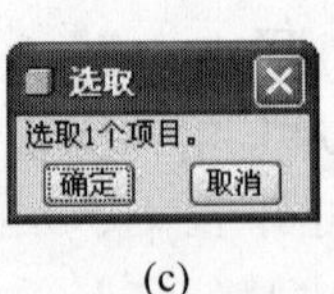

(c)

图 7-6 “组元素”对话框、“组可变尺寸”菜单管理器及“选取”对话框

第 7 步，在“组可变尺寸”菜单菜单管理器中选中要改变尺寸的复选框，这里选择 Dim 3。

注意：在选择要修改的尺寸时，用鼠标在“组可变尺寸”菜单管理器中的复选框上停留可使模型中对应的尺寸颜色显示发生改变，通过这种方式可以帮助确定需要修改的尺寸。

第 8 步，单击“完成”选项，在作图窗口上部弹出的文本框中输入修改数值，此处将原来的数值 65 修改为 20，如图 7-7 所示。

第 9 步，单击文本框后面的☑图标按钮，完成数值修改设置，回到“组元素”对话框。

第 10 步，在“组元素”对话框中单击“确定”按钮，回到“特征”菜单管理器。

第 11 步，单击“特征”菜单管理器中的“完成”选项，完成相同参考方式复制特征的操作，如图 7-8 所示。

图 7-7 输入修改数值

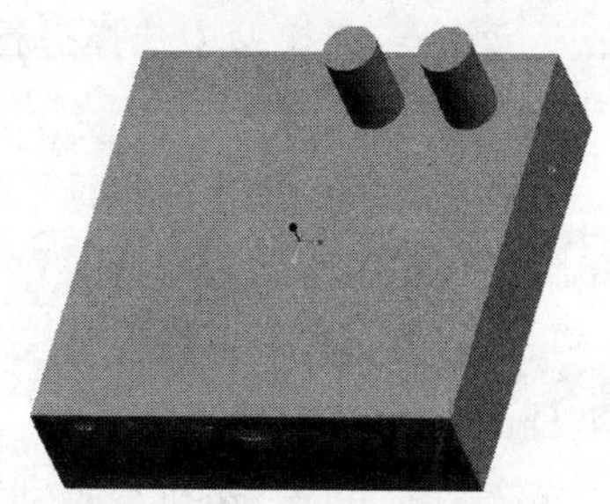

图 7-8 相同参考复制特征

7.1.2 操作及选项说明

1. 特征副本的关联属性

(1) 独立：复制出的特征副本的截面和尺寸等参数元素独立于源特征，与源特征无关联。

(2) 从属：复制出的特征副本的截面和尺寸等参数元素与源特征相关联，当源特征发生变化时，复制的特征副本也将发生相应的变化。

2. 选取源特征的方式

(1) 选取：指在当前的绘图区直接选取要复制的源特征。

(2) 层：指通过特征所在的层来选取要复制的源特征。

(3) 范围：指通过特征生成的序号范围来选取要复制的源特征。

7.2 新参考复制特征

新参考复制特征是通过重新定义特征的参照来复制源特征的。使用该方式不但可以复制不同零件模型的特征，还可以复制同一零件模型中不同版本之间的特征。

调用命令的方式如下。

菜单：执行“编辑”|“特征操作”|“复制”|“新参考”命令。

7.2.1 利用新参考方式复制特征

利用“新参考”方式复制特征。

操作步骤如下。

第1步～第3步，同本书第7.1.1小节中第1步～第3步。

第4步，在“复制特征”菜单管理器中选择“新参考”|“选取”|“独立”|“完成”选项，弹出“选取特征”菜单管理器，如图7-3所示。

第5步，在模型中选择进行新参考方式复制的特征，这里仍选择拉伸圆柱体特征，如图7-9所示。

第6步，单击“选取特征”菜单管理器中的“完成”选项，弹出“组元素”对话框和“组可变尺寸”菜单管理器及“选取”对话框，如图7-6所示。

第7步，在“组可变尺寸”菜单管理器中选中需要改变尺寸的复选框，此处选中Dim 1和Dim 3，如图7-10所示。

第8步，单击“组可变尺寸”菜单管理器中的“完成”选项。

第9步，根据提示在作图窗口上部弹出的文本框中输入修改数值，将Dim 1的数值修改为60，并单击其后的☑图标按钮。

第10步，将Dim 3的数值修改为20，并单击☑图标按钮完成尺寸修改，弹出“参考”菜单管理器，如图7-11所示。

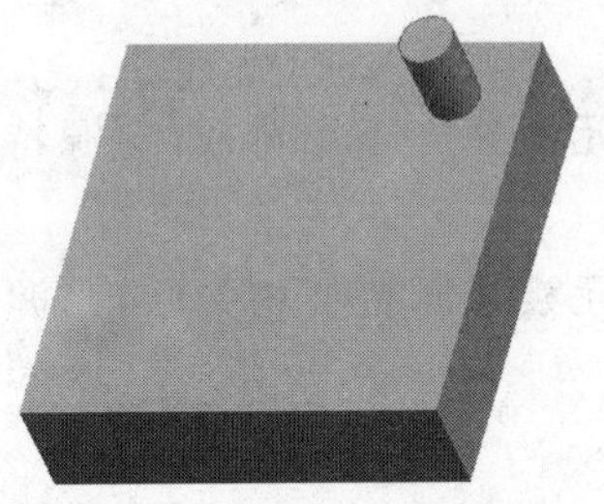

图7-9 选择进行新参考复制的特征

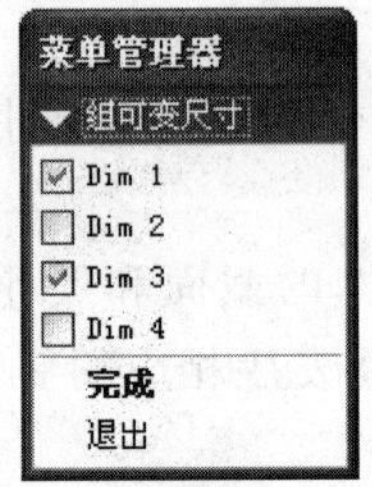

图7-10 选中欲变更尺寸

图7-11 “参考”菜单管理器

第11步，选择“替换”选项(此为默认设置)，并在作图窗口中选择一平面作为草绘放置平面。

第12步，继续在作图窗口中选择一个平面，该平面垂直于草绘放置平面，作为垂直草绘参照。

第13步，根据系统提示，再次选择一个平面，选择的平面垂直于前面所选的两个平面，作为截面尺寸标注参照，如图7-12所示。

第14步，在完成了第11～13步之后，弹出如图7-13所示的“方向”菜单管理器。此

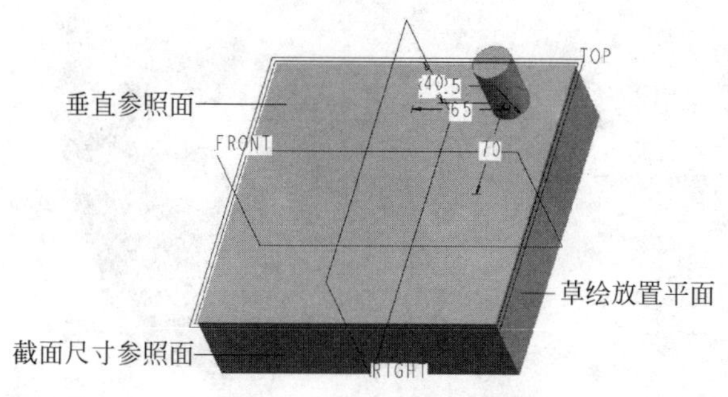

图 7-12　替换参考的选取

图 7-13　“方向”菜单管理器

时模型如图 7-14 所示。

注意：图形中的向上黑色箭头表示源特征(拉伸圆柱体)相对于参照的拉伸方向，向右红色箭头表示复制特征的拉伸方向。

第 15 步，采用默认的方向设置，单击“正向”选项，模型变为如图 7-15 所示。

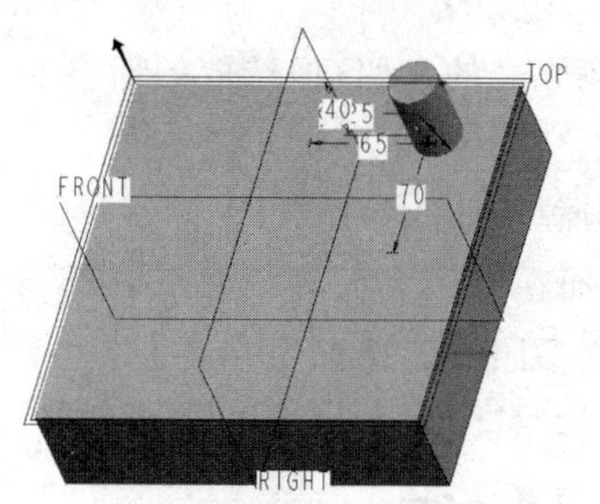

图 7-14　草绘面复制方向设置

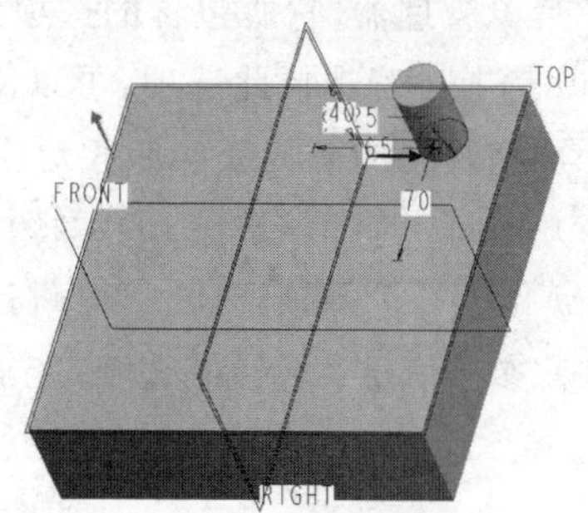

图 7-15　参照面复制方向设置

注意：完成第 15 步后，图形中的向右黑色箭头表示源特征相对于参照的位置偏移方向，向上红色箭头表示复制特征的位置偏移方向，即相对于垂直参照面沿箭头方向偏移 20，相对于截面尺寸参照面对应地偏移 70(原值未改动)。

第 16 步，仍采用默认方向设置，再次单击“正向”选项，弹出“组放置”菜单管理器，如图 7-16 所示。

菜单管理器
特征
复制
组放置
重定义
显示结果
信息
完成
退出

图 7-16　“组放置”菜单

第 17 步，单击“组放置”菜单管理器中的“完成”选项，回到“特征”菜单管理器。

第 18 步，单击“特征”菜单管理器中的“完成”选项，完成新参考特征的复制，如图 7-17 所示。

注意：如果在第 11 步时单击“相同”选项，则选择的是与源特征相同的草绘放置面，接下来根据提示可进行第 12 步的操作。若继续单击“相同”选项，表示选择的垂直参照面与源特征的垂直参照面相同，第 13 步也可以进行类似的操作。这里如果都选择“相同”选项，并都取“正向”，得到的结果如图 7-18 所示。

图 7-17　新参考方式复制特征

图 7-18　采用“相同”参考复制特征

7.2.2　操作及选项说明

在进行新参考复制的过程中，当完成了“组可变尺寸”菜单管理器的设置后，会弹出“参考”菜单管理器，它所包含的选项说明如下。

(1) 替换：若选择此选项，可以使用新参照替换原来的参照，但选取的新参照必须与模型中加亮显示的源特征参照相对应。

(2) 相同：选择该选项，表示特征副本的参照与源特征的参照相同。

(3) 跳过：选择该选项，可以跳过当前的参照，而在以后重定义参照。

(4) 参照信息：选择该选项，能够提供解释放置参照的信息。

7.3　镜像复制特征

镜像复制特征用于创建与源特征相互对称的特征模型，该特征模型的形状与大小与源特征相同，即为源特征副本，其功能相当于一般的镜像操作。

调用命令的方式如下。

菜单：执行“编辑”|“特征操作”|“复制”|“镜像”命令。

利用特征操作的“镜像”命令复制特征。

操作步骤如下。

第 1 步～第 3 步，同本书第 7.1.1 小节中第 1 步～第 3 步。

第 4 步，在“复制特征”菜单管理器中选择“镜像”|“选取”|“独立”| “完成”选项，弹出“选取特征”菜单管理器。

第 5 步，在模型中选择用来镜像复制的源特征，如图 7-19 所示。

第 6 步，单击“选取特征”菜单管理器中的“完成”选项，弹出“设置平面”菜单管理器，如图 7-20 所示。

第 7 步，根据系统提示，选择一个镜像平面，如选择 FRONT 平面，将其作为镜像平面。

图 7-19　选取源特征

图 7-20　“设置平面”菜单管理器

第 8 步，单击“特征”菜单管理器中的“完成”选项，完成镜像特征的复制，如图 7-21 所示。

注意：在进行第 7 步操作时，也可以单击基准工具栏中的“平面”图标按钮，创建一个基准平面作为特征的镜像平面。如创建一个以 FRONT 平面为参照平面偏移 －20.000 单位的基准平面，用它来作为镜像平面镜像的特征，如图 7-22 所示。

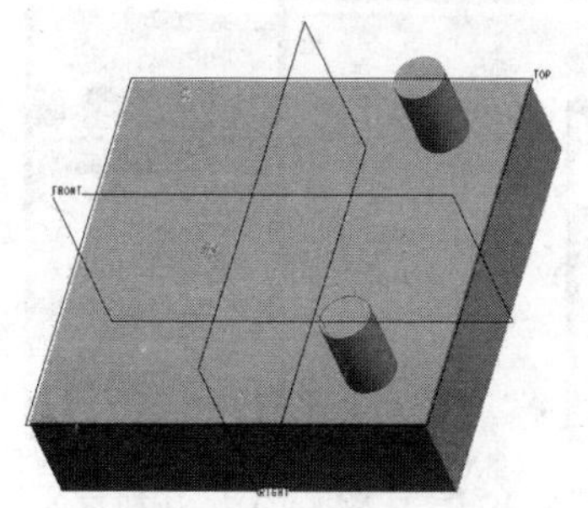

图 7-21　镜像复制特征

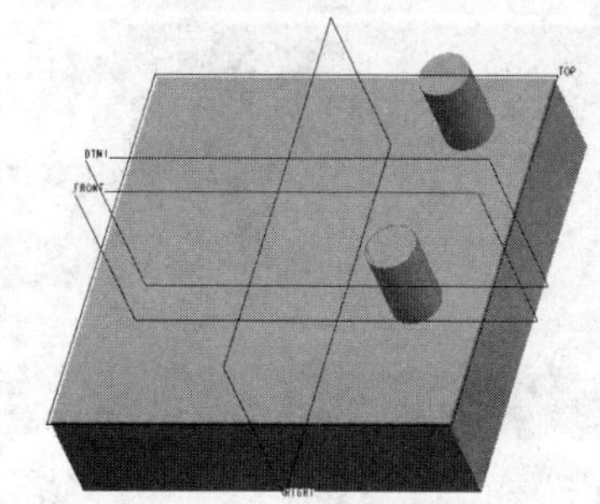

图 7-22　通过创建基准平面镜像复制特征

7.4　移动复制特征

移动复制特征可以将源特征复制到另外一个位置，移动复制包括平移和旋转两种复制方式。

调用命令的方式如下。

菜单：执行“编辑”|“特征操作”|“复制”|“移动”命令。

7.4.1　平移复制特征的创建

特征的平移复制可以将源特征沿着一个平面垂直方向移动(或是沿边线、轴、坐标系)移动一定的距离来创建特征副本。

利用特征操作的“移动”命令来创建平移复制特征。

操作步骤如下。

第 1 步～第 3 步，同本书第 7.1.1 小节中第 1 步～第 3 步。

第 4 步，在“复制特征”菜单管理器中选择“移动”|“选取”|“独立”|“完成”选项，弹出“选取特征”菜单管理器。

第 5 步，在模型中选择进行移动复制的源特征，如图 7-23 所示。

第 6 步，单击“选取特征”菜单管理器中的“完成”选项，弹出“移动特征”菜单管理器，如图 7-24 所示。

第 7 步，单击选择“移动特征”菜单管理器中的“平移”选项，弹出“选取方向”菜单管理器。

第 8 步，选择“平面”选项(此为默认设置)，并在模型中选择 RIGHT 平面作为偏移参照，如图 7-26 所示，弹出“方向”菜单管理器。此时“移动特征”菜单管理器如图 7-25 所示。

图 7-23 选取源特征

图 7-24 “移动特征”菜单管理器

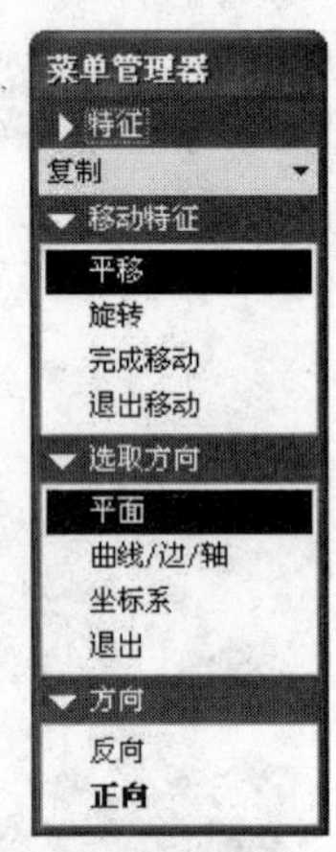

图 7-25 “移动特征”菜单管理器

第 9 步，采用默认的方向设置，在“方向”菜单管理器中单击“正向”选项。

第 10 步，根据系统提示，在作图视窗的顶部输入平移距离，这里输入偏移值 10，并单击文本框后面的☑图标按钮，返回如图 7-24 所示的“移动特征”菜单管理器。

第 11 步，单击“移动特征”菜单管理器中的“完成移动”选项，弹出“组元素”对话框、“组可变尺寸”菜单管理器以及“选取”对话框，如图 7-26 所示。

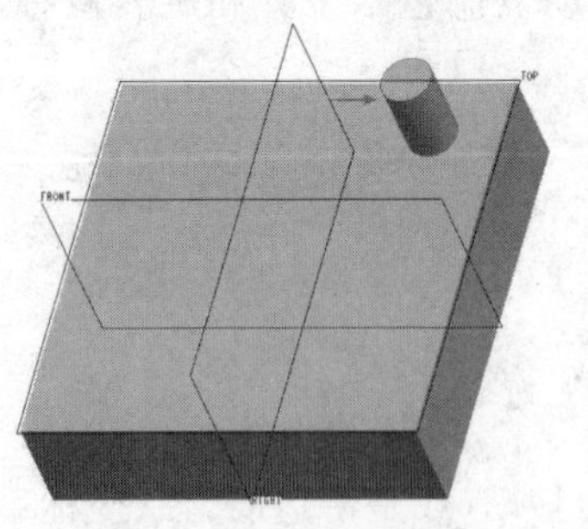

图 7-26 设置平移方向

第 12 步，选中“组可变尺寸”菜单中的 Dim 4 复选框，如图 7-27 所示，单击“完成”按钮。

注意：这一步也可以不选中任何选项而直接单击“完成”选项，进入下面第 13 步的操作，但是，最后的平移位置会不一样。

第 13 步，在作图视窗顶部弹出的文本框中输入修改值 20，并单击其后的☑图标按钮，完成数值的修改。

第 14 步，单击“组元素”对话框中的“确定”按钮，回到“特征”菜单管理器。

第 15 步，单击“特征”菜单管理器中的“完成”选项，完成平移复制特征的创建，如

图 7-28 所示。

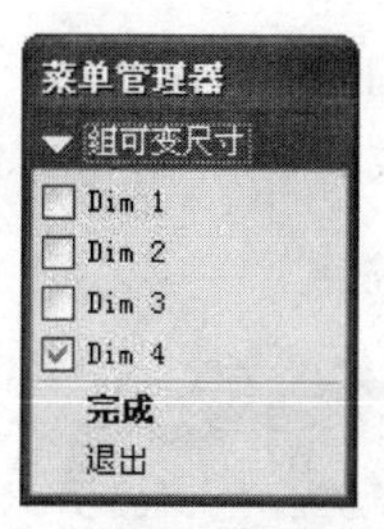

图 7-27 选中变更尺寸

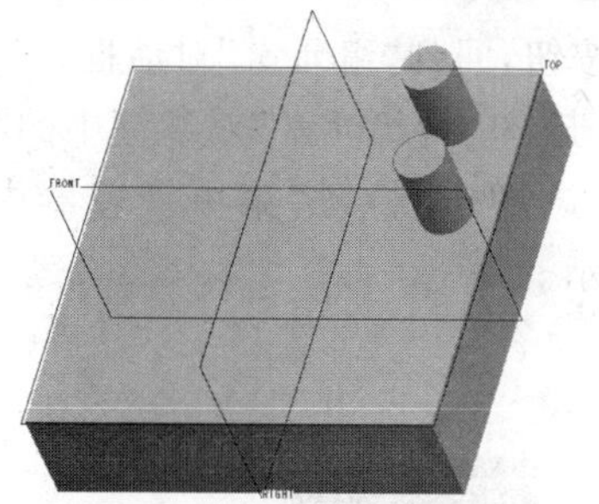

图 7-28 创建平移复制特征

7.4.2 旋转复制特征的创建

特征的旋转复制可以将源特征沿曲面、轴或边线旋转一定的角度来创建源特征副本。仍用上面的例子来作说明,操作步骤如下。

第 1 步～第 6 步,同本书第 7.4.1 小节中第 1 步～第 6 步。

第 7 步,在"移动特征"菜单管理器中选择"旋转"选项,弹出"选取方向"菜单管理器。

第 8 步,在"选取方向"菜单管理器中选择"曲线/边/轴"选项,然后在模型中选择一条边线,如图 7-29 所示。

第 9 步,在弹出的"方向"菜单管理器中选择默认的"正向"选项,如图 7-30 所示。根据提示在作图视窗顶部弹出的文本框中提示输入旋转角度,如输入角度数值为 90,然后单击其后的☑图标按钮,返回"移动特征"菜单管理器。

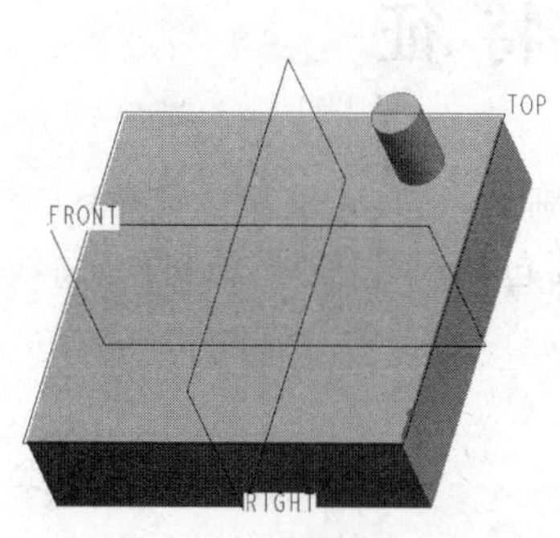

图 7-29 选取旋转轴

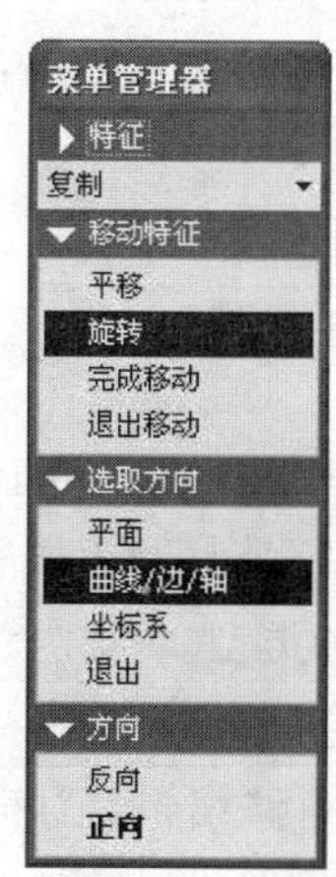

图 7-30 选择方向

第 10 步,单击"移动特征"菜单管理器中的"完成移动"选项,弹出"组元素"对话框、"组可变尺寸"菜单管理器及"选取"对话框(如图 7-6 所示)。

第 11 步,在"组可变尺寸"菜单管理器中选中 Dim 4 复选框,如图 7-31 所示,单击"完成"选项。

第 12 步，根据系统提示输入偏移修改值。在文本框中输入“修改值”20，并单击其后的☑图标按钮，回到“组元素”对话框。

第 13 步，单击“组元素”对话框中的“确定”按钮，回到“特征”菜单管理器。

第 14 步，单击“特征”菜单管理器中的“完成”选项，完成旋转复制特征的创建，如图 7-32 所示。

图 7-31　勾选变更尺寸

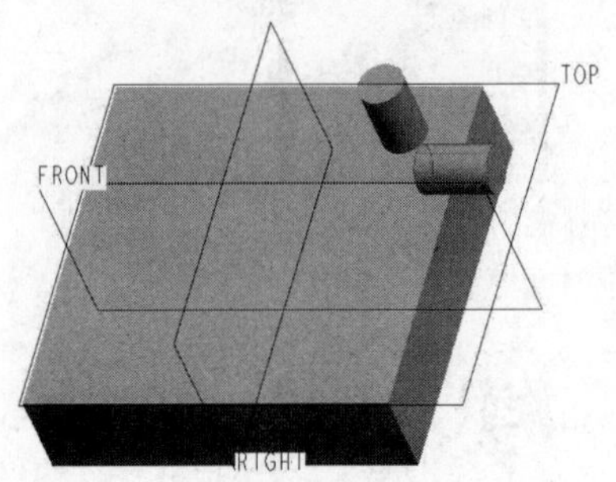

图 7-32　创建旋转复制特征

7.4.3　操作及选项说明

在进行移动复制的过程中，会弹出“选取方向”菜单管理器，其包含选项说明如下。

(1) 平面：在“平移”方式中表示沿平面的法向平移某一距离，而在“旋转”方式中则表示选择平面的法向(需要选取一个平面及一点来确定)作为旋转中心。

(2) 曲线/边/轴：表示以选择的曲线/边/轴作为指定的平移参照或旋转中心。

(3) 坐标系：表示选择坐标系的某一轴向作为平移的参照或旋转中心，选择该选项后，需要先选择一个坐标系，然后再选择轴向。

7.5　阵列特征

阵列特征是指按照一定的规律创建多个特征副本，它具有重复性、规律性和高效率的特点，阵列特征是复制生成特征的快捷方式。主要包括尺寸阵列、轴阵列、曲线阵列和填充阵列等多种类型。

调用命令的方式如下。

菜单：执行“编辑”|“阵列”命令。

图标：单击“编辑特征”工具栏中的▦图标按钮。

7.5.1　创建尺寸阵列

尺寸阵列是通过定义选择特征的定位尺寸和方向来进行阵列复制的阵列方式。在尺寸阵列过程中，可以是单向阵列，也可以是双向阵列，还可以是按角度来进行尺寸阵列的。

利用“尺寸阵列”方式阵列特征。

操作步骤如下。

第 1 步，打开 Ch7-33. prt，如图 7-33 所示。

第 2 步，在模型中选择进行阵列操作的特征，如图 7-34 所示。

图 7-33 源文件图形

图 7-34 选取源特征

第 3 步，单击“编辑特征”工具栏中的“阵列”图标按钮，打开“尺寸阵列”操控板，如图 7-35 所示。

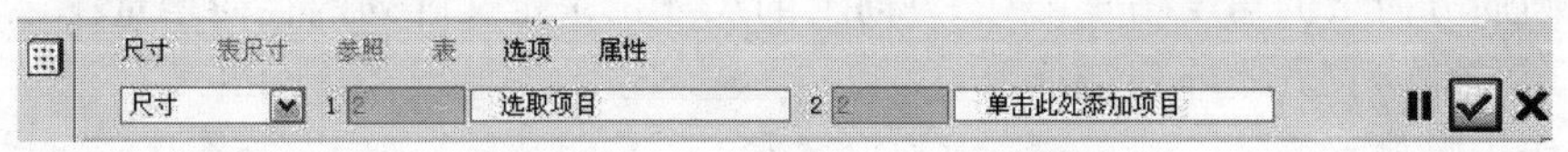

图 7-35 “尺寸阵列”操控板

第 4 步，单击阵列操控板上“1”后面的收集器，并在模型中选择某一方向的尺寸，如选择水平方向的 120，使其变为可编辑状态，将其值修改为－50，回车确认，如图 7-36 所示。

第 5 步，同理，单击“2”后面的收集器，并选择尺寸值 70，将其修改为－50，回车确认。

注意：在进行第 4、第 5 步操作时，也可以通过单击操控板上的“尺寸”按钮，弹出“尺寸”上滑面板，分别对两个方向进行数值选择编辑，效果与上面一样，如图 7-37 所示。

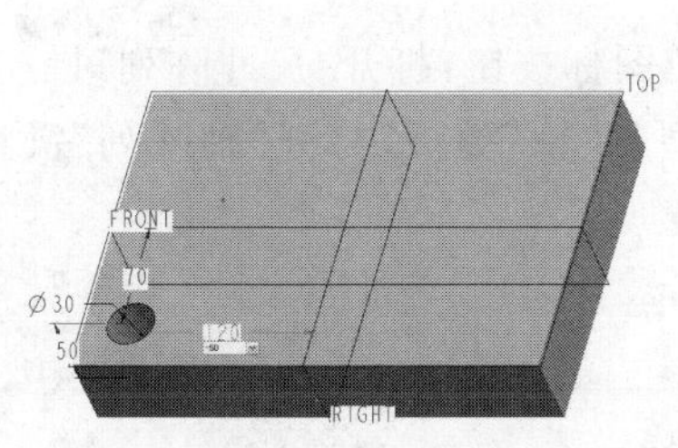

图 7-36 选择驱动尺寸

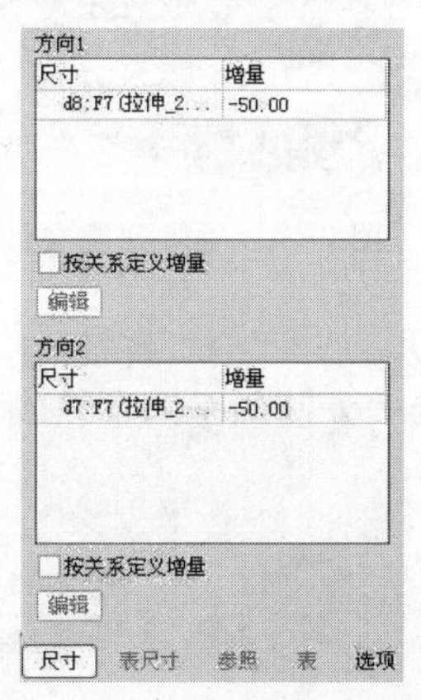

图 7-37 “尺寸”上滑面板

第 6 步，在操控板中“1”后面的文本框中输入数值 5，系统将创建 5 列这样的特征。

第 7 步，在操控板中“2”后面的文本框中输入数值 4，将创建 4 行这样的特征，如图 7-38 所示。

第 8 步，单击操控板中的图标按钮，完成尺寸阵列的创建，如图 7-39 所示。

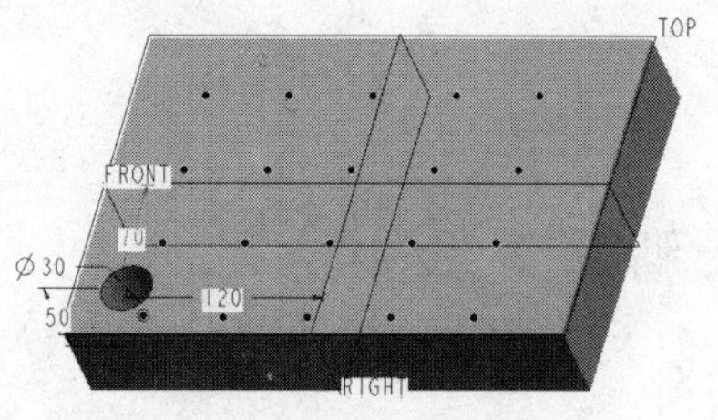

图 7-38　尺寸阵列预显示

图 7-39　矩形尺寸阵列的创建

7.5.2　创建轴阵列

轴阵列亦称旋转阵列，是指特征围绕指定的旋转轴在圆周上创建的阵列特征。运用该方式创建阵列特征时，系统允许用户在两个方向上进行阵列操作，第一方向上的尺寸用来定义圆周方向上的角度增量，第二方向上的尺寸用来定义阵列的径向增量。

利用“轴阵列”方式阵列特征。

操作步骤如下。

第 1 步，打开 Ch7-40. prt，如图 7-40 所示。

第 2 步，在模型中选择进行阵列操作的特征，本例中选择模型中的小圆柱孔特征，如图 7-41 所示。

图 7-40　轴阵列源文件

图 7-41　选取源特征

第 3 步，单击“编辑特征”工具栏中的“阵列”▦图标按钮，打开“尺寸阵列”操控板。

第 4 步，在阵列类型下拉列表中选择阵列类型为“轴”类型，打开“轴阵列”操控板，如图 7-42 所示。

图 7-42　“轴阵列”操控板

第 5 步，在轴阵列操控板上单击“1”后面的收集器，然后在模型中选择中心轴 A_1，并在该收集器后面的文本框中输入数值 3，在其后的文本框中输入阵列角度 120。

第 6 步，单击轴阵列操控板中“2”后面的文本框，输入数值 2，在其后的文本框中输入阵列尺寸 50，此时模型如图 7-43 所示。

第 7 步，单击☑图标按钮，完成轴阵列的创建，如图 7-44 所示。

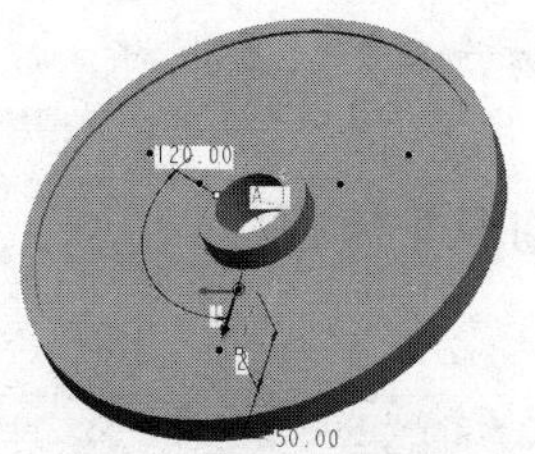

图 7-43　轴阵列预显示

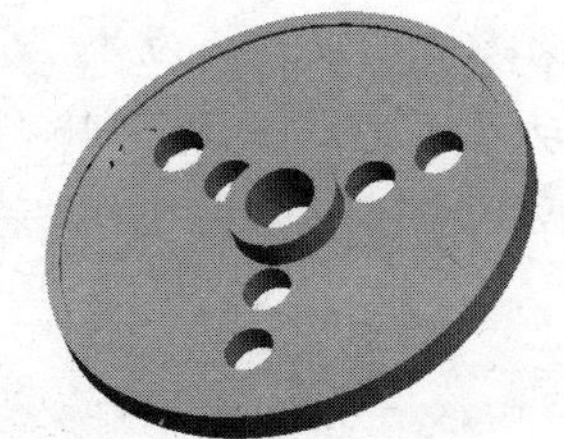

图 7-44　完成轴阵列创建

7.5.3　创建沿曲线阵列

曲线阵列是自 Pro/Engineer Wildfire 3.0 中开始新增的阵列方式，它沿草绘曲线分布阵列特征，并可以定义阵列特征之间的距离或特征数量。

操作步骤如下。

第 1 步～第 3 步，同本书第 7.5.1 小节中第 1 步～第 3 步。

第 4 步，在阵列类型下拉列表中选择阵列类型为"曲线"类型，打开曲线阵列操控板，如图 7-45 所示。

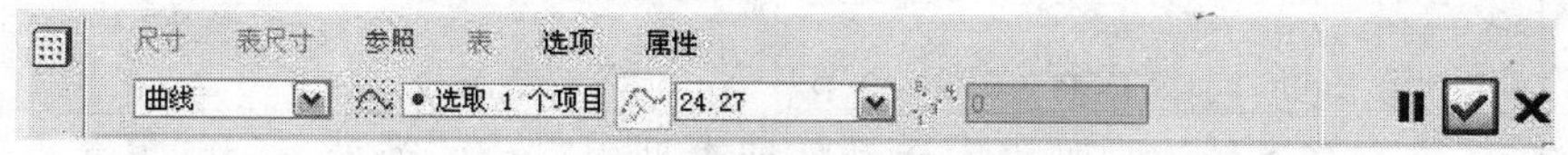

图 7-45　"曲线阵列"操控板

第 5 步，单击操控板上的"参照"按钮，弹出"参照"上滑面板，单击其中的"定义"按钮，弹出"草绘"对话框。

第 6 步，选择 TOP 基准平面为草绘平面，采用默认参照和方向设置，单击"草绘"按钮，进入草绘模式。

第 7 步，在作图区绘制阵列轨迹曲线，如图 7-46 所示。

第 8 步，单击✔图标按钮，结束曲线的绘制。

第 9 步，单击操控板中的"指定成员间距"图标按钮，并在其后的文本框中输入数值 40，此时模型如图 7-47 所示。

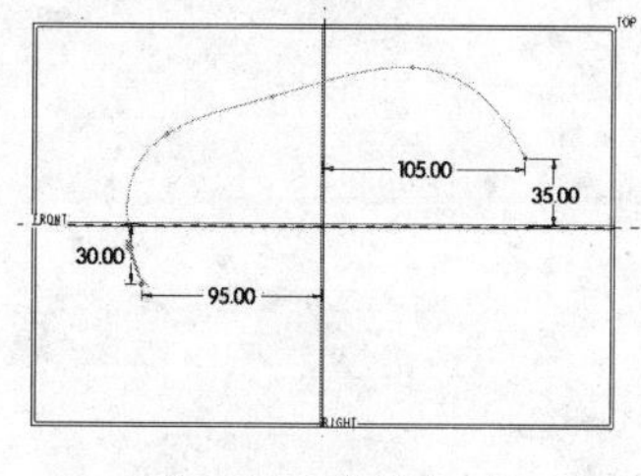

图 7-46　曲线尺寸

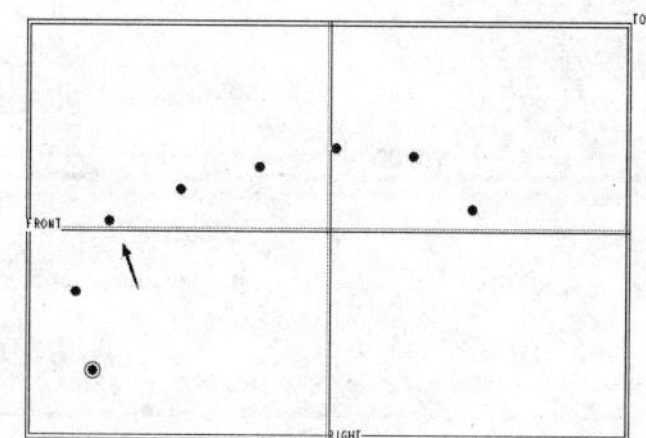

图 7-47　阵列分布

注意："指定成员间距"与"指定成员数目"是两个相关联的选项，也就是说，一定的间距值与一定的数目相对应。当其中一个被激活时，另一个处于灰色消隐状态。如上面间距值为 40 时，成员数为 8，若激活“指定成员数目”选项并设置值为 6 时，原先的间距值会自动发生变化，如图 7-48 所示。

第 10 步，单击图标按钮，完成曲线阵列的创建，如图 7-49 所示。

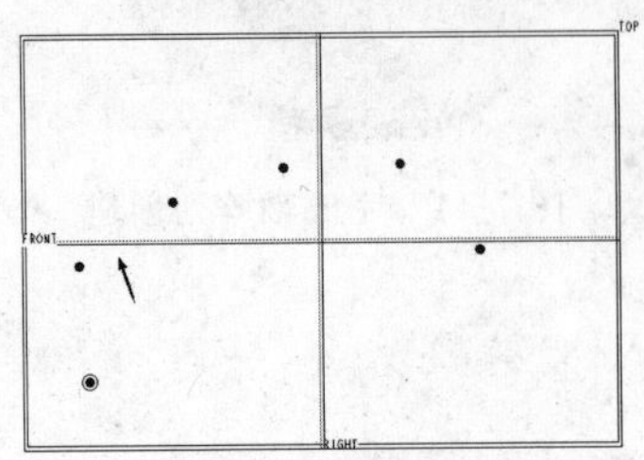

图 7-48 修改阵列成员数

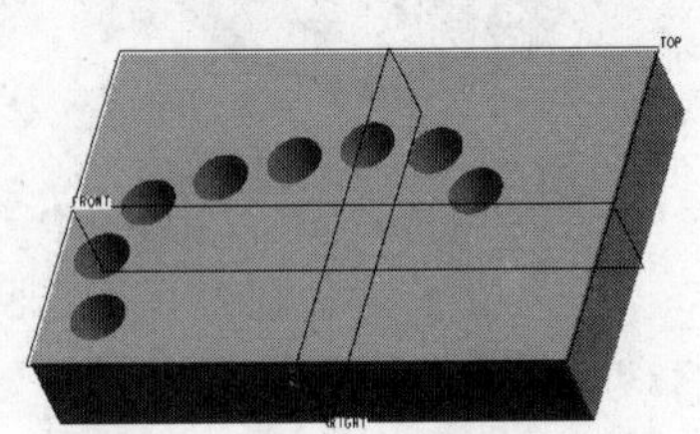

图 7-49 完成曲线阵列创建

7.5.4 创建填充阵列

填充阵列可以在选定区域的表面生成均匀的阵列特征，它主要是通过栅格定位的方式创建阵列特征来填充选定区域的。

操作步骤如下。

第 1 步～第 3 步，同本书第 7.5.1 小节中第 1 步～第 3 步。

第 4 步，在阵列类型下拉列表中选择阵列类型为“填充”类型，打开“填充阵列”操控板，如图 7-50 所示。

图 7-50 “填充阵列”操控板

第 5 步，单击“参照”上滑面板，进入“参照”操控板，单击其中的“定义”按钮，弹出“草绘”对话框。

第 6 步，选择 TOP 基准平面为草绘平面，采用默认的参照和方向设置，单击“草绘”按钮，进入草绘模式。

第 7 步，在作图区绘制如图 7-51 所示的矩形，然后单击图标按钮，此时模型如图 7-52 所示。

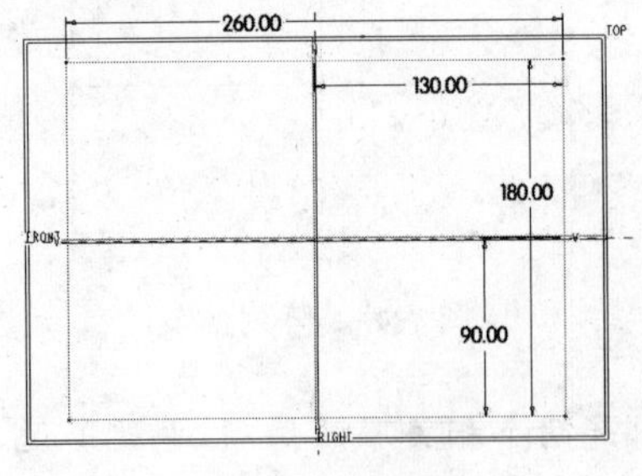

图 7-51 草绘放置区域

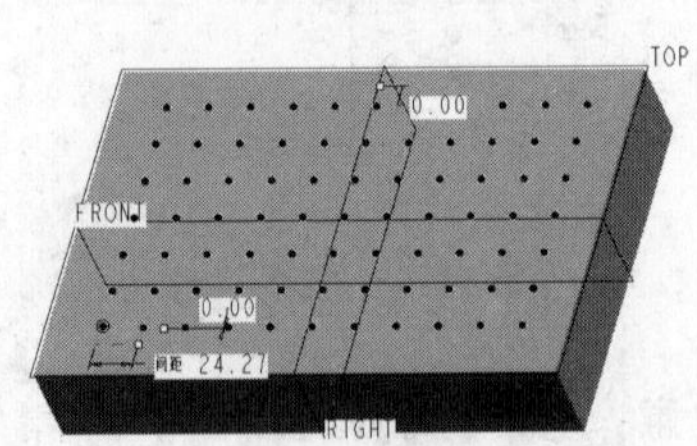

图 7-52 矩形分布阵列预显示

第 8 步，单击操控板中图标后的▼，打开下拉列表，在其中选择“菱形”选项(系统默认为正方形)。

第 9 步，在操控板的图标后的文本框中输入成员间的间隔值 40，其他选项采用默认设置，模型变成如图 7-53 所示。

第 10 步，单击☑图标按钮，完成填充阵列的操作，如图 7-54 所示。

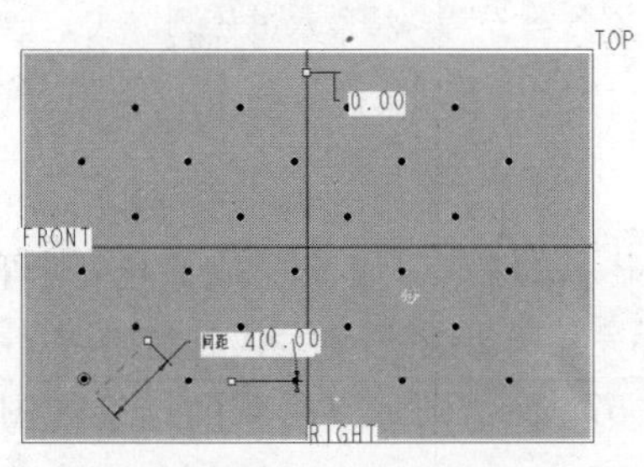

图 7-53　填充阵列预览

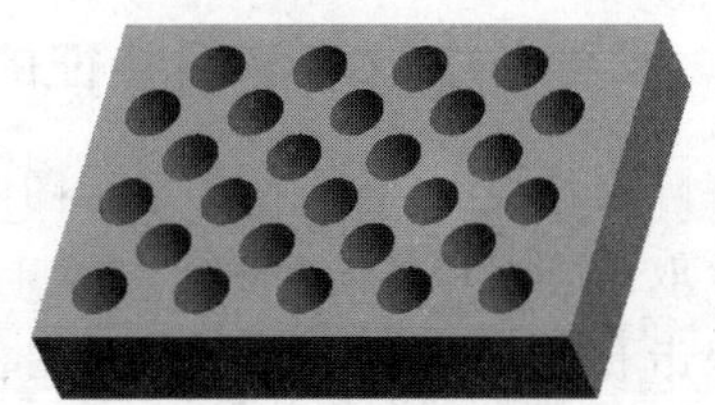

图 7-54　填充阵列效果

注意：

(1) 在填充阵列操控板中，为“栅格类型”图标按钮，可以在其后的下拉列表中选择栅格类型，有正方形、菱形、三角形、圆形、曲线和螺旋 6 种。为“阵列间隔”图标按钮，可以在其后的文本框中设置阵列成员间的间隔值，也可以在图形窗口中拖动控制柄。“最小距离”图标按钮后的文本框中可设置阵列外围成员的中心距离草绘边界的值，设置负值可使中心位于草绘的外面。在“旋转角度”图标按钮后的文本框中可以指定栅格绕原点的旋转角度，操作方法是输入一个数值或拖动控制柄。为“径向间隔”图标按钮，在其后的文本框中可以设置圆形栅格的径向间隔。

(2) 在“选项”下拉面板中可选中“跟随曲面形状”复选框，然后在模型中选择一曲面来创建随曲面变化的填充阵列。

7.5.5　操作选项及说明

1. 创建尺寸阵列的特殊方式

通过特殊方式创建尺寸阵列。

操作步骤如下。

第 1 步～第 3 步，同本书第 7.5.1 小节中第 1 步～第 3 步。

第 4 步，单击操控板上“1”后面的收集器，并在模型中选择距离尺寸 120，使其变为可编辑状态，输入修改值－60，回车。

第 5 步，按住 Ctrl 键，继续选择模型中的距离尺寸 70，并修改新值为－50，回车。

第 6 步，在“1”后的文本框中输入阵列数值为 4，回车，此时模型如图 7-55 所示。

第 7 步，单击☑图标按钮，完成阵列操作，如图 7-56 所示。

图 7-55　尺寸阵列预显示

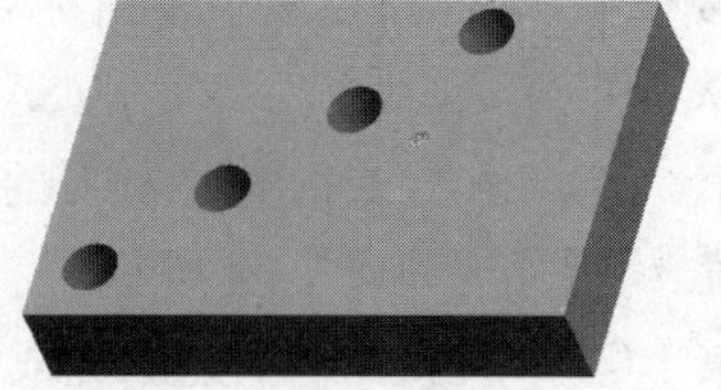

图 7-56　特殊尺寸阵列方式

2. 设置单个取消阵列特征的方法

在阵列过程中，如果在预显示图中单击模型上显示的黑点，使其变成白色，则可以达到单个取消阵列特征的目的。如在上一例子中进行完第 6 步之后，模型变成如图 7-55 所示。单击右上角的黑点，使其变成白色显示，如图 7-57 所示，则最终得到的结果如图 7-58 所示。

图 7-57　单个取消阵列预显示

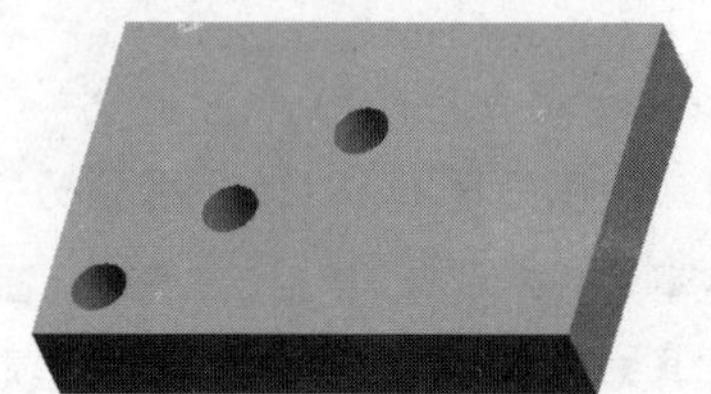

图 7-58　修改后的尺寸阵列

3. "放置"面板说明

在阵列操控板的"放置"上滑面板中，"再生选项"有以下几种。

(1) 相同：选择该选项时，阵列的特征与源特征的大小和尺寸相同，且创建的成员不能相交或打断零件的边。

(2) 可变：选择该选项时，阵列的特征与源特征的大小尺寸可以有所变化，但阵列的成员之间不能存在相交的现象，可以打断零件的边。

(3) 一般：该选项为默认设置。选择该选项时，阵列的特征和源特征可以不同，成员之间也可以相交或打断零件的边。

7.6　上机操作实验指导六　纸篓建模

1. 根据特征编辑操作的相关知识，创建如图 7-59 所示的纸篓模型。主要涉及的命令包括"旋转"命令、"拉伸"命令和"阵列"命令等。

操作步骤如下。

步骤 1　创建新文件

参见本书第 1 章，操作过程略。

步骤 2　创建旋转特征

参见本书第 5 章,创建旋转特征。在定义旋转截面时,选择 TOP 平面为草绘平面,采用默认的参照和方向设置,绘制如图 7-60 所示的截面草图。绘制完成后单击✔图标按钮,回到"旋转特征"操控板。设置旋转角度为 360°,单击☑图标按钮完成操作,如图 7-61 所示。

图 7-59　纸篓模型

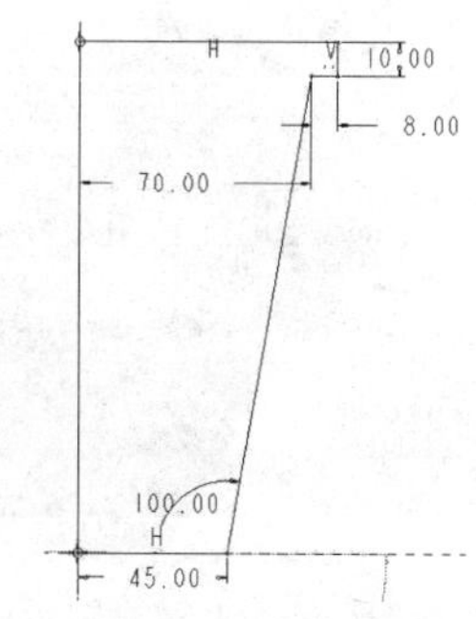

图 7-60　旋转草绘截面图

图 7-61　创建的旋转体

步骤 3　创建倒圆角特征

参见本书第 5 章,创建倒圆角特征。设置倒圆角的半径值为 3,选择模型底部的边线进行倒圆角操作,如图 7-62 所示。单击☑图标按钮完成操作。

继续创建倒圆角特征。设置倒圆角半径值为 2,选择如图 7-63 所示的边线倒圆角,然后单击☑图标按钮完成操作。

步骤 4　创建壳特征

参见本书第 6 章,创建壳特征。其中壳的厚度值设置为 2,这一步完成后模型如图 7-64 所示。

图 7-62　底部倒圆角

图 7-63　上部边线倒圆角

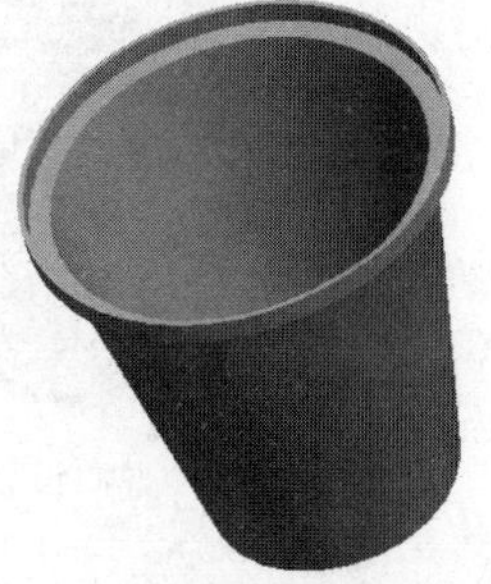
图 7-64　创建壳特征

步骤 5　创建去除材料拉伸特征

参见本书第 5 章。以 RIGHT 平面为草绘平面,采用默认的参照及方向设置,绘制如图 7-65 所示的截面草图。绘制完成后单击✔图标按钮,返回拉伸特征操控板。设置拉伸为 6,注意选中操控板中的"去除材料"◿图标按钮,结果如图 7-66 所示。

步骤 6　创建轴阵列特征

第 1 步,选中上一步骤中创建的拉伸特征。

第 2 步，单击“编辑特征”工具栏的“阵列”图标按钮，打开阵列操控板。

第 3 步，在阵列类型下拉列表中选择阵列类型为“轴”类型，打开轴阵列操控板。

第 4 步，在轴阵列操控板上单击“1”后面的收集器，然后在模型中选择中心轴 A_1，并在该收集器后面的文本框中输入数值 24，在其后的文本框中输入阵列角度 15。

第 5 步，单击图标按钮完成操作，如图 7-67 所示。

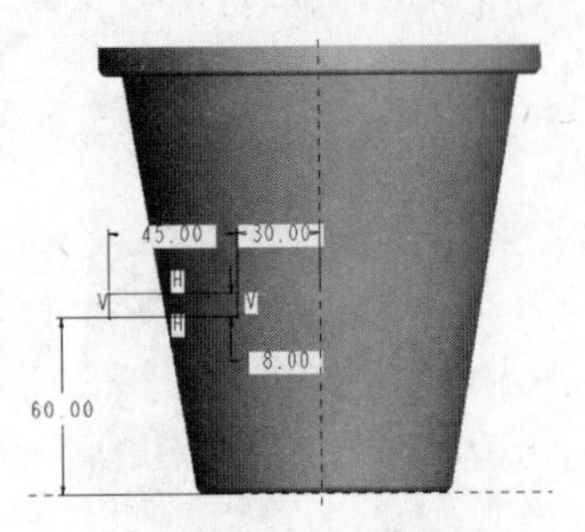

图 7-65 绘制拉伸截面

图 7-66 去除材料后的壳体

图 7-67 轴阵列

步骤 7 创建尺寸阵列特征

第 1 步，在左边的模型树中选中步骤 6 中创建的轴阵列特征。

第 2 步，单击“编辑特征”工具栏的“阵列”图标按钮，打开尺寸阵列操控板。

第 3 步，单击阵列操控板上“1”后面的收集器，并在模型中选择竖直方向的尺寸 60，使其变为可编辑状态，将其值修改为 15，回车。将这一方向的阵列成员数设置为 5。此时模型如图 7-68 所示。

第 4 步，单击图标按钮，完成尺寸阵列操作。最终结果如图 7-69 所示。

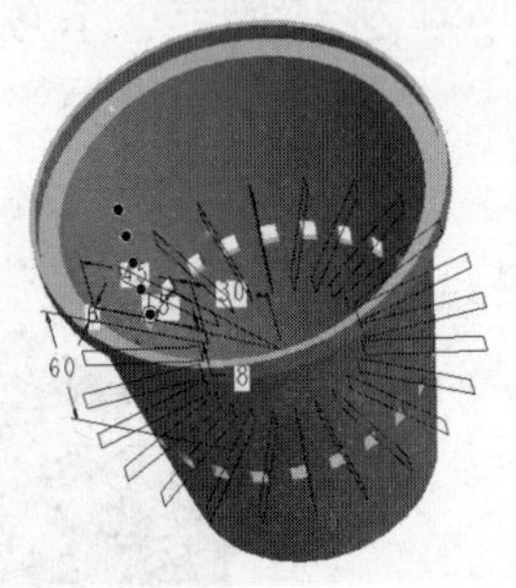

图 7-68 第一方向设置后预显示

图 7-69 两个方向设置完后预显示

步骤 8 保存图形

参见本书第 1 章，操作过程略。

7.7 上 机 题

1. 根据特征编辑操作的相关知识，创建如图 7-70 所示的零件模型。建模提示：

(1) 创建底座拉伸特征，相关尺寸如图 7-71 所示。

图 7-70　零件三维模型

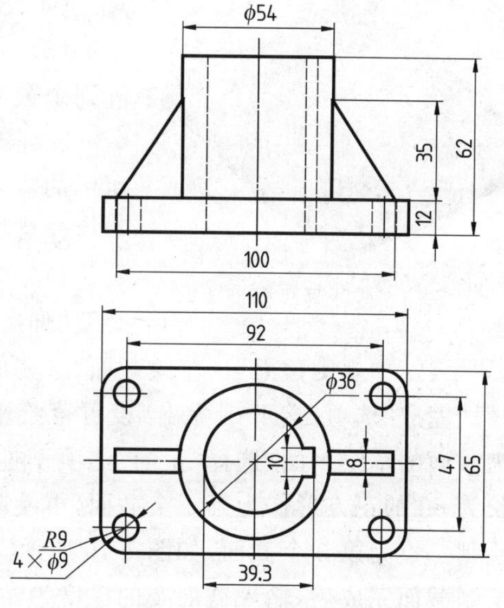

图 7-71　零件视图

(2) 以底座的上表面为草绘平面创建拉伸圆柱体特征。

(3) 创建圆柱体内部的拉伸去除材料特征，设置拉伸类型为“穿透”图标，如图 7-72 所示。

(4) 创建筋特征，尺寸如图 7-71 所示，完成三维模型如图 7-73 所示。

图 7-72　创建拉伸特征

(5) 进行镜像复制特征的操作，将筋特征复制到另一侧。

(6) 在底座上创建一个移除材料的拉伸圆柱体特征，尺寸如图 7-71 所示。

(7) 选择上一步所创建的拉伸特征，进行尺寸阵列的操作。

2. 根据附录图 A-6(c)所示千斤顶顶盖视图，创建该零件三维模型，如图 7-74 所示。

图 7-73　创建筋特征

图 7-74　千斤顶顶盖

建模提示：

(1) 根据视图尺寸，创建旋转特征。

图 7-75 蓝牙耳机模型

(2) 在顶面创建一个去除材料拉伸特征。

(3) 将步骤 2 中创建的特征进行轴阵列,并设置阵列个数为 20,成员间角度值为 18。

3. 根据特征编辑操作的相关知识,创建如图 7-75 所示的蓝牙耳机三维模型。

建模提示:

(1) 创建混合特征。单击下拉菜单“插入”|“混合”|“伸出项”,然后在弹出的“混合选项”菜单管理器中选择“平行”|“规则截面”|“草绘截面”|“完成”选项;在弹出的“属性”菜单管理器中选择“光滑”|“完成”选项;接下来弹出“设置草绘平面”菜单管理器,在作图窗口中选择 TOP 平面为截面的草绘平面,选择“正向”选项 ,再选择“默认”选项,进入草绘模式。首先绘制一边长为 80 的正方形作为第 1 个截面,再绘制一直径为 70 的圆形作为第 2 个截面,接下来再绘制一点为第 3 个截面,如图 7-76 所示。

绘制截面完成后,输入截面 2 的深度为 10,截面 3 的深度为 5。完成混合特征的创建如图 7-77 所示。

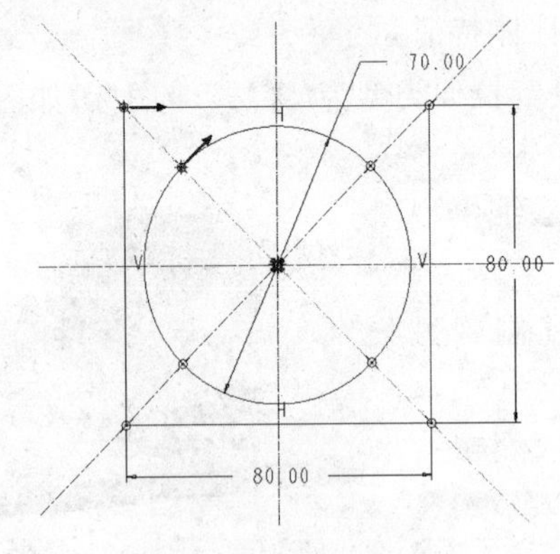

图 7-76 截面尺寸图

图 7-77 创建的混合特征

(2) 创建实体拉伸特征。选择 TOP 平面为草绘平面,采用默认的参照和方向设置,绘制如图 7-78 所示的拉伸截面。设置拉伸的深度值为 10。完成实体拉伸特征的创建如图 7-79 所示。

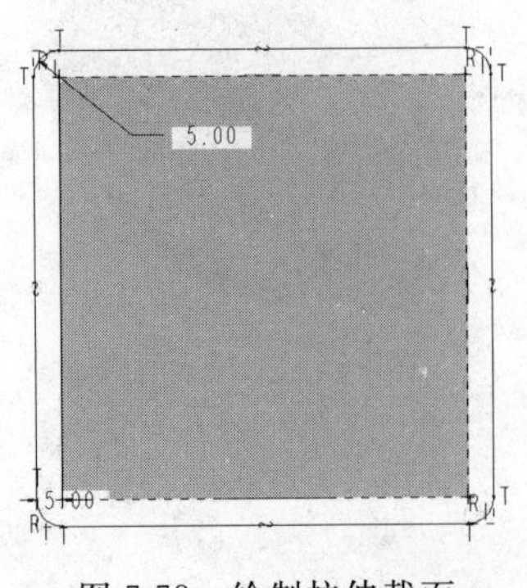

图 7-78 绘制拉伸截面

图 7-79 创建拉伸特征

(3) 创建倒圆角特征。分别对拉伸实体的上下边进行倒圆角，设置上边的倒圆角半径值为 5，下边的倒圆角半径值为 2，如图 7-80 所示。完成三维模型如图 7-81 所示。

图 7-80　选取倒圆角边

图 7-81　创建倒圆角特征

(4) 创建旋转去除材料特征。在设置旋转草绘对话框时，选择 FRONT 平面为草绘平面，以 RIGHT 平面为草绘参照平面，方向为顶。绘制的旋转二维特征截面尺寸如图 7-82 所示。完成三维模型如图 7-83 所示。

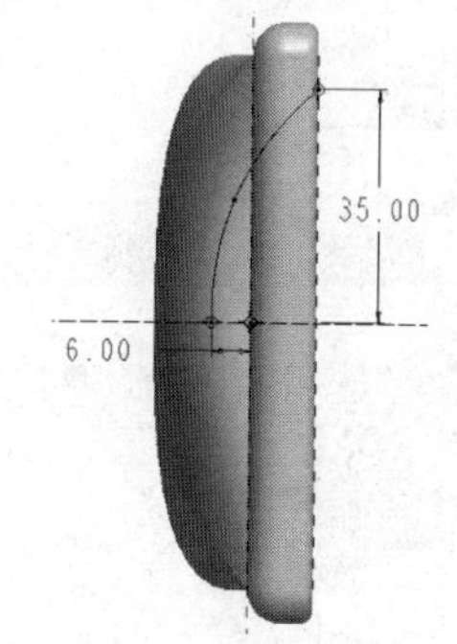

图 7-82　草绘旋转截面

图 7-83　创建旋转去除材料特征

(5) 创建倒圆角特征。选择图 7-84 所示的边进行倒圆角，设置倒圆角半径值为 3，完成三维模型如图 7-85 所示。

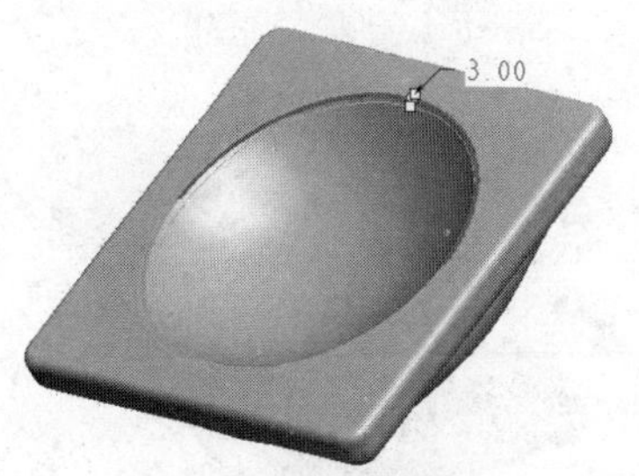

图 7-84　选择倒圆角边

图 7-85　创建倒圆角特征

(6) 创建拉伸去除材料特征。以 TOP 平面为草绘平面，采用默认的参照和方向设置，绘制如图 7-86 所示的圆控，半径为 3。设置拉伸的深度为 8.5，完成三维模型如图 7-87 所示。

(7) 创建填充阵列。选择上一步中创建的拉伸特征进行填充阵列操作。在绘制填充

图 7-86 绘制拉伸截面

图 7-87 创建拉伸去除材料特征

区域时,以 TOP 平面为草绘平面,采用默认的参照和方向设置,绘制如图 7-88 所示的圆形。

在填充阵列操控板中,设置栅格类型为圆,阵列间隔为 8,阵列成员中心距草绘边界的距离为 2,栅格关于原点的旋转角度为 0,阵列成员径向间隔为 6。在"选项"上滑面板中选中"跟随曲面形状"复选框,并在模型上选择(4)中切出的曲面。完成三维模型如图 7-89 所示。

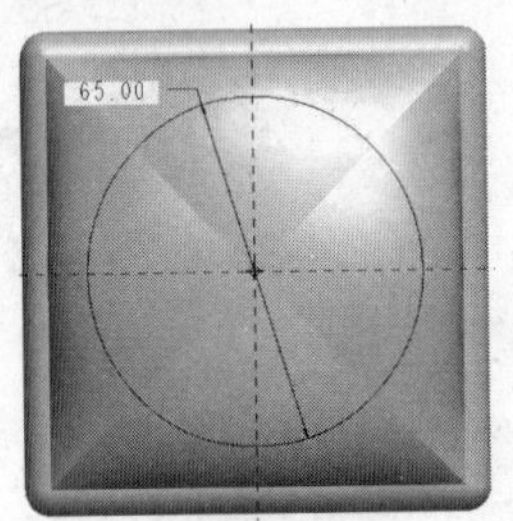

图 7-88 绘制填充区域

图 7-89 创建填充阵列

(8) 创建倒圆角特征并阵列。对(6)中创建的拉伸特征的上边缘进行倒圆角操作,设置倒圆角半径值为 0.1,如图 7-90 所示。完成后选择该倒圆角特征,对其进行阵列操作,完成三维模型如图 7-91 所示。

图 7-90 倒圆角操作

图 7-91 参照阵列操作

(9) 创建拉伸特征。选择模型的上顶面为草绘平面,选择 RIGHT 平面为参照平面,方向为顶,绘制如图 7-92 所示的拉伸截面。设置拉伸的深度为 5,创建的拉伸特征如图 7-93 所示。

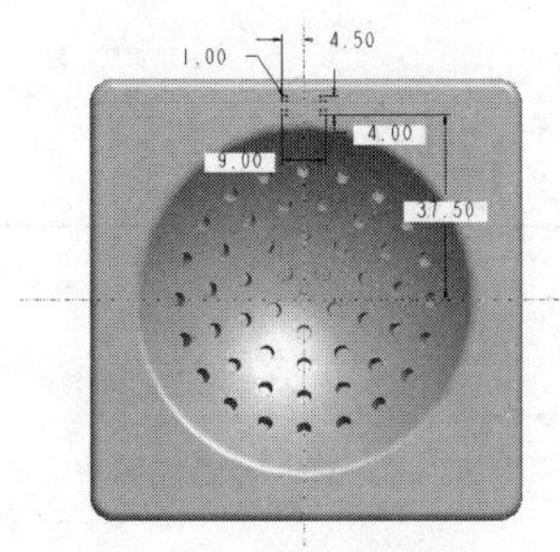

图 7-92　绘制拉伸截面

图 7-93　创建拉伸特征

(10) 创建扫描特征。单击下拉菜单"插入"|"扫描"|"伸出项"，进行扫描特征的创建。选取(9)中创建的拉伸特征的上表面为草绘平面，采用默认的参照和方向设置，绘制如图 7-94 所示的轨迹线。横截面的尺寸如图 7-95 所示。完成三维模型如图 7-96 所示。

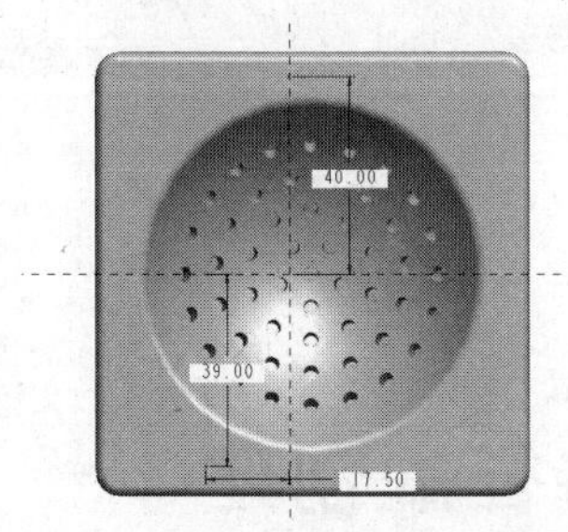

图 7-94　绘制扫描轨迹线

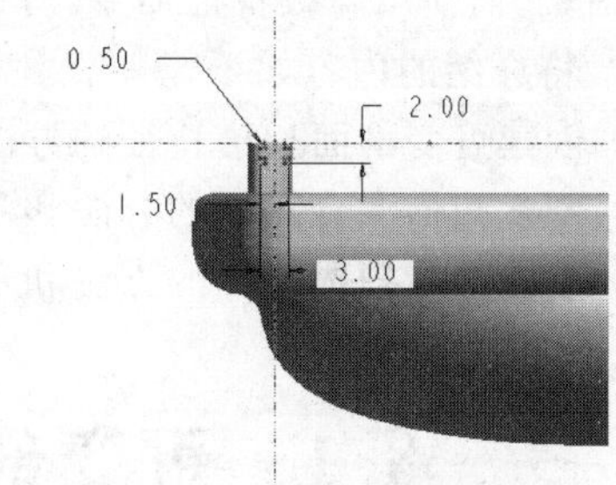

图 7-95　绘制扫描截面

(11) 创建倒圆角特征。对(9)中创建的拉伸特征的上边缘、拉伸特征与(10)中创建的扫描特征的连接处以及扫描特征的后端进行倒圆角，前两处的倒圆角半径为 0.1，后者的倒圆角半径为 0.75，如图 7-97 所示。完成三维模型如图 7-75 所示。

图 7-96　创建扫描特征

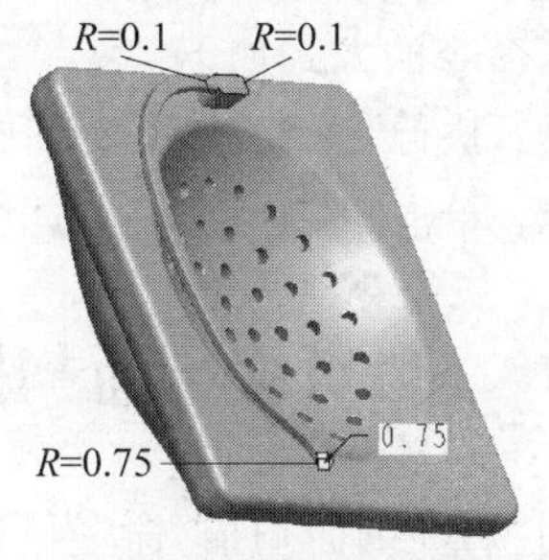

图 7-97　创建倒圆角特征

第8章 高级特征的创建

Pro/ENGINEER 提供了一些高级特征建模工具，可建立较为复杂的模型。所谓高级特征，是指某些较复杂形状的实体或曲面用一般的建模工具无法实现，或者实现起来非常烦琐困难，而使用高级特征命令，可以较轻松地实现。

本章将介绍的内容如下。

(1) 创建可变剖面扫描特征的方法和步骤。

(2) 创建扫描混合特征的方法和步骤。

(3) 创建螺旋扫描特征的方法和步骤。

8.1 可变剖面扫描特征的创建

以一般的扫描方式创建实体特征时，剖面必须垂直于轨迹线，且剖面的形状恒定不变。但许多零件的剖面与轨迹线并不垂直，且剖面的形状将随着轨迹线和轮廓线的变化而变化，此时可用可变剖面扫描的方式来创建该类实体特征。

可变剖面扫描是用一个剖面及若干条轨迹线来创建的特征。

调用命令的方式如下。

菜单：执行“插入”|“可变剖面扫描”命令。

图标：单击“基础特征”工具栏中的图标按钮。

8.1.1 一般可变剖面扫描特征的创建

利用“可变剖面扫描”命令可以创建变截面的扫描体。

操作步骤如下。

第 1 步，打开 Ch08-1. prt，如图 8-1 所示。

第 2 步，在零件模式中，单击图标按钮，打开“可变剖面扫描特征”操控板，如图 8-2 所示。

第 3 步，在该操控板中，单击“扫描为实体”图标按钮（此为默认设置）。

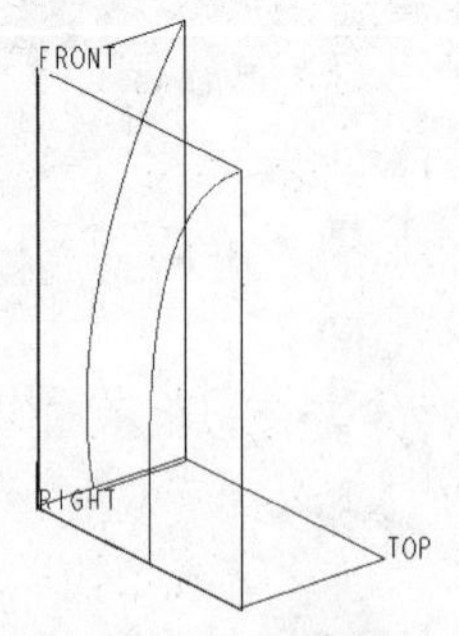

图 8-1　三条基准曲线作为轨迹线

图 8-2 “可变剖面扫描特征”操控板

注意：这里如果单击“扫描为曲面”图标按钮，则可以创建曲面。

第 4 步，单击选取第一条轨迹线，曲线上显示“原点”，称为原点轨迹线。按住 Ctrl 键选取其他轨迹线，曲线上显示“链 1”、“链 2”，称为辅助轨迹线，如图 8-3 所示。

注意：原点轨迹线是第一条指定的轨迹线。原点轨迹线必须是光滑的，不与剖面平行。

第 5 步，单击“参照”按钮，弹出“参照”上滑面板，如图 8-4 所示，可以改变剖面定位方式(默认剖面定位方式为“垂直于轨迹”)。

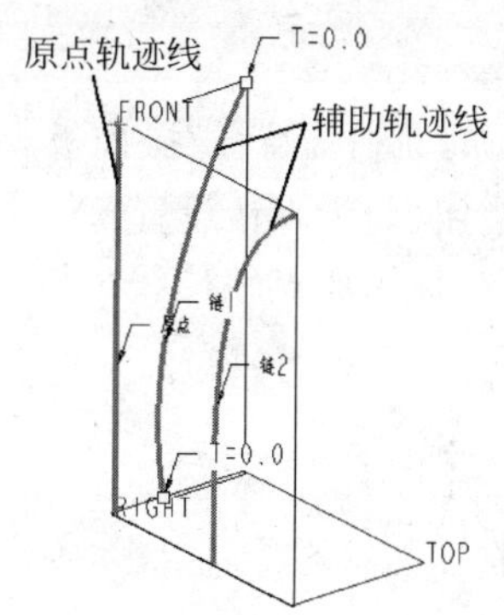

图 8-3 选取三条基准曲线作为轨迹线

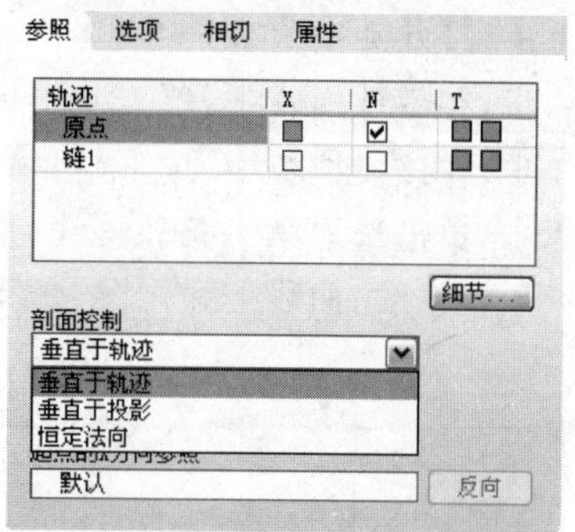

图 8-4 “参照”上滑面板

第 6 步，单击“选项”按钮，弹出“选项”上滑面板，如图 8-5 所示，设置为“可变剖面”扫描方式(此为默认设置)。

第 7 步，在“可变剖面扫描特征”操控板中，单击“创建或编辑扫描剖面”图标按钮，进入草绘模式，草绘扫描剖面，如图 8-6 所示。

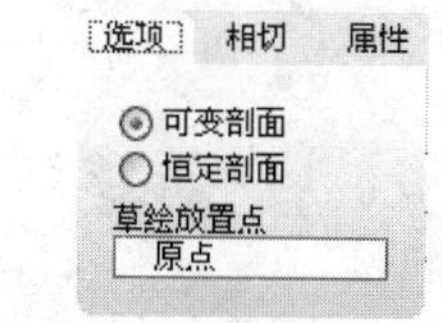

图 8-5 “选项”上滑面板

注意：绘制的剖面矩形的三个顶点分别落在原点轨迹线以及辅助轨迹线与草绘平面的交点上。扫描时矩形三个的顶点将受到该三条轨迹线的拖动。

第 8 步，单击图标按钮预览生成的特征，单击图标按钮，完成可变剖面扫描特征创建，如图 8-7 所示。

8.1.2 利用关系式创建可变剖面扫描特征

以可变剖面扫描的方式进行实体或曲面的创建时，剖面的造型变化除了受到各种轨迹线控制外，也可使用带 trajpar 参数关系式来控制剖面参数的变化。

操作步骤如下。

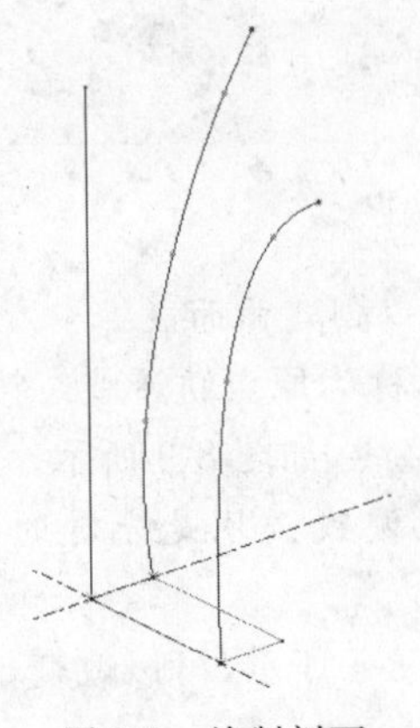

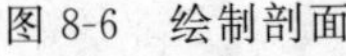

图 8-6　绘制剖面

图 8-7　完成的可变剖面扫描实体

第 1 步，打开随书源文件 Ch08-6.prt，如图 8-8 所示。

第 2 步，在零件模式中，单击图标按钮，打开“可变剖面扫描特征”操控板。

第 3 步，在该操控板中，单击“扫描为实体”图标按钮（此为默认设置）。

第 4 步，单击选取第一条轨迹线，曲线上显示“原点”，称为原点轨迹线。按住 Ctrl 键选取另一条轨迹线，曲线上显示“链 1”，如图 8-9 所示。

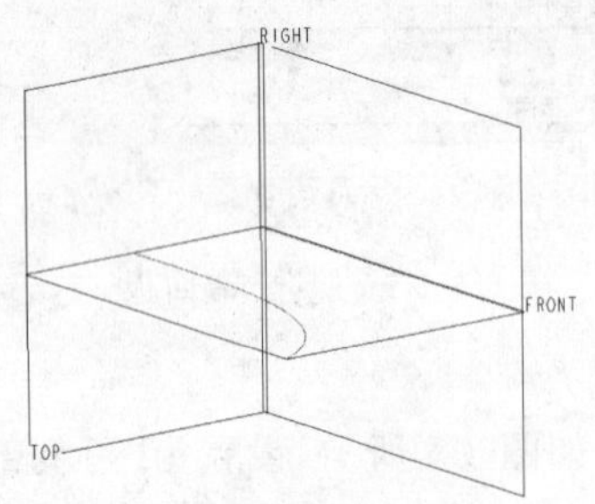

图 8-8　两条基准曲线作为轨迹线

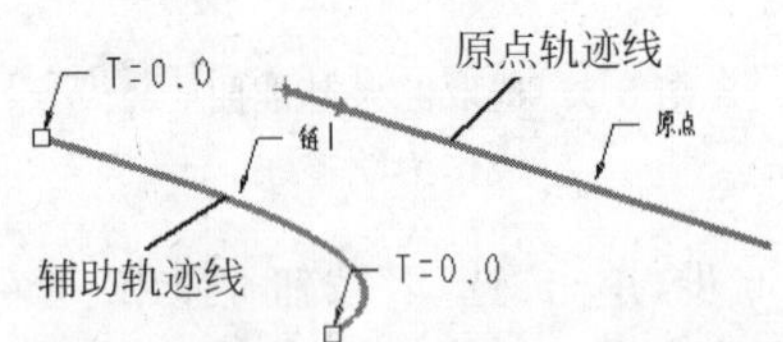

图 8-9　选取两条基准曲线作为轨迹线

第 5 步，单击“参照”按钮，弹出上滑面板，改变剖面定位方式（默认剖面定位方式 “垂直于轨迹”）。

第 6 步，单击 “选项”按钮，弹出上滑面板，设置为“可变剖面”扫描方式（此为默认设置）。

第 7 步，在操控板中，单击“创建或编辑扫描剖面”图标按钮，进入草绘模式，绘制矩形剖面，如图 8-10(a)所示。

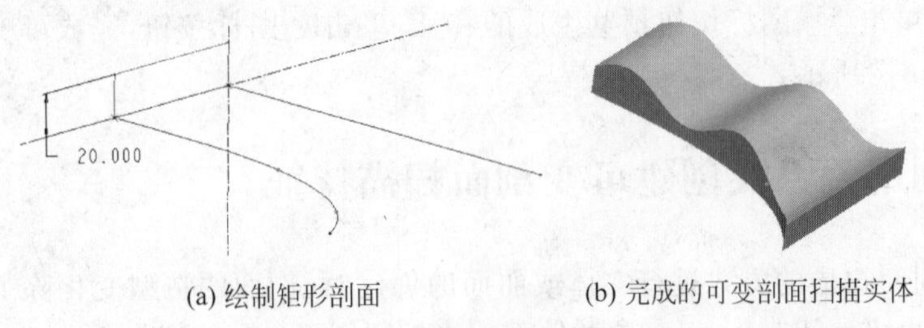

(a) 绘制矩形剖面 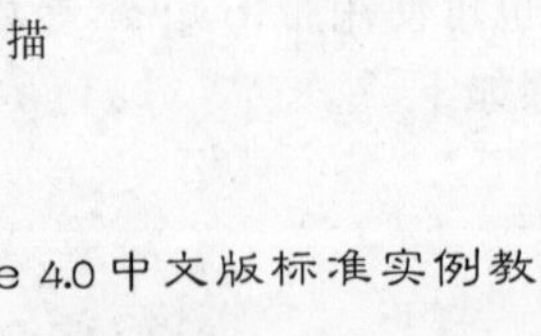　　(b) 完成的可变剖面扫描实体

图 8-10　可变剖面扫描

第 8 步，单击下拉菜单“工具”|“关系”，弹出“关系”对话框。

第 9 步，输入带 trajpar 参数的剖面关系式 sd4＝20＋10 * sin (trajpar * 360 * 2)，如图 8-11 所示，使草绘截面可变，单击“确定”按钮。

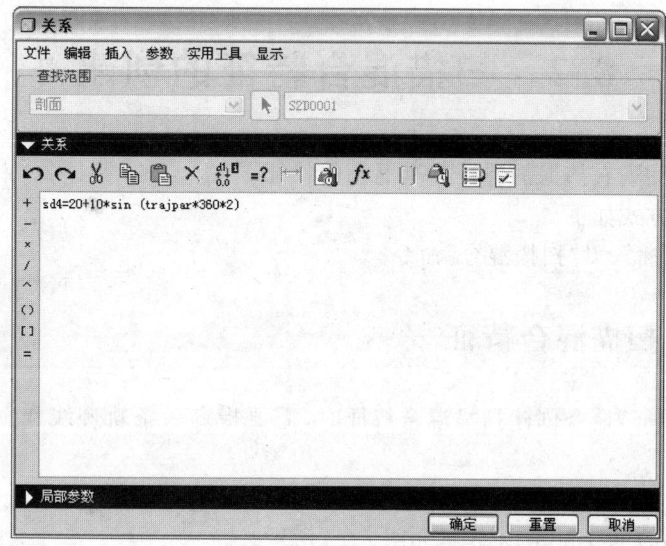

图 8-11 “关系”对话框

注意：trajpar 函数是一个从 0～1 变化的值，10 * sin(trajpar * 360 * 2)是 0～10 的变化，并有 2 个周期，20＋10 * sin (trajpar * 360 * 2) 是 20～30 的变化，并有 2 个周期。

第 10 步，单击✓图标按钮，退出草绘器。

第 11 步，单击☑👓图标按钮，预览生成的特征，单击☑图标按钮，完成可变剖面扫描特征创建，如图 8-10(b)所示。

8.1.3 操作及选项说明

1. 剖面定位的方式

在“可变剖面扫描特征”操控板中，单击“参照”按钮，在弹出的上滑面板“剖面控制”下拉列表中选取剖面定位的方式，如图 8-4 所示。

(1) 垂直于轨迹：绘制的剖面在扫描过程中与指定的轨迹线垂直。

(2) 垂直于投影：剖面在扫描过程中垂直于某轨迹线在指定平面上的投影线。

(3) 恒定法向：剖面的法向在扫描过程中平行于指定方向。

2. 其他选项说明

(1) ⇄：更改操作方向以便添加或移除材料。

(2) □：为截面轮廓指定厚度创建薄壳特征，建模过程可以参考增加材料拉伸特征。

(3) ☑👓：预览要生成的可变剖面扫描特征以进行校验。

(4) ⏸：暂停模式。

(5) ✖：取消特征创建或重定义。

(6)“选项”：单击该按钮，弹出如图 8-5 所示的“选项”上滑面板，在该上滑面板中可以选择可变剖面扫描或恒定剖面扫描方式。

8.2 扫描混合特征的创建

扫描混合特征既有扫描的特征又有混合的特征。

调用命令的方式如下。

菜单：执行“插入”|“扫描混合”命令。

8.2.1 创建扫描混合特征

“扫描混合特征”命令创建扫描混合特征时，需要指定一条轨迹线和至少两个扫描混合剖面。

操作步骤如下。

第 1 步，打开文件 Ch08-12.prt，如图 8-12 所示。

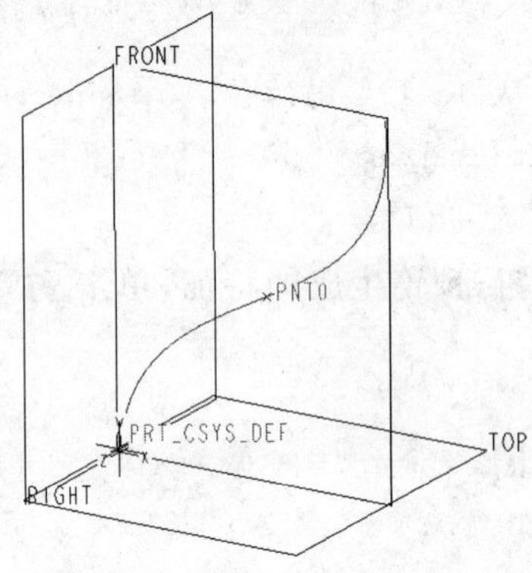

图 8-12　作为轨迹线的基准曲线

第 2 步，在零件模式中，单击下拉菜单“插入”|“扫描混合”，打开“扫描混合特征”操控板，如图 8-13 所示。

图 8-13　“扫描混合特征”操控板

第 3 步，在该操控板中，单击“扫描为实体”图标按钮(此为默认设置)。

注意：这里如果单击“扫描为曲面”图标按钮，则可以创建曲面。

第 4 步，单击选取用于扫描混合的轨迹线，如图 8-14 所示。

第 5 步，单击“参照”按钮，弹出上滑面板，可以改变剖面定位方式(默认剖面定位方式“垂直于轨迹”)。

第 6 步，单击“选项”按钮，弹出上滑面板，可设置扫描混合面积和周长控制选项（默认设置为“无混合控制”）。

第 7 步，单击“剖面”按钮，弹出上滑面板，如图 8-15 所示。选取横截面的类型：草绘截面或所选截面（默认类型为“草绘截面”）。

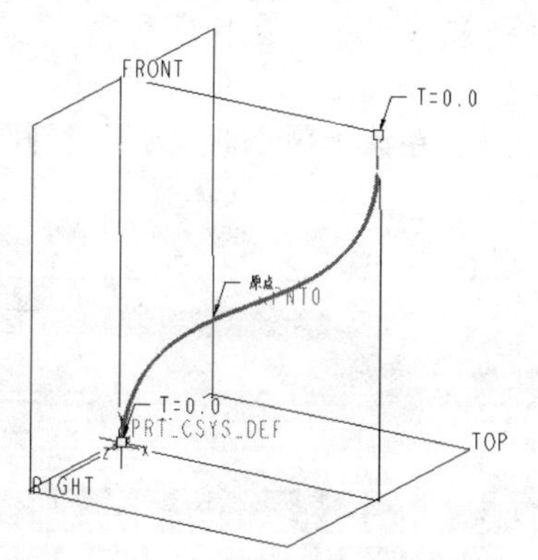

图 8-14 选取一条基准曲线作为轨迹线

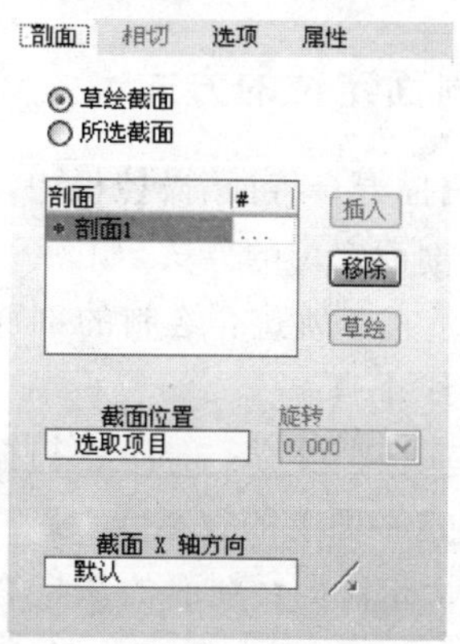

图 8-15 “剖面”上滑面板

第 8 步，单击选取轨迹线上端点，然后单击“草绘”按钮，进入草绘模式，绘制 60×60 正方形剖面，如图 8-16 所示，单击✔图标按钮，完成剖面 1 的绘制。

第 9 步，单击“插入”按钮，单击选取基准点 PNT0，接着在“旋转”文本框中输入剖面旋转角度 30，然后单击“草绘”按钮，进入草绘模式，绘制 40×40 正方形剖面，单击✔图标按钮，完成剖面 2 的绘制。

第 10 步，单击“插入”按钮，单击轨迹线下端点，接着在“旋转”文本框中输入剖面旋转角度 15，然后单击“草绘”按钮，进入草绘模式，绘制 20×20 正方形剖面，单击✔图标按钮，完成剖面 3 的绘制。“剖面”上滑面板如图 8-17 所示。

第 11 步，单击“相切”按钮，弹出上滑面板，定义扫描混合特征的端点和相邻模型几何间的相切关系（默认关系是“自由端”）。

第 12 步，单击☑👓图标按钮预览生成的特征，单击☑图标按钮，完成扫描混合特征创建，如图 8-18 所示。

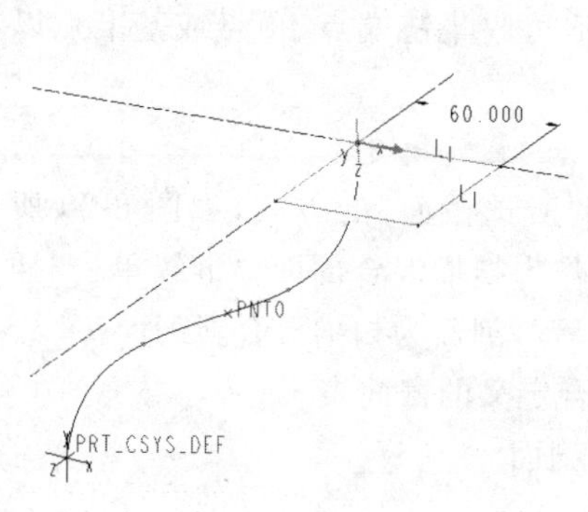

图 8-16 绘制剖面

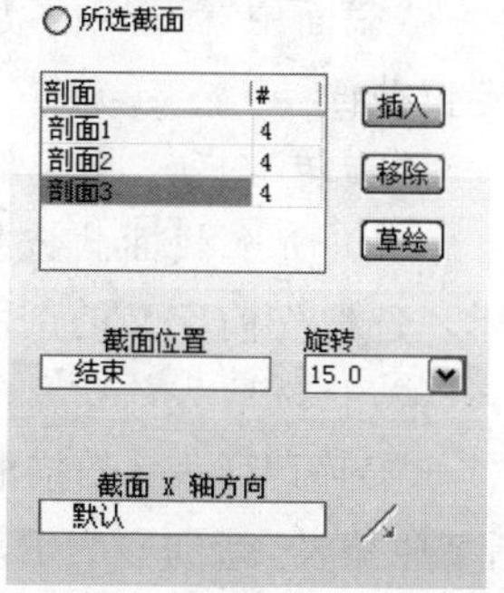

图 8-17 “剖面”上滑面板

图 8-18 完成的扫描混合实体

注意：执行“扫描混合”命令前，要在轨迹线上预先绘制基准点，以确定扫描混合剖面的位置。

8.2.2 操作及选项说明

1. 剖面定位的方式

在“扫描混合特征”操控板中，单击“参照”上滑面板，在该上滑面板“剖面控制”下拉列表中选取剖面定位的方式，如图 8-19 所示。

(1) 垂直于轨迹：绘制的剖面在扫描过程中与指定的轨迹线垂直。

(2) 垂直于投影：剖面在扫描过程中垂直于某轨迹线在指定平面上的投影线。

(3) 恒定法向：剖面的法向在扫描过程中平行于指定方向。

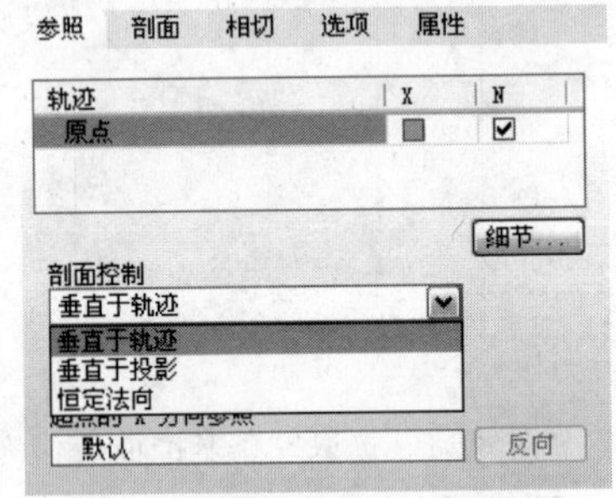

图 8-19 “参照”上滑面板

2. 剖面创建的方式

在“扫描混合特征”操控板中，单击“剖面”按钮，弹出上滑面板，在该上滑面板选取剖面创建的方式：草绘截面或所选截面。

(1) 草绘截面。选择“草绘截面”的方式，如图 8-15 所示。在轨迹上选取一位置点，并单击“草绘”按钮，绘制扫描混合特征的剖面。继续单击“插入”按钮，在轨迹上选取另一位置点，并单击“草绘”按钮，绘制另一剖面。

“剖面”列表：扫描混合特征定义的截面表。每次只有一个截面是活动的。在表格中以蓝色加亮此活动截面。当将截面添加到列表时，会按时间顺序对其进行编号和排序。标记为“#”的列中显示草绘剖面中的图元数。

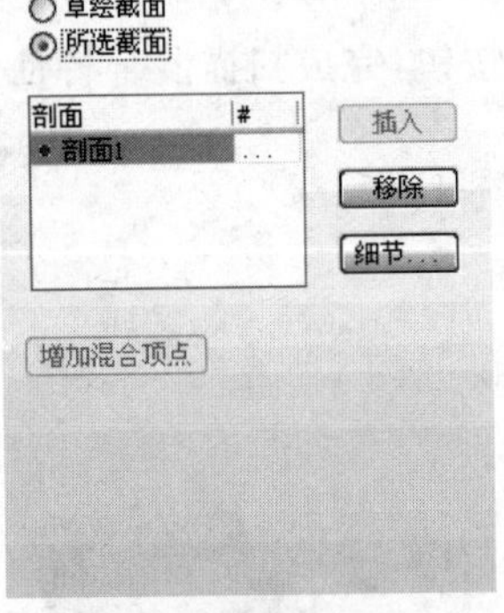

图 8-20 “剖面”上滑面板

“插入”按钮：单击可激活新收集器。新剖面为活动剖面。

“移除”按钮：单击可删除表格中的选定截面。

“草绘”按钮：打开“草绘器”，进入草绘模式创建剖面。

“截面位置”选项：激活可收集链端点、顶点或基准点以定位截面。

“旋转”选项：指定剖面的旋转角度（−120°～+120°）。

(2) 所选截面。选择“所选截面”的方式，如图 8-20 所示。选取先前定义的剖面作为扫描混合剖面。继续单击“插入”按钮，选取先前定义的另一剖面为扫描混合新剖面。

“剖面”列表：扫描混合定义的截面表。

“插入”按钮：单击可激活新收集器，新剖面为活动剖面。

“移除”按钮：单击可删除表格中的选定截面。

注意：所有剖面的图元数必须相同。

3. 其他选项说明

(1) ：为截面轮廓指定厚度创建薄壳特征，建模过程可以参考增加材料拉伸特征。

(2) ：预览要生成的扫描混合特征以进行校验。

(3) ：暂停模式。

(4) ：取消特征创建或重定义。

(5) 相切：单击该按钮，打开上滑面板，允许设置由开始或终止截面图元和元件曲面生成的几何间定义相切关系。

1) "自由"选项：开始或终止截面是自由端。

2) "相切"选项：选取相切曲面。"图元"收集器会自动前进到下一个图元。

3) "垂直"选项：扫描混合特征的起点或终点垂直于剖面。"图元"收集器不可用并且无需参照。

8.3 螺旋扫描特征的创建

螺旋扫描特征是将二维特征截面沿着螺旋轨迹线扫描创建螺旋扫描体。

调用命令的方式如下。

菜单：执行"插入"|"螺旋扫描"命令。

8.3.1 创建恒定螺距值的螺旋扫描特征

利用"螺旋扫描"命令可以创建恒定螺距值的螺旋扫描体。

操作步骤如下。

第1步，在零件模式中，单击下拉菜单"插入"|"螺旋扫描"|"伸出项"，弹出如图8-21所示的"属性"菜单。

第2步，保持默认的"常数"、"穿过轴"和"右手定则"不变，单击"完成"选项。

第3步，选取FRONT基准面为草绘平面，依次继续单击"正向"选项、"默认"选项(默认草绘视图定位参照面)，进入草绘环境。

第4步，草绘旋转轮廓线和旋转轴，如图8-22所示。

注意：

(1) 草绘轮廓时，必须草绘中心线以定义旋转轴。草绘图元必须形成一个开放环。

(2) 轮廓的起点定义了扫描轨迹的起点。指定新起点的方式，单击选取新的轨迹起点，然后单击"草绘"|"特征工具"|"起点"，或右击，在弹出的快捷菜单中选择"起始点"选项。

第5步，单击图标按钮，退出草绘环境。

第6步，输入螺距值为30。单击图标按钮，进入草绘环境。

图 8-21 “属性”菜单

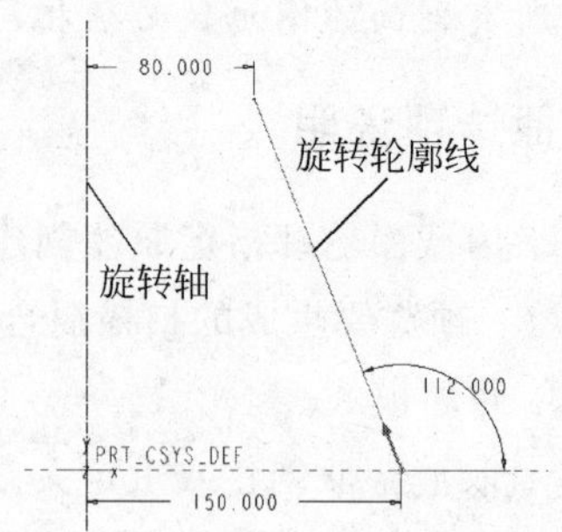

图 8-22 旋转轮廓线和旋转轴

注意：螺距值一般大于扫描剖面的高度尺寸。

第 7 步，草绘将要沿着轨迹扫描的横截面。根据可见的十字叉丝草绘横截面，如图 8-23 所示，绘制⌀15 的圆。

第 8 步，单击✔图标按钮，退出草绘环境。

第 9 步，单击“伸出项：螺旋扫描”对话框中的“确定”按钮，完成螺旋扫描特征创建，如图 8-24 所示。

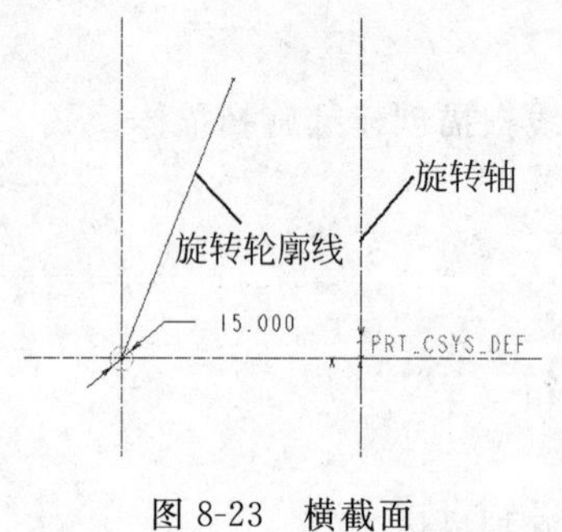

图 8-23 横截面

图 8-24 螺旋扫描特征

8.3.2 操作及选项说明

在如图 8-20 所示的“属性”菜单中，对以下成对出现的选项（只选其一）进行选择，来定义螺旋扫描特征。

1. 螺距特性

“常量”选项：螺距为常数。

“可变的”选项：螺距可变，由图形定义。

2. 横截面位置

“穿过轴”选项：横截面位于穿过旋转轴的平面内。

“垂直于轨迹”选项：确定横截面方向，使之垂直于轨迹（或旋转面）。

3. 扫描轨迹旋向

“右手定则”选项：使用右手规则定义轨迹旋向。

“左手定则”选项：使用左手规则定义轨迹旋向。

8.4 上机操作实验指导七　弯臂和吊钩建模

1. 根据如图 8-25 所示弯臂的二视图，创建该零件的三维实体模型。主要涉及的命令包括“可变剖面扫描”命令和“拉伸”命令。

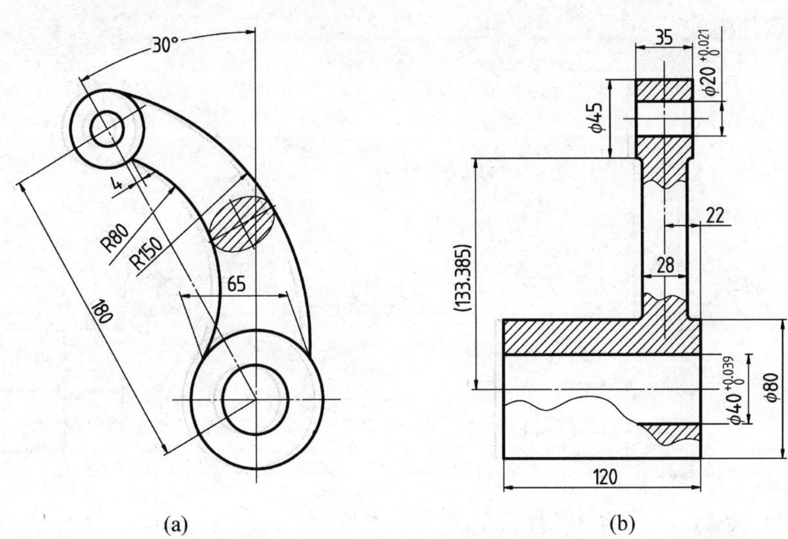

图 8-25　弯臂二视图

操作步骤如下。

步骤 1　创建新文件

参见本书第 1 章，操作过程略。

步骤 2　创建∅80 圆柱体拉伸特征

第 1 步，在零件模式中，单击图标按钮，打开“拉伸特征”操控板。

第 2 步，在该操控板中，单击“拉伸为实体”图标按钮。

第 3 步，单击“放置”上滑面板中的“定义”按钮，弹出“草绘”对话框。

第 4 步，选择 FRONT 基准平面为草绘平面，RIGHT 基准平面为参照平面，参照平面方向为向右，单击“草绘”按钮，进入草绘模式。

第 5 步，绘制如图 8-26 所示的二维特征截面，单击图标按钮，回到零件模式。

第 6 步，在“拉伸特征”操控板中，输入“拉伸长度值”为 120，单击图标按钮，完成三维模型。

步骤 3　创建新基准面 DTM1

单击▱图标按钮，弹出“基准平面”对话框。选择 FRONT 基准平面为参照平面，输入“偏距”值为 22。单击“确定”按钮，完成 DTM1 基准平面的创建。

步骤 4　创建∅45 圆柱体拉伸特征

第 1 步，单击图标按钮，打开“拉伸特征”操控板。

第 2 步，在该操控板中，单击“拉伸为实体”□图标按钮(此为默认设置)。

第 3 步，单击“放置”上滑面板中的“定义”按钮，弹出“草绘”对话框。

第 4 步，选择 DTM1 为草绘平面，RIGHT 基准平面为参照平面，参照平面方向为向右(此为默认设置)，单击“草绘”按钮，进入草绘模式。

第 5 步，草绘两条相互垂直的中心线及二维特征截面，如图 8-27 所示。单击✔图标按钮，回到零件模式。

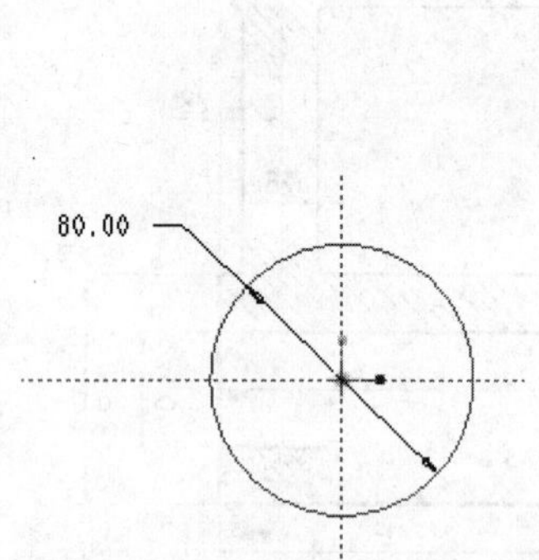

图 8-26　∅80 圆柱二维特征截面

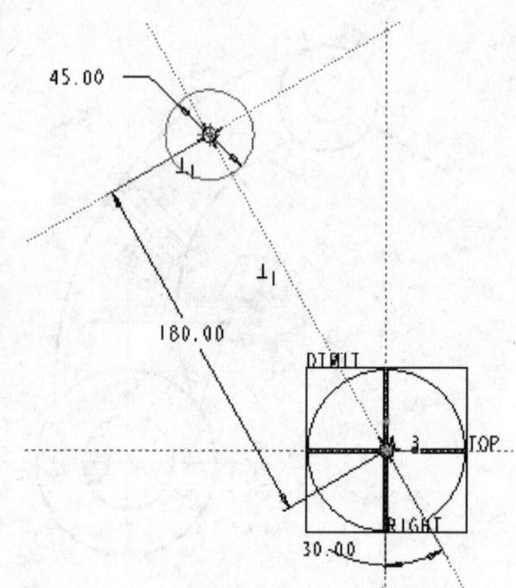

图 8-27　∅45 圆柱二维特征截面

第 6 步，在“拉伸特征”操控板中，输入“深度值”为 35，单击图标按钮右侧的▾，指定拉伸特征的深度方式为对称。单击☑图标按钮，完成三维模型。

步骤 5　创建新基准面 DTM2

单击▱图标按钮，弹出“基准平面”对话框。选择小圆柱体的轴为参照轴，参照约束类型为“穿过”，按住 Ctrl 键不放选择 RIGHT 为参照面，选择约束类型为“平行”。单击“确定”按钮，完成 DTM2 基准平面的创建，如图 8-28 所示。

步骤 6　创建两条轨迹线

第 1 步，单击图标按钮，弹出“草绘”对话框，选择 DTM1 为草绘平面，RIGHT 基准平面为参照平面，参照平面方向为向右(此为默认设置)，单击“草绘”按钮，进入草绘模式。

第 2 步，草绘两条轨迹线，如图 8-29 所示。

步骤 7　创建可变截面扫描体

第 1 步，在零件模式中，单击图标按钮，打开“可变剖面扫描特征”操控板。

第 2 步，在该操控板中，单击“扫描为实体”□图标按钮。

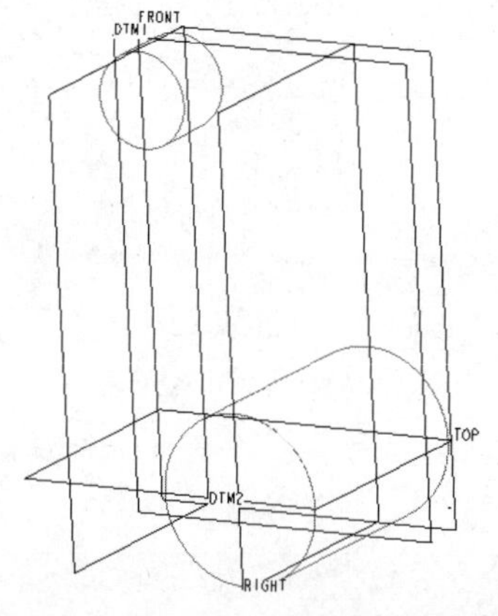

图 8-28　创建的 DMT1 和 DMT2 基准面

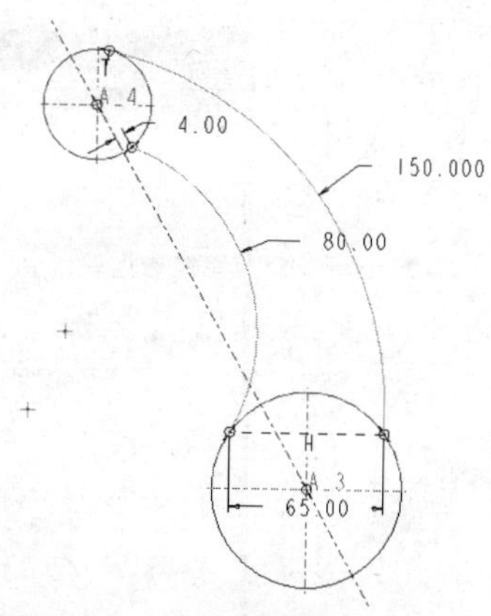

图 8-29　草绘两条轨迹线

第 3 步，单击选取 R150 弧为原点轨迹线，按住 Ctrl 键选取 R80 弧为辅助轨迹线，如图 8-30 所示。

第 4 步，在"可变截面扫描特征"操控板中，单击"创建或编辑扫描剖面"图标按钮，进入草绘模式，沿选定轨迹线草绘扫描剖面，绘制的椭圆剖面的左极限点在起始轨迹线上，而右极限点在辅助轨迹线上(扫描时该两个极限点将受到两条轨迹线的拖动)，如图 8-31 所示。

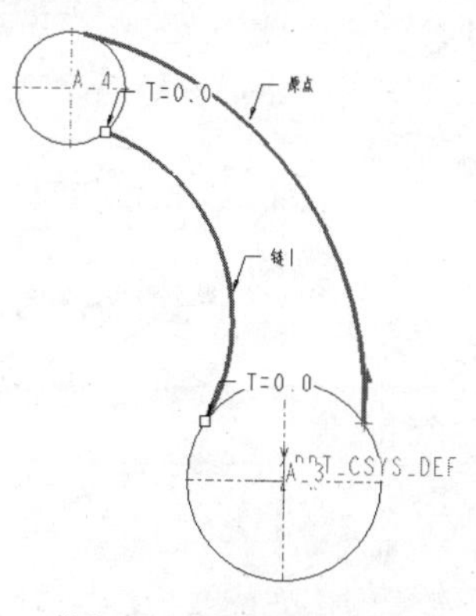

图 8-30　选择轨迹线

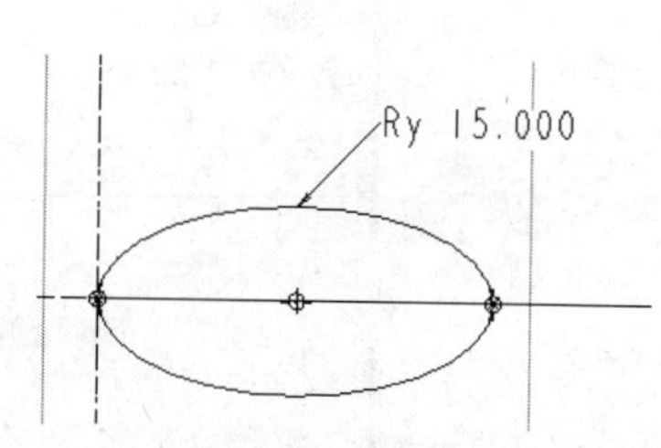

图 8-31　选择轨迹线

第 5 步，单击图标按钮，退出草绘模式。

第 6 步，在"可变截面扫描特征"操控板中，单击"参照"上滑面板上轨迹收集器中的"原点"，继续单击细节...按钮，弹出"链"对话框，如图 8-32(a)所示。

第 7 步，单击"选项" 选项卡，选择 "第 1 侧"下拉列表中的"延伸至参照"，在绘图区选择大圆柱下半圆柱面，如图 8-32(b)所示。

第 8 步，单击对话框中的"链 1"选项，在"选项" 选项卡中，选择"第 1 侧"下拉列表中的"延伸至参照"，如图 8-33(a)所示，在绘图区选择小圆柱下半圆柱面，如图 8-33(b)所示，单击"确定"按钮，关闭"链"对话框。

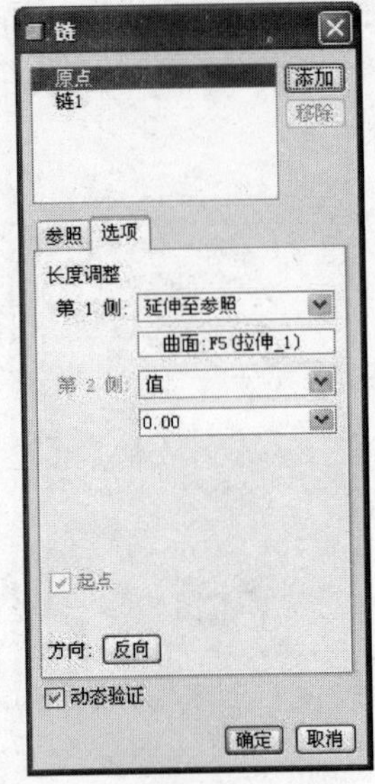

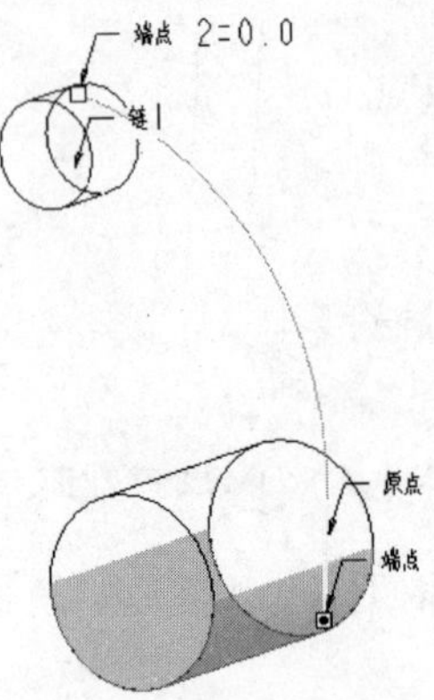

(a) “链”对话框　　　　(b) 原点轨迹线长度调整

图 8-32　“链”对话框之原点轨迹线长度设置

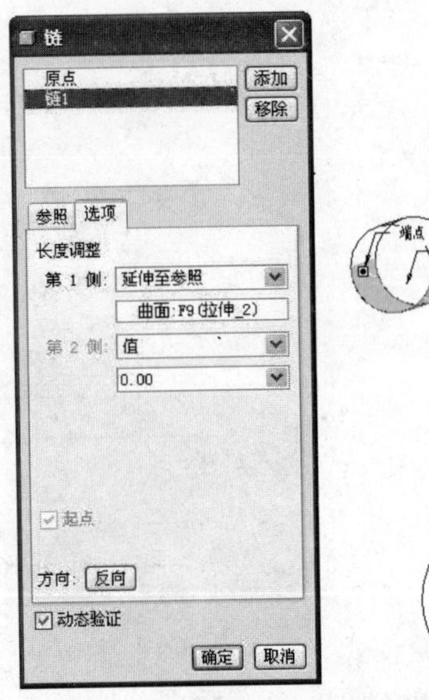

(a) “链”对话框　　　　(b) 辅助轨迹线长度调整

图 8-33　“链”对话框之辅助轨迹线长度设置

第 9 步，单击☑图标按钮，结束“可变截面扫描”命令，完成特征创建，如图 8-34 所示。

步骤 8　创建孔去除材料拉伸特征

第 1 步，单击图标按钮，打开“拉伸特征”操控板。

第 2 步，在该操控板中，单击“拉伸为实体”□图标按钮。

第 3 步，选择大圆柱体端面为草绘平面，RIGHT 基准平面为参照平面，参照平面方向为向右(此为默认设置)，单击“草绘”按钮，进行草绘模式。

第 4 步，草绘一Φ40 圆并修改草绘尺寸值，单击✔图标按钮，回到零件模式。

第 5 步，在“拉伸特征”操控板中，单击“去除材料”◿图标按钮。

第 6 步，在“拉伸特征”操控板中，指定拉伸特征深度的方法为“穿透”，单击☑图标按钮，回到零件模式。

第 7 步，同理，在小圆柱内挖Φ20 孔。完成的零件三维实体如图 8-35 所示。

步骤 9　保存图形

参见本书第 1 章，操作过程略。

2. 创建如图 8-36 所示的吊钩三维模型。主要涉及的命令包括“扫描混合”命令、“螺旋扫描”命令、“拉伸”命令、“旋转”命令和“倒角”命令等。

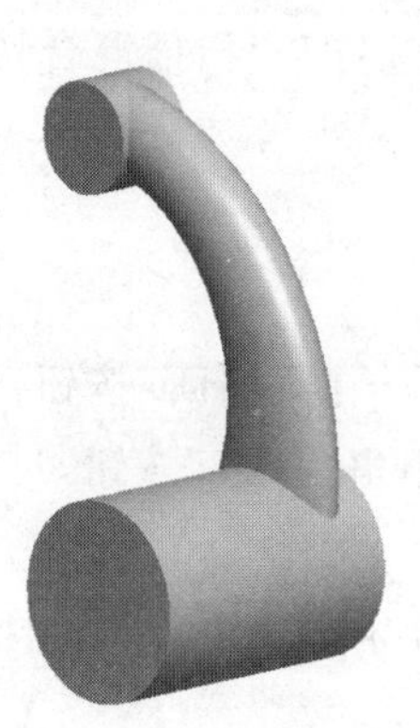

图 8-34　完成可变截面扫描特征

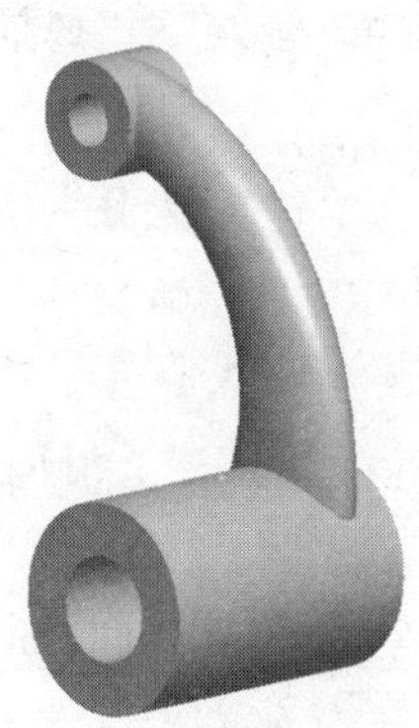

图 8-35　完成的三维实体模型

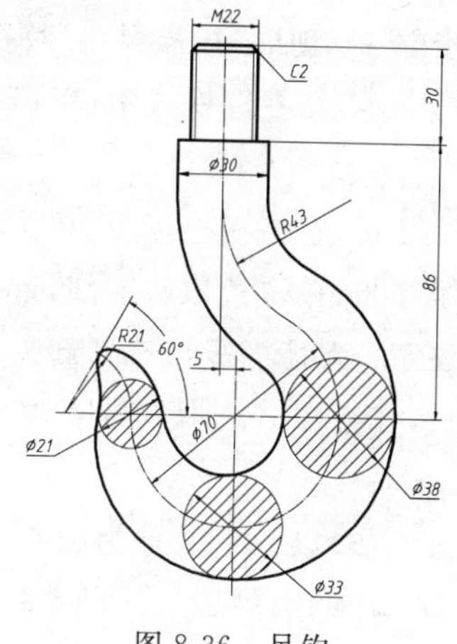

图 8-36　吊钩

操作步骤如下。

步骤 1　创建新文件

参见本书第 1 章，操作过程略。

步骤 2　创建轨迹线

第 1 步，单击〜图标按钮，弹出“草绘”对话框，选择 FRONT 基准平面为草绘平面，RIGHT 基准平面为参照平面，参照平面方向为向右(此为默认设置)，单击“草绘”按钮，进入草绘模式。

第 2 步，如图 8-37 所示，在草绘环境中绘制轨迹线。

第 3 步，单击✂图标按钮，将直径为 70 的圆弧按如图 8-37 所示位置打断。

第 4 步，单击✔图标按钮，回到零件模式。

步骤 3　创建基准点

第 1 步，单击 ⁎⁎ 图标按钮，打开“基准点”对话框，如图 8-38 所示。

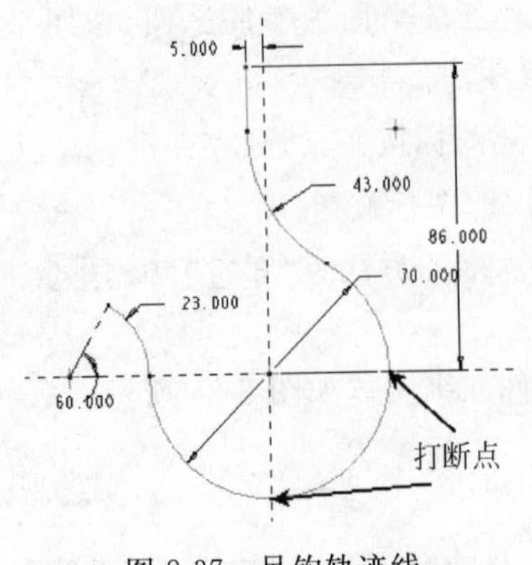

图 8-37　吊钩轨迹线

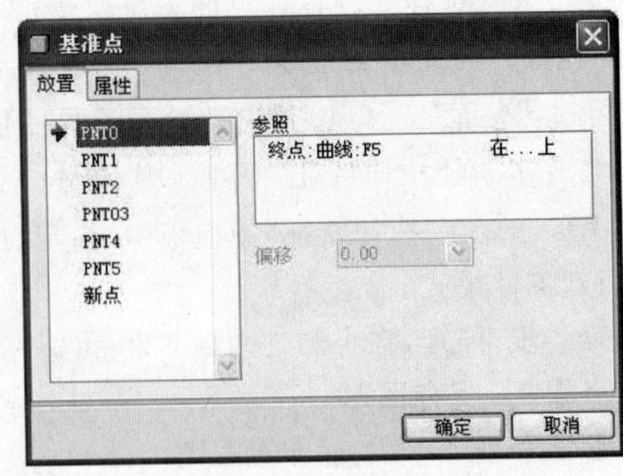

图 8-38　“基准点”对话框

第 2 步，在绘图区连续选取如图 8-39 所示的 6 个基准点。

步骤 4　创建“扫描混合”特征

第 1 步，在零件模式中，单击下拉菜单“插入”|“扫描混合”，打开“扫描混合特征”操控板。

第 2 步，在该操控板中，单击“扫描为实体”□图标按钮。

第 3 步，单击选取轨迹线，起始点为 PNT0 点。

注意：*直接单击起始点箭头，可修改起始点位置。*第 4 步，单击“剖面”按钮，弹出上滑面板，在绘图区选取基准点 PNT0，再在“剖面”上滑面板中单击“草绘”按钮，进入草绘环境。

第 5 步，以 PNT0 点为圆心，作一直径为 30 的圆，如图 8-40 所示。单击✓图标按钮，完成剖面 1 的绘制。

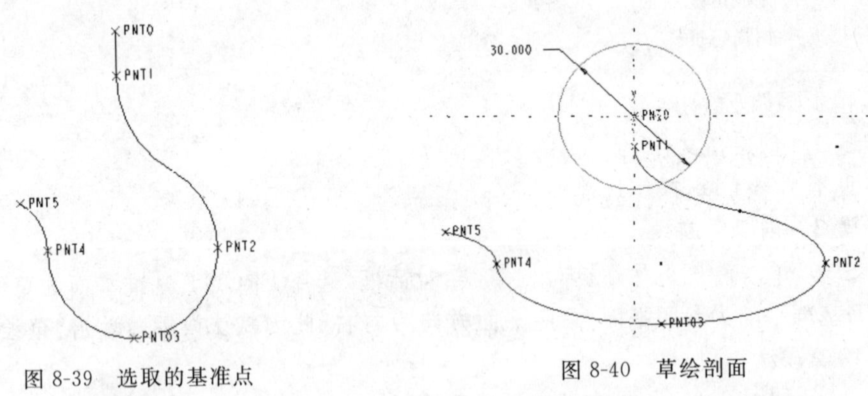

图 8-39　选取的基准点

图 8-40　草绘剖面

第 6 步，单击“插入”按钮，选取基准点 PNT1 点，再单击“草绘”按钮，进入草绘环境。

第 7 步，以 PNT1 点为圆心，作一直径为 30 的圆。单击✓图标按钮，完成剖面 2 的绘制。

第 8 步，单击“插入”按钮，选取基准点 PNT2 点，再单击“草绘”按钮，进入草绘环境。

第 9 步，以 PNT2 点为圆心，作一直径为 38 的圆。单击✓图标按钮，完成剖面 3 的绘制。

第 10 步，单击“插入”按钮，选取基准点 PNT3 点，再单击“草绘”按钮，进入草绘环境。

第 11 步，以 PNT3 点为圆心，作一直径为 33 的圆。单击✓图标按钮，完成剖面 4 的绘制。

第 12 步，单击“插入”按钮，选取基准点 PNT4 点，再单击“草绘”按钮，进入草绘环境。

第 13 步，以 PNT4 点为圆心，作一直径为 21 的圆。单击✓图标按钮，完成剖面 5 的绘制。

第 14 步，单击“插入”按钮，选取基准点 PNT5 点，再单击“草绘”按钮，进入草绘环境。

第 15 步，单击 × 按钮，在基准点 PNT5 点处创建一点。单击✓图标按钮，完成剖面 5 的绘制。

第 16 步，单击“相切”按钮，弹出上滑面板，修改“终止截面”的边界条件为“平滑”，如图 8-41 所示。

第 17 步，单击☑图标按钮，回到零件模式，如图 8-42 所示。

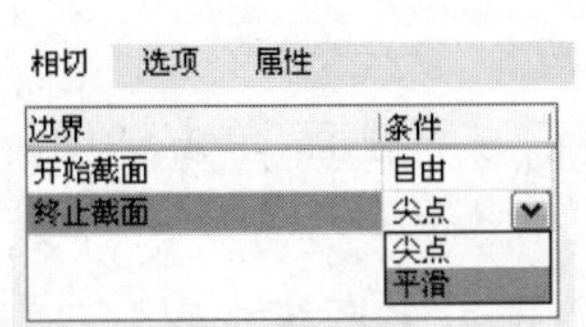

图 8-41 “相切”上滑面板

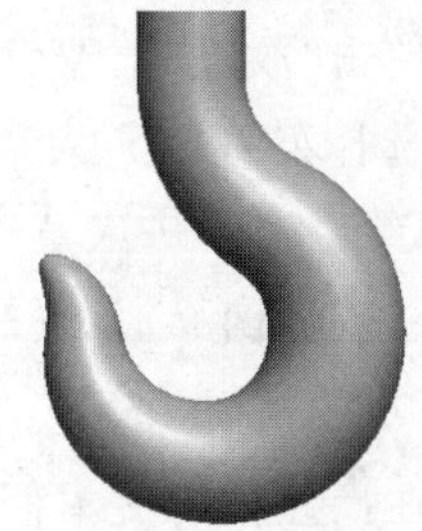

图 8-42 完成扫面混合特征创建

步骤 5 创建“拉伸”特征

第 1 步，单击图标按钮，打开“拉伸特征”操控板。

第 2 步，在该操控板中，单击“拉伸为实体”□图标按钮。

第 3 步，单击“放置”上滑面板中的“定义”按钮，弹出“草绘”对话框。

第 4 步，选择如图 8-42 所示的上端面圆为草绘平面，RIGHT 基准平面为参照平面，参照平面方向为向右，单击“草绘”按钮，弹出“参照”对话框，选择 FRONT 基准平面为草绘另一参照，单击“关闭”按钮，进入草绘模式。

第 5 步，草绘 Ø22 圆，如图 8-43 所示，单击✓图标按钮，退出草绘模式。

第 6 步，在“拉伸特征”操控板中，输入“深度值”为 30，单击☑图标按钮，完成拉伸特征创建，如图 8-44 所示。

步骤 6 创建“倒角”特征

第 1 步，单击图标按钮，打开“倒角特征”操控板。

第 2 步，在该操控板中，单击选择定义倒角的方式为“D×D”，输入倒角尺寸 D 为 2。

第 3 步，在绘图区选取如图 8-44 所示的顶面圆弧，单击☑图标按钮，完成倒角特征创建。

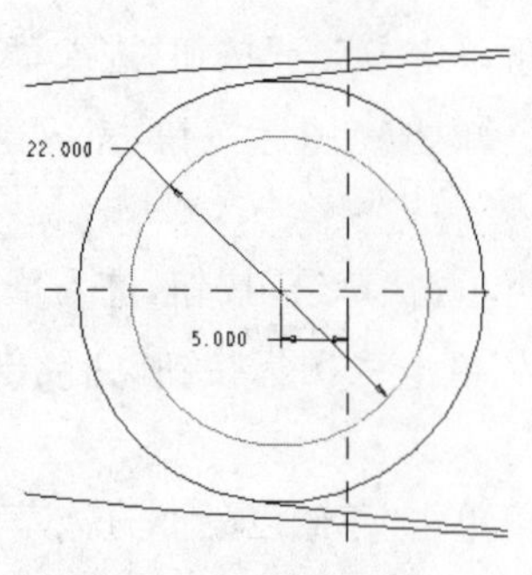

图 8-43　拉伸二维特征

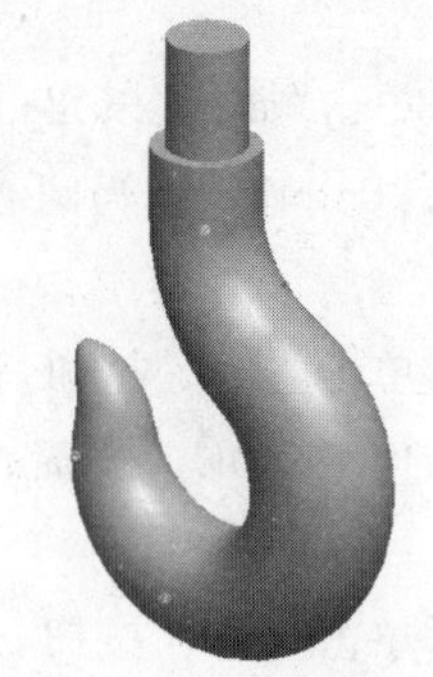

图 8-44　完成拉伸特征创建

步骤 7　创建"旋转"特征

第 1 步,单击图标按钮,打开"旋转特征"操控板。

第 2 步,在该操控板中,单击"作为实体旋转"图标按钮和"去除材料"图标按钮。

第 3 步,单击"放置"上滑面板中的"定义"按钮,弹出"草绘"对话框。

第 4 步,选择 FRONT 为草绘平面,RIGHT 基准平面为参照平面,参照平面方向为向右,单击"草绘"按钮,进入草绘模式。

第 5 步,草绘如图 8-45 所示的旋转中心和 2×2 的正方形截面,单击图标按钮,回到零件模式。

第 6 步,在操控板的文本框中指定旋转角度为 360°,单击图标按钮,完成旋转去除材料特征的创建,如图 8-46 所示。

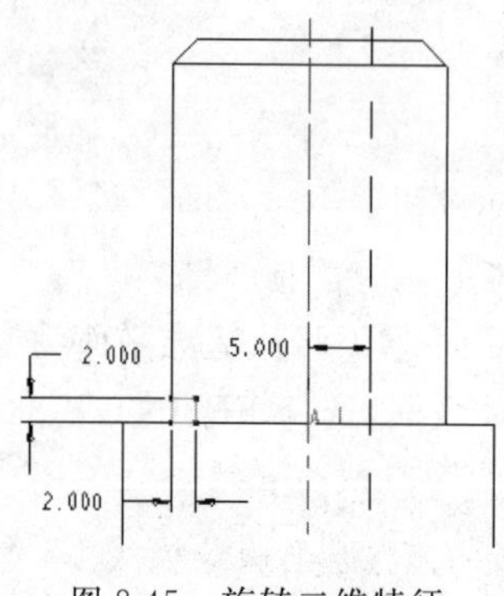

图 8-45　旋转二维特征

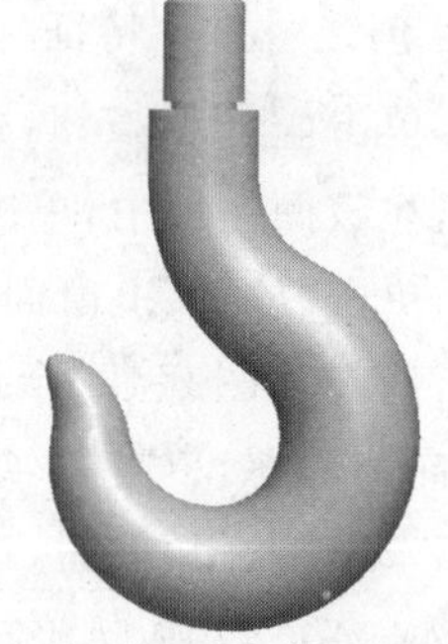

图 8-46　完成旋转特征创建

步骤 8　创建"螺纹"特征

第 1 步,在零件模式中,单击下拉菜单"插入"|"螺旋扫描"|"切口",弹出"属性"菜单。

第 2 步,保持默认的"常数"、"穿过轴"和"右手定则"不变,单击"完成"选项。

第 3 步,单击选取 FRONT 基准面为草绘平面,依次继续单击"正向"选项、"默认"选项(默认草绘视图定位参照面),进入草绘环境。

第 4 步，草绘旋转轮廓线和旋转轴，如图 8-47 所示。

第 5 步，单击✔图标按钮，退出草绘环境。

第 6 步，输入螺距值为 2.5。单击☑图标按钮，进入草绘环境。

第 7 步，按国家标准提供的螺纹横截面尺寸绘制螺旋扫描截面，如图 8-48 所示。单击✔按钮，退出草绘环境。

第 8 步，单击"切剪：螺旋扫描"对话框中的"确定"按钮，完成螺旋扫描特征创建，如图 8-49 所示。

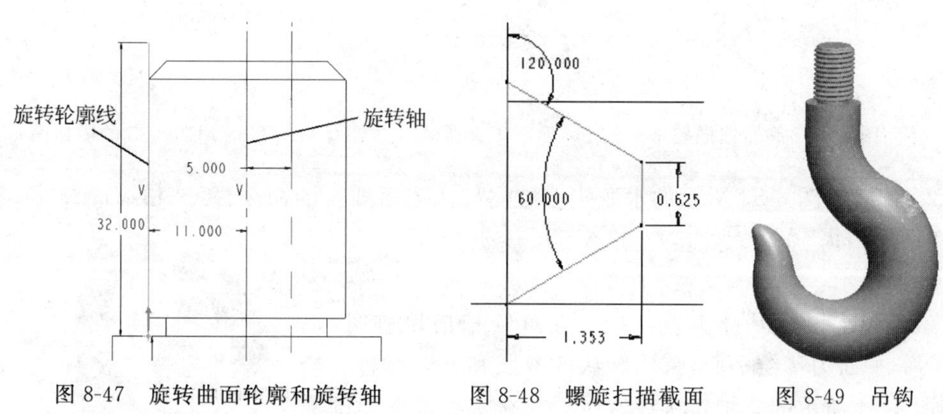

图 8-47　旋转曲面轮廓和旋转轴　　图 8-48　螺旋扫描截面　　图 8-49　吊钩

步骤 9　保存图形

参见本书第 1 章，操作过程略。

8.5　上　机　题

1. 创建如图 8-50 所示螺钉 GB/T 68 M10×35(螺距为 1.5)。主要涉及的命令包括"扫描混合"命令、"螺旋扫描"命令、"拉伸"命令、"旋转"命令和"倒角"命令。

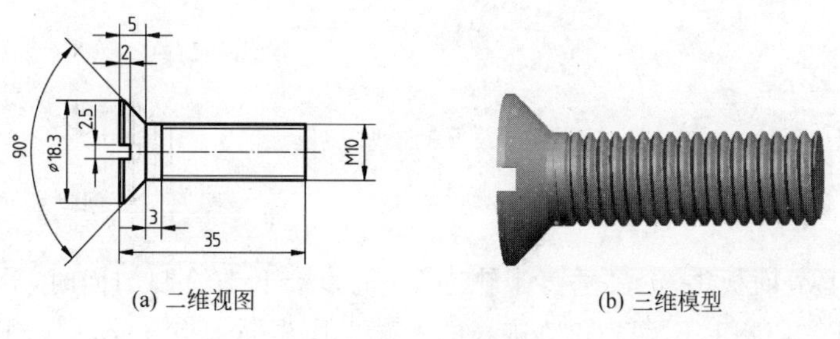

(a) 二维视图　　(b) 三维模型

图 8-50　螺钉

建模提示：

(1) 利用"螺旋扫描"命令创建螺纹时，绘制旋转曲面轮廓和旋转轴，如图 8-51 所示。

(2) 螺纹截面尺寸根据国家标准绘制，如图 8-52 所示。

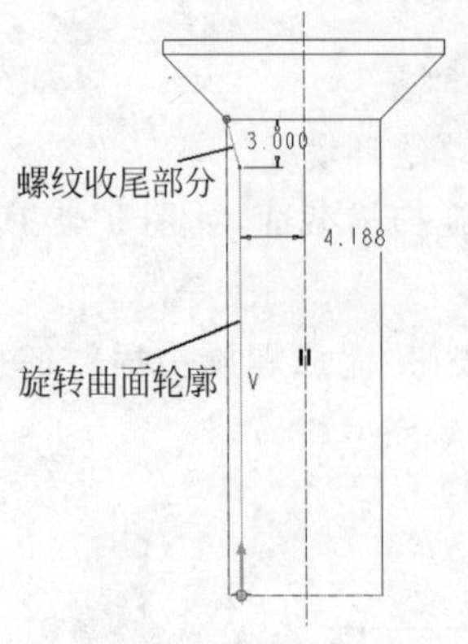

图 8-51　旋转曲面轮廓

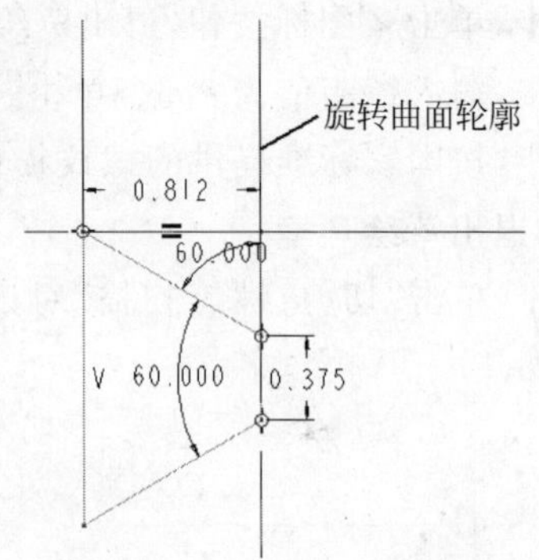

图 8-52　螺钉 GB/T 68 M10×35 的横截面

2. 创建如图 8-53 所示的水龙头三维模型。主要涉及的命令包括“扫描混合”命令和“可变剖面扫描”命令。

建模提示：

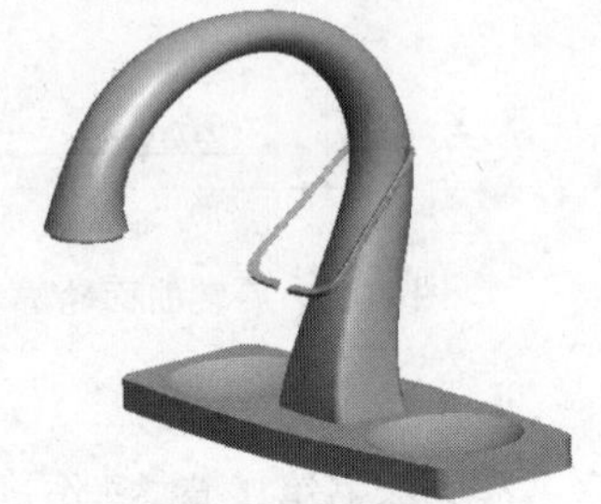

图 8-53　水龙头模型

(1) 创建扫描混合实体特征。在草绘扫描轨迹时，以 FRONT 平面为草绘平面，采用默认的参照和方向设置。绘制如图 8-54 所示的二维轨迹线。然后在轨迹线上创建基准点，选择“在其上”模式，并在“偏移”选项中选择“比率”模式。创建第一个基准点 PNT0 的偏移比率为 0.35，第二个基准点 PNT1 的偏移比率为 0.47，第三个基准点 PNT2 的偏移比率为 0.66，创建的基准点如图 8-55 所示。

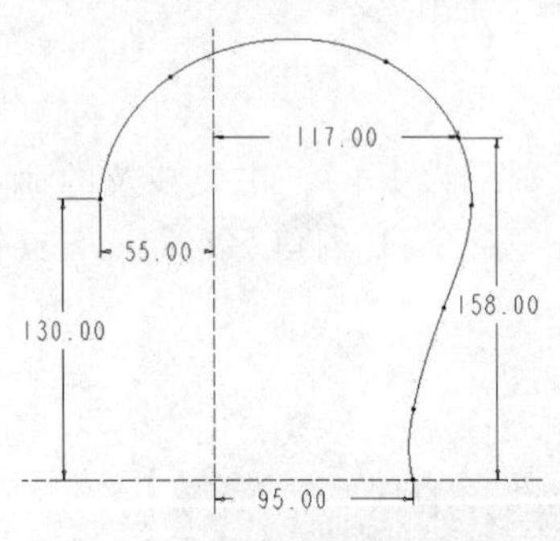

图 8-54　绘制扫描轨迹线

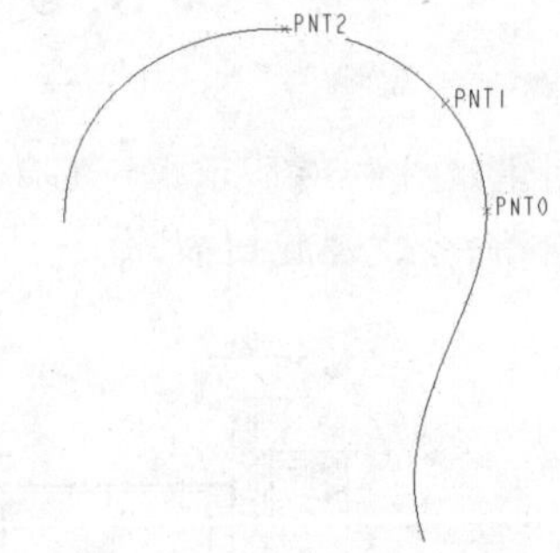

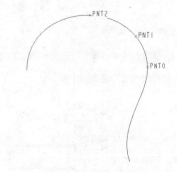

图 8-55　创建基准点

在“参照”上滑面板中选择“垂直于轨迹”方式。接下来绘制剖面时，分别选择轨迹线的下端点、PNT0、PNT1、PNT2 和轨迹线的上端点作为插入点。绘制的剖面如图 8-56 所示。完成扫描混合特征如图 8-57 所示。

(2) 创建旋转特征。首先创建一基准平面 DTM1，如图 8-58 所示，选择两点及扫描混合特征末端底面作为参照，设置参照面的约束类型为“法向”模式，“基准平面”对话框如图 8-59 所示。

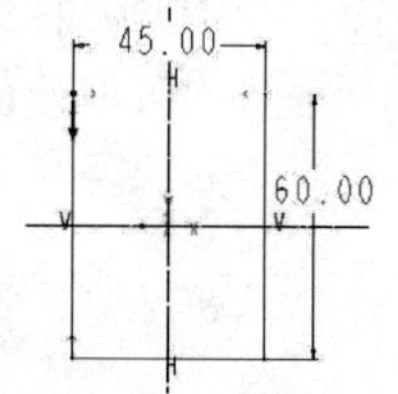

(a) 轨迹线下端点处绘制剖面

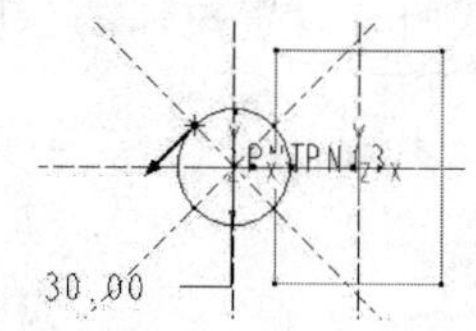

(b) 基准点 PNT0 处绘制剖面

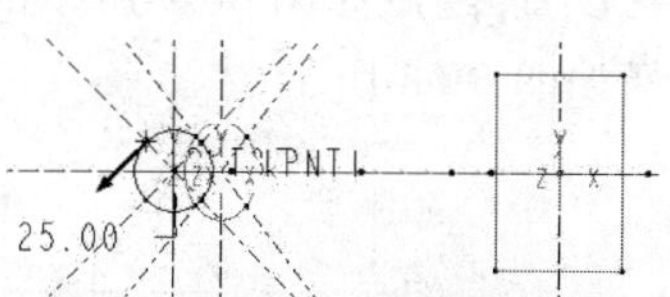

(c) 基准点 PNT1 处绘制剖面

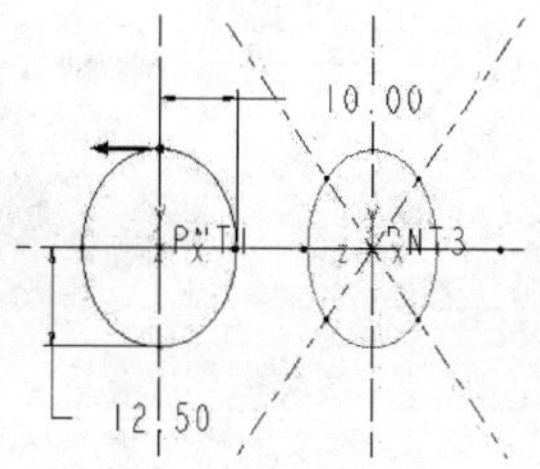

(d) 基准点 PNT2 处绘制剖面

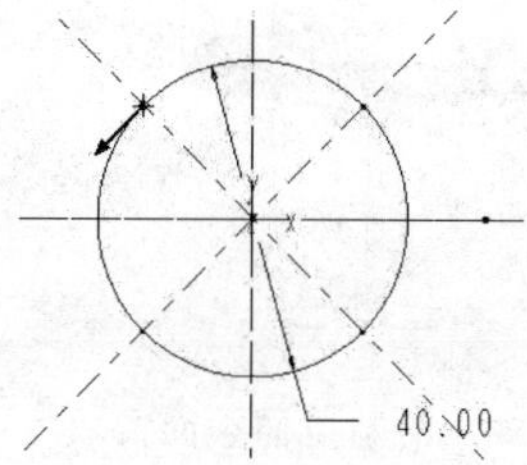

(e) 轨迹线上端点处绘制剖面

图 8-56 绘制剖面

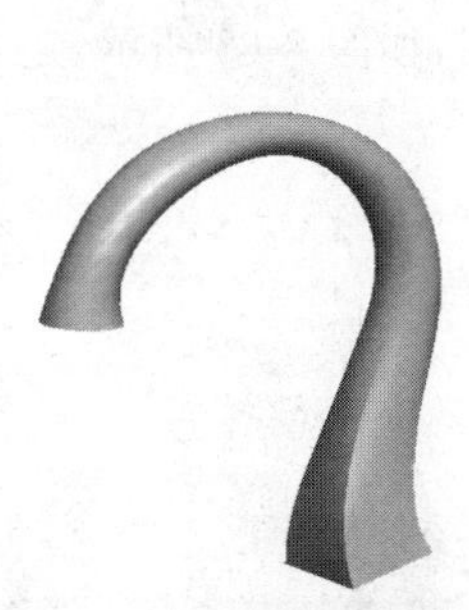

图 8-57 创建扫描混合特征

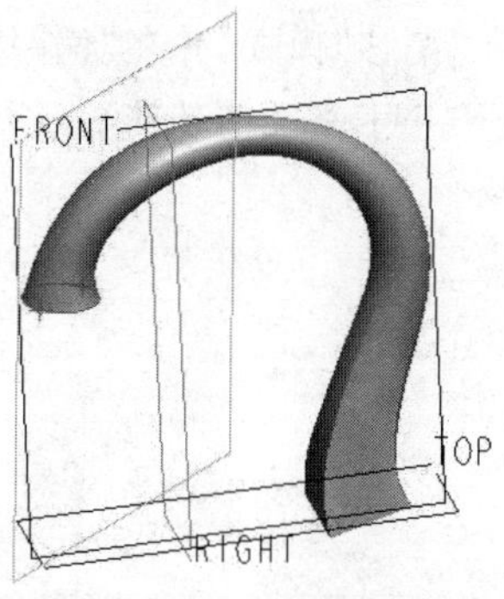

图 8-58 选择创建基准平面参照

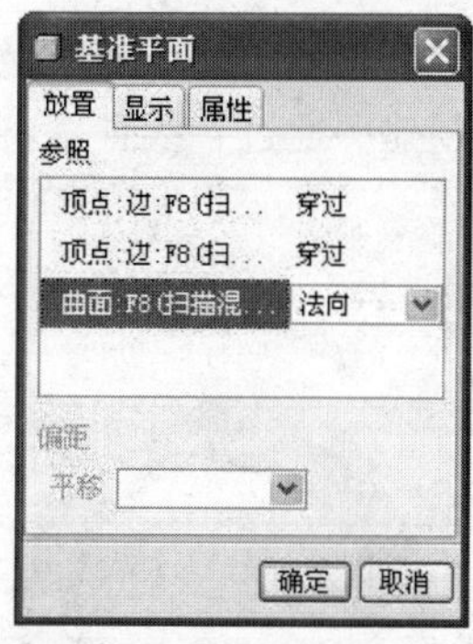

图 8-59 "基准平面"对话框设置

接下来创建旋转特征，以 DTM1 平面为草绘平面，采用默认的参照及方向设置，绘制如图 8-60 所示的二维旋转截面。完成三维模型如图 8-61 所示。

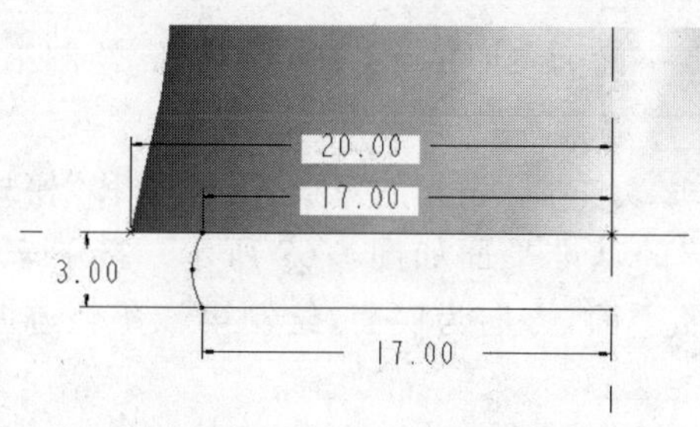

图 8-60 绘制旋转截面

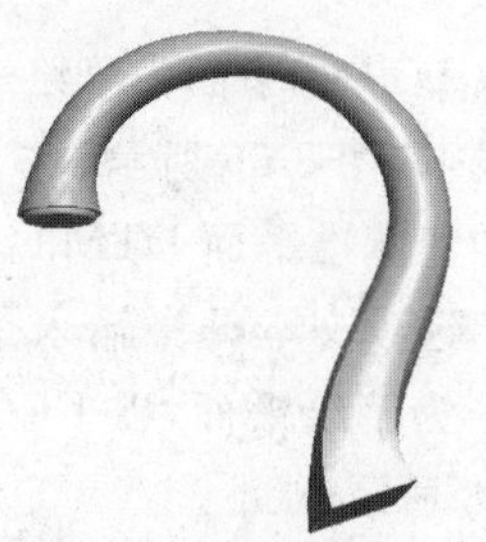

图 8-61 创建旋转特征

(3) 创建拉伸特征。选择扫描混合特征末端底面作为草绘平面，采用默认的参照和方向设置，绘制如图 8-62 所示的拉伸截面。设置拉伸的深度为 16，方向向下，创建的拉伸特征如图 8-63 所示。

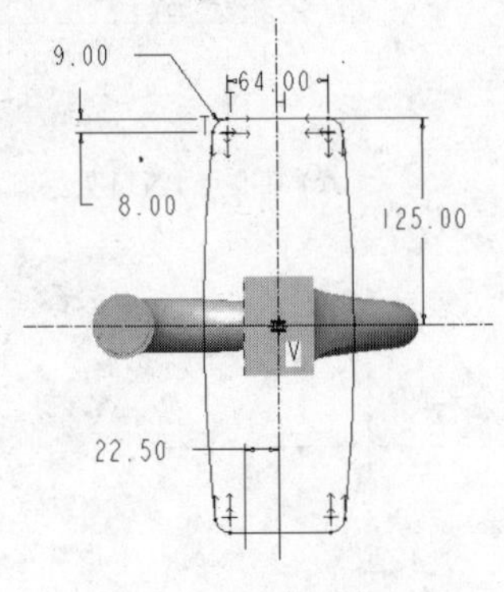

图 8-62 绘制拉伸截面

图 8-63 创建拉伸特征

(4) 创建可变剖面扫描特征。在此之前，首先需要绘制一条直线，然后再通过直线创建一个基准平面。创建直线时，以 FRONT 平面为草绘平面，采用默认的参照和方向设置，绘制直线如图 8-64 所示。接下来创建基准平面，选择直线和 FRONT 平面作为参照，分别设置它们的约束类型为"穿过"模式和"偏移"模式，并在"偏距"选项文本框中输入旋转的角度值 90，创建一通过直线且垂直于 FRONT 平面的基准平面 DTM2，如图 8-65 所示。

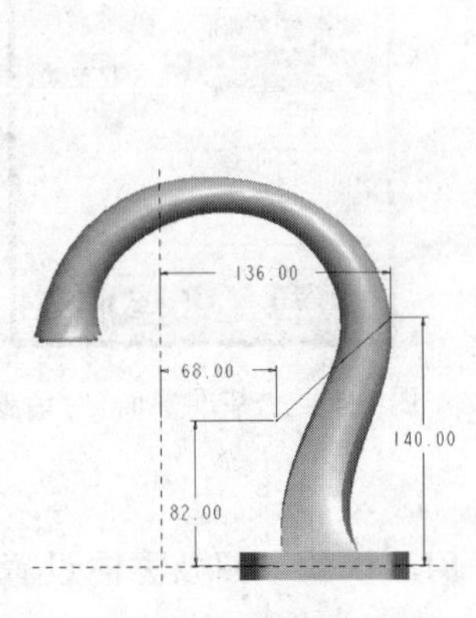

图 8-64 创建直线

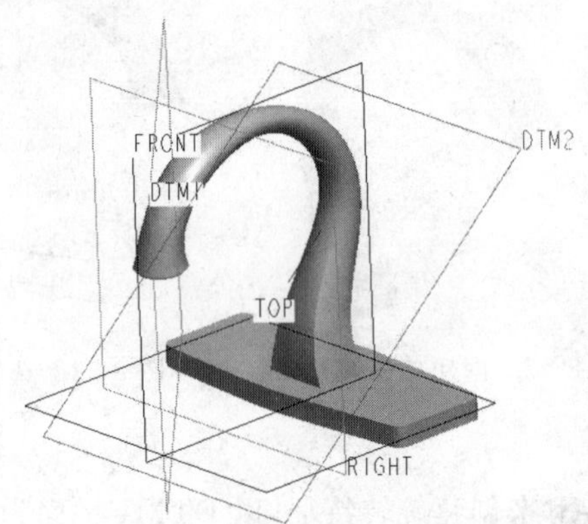

图 8-65 创建基准平面 DTM2

以 DTM2 平面为草绘平面，以 FRONT 平面为参照平面，方向为底部，绘制第一条轨迹曲线，如图 8-66 所示。

创建基准平面 DTM3。选择平面 DTM2 为参照，设置约束类型为"偏移"模式，并在"偏距"选项文本框中输入平移值为 2，创建的基准平面如图 8-67 所示。接下来以平面 DTM3 为草绘平面，以 FRONT 平面为参照平面，方向为底面，绘制第二条轨迹曲线，如图 8-68 所示。

选择绘制的第一条轨迹曲线进行镜像操作，以平面 DTM3 为镜像平面，镜像出第三条轨迹曲线，如图 8-69 所示。

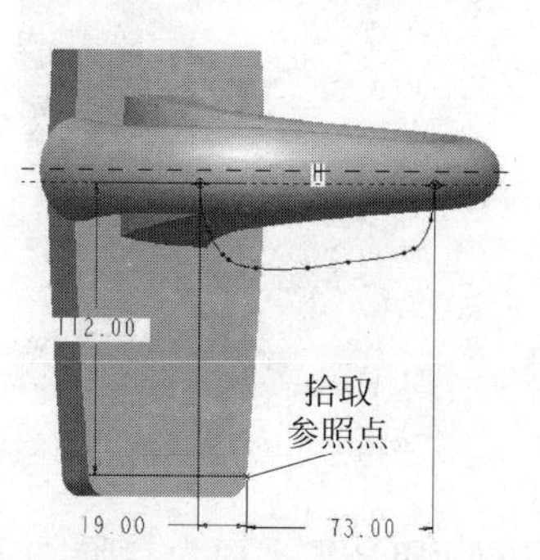

图 8-66 第一条轨迹曲线

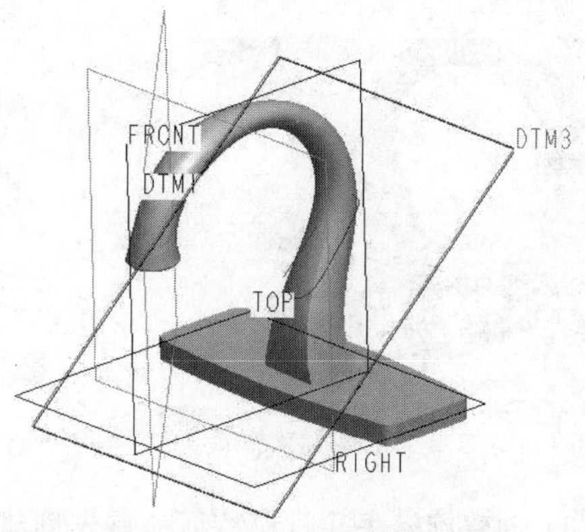

图 8-67 创建基准平面 DTM3

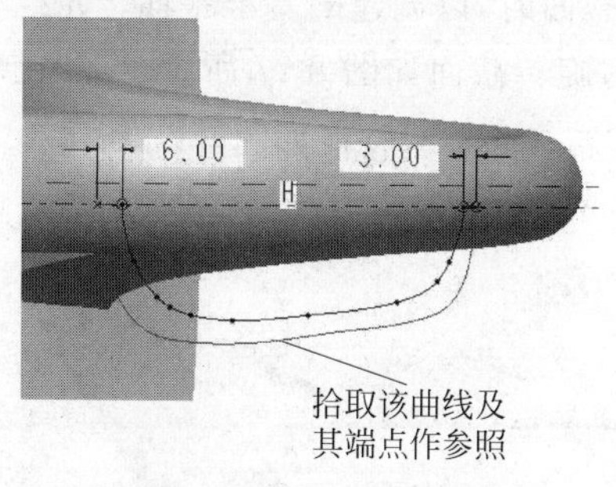

图 8-68 第二条轨迹曲线

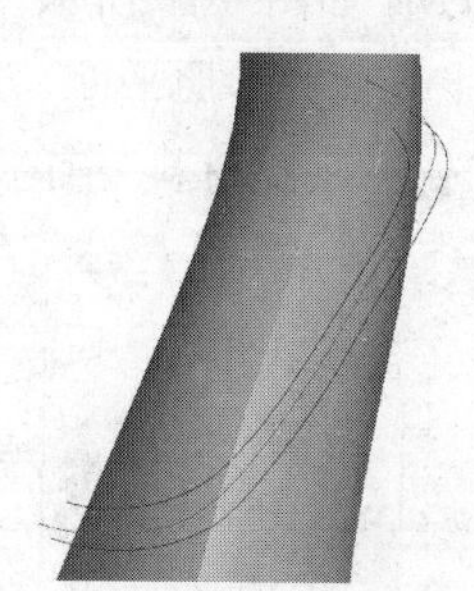

图 8-69 镜像第三条轨迹曲线

接下来进行可变剖面扫描操作。选择"扫描为实体"图标按钮，并在模型中选择创建的第二条轨迹曲线作为原点轨迹线，其他两条作为链轨迹，如图 8-70 所示。在"选项"上滑面板中选中"可变剖面"复选框，绘制的扫描截面如图 8-71 所示。最后得到的可变剖面扫描特征如图 8-72 所示。

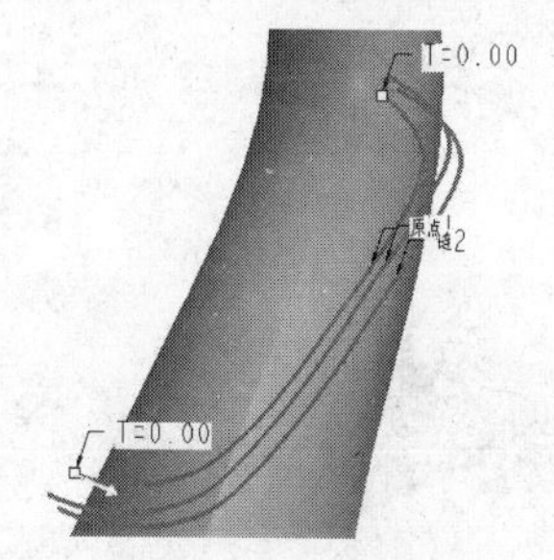

图 8-70 轨迹曲线的选择

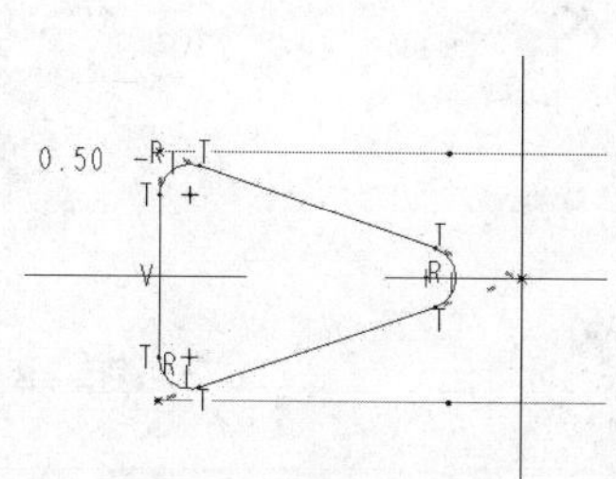

图 8-71 绘制扫描截面

图 8-72 创建可变剖面扫描特征

镜像可变剖面扫描特征。以 FRONT 平面为镜像平面，对前面创建的可变剖面扫描特征进行镜像操作，完成三维模型如图 8-73 所示。

(5) 创建拉伸实体特征。选择 FRONT 平面为草绘平面，采用默认的参照和方向设置，绘制如图 8-74 所示的二维拉伸截面。指定拉伸特征深度的方法为"对称"，并设置拉伸的深度值为 32，完成三维模型如图 8-75 所示。

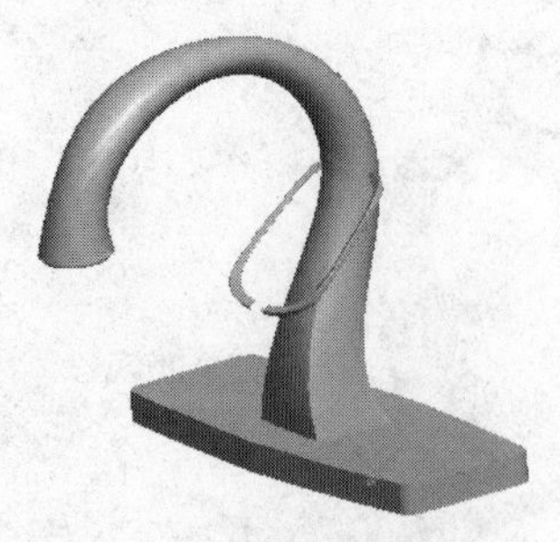
图 8-73 镜像可变剖面扫描特征

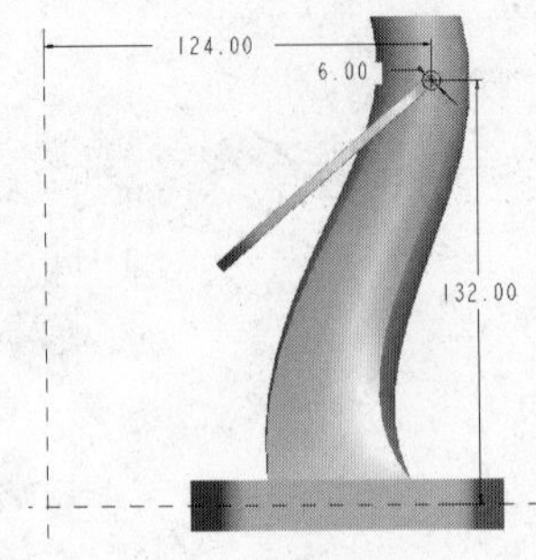

图 8-74 绘制拉伸截面

图 8-75 创建拉伸实体特征

（6）创建旋转去除材料特征。首先创建一基准平面，以 FRONT 平面为参照，并设置其约束类型为“偏移”模式（此为默认设置），在“偏距”选项文本框中输入偏移值 76。创建的基准平面 DTM4 如图 8-76 所示。然后在绘制旋转截面时，以创建的基准平面为草绘平面，选取底座的上表面为参照平面，方向为“顶”，绘制的旋转截面如图 8-77 所示。在“旋转特征”操控板上选中“去除材料”图标按钮。创建的旋转去除草料特征如图 8-78 所示。

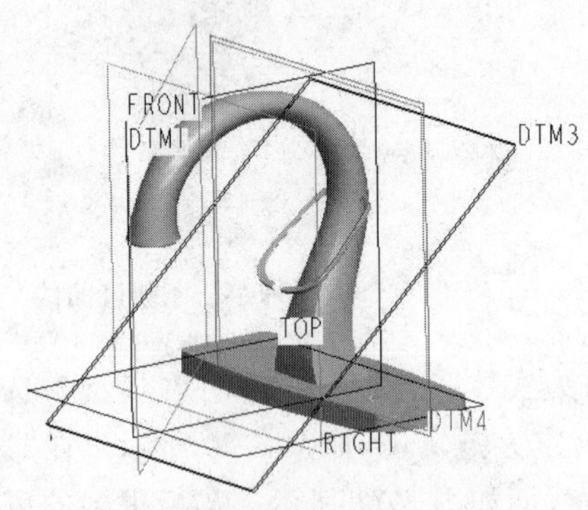

图 8-76 创建基准平面 DTM4

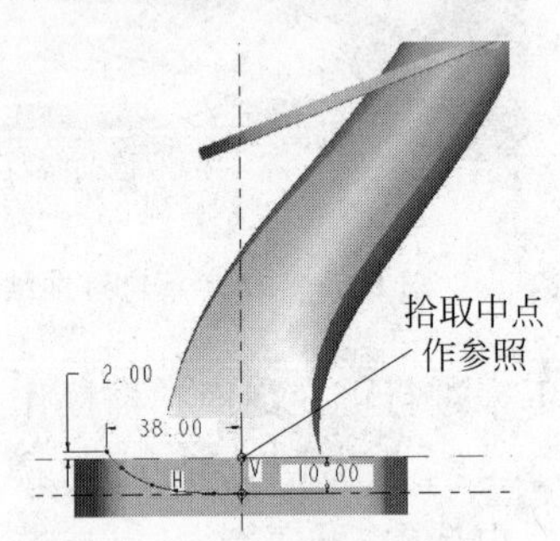

图 8-77 绘制旋转截面

图 8-78 创建旋转去除材料特征

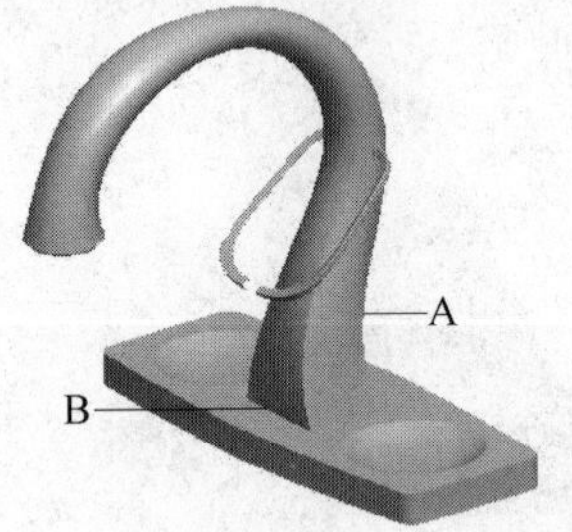

图 8-79 镜像旋转特征

镜像旋转特征。选择创建的旋转去除材料特征，以 FRONT 平面为镜像平面进行镜像，完成三维模型如图 8-79 所示。

（7）创建圆角特征。如图 8-79 所示，与 A 对应的 4 条边圆角半径为 10，与 B 对应的 4 条边圆角半径为 2。

第 9 章 特征的操作

特征的操作是对已经建立的特征或者特征与特征之间的关系进行重新构建。在Pro/ENGINEER中,熟练掌握一系列特征的操作方法是合理而快速建模的有效手段。在建模过程中,可以重新编辑特征的尺寸以及特征的二维草绘截面,也可以重新定义特征之间的先后顺序等。

本章将介绍的内容如下。

(1) 重定义特征的方法和步骤。

(2) 特征排序的方法和步骤。

(3) 隐含和恢复特征的方法和步骤。

(4) 插入特征的方法和步骤。

(5) 特征编辑的方法和步骤。

(6) 删除特征的方法和步骤。

9.1 重定义特征

利用“编辑定义”命令可以对已有特征进行重新构建,即重定义特征。

操作步骤如下。

第 1 步,打开 Ch9-1. prt,模型如图 9-1 所示。

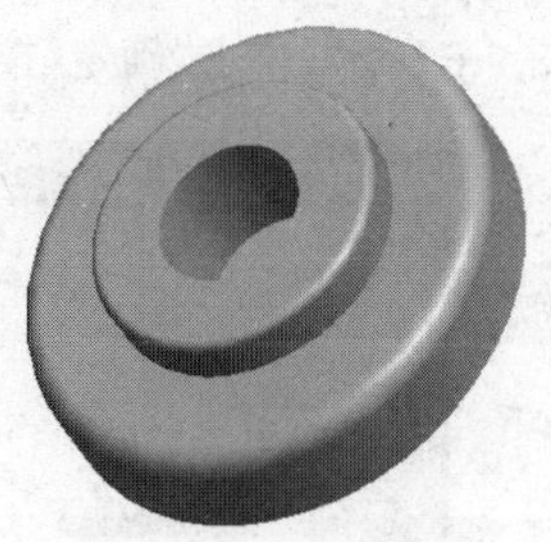

图 9-1 原始模型

第 2 步,在模型树中,右击“拉伸 3”特征,在弹出的快捷菜单中选择“编辑定义”选项,如图 9-2 所示,此时的模型显示如图 9-3 所示。

注意:执行“编辑定义”命令之后,系统会再次打开“拉伸特征”操控板。

第 3 步,在“拉伸特征”操控板中,单击“加厚草绘”图标按钮,输入“厚度值”为 5,此时的模型显示如图 9-4 所示。

第 4 步,单击图标按钮,完成特征的重定义操作,如图 9-5 所示。

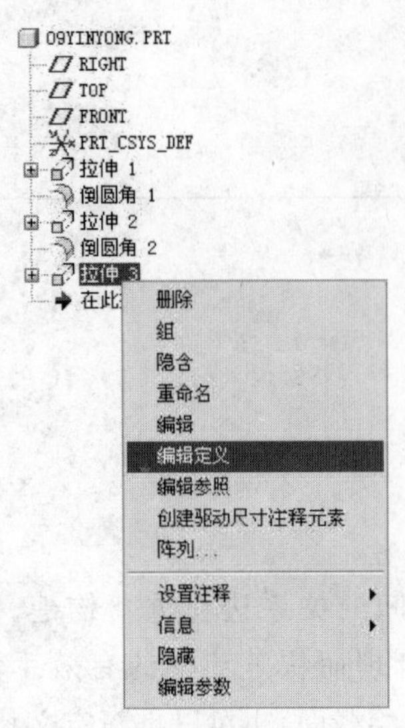

图 9-2　选择“编辑定义”选项

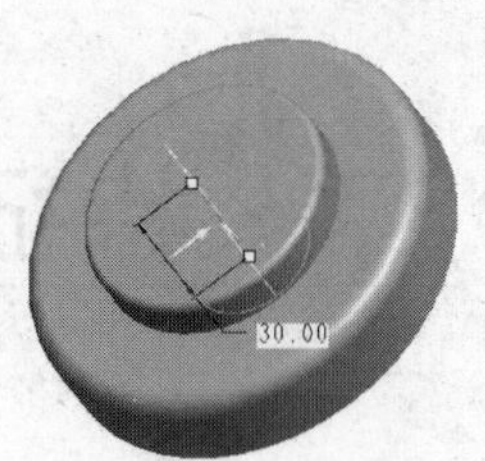

图 9-3　“编辑定义”命令下的模型

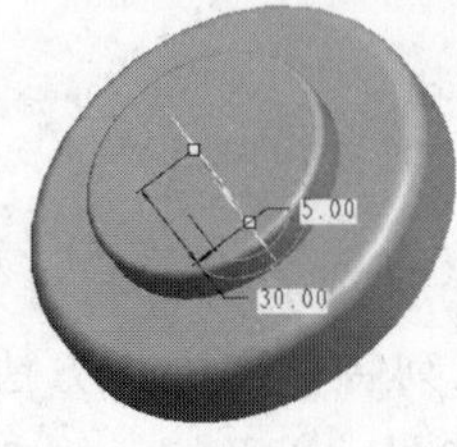

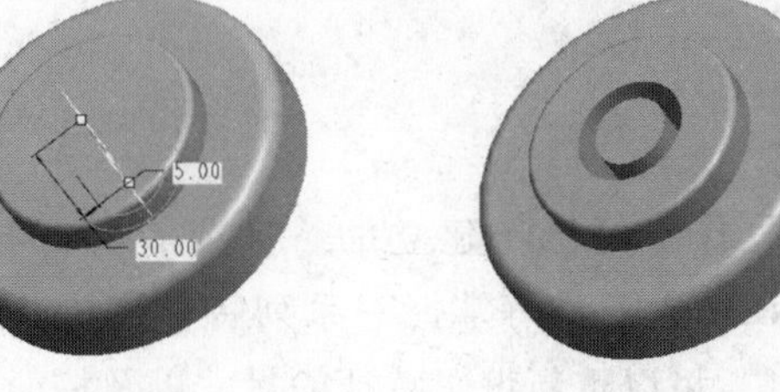

图 9-4　重定义后的模型　图 9-5　完成特征的重定义操作

9.2 特征排序

特征排序是对模型树中特征的序列进行重新排列，从而改变特征在整个实体模型中生成的先后顺序的一种特征操作方法。

利用“重新排序”命令可以重新排列模型树中特征的序列。

调用命令的方式如下。

菜单：执行“编辑”|“特征操作”|“重新排序”命令。

操作步骤如下。

第 1 步，打开 Ch9-1.prt，模型如图 9-1 所示。

第 2 步，单击模型树上方的“设置”按钮，在下拉菜单中选择“树列”选项，弹出“模型树列”对话框，选取“特征＃”选项，然后单击 >> 图标按钮，将“特征＃”添加到“显示”列表中，如图 9-6 所示，单击“确定”按钮，应用指定的改变并退出，此时的模型树显示如图 9-7 所示。

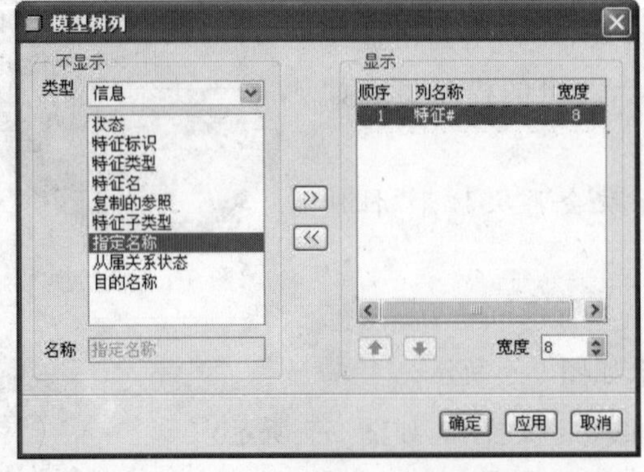

图 9-6　添加“特征＃”至显示列表

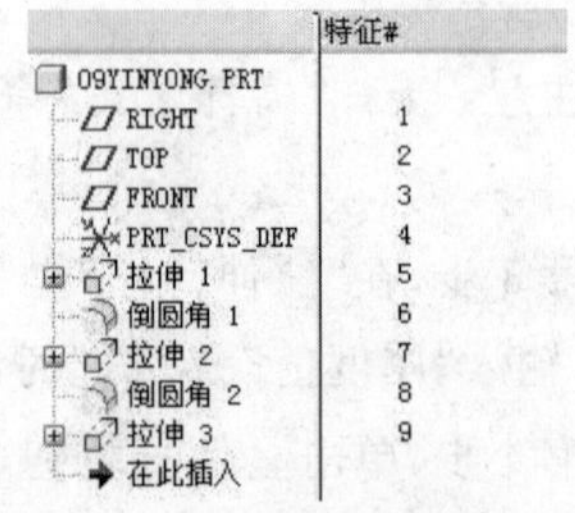

图 9-7　显示“特征＃”的模型树

第 3 步，单击下拉菜单“编辑”|“特征操作”，在弹出的菜单管理器的“特征”菜单中选择“重新排序”选项，并弹出“选取特征”菜单，如图 9-8 所示。

第 4 步，在模型树中，选取“拉伸 3” 特征作为将要重新排序的特征，然后单击“选取”对话框中的“确定”按钮，再选择“选取特征”菜单中的“完成”选项，系统弹出如图 9-9 所示的菜单，同时在消息区出现提示➪可以在特征[4-8]前插入特征9。选取特征。。

图 9-8 “选取特征”菜单管理器和“选取”对话框

图 9-9 “重新排序”菜单管理器

第 5 步，根据系统提示，在模型树中选取“拉伸 2”特征，表示将在“拉伸 2”之前插入“拉伸 3”，然后在“特征”菜单中选择“完成”选项，完成特征的重新排序操作，此时的模型树如图 9-10 所示，模型显示如图 9-11 所示。

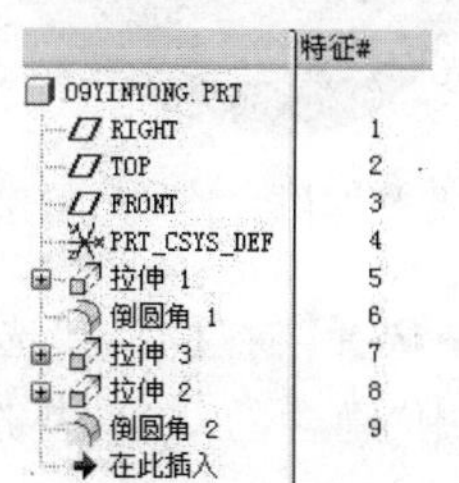

图 9-10 重新排序后的模型树

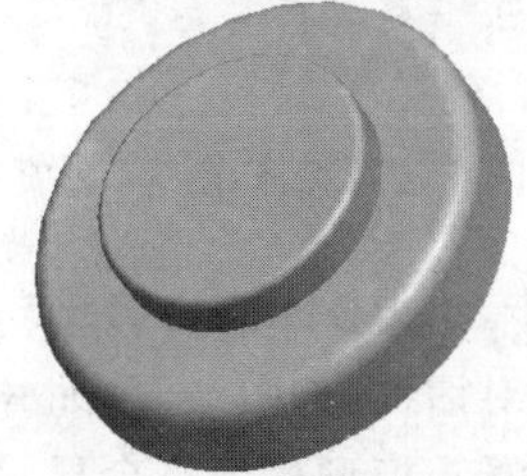

图 9-11 重新排序后的模型

注意：在特征排序过程中，应保证在特征的序列发生改变后不会影响特征之间的父子关系，否则特征的重新排序将会发生错误；另外，重新排序势必会影响到特征在实体模型中生成的先后顺序，因此模型外观可能会随之发生变化；此外，在模型树中可直接通过鼠标单击拖动相应的特征至新位置以达到重新排序的目的，此种方法更为简洁，但容易发生错误。

9.3 隐含和恢复特征

隐含和恢复特征是将一个或多个特征暂时从再生中删除，并且可以随时恢复已隐含特征的一种特征操作方法，是提高建模效率极为有效的手段之一。

利用“隐含”和“恢复”命令可以暂时删除特征并且随时恢复已隐含的特征。

操作步骤如下。

第 1 步，打开 Ch9-1. prt，模型如图 9-1 所示。

第 2 步，在模型树中，右击“拉伸 3”特征，在弹出的快捷菜单中选择“隐含”选项，如图 9-12 所示，弹出“隐含”对话框，如图 9-13 所示。

注意：在模型树或绘图区中，按住 Ctrl 键可以依次选取多个特征作为隐含的对象，右击，在弹出的快键捷菜单中可以选择“隐含”选项。

第 3 步，单击“确定”按钮，完成特征的隐含操作，此时的模型显示如图 9-14 所示。

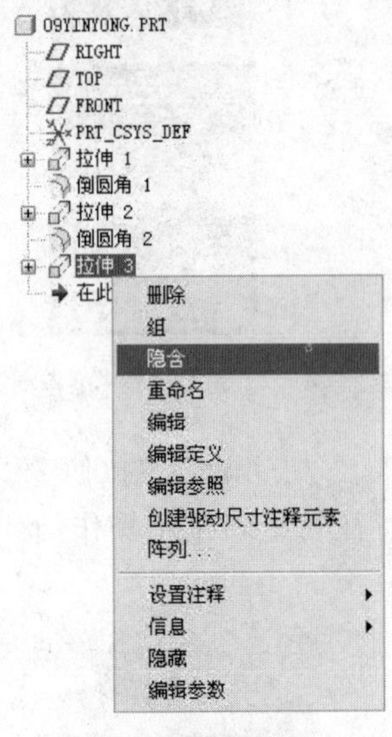

图 9-12　选择“隐含”选项

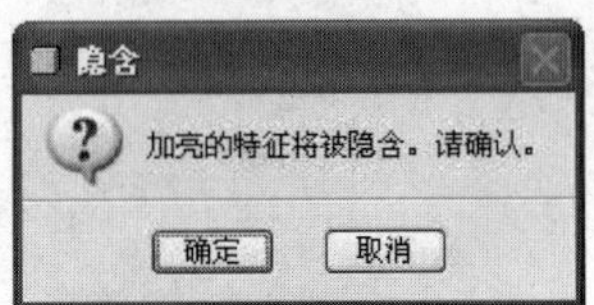

图 9-13　“隐含”对话框

图 9-14　隐含特征后的模型

第 4 步，单击模型树上方的“设置”按钮，在下拉菜单中选择“树过滤器”选项，弹出“模型树项目”对话框，如图 9-15 所示，在“显示”选项组下，选中“隐含的对象”复选框，然后单击“确定”按钮，模型树中将会显示被隐含的特征，如图 9-16 所示。

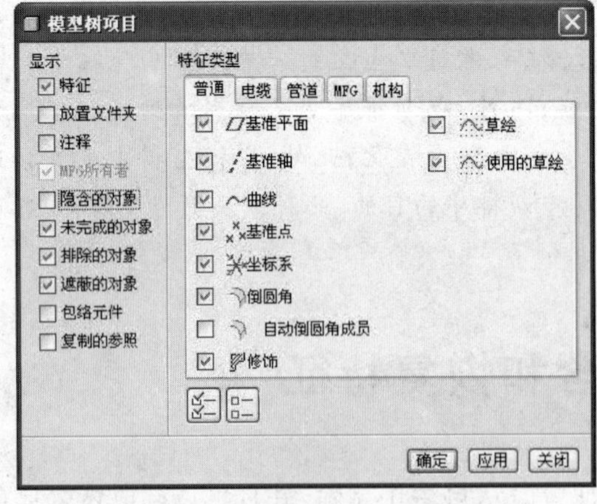

图 9-15　“模型树项目”对话框

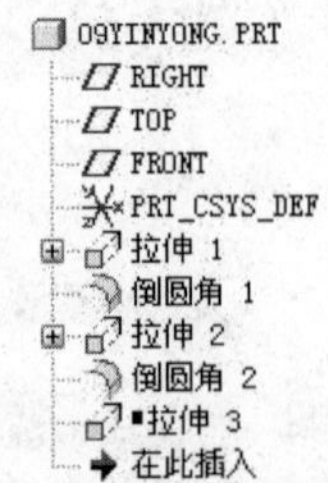

图 9-16　显示被隐含的特征

注意：一般情况下，模型树上是不会显示被隐含的特征的，只有执行第 4 步的操作之后，被隐藏的对象才会显示在模型树中。

第 5 步，在模型树中，再次右击被隐含的"拉伸 3"特征，在弹出的快捷菜单中选择"恢复"选项，如图 9-17 所示，完成被隐含特征的恢复操作，此时的模型显示如图 9-18 所示。

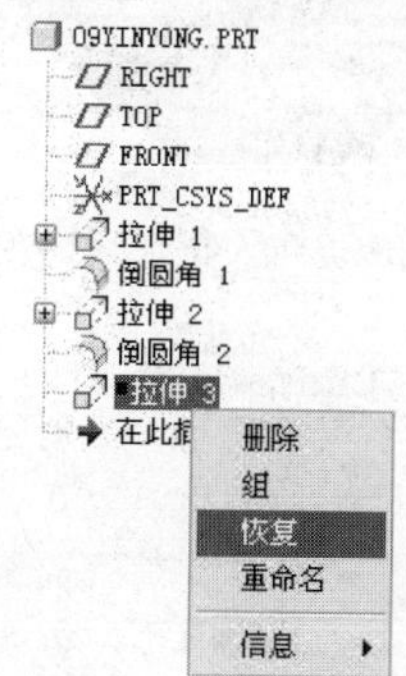

图 9-17　选择"恢复"选项

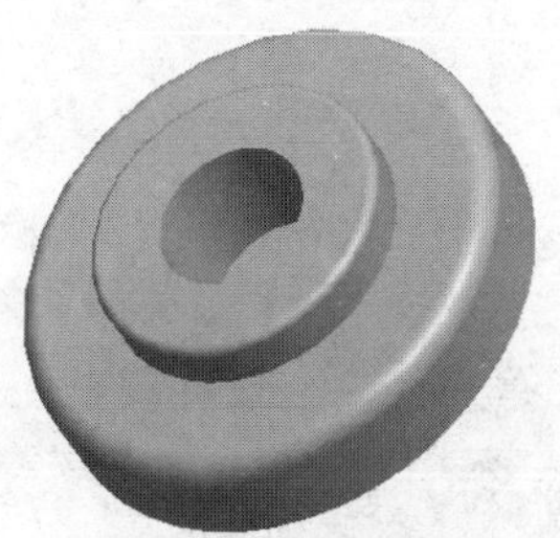

图 9-18　恢复特征后的模型

注意：对特征进行隐含和恢复操作也可以单击下拉菜单"编辑"|"隐含"|"恢复"。

9.4　插入特征

插入特征是在已有特征之前建立新的特征的一种特征操作方法。

调用命令的方式如下。

菜单：执行"编辑"|"特征操作"|"插入模式"命令。

利用"插入模式"命令可以在已有特征之前建立新的特征。

操作步骤如下。

第 1 步，打开 Ch9-1. prt，模型如图 9-1 所示。

第 2 步，单击下拉菜单"编辑"|"特征操作"，在弹出的"特征"菜单管理器中选择"插入模式"选项，弹出"插入模式"菜单管理器，如图 9-19 所示。

图 9-19　"插入模式"菜单管理器

第 3 步，在"插入模式"菜单管理器中，选择"激活"选项，同时在消息区出现提示"选取在其后插入的特征。"，根据系统提示，在模型树中选取"拉伸 2"特征，表示将在"拉伸 2"特征之后插入新的特征，然后在"特征"菜单中选择"完成"选项，完成特征的插入操作，此时的模型树如图 9-20 所示，模型显示如图 9-21 所示。

注意：在新特征之后的已有特征将暂时被隐含，并不会在模型中显示，但是会在模型树中显示出来。

第 4 步，对两圆柱交接处的边线进行倒圆角处理，此时的模型显示如图 9-22 所示，模型树如图 9-23 所示。

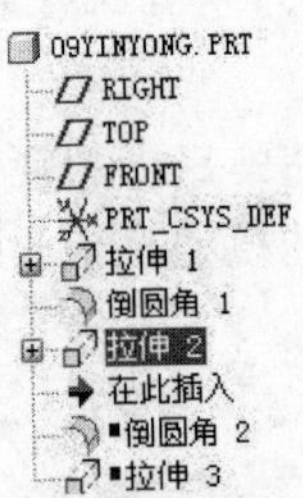

图 9-20 插入操作后的模型树

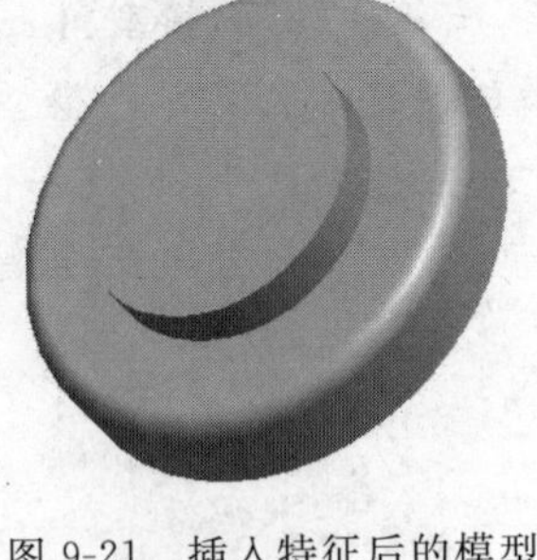

图 9-21 插入特征后的模型

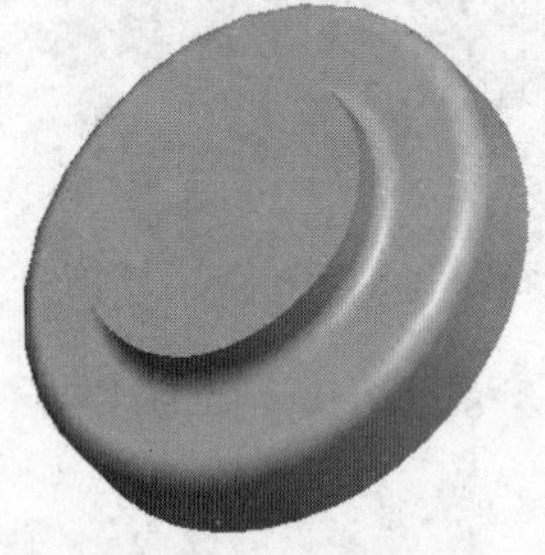

图 9-22 倒圆角处理

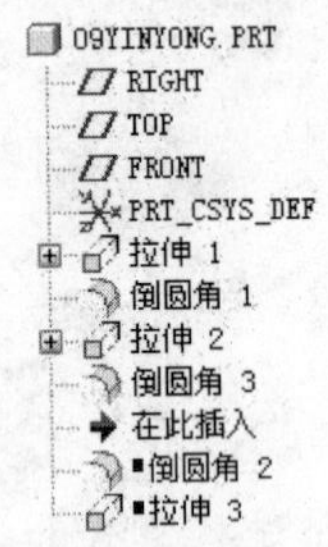

图 9-23 插入圆角特征后的模型树

第 5 步，在模型树中，右击“在此插入”，在弹出的快捷菜单中选择“取消”选项，如图 9-24 所示。此时，在消息区出现恢复隐含特征的提示，单击“是”按钮，完成特征的插入操作，模型显示如图 9-25 所示。

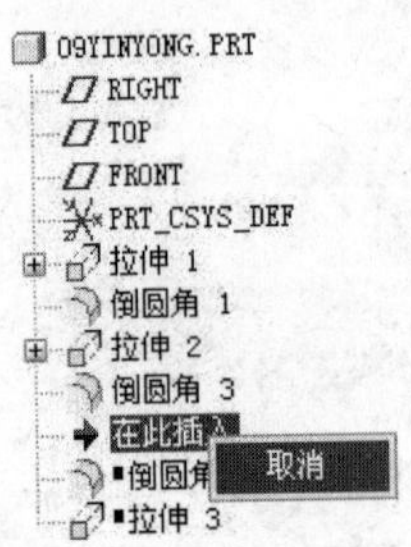

图 9-24 选择“取消”选项

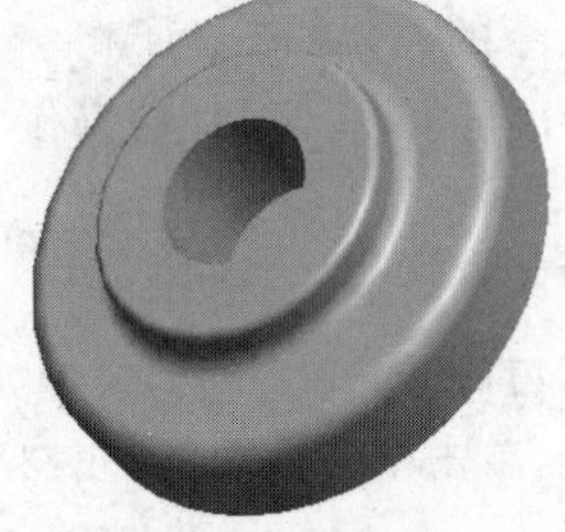

图 9-25 完成特征插入后的模型

注意：在实际操作过程中，也可以直接通过鼠标单击拖动“在此插入”至新位置以达到插入特征的目的。

9.5 特征编辑

特征编辑是对特征的尺寸值以及相关的尺寸属性进行修改和设置的一种特征操作方法。利用“编辑”命令可以修改特征的尺寸和公差。

操作步骤如下

第 1 步，打开 Ch9-1.prt，模型如图 9-1 所示。

第 2 步，在模型树中，右击“倒圆角 1”特征，在弹出的快捷菜单中选择“编辑”选项，如图 9-26 所示，此时的模型显示如图 9-27 所示。

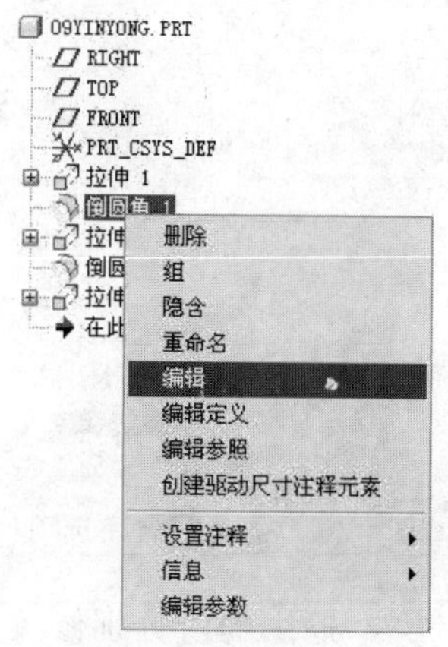

图 9-26 选择“编辑”选项

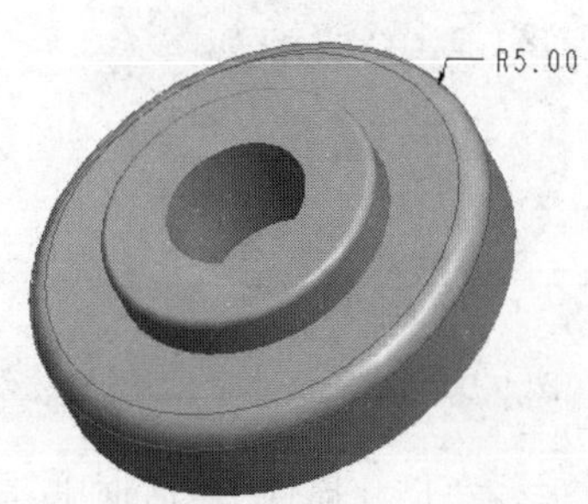

图 9-27 “编辑”命令下的模型

注意：与“编辑定义”命令不同，执行“编辑”命令之后，系统不会打开“拉伸特征”操控板，在此，“编辑”命令仅能修改尺寸值以及相关的属性，并不能对特征进行重新构建。

第 3 步，在绘图区中，双击尺寸“R5.00”，并将其数值修改为 10，然后单击工具栏中的“再生”图标按钮，完成特征尺寸值的修改，此时的模型显示如图 9-28 所示。

注意：在绘图区中，选取并双击需要编辑的特征也会显示该特征的尺寸值，然后双击尺寸值可进行修改。

第 4 步，单击下拉菜单“工具”|“环境”，弹出如图 9-29 所示的“环境”对话框，在“显示”选项组中，选中“尺寸公差”复选框，单击“确定”按钮，特征尺寸将带公差显示。

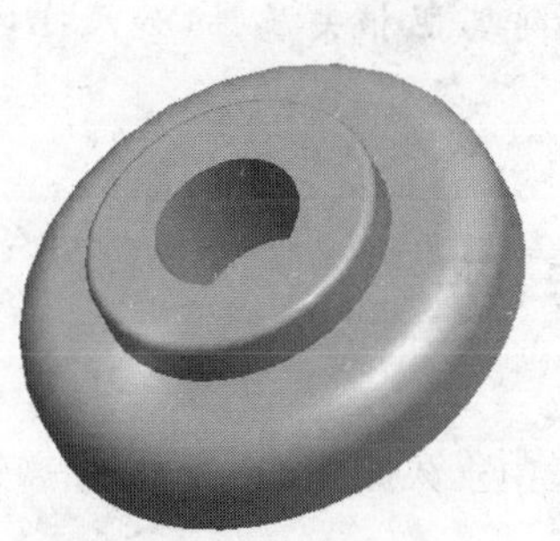

图 9-28 完成特征尺寸值的修改

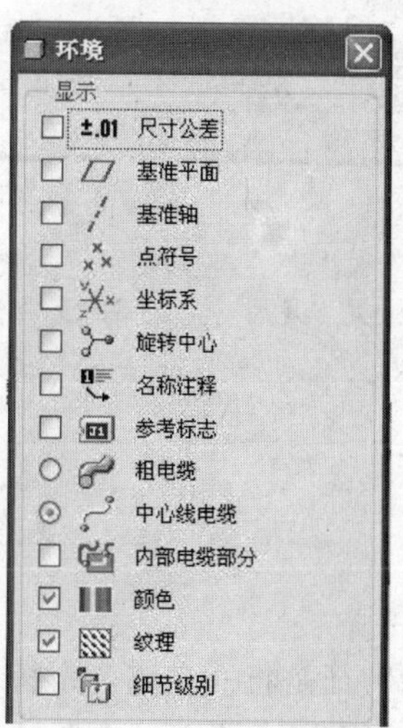

图 9-29 “环境”对话框

第 5 步，重复第 2 步的操作进入编辑状态，此时的模型显示如图 9-30 所示，选取绘图区中的尺寸并右击，在弹出的快捷菜单中选择“属性”选项，如图 9-31 所示，弹出“尺寸属性”对话框，如图 9-32 所示。

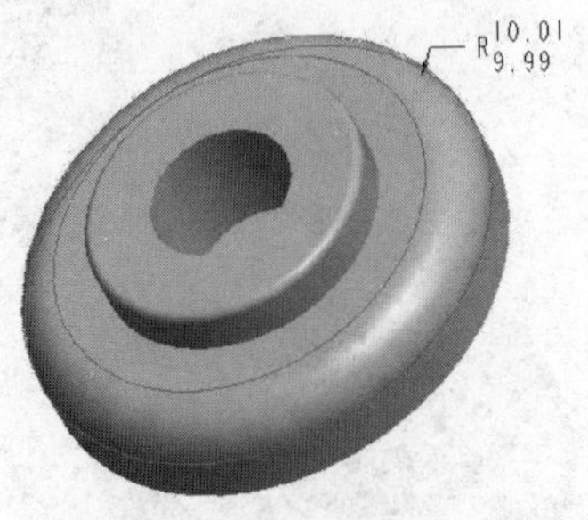

图 9-30　特征尺寸带公差显示

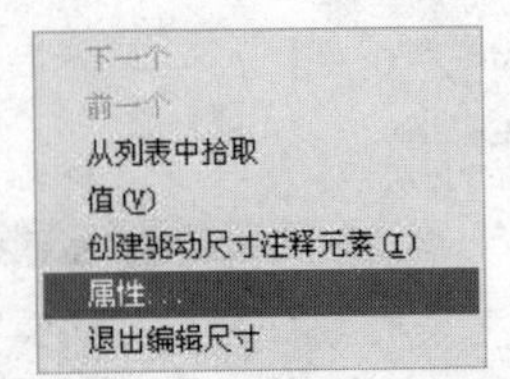

图 9-31　选择“属性”选项

第 6 步，在“尺寸属性”对话框中，将“上限”和“下限”文本框中的值分别修改为 10.02 和 9.98，单击“确定”按钮，完成特征公差值的修改，此时模型显示如图 9-33 所示。

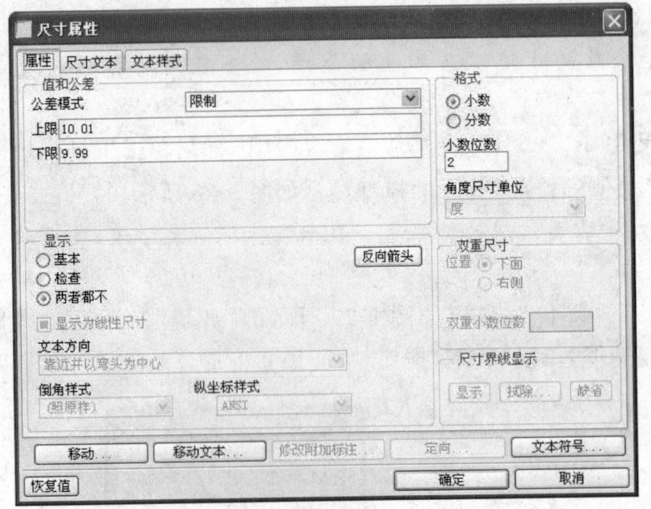

图 9-32　“尺寸属性”对话框

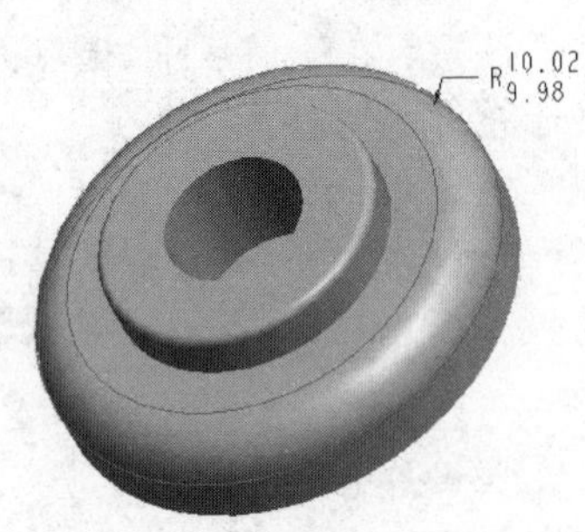

图 9-33　完成特征公差值的修改

注意：在“尺寸属性”对话框中，也可以修改尺寸的其他相关属性，如尺寸的小数位数、尺寸的名称或字符的大小、颜色等。

9.6　删除特征

删除特征是将一个或多个特征从模型树和绘图区中永久删除的一种特征操作方法。利用“删除”命令可以删除特征。

操作步骤如下。

第 1 步，打开 Ch9-1.prt，模型如图 9-1 所示。

第 2 步，在模型树中，右击“拉伸 3”特征，在弹出的快捷菜单中选择“删除”选项，如图 9-34 所示，弹出“删除”对话框 1，如图 9-35 所示。

注意：若要删除的特征存在子特征，将会弹出如图 9-36 所示的“删除”对话框 2，同时该特征及其子特征将会在模型树和绘图区中加亮显示，单击“选项”按钮，在弹出的“子项处理”对话框中可以对子特征进行处理。

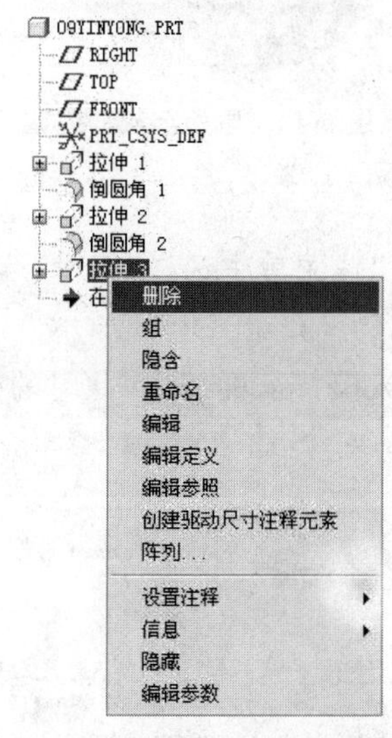

图 9-34　选择“删除”特征

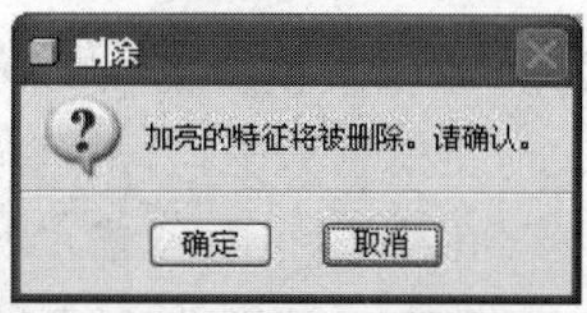

图 9-35　“删除”对话框 1

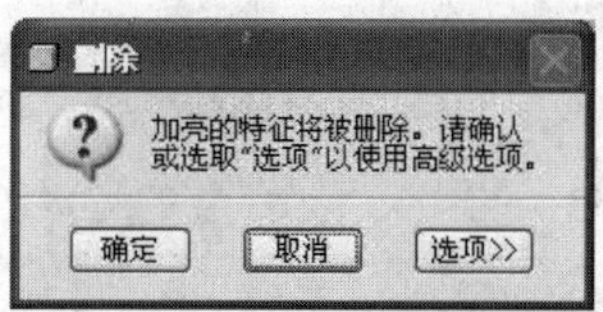

图 9-36　“删除”对话框 2

第 3 步，在“删除”对话框中单击“确定”按钮，完成特征的删除操作，此时的模型树如图 9-37 所示，模型显示如图 9-38 所示。

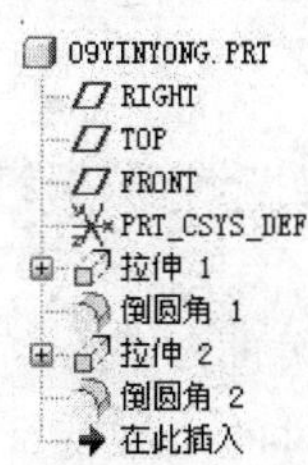

图 9-37　删除特征后的模型树

图 9-38　完成特征的删除操作

9.7　上机操作实验指导八　编辑烟灰缸模型

根据特征操作的相关知识，创建如图 9-39 所示的烟灰缸模型。主要涉及的命令包括“编辑定义”命令、“编辑”命令以及“删除”命令。

操作步骤如下。

步骤 1　打开已有文件

打开 Ch6-94.prt，模型如图 9-40 所示，参见本书第 1 章。

图 9-39　编辑后的烟灰缸模型

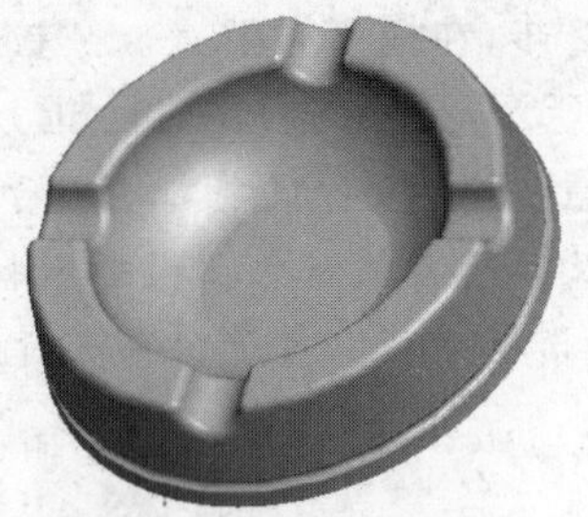

图 9-40　原始烟灰缸模型

步骤 2　编辑拔模特征

第 1 步，在模型树中，右击“斜度 1”特征，在弹出的快捷菜单中选择“编辑”选项。

第 2 步，在绘图区中，双击尺寸 10，并将其尺寸修改为 20，如图 9-41 所示。

第 3 步，单击工具栏中的“再生”图标按钮，完成拔模特征的编辑，此时的模型显示如图 9-42 所示。

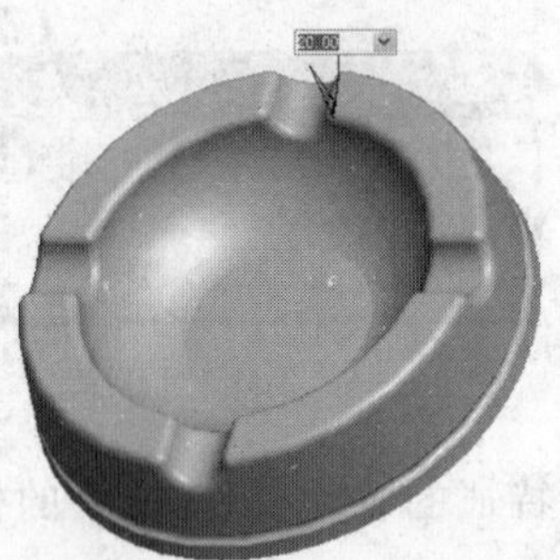

图 9-41　修改尺寸值

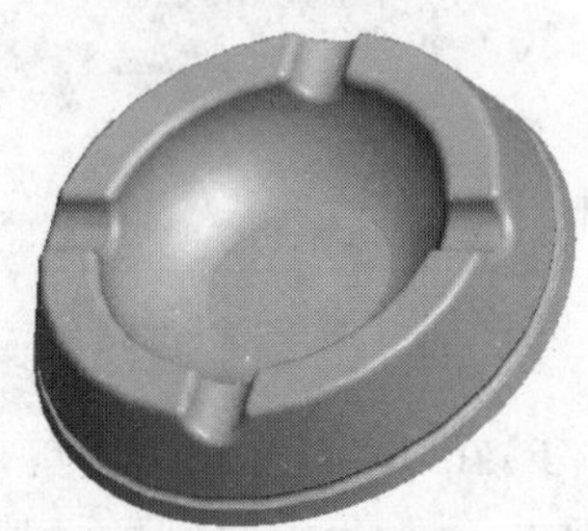

图 9-42　完成拔模特征的编辑

步骤 3　编辑定义孔特征

第 1 步，在模型树中，右击“孔 1”特征，在弹出的快捷菜单中选择“编辑定义”选项，系统再次打开“孔特征”操控板。

第 2 步，在“孔特征”操控板中，单击图标按钮，系统再次进入草绘模式。

第 3 步，修改草绘尺寸值并调整样条曲线的控制点，此时的二维特征截面如图 9-43 所示，单击✔图标按钮，回到零件模式。

第 4 步，单击☑图标按钮，完成孔特征的重定义操作，如图 9-44 所示。

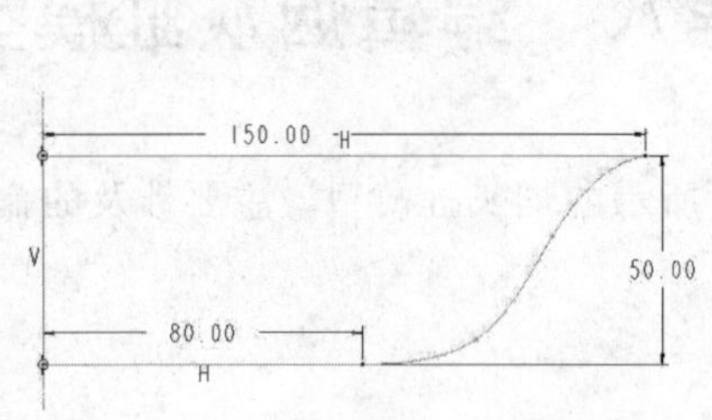

图 9-43　修改后的二维特征截面

图 9-44　完成孔特征的重定义操作

步骤 4　删除阵列特征并重新阵列组特征

第 1 步，在模型树中，右击“阵列 1”特征，在弹出的快捷菜单中选择“删除阵列”选项，此时模型显示如图 9-45 所示。

第 2 步，在模型树中，右击“组”特征，在弹出的快捷菜单中选择“阵列”选项，系统再次弹出“阵列特征”操控板，参见本书第 7 章。

第 3 步，在该操控板中，设置阵列的“类型”为轴，输入阵列成员间的“角度值”为 120，阵列成员数为 3，单击☑图标按钮，完成组特征的重新阵列操作，参见本书第 7 章，此时模型显示如图 9-46 所示。

图 9-45　“删除阵列”操作后的模型

图 9-46　重新阵列操作后的模型

步骤 5　删除底部凹槽旋转特征

第 1 步，在模型树中，右击“旋转 1”特征，在弹出的快捷菜单中选择“删除”选项。

第 2 步，在弹出的“删除”对话框中，单击“确定”按钮，系统将删除“旋转 1”特征及其子特征“倒圆角 7”特征，完成底部凹槽旋转特征的删除操作，最终的模型显示如图 9-39 所示。

步骤 6　保存图形

参见本书第 1 章，操作过程略。

9.8　上　机　题

根据特征操作的有关知识，创建如图 9-47 所示的节能灯模型。

建模提示：

(1) 打开 Ch9-53.prt，模型如图 9-48 所示。

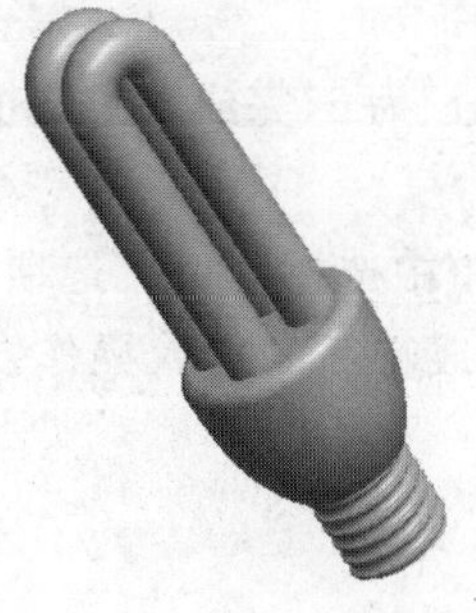

图 9-47　节能灯模型

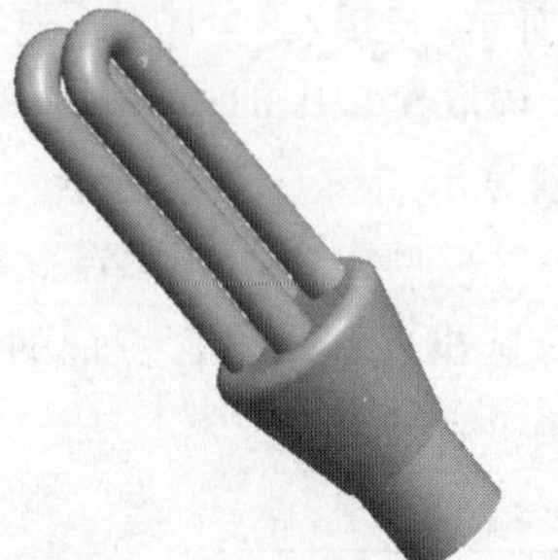

图 9-48　原始模型

(2) 在模型树中，右击“伸出项”特征，在弹出的快捷菜单中选择“编辑”选项，在绘图区中，修改扫描截面的“直径值”为 100，如图 9-49 所示。

(3) 单击“再生”图标按钮，完成扫描特征截面尺寸的编辑，如图 9-50 所示。

(4) 在模型树中，右击“草绘 2”特征，在弹出的快捷菜单中选择“编辑定义”选项，重定义“旋转 1”特征的二维特征截面，如图 9-51 所示。

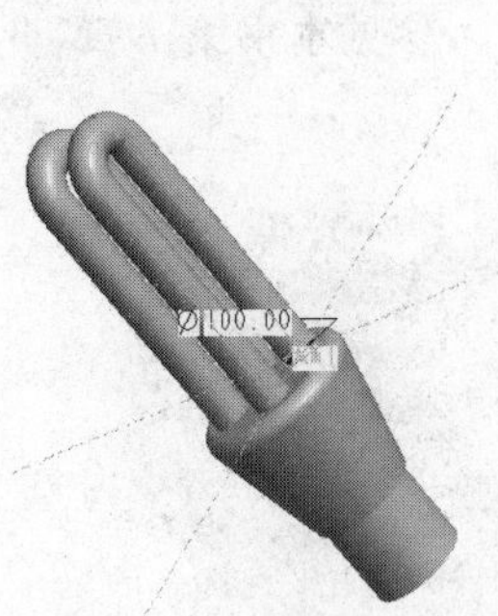

图 9-49 修改尺寸值

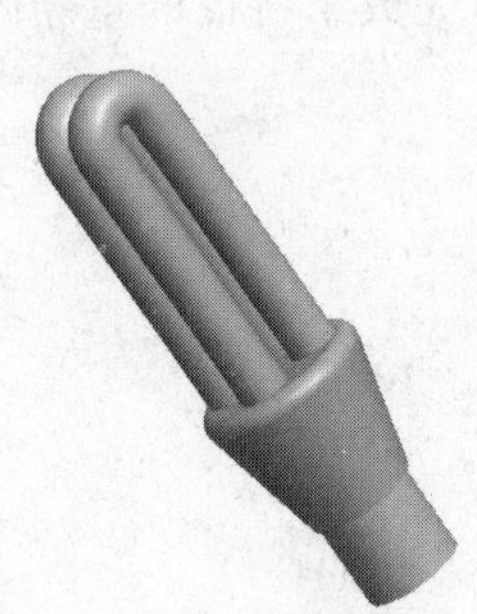

图 9-50 完成扫描特征的编辑

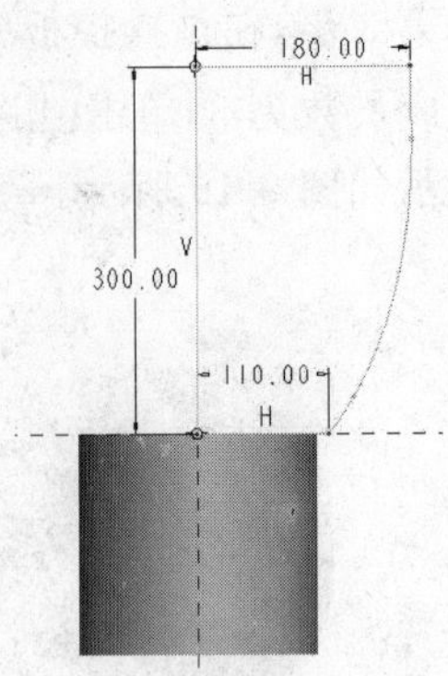

图 9-51 重定义二维特征截面

(5) 单击图标按钮，完成“旋转 1”特征的二维特征截面，即“草绘 2”特征的重定义操作，再生后的模型显示如图 9-52 所示。

(6) 在模型树中，单击拖动“在此插入”至“拉伸 1”特征之后，此时的模型显示如图 9-53 所示。

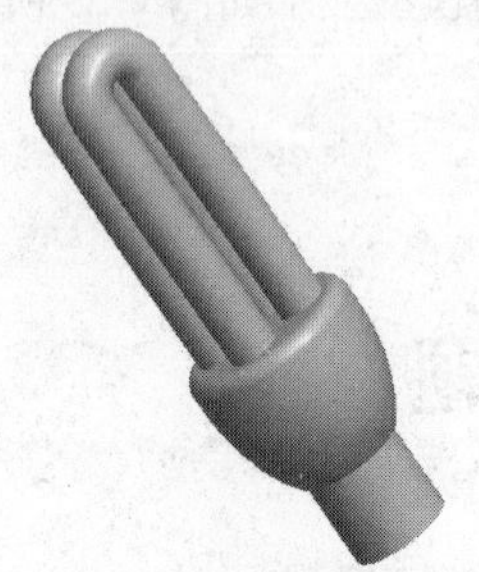

图 9-52 完成旋转特征的重定义操作

图 9-53 插入特征操作下的模型

(7) 创建“螺旋扫描切口”特征①，其中扫引轨迹如图 9-54 所示，螺旋扫描截面如图 9-55 所示，并指定“节距值”为 35，完成三维模型如图 9-56 所示。

(8) 选取模型中的边线作为倒圆角参照，输入“半径值”为 5，完成圆角特征的创建，此时的模型显示如图 9-57 所示。

(9) 在模型树中，右击“在此插入”，在弹出的快捷菜单中选择“取消”选项，此时，在下方的消息区出现恢复隐含特征的提示，单击“是”按钮，完成特征的插入操作，完成的三维模型如图 9-58 所示。

---

① 参见本书第 8.3 节。

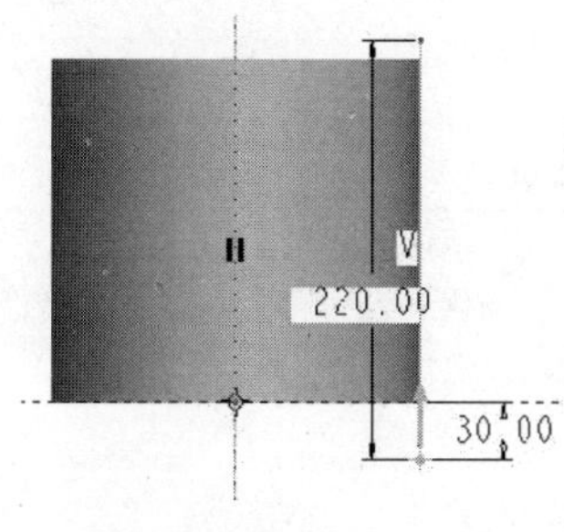

图 9-54　扫引轨迹

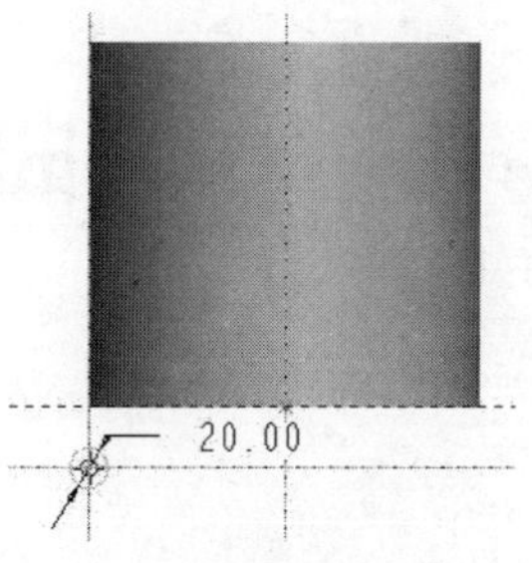

图 9-55　螺旋扫描截面

图 9-56　完成螺旋扫描特征的创建

图 9-57　完成圆角特征的创建

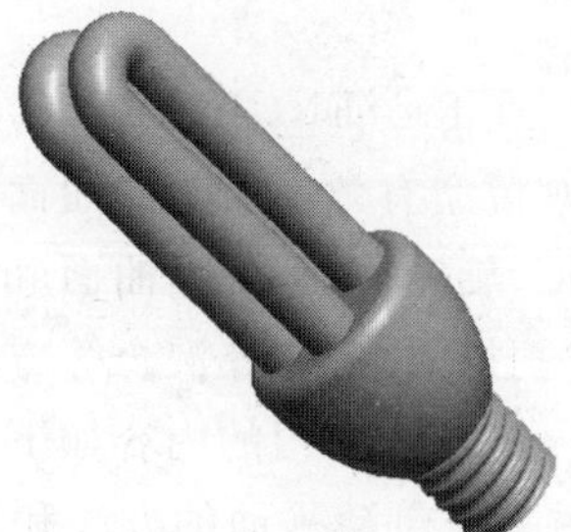

图 9-58　完成特征操作后的模型

第10章 曲面的创建

在 Pro/ENGINEER 中,曲面特征是一种没有厚度和质量的几何特征,它是创建复杂外观模型有效的工具。曲面可以分为基本曲面和复杂曲面,基本曲面主要包括平面、拉伸曲面、旋转曲面、扫描曲面和混合曲面,而复杂曲面则需要创建特征曲线,通过变截面扫描、扫描混合、边界混合等方法创建。

本章将介绍的内容如下。

(1) 创建平面的方法和步骤。

(2) 创建边界混合曲面的方法和步骤。

(3) 创建基本曲面的方法和步骤。

(4) 将剖面混合到曲面的方法和步骤。

(5) 在曲面间混合曲面的方法和步骤。

10.1 平面的创建

利用"填充"命令可以创建平面特征。

调用命令的方式如下。

菜单:执行"编辑"|"填充"命令。

操作步骤如下。

第1步,在零件模式中,单击下拉菜单"编辑"|"填充",打开"填充特征"操控板,如图10-1所示。

图10-1 "填充特征"操控板

第2步,单击"参照"上滑面板中的"定义"按钮,如图10-2所示,弹出"草绘"对话框。

图10-2 "参照"上滑面板

第 3 步，选择 TOP 基准平面为草绘平面，RIGHT 基准平面为参照平面，方向向右(此为默认设置)，单击"草绘"按钮，绘制一封闭圆曲线，如图 10-3 所示，单击✔图标按钮，完成二维特征截面的创建，回到零件模式。

第 4 步，单击☑图标按钮，完成平面特征的创建，如图 10-4 所示。

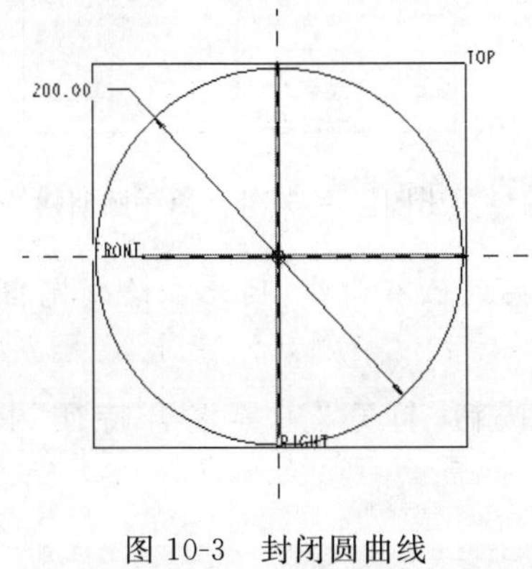

图 10-3　封闭圆曲线

图 10-4　完成平面特征的创建

10.2　边界混合曲面的创建

边界混合特征是由单个方向上或者两个方向上的参照来定义而形成的曲面特征，其中曲面的边界、实体的边界、曲线、基准点、基准线、线面上的端点等都可以作为定义曲面特征的参照。

调用命令的方式如下。

菜单：执行"插入"|"边界混合"命令。

图标：单击"基础特征"工具栏中的图标按钮。

10.2.1　单个方向上的边界混合

利用"边界混合"命令通过单个方向上的边界混合创建特征曲面。

操作步骤如下。

第 1 步，在零件模式中，单击图标按钮，选择 TOP 基准平面为草绘平面，RIGHT 基准平面为参照平面，方向向右(此为默认设置)，单击"草绘"按钮，绘制一条半圆曲线，半径值为 100，如图 10-5 所示。

第 2 步，单击图标按钮，以 FRONT 基准平面为草绘平面，RIGHT 基准平面为参照平面，方向向右，单击"草绘"按钮，进入草绘模式。

第 3 步，单击下拉菜单"草绘"|"参照"，选择第 1 步绘制的半圆曲线作为参照曲线，在当前的草绘模式中绘制另外一条半圆曲线，如图 10-6 所示。

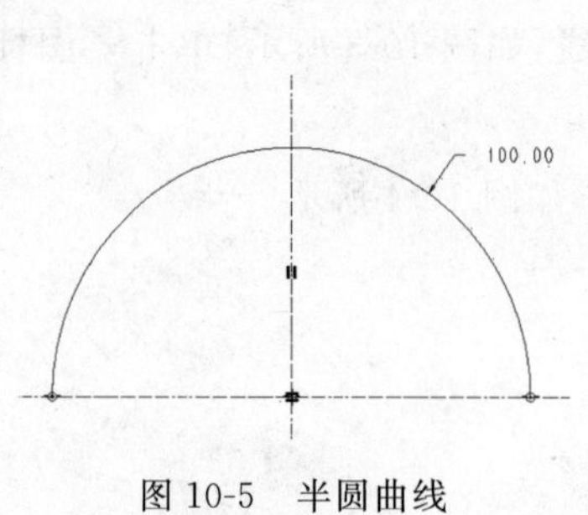

图 10-5　半圆曲线

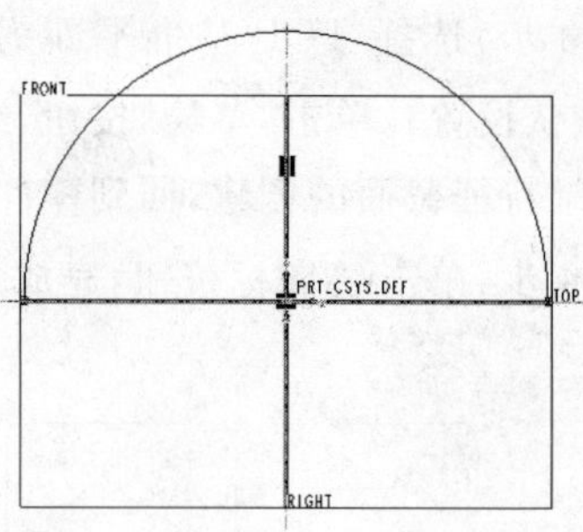

图 10-6　另外一条半圆曲线

注意：设置参照曲线可使当前曲线的端点捕捉到已有曲线，因此在绘制完当前曲线之后，无尺寸显示。

第 4 步，创建边界混合曲面，单击图标按钮，打开“边界混合特征”操控板，如图 10-7 所示。

图 10-7　“边界混合特征”操控板

第 5 步，激活操控板下的“第一方向链收集器”，如图 10-8 所示。按住 Ctrl 键依次选取前面绘制的两条特征曲线作为边界混合的两条链，如图 10-9 所示。

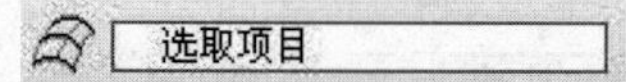

图 10-8　激活第一方向链收集器

注意：在该操控板中，单击“曲线”上滑面板中“第一方向”选项组的“细节”按钮，弹出“链”对话框，利用“添加”按钮也可以依次选取用作边界混合的两条链。

第 6 步，在“边界混合特征”操控板中，控制混合曲面与基准平面垂直的方法是“约束”，单击“约束”按钮，弹出如图 10-10 所示的“约束”上滑面板。

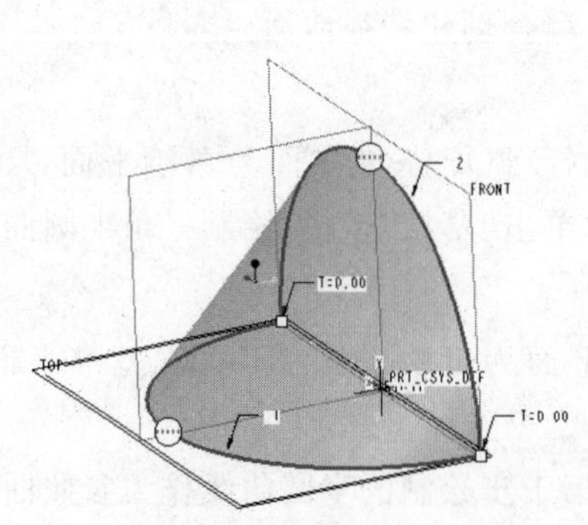

图 10-9　依次选取边界混合的链

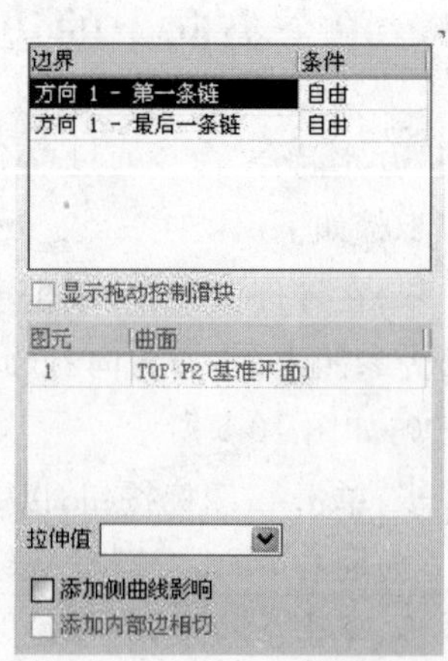

图 10-10　“约束”上滑面板

边界	条件
方向 1 - 第一条链	垂直
方向 1 - 最后一条链	垂直

图 10-11　设置边界的条件

第 7 步，在“约束”上滑面板中，设置边界的“条件”为垂直，如图 10-11 所示，此时的特征曲面显示如图 10-12 所示，单击图标按钮，完成特征曲面的创建。

注意：设置特征曲面的边界条件之后，需指定图元的参照曲面。在这里，参照曲面为系统默认的基准平面，单击“约束”上滑面板中默认的基准平面可以替换参照。

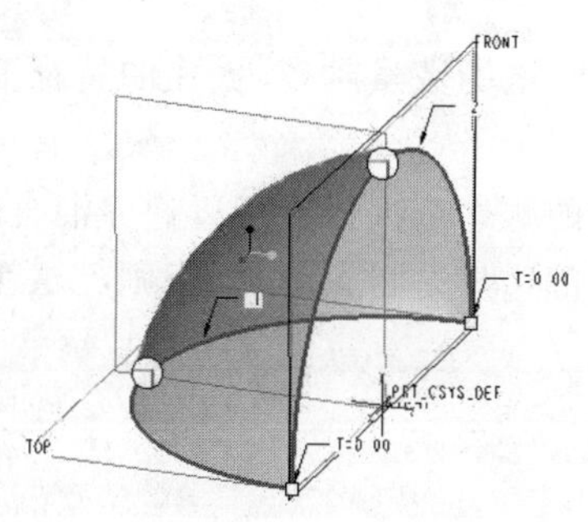

图 10-12　设置约束后的特征曲面

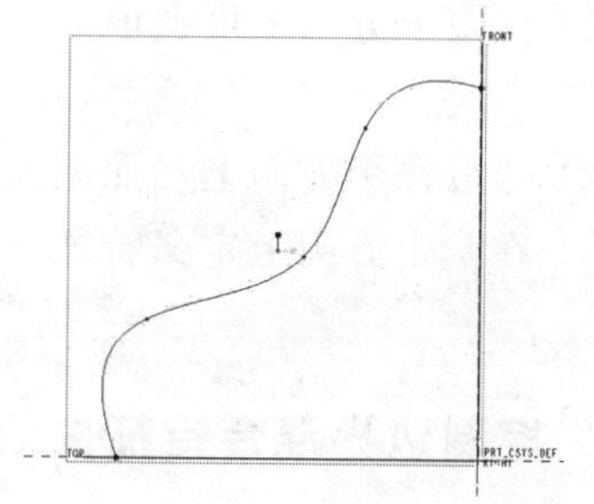

图 10-13　创建样条曲线

10.2.2　两个方向上的边界混合

利用“边界混合”命令通过两个方向上的边界混合创建特征曲面。

操作步骤如下。

第 1 步～第 3 步，同本章第 10.2.1 小节第 1 步～第 3 步。

第 4 步，单击图标按钮，选择 RIGHT 基准平面为草绘平面，TOP 基准平面为参照平面，方向向上，单击“草绘”按钮，进入草绘模式。

第 5 步，设置前面绘制的两条半圆曲线为参照曲线并创建另外一条样条曲线，如图 10-13 所示，单击图标按钮，回到零件模式。

第 6 步，创建边界混合曲面，单击图标按钮，打开“边界混合特征”操控板。

第 7 步，激活操控板下的“第一方向链收集器”，依次选取两条半圆曲线作为边界混合第一方向下的两条链，再激活“第二方向链收集器”，如图 10-14 所示，选取第 5 步绘制的特征曲线作为第二方向下的一条链，如图 10-15 所示，单击图标按钮，完成边界混合曲面的创建。

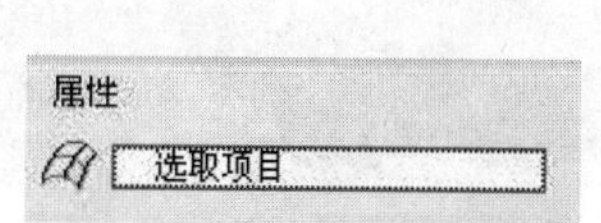

图 10-14　激活第二方向链收集器

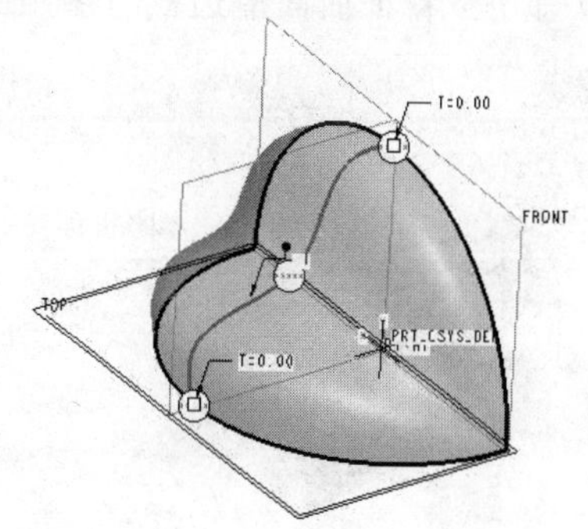

图 10-15　选取第二方向下的链

注意：在该操控板中，单击“曲线”按钮，选取“第一方向”下两条链之后，单击“第二方向”下的“细节”按钮，同样可以选取第 5 步草绘的特征曲线作为第二方向下的链。

10.2.3 操作及选项说明

1. 参照图元的使用规则

(1) 在每个方向上可选取多条链定义特征曲面，链的数量越多，创建的特征曲面就越精确。

(2) 选取每个方向上参照图元，必须按照连续的顺序依次选取用以边界混合的链。

(3) 在两个方向上定义特征曲面，必须保证外部边界是封闭的环，否则无法生成特征曲面。

2. 控制边界混合特征曲面的方法

在“边界混合特征”操控板中，单击“约束”按钮，可以在所选取链的“条件”中控制最终生成的特征曲面。

(1) 自由：特征曲面沿边界不设置任何约束，系统生成默认特征曲面，如图 10-16 所示。

(2) 切线：特征曲面沿边界与参照曲面或基准平面相切，如图 10-17 所示。

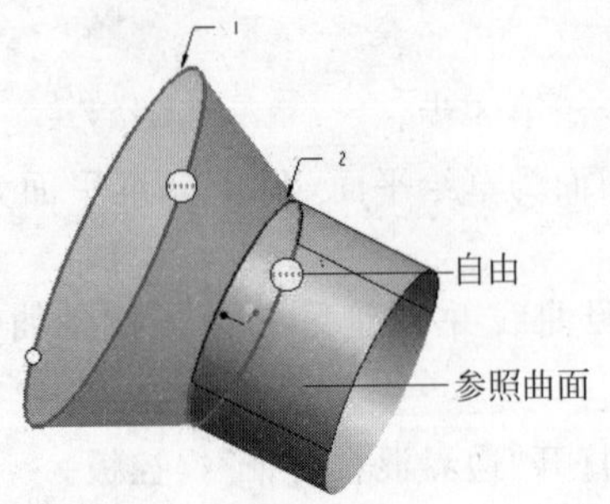

图 10-16 约束条件为自由

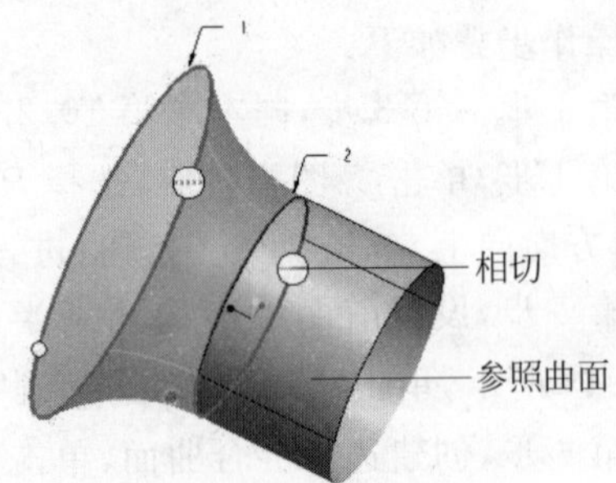

图 10-17 约束条件为相切

(3) 曲率：特征曲面沿边界保持曲率的连续性，如图 10-18 所示。

(4) 垂直：特征曲面沿边界与参照曲面或基准平面垂直，如图 10-19 所示。

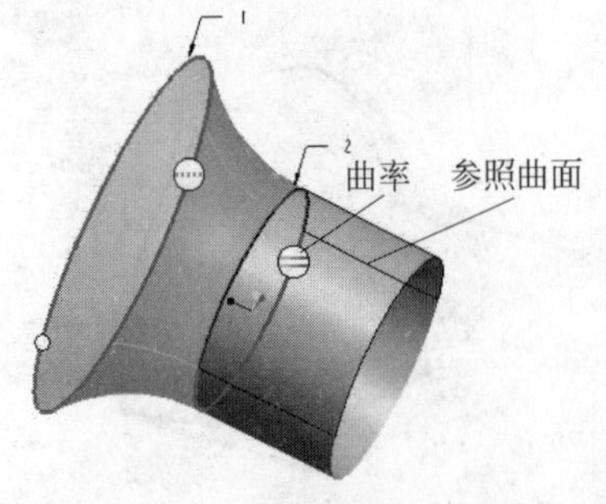

图 10-18 约束条件为曲率

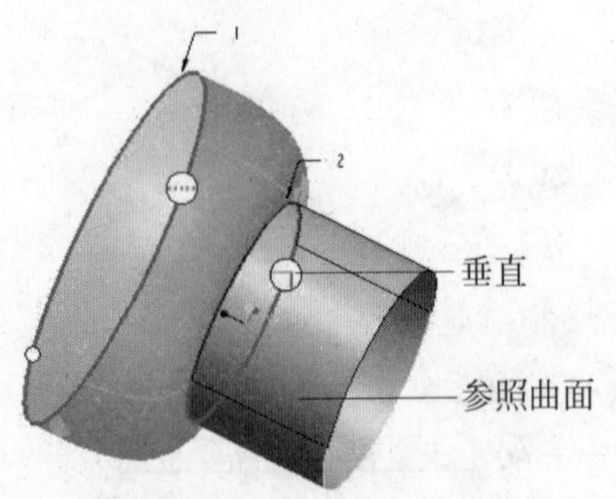

图 10-19 约束条件为垂直

3. 其他选项说明

（1）“控制点”：边界混合特征曲面的创建，可以看做是同一方向上参照图元间相对应的点的连接，该操作可以通过设置同一方向上各对应点的对齐关系来约束曲面的造型。控制点可以是曲线本身的分段点，也可自行创建。系统默认生成的边界混合曲面如图 10-20所示，改变控制点之间的对齐关系之后形成的曲面如图 10-21 所示。

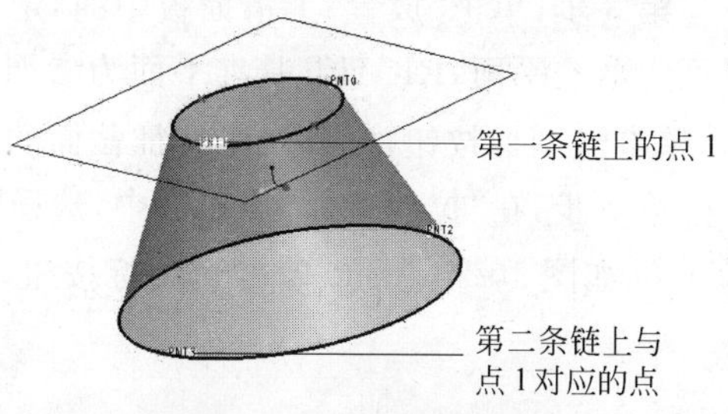

图 10-20　对齐关系改变前

（2）“选项”：单击“选项”按钮，弹出如图 10-22 所示的“选项”上滑面板，在该上滑面板中可以通过设置另外一条影响曲线、改变曲面自身的平滑度等来进一步完善所构建的曲面。总体来说，曲面的改变不会太大，而仅仅作为曲面后期处理的工具。

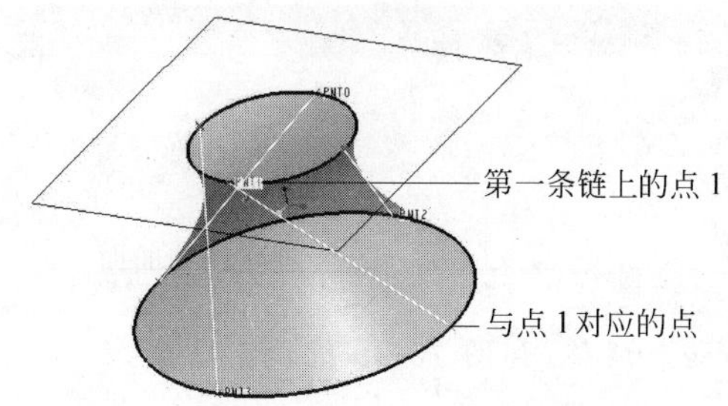

图 10-21　对齐关系改变后

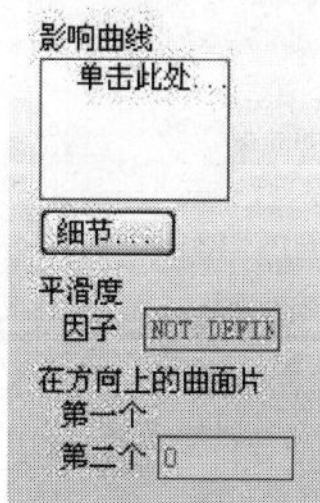

图 10-22　“选项”上滑面板

10.3　基本曲面的创建

基本曲面包括拉伸曲面、旋转曲面、扫描曲面和混合曲面，其创建方法与实体特征的创建类似。下面仅以拉伸曲面和旋转曲面为例介绍。

10.3.1　创建拉伸曲面

利用“拉伸”命令可以创建拉伸曲面特征。

调用命令的方式如下。

菜单：执行“插入”|“拉伸”命令。

图标：单击“基础特征”工具栏中的图标按钮。

操作步骤如下。

第 1 步，在零件模式中，单击图标按钮，打开“拉伸特征”操控板，如图 10-23 所示。

第 2 步，在“拉伸特征”操控板中，单击“拉伸为曲面”图标按钮。

图 10-23 “拉伸特征”操控板

第 3 步,单击“放置”上滑面板中的“定义”按钮,弹出“草绘”对话框。选择 TOP 基准平面为草绘平面,RIGHT 基准平面为参照平面,方向向右,绘制样条曲线,如图 10-24 所示,单击图标按钮,完成二维特征截面的创建,回到零件模式。

第 4 步,在“拉伸特征”操控板中,选择“盲孔”以指定深度值进行拉伸,输入“深度值”为 100,如图 10-25 所示,单击图标按钮,完成特征曲面的创建。

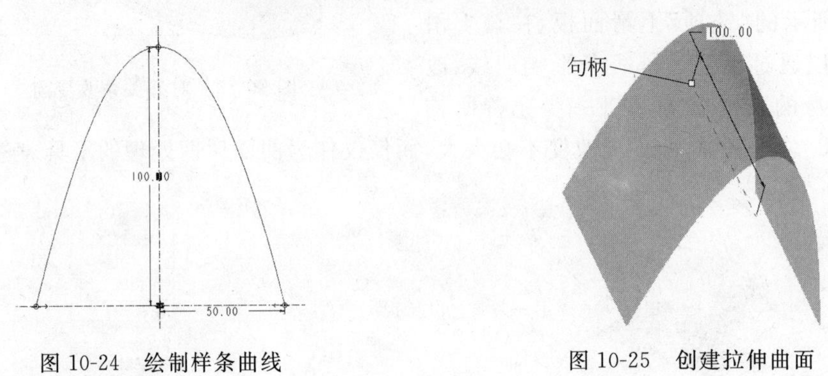

图 10-24 绘制样条曲线

图 10-25 创建拉伸曲面

注意:拉伸深度值也可以通过拖动句柄来调整,如图 10-25 所示。

10.3.2 创建旋转曲面

利用“旋转”命令可以创建旋转曲面特征。

调用命令的方式如下。

菜单:执行“插入”|“旋转”命令。

图标:单击“基础特征”工具栏中的图标按钮。

操作步骤如下。

第 1 步,在零件模式中,单击图标按钮,打开“旋转特征”操控板,如图 10-26 所示。

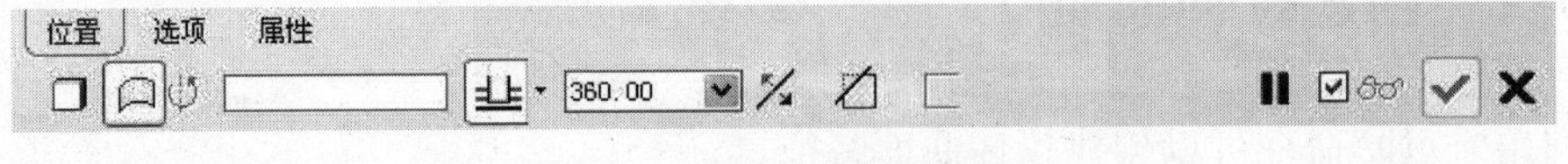

图 10-26 “旋转特征”操控板

第 2 步,在“旋转特征”操控板中,单击“作为曲面旋转”图标按钮。

第 3 步,单击“位置”上滑面板中的“定义”按钮,弹出“草绘”对话框。选择 FRONT 基准平面为草绘平面,RIGHT 基准平面为参照平面,方向向右,绘制中心线和样条曲线,如图 10-27 所示,单击图标按钮,完成二维特征截面的创建,回到零件模式。

第 4 步,在“旋转特征”操控板中,激活“旋转轴收集器”,选择坐标系中的 Y 轴作为旋转中心，接受系统默认的旋转角度 360°，如图 10-28 所示，单击☑图标按钮，完成特征曲面的创建。

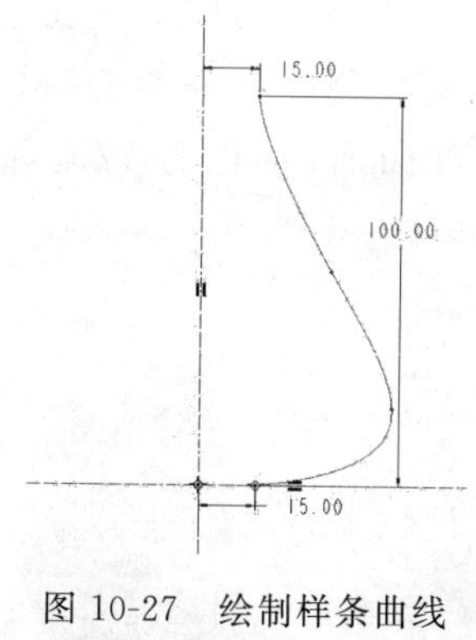

图 10-27　绘制样条曲线

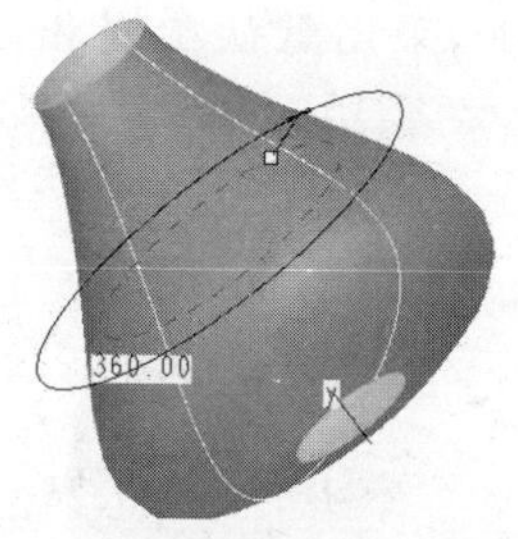

图 10-28　创建旋转曲面

10.3.3　操作及选项说明

创建拉伸曲面特征，二维特征截面可以是开放的也可以是封闭的，同时也允许该截面含有多个嵌套的封闭图元（不能自交），若草绘截面为封闭图元，如图 10-29 所示。“选项”上滑面板中的“封闭端”复选框将被激活，如图 10-30 所示。如果选中“封闭端”复选框，则将封闭拉伸特征两侧，如图 10-31 所示。

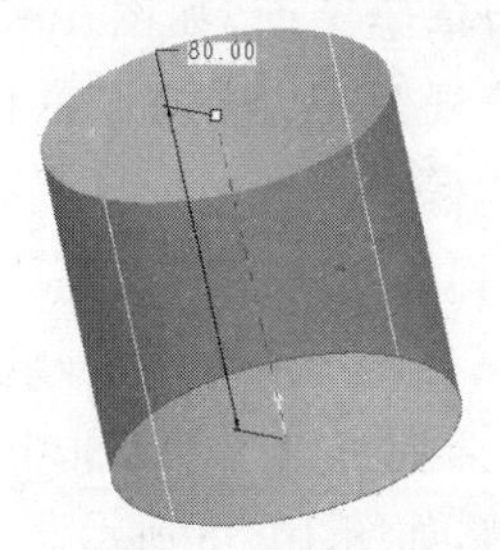

图 10-29　草绘截面为封闭图元

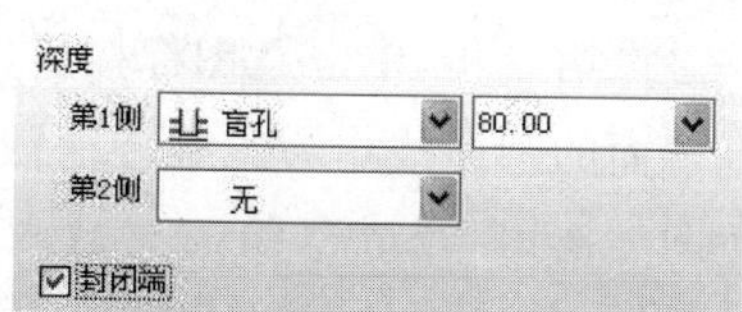

图 10-30　“选项”上滑面板

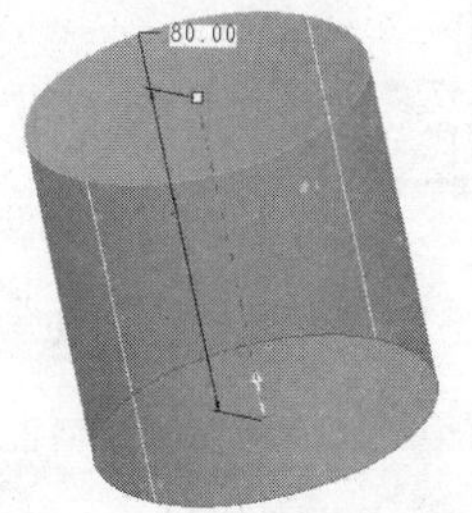

图 10-31　封闭拉伸特征

10.4　将剖面混合到曲面

将剖面混合到曲面是一种类似于边界混合的创建曲面的方法，它主要通过在参照曲面和草绘二维封闭截面之间形成边界混合曲面，该截面可以来源于特征曲面或实体的剖截面，也可自行绘制，最后创建的曲面相切于已知的参照曲面。

利用“将剖面混合到曲面”命令可以创建相切于已知参照曲面的混合曲面。

调用命令的方式如下。

菜单：执行“插入”|“高级”|“将剖面混合到曲面”|“曲面”命令。

操作步骤如下。

第 1 步，在零件模式中，以 FRONT 基准平面为草绘平面，采用默认参照和方向设置，创建一半球曲面，直径为 250，如图 10-32 所示。

第 2 步，以 FRONT 基准平面为参照，用“偏距”为 200 创建基准面 DTM1，并以此为草绘平面，采用默认参照和方向设置，创建另一半球曲面，直径为 120，如图 10-33 所示。

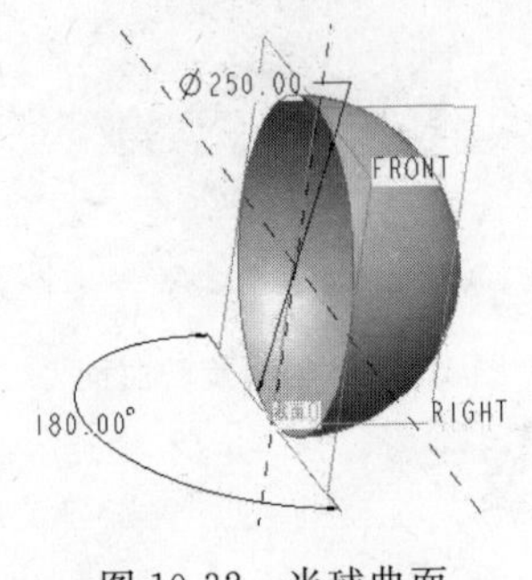

图 10-32　半球曲面

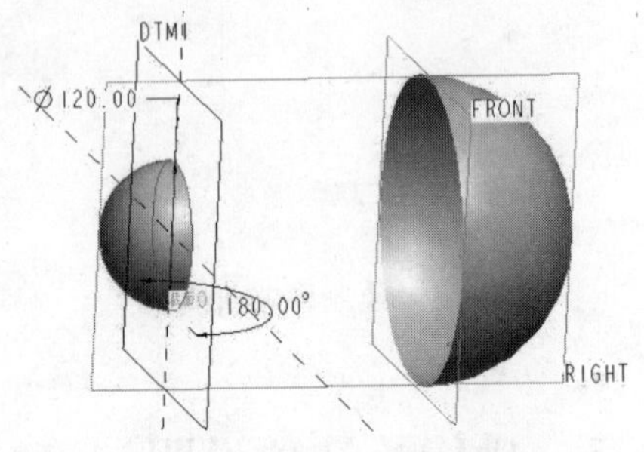

图 10-33　另一半球曲面

第 3 步，单击下拉菜单“插入”|“高级”|“将剖面混合到曲面”|“曲面”，弹出如图 10-34 所示的“截面到曲面混合”对话框。

第 4 步，选取第 2 步绘制的半球曲面作为参照曲面，如图 10-35 所示，单击“确定”按钮，定义用于混合的二维特征截面。选择 FRONT 基准平面为草绘平面，如图 10-36 所示，设置方向为“正向”，选择“草绘视图”菜单中的“默认”命令，进入草绘模式。

第 5 步，单击□图标按钮，选择第 1 步绘制的半球曲面端面的圆曲线作为二维特征截面，如图 10-37 所示，单击✔图标按钮，完成草绘，在“截面到曲面混合”对话框中单击“确定”按钮，完成特征曲面的创建，如图 10-38 所示。

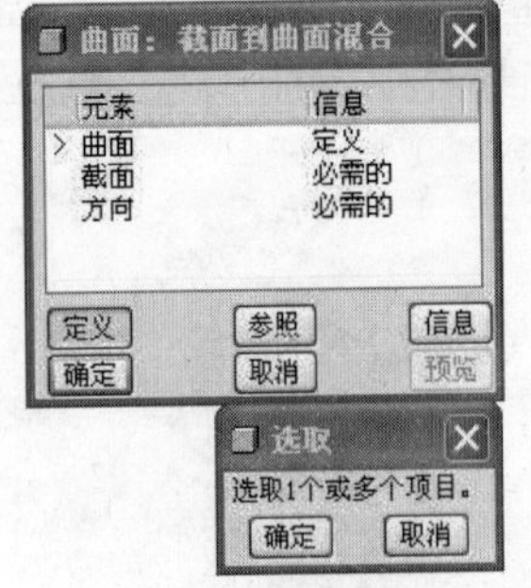

图 10-34　“截面到曲面混合”对话框

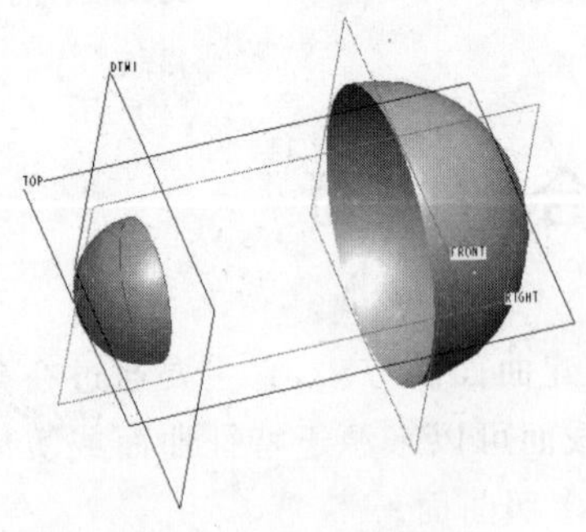

图 10-35　选取参照曲面

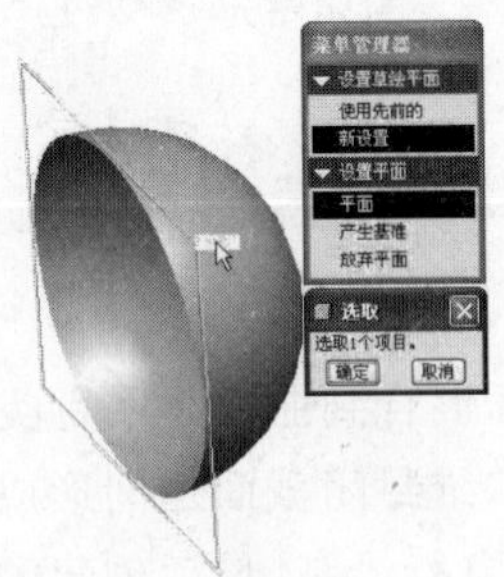

图 10-36　选择草绘平面

注意：利用“使用边”工具创建用于混合的二维特征截面时，通过“环”选项一次性创建封闭的截面。

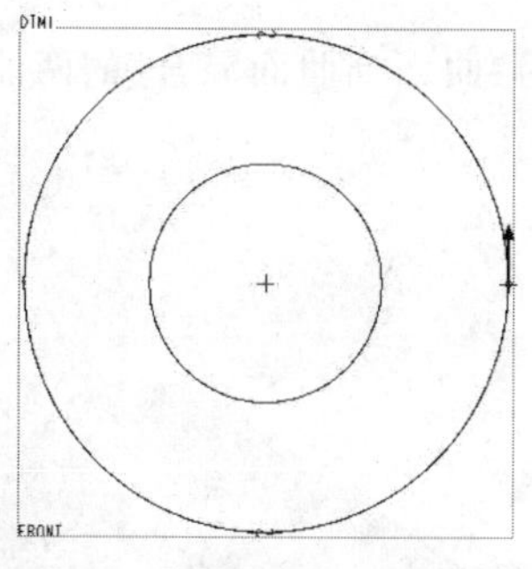

图 10-37　创建二维特征截面

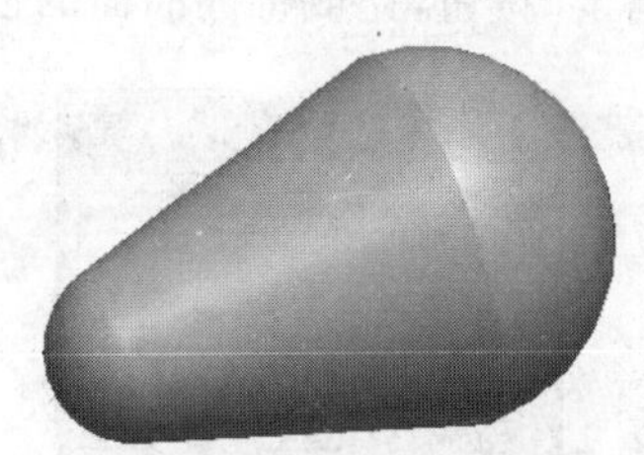

图 10-38　完成特征曲面的创建

10.5　在曲面间混合

在曲面间混合是一种创建曲面的特殊方法，它通过在曲面与曲面之间寻找公切面，并以此形成两者之间相对平滑的过渡。

利用"在曲面间混合"命令可以创建与两参照曲面相切的边界混合曲面。

调用命令的方式如下。

菜单：执行"插入"|"高级"|"在曲面间混合"|"曲面"命令。

操作步骤如下。

第 1 步，在零件模式中，以 RIGHT 基准平面为草绘平面，采用默认参照和方向设置，创建一球面，直径为 150，如图 10-39 所示。

第 2 步，以 FRONT 基准面为参照，用"偏距"为 200 创建基准面 DTM1，并以此为草绘平面创建椭球曲面作为曲面间混合的另一曲面，如图 10-40 所示，半长轴和半短轴分别为 50 和 30。

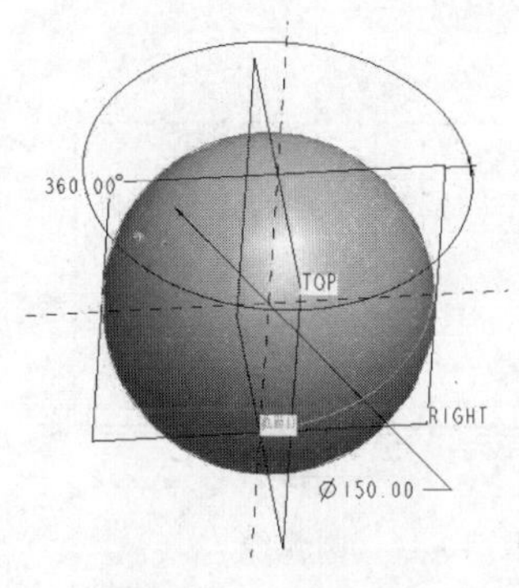

图 10-39　绘制球面

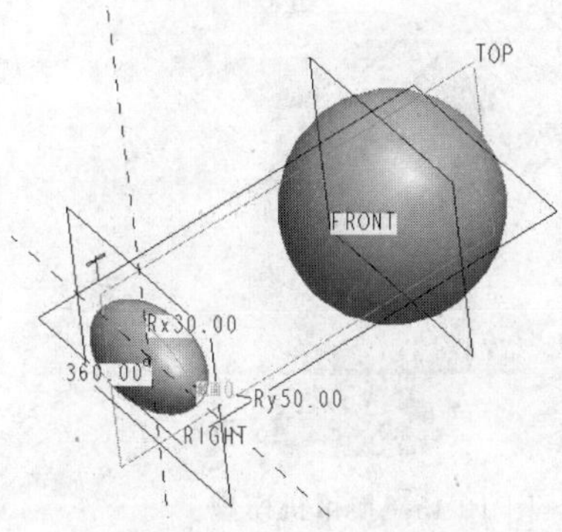

图 10-40　绘制椭球曲面

注意：这里创建的椭球曲面上必须存在与第 1 步创建的球面相对应的切点，否则将无法在两曲面间创建公切面。

第 3 步，单击下拉菜单"插入"|"高级"|"在曲面间混合"|"曲面"，弹出如图 10-41 所

示的“曲面到曲面混合”对话框。

第 4 步,分别选取椭球曲面和球面上的半球面作为“曲面到曲面混合”的两曲面参照,单击“确定”按钮,完成特征曲面的创建,如图 10-42 所示。

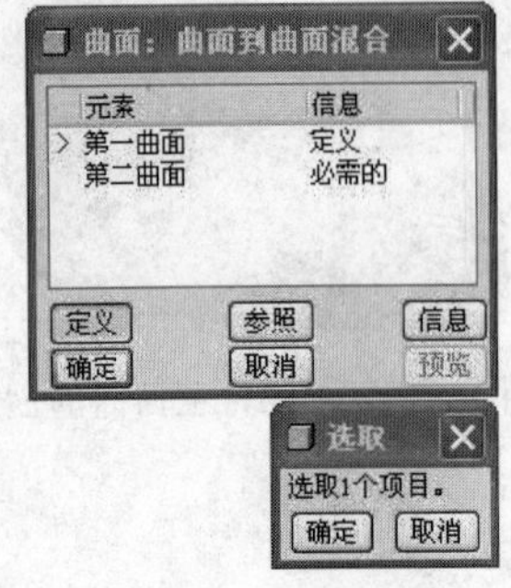

图 10-41 “曲面到曲面混合”对话框

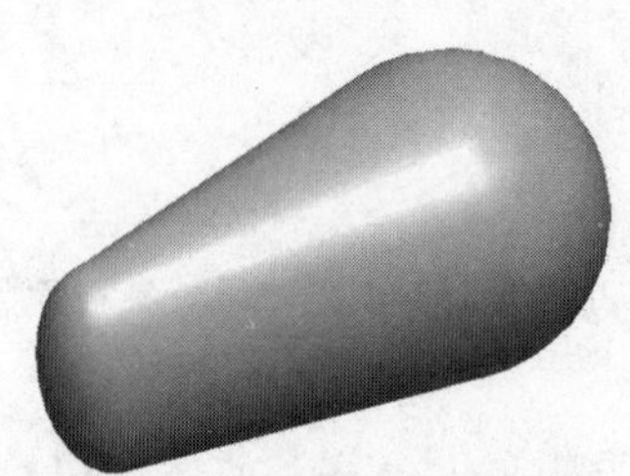

图 10-42 完成特征曲面的创建

10.6 上机操作实验指导九 换币机建模

创建如图 10-43 所示的换币机模型。主要涉及的命令包括“边界混合”命令、“填充”命令、“拉伸”命令、“旋转”命令以及“圆角”命令等。

操作步骤如下。

步骤 1 创建新文件

参见本书第 1 章,操作过程略。

步骤 2 创建主体边界混合特征

第 1 步,利用“基准”工具栏中的“草绘工具”命令,以 RIGHT 基准面为草绘平面,采用默认参照和方向设置,绘制如图 10-44 所示的圆弧线。

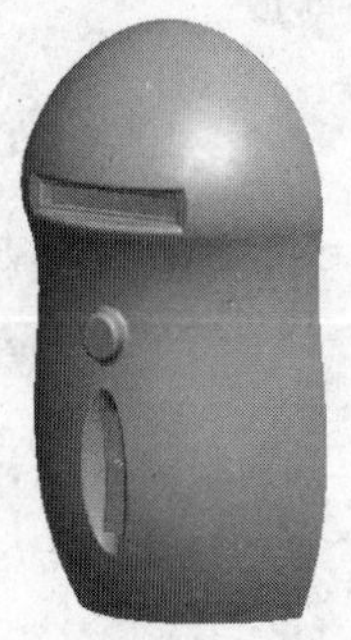

图 10-43 换币机模型

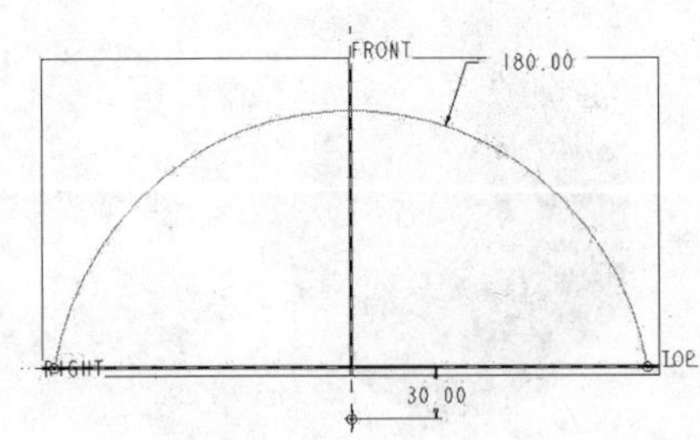

图 10-44 圆弧线 1

第 2 步,以 RIGHT 基准面为参照,分别用“偏距”为 250、150 创建基准面 DTM1、DTM2,并以此两个基准面为草绘平面,采用默认参照和方向设置,绘制另外两条圆弧线,如图 10-45 和图 10-46 所示。

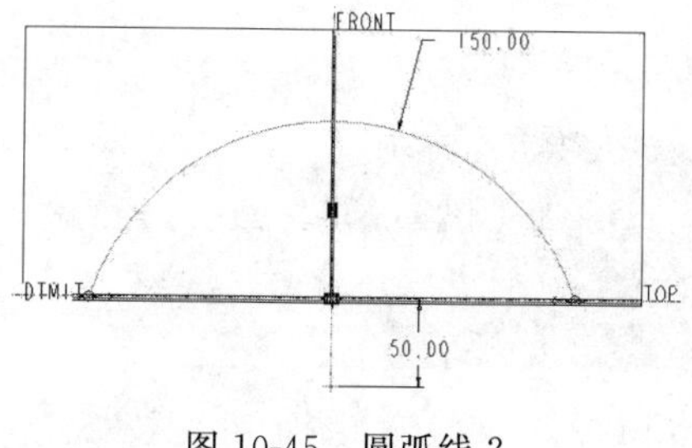

图 10-45 圆弧线 2

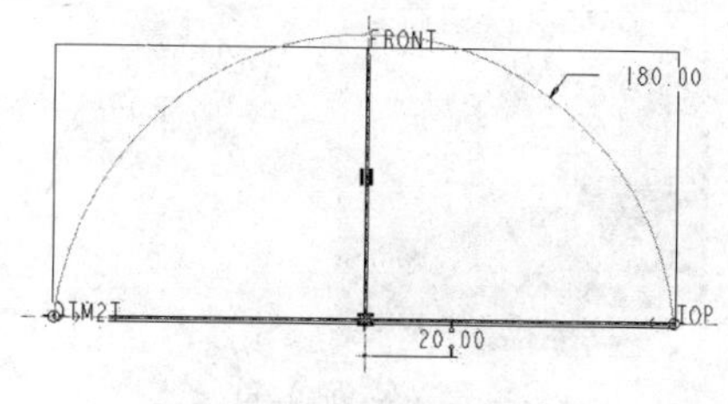

图 10-46 圆弧线 3

第 3 步，以 FRONT 基准面为草绘平面，采用默认参照和方向设置，绘制连接三条圆弧线的样条曲线，如图 10-47 所示。

第 4 步，同理，以 TOP 基准面为草绘平面，绘制如图 10-48 所示的两条样条曲线。

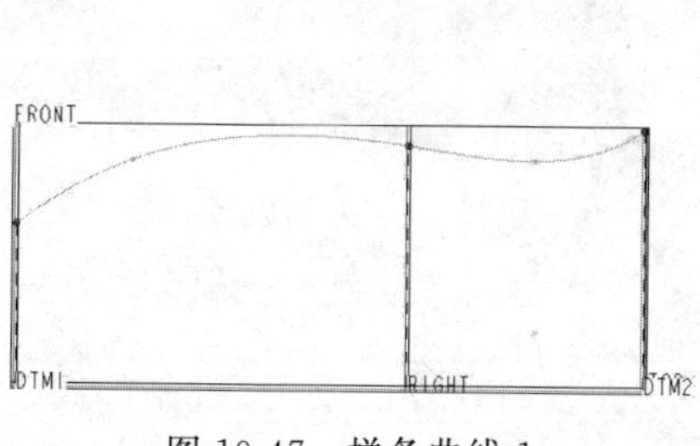

图 10-47 样条曲线 1

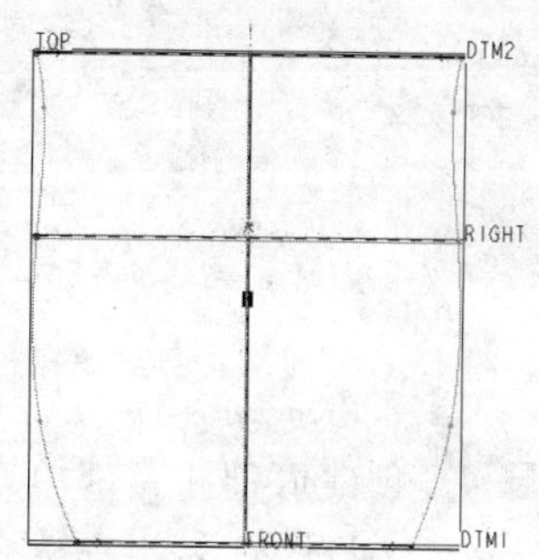

图 10-48 样条曲线 2

第 5 步，单击图标按钮，依次选取三条圆弧线作为边界混合第一方向下的三条链，再激活“第二方向链收集器”，依次选取三条样条曲线作为边界混合第二方向下的三条链，如图 10-49 所示，单击图标按钮，完成主体边界混合特征，如图 10-50 所示。

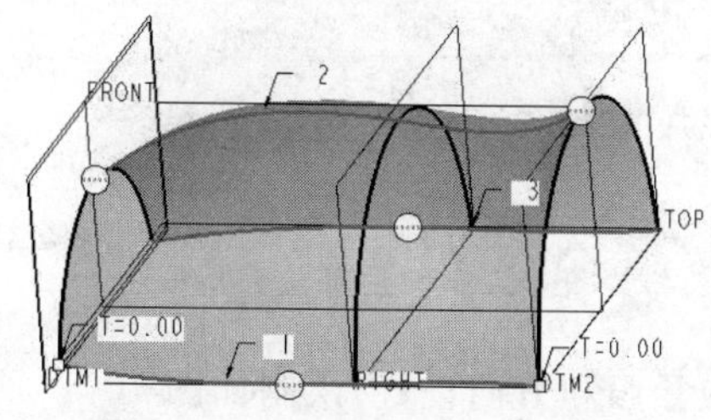

图 10-49 选取第二方向下的链

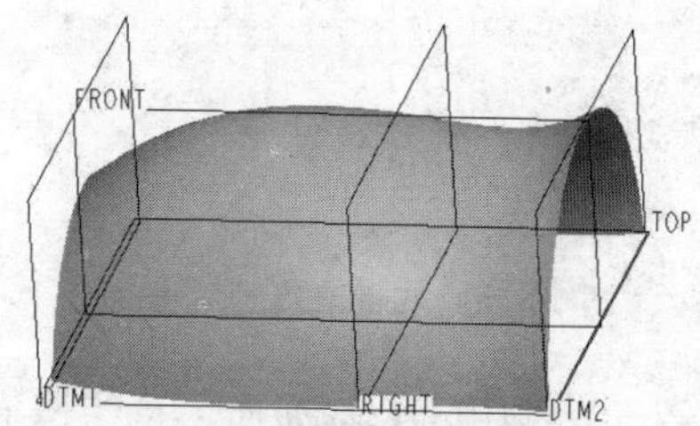

图 10-50 主体边界混合特征

步骤 3 创建头部边界混合特征

第 1 步，以 TOP 基准面为草绘平面，采用默认参照和方向设置，选取边界混合曲面的一条边为参照，绘制如图 10-51 所示的一条圆弧线。

第 2 步，单击图标按钮，依次选取主体边界混合曲面的一条边以及第 1 步绘制的圆弧线作为边界混合的两条链，如图 10-52 所示。

第 3 步，在“边界混合特征”操控板中，单击“约束”按钮，在弹出的“约束”上滑面板中设置第一条链的“条件”为切线，参照曲面为主体边界混合曲面，设置第二条链的“条件”为

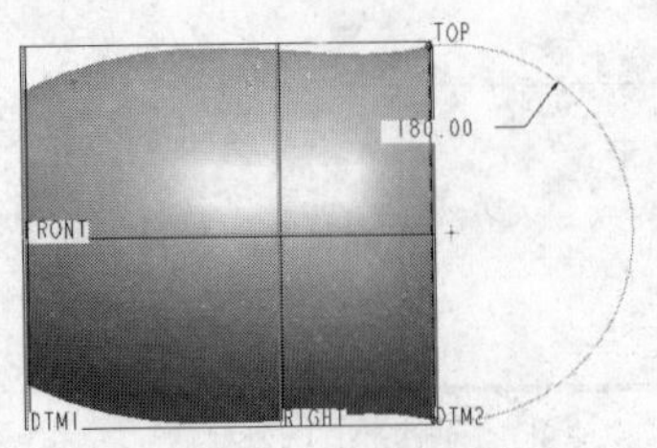

图 10-51　头部圆弧线

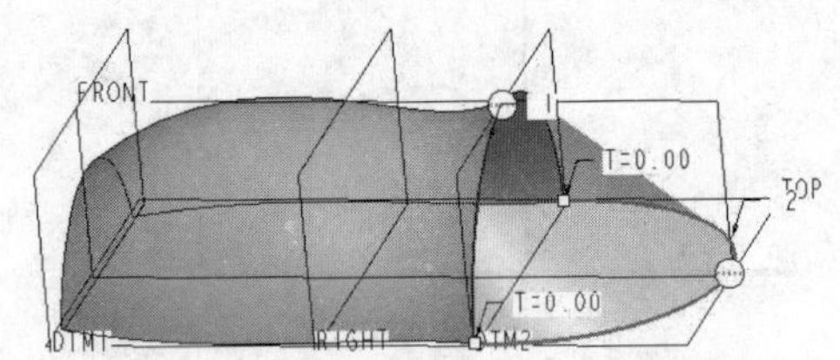

图 10-52　选取边界混合的两条链

垂直，参照曲面为 TOP 基准平面，如图 10-53 所示。

第 4 步，单击☑图标按钮，完成头部边界混合特征的创建，如图 10-54 所示。

图 10-53　设置边界约束条件

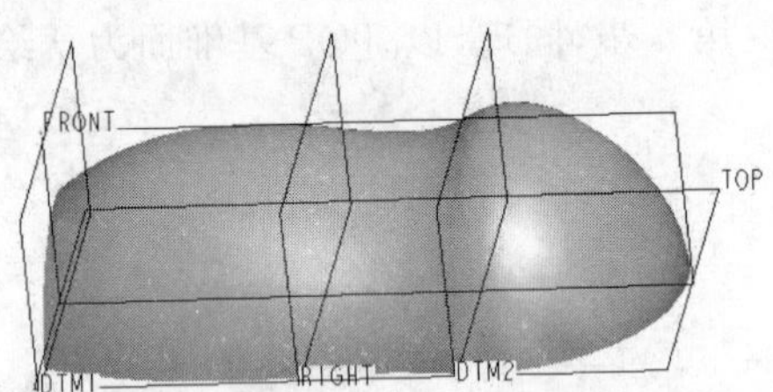

图 10-54　头部边界混合特征

步骤 4　创建底部和背部填充特征

第 1 步，以 DTM1 基准面为草绘平面，采用默认参照和方向设置，绘制如图 10-55 所示的封闭曲线。

第 2 步，选取第 1 步绘制的封闭曲线，单击下拉菜单"编辑"|"填充"，完成底部填充特征的创建，如图 10-56 所示。

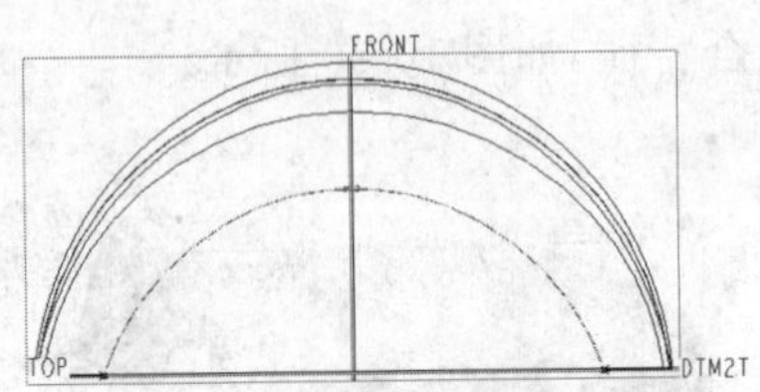

图 10-55　底部二维特征截面

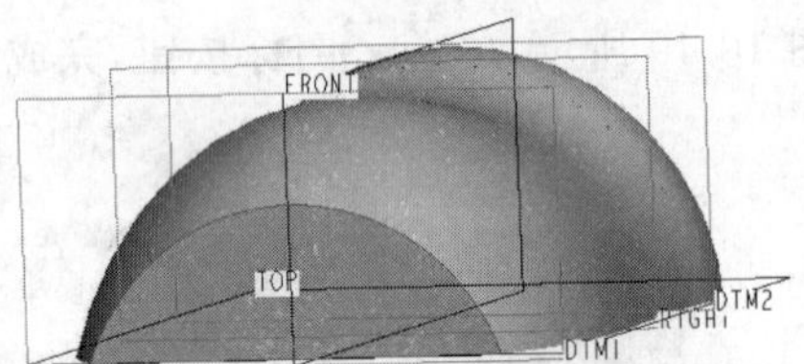

图 10-56　底部填充特征

第 3 步，以 TOP 基准面为草绘平面，采用默认参照和方向设置，绘制如图 10-57 所示的封闭曲线。

第 4 步，重复第 2 步的操作完成背部填充特征的创建，如图 10-58 所示。

第 5 步，将已创建的所有曲面合并，参见本书第 11 章。

步骤 5　创建拉伸和旋转曲面特征

第 1 步，以 FRONT 基准面为草绘平面，采用默认参照和方向设置，绘制如图 10-59 所示的封闭曲线。

第 2 步，单击拉伸图标按钮，选取第 1 步绘制的封闭曲线作为二维特征截面，创建如图 10-60 所示的拉伸曲面特征。

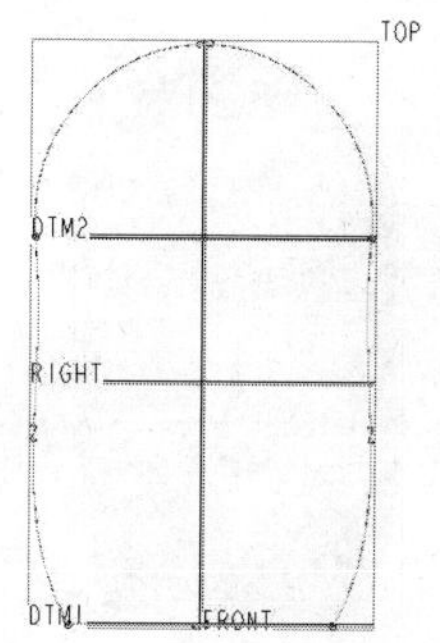

图 10-57 背部二维特征截面

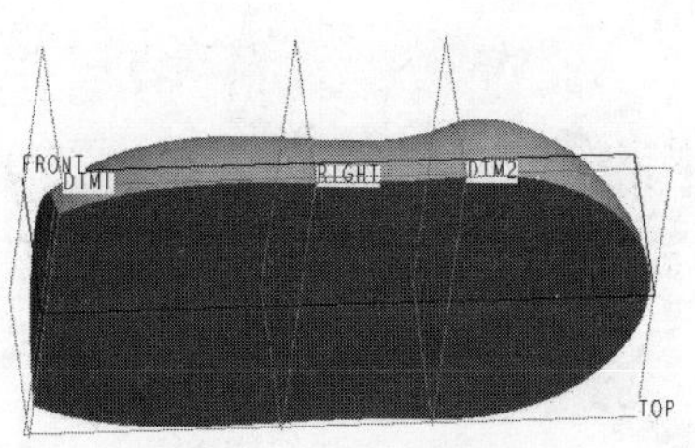

图 10-58 背部填充特征

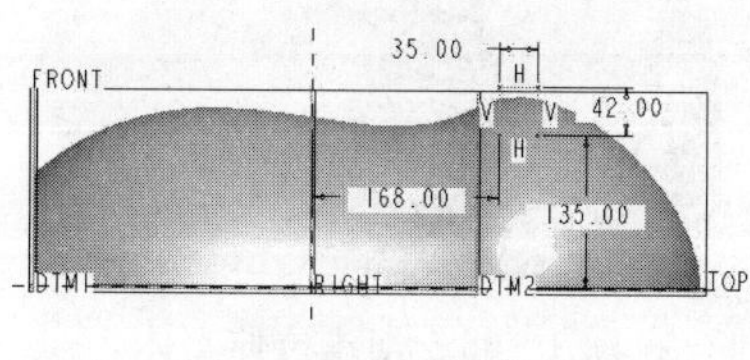

图 10-59 封闭曲线

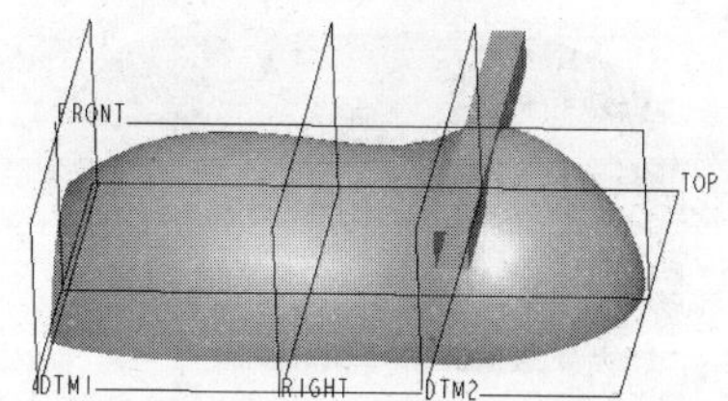

图 10-60 拉伸曲面特征

第 3 步，将拉伸曲面与已合并的曲面合并，参见本书第 11 章。

第 4 步，以 FRONT 基准面为草绘平面，采用默认参照和方向设置，绘制如图 10-61 所示的半椭圆曲线。

第 5 步，单击图标按钮，选取第 4 步绘制的半椭圆曲线作为二维特征截面，创建如图 10-62 所示的旋转曲面特征。

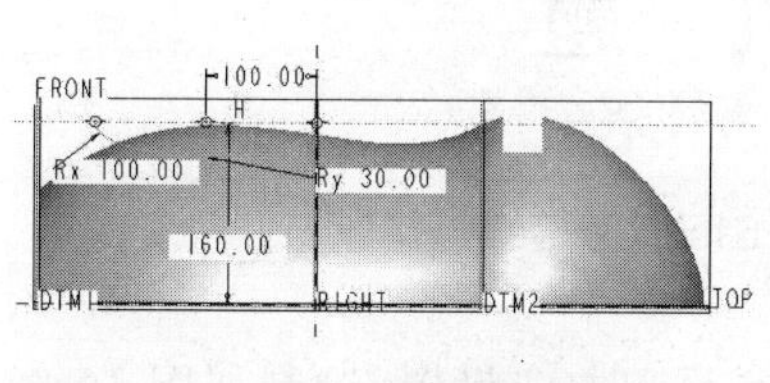

图 10-61 半椭圆曲线

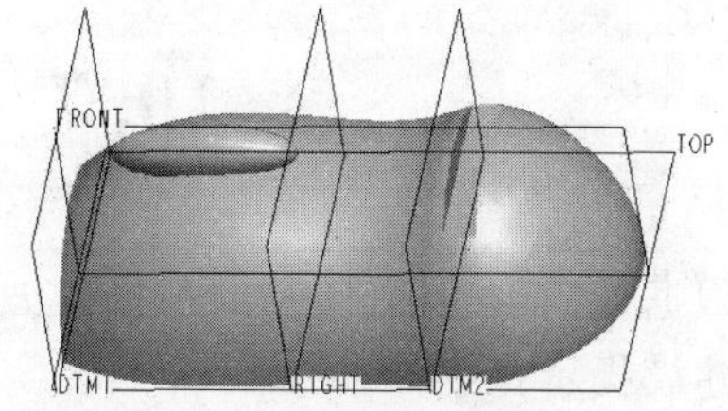

图 10-62 旋转曲面特征

第 6 步，将旋转曲面与已合并的曲面再次合并[①]，合并后的模型如图 10-63 所示。

步骤 6 创建去除材料拉伸曲面特征

第 1 步，以 TOP 基准面为参照，用“偏距”为 160 创建基准面 DTM3，并以此基准面为草绘平面，绘制两封闭曲线，效果如图 10-64 所示。

第 2 步，单击图标按钮，选取两封闭曲线作为二维特征截面，并选取已合并的曲面作为要修剪的面组，创建去除材料拉伸曲面特征，如图 10-65 所示。

第 3 步，以 DTM3 基准面为草绘平面创建拉伸实体特征[②]，如图 10-66 所示。

---

① 参见本书第 11.6 节。

② 参见本书第 5 章。

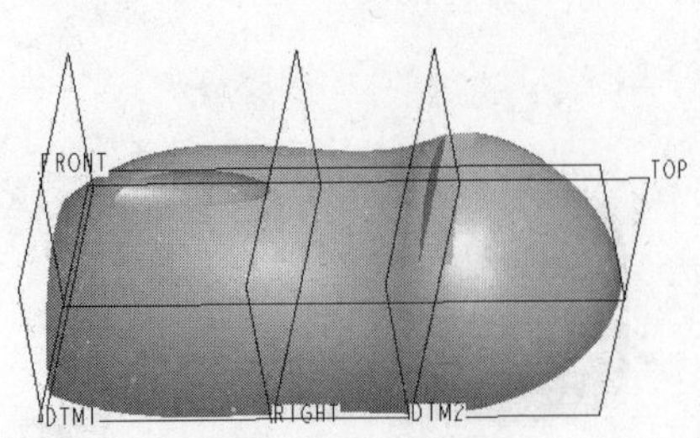

图 10-63　合并后的模型

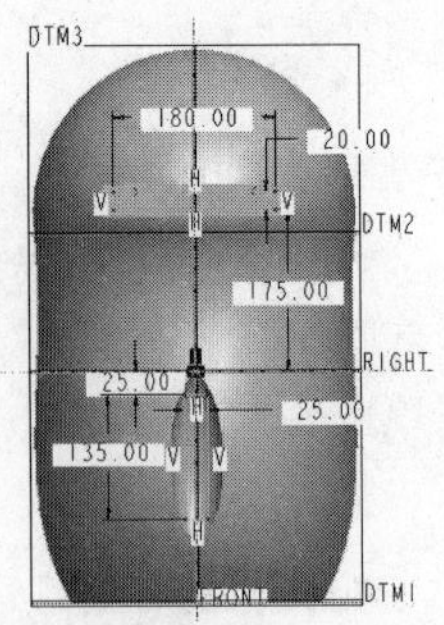

图 10-64　绘制两封闭曲线

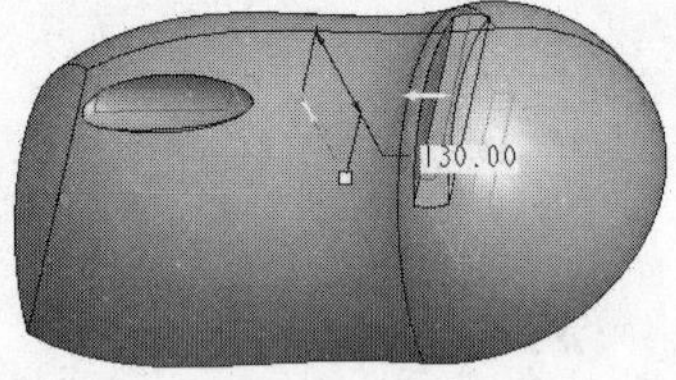

图 10-65　去除材料拉伸曲面特征

图 10-66　创建拉伸实体

步骤 7　曲面加厚并创建圆角特征

参见本书第 6 章及第 12 章，操作过程略，完成换币机模型的创建，结果如图 10-43 所示。

步骤 8　保存图形

参见本书第 1 章，操作过程略。

10.7　上　机　题

根据曲面创建的有关知识，创建如图 10-67 所示的音箱模型。

建模提示：

(1) 以 RIGHT 基准面为草绘平面，采用默认参照和方向设置，绘制如图 10-68 所示的二维特征截面，输入"深度值"为 60，创建拉伸曲面特征，如图 10-69 所示。

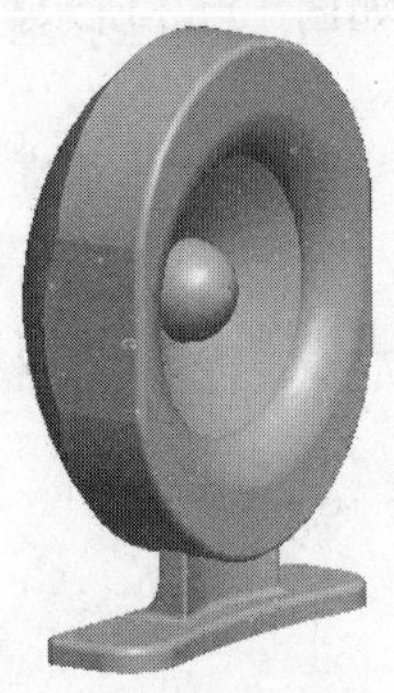

图 10-67　音箱模型

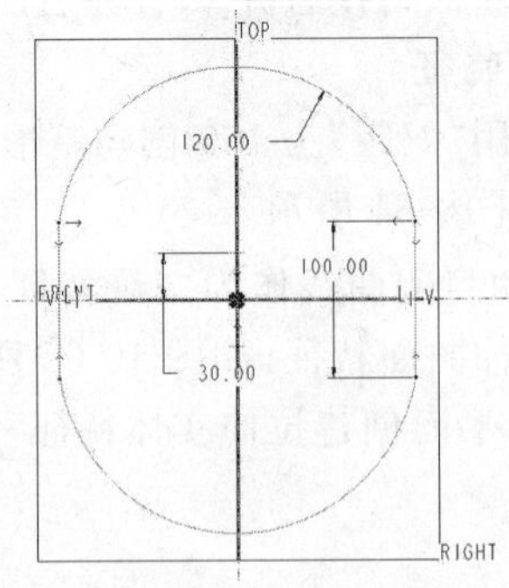

图 10-68　二维特征截面

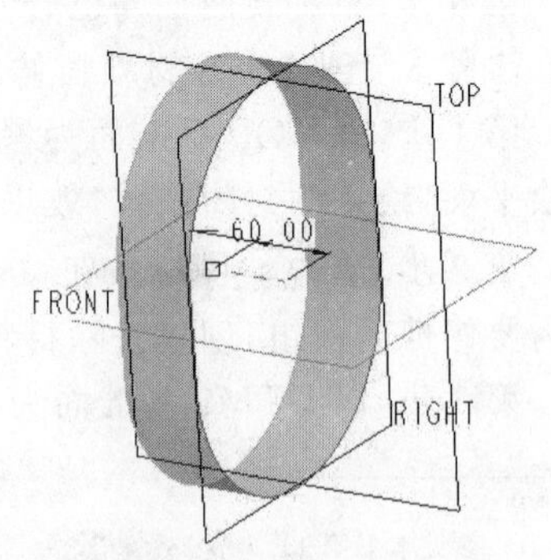

图 10-69　拉伸曲面特征

(2) 以拉伸曲面的一侧面为草绘平面，绘制如图 10-70 所示的圆弧线。

(3) 以 TOP 基准平面为参照，镜像前面绘制的圆弧线至拉伸曲面另一侧。

(4) 以 TOP 基准面为草绘平面，采用默认参照和方向设置，绘制如图 10-71 所示的圆弧线。

(5) 以 FRONT 基准面为草绘平面，采用默认参照和方向设置，绘制如图 10-72 所示的样条曲线。

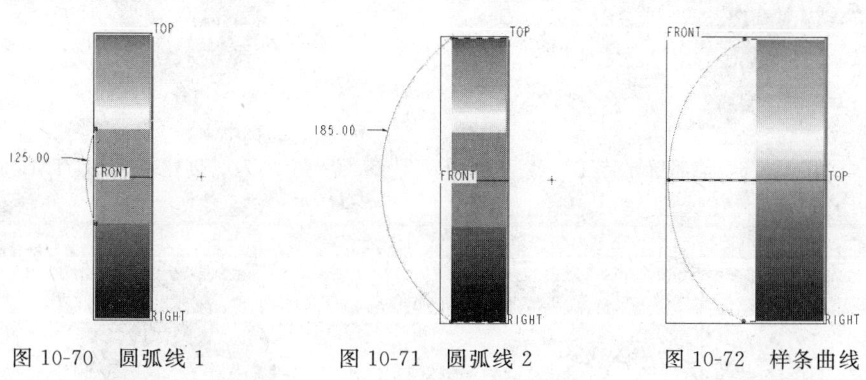

图 10-70　圆弧线 1　　图 10-71　圆弧线 2　　图 10-72　样条曲线

(6) 选取前面绘制的圆弧线和样条曲线作为两个方向上的链，创建边界混合特征，如图 10-73 所示。

(7) 创建侧面的填充特征，如图 10-74 所示，并镜像至另一侧。

(8) 以 RIGHT 基准面为草绘平面，采用默认参照和方向设置，绘制如图 10-75 所示的圆形封闭曲线。

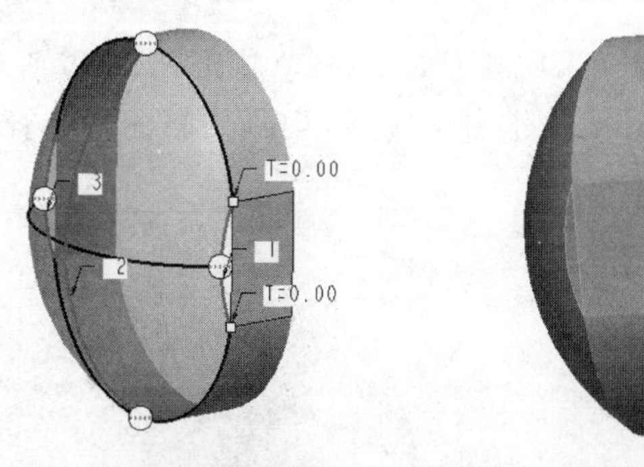

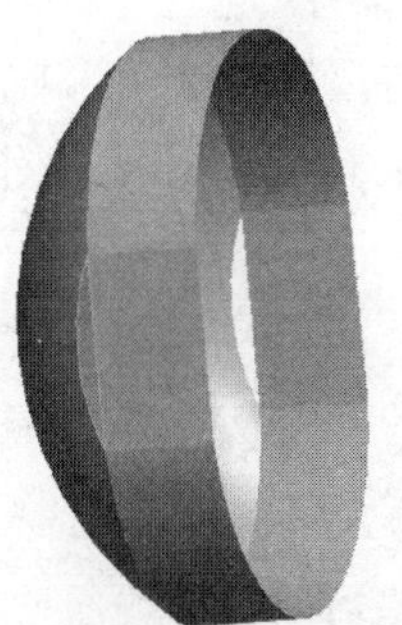

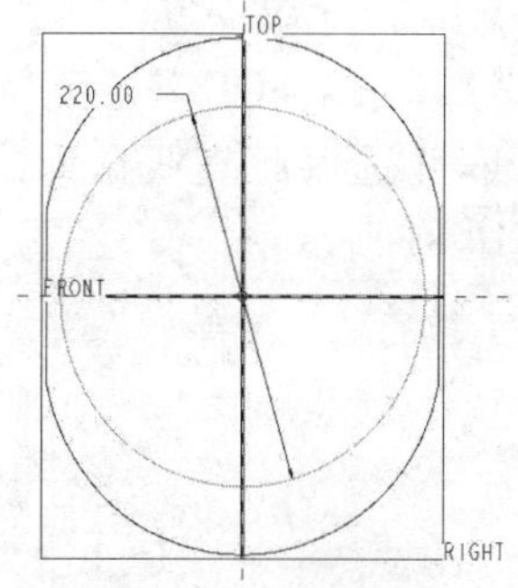

图 10-73　边界混合特征　　图 10-74　侧面填充特征　　图 10-75　圆形封闭曲线 1

(9) 创建前部的填充特征，如图 10-76 所示。

(10) 以 RIGHT 基准面为参照，用“偏距”为 25 创建基准面 DTM1，如图 10-77 所示。并以此基准面为草绘平面，TOP 基准面为参照面，方向向左，绘制如图 10-78 所示的圆形封闭曲线。

(11) 依次选取两条圆形封闭曲线作为边界混合的两条链，并分别以 RIGHT 基准面、DTM1 基准面为参照设置边界的“条件”分别为相切、垂直，创建边界混合特征如图 10-79 所示。

图 10-76　前部填充特征

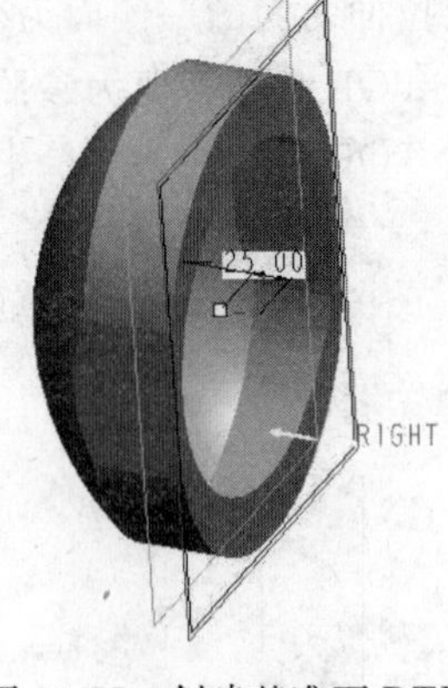

图 10-77　创建基准面 DTM1

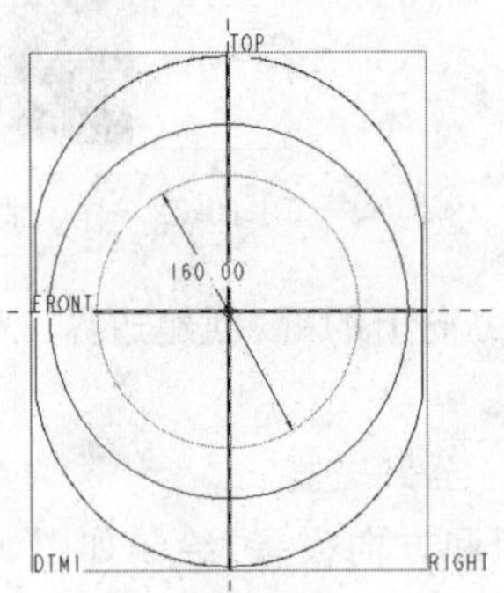

图 10-78　圆形封闭曲线 2

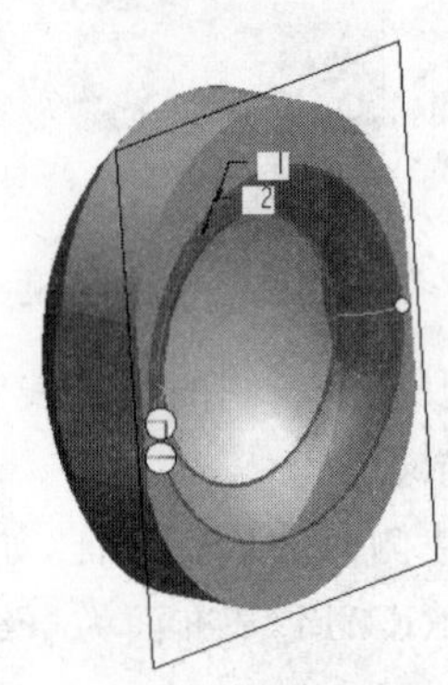
图 10-79　边界混合特征

(12) 以 TOP 基准面为草绘平面，采用默认参照和方向设置，绘制如图 10-80 所示的直线，并选取此直线作为二维特征截面，以 X 轴作为旋转轴，创建旋转曲面特征，如图 10-81 所示。

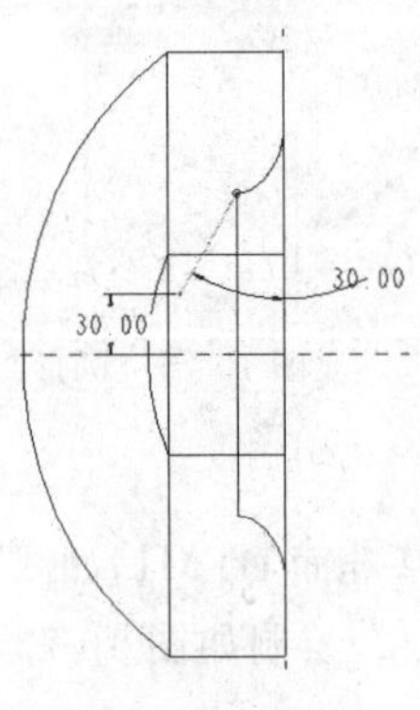

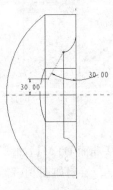

图 10-80　直线

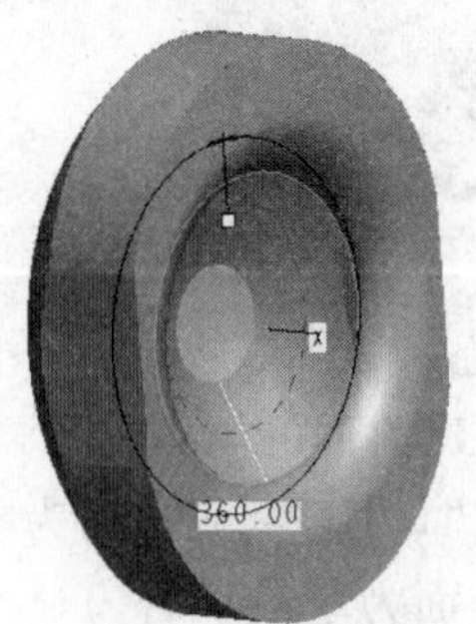

图 10-81　旋转曲面特征 1

(13) 以 TOP 基准平面为草绘平面，采用默认参照和方向设置，绘制如图 10-82 所示的样条曲线，并创建如图 10-83 所示的旋转曲面特征。

(14) 将已创建的所有曲面合并，并将曲面实体化，参见本书第 11 章和第 12 章。

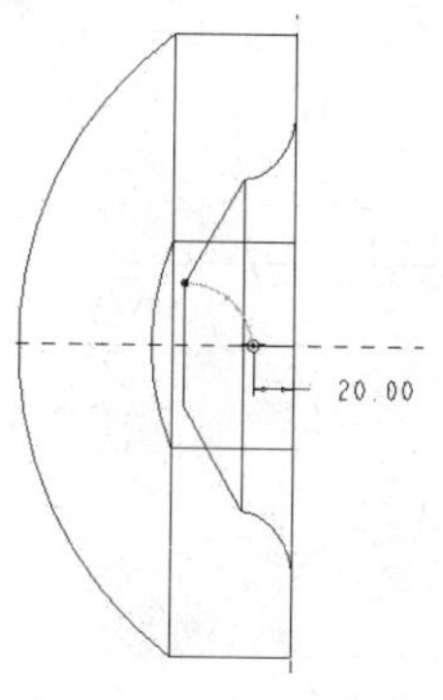

图 10-82　样条曲线

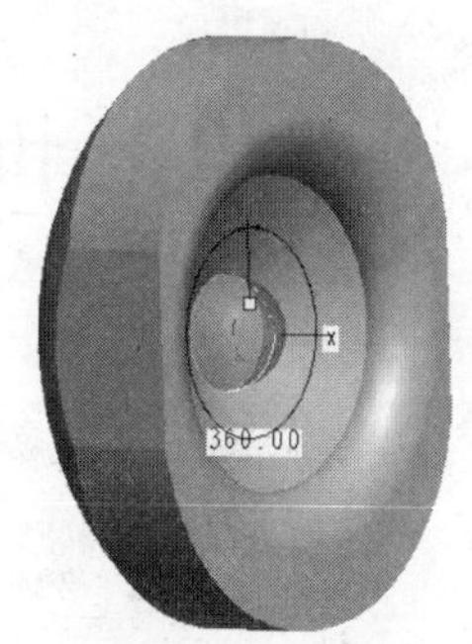

图 10-83　旋转曲面特征 2

(15) 以 FRONT 基准面为参照，用“偏距”为 180 创建基准面 DTM2，并以此基准面为草绘平面，采用默认参照和方向设置，绘制二维特征截面如图 10-84 所示。指定拉伸的方法为“拉伸至选定的曲面”，创建拉伸实体特征，如图 10-85 所示。

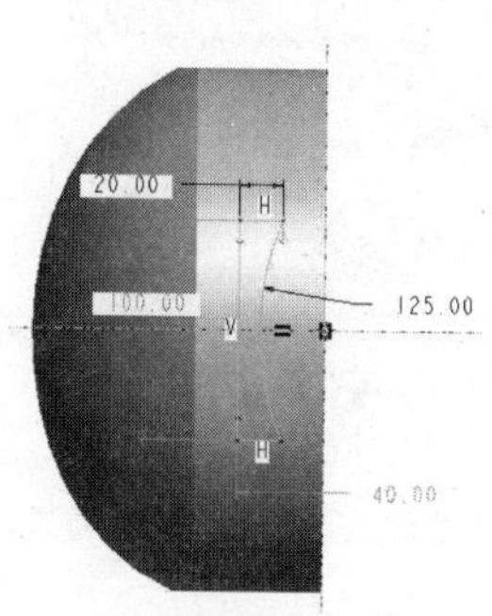

图 10-84　二维特征截面 1

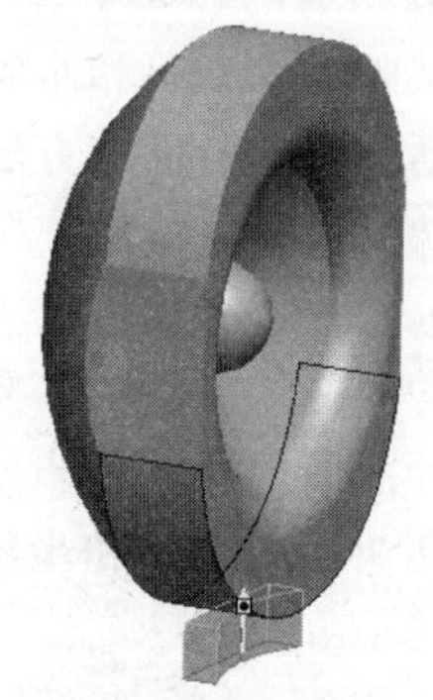

图 10-85　创建拉伸实体特征 1

(16) 同理绘制如图 10-86 所示的二维特征截面，创建如图 10-87 所示的拉伸实体特征。

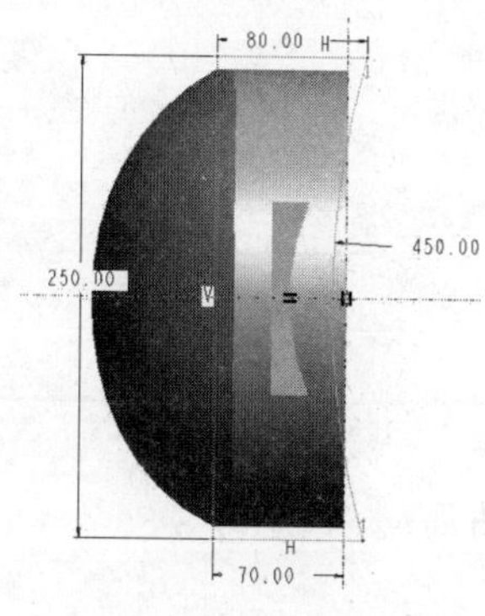

图 10-86　二维特征截面 2

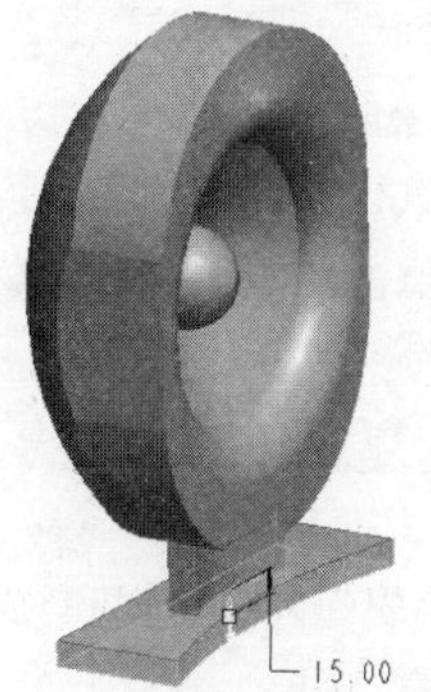

图 10-87　创建拉伸实体特征 2

(17) 创建圆角特征，完成音箱模型的创建，效果如图 10-67 所示。

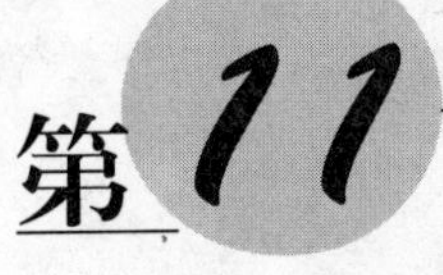

第11章 曲面的编辑

运用第10章所讲述的曲面创建方法可以创建一些基本的曲面，但是在工程实际中，仅仅依靠这些简单的创建方法还是不够的，还需要对已创建的曲面进行灵活的编辑。Pro/ENGINEER提供了强大的曲面编辑功能。

本章将介绍的内容如下。

(1) 复制曲面的方法和步骤。

(2) 移动和旋转曲面的方法和步骤。

(3) 镜像曲面的方法和步骤。

(4) 标准方式偏移曲面的方法和步骤。

(5) 延伸曲面的方法和步骤。

(6) 合并曲面的方法和步骤。

(7) 裁切曲面的方法和步骤。

11.1 曲面的复制

复制曲面是在原有曲面的基础上，通过复制的方式快捷地创建出与源曲面大小和形状相同的曲面。

调用命令的方式如下。

菜单：执行"编辑"|"复制" 和"编辑" | "粘贴"命令。

图标：单击工具栏中的和图标按钮。

11.1.1 复制曲面

利用"编辑" | "复制"和"编辑" | "粘贴"命令复制曲面。

操作步骤如下。

第1步，打开Ch11-1.prt，如图11-1所示。

第2步，在模型上选择用来进行复制操作的面，如图11-2所示。

注意：如果需要对多个面进行复制操作，可以按住Ctrl键不放，然后对这些面进行选择。

图 11-1　原始模型

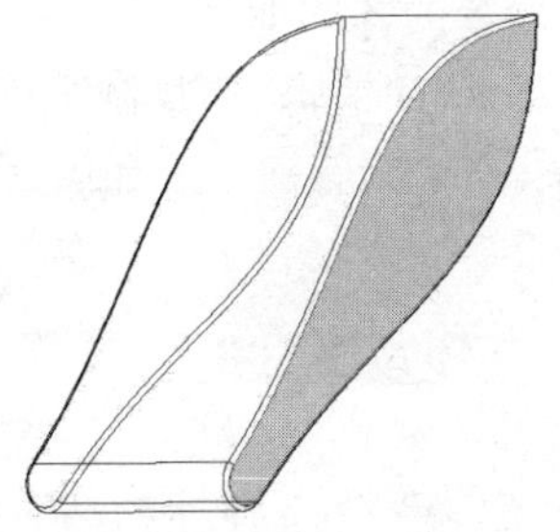

图 11-2　选择进行复制的面

第 3 步，单击下拉菜单“编辑”|“复制”，或单击工具栏中的“复制”图标按钮。

第 4 步，单击下拉菜单“编辑”|“粘贴”，或单击工具栏中的“粘贴”图标按钮，打开“粘贴特征”操控板，如图 11-3 所示。

图 11-3　“粘贴特征”操控板

第 5 步，单击操控板上的“选项”按钮，弹出“选项”上滑面板。

第 6 步，在“选项”上滑面板中选择“按原样复制所有曲面”单选按钮（此为默认设置）。

第 7 步，单击图标按钮，完成对曲面的复制。读者可以在模型树中观察到复制的曲面。

11.1.2　操作及选项说明

在“选项”上滑面板中，包含有三个重要的单选按钮，可以对复制的面进行编辑和界定。它们的含义如下。

(1) 按原样复制所有曲面：可以准确地复制曲面的副本，此为默认设置。

(2) 排除曲面并填充孔：复制某些曲面，可以排除部分曲面或选择填充曲面内的孔。选择该单选按钮时，“选项”上滑面板上将会弹出“排除轮廓”收集器和“填充孔／曲面”收集器。

(3) 复制内部边界：仅复制边界内部的曲面。选择该单选按钮时，“边界曲线”收集器被激活。

11.2　移动和旋转曲面

对曲面进行移动和旋转的操作，是通过“选择性粘贴”命令来实现的。只有独立的面才能被“选择性粘贴”，而模型上的表面不能被“选择性粘贴”。

调用命令的方式如下。

菜单：执行“编辑”|“复制” 和“编辑”|“选择性粘贴”命令。

图标：单击工具栏中的图标和图标按钮。

11.2.1 移动曲面

利用“编辑”|“选择性粘贴”命令可以对曲面进行移动。

操作步骤如下。

第 1 步，打开 Ch11-4.prt，如图 11-4 所示。

第 2 步，选择模型中的曲面。

第 3 步，单击下拉菜单“编辑”|“复制”，或单击工具栏中的“复制”图标按钮。

第 4 步，单击下拉菜单“编辑”|“选择性粘贴”，或者单击工具栏中的“选择性粘贴”图标按钮。弹出“选择性粘贴”对话框，如图 11-5 所示。

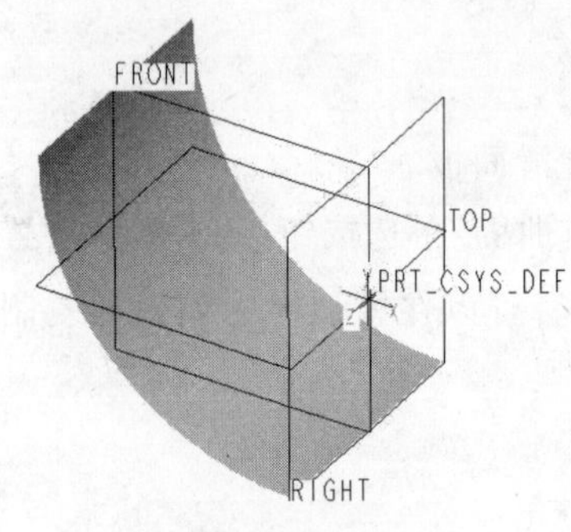

图 11-4 原始模型

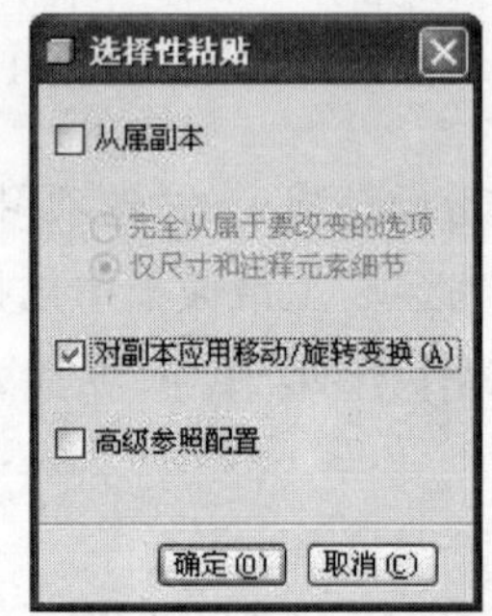

图 11-5 “选择性粘贴”对话框

第 5 步，选中对话框中的“对副本应用移动/旋转变换”复选框，并单击“确定”按钮，打开“选择性粘贴”操控板，如图 11-6 所示。

图 11-6 “选择性粘贴特征”操控板

第 6 步，在操控板中单击“移动”图标按钮（此为默认设置）。

第 7 步，单击操控板上的方向参照的收集器，然后在模型中选择 RIGHT 平面作为平移参照。

第 8 步，在参照收集器后的文本框中输入平移值 130，回车。此时模型如图 11-7 所示。

第 9 步，单击图标按钮，完成选择性粘贴的移动操作，如图 11-8 所示。

注意：平移曲面所选的参照也可以是曲面的一条直线边，这样复制的曲面，将沿着直线边的方向进行移动。

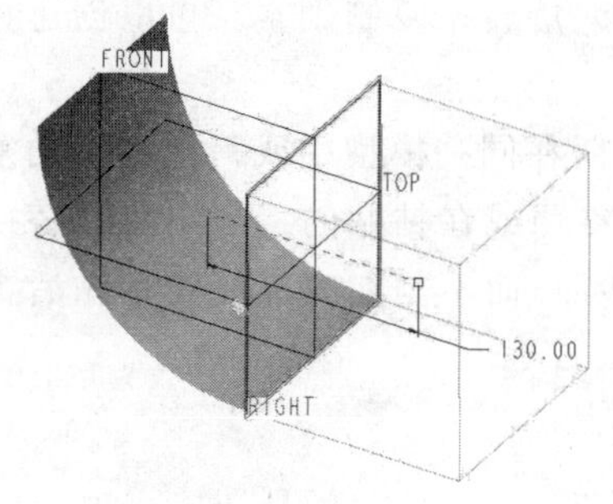

图 11-7　设置平移的距离

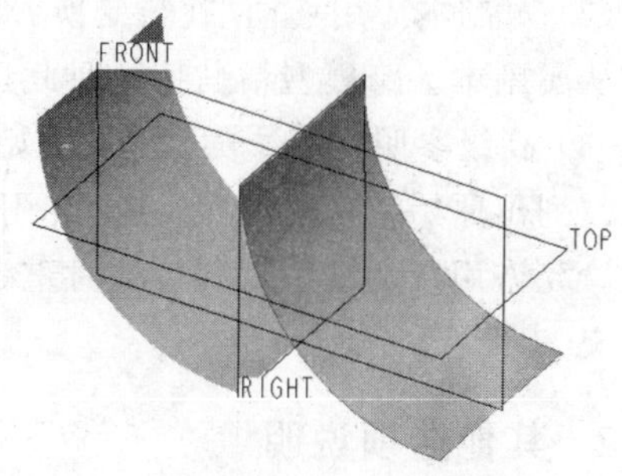

图 11-8　移动曲面

11.2.2　旋转曲面

利用"编辑"|"选择性粘贴"命令还可以对曲面进行旋转操作。

操作步骤如下。

第 1 步～第 5 步，同 11.2.1 小节中第 1 步～第 5 步。

第 6 步，在操控板中单击"旋转"图标按钮。

第 7 步，单击操控板上的方向参照的收集器，然后在模型中选择系统坐标系的 Z 轴作为旋转参照。

注意：这里也可以选择曲面上的直线边线或者创建一基准轴做旋转参照。

第 8 步，在参照收集器后的文本框中输入旋转角度值 180，回车。此时模型如图 11-9 所示。

第 9 步，单击图标按钮，完成选择性粘贴的旋转操作，结果如图 11-10 所示。

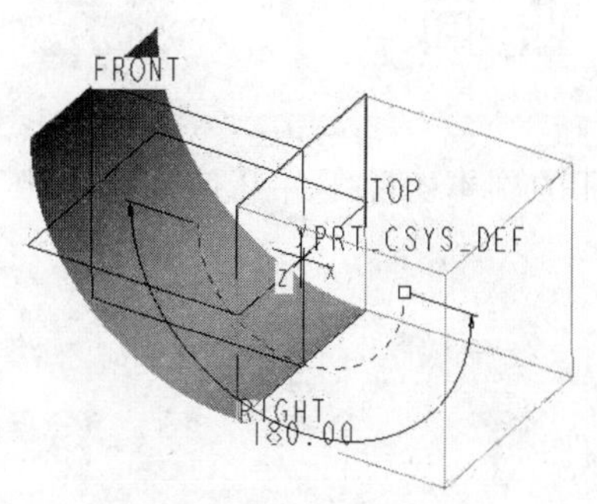

图 11-9　设置旋转角度

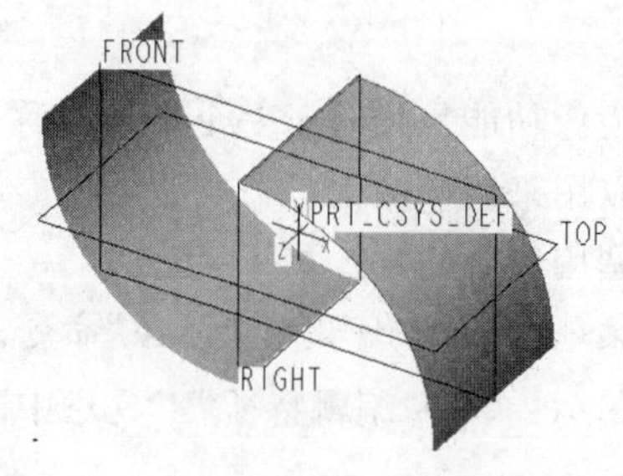

图 11-10　旋转曲面

11.2.3　操作选项及说明

1. "选择性粘贴"对话框

(1) 从属副本：此为默认选项，表示创建源特征的从属副本。

(2) 对副本应用移动/旋转变换：表示通过平移、旋转来复制副本。可以创建特征的完全从属副本。跨模型粘贴特征时此选项不可用。

(3) 高级参照配置：表示使用原始参照或新参照在同一模型中或跨模型粘贴复制的特征。列出原始特征的参照，并允许用户保留这些参照或在粘贴的特征中将其替换为新参照。允许用户在粘贴复制特征时重定义和替换参照，而不是在完成复制粘贴后再单独重定义参照。

2. 其他选项说明

(1) 变换：单击该按钮，弹出如图 11-11 所示的“变换”上滑面板，用户可以在该面板中定义复制曲面面组的形式为平移或旋转，设置平移距离或旋转角度，以及方向参照。

(2) 属性：单击该按钮，弹出如图 11-12 所示的“属性”上滑面板，可以设定当前特征的名称和显示当前特征的属性。

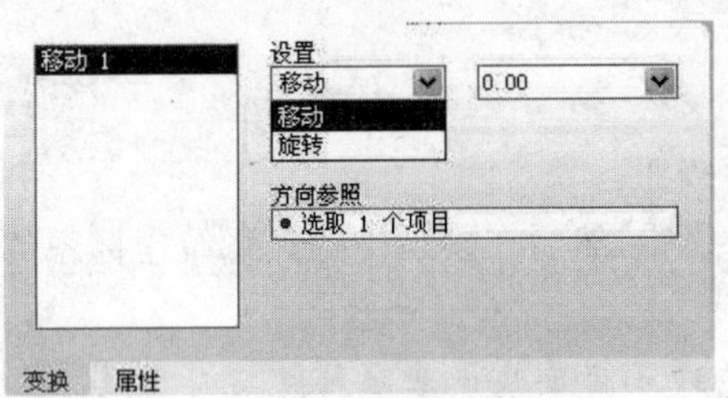

图 11-11 “变换”上滑面板

图 11-12 “属性”上滑面板

11.3 镜 像 曲 面

镜像功能是相对于一个平面对称复制出源特征的副本。除零件几何外，“镜像”工具也可以用来镜像曲面。

调用命令的方式如下。

菜单：执行“编辑”|“镜像”命令。

图标：单击“编辑特征”工具栏中的图标按钮。

11.3.1 镜像曲面介绍

利用“镜像”命令镜像曲面。

操作步骤如下。

第 1 步～第 2 步，同 11.2.1 小节中第 1 步～第 2 步。

第 3 步，单击下拉菜单“编辑”|“镜像”，或单击“编辑特征”工具栏中的图标按钮，打开“镜像特征”操控板，如图 11-13 所示。

参照　选项　属性

镜像平面　• 选取 1 个项目

图 11-13 “镜像特征”操控板

第 4 步，选择 RIGHT 平面为镜像平面，如图 11-14 所示。

第 5 步，单击☑图标按钮，完成镜像操作，结果如图 11-15 所示。

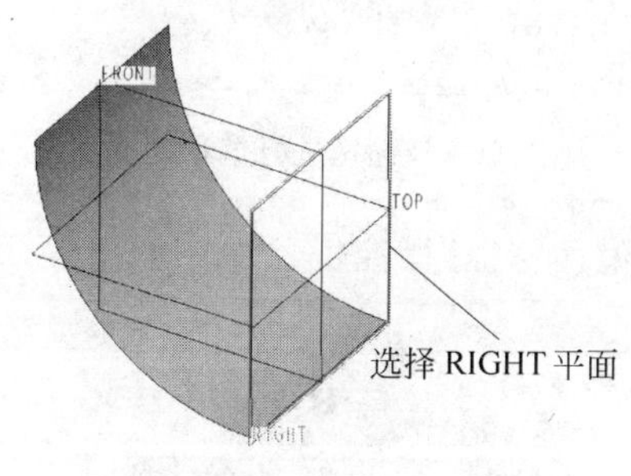

图 11-14 选择镜像平面

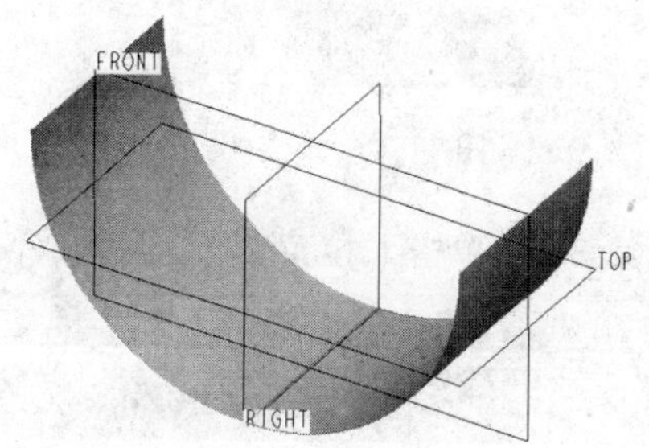

图 11-15 镜像曲面

11.3.2 操作及选项说明

(1) 参照：单击该按钮，弹出“参照”上滑面板，其内容与“镜像特征”操控板上的内容相同。

(2) 选项：单击该按钮，弹出“选项”上滑面板，选中“复制为从属选项”复选框，则镜像复制的特征参数与源特征相关联。

(3) 属性：单击该按钮，弹出“属性”上滑面板，可以设定当前特征的名称和显示当前特征的属性。

11.4 标准方式偏移曲面

使用标准方式偏移曲面，可以对单个曲面或实体特征上的曲面偏移指定的距离来创建一个新的曲面。

调用命令的方式如下。

菜单：执行“编辑”|“偏移”命令。

11.4.1 标准方式偏移曲面介绍

利用“偏移”命令编辑曲面。

操作步骤如下。

第 1 步，打开 Ch11-1. prt，如图 11-16 所示。

第 2 步,在模型上选择一个曲面,如图 11-17 所示。

图 11-16 原始模型

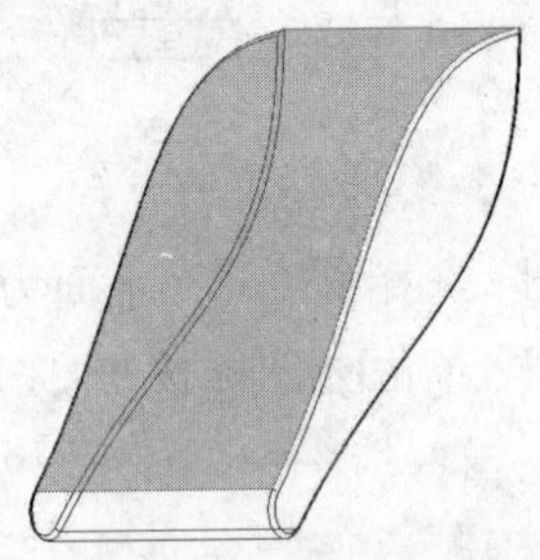
图 11-17 选择进行偏移的曲面

第 3 步,单击下拉菜单"编辑"|"偏移",打开"偏移特征"操控板,如图 11-18 所示。

图 11-18 "偏移特征"操控板

第 4 步,在"偏移特征"操控板中选择"标准方式偏移"图标按钮(此为默认设置),并在其后的文本框中设置偏移距离为 50,此时模型如图 11-19 所示。

第 5 步,单击"选项"按钮,弹出"选项"上滑面板,在列表框中选择"垂直于曲面"选项(此为默认设置)。

第 6 步,单击图标按钮,完成曲面的偏移操作,如图 11-20 所示。

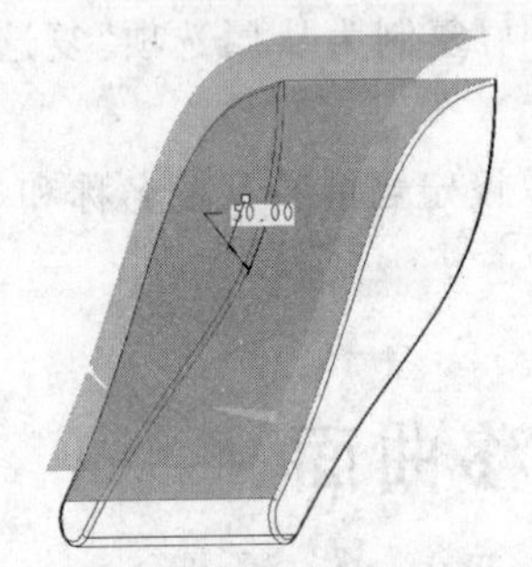

图 11-19 设置曲面偏移距离

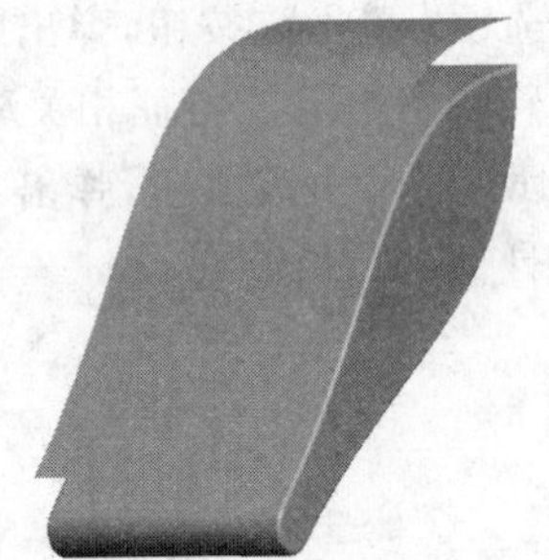
图 11-20 创建标准方式偏移曲面

11.4.2 操作及选项说明

单击"偏移特征"操控板的"选项"按钮,弹出"选项"上滑面板,如图 11-21 所示。可以设置偏移曲面的类型。

(1) 垂直于曲面:垂直于原始曲面偏移曲面。

(2) 自动拟合:系统根据自动确定的坐标系对曲面进行缩放和调整。

(3) 控制拟合:在指定的坐标系下,对曲面进行缩放和调整,并且可以沿指定轴移动。

另外，还可以选中“选项”上滑面板中的“创建侧曲面”复选框，在原始曲面和偏移曲面之间添加侧面。本例中若选中“创建侧曲面”复选框，结果如图 11-22 所示。

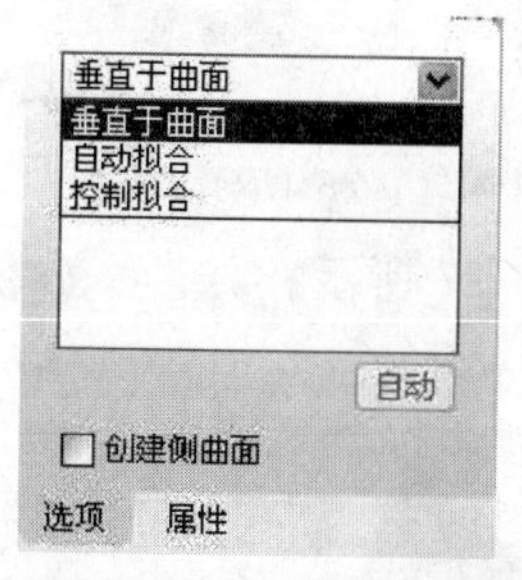

图 11-21 “选项”上滑面板

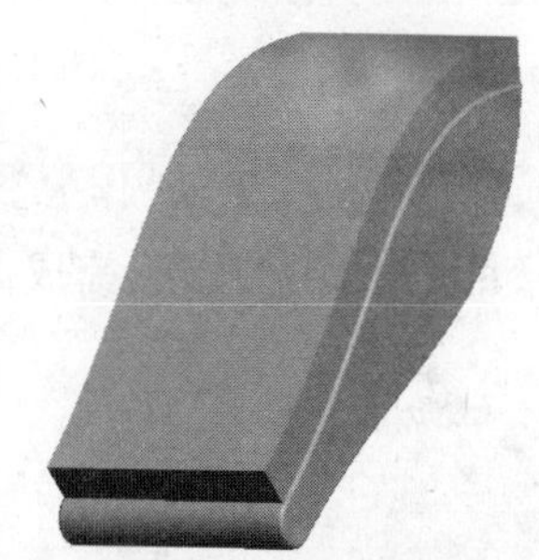
图 11-22 创建添加侧曲面的偏移曲面

11.5 延伸曲面

曲面的延伸是将曲面延长指定的距离或是将曲面延伸到所选的参照。延伸出的曲面部分与原始曲面的类型可以是相同的，也可以是不同的。

调用命令的方式如下。

菜单：执行“编辑”|“延伸”命令。

11.5.1 将曲面延伸到参照平面

利用“延伸”命令，延伸曲面到指定的参照平面。

操作步骤如下。

第 1 步，打开 Ch11-23.prt，如图 11-23 所示。

第 2 步，选择待延伸曲面的一条边，如图 11-24 所示。

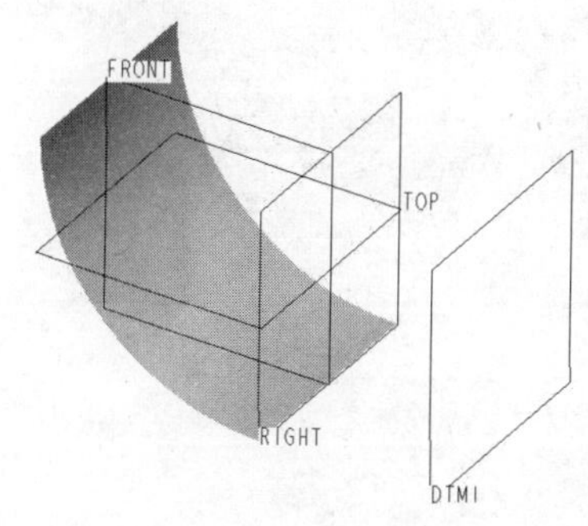

图 11-23 原始模型

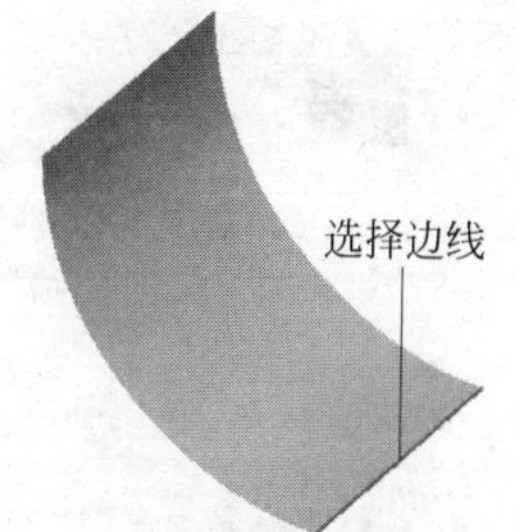

图 11-24 选择曲面的一条边线

第 3 步，单击下拉菜单 “编辑” | “延伸”，打开“延伸特征”操控板，如图 11-25 所示。

第 4 步，在操控板中，单击“将曲面延伸到参照平面”图标按钮。

图 11-25 “延伸特征”操控板

第 5 步，选择平面 DTM1 作为参考平面，此时模型如图 11-26 所示。

第 6 步，单击☑图标按钮，完成曲面的延伸。如图 11-27 所示。

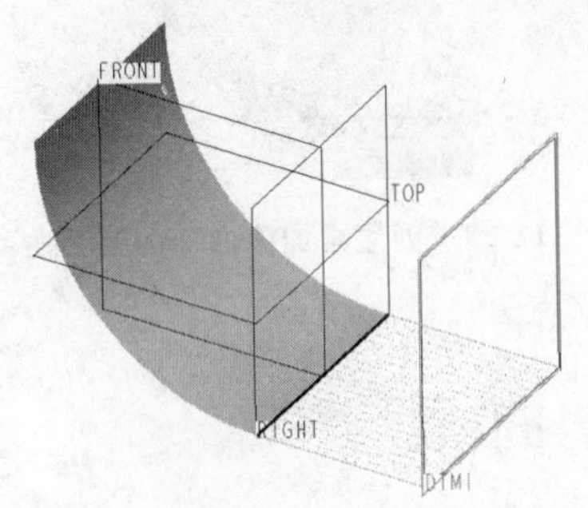

图 11-26 将曲面延伸到参照平面预显示

图 11-27 将曲面延伸到参照平面

11.5.2 沿原始曲面延伸曲面

利用“延伸”命令，沿原始曲面延伸曲面。

操作步骤如下。

第 1 步～第 3 步，同 11.5.1 小节中第 1 步～第 3 步。

第 4 步，在操控板中，单击“沿原始曲面延伸曲面”图标按钮(此为默认选项)。

第 5 步，在操控板中的“延伸的距离”文本框中输入 80。

第 6 步，单击“度量”按钮，弹出“度量”上滑面板，在“距离类型”中选择“垂直于边”选项(此为默认设置)，并在其左下角的测量距离选项中选择“测量参照曲面中的延伸距离”图标按钮，如图 11-28 所示。

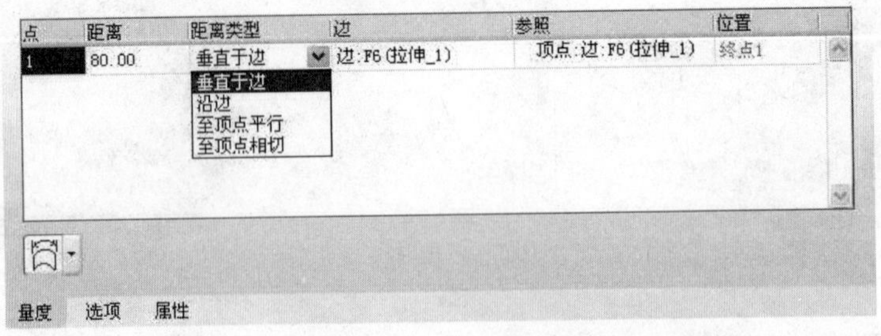

图 11-28 “度量”上滑面板

注意：除了“测量参照曲面中的延伸距离”图标按钮选项之外，还可以选择“测量选定平面中的延伸距离”图标按钮，它表示在选定基准平面中测量延伸距离。

第 7 步，单击“选项”按钮，弹出“选项”上滑面板，在“方式”下拉列表中选择“相同”选项(此为默认设置)，此时模型如图 11-29 所示。

第 8 步，单击☑图标按钮，完成沿原始曲面延伸的操作，如图 11-30 所示。

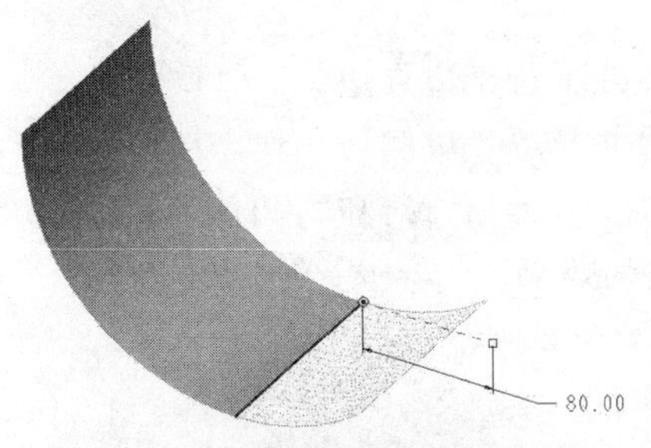

图 11-29　沿原始曲面延伸曲面预显示

图 11-30　沿原始曲面延伸曲面

11.5.3　操作及选项说明

1. 定义延伸曲面的连接方式

根据延伸出的曲面部分与原始曲面之间连接类型的不同，可以将延伸曲面的连接类型分为“相同”、“切线”和“逼近”三种方式。用户可以在“选项”上滑面板的“方式”下拉列表中进行选择，如图 11-31 所示。

(1) 相同：以连续的曲率变化延伸原始曲面，延伸出的曲面部分与原始曲面类型相同。

(2) 切线：延伸出的曲面部分与原始曲面相切，并且延伸出的是直面，如图 11-32 所示。

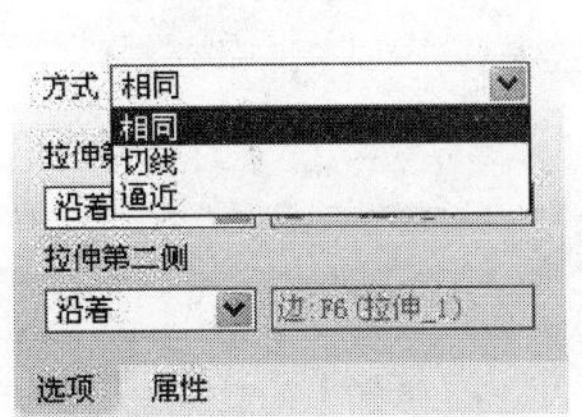

图 11-31　“选项”上滑面板

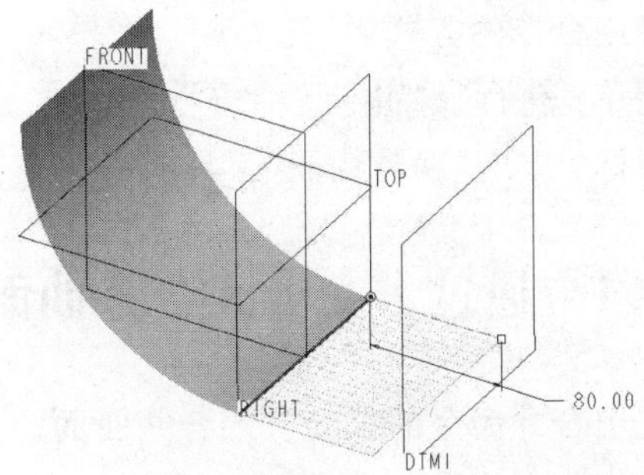

图 11-32　选择“切线”方式延伸曲面

(3) 逼近：是指在原始曲面和延伸出的曲面部分之间，以边界混合的方式创建延伸特征。当将原始曲面延伸至不在一条直线边上的顶点时，该方式很有用。

2. 定义延伸距离的方式和延伸方向

在“度量”上滑面板的“距离类型”选项中，可以定义延伸距离的方式。主要有以下几种方式。

（1）垂直于边：表示延伸距离将以选定边的垂直方向作为延伸方向来定义延伸曲面的长度。

（2）沿边：表示将以选定边的相邻侧边的方向作为延伸方向来定义延伸曲面的长度。

（3）至顶点平行：表示在顶点处开始延伸边并平行于边界边。

（4）至顶点相切：表示在顶点处开始延伸边并与下一单侧边相切。

此外，在“选项”上滑面板中也涉及延伸方向，包括“沿着”和“垂直于”两个选项。如图 11-33和图 11-34 所示分别是使用这两种方式的效果。

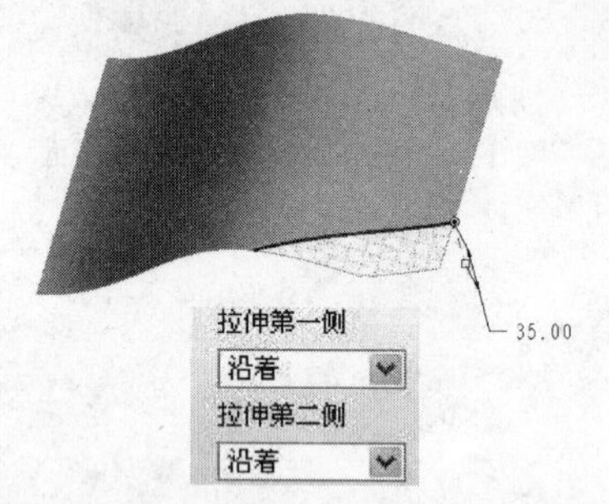

图 11-33　以“沿着”方式定义延伸距离

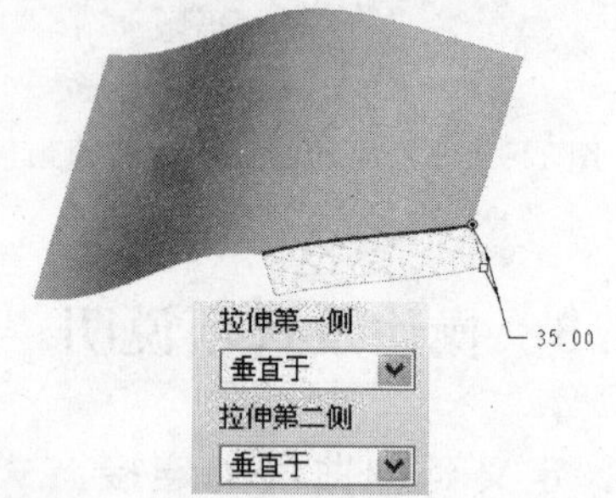

图 11-34　以“垂直于”方式定义延伸距离

11.6　合 并 曲 面

合并曲面是通过求交或连接的方式合并面组，合并后新生成的面组是一个单独的面组。

调用命令的方式如下。

菜单：执行“编辑”|“合并”命令。

图标：单击“编辑特征”工具栏中的图标按钮。

11.6.1　通过求交方式合并曲面

利用合并命令的求交方式合并曲面。

操作步骤如下。

第 1 步，打开 Ch11-35. prt，如图 11-35 所示。

第 2 步，按住 Ctrl 键不放，选择模型中的两个曲面，如图 11-36 所示。

第 3 步，单击下拉菜单“编辑”|“合并”，或单击“编辑特征”工具栏中的图标按钮，打开“合并特征”操控板，如图 11-37 所示。

第 4 步，在操控板中单击“选项”按钮，弹出“选项”上滑面板，选择“求交”单选按钮（此为默认设置）。

图 11-35　原始文件

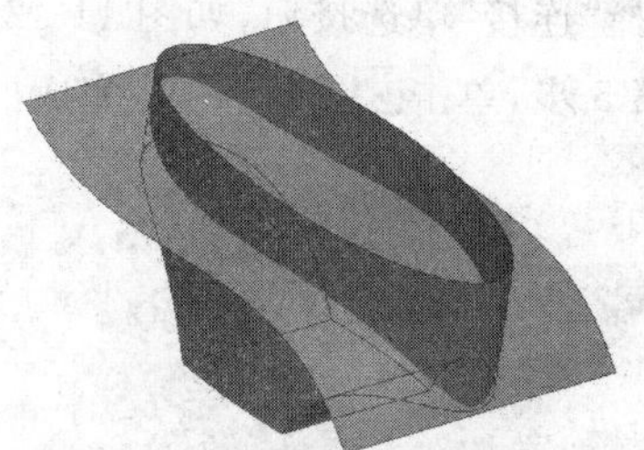

图 11-36　选择要合并的曲面

参照　选项　属性

图 11-37　“合并特征”操控板

第 5 步，在操控板中单击“改变要保留的第一面组的侧”图标按钮，选择要保留的第一面组的部分。单击“改变要保留的第二面组的侧”图标按钮选择要保留的第二面组的部分。使模型中的箭头方向如图 11-38 所示。

第 6 步，单击图标按钮，完成曲面的合并，如图 11-39 所示。

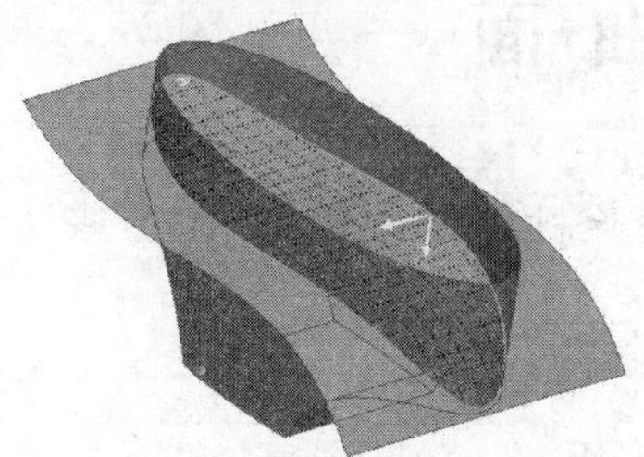

图 11-38　调整面组保留方向

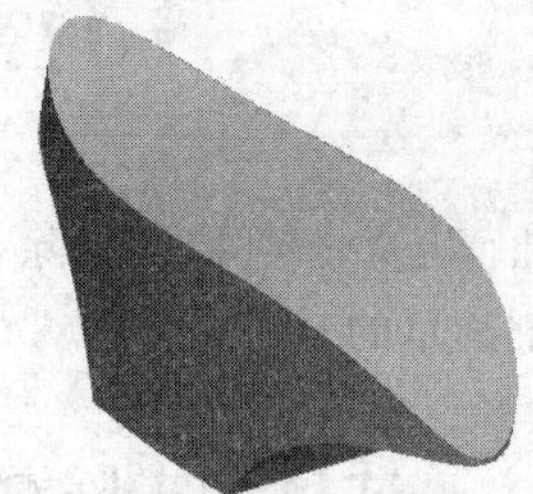

图 11-39　通过求交方式合并曲面

注意：在求交方式合并曲面的过程当中，可以通过单击“改变要保留的第一面组的侧”图标按钮和“改变要保留的第二面组的侧”图标按钮来改变模型中对应黄色箭头的方向，箭头的指向即为要保留的方向。

11.6.2　通过连接方式合并曲面

利用“合并”命令的连接方式合并曲面。

操作步骤如下。

第 1 步，打开 Ch11-40.prt，如图 11-40 所示。

第 2 步，按住 Ctrl 键不放，选择模型中的曲面，如图 11-41 所示。

第 3 步，单击下拉菜单“编辑”|“合并”，或单击“编辑特征”工具栏中的图标按钮，打开“合并特征”操控板。

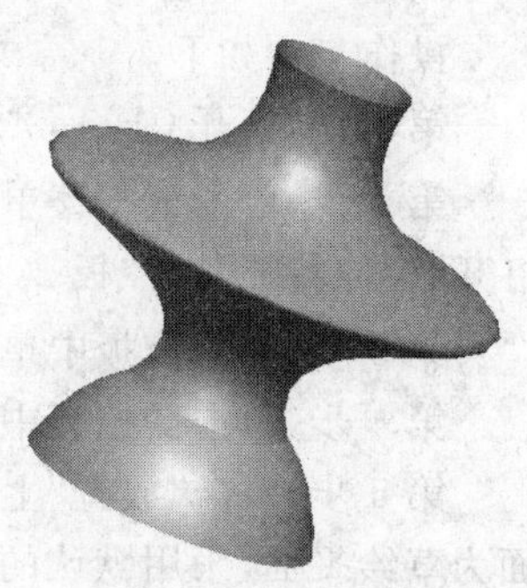

图 11-40　原始模型

第 4 步，在操控板中单击“选项”按钮，弹出“选项”上滑面板，选择“连接”单选按钮，如图 11-42 所示。

第 5 步，单击☑图标按钮，完成曲面的合并。如图 11-43 所示。

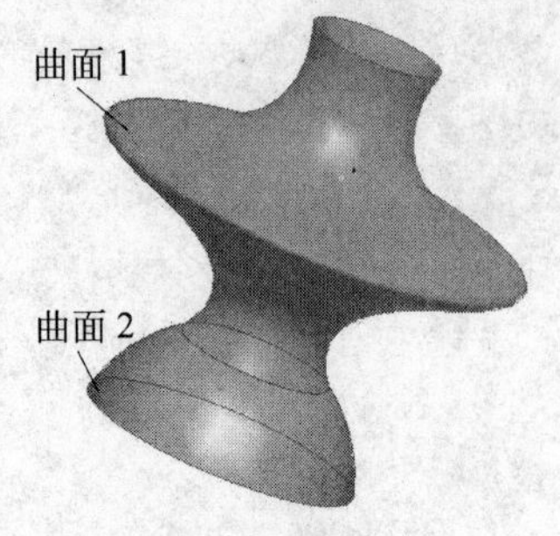

图 11-41 选择要合并的曲面

图 11-42 “选项”上滑面板

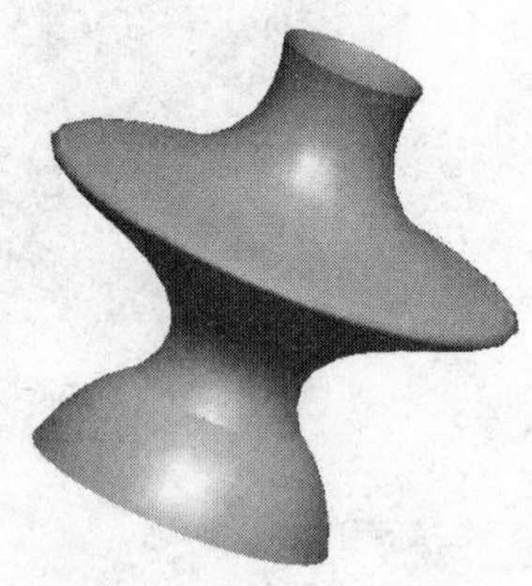

图 11-43 通过连接方式合并曲面

注意：通过连接方式合并曲面，要求合并的面组有公共边。另外，在 Pro/ENGINEER 4.0 中，支持执行一次合并多个面组，方法是按住 Ctrl 键不放，选择要合并的面组，然后执行“合并”命令，在“合并特征”操控板中进行相关设置来完成合并操作。

11.7 裁剪曲面

裁剪曲面是指通过拉伸去除材料的方式、旋转去除材料方式或修剪命令来达到对曲面进行切割的目的。

11.7.1 通过拉伸去除材料方式裁剪曲面

可以通过创建拉伸曲面特征，并选择“拉伸特征”操控板的“去除材料”图标按钮，对已有的曲面进行裁剪。

调用命令的方式如下。

菜单：执行“插入”|“拉伸”命令。

图标：单击“基础特征”工具栏中的图标按钮。

操作步骤如下。

第 1 步，打开 Ch11-44.prt，如图 11-44 所示。

第 2 步，单击下拉菜单“插入”|“拉伸”，或单击“基础特征”工具栏中的图标按钮，打开“拉伸特征”操控板。

第 3 步，在操控板中单击“拉伸为曲面”图标按钮，并单击“去除材料”图标按钮。

第 4 步，单击操控板中的“面组”收集器，将其激活，并选择原始曲面作为修剪面组。

第 5 步，单击“放置”上滑面板中的“定义”按钮，弹出“草绘”对话框。选择 FRONT 平面为草绘平面，采用默认的参照和方向设置，在作图区绘制如图 11-45 所示的二维特征截面。单击✔图标按钮，回到零件模式。

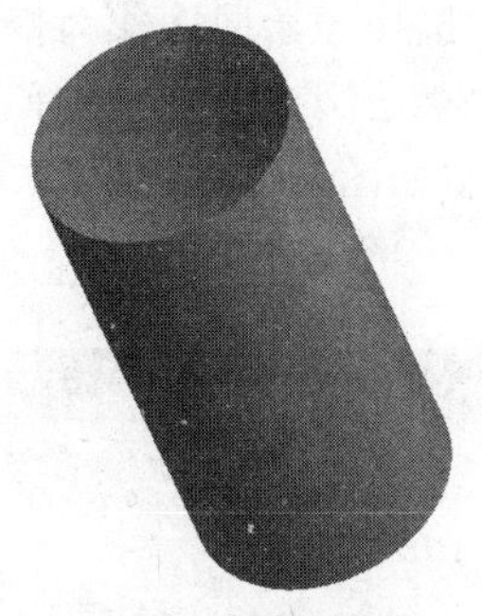

图 11-44　原始模型

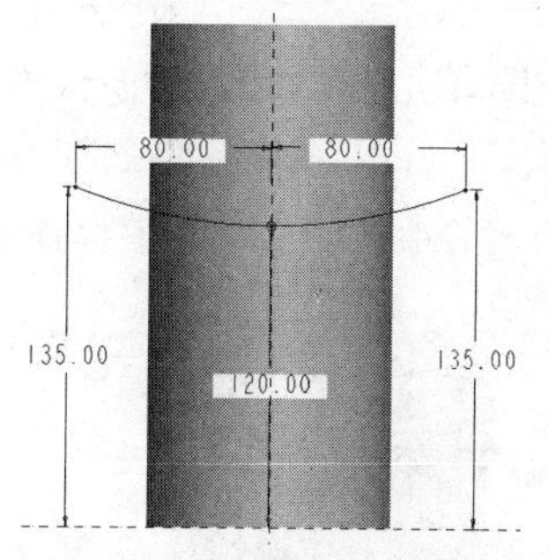

图 11-45　绘制拉伸截面

第 6 步，在“拉伸特征”操控板中，指定拉伸特征深度的方法为“对称”，设置拉伸的深度为 200，此时模型如图 11-46 所示。

第 7 步，在操控板中单击“反向材料侧”图标按钮，调整移除材料的方向，模型显示如图 11-46 所示。

第 8 步，单击图标按钮，完成拉伸去除材料方式裁剪曲面的操作，如图 11-47 所示。

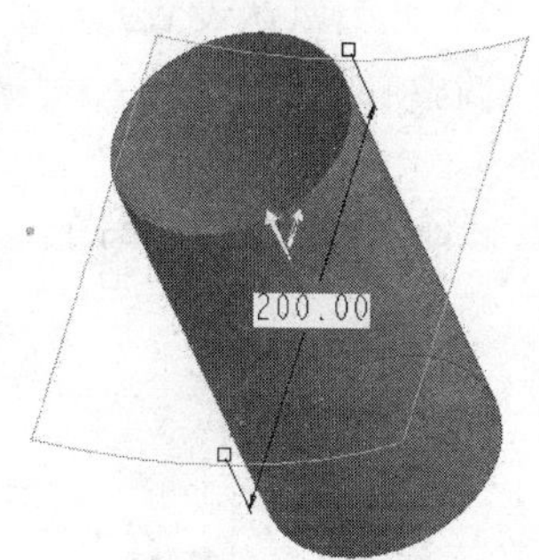

图 11-46　拉伸特征预显示

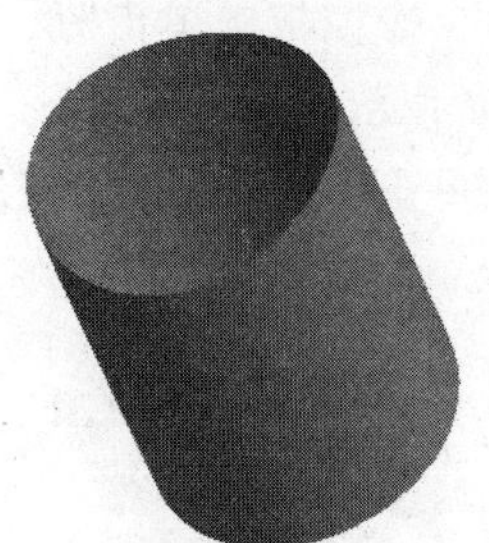

图 11-47　通过拉伸去除材料方式裁剪曲面

11.7.2　通过旋转去除材料方式裁剪曲面

通过创建旋转曲面特征，并选择“旋转特征”操控板的“去除材料”图标按钮，对已有的曲面进行裁剪。

调用命令的方式如下。

菜单：执行“插入”|“旋转”命令。

图标：单击“基础特征”工具栏中的图标按钮。

操作步骤如下。

第 1 步，打开 Ch11-48. prt，如图 11-48 所示。

第 2 步，单击下拉菜单“插入”|“旋转”，或单击“基础特征”工具栏中的图标按钮，打开“旋转特征”操控板。

第 3 步，在操控板中单击“作为曲面旋转”图标按钮，并单击“去除材料”图标按钮。

第 4 步，单击操控板中的“面组”收集器，将其激活，并选择原始曲面作为修剪面组。

第 5 步，单击“放置”上滑面板中的“定义”按钮，弹出“草绘”对话框。选择 RIGHT 平面为草绘平面，采用默认的参照和方向设置，在作图区绘制如图 11-49 所示的二维特征截面，并单击✔图标按钮，回到零件模式。

图 11-48　原始文件

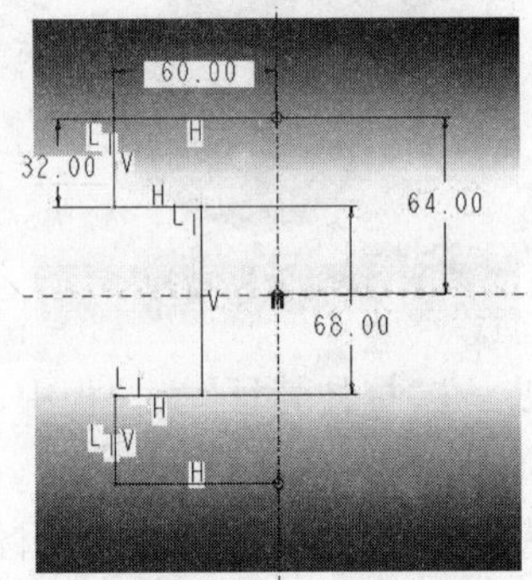

图 11-49　绘制旋转截面

第 6 步，在操控板的文本框中输入旋转的角度值为 360(此为默认设置)。

第 7 步，在操控板中单击“反向材料侧”图标按钮，调整移除材料的方向，模型显示如图 11-50 所示。

第 8 步，单击☑图标按钮，完成旋转去除材料方式裁剪曲面的操作，如图 11-51 所示。

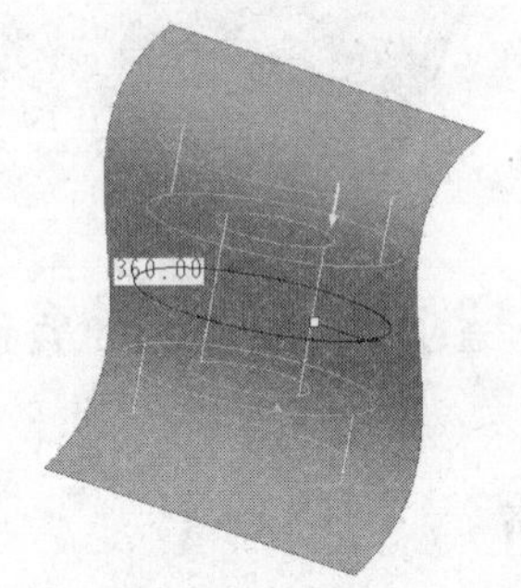

图 11-50　调整箭头方向裁剪曲面

图 11-51　裁剪结果

11.7.3　用修剪命令裁剪曲面

曲面的修剪是指将所选择曲面的某一部分剪除或分割，可以指定单个的面组、基准平面、曲线对所选曲面进行裁剪，从而创建出新的曲面特征。

调用命令的方式如下。

菜单：执行“编辑”|“修剪”命令。

图标：单击“编辑特征”工具栏中的图标按钮。

操作步骤如下。

第 1 步，打开 Ch11-52. prt，如图 11-52 所示。

第 2 步，在模型中选择一个曲面，这里选择中间的椭圆形曲面，如图 11-53 所示。

图 11-52 原始模型

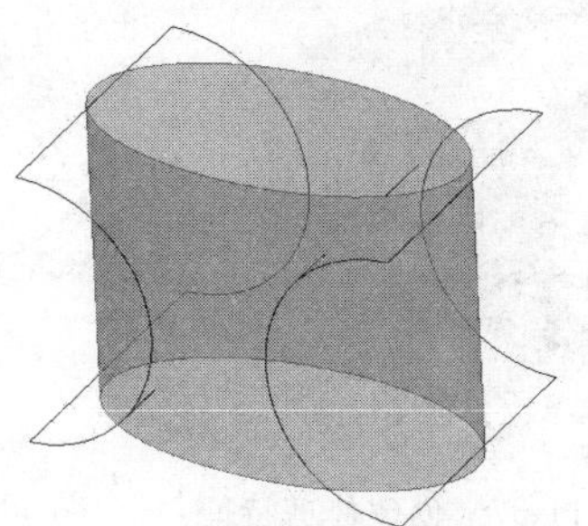

图 11-53 选择待修剪曲面

第 3 步，单击下拉菜单 “编辑” | “修剪”，或单击“编辑特征”工具栏中的图标按钮，打开“修剪特征”操控板，如图 11-54 所示。

图 11-54 “修剪特征”操控板

第 4 步，根据提示，在模型中选择修剪对象，这里选择左边的弧形曲面。

第 5 步，在操控板中单击“选项”按钮，弹出“选项”上滑面板，如图 11-55 所示。在该上滑面板中取消选中“保留修剪曲面”复选框。

第 6 步，在操控板中单击“反向材料侧”图标按钮，调整修剪的方向，模型显示如图 11-56 所示。

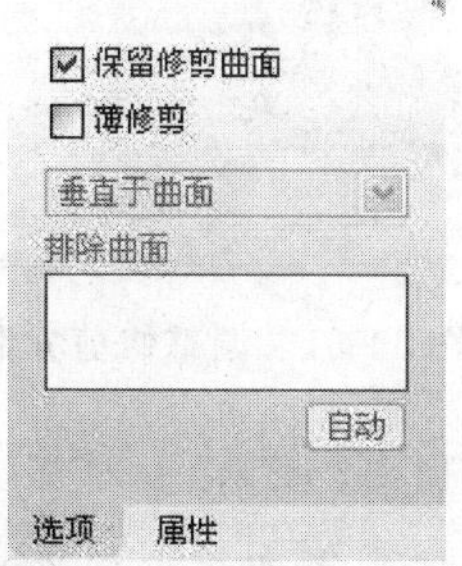

图 11-55 “选项”上滑面板

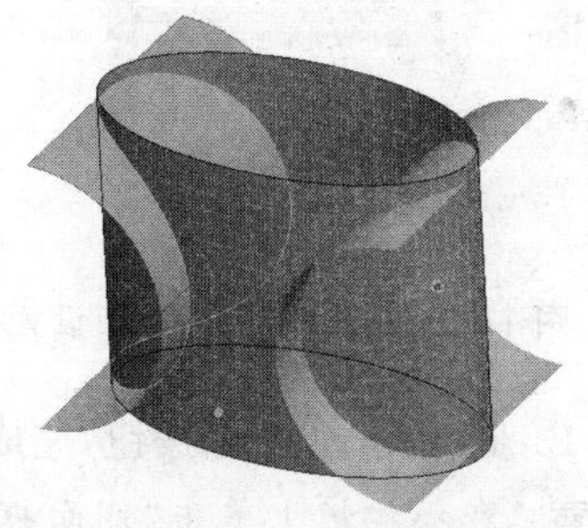

图 11-56 调整修剪方向

注意：单击“反向材料侧”图标按钮，可以改变修剪的方向。单击一次，修剪方向反向，再次单击该按钮，箭头则变为双向，表示的是向两侧同时修剪。该功能只有在选中了“选项”上滑面板中的“薄修剪”复选框后才有实际的意义。

第 7 步，单击图标按钮，完成此次修剪的操作，如图 11-57 所示。

注意：如果在第 5 步操作中，仍保留选中“保留修剪曲面”复选框，则修剪结果如图 11-58 所示。

第 8 步，继续进行修剪操作，仍选择椭圆形曲面作为被修剪曲面，如图 11-59 所示。

图 11-57 创建修剪特征

图 11-58 创建“保留修剪曲面”修剪特征

图 11-59 选择待修剪曲面

第 9 步，单击下拉菜单 “编辑” | “修剪”，或单击“编辑特征”工具栏中的图标按钮，打开“修剪特征”操控板。

第 10 步，在模型中选择右边的弧形曲面作为修剪对象。

第 11 步，在操控板中单击“选项”按钮，弹出“选项”上滑面板。在该上滑面板中取消选中“保留修剪曲面”复选框，选中“薄修剪”复选框，并在其后的文本框中输入厚度值 10，如图 11-60 所示。

第 12 步，在操控板中单击“反向材料侧”图标按钮，调整修剪的方向，模型显示如图 11-61 所示。

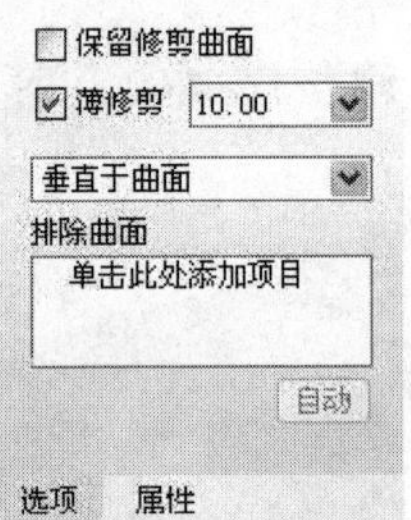

图 11-60 “选项”上滑面板设置

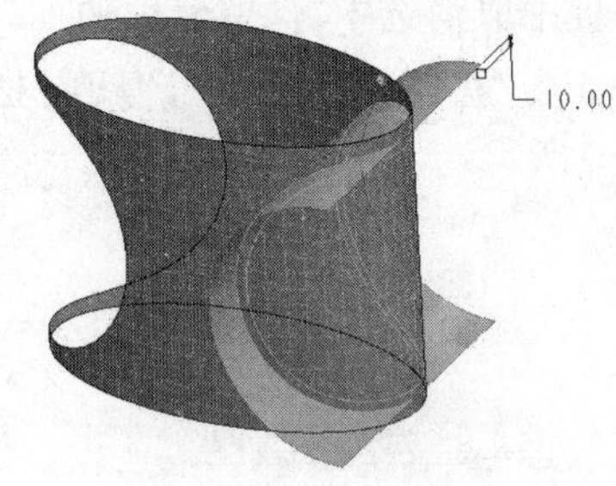

图 11-61 调整修剪方向

第 13 步，单击图标按钮，完成修剪操作，结果如图 11-62 所示。

注意：在操控板上单击“侧面投影”图标按钮，可以使用侧面投影的方法修剪面组。如图 11-63 所示的模型，选择曲面作为被修剪的面组，选择 RIGHT 平面为修剪对象。并

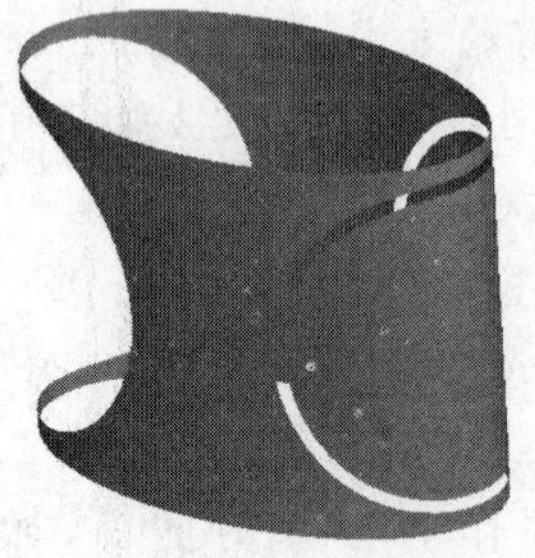

图 11-62 创建薄修剪特征

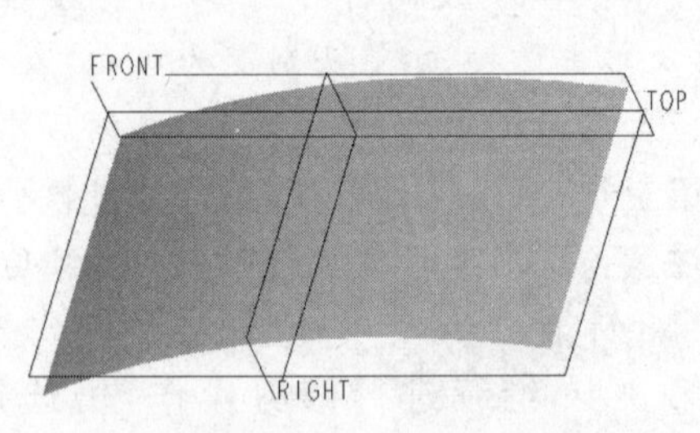

图 11-63 原始模型

在“修剪特征”操控板上单击“侧面投影”图标按钮，模型预显示如图 11-64 所示，可以看到修剪的分界线在 RIGHT 平面的右侧。实际上，从 RIGHT 平面的视角看，分界线刚好位于模型的顶部。采用默认的修剪方向，完成的三维模型如图 11-65 所示。

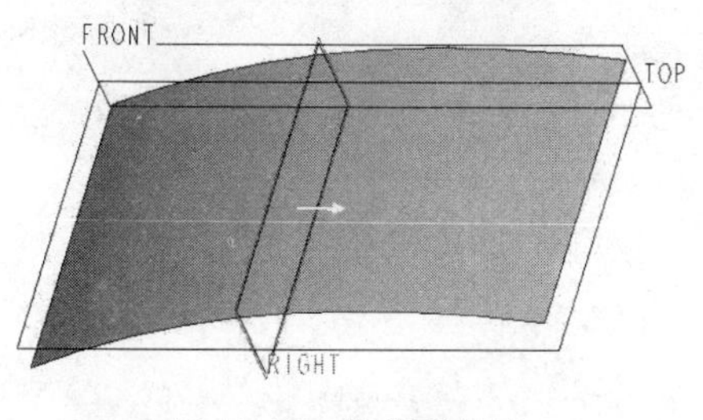

图 11-64　修剪预显示

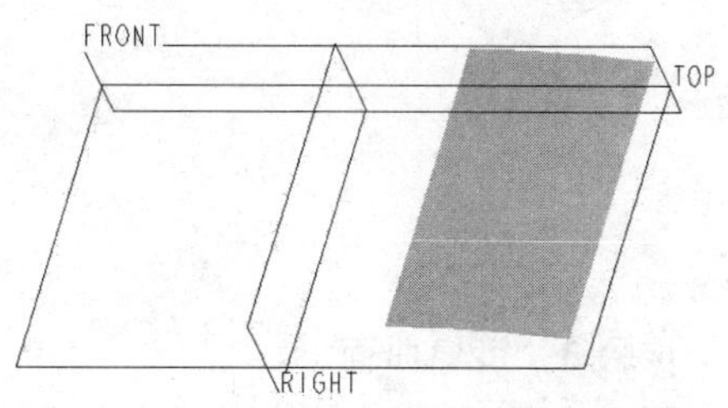

图 11-65　采用“侧面投影”方式修剪曲面

11.8　上机操作实验指导十　豆包钟建模

创建如图 11-66 所示的豆包钟模型。主要涉及本章的命令有“复制”命令、“镜像”命令、“合并”命令和“裁剪”命令。

操作步骤如下。

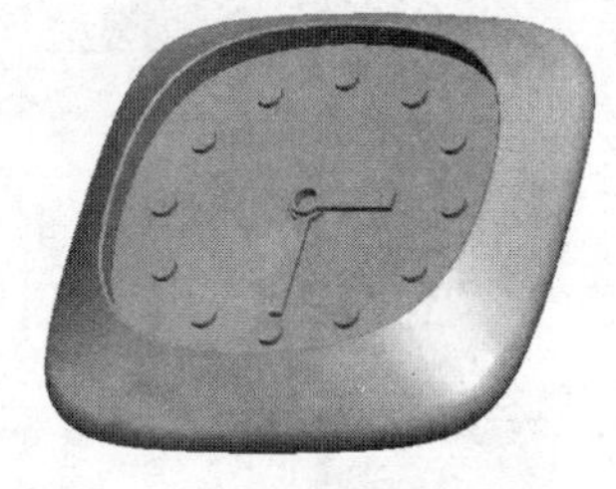

图 11-66　豆包钟模型

步骤 1　创建新文件

参见本书第 1 章，操作过程略。

步骤 2　创建边界混合曲面

第 1 步，以 FRONT 平面为草绘平面，采用默认的参照和方向设置，绘制如图 11-67 所示的一条曲线。

第 2 步，以 FRONT 基准面为参照平面，创建偏移基准平面 DTM1，偏移距离为 200。

第 3 步，以基准平面 DTM1 为草绘平面，采用默认的参照和方向设置，绘制如图 11-68 所示的直线。

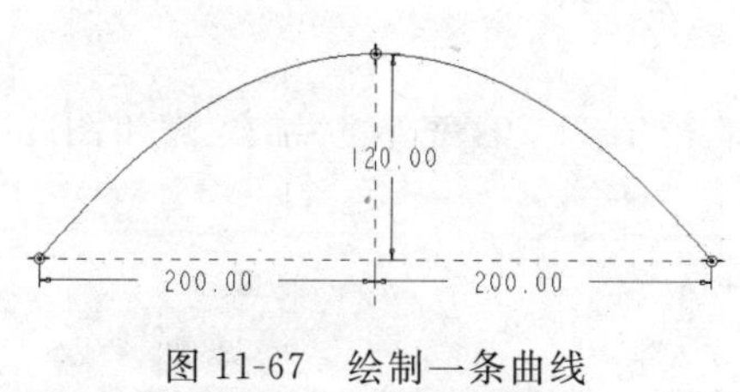

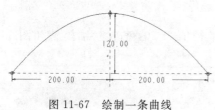

图 11-67　绘制一条曲线

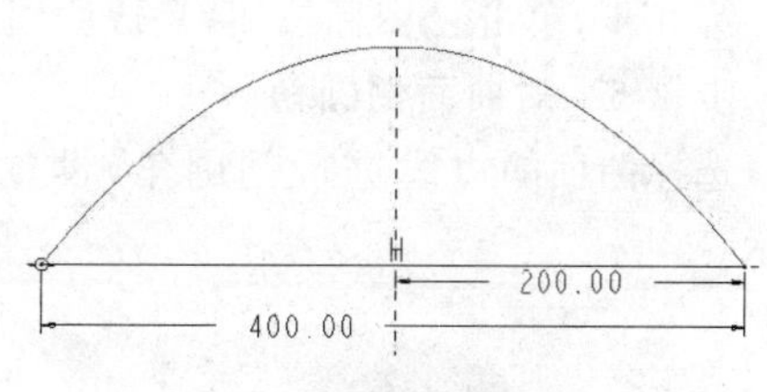

图 11-68　绘制直线

第 4 步，对第 3 步中绘制的直线进行镜像操作，选择 FRONT 平面为镜像平面。

第 5 步，重复以上步骤，将 RIGHT 基准面分别作为草绘平面、偏移参照平面和镜像平面创建曲线和直线，结果如图 11-69 所示。

第 6 步，利用“边界混合”命令创建曲面，如图 11-70 所示。

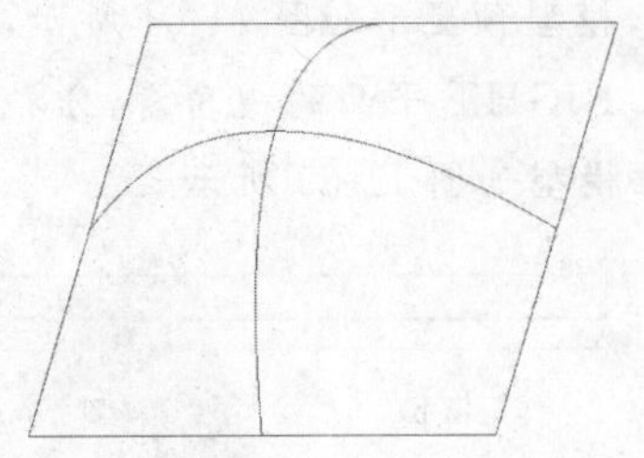

图 11-69　绘制的线条

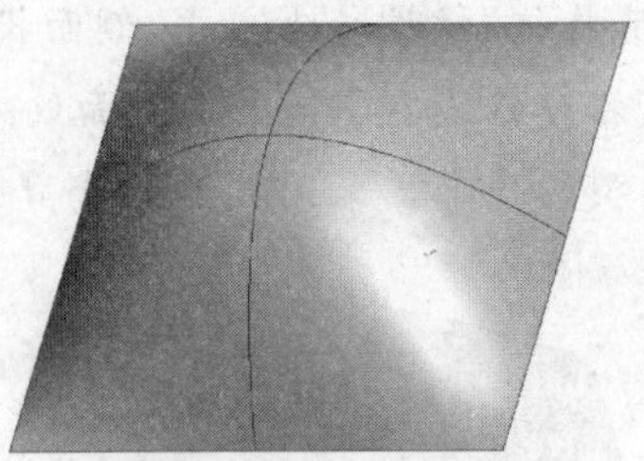

图 11-70　创建边界混合曲面

步骤 3　镜像曲面

第 1 步，选择创建的边界混合曲面。

第 2 步，单击下拉菜单"编辑"|"镜像"，或单击"编辑特征"工具栏中的图标按钮，打开"镜像特征"操控板。

第 3 步，选择 TOP 平面为镜像平面，如图 11-71 所示。

第 4 步，单击图标按钮，完成镜像操作，如图 11-72 所示。

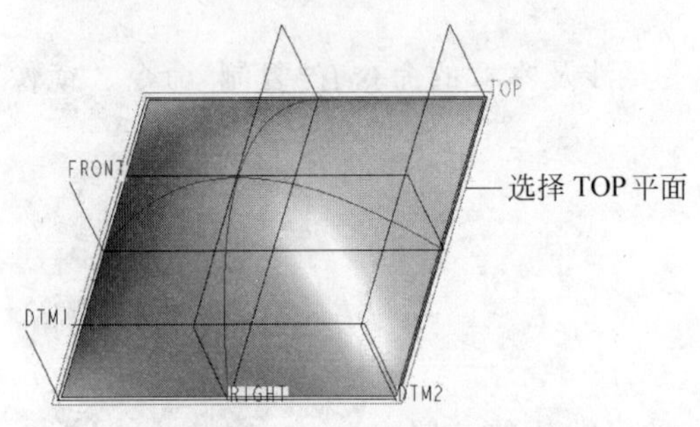

图 11-71　选择镜像平面

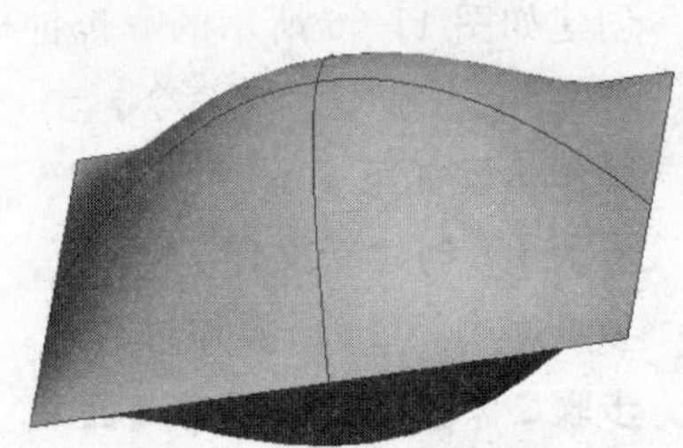

图 11-72　创建镜像曲面

步骤 4　合并曲面

第 1 步，按住 Ctrl 键不放，选择模型中的两个曲面。

第 2 步，单击下拉菜单"编辑"|"合并"，或单击"编辑特征"工具栏中的图标按钮，打开"合并特征"操控板，此时模型显示如图 11-73 所示。

第 3 步，单击图标按钮，完成曲面的合并。

步骤 5　对曲面倒圆角

选择曲面的边线进行倒圆角，设置倒圆角半径值为 20，完成三维模型如图 11-74 所示。

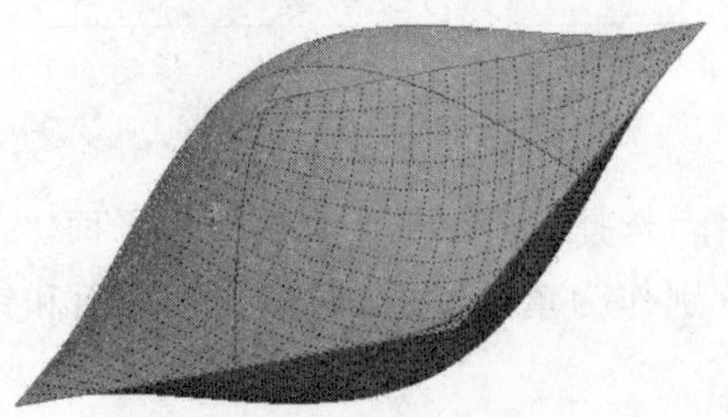

图 11-73　合并曲面预显示

图 11-74　对曲面进行倒圆角

步骤 6　复制曲面

第 1 步，选择模型顶部的曲面，如图 11-75 所示。

第 2 步，单击下拉菜单“编辑”|“复制”，或单击工具栏中的“复制”图标按钮。

第 3 步，单击下拉菜单“编辑”|“粘贴”，或单击工具栏中的“粘贴”图标按钮，打开“粘贴特征”操控板。

第 4 步，单击操控板上的“选项”按钮，弹出“选项”上滑面板。

第 5 步，在“选项”上滑面板中选择“按原样复制所有曲面”单选按钮(此为默认设置)。

第 6 步，单击图标按钮，完成对曲面的复制。可以在模型树中观察到复制的曲面。

第 7 步，在左边的模型树中选择刚刚创建的“复制 1”特征，右击，在弹出的快捷菜单中选择“隐藏”选项，将复制的曲面暂时隐藏。

步骤 7　曲面实体化操作①

第 1 步，选择前面创建的合并曲面，如图 11-76 所示。

图 11-75　选择欲复制的曲面

图 11-76　选择曲面进行实体化操作

第 2 步，单击下拉菜单“编辑”|“实体化”，打开“实体化特征”操控板。

第 3 步，在“实体化特征”操控板中，单击“用实体材料填充由面组界定的体积块”图标按钮(此为默认设置)。

第 4 步，单击图标按钮，完成曲面实体化操作。

步骤 8　创建顶部拉伸去除材料特征 1

单击“基础特征”工具栏中的图标按钮。选择 FRONT 平面为草绘平面，RIGHT 平面为参照平面，方向向右，绘制如图 11-77 所示的二维拉伸截面。在“拉伸特征”操控板上选择“去除材料”图标按钮，指定拉伸特征的方法为“对称”，并设置拉伸深度为 400，完成三维模型如图 11-78 所示。

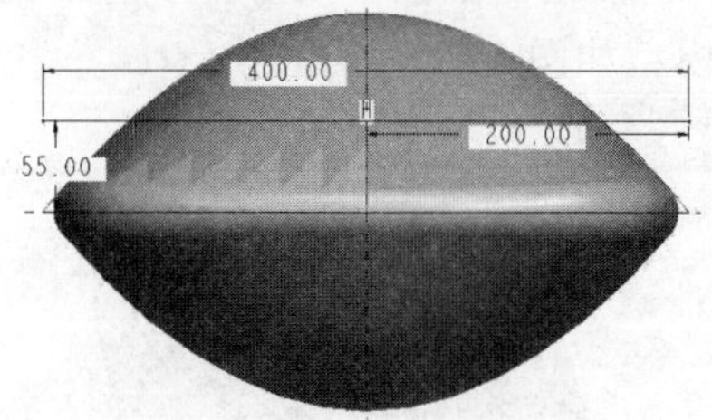

图 11-77　绘制拉伸截面 1

图 11-78　创建顶部拉伸去除材料特征 1

① 参见本书 12.1 节。

步骤 9　创建底部拉伸去除材料特征 2

同步骤 8。草绘对话框及“拉伸特征”操控板设置同上，绘制的拉伸二维截面如图 11-79所示，完成三维模型如图 11-80 所示。

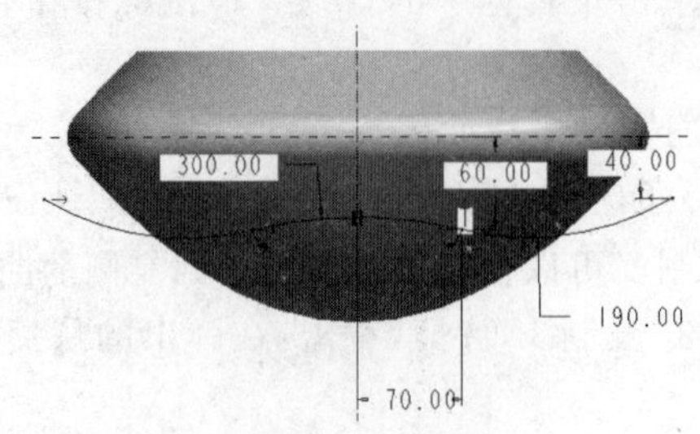

图 11-79　绘制拉伸截面 2

图 11-80　创建拉伸去除材料特征 2

步骤 10　创建拉伸去除材料特征 3

单击“基础特征”工具栏中的图标按钮。选择模型顶部平面为草绘平面，采用默认的参照和方向设置。利用工具栏中的“通过边创建图元”图标按钮拾取步骤 8 中拉伸的边缘作为拉伸截面，如图 11-81 所示。在“拉伸特征”操控板上选择“去除材料”图标按钮，指定拉伸特征的方法为“到选定的”，并设置拉伸深度为 25，完成三维模型如图 11-82 所示。

图 11-81　拾取图元作为草绘截面

图 11-82　创建拉伸去除材料特征 3

步骤 11　创建拉伸实体特征 4

单击“基础特征”工具栏中的图标按钮。选择上一步中创建的拉伸去除材料特征的底部平面作为草绘平面，采用默认的参照和方向设置，绘制如图 11-83 所示的二维拉伸截面。设置拉伸的深度为 5，方向向上。完成三维模型如图 11-84 所示。

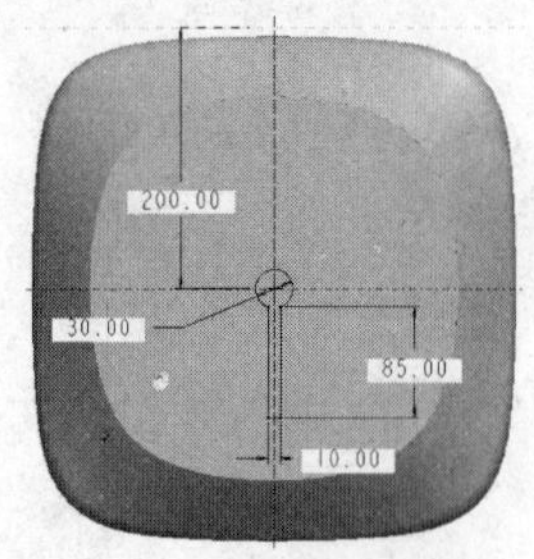

图 11-83　绘制拉伸截面 4

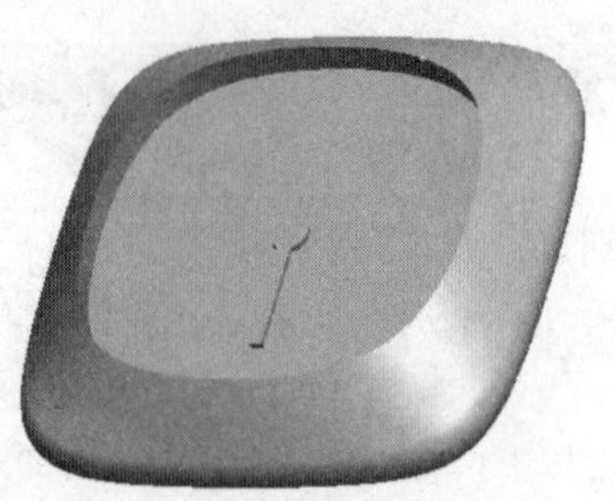

图 11-84　创建拉伸特征 4

步骤 12　创建拉伸实体特征 5

同步骤 11,选择上一步中创建的拉伸特征的顶面作为草绘平面,采用默认的参照和方向设置,绘制如图 11-85 所示的草绘截面,设置拉伸的深度为 5,完成三维模型如图 11-86 所示。

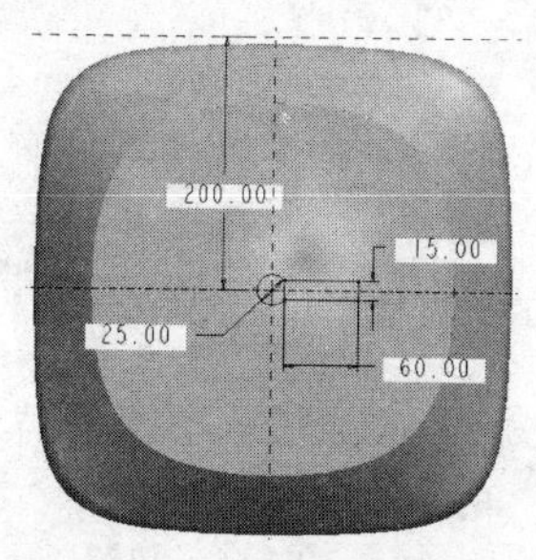

图 11-85　绘制拉伸截面 5

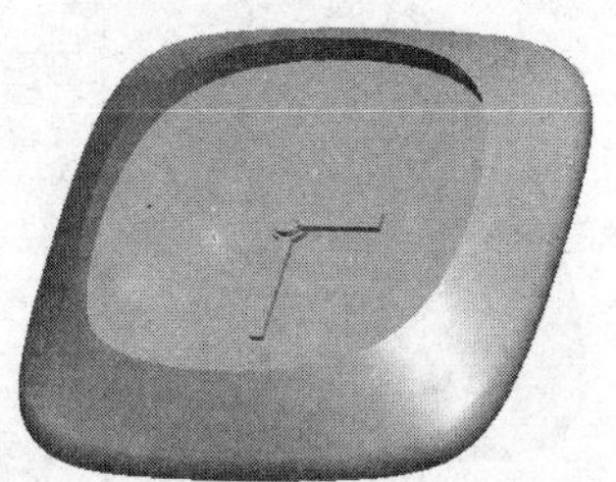

图 11-86　创建拉伸特征 5

步骤 13　创建拉伸去除材料特征 6

单击“基础特征”工具栏中的图标按钮。选择上一步中创建的拉伸实体特征的顶面作为草绘平面,采用默认的参照和方向设置,绘制如图 11-87 所示的圆形拉伸截面。在“拉伸特征”操控板上选择“去除材料”图标按钮,指定拉伸特征的方法为“到选定的”,并设置拉伸深度为 9,完成三维模型如图 11-88 所示。

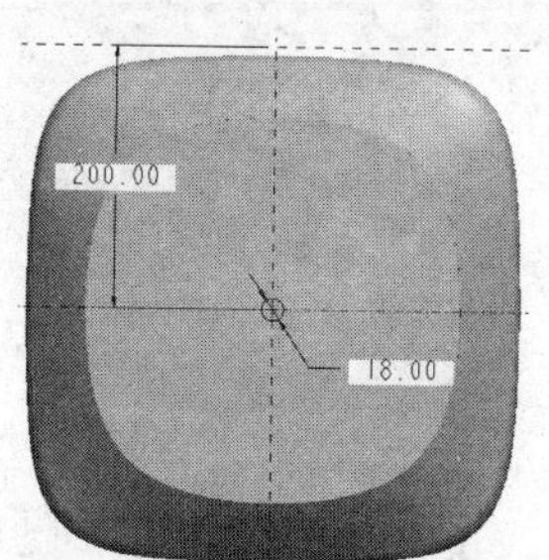

图 11-87　绘制拉伸截面 6

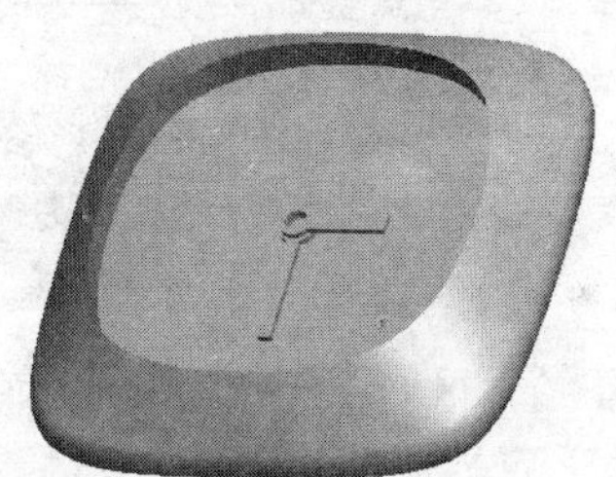

图 11-88　创建拉伸去除材料特征 6

步骤 14　创建拉伸实体特征 7

单击“基础特征”工具栏中的图标按钮。选择步骤 10 中创建的拉伸去除材料特征的底部平面作为草绘平面,采用默认的参照和方向设置,绘制如图 11-89 所示的二维拉伸截面。设置拉伸的深度为 5,完成三维模型如图 11-90 所示。

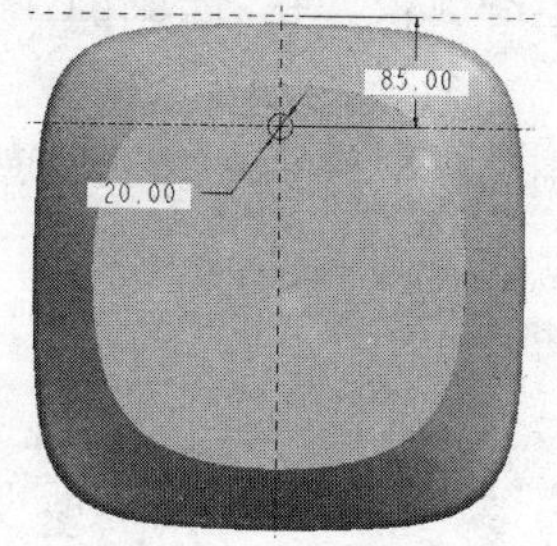

图 11-89　绘制拉伸截面 7

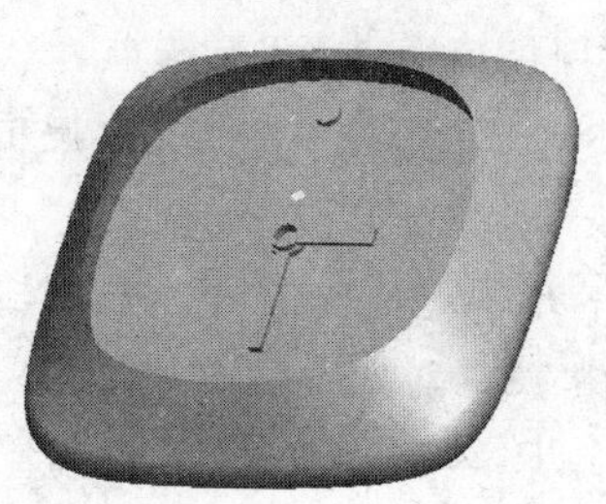

图 11-90　创建拉伸实体特征 7

步骤 15　创建阵列特征

单击“编辑特征”工具栏中的▦图标按钮。选择上一步中创建的拉伸特征进行轴阵列操作，设置阵列成员间的角度值为 30，设置阵列成员数为 12，此时模型如图 11-91 所示。完成三维模型后如图 11-92 所示。

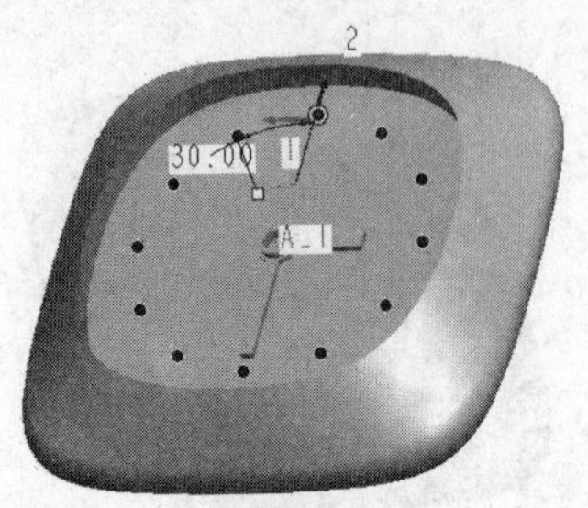

图 11-91　阵列特征预显示

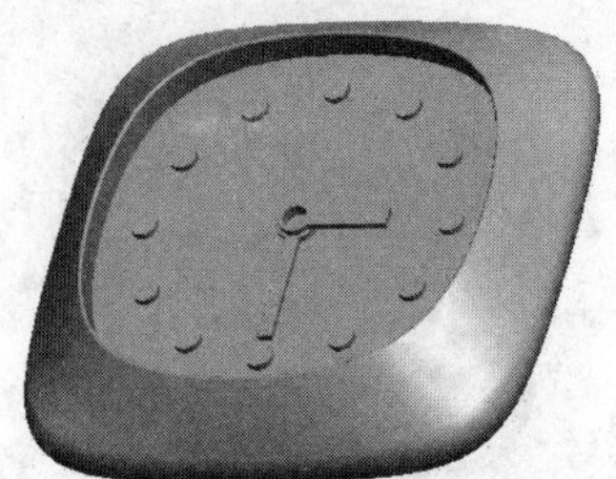

图 11-92　创建轴阵列特征

步骤 16　创建拉伸平面

单击“基础特征”工具栏中的图标按钮。选择 FRONT 平面为草绘平面，采用默认的参照和方向设置，绘制如图 11-93 所示的二维截面。指定拉伸特征的方法为“对称”，并设置拉伸深度为 400，完成三维模型后如图 11-94 所示。

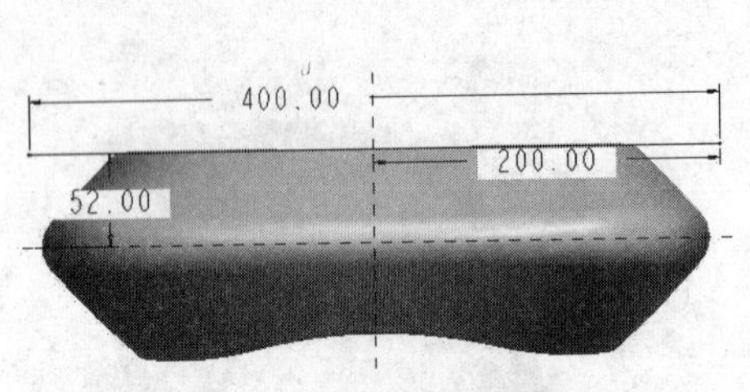

图 11-93　绘制拉伸截面

图 11-94　创建拉伸平面

步骤 17　裁剪曲面

第 1 步，在模型树中将步骤 6 中隐藏的曲面取消隐藏，如图 11-95 所示。

第 2 步，选择取消隐藏的曲面作为要修剪的面组。

第 3 步，单击下拉菜单“编辑”|“修剪”，或单击“编辑特征”工具栏中的图标按钮，打开“修剪特征”操控板。

第 4 步，根据提示，在模型中选择修剪对象，这里选择步骤 16 中创建的拉伸平面。

第 5 步，在操控板中单击“选项”按钮，弹出“选项”上滑面板。在“选项”上滑面板中取消选中“保留修剪曲面”复选框。

第 6 步，在操控板中单击“反向材料侧”图标按钮，调整修剪的方向，使箭头方向向上。

第 7 步，单击☑图标按钮，完成修剪操作，如图 11-96 所示。

步骤 18　对曲面赋材质

第 1 步，单击下拉菜单“视图”|“颜色和外观”，弹出“外观编辑器”对话框，如图 11-97 所示。

图 11-95　取消隐藏曲面

图 11-96　裁剪曲面

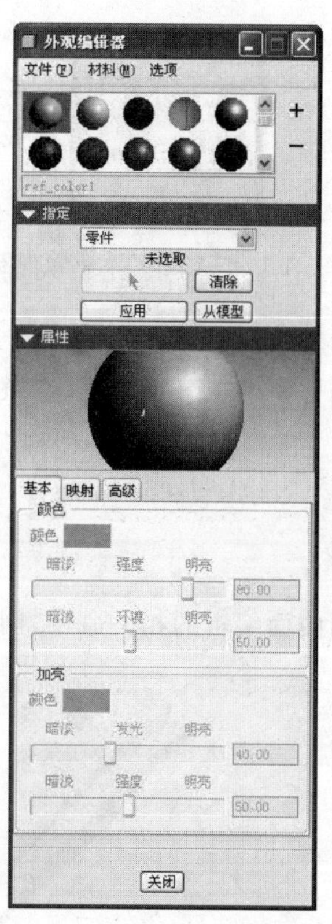

图 11-97　“外观编辑器”对话框

第 2 步,在“外观编辑器”对话框(以下简称对话框)的“材质外观”示意图中选择 PTC-glass 材质球。

第 3 步,在对话框的“属性”面板的“等级”下拉列表中选择材料等级为“玻璃”类型,如图 11-98 所示。

第 4 步,在对话框的“指定”面板的“外观类型”下拉列表中选择“曲面”类型,如图 11-99 所示。弹出“选取”对话框。

图 11-98　设置材料等级

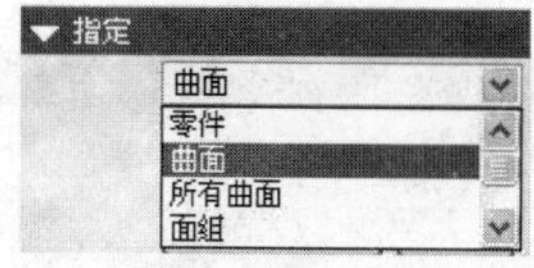

图 11-99　设置外观类型

第 5 步,在模型中选择步骤 17 中修剪的曲面,并单击“选取”对话框中的“确定”按钮。弹出“方向”菜单管理器,如图 11-100 所示。

第 6 步,在“方向”菜单管理器中单击“正向”选项,然后单击“指定”面板中的“应用”按钮。

第 7 步,单击对话框的“关闭”按钮,完成三维模型后如图 11-101 所示。

图 11-100 “方向”菜单管理器

图 11-101 曲面赋材质后的模型

步骤 19 保存图形

参见本书第 1 章，操作过程略。

11.9 上 机 题

利用曲面编辑的相关命令，创建如图 11-102 所示的电话机底座模型。

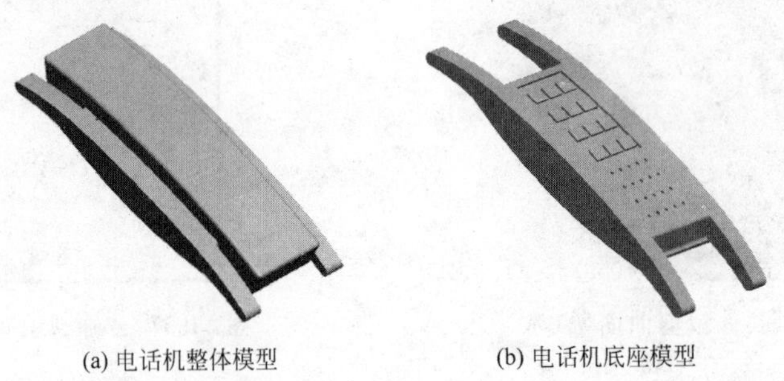

(a) 电话机整体模型
(b) 电话机底座模型

图 11-102 电话机模型

建模提示：

(1) 新建文件。

1) 新建一组文件，采用默认的设置，如图 11-103 所示。

2) 进入组件界面后，单击“工程特征”工具栏中的“装配”图标按钮，导入零件文件 dianhuatingtong. prt，如图 11-104 所示。

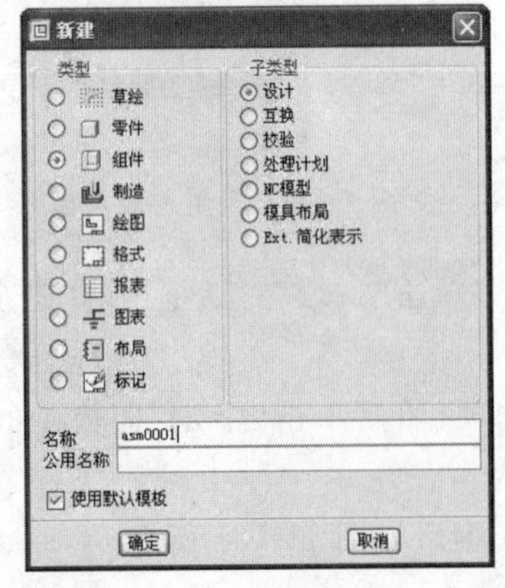

图 11-103 新建组件文件

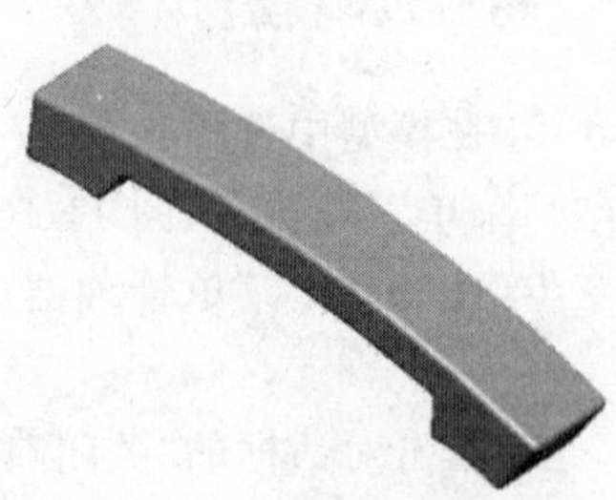

图 11-104 导入零件模型

3）在作图窗口顶部打开的“装配特征”操控板中采用默认的设置，如图 11-105 所示，单击☑图标按钮完成导入文件的修改及保存。

图 11-105 “装配特征”操控板

4）单击“工程特征”工具栏中的“创建”图标按钮，弹出“元件创建”对话框，如图 11-106 所示。

5）在“元件创建”对话框中输入创建零件的名称为 dianhuadizuo，单击“确定”按钮，弹出“创建选项”对话框，如图 11-107 所示。

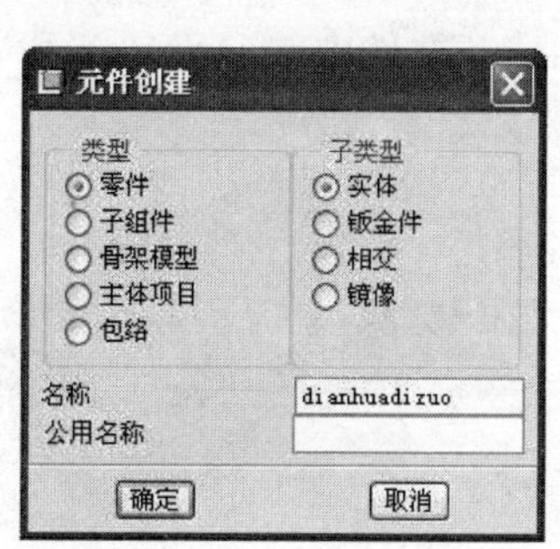

图 11-106 “元件创建”对话框

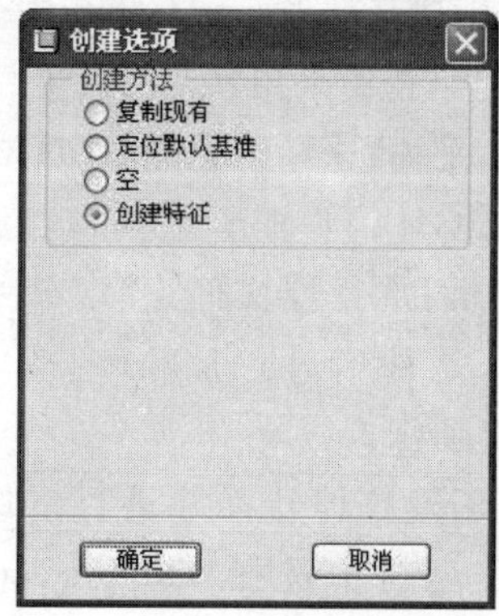

图 11-107 “创建选项”对话框

6）在“创建选项”对话框的“创建方法”选项组中选择“创建特征”单选按钮，并单击“确定”按钮，此时模型呈灰色显示。

(2) 复制曲面。在模型中选择如图 11-108 所示的面组进行复制操作，复制完成后模型如图 11-109 所示。

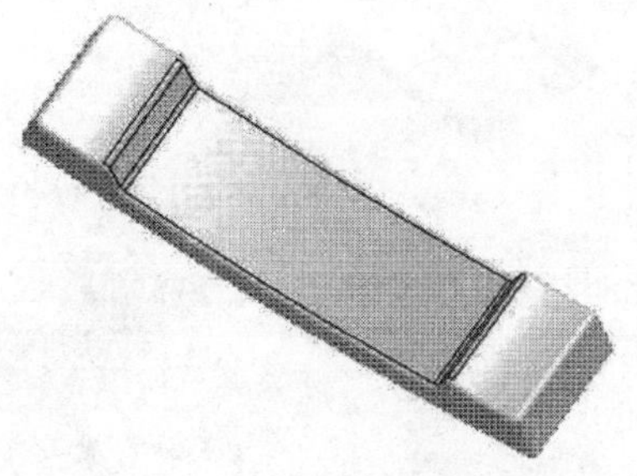

图 11-108 选择进行复制的面组

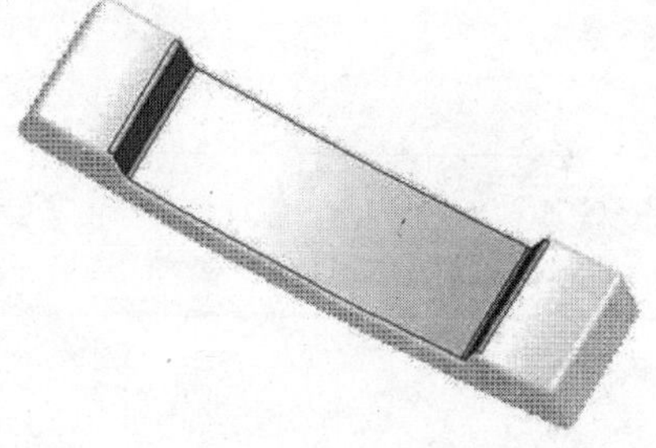

图 11-109 复制面组

(3) 延伸曲面。分别选中上一步中复制的曲面的侧边进行延伸操作，在操控板中，单击“将曲面延伸到参照平面”图标按钮。两侧选择的参照平面分别为 DTM2 和 DTM3，如图 11-110 和图 11-111 所示。

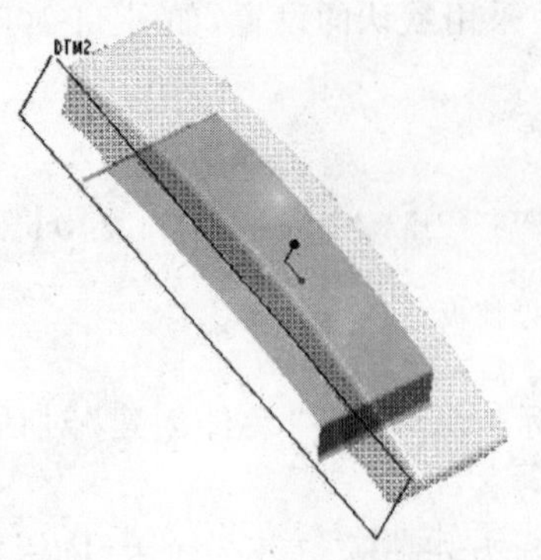

图 11-110　沿一侧延伸的曲面

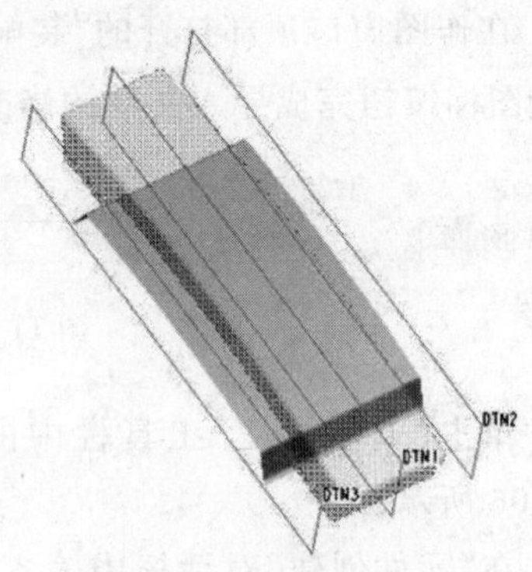

图 11-111　延伸的曲面组

(4) 创建基准平面。在模型中分别选择以下平面作为参照创建新的基准平面，在"基准平面"对话框中采用默认的设置。选择原文件中的 DTM2 平面作为参照创建新文件中的 DTM1 平面；选择原文件中 DTM1 平面作为参照创建新文件中的 DTM2 平面；选择原文件中 RIGHT 平面作为参照创建新文件中的 DTM3 平面；选择原文件中 TOP 平面作为参照创建新文件中的 DTM4 平面。结果如图 11-112 所示。

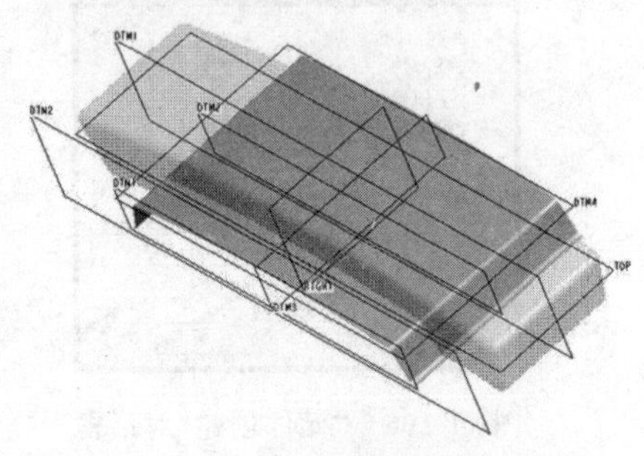
图 11-112　创建基准平面

(5) 创建拉伸特征并进行镜像。在此之前首先在模型树中选择 dianhuadizuo. prt，右击，在弹出的下拉菜单中选择"打开"命令，进入特征编辑窗口。在此窗口中可独立对 dianhuadizuo. prt 文件进行编辑。接下来选择平面 DTM1 为草绘平面(这里草绘参照及方向不需要定义)，绘制如图 11-113 所示的拉伸实体特征二维截面。其中右边部分可借助"通过边创建图元"图标按钮拾取。设置拉伸的深度为 16，完成三维模型后效果如图 11-114 所示。

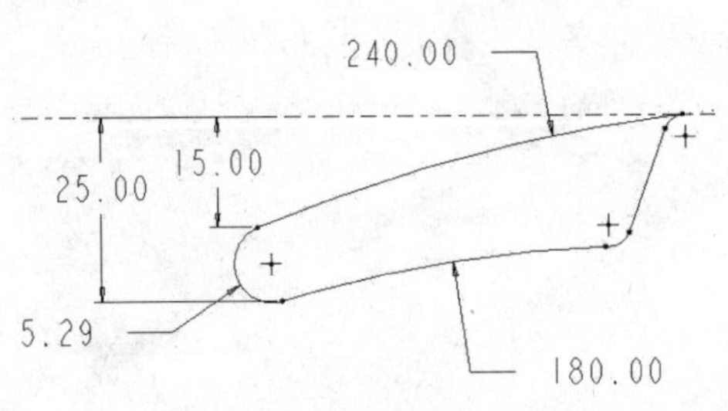

图 11-113　绘制拉伸截面

图 11-114　创建拉伸特征

完成拉伸特征的创建之后对其进行镜像操作。首先，以平面 DTM3 为镜像平面对拉伸特征进行镜像，如图 11-115 所示。然后选择拉伸特征和镜像的特征，以平面 DTM2 为镜像平面进行镜像，完成三维模型后效果如图 11-116 所示。

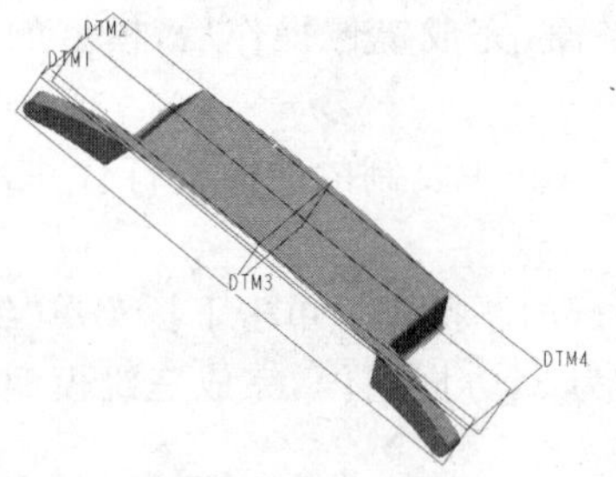

图 11-115　第一次镜像

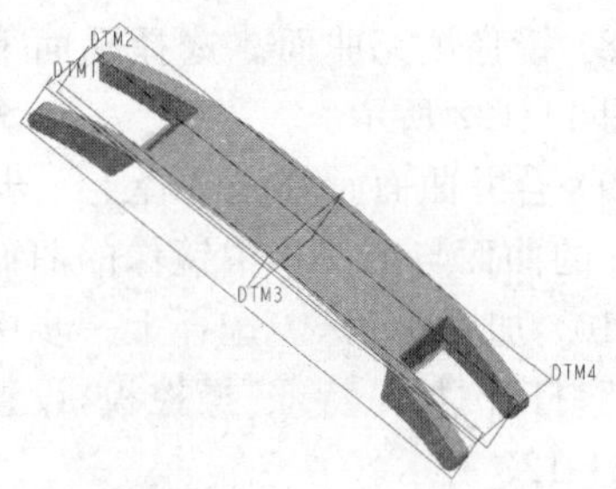

图 11-116　第二次镜像

(6) 裁剪曲面并进行阵列操作。创建拉伸裁剪曲面特征，选择 DTM4 平面为草绘平面(这里草绘参照及方向不需要定义)，绘制如图 11-117 所示的圆形二维截面。指定拉伸特征的方法为“对称”，并设置拉伸深度为 50，如图 11-118 所示。

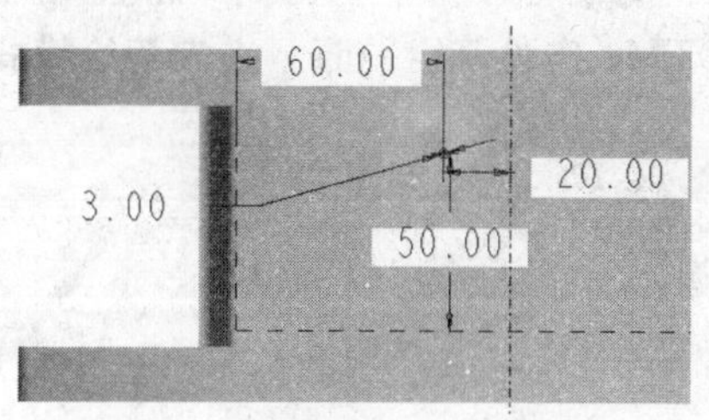

图 11-117　绘制拉伸截面

对上面的拉伸裁剪特征进行尺寸阵列。选择定位尺寸 60，将其修改为－15，回车，设置这一方向的阵列成员数为 4；选择定位尺寸 50，修改其值为－10，回车，并设置该方向的阵列成员数为 5。模型显示如图 11-119 所示。

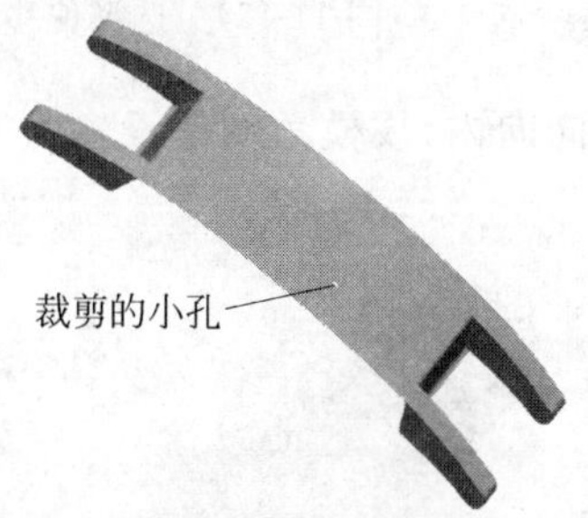

图 11-118　创建拉伸裁剪曲面特征

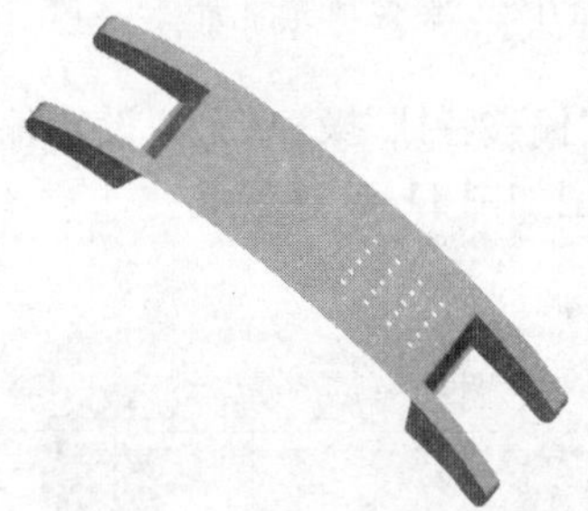

图 11-119　创建尺寸阵列特征

(7) 填充并镜像曲面。创建填充曲面，选择平面 DTM1 作为草绘平面，绘制的二维截面草图如图 11-120 所示。在绘制过程中，可借助“通过边创建图元”图标按钮拾取部分曲线。创建的填充曲面如图 11-121 所示。

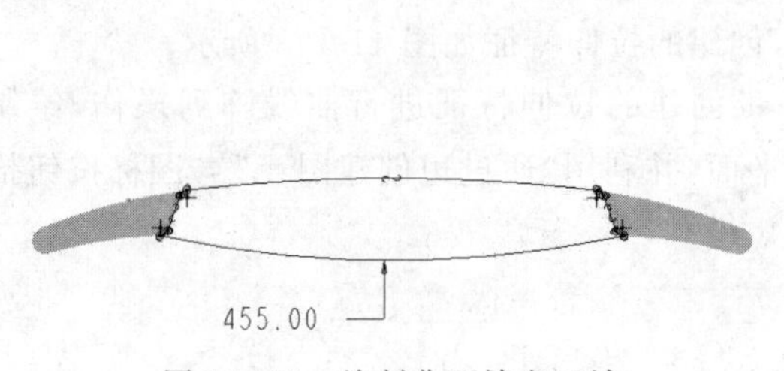

图 11-120　绘制曲面填充区域

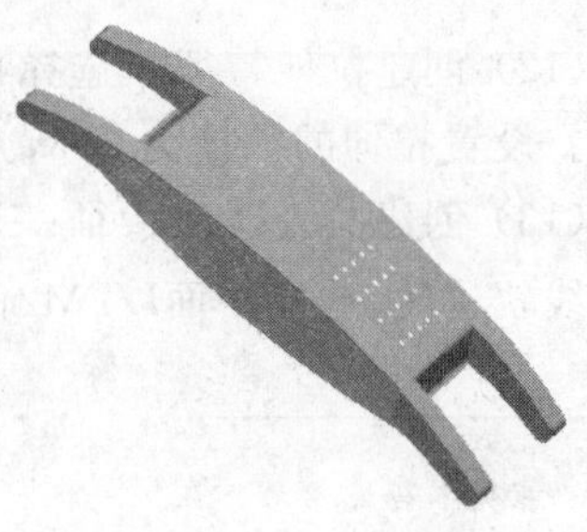

图 11-121　创建填充曲面

(8) 镜像填充曲面。选择平面 DTM2 为镜像平面,完成镜像操作后,模型的线框显示如图 11-122 所示。

(9) 合并曲面。首先选择上一步中的填充曲面与(2)中复制的曲面进行合并,然后再以合并的曲面与上一步中镜像的曲面进行合并。

(10) 加厚曲面①。选择上一步中合并的曲面进行加厚操作。单击下拉菜单“编辑”|“加厚”,打开“加厚特征”操控板,设置加厚的厚度值为 3,方向向内,完成三维模型后效果如图 11-123 所示。

(11) 创建偏移特征②。选择模型的上表面部分,如图 11-124 所示。单击下拉菜单“编辑”|“偏移”,打开“偏移特征”操控板。在“偏移类型”下拉列表中选择“具有拔模特征”图标按钮。单击“参照”上滑面板的“定义”按钮,弹出“草绘”对话框。选择平面 DTM4 作为草绘平面。进入草绘模式后,绘制如图 11-125 所示的二维草图。

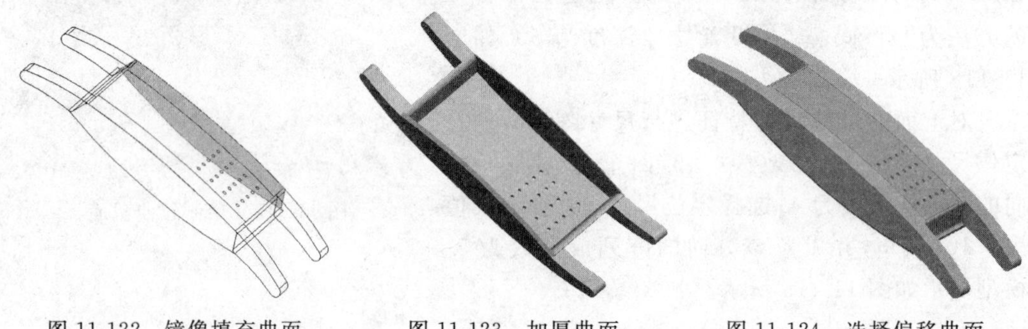

图 11-122　镜像填充曲面　　图 11-123　加厚曲面　　图 11-124　选择偏移曲面

在“偏移特征”操控板中,设置偏移的深度为 2,方向向内,拔模角度值设置为 0。完成三维模型如图 11-126 所示。

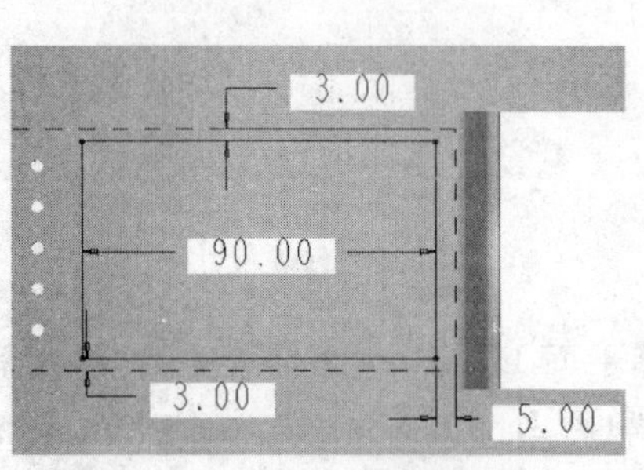

图 11-125　绘制拔模偏移截面

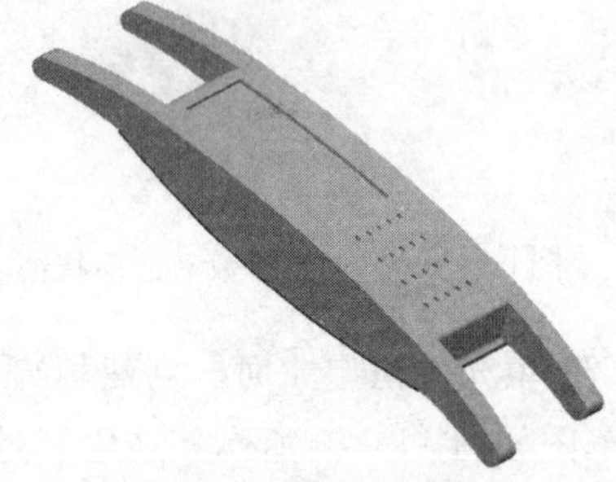

图 11-126　创建拔模偏移特征

(12) 创建拉伸特征。选择平面 DTM4 作为草绘平面,绘制如图 11-127 所示的拉伸截面。设置拉伸的深度为 2.3,方向向外,创建的拉伸特征如图 11-128 所示。

(13) 创建曲线阵列特征。选择上一步创建的拉伸特征进行曲线阵列操作,绘制阵列曲线轨迹时,选择平面DTM2作为草绘平面,并利用“通过边创建图元”图标按钮拾取

① 参见本书 12.2 节。

② 参见本书 12.3 节。

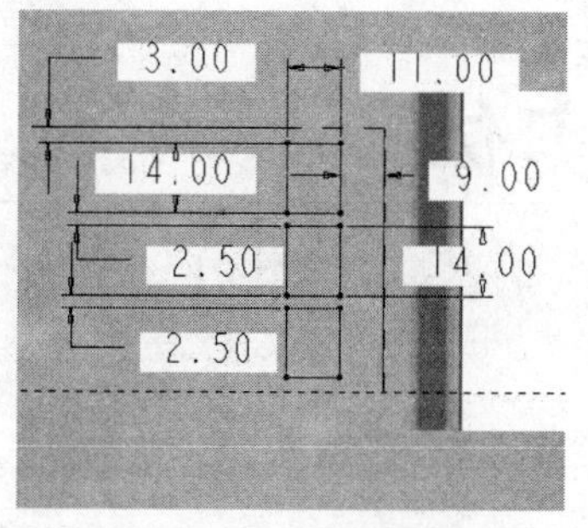

图 11-127　绘制拉伸截面

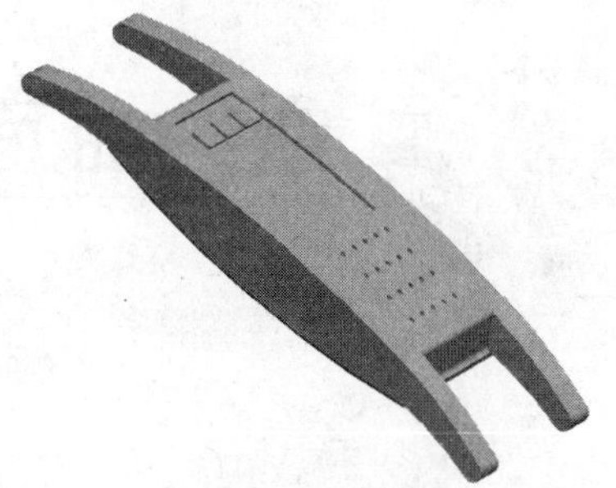

图 11-128　创建拉伸特征

(10)中偏移特征的内表面轮廓线作为轨迹曲线，如图 11-129 所示。在"曲线阵列"操控板中设置阵列的个数为 5，并取消第 5 个阵列特征，如图 11-130 所示。创建的阵列特征如图 12-131 所示。

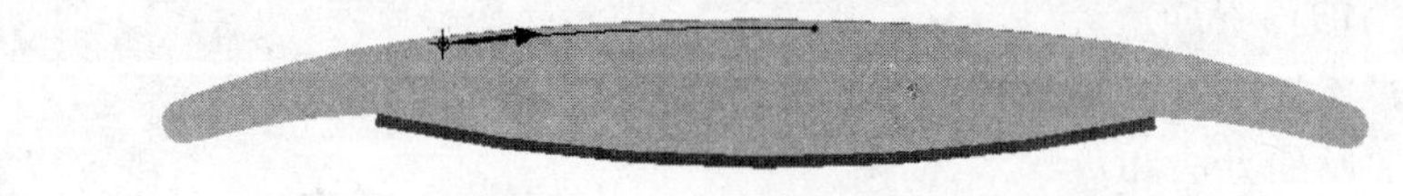

图 11-129　拾取曲线作为阵列轨迹线

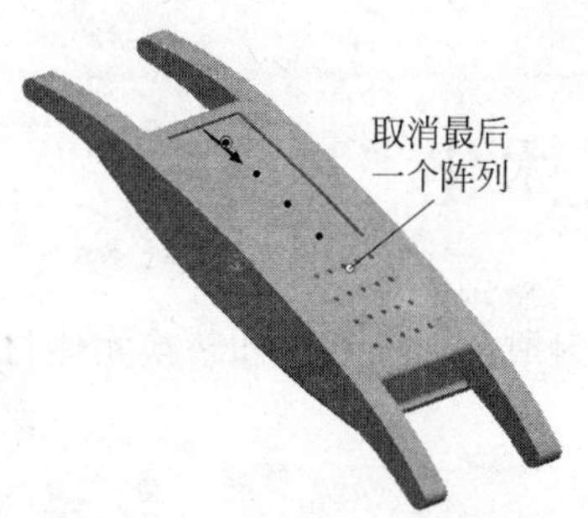

图 11-130　设置阵列成员数

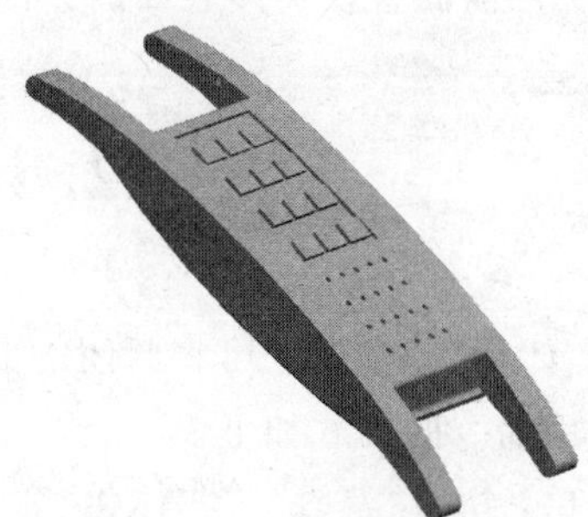

图 11-131　创建曲线阵列特征

(14) 创建倒圆角特征。对上一步中创建的阵列特征的上边缘进行倒圆角操作，设置倒圆角半径值为 0.5，最终结果如图 11-102 所示。

第12章 曲面转化实体

在完成了曲面的创建和编辑之后，需要将其转化为实体特征。将曲面转化为实体或壳体是Pro/ENGINEER创建复杂实体模型的一般方法，在产品设计中被广泛应用。

本章将介绍的内容如下。

(1) 曲面实体化的方法和步骤。

(2) 曲面加厚的方法和步骤。

(3) 局部曲面偏置的方法和步骤。

(4) 用曲面替换实体表面的方法和步骤。

12.1 曲面实体化

"实体化"编辑命令可将封闭的曲面添加实体材料或用曲面移除和替换实体材料。

调用命令的方式如下。

菜单：执行"编辑"|"实体化"命令。

12.1.1 用实体材料填充封闭曲面

操作步骤如下。

第1步，打开Ch12-1.prt。

第2步，选择要进行实体化的封闭曲面，如图12-1所示。

图12-1 封闭曲面

第 3 步，单击下拉菜单“编辑”|“实体化”，打开“实体化特征”操控板，如图 12-2 所示。

图 12-2 “实体化特征”操控板

注意：如果实体化编辑的对象是一个封闭的曲面，可以直接对其进行选择。如果对象是由曲面与实体共同组成的封闭体，则应选择曲面。

第 4 步，在“实体化特征”操控板中，单击“用实体材料填充由面组界定的体积块”图标按钮（此为默认设置）。

第 5 步，单击图标按钮，完成曲面实体化操作。

12.1.2 移除面组内侧或外侧的材料

“移除面组内侧或外侧的材料”选项可以用来对实体进行切削，这些面组可以是开放的，也可以是封闭的。

操作步骤如下。

第 1 步，打开 Ch12-3. prt，如图 12-3 所示。

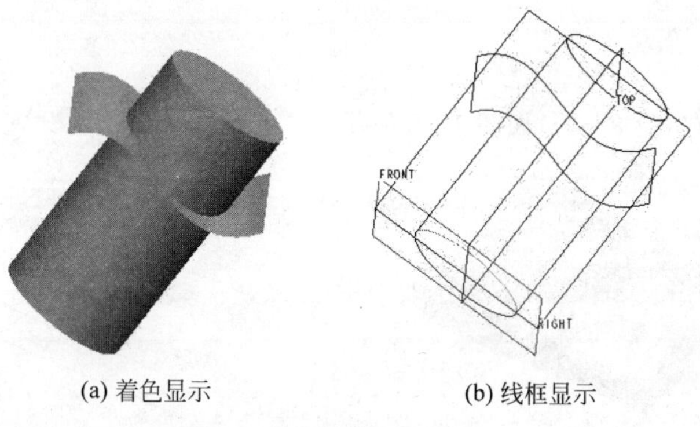

(a) 着色显示　　(b) 线框显示

图 12-3 与实体相交的曲面

第 2 步，选择用来进行切削的曲面。

第 3 步，单击下拉菜单“编辑”|“实体化”，打开如图 12-2 所示的“实体化特征”操控板。

第 4 步，单击“移除面组内侧或外侧的材料”图标按钮。

第 5 步，利用“更改刀具操作方向”图标按钮，选择移除材料的方向，如图 12-4 所示。

第 6 步，单击图标，完成移除实体材料的操作，如图 12-5 所示。

注意：在第 5 步中，如果单击“更改刀具操作方向”图标按钮，将箭头方向改为向上，如图 12-6 所示，则去除的是上部分的实体材料，结果如图 12-7 所示。

图 12-4　移除材料的方向

图 12-5　默认移除方向的结果

图 12-6　更改刀具操作方向

图 12-7　更改刀具方向后的结果

这里用来作切削操作的是一个开放的曲面，实际上，封闭的曲面也可以用来进行这一操作。

操作步骤如下。

第 1 步，打开 Ch12-8. prt，如图 12-8 所示。

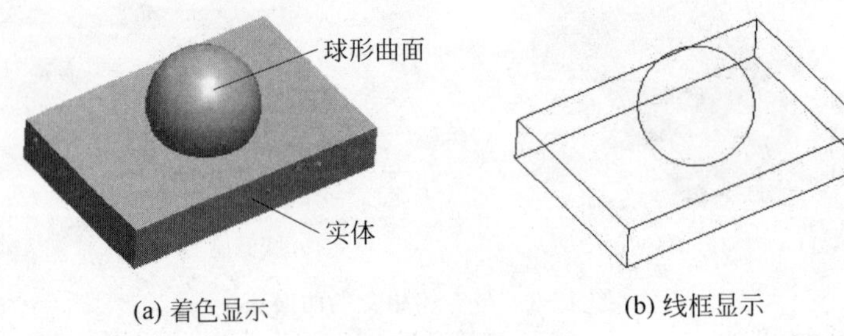

(a) 着色显示　　(b) 线框显示

图 12-8　封闭曲面与实体

第 2 步，选择球形曲面，使其呈亮红色显示。

第 3 步，单击下拉菜单“编辑”|“实体化”，打开如图 12-2 所示的“实体化特征”操控板。

第 4 步，单击“移除面组内侧或外侧的材料”图标按钮。球形曲面内出现方向指向球心的黄色箭头，指的是移除球形曲面所占实体空间的部分。

第 5 步，单击图标按钮，完成操作，结果如图 12-9 所示。

注意：如果在进行第 4 步时单击“更改刀具操作方向”图标按钮，这时球形曲面内的黄色箭头的方向会改变成背离球心，这时指的是移除曲面外侧的材料，结果如图 12-10 所示。

图 12-9　移除面组内侧材料

图 12-10　移除面组外侧材料

12.1.3　面组替换实体部分表面

“用面组替换实体部分曲面”选项可以用面组替换实体部分表面。

操作步骤如下。

第 1 步，打开 Ch12-11.prt，如图 12-11 所示 。

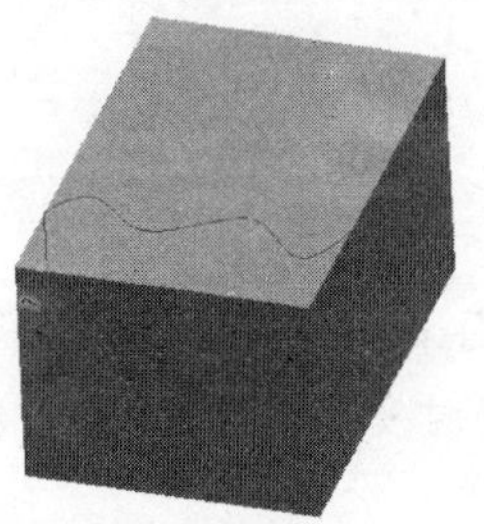

(a) 着色显示

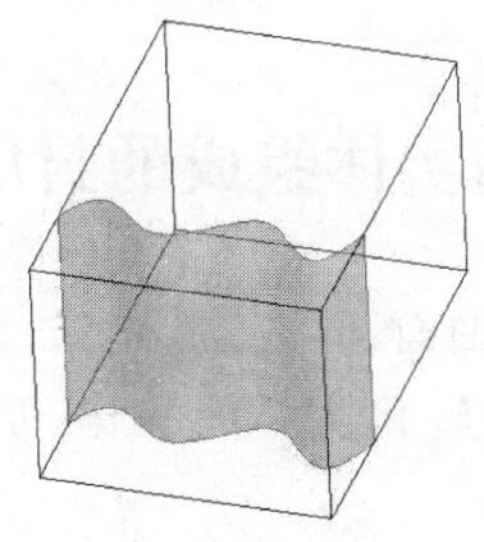

(b) 线框显示

图 12-11　曲面替换实体表面

第 2 步，选择用来替换的曲面。

第 3 步，单击下拉菜单“编辑”|“实体化”，打开如图 12-2 所示的“实体化特征”操控板。

第 4 步，单击操控板中的“利用面组替换实体部分曲面”图标按钮，此时视图窗口中的模型如图 12-12 所示。

第 5 步，单击图标按钮，结果如图 12-13 所示。

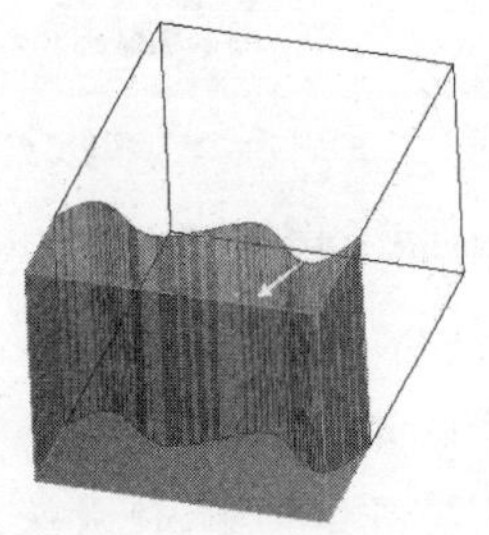

图 12-12　默认替换方向

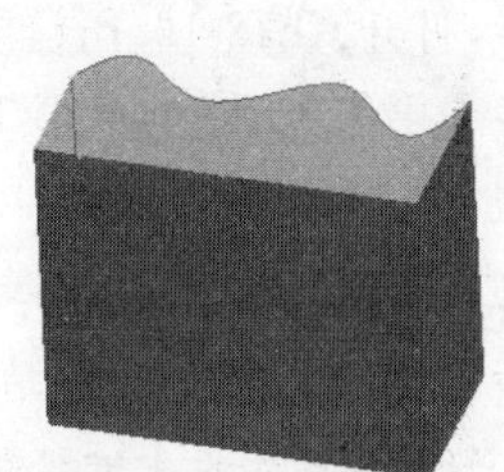

图 12-13　默认方向的替换结果

注意：

(1) 如果在第 4 步时，单击操控板上的“更改刀具操作方向”图标按钮，则图 12-12 中箭头的方向将反向，如图 12-14 所示，表示将保留箭头所指的那个部分，结果如图 12-15 所示。

(2)“利用面组替换实体部分曲面”选项与“移除面组内侧或外侧的材料”中选项开放曲面切削实体的操作结果类似，但实际上两者还是有很大不同的，“利用面组替换实体部分曲面”中的面组边线必须位于实体的表面上，而后者则没有这一要求。

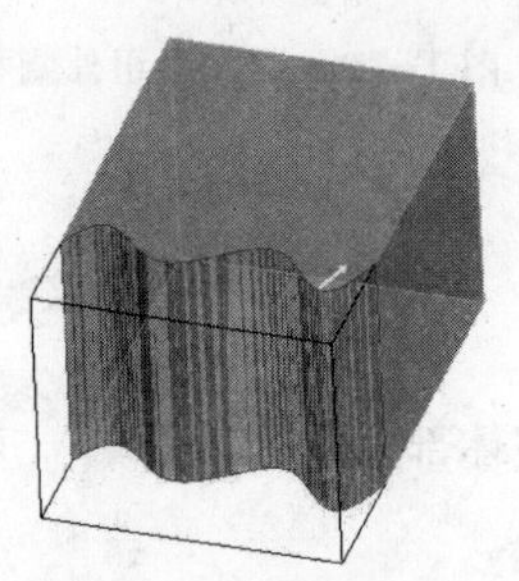

图 12-14　更改替换方向

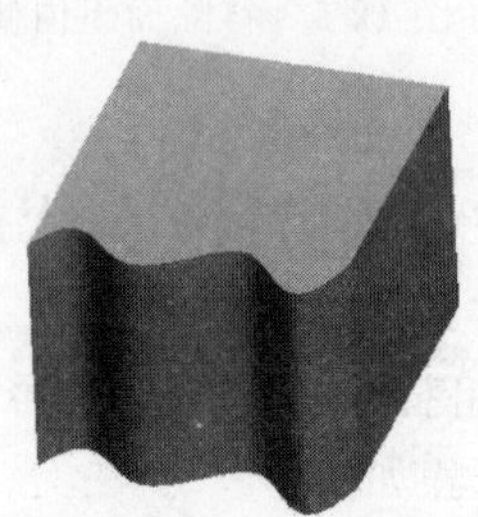

图 12-15　更改方向后的替换结果

12.1.4　曲面与实体组成的封闭体

如果是未封闭的曲面，但它与实体结合（曲面未穿透实体）组成了一个封闭体。对这样的曲面只能进行曲面转化实体的操作，而不能对实体进行移除材料的操作，如图 12-16 所示。

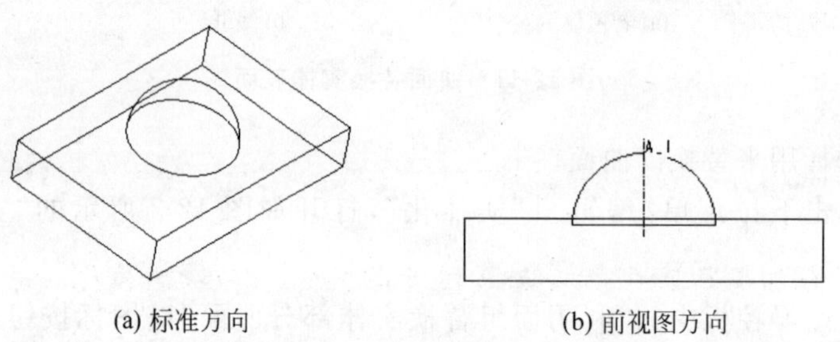

(a) 标准方向　　(b) 前视图方向

图 12-16　曲面与实体组成的封闭体

操作步骤如下。

第 1 步，打开 Ch12-16.prt。

第 2 步～第 3 步，同本章第 12.1.1 小节中第 2 步～第 3 步。

第 4 步，在“实体化”操控板中单击“用实体材料填充由面组界定的体积块”图标按钮，半球形内部则出现一个指向球心的箭头。

第 5 步，单击图标按钮，结果如图 12-17 所示，半球形曲面变成实体。

注意： 如果在第 4 步中选择单击“更改刀具操作方向”图标按钮，使箭头方向背离球心，则结果如图 12-18 所示。它是被实体剪去相交部分后形成的。

图 12-17　箭头指向球心时实体化

图 12-18　箭头背离球心时实体化

12.2　曲面加厚

“加厚”命令是将曲面赋予一定的厚度，它是曲面转化为实体的一个重要方法。进行加厚的曲面可以是开放的，也可以是封闭的。

调用命令的方式如下。

菜单：执行“编辑”|“加厚”命令。

12.2.1　用实体材料填充加厚的曲面

利用“加厚”命令用实体材料填充加厚的曲面。

操作步骤如下。

第 1 步，打开 Ch12-19.prt，如图 12-19 所示。

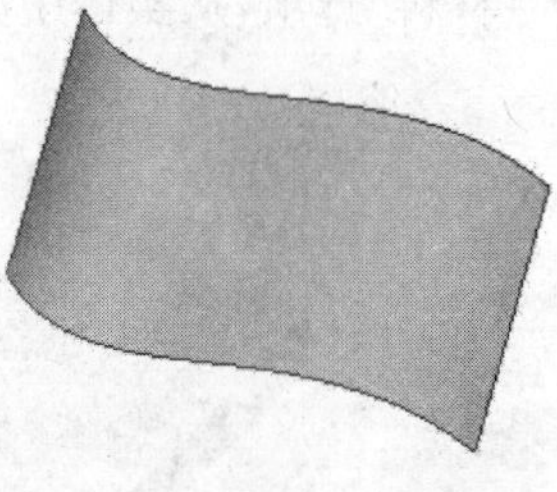

第 2 步，选择曲面。

第 3 步，单击下拉菜单“编辑”|“加厚”，打开如图 12-20 所示的“加厚特征”操控板。

图 12-19　选择一个曲面

第 4 步，选中“用实体材料填充加厚的面组”图标按钮（此为默认设置）。

第 5 步，在“总加厚偏距值”文本框中输入厚度值，并在其后的图标中选择加厚的方向，如图 12-20 所示。

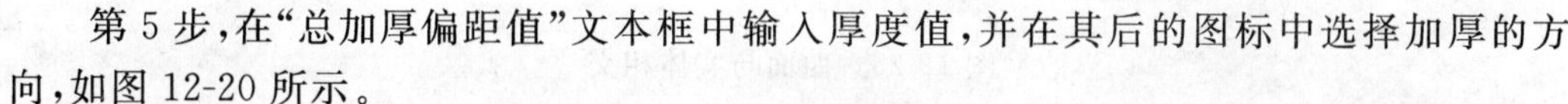

第 6 步，单击“反转结果几何的方向”图标按钮，选择曲面加厚的方向，如图 12-21 所示。

第 7 步，单击图标按钮，完成曲面加厚的操作，结果如图 12-22 所示。

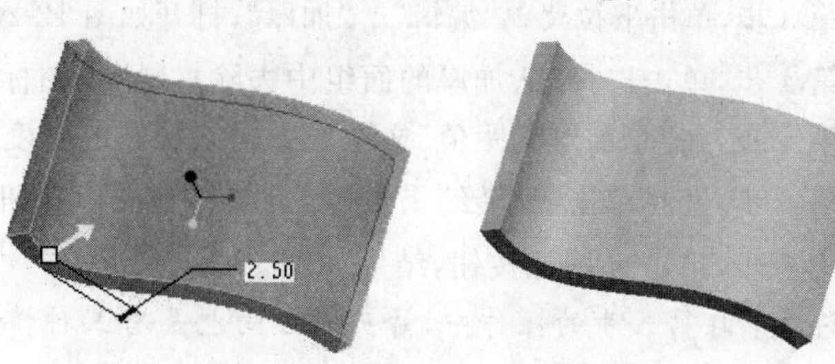

图 12-20　“加厚特征”操控板　　图 12-21　曲面加厚的方向　　图 12-22　加厚的曲面

注意：在第 6 步操作过程中进行曲面加厚方向选择时，默认的方向是图 12-21 中箭头方向向上的情况，曲面沿此方向加厚。依次单击 图标按钮，则会出现如图 12-23 和图 12-24 所示的加厚方向。图 12-23 中箭头方向沿曲面的两侧，它是以曲面为中间面，沿两侧同时加厚，总加厚的厚度为第 5 步中输入的厚度值。图 12-24 中箭头的方向向下，与图 12-21 中相反，即加厚的方向相反。

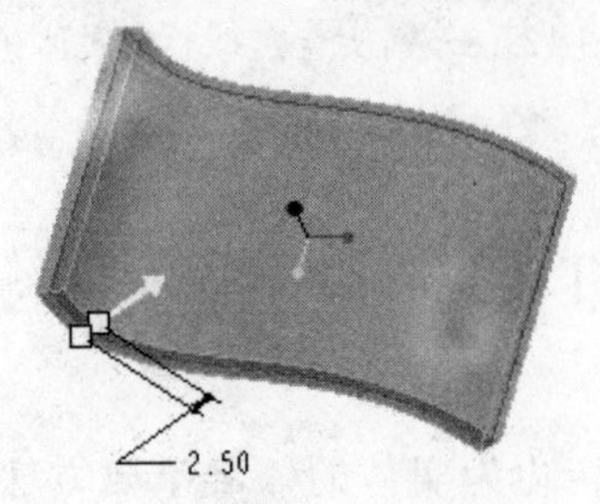

图 12-23　沿两个方向同时加厚

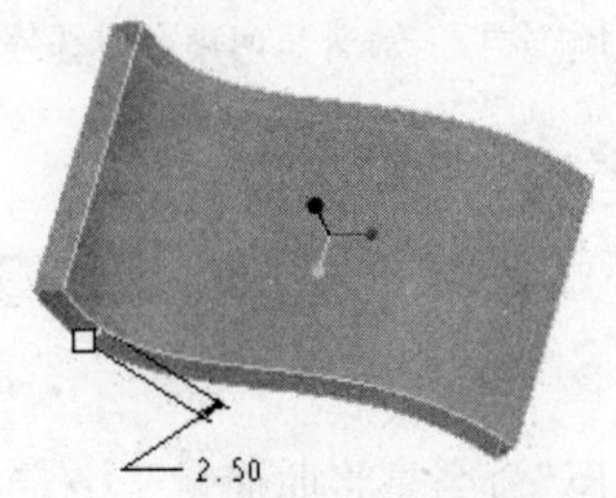

图 12-24　垂直于曲面向下加厚

12.2.2　加厚过程中的去除材料

当曲面与实体相交时，如图 12-25 所示，可以利用“加厚”命令中的“从加厚的面组中去除材料”选项，从实体中减去与加厚曲面相交的部分。

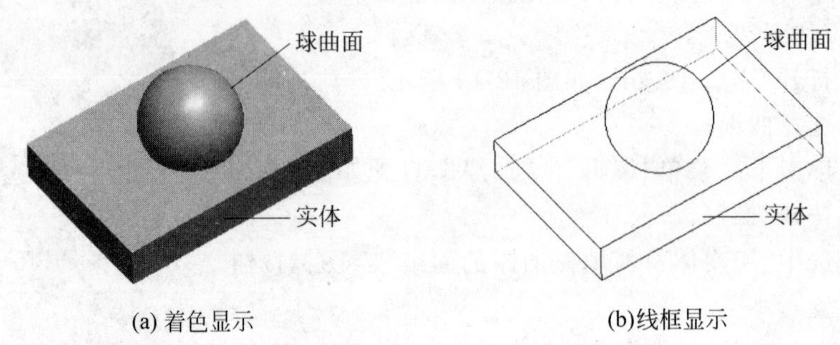

图 12-25　曲面与实体相交

操作步骤如下。

第 1 步，打开 Ch12-25.prt。

第 2 步，选择球形曲面。

第 3 步，单击下拉菜单“编辑”|“加厚”，打开如图 12-20 所示的“加厚特征”操控板。

第 4 步，单击选择“从加厚的面组中去除材料” 图标按钮。

第 5 步，在“总加厚偏距值”文本框中输入加厚的厚度值。

第 6 步，选择单击“反转结果几何的方向” 图标按钮，进行加厚方向的选择。

第 7 步，单击 图标按钮，结果如图 12-26 所示。

注意：在第 5 步的操作中，箭头的方向也是有三种情况，如图 12-27 所示。但无论是哪种情况，最终的结果都与图 12-26 相同，都是去除了与实体相交的部分。

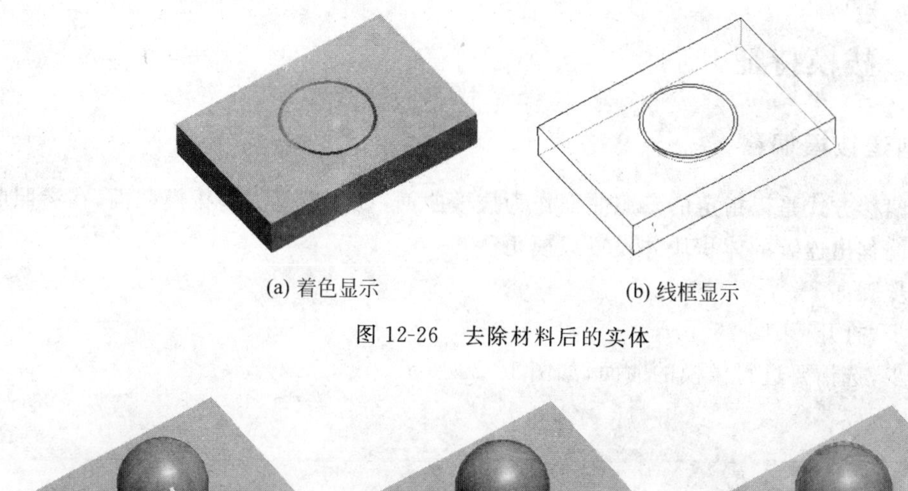

(a) 着色显示　　　　(b) 线框显示

图 12-26　去除材料后的实体

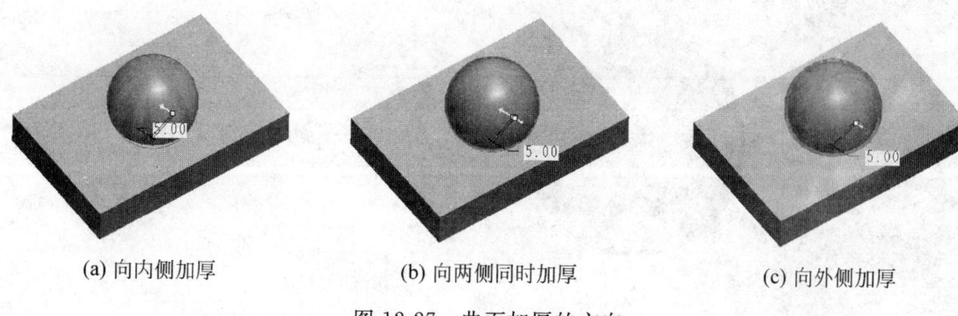

(a) 向内侧加厚　　　　(b) 向两侧同时加厚　　　　(c) 向外侧加厚

图 12-27　曲面加厚的方向

12.2.3　操作及选项说明

在曲面加厚的操控板中，单击“选项”按钮，在弹出如图 12-28 所示的上滑面板中可以设置加厚的类型。

(1) 垂直于曲面：垂直于原始曲面增加厚度，此选项为默认选项。如果在一次操作中有多个曲面，还可以排除一些不进行加厚的曲面，排除的曲面会出现在“排除”列表中。

(2) 自动拟合：系统根据自动确定的坐标系加厚曲面。

(3) 控制拟合：通过选定的坐标系对曲面进行缩放，并沿指定轴给出厚度。

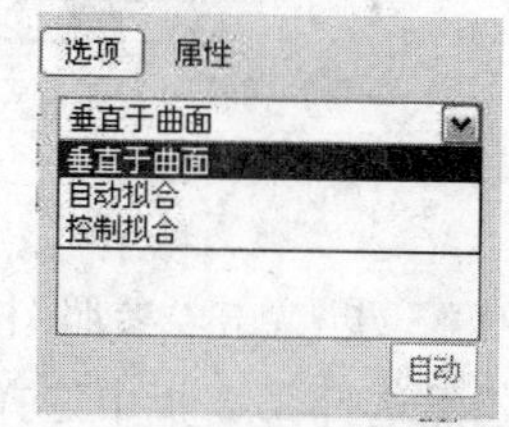

图 12-28　“选项”上滑面板

12.3　局部曲面偏置

在第 11.4 节中，介绍了用标准方式偏移曲面。局部曲面偏置也是属于偏移曲面操作命令中的选项，主要包括“具有拔模特征”和“展开特征”。

调用命令的方式如下。

菜单：执行“编辑”|“偏移”命令。

12.3.1 拔模特征

1. 创建拔模偏移

这种偏移方式是以指定的参照曲面作为拔模曲面，以草绘截面为拔模截面，在参照曲面的一侧偏移出连续的体积块并设置拔模角。

操作步骤如下。

第 1 步，打开 Ch12-29.prt 。

第 2 步，选择要进行拔模的曲面，如图 12-29 所示。

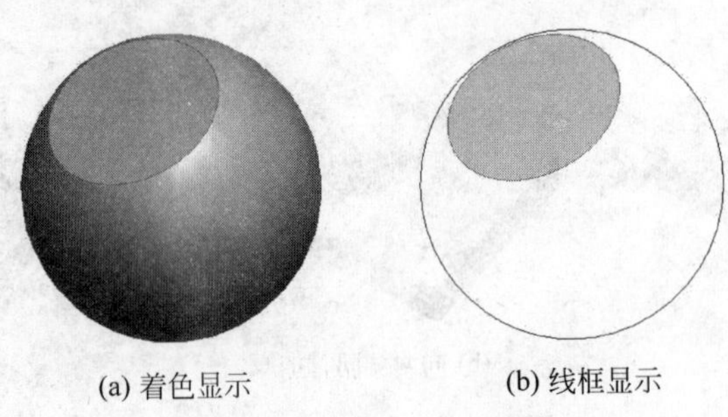

(a) 着色显示　　(b) 线框显示

图 12-29　选择进行拔模的面

第 3 步，单击下拉菜单“编辑”|“偏移”，打开“偏移特征”操控板。

第 4 步，单击“标准偏移特征”图标按钮右侧的▼，在下拉列表中选择“具有拔模特征”图标按钮，“具有拔模特征”操控板如图 12-30 所示。

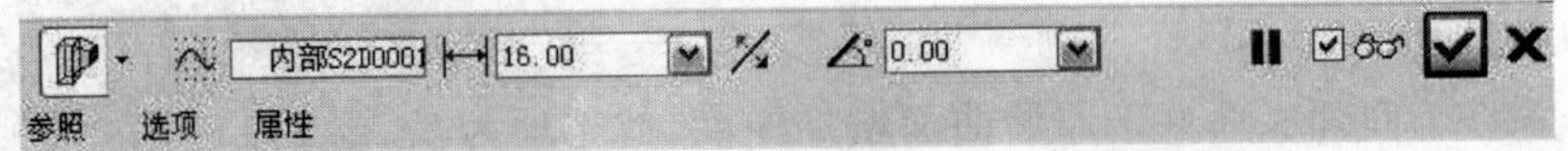

图 12-30　“具有拔模特征”操控板

第 5 步，单击“参照”按钮，在弹出的上滑面板中，单击“定义”按钮，弹出“草绘”对话框，仍然选择第 2 步中选择的曲面作为草绘平面，其他采用默认设置，如图 12-31 所示。

第 6 步，进入草绘模式后绘制一个圆，直径为 239，如图 12-32 所示。

第 7 步，单击✔图标按钮，完成草绘截面的绘制。

第 8 步，在操控板的偏移距离文本框中输入偏移值为 300。

第 9 步，在拔模角度值文本框中输入角度值 10，如图 12-33 所示。

第 10 步，单击☑图标按钮，完成拔模偏移的操作，结果如图 12-34 所示。

注意：如果在第 9 步之后单击“将偏移方向变为其他侧”图标按钮，则图 12-33 中的箭头将反向，变成如图 12-35 所示，结果如图 12-36 所示。

2. 操作及选项说明

在“偏移特征”操控板中，可以进行多种设置。

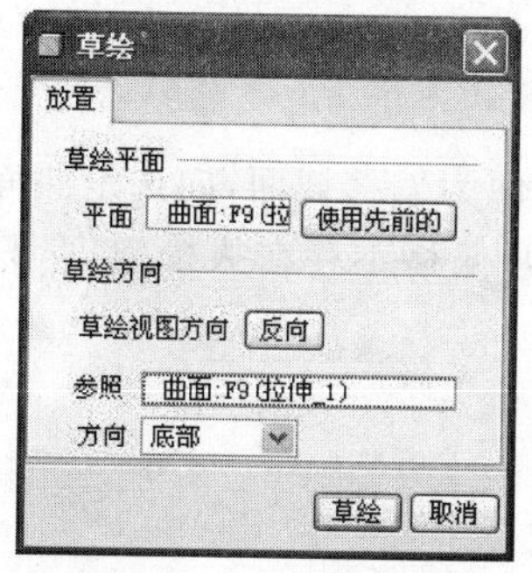

图 12-31 “草绘”对话框

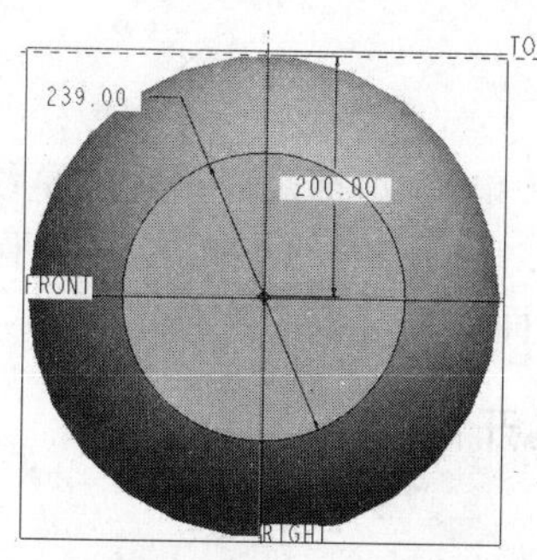

图 12-32 绘制草绘截面

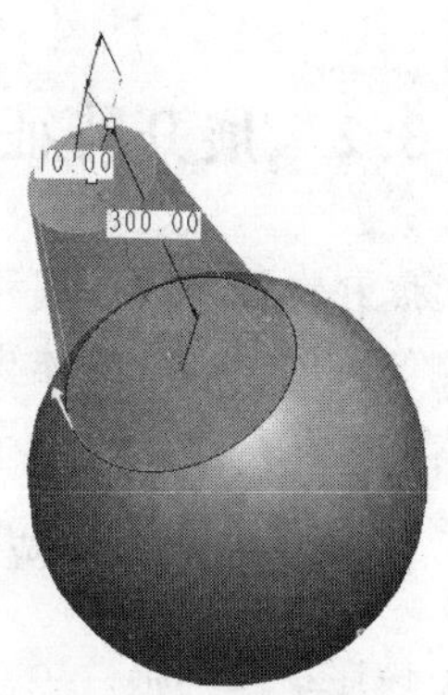

图 12-33 默认的偏移方向

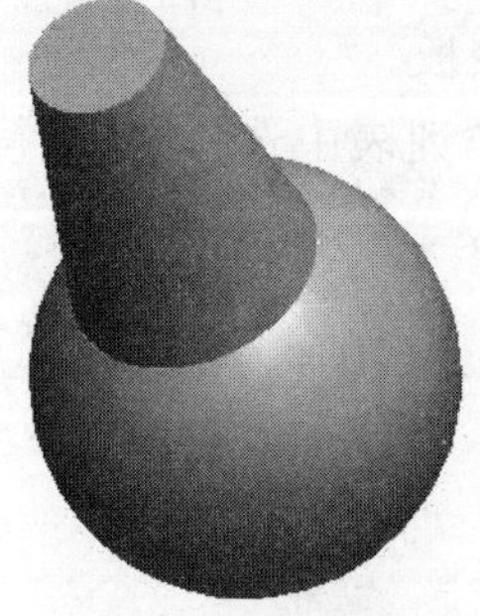

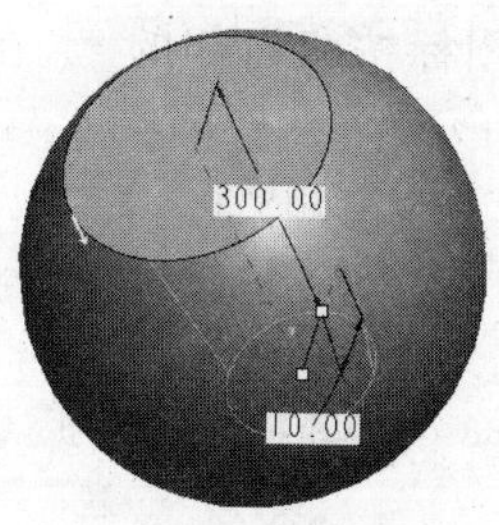

图 12-34 拔模偏移结果　图 12-35 改变偏移方向 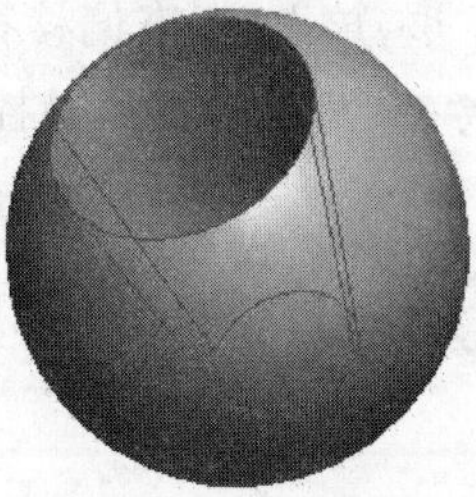　图 12-36 修改方向后的拔模偏移结果

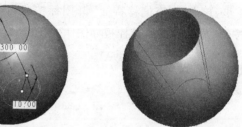

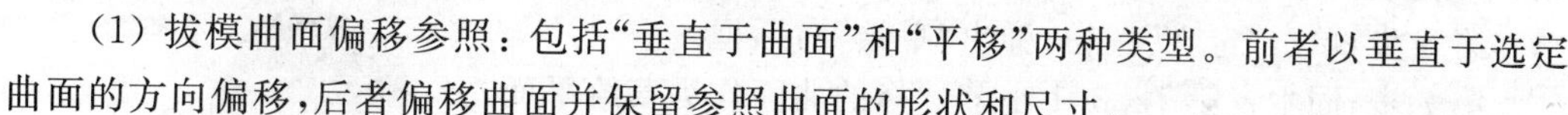

(1) 拔模曲面偏移参照：包括“垂直于曲面”和“平移”两种类型。前者以垂直于选定曲面的方向偏移，后者偏移曲面并保留参照曲面的形状和尺寸。

(2) 侧曲面垂直参照：包括“曲面”和“草绘”两个选项。前者垂直于曲面偏移侧曲面，后者垂直于草绘平面偏移侧曲面。

(3) 侧面轮廓类型：包括“直的”和“相切”两个选项，当选择前者时，拉伸出的是直侧面；当选择后者时，拉伸出的侧面与相邻曲面相切。

如果在上面的操作中，选中“相切”选项，并修改拔模角度值为 2，调整偏移方向，结果如图 12-37 所示。

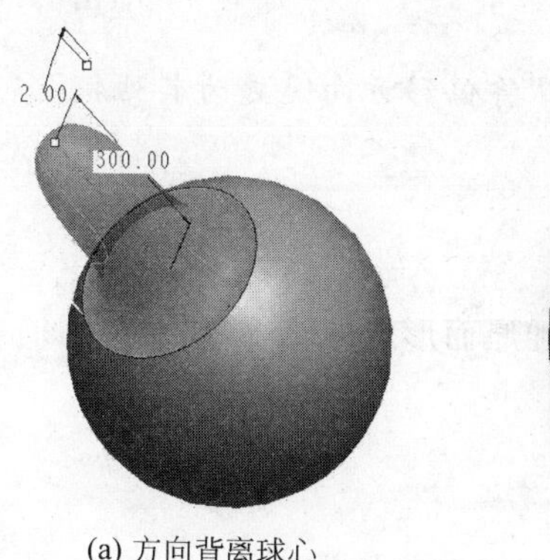

(a) 方向背离球心　(b) 方向指向球心

图 12-37 侧面轮廓为“相切”类型

12.3.2 展开特征

展开特征与拔模偏移特征相类似，都是以指定的草绘截面为偏移截面，向选定曲面的一侧偏移创建出新的体积块。它们之间的不同之处在于展开偏移不存在拔模斜度，只需输入偏移距离，而且可以将曲面的偏移改为实体的偏移。

1. 创建草绘区域的展开偏移

操作步骤如下。

第 1 步，打开 Ch12-29.prt。

第 2 步，选择要进行展开偏移的面，如图 12-29 所示。

第 3 步，单击下拉菜单"编辑"|"偏移"，打开"偏移特征"操控板。

第 4 步，单击"标准偏移特征"图标按钮右侧的▼，在下拉列表中选择"展开特征"图标按钮，"展开特征"操控板如图 12-38 所示。

图 12-38 "展开特征"操控板

第 5 步，单击"选项"按钮，在弹出的上滑面板中，选择"展开区域"选项组中的"草绘区域"单选按钮，

第 6 步，单击"定义"按钮，弹出"草绘"对话框。

第 7 步，同本章第 12.3.1 小节选择的曲面作为草绘平面，其他采用默认设置，如图 12-31 所示。

第 8 步，绘制一个圆，直径为 239，如图 12-32 所示。

第 9 步，单击✔图标按钮，完成草绘截面的绘制。

第 10 步，在操控板的偏移距离文本框中输入偏移值 300，得到如图 12-39 所示的效果。

第 11 步，单击☑图标按钮，完成展开偏移的操作，结果如图 12-40 所示。

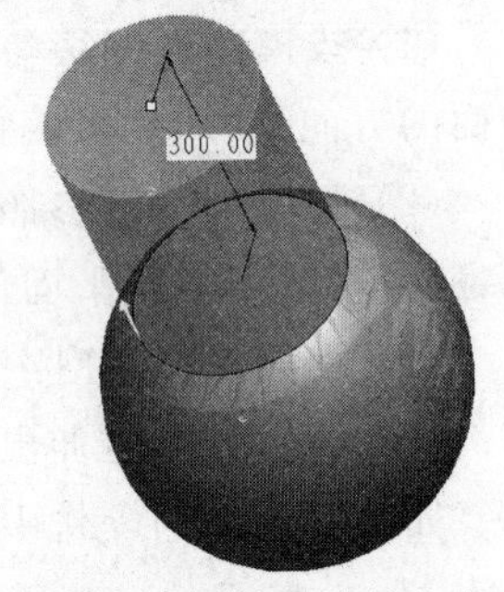

图 12-39 默认偏移方向

注意：如果在完成第 8 步之后单击"将偏移方向变更为其他侧"图标按钮，则结果如图 12-41 所示。

2. 创建整个曲面的展开偏移

如图 12-42 所示，它是由三个面经加厚而形成的，下面要对中间的弯曲形状的实体部分进行展开偏移操作。

操作步骤如下。

第 1 步，打开 Ch12-42.prt。

第 2 步，在实体模型上选择要进行展开偏移的曲面，如图 12-43 所示。

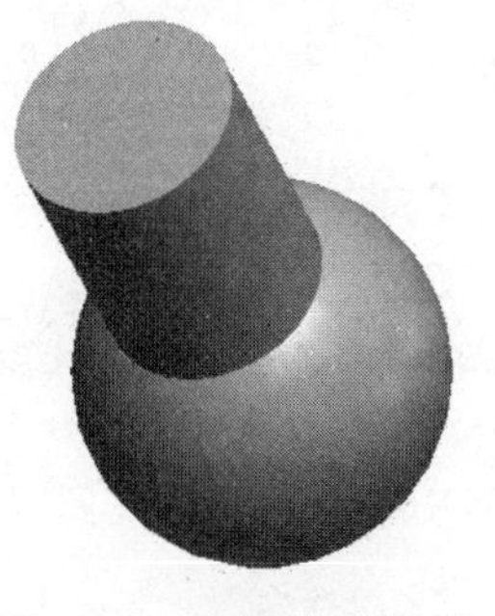

图 12-40　展开偏移结果

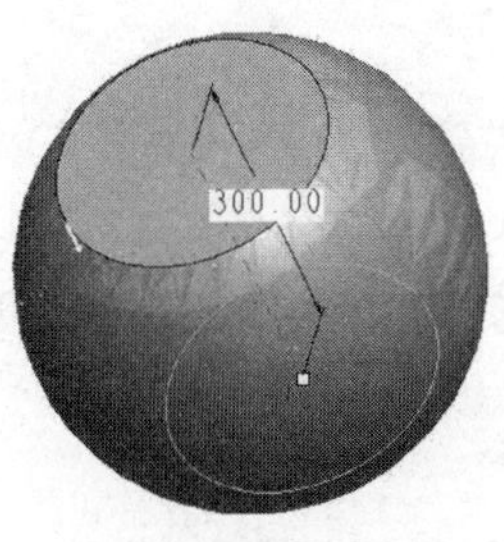

(a) 改变偏移方向

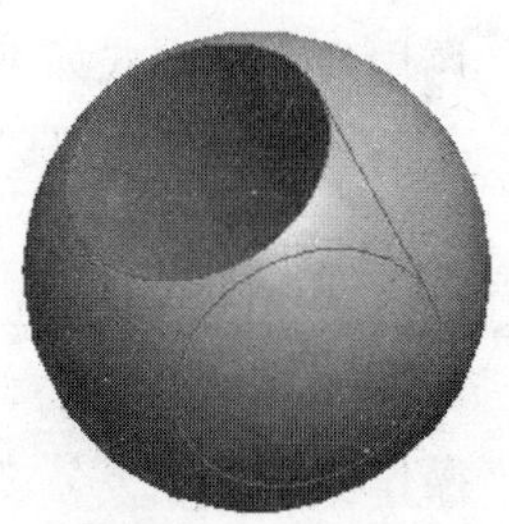

(b) 改变偏移方向后的结果

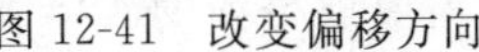

图 12-41　改变偏移方向

图 12-42　实体模型

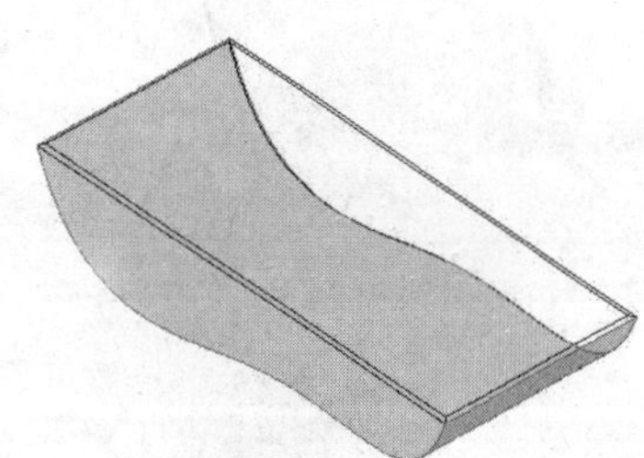

图 12-43　选择曲面

第 3 步,单击下拉菜单“编辑”|“偏移”,打开“偏移特征”操控板。

第 4 步,单击“标准偏移特征”图标按钮右侧的,在下拉列表中选择“展开特征”图标按钮,“展开特征”操控板如图 12-38 所示。

第 5 步,单击“选项”按钮,在弹出的上滑面板中,选择“展开区域”选项组中的“整个曲面”单选按钮(此为默认选项)。

第 6 步,在操控面板的偏移距离文本框中输入偏移值 20,如图 12-44 所示。

第 7 步,单击图标按钮,完成展开偏移的操作,结果如图 12-45 所示。

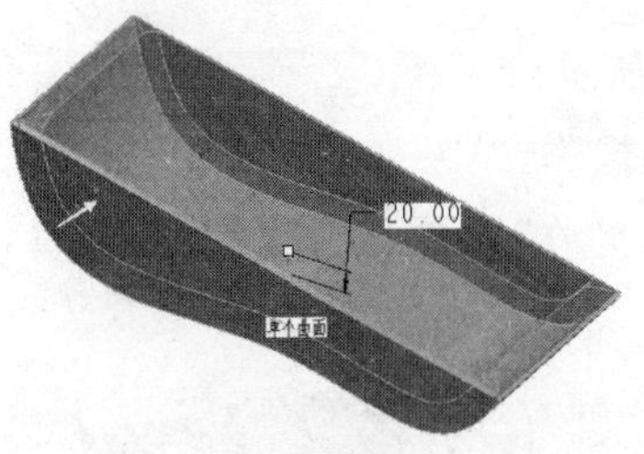

图 12-44　设置偏移值和方向

图 12-45　展开偏移后的结果

12.4　曲面替换实体表面

曲面替换实体表面也是偏移命令里面的一个选项,它利用曲面替换实体的表面,从而对实体形状进行修改。曲面替换实体表面功能可以对实体进行“加材料”和“减材料”的操作。

调用命令的方式如下。

菜单：执行“编辑”|“偏移”命令。

12.4.1 曲面替换实体表面并填充材料

操作步骤如下。

第 1 步，打开 Ch12-46.prt，如图 12-46 所示。

第 2 步，选择需要被替换的实体表面，如图 12-47 所示。

图 12-46 用来操作的曲面与实体

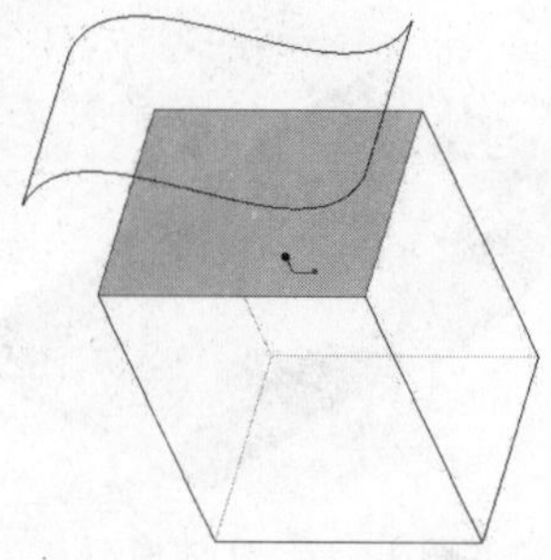

图 12-47 选择实体表面

第 3 步，单击下拉菜单“编辑”|“偏移”命令，打开“偏移特征”操控板。

第 4 步，单击“标准偏移特征”图标按钮右侧的▼，并在下拉列表中选择“替换曲面特征”图标按钮，“替换曲面特征”操控板如图 12-48 所示。

图 12-48 “替换曲面特征”操控板

第 5 步，单击选择用来替换的曲面，如图 12-49 所示。

第 6 步，单击图标按钮，完成替换实体表面的操作，结果如图 12-50 所示。

注意：如果在第 5 步中选中操控面板“选项”项中的“保持替换面组”复选框，则可以看到原有曲面被保留，结果如图 12-51 所示。

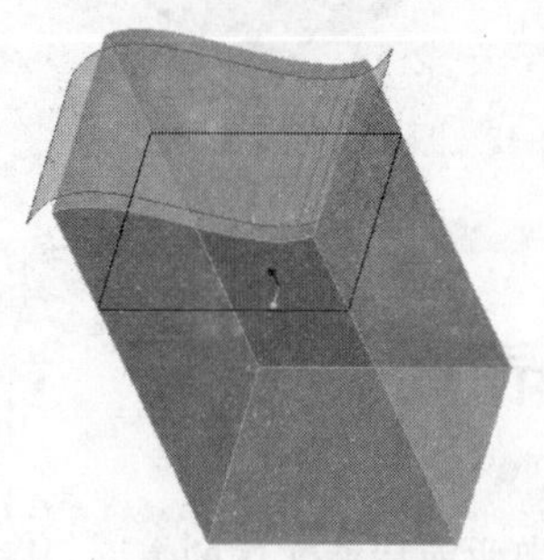

图 12-49 选择曲面

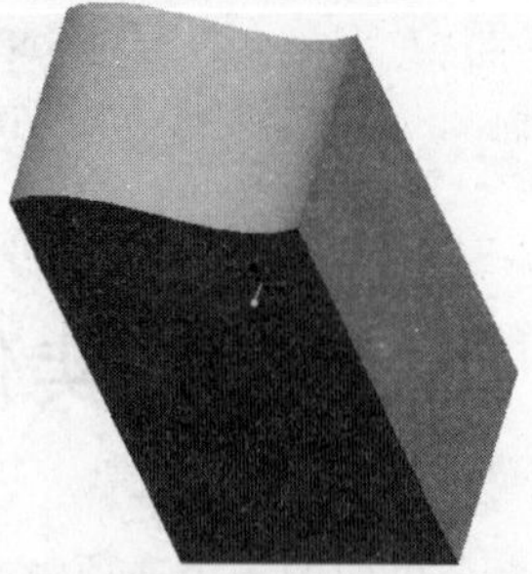

图 12-50 替换实体表面并拉伸

图 12-51 保留替换面组

12.4.2 曲面替换实体表面并移除材料

操作步骤如下。

第1步，打开 Ch12-52.prt，如图 12-52 所示。

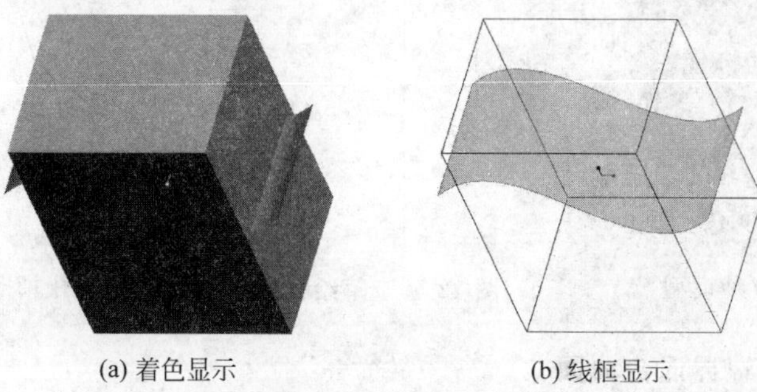

(a) 着色显示　　(b) 线框显示

图 12-52　曲面穿过实体

第2步～第5步，同本章第 12.4.1 小节中第2步～第5步，去除材料的过程和最终结果如图 12-53 和图 12-54 所示。

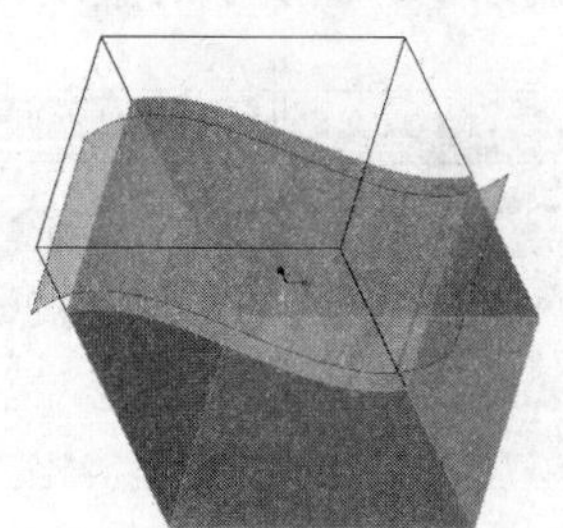

图 12-53　选择曲面并去除材料

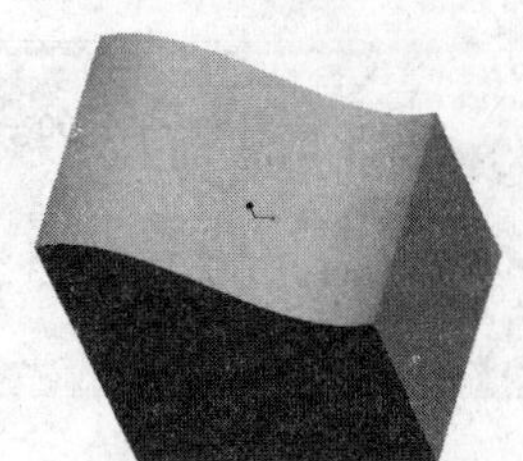

图 12-54　替换实体表面并去除材料

注意：在本章的第 12.1.2 小节中进行的"移除面组内侧或外侧材料"的操作与本节的操作结果有相似之处，但它们的本质是不同的。"移除面组内侧或外侧材料"中的开放曲面必须与实体相交，而用来替换实体表面的曲面则可以不相交。

12.5 上机操作实验指导十一　四方钟建模

根据曲面转化实体的相关知识，创建如图 12-55 所示的四方钟的模型，主要涉及的命令包括"实体化"命令和"曲面偏移"命令。

操作步骤如下。

步骤 1　创建新文件

参见本书第1章，操作过程略。

步骤 2　创建拉伸曲面

参见本书第 10 章，创建拉伸曲面特征。选取 TOP 基准面为草绘平面，绘制图 12-56

所示的封闭曲线进行拉伸，指定拉伸特征深度的方法为“对称”，设置拉伸的深度为260，如图12-57所示。

图12-55　四方钟模型

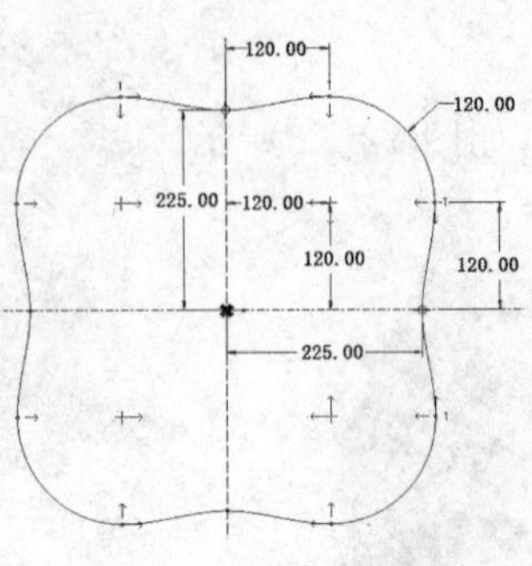

图12-56　草绘截面

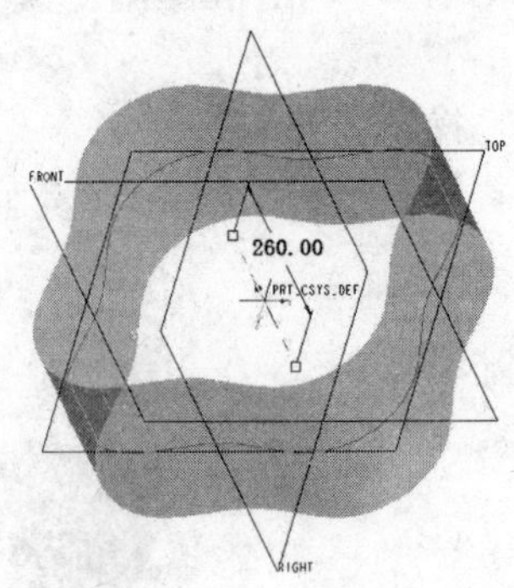

图12-57　拉伸曲面

步骤3　创建边界混合曲面

操作步骤参见本书第10章。

第1步，在FRONT基准面上绘制一条基准曲线，如图12-58所示。

第2步，以FRONT基准面为参照平面，创建偏移基准平面DTM1，偏移距离为250。

第3步，以新创建的DTM1基准面为草绘平面，绘制图12-59所示的直线。

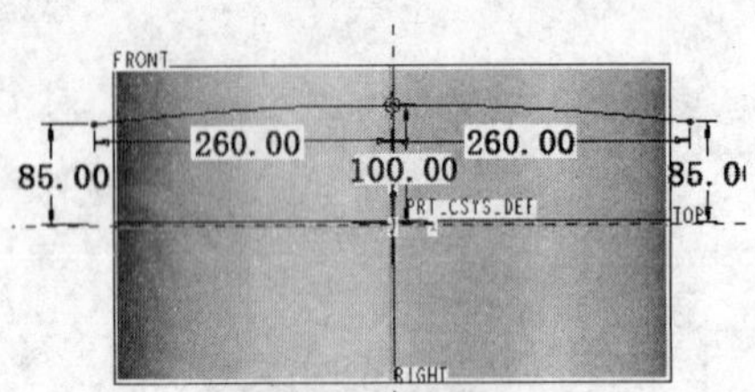

图12-58　绘制基准曲线

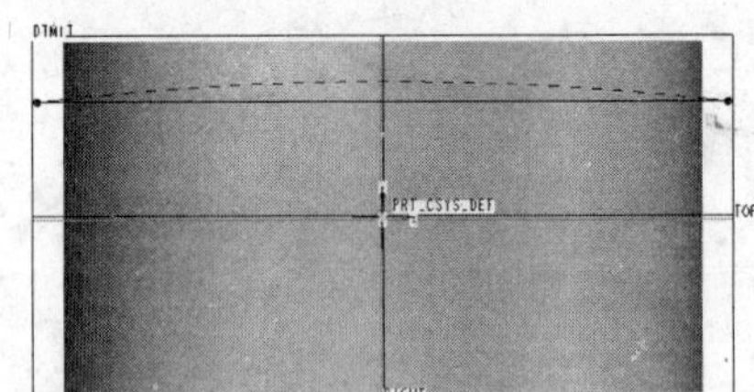

图12-59　在DTM1基准平面上绘制直线

第4步，以FRONT基准面为镜像平面，将上一步所创建的基准线镜像复制到FRONT基准面的另一侧。

第5步，重复以上步骤，将RIGHT基准面分别作为草绘平面、偏移参照平面和镜像平面创建曲线和直线。最后得到的直线与曲线如图12-60所示。

第6步，利用“边界混合”命令创建曲面，如图12-61所示。

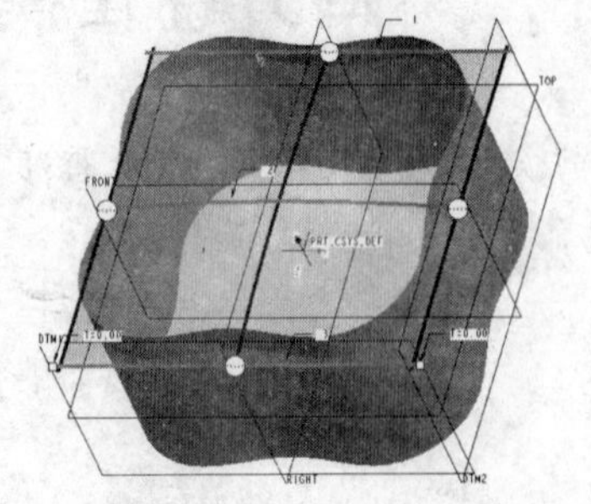

图12-60　“边界混合”操作

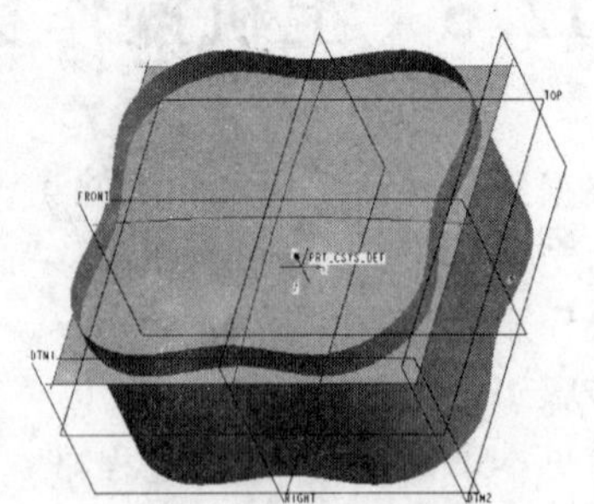

图12-61　“边界混合”创建曲面

步骤 4　镜像曲面

参见本书第 11 章，如图 12-62 所示。

步骤 5　合并曲面并倒圆角

参见本书第 11 章，其中倒圆角的半径值为 20，如图 12-63 所示。

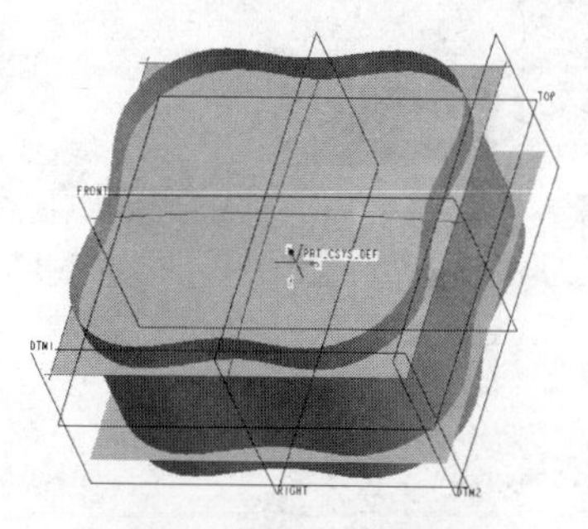

图 12-62　镜像曲面

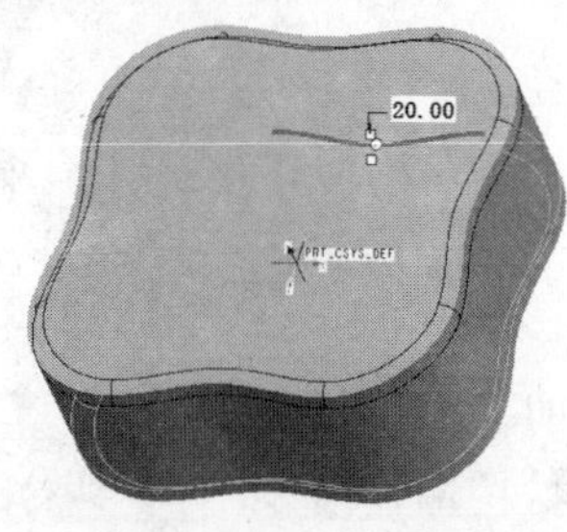

图 12-63　倒圆角

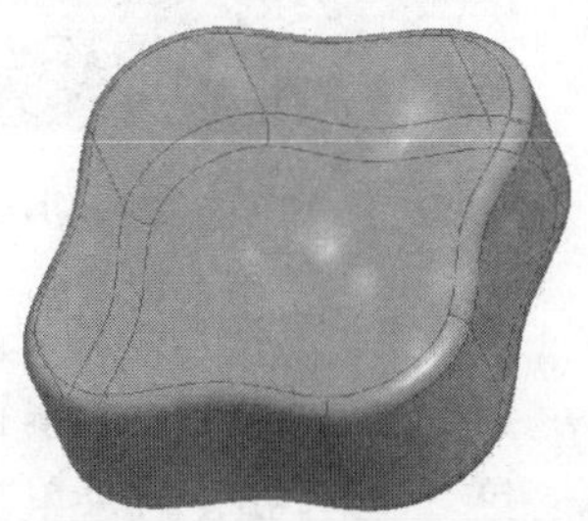

图 12-64　曲面实体化

步骤 6　曲面实体化

第 1 步，单击选择用来进行实体化操作的曲面，如图 12-64 所示。

第 2 步，单击下拉菜单“编辑”|“实体化”。

第 3 步，在弹出的操控板中单击“用实体材料填充由面组界定的体积块”图标按钮。

第 4 步，单击图标按钮，完成操作。

步骤 7　创建拉伸平面

参见本书第 10 章，以 FRONT 平面为草绘平面绘制直线，如图 12-65 所示。指定拉伸特征深度的方法为“对称”，设置拉伸的深度为 520，如图 12-66 所示。最后结果如图 12-67 所示。

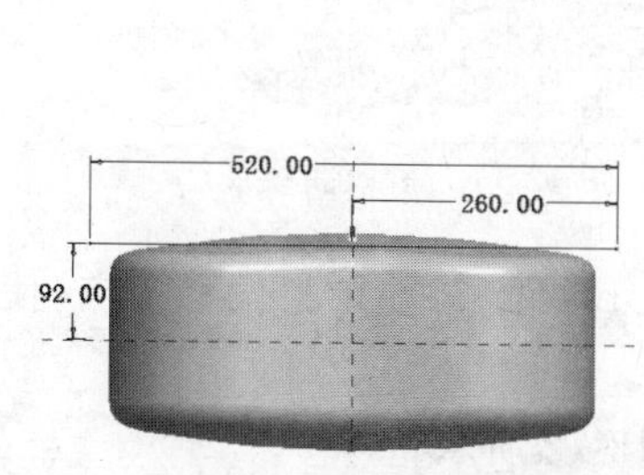

图 12-65　绘制拉伸直线

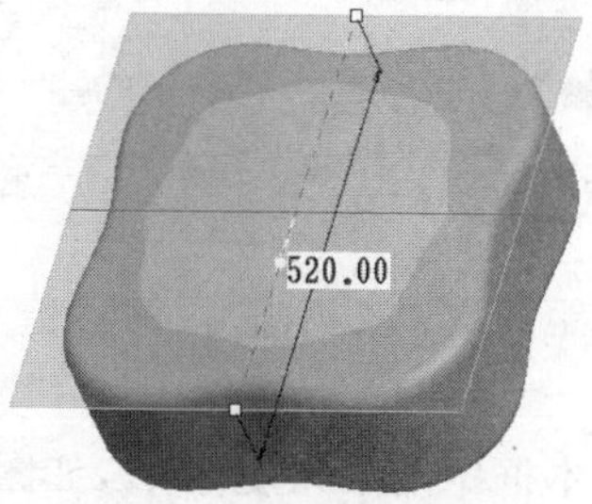

图 12-66　设置拉伸长度

图 12-67　创建的拉伸平面

步骤 8　利用面切割实体

第 1 步，选择用来进行切割的曲面。这里选择上一步骤中所创建的拉伸平面。

第 2 步，单击下拉菜单“编辑”|“实体化”。

第 3 步，在打开的操控板中单击“移除面组内侧或外侧的材料”图标按钮。

第 4 步，利用单击“更改刀具操作方向”图标按钮，选择移除材料的方向，如图 12-68 所示。

第 5 步，单击图标按钮，完成切割实体的操作，如图 12-69 所示。

图 12-68　调整切割方向

图 12-69　切割后的结果

步骤 9　局部曲面偏置

第 1 步,选择要进行偏置的曲面,如图 12-70 所示。

第 2 步,单击下拉菜单“编辑”|“偏移”。

第 3 步,在打开的操控板中单击“标准偏移特征”图标按钮右侧的▾,在下拉列表中选择“具有拔模特征”图标按钮。

第 4 步,单击操控板中的“参照”按钮,在弹出的上滑面板中,单击“定义”按钮,弹出“草绘”对话框。选择第 1 步中所选的曲面作为草绘平面,将草绘方向反向,其他采用默认设置。

第 5 步,进入草绘模式后,单击“通过边创建图元”图标按钮,拾取图 12-71 所示的封闭曲线,单击✓图标按钮,完成草绘截面的绘制。

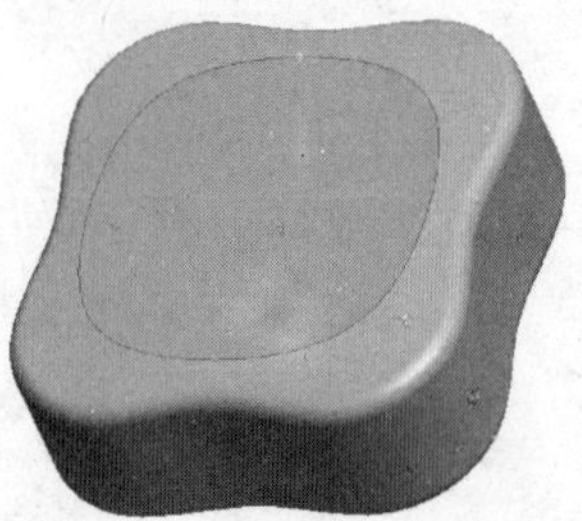

图 12-70　选择偏置曲面

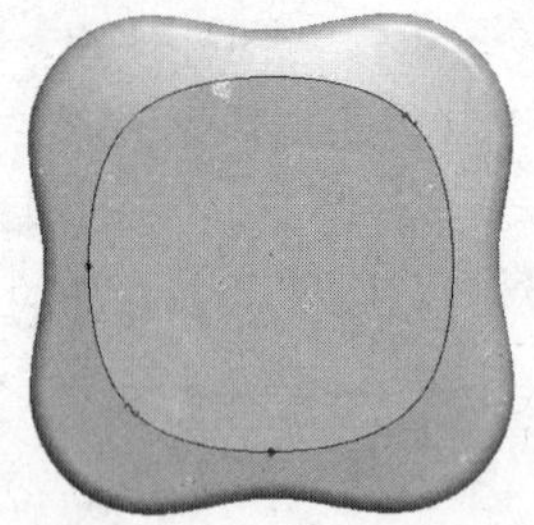

图 12-71　拾取曲线

第 6 步,在操控板的偏移距离文本框中输入偏移值为 10,回车,并调整偏移方向,使其下凹。

第 7 步,在拔模角度值文本框中输入角度值 60,如图 12-72 所示。

第 8 步,单击☑图标按钮,完成拔模偏移的操作,结果如图 12-73 所示。

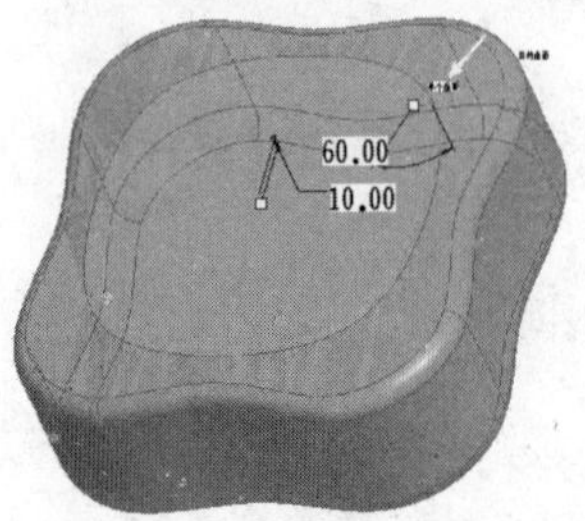

图 12-72　偏移距离与角度

图 12-73　完成曲面偏置

步骤 10　保存图形

参见本书第 1 章，操作过程略。

12.6　上　机　题

根据曲面转化实体的相关知识，创建如图 12-74 所示的头盔模型。

建模提示：

（1）以 FRONT 基准平面为草绘平面，RIGHT 基准平面为参照平面，方向向右，创建一个旋转球形曲面，旋转截面尺寸如图 12-75 所示。

（2）对球形曲面进行加厚，加厚值为 3，方向向内。

（3）创建去除材料拉伸特征，如图 12-76 所示，将空心球体切除一部分。

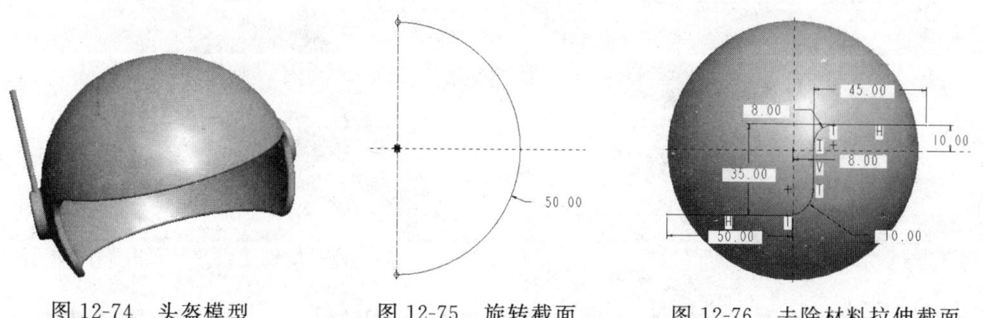

图 12-74　头盔模型　　图 12-75　旋转截面　　图 12-76　去除材料拉伸截面

（4）对边线进行倒圆角操作，倒角值为 1，如图 12-77 所示。

（5）以中心轴 A_1 和 RIGHT 平面为参照，创建一旋转角度为 15 的基准平面，如图 12-78 所示。

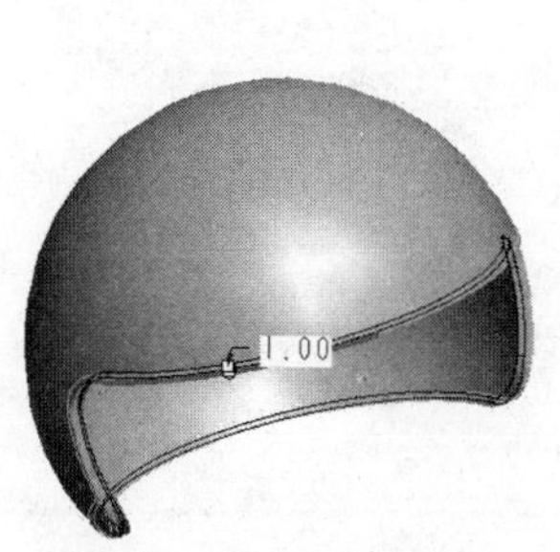

图 12-77　倒圆角操作

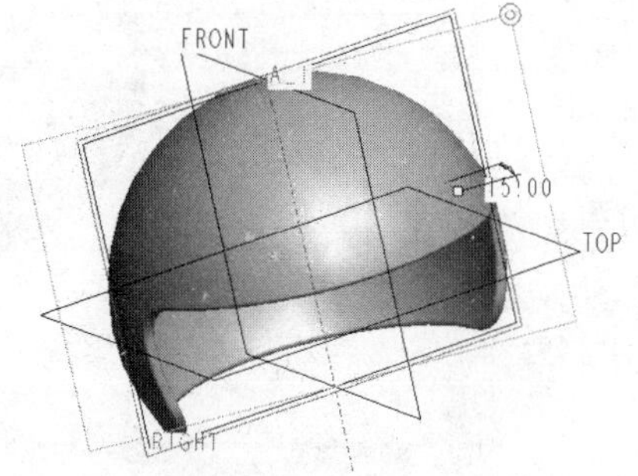

图 12-78　创建基准平面

（6）以新创建的基准平面为草绘平面，创建拉伸去除材料特征，如图 12-79 所示，操作完成后，结果如图 12-80 所示。

（7）选择切出的平面进行局部曲面偏置操作，并选择“具有拔模特征”选项。拾取圆形边界为草绘图形，设置拉伸高度为 5，拔模角度值为 5。操作结果如图 12-81 所示。

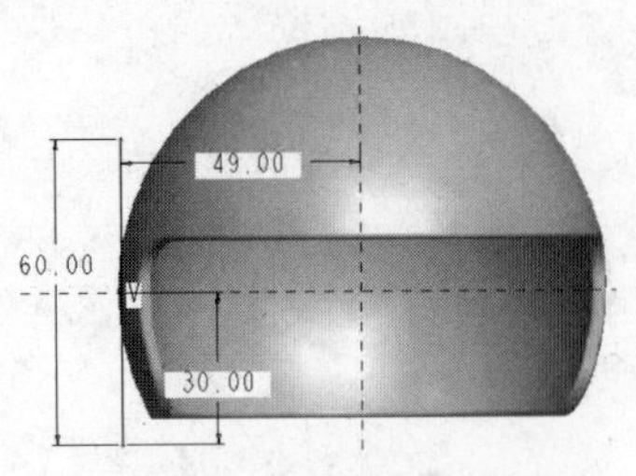

图 12-79 创建拉伸去除材料特征

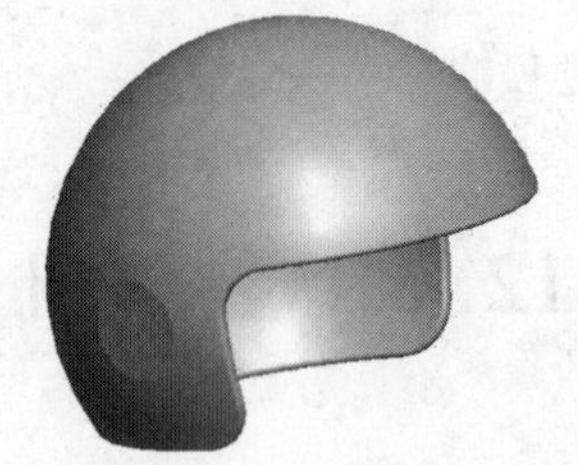

图 12-80 去除材料后的结果

图 12-81 创建局部曲面偏置特征

(8) 对刚创建的偏移特征进行倒圆角,外边缘的倒角值为 1.5,内侧的倒角值设置为 1,如图 12-82 所示。

(9) 在另一侧重复第 5 步~第 8 步中的操作,得到如图 12-83 所示的结果。

图 12-82 倒圆角

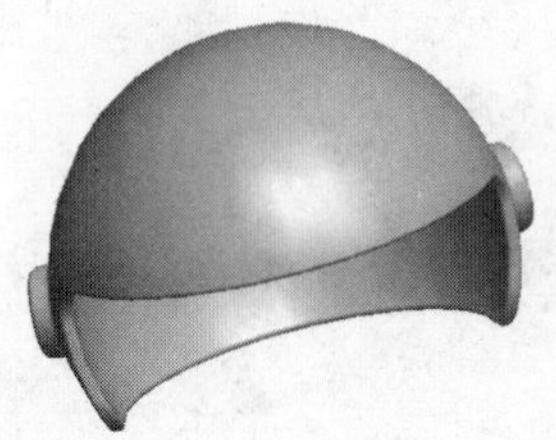

图 12-83 在另一侧创建偏移特征并倒圆角

(10) 创建拉伸圆柱体。以 TOP 平面为草绘面,创建如图 12-84 所示的圆柱体,拉伸的高度为 50,完成头盔的创建。最终结果如图 12-74 所示。

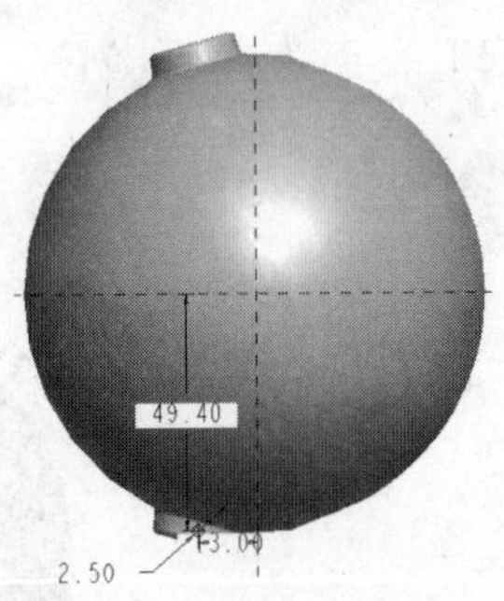

图 12-84 创建拉伸圆柱体

第13章 零件的装配

零件装配就是将生产出来的零件通过一定的装配关系将零件组装在一起成为装配体(部件或机器),完成某一预定的功能。Pro/ENGINEER 中零件的装配是通过定义零件模型之间的位置约束来实现的,并可以对完成的装配体进行零件间的间隙和干涉分析,从而提高产品设计的效率。

本章将介绍的内容如下。

(1) 零件装配的方法和步骤。

(2) 爆炸视图的创建与修改。

(3) 装配体的间隙与干涉分析。

13.1 装配概述和装配约束类型

零件的装配过程实际上就是一个零件相对于装配体中另一个零件的约束定位过程。根据零件的外形以及在装配体中的位置不同,选取合适的装配约束类型,完成零件在装配体中的定位。

13.1.1 装配概述

1. 装配基本方法

本章介绍的装配体是通过向装配模型中增加零件(元件)来完成装配过程的,进入装配环境的步骤如下。

(1) 执行菜单"文件"|"新建"命令或单击"文件"工具栏中的图标按钮。

(2) 在弹出的"新建"对话框中选中"组件"单选按钮,在"子类型"选项组下选中"设计"单选按钮,然后在"名称"文本框中输入装配文件的名称,取消"使用默认模板"复选框,如图 13-1 所示。

(3) 单击"确定"按钮,弹出"新建"对话框,如图 13-2 所示。选择模板选项组中的 mmns-asm-design 列表项,单击"确定"按钮,进入装配环境。

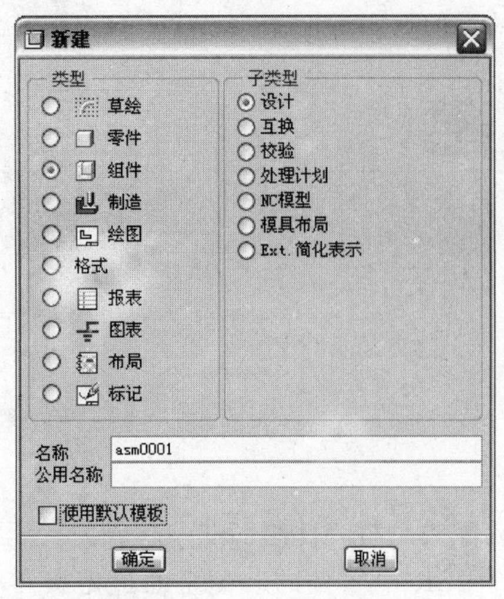

图 13-1 "新建"对话框

图 13-2 "新建文件选项"对话框

(4) 在装配环境中的主要操作是添加新元件。执行菜单"插入"|"元件"|"装配"命令,或单击"工程特征"工具栏中的图标按钮,在弹出的"文件打开"对话框中选择要装配的元件名。

(5) 单击"打开"按钮,进入新元件装配环境,弹出"装配"操控板,如图 13-3 所示,选取适当的装配约束类型,完成元件装配。

图 13-3 "装配"操控板

2. 选项及操作说明

(1) "放置"上滑面板:该上滑面板可以指定装配体与新加元间的约束条件①,并显示目前装配状况。

(2) "移动"上滑面板:如图13-4(a)所示,利用该上滑面板可以移动正在装配的元

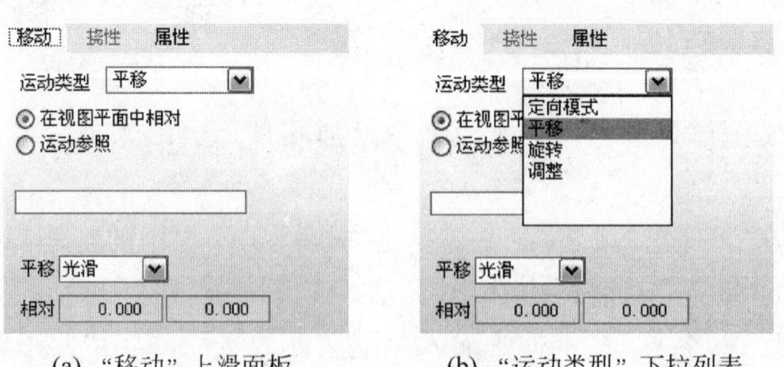

(a) "移动" 上滑面板　　(b) "运动类型" 下拉列表

图 13-4 "移动"上滑面板

① 参见本书第 13.1.2 小节。

件，使元件的放置更加方便。“移动”上滑面板上的“移动类型”下拉列表，如图 13-4(b)所示，默认类型是“平移”，允许在平面范围内移动元件；“旋转”类型，允许绕选定的参照轴旋转元件；“调整”类型，允许调整元件位置；“定向模式”类型，允许以元件的中心为旋转中心旋转元件。

(3) 图标按钮：单击该按钮，新加入的元件会显示在独立的窗口中，便于约束参照的选取，如图 13-5 所示。

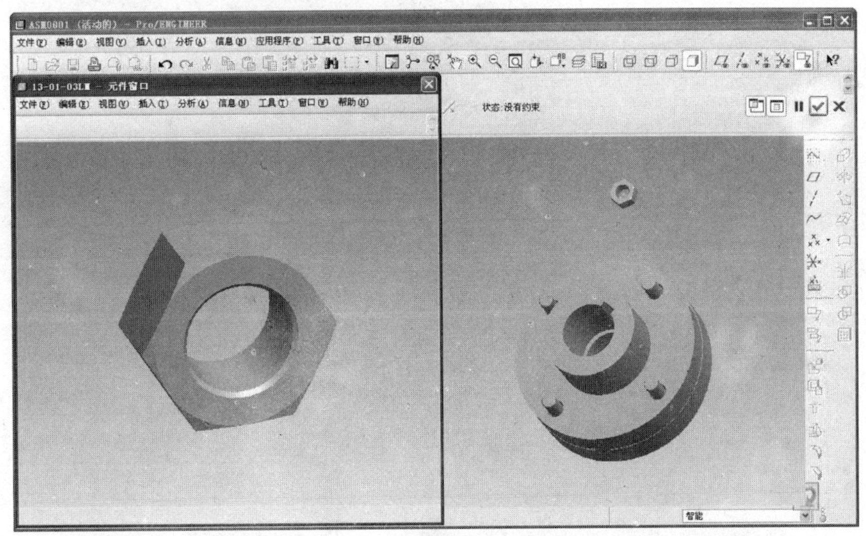

图 13-5　显示元件的两种窗口

(4) 图标按钮：单击该按钮，独立窗口关闭，新加入的元件和装配体显示在同一个窗口中，该按钮为默认选择状态，如图 13-6 所示。

13.1.2　装配约束类型

Pro/ENGINEER 提供了 11 种约束类型，用于装配元件。在“装配”操控板中单击“放置”按钮，弹出“放置”上滑面板，如图 13-6 所示。在“约束类型”下拉列表中选取相应的约束类型。

各类装配约束的定义如下。

(1) 自动：默认的约束条件，系统会依照所选取的参照特征，自动选取适合的约束条件，适合较简单的装配。

(2) 匹配：约束两个参照面平行或重合，面的法线方向相反。参照面相对的方式有三种，在“偏移”下拉列表中选取。

1) 重合：匹配约束的默认偏移类型，两个参照面重合，如图 13-7(a)所示。

2) 偏距：以给定的偏移值确定两个参照面平行的距离，如图 13-7(b)所示。

3) 定向：两个参照面平行，不设定偏移距离，需通过其他约束来确定元件的位置。

(3) 对齐：约束两个参照面平行或重合，面的法线方向相同，也可以约束两条参照

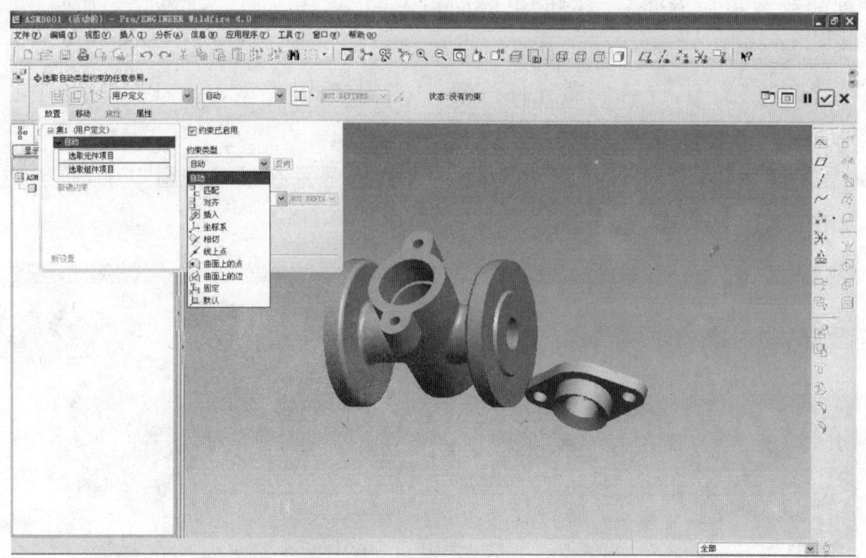

图 13-6　设置约束类型

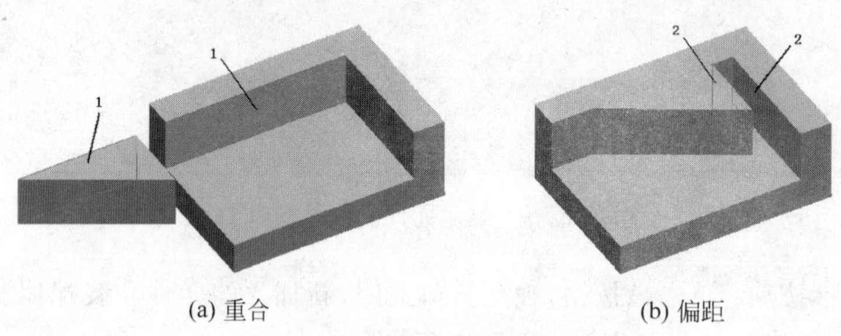

图 13-7　匹配约束

线的重合。参照面对齐的方式有三种：重合、偏距、定向，如图 13-8 所示。

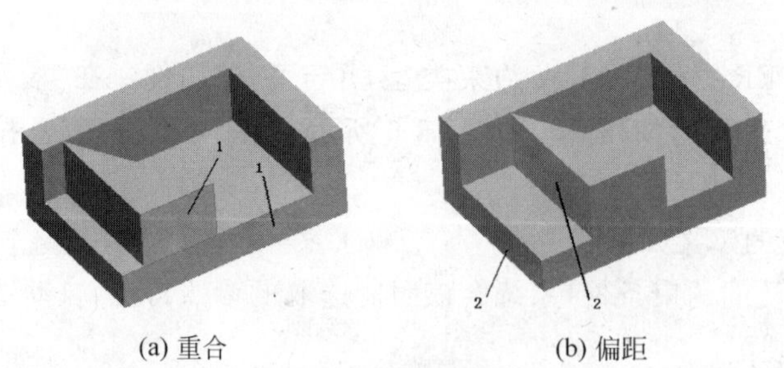

图 13-8　对齐约束

(4) 插入：使新加元件与装配元件指定的两回转面轴线重合，如图 13-9 所示。

(5) 坐标系：可通过将新加元件的坐标系与装配元件的坐标系对齐，将该元件放置在装配体中。

(6) 相切：使新加元件与装配元件指定的曲面相切。

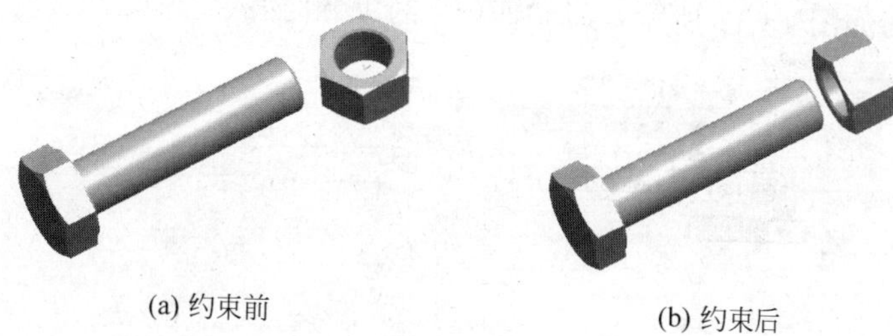

图 13-9　插入约束

(7) 线上点：使元件上指定的一点在另一元件指定的一直边上。

(8) 曲面上的点：使元件上指定的一点在另一元件的曲面上。

(9) 曲面上的边：使元件上指定的一边在另一元件的曲面上。

(10) 固定：使新加元件固定到当前位置。

(11) 默认：使新加元件坐标系与装配元件坐标系对齐。

13.2　零件装配的步骤

各零件模型创建后，根据设计要求把它们装配成为一个部件或产品。

操作步骤如下。

第 1 步，单击“文件”工具栏中的图标按钮。

第 2 步，在弹出的“新建”对话框中选中“组件”单选按钮，在“子类型”选项组下选中“设计”单选按钮，然后在“名称”文本框中输入装配文件名称，取消“使用默认模板”复选框。

第 3 步，单击“确定”按钮，弹出“新文件选项”对话框，选择模板选项组中的 mmns-asm-design 列表项，单击“确定”按钮，进入装配环境。

第 4 步，单击“工程特征”工具栏中的图标按钮，在弹出的“文件打开”对话框中选择要装配的第一个元件(文件 Ch13-01-01. prt)。

注意：第一个元件又称主体零件，是整个装配体中最为关键的元件，确保在设计工作中不会删除这个元件。

第 5 步，单击“装配”操控板上的“放置”按钮，在弹出的“放置”上滑面板中选取适当的装配约束类型，如图 13-10 所示，选取“默认”约束，使新加元件坐标系与装配组件坐标系对齐，单击图标按钮，完成第一个元件的装配。

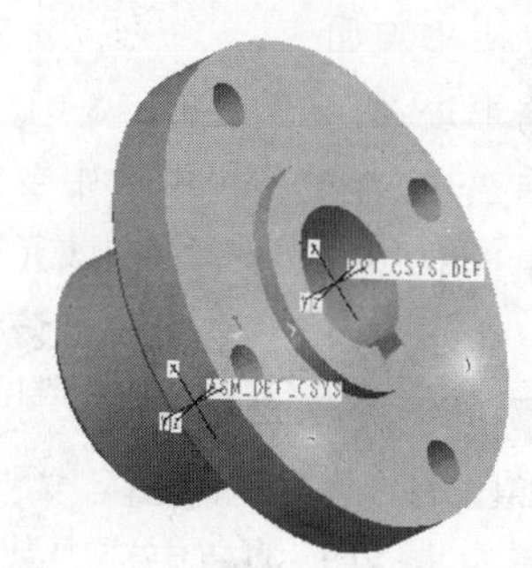

图 13-10　第一个元件的装配约束

第 6 步，重复以上两步操作，装配第二个元件(文件 Ch13-01-02. prt)。在选取装配约束时，如需要 2 个以上的约束条件，则单击如图 13-11 所示“放置”上滑面板中的“新建约束”选项，添加新的约束，使新加元件完全约束,如图 13-12 所示,添加“匹配” 约束和“插入” 约束。

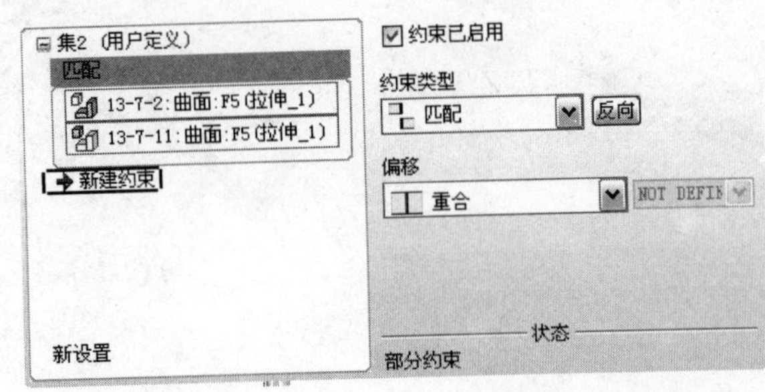

图 13-11 添加新约束

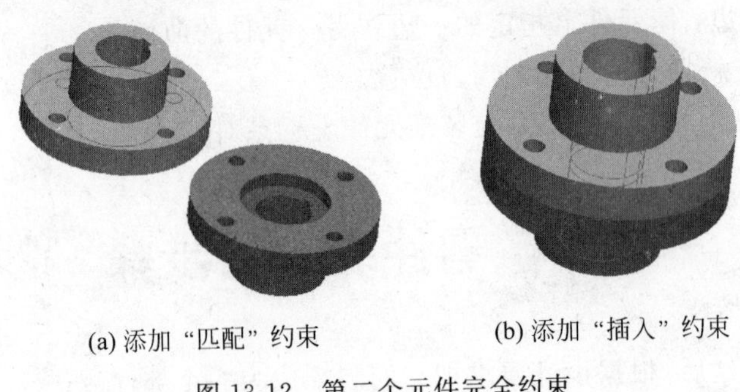

(a) 添加 “匹配” 约束 (b) 添加 “插入” 约束

图 13-12 第二个元件完全约束

第 7 步,重复以上步骤,装配下一个元件,直至所有元件装配完成。

13.3 装配中零件的修改

在机器或部件的装配过程中,经常会根据装配关系修改零件的尺寸或结构形状。下面分别介绍在装配体中修改零件的尺寸和零件结构形状的方法。

13.3.1 装配中修改零件尺寸

操作步骤如下。

第 1 步,打开文件 Ch13-01-00. asm,如图 13-13 所示。

第 2 步,在模型树中选中要修改的元件(零件 Ch13-01-02. prt),右击,在弹出的快捷菜单中选取“激活”选项,将该元件激活。

第 3 步,在模型空间双击该元件的特征将显示特征尺寸,如图 13-14 所示。

第 4 步,双击要修改的尺寸 “35”,将 35 改为 55,回车。再单击“再生”图标按钮,结果如图 13-15 所示。

第 5 步,在模型树中选中装配体(Ch13-01-00. asm)右击,在弹出的快捷菜单中选取“激活”选项,所有元件亮显。

图 13-13　联轴器装配体

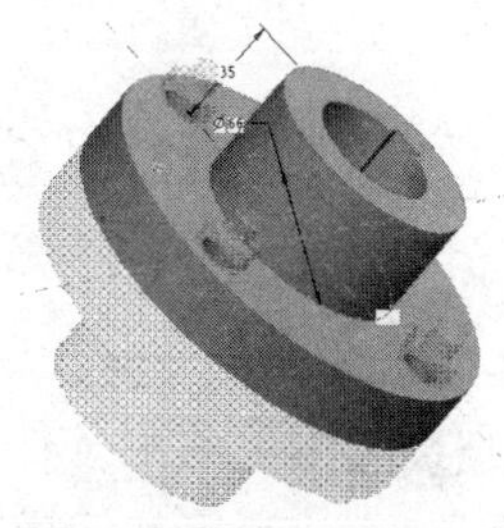

图 13-14　显示特征尺寸

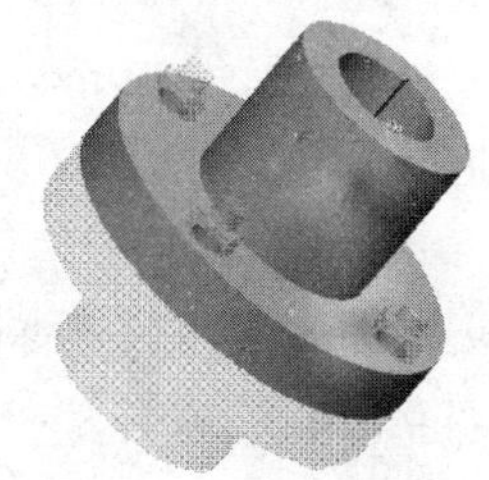

图 13-15　修改尺寸后的元件

13.3.2　装配中修改零件结构

操作步骤如下。

第 1 步，打开 Ch13-01-00. asm。

第 2 步，在模型树中选中要修改的元件（零件 Ch13-01-02. prt），右击，在弹出的快捷菜单中选取"打开"选项，系统进入该元件模型空间，如图 13-16 所示。

第 3 步，单击"倒角"图标按钮，分别选取两条边，并分别输入倒角尺寸为 2 和 3，单击图标按钮，完成倒角特征创建，结果如图 13-17 所示。

图 13-16　元件模型空间

图 13-17　修改结构形状后的元件

第 4 步，单击图标按钮，保存元件的修改，关闭零件模式窗口，回到组件窗口，结果如图 13-18(b)所示。

(a) 修改前

(b) 修改后

图 13-18　修改元件结构形状的装配体

13.4 爆炸图的创建

爆炸图又称为分解视图，是将装配后的元件分解，以表达装配体中各元件的位置关系以及相互之间的装配关系。系统根据装配体的约束条件可以直接生成默认的爆炸图，用户亦可以根据需要，调整各零件的位置，完成自定义的爆炸图。

调用命令的方式如下。

菜单：执行"视图"|"视图管理器"命令。

图标：单击"视图"工具栏中的图标按钮。

13.4.1 创建爆炸图的基本方法

爆炸图仅影响装配件外观，不会改变设计意图以及装配元件之间的实际距离。用户可以为每个装配件定义多个爆炸图，然后可随时使用任意一个已保存的爆炸图。

操作步骤如下。

第 1 步，打开 Ch13-02-00.asm，如图 13-19 所示。

第 2 步，单击下拉菜单"视图" | "视图管理器"，打开"视图管理器"对话框，如图 13-20 所示。

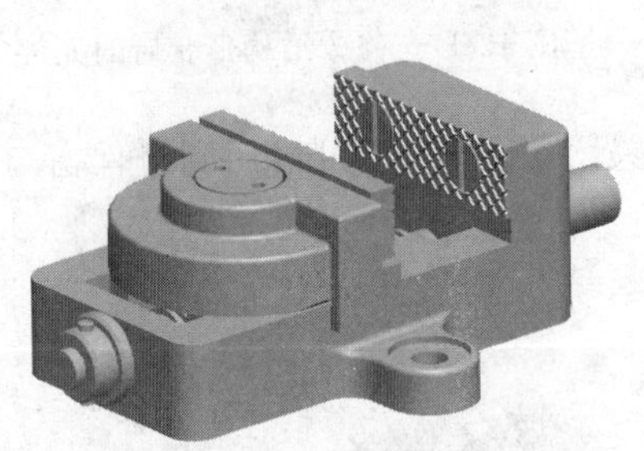

图 13-19　虎钳装配体

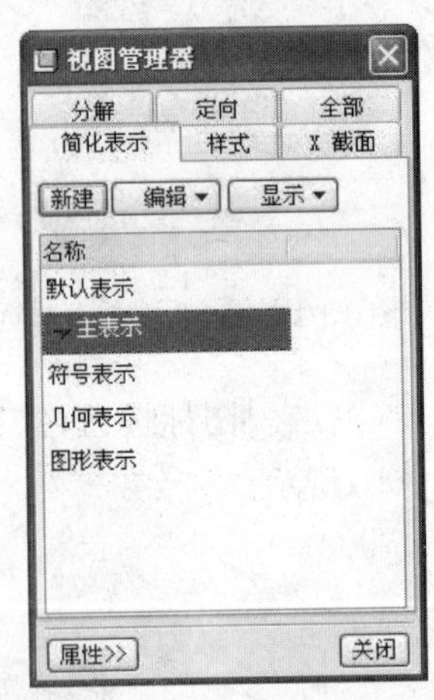

图 13-20　"视图管理器"对话框

第 3 步，单击"分解"选项卡，如图 13-21(a)所示。

注意：

(1) 如果双击"名称"列表框中的"默认分解"，生成系统默认爆炸图，效果如图 13-22 所示。

(2) 单击下拉菜单"视图" | "分解" | "分解视图"，生成系统默认爆炸图。

(3) 单击下拉菜单"视图" | "分解" | "取消分解视图"，可以取消系统默认爆炸图。

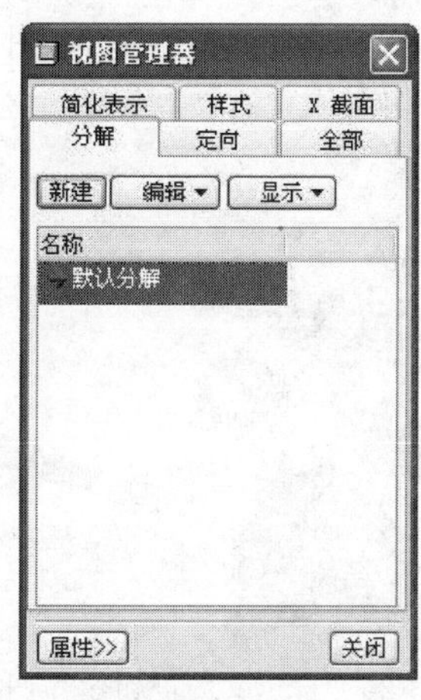

(a) “默认分解”

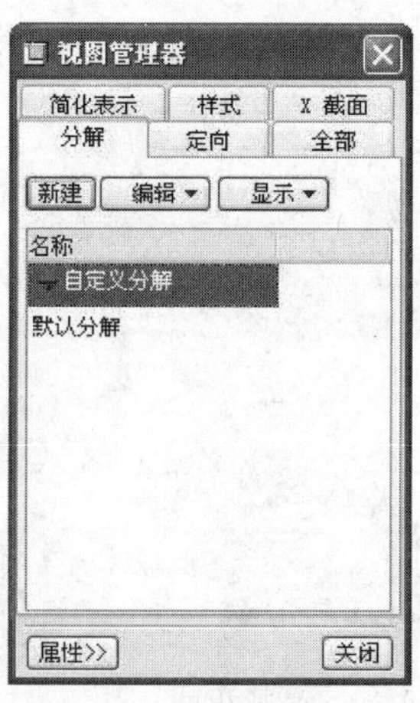

(b) “自定义分解”

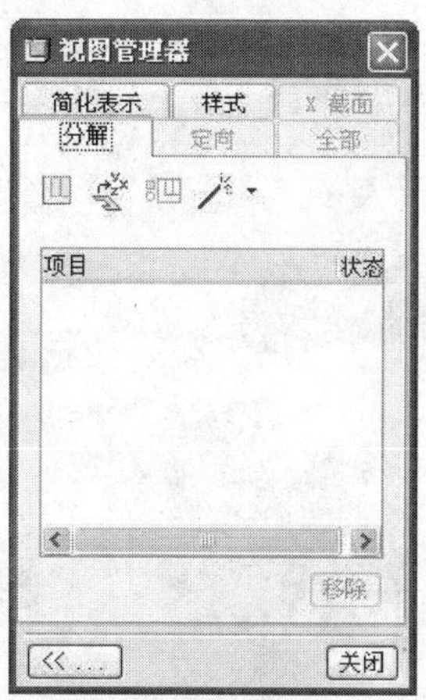

(c) 显示操作图标按钮

图 13-21 “分解”选项卡

第 4 步,单击“分解”选项卡上的“新建”按钮,出现爆炸图的默认名称。输入一个新名称(如“自定义分解”),回车,如图 13-21(b)所示,该爆炸图处于活动状态。

第 5 步,单击“属性”按钮,显示操作图标按钮,如图 13-21(c)所示。

第 6 步,单击“编辑位置”图标按钮,弹出“分解位置”对话框,如图 13-23 所示,设置装配体中各元件的分解位置。

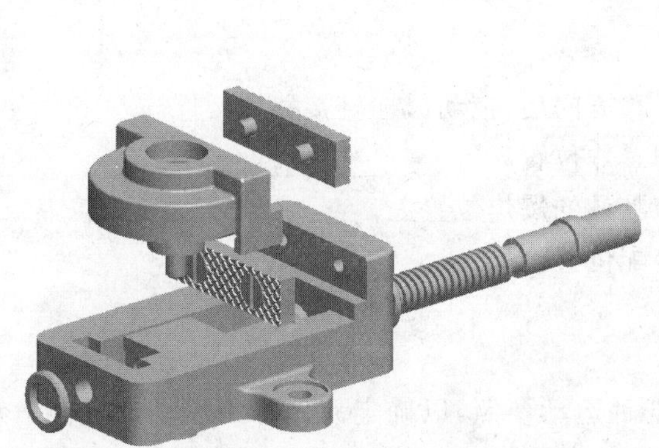

图 13-22 默认爆炸图

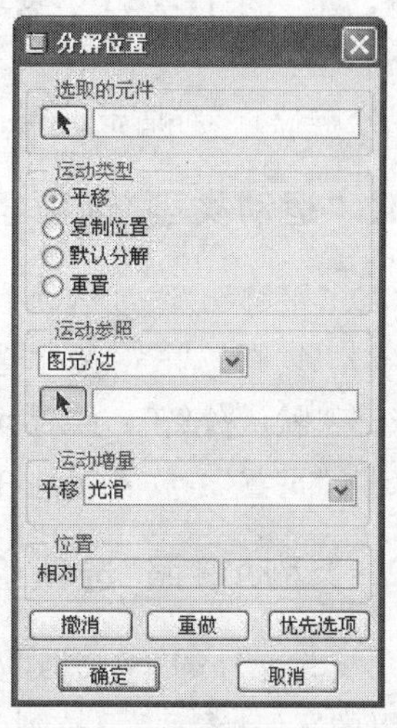

图 13-23 “分解位置”对话框

(1) 在“运动类型”选项组内,选择“平移”单选按钮。在“运动类型”选项组内选取下拉列表中的“图元/边”,并单击图标按钮。在绘图区选取装配体中的任一垂直边作为元件移动的方向,然后在绘图区分别选取要移动的元件(螺钉和滑动钳身),移动至适当位置后,单击放置元件,结果如图 13-24 所示。

(2) 在“运动类型”选项组内,选择“复制位置”单选按钮。选取复制位置的元件(滑动钳身),然后选取要移动的元件(护口板),结果如图 13-25 所示。

(3) 重复以上两种动作,可将虎钳各元件按装配线路分解至相应位置,如图 13-26 所示。

图 13-24　平移元件　　　图 13-25　复制元件　　　图 13-26　自定义的虎钳爆炸图

(4) 单击"确定"按钮,关闭"分解位置"对话框,回到"视图管理器"对话框。

第 7 步,单击 <<... 图标按钮,返回"名称"列表。

第 8 步,单击"编辑"下拉菜单中的"保存"按钮,弹出"保存显示元素"对话框。

第 9 步,单击"确定" 按钮。

第 10 步,单击"关闭"按钮。

13.4.2　操作及选项说明

"分解位置"对话框的操作及选项说明如下。

1. "运动类型"选项组

(1) "平移": 通过运动参照设置平移方向后,拖动鼠标直接移动元件。

(2) "复制位置": 复制选取零件的爆炸位置。

(3) "默认分解": 放置元件在系统默认的爆炸位置上。

(4) "重置": 放置元件在到原始装配位置上。

2. "运动参照"选项组

系统为元件的"平移"运动提供了 6 种运动参照,以确定元件平移运动的方向。在该选项组的"运动参照"下拉列表中,为元件选取运动参照类型。

(1) "视图平面": 以当前的视图平面为参照,平行移动。

(2) "选取平面": 以选取的平面或基准面为参照,平行移动。

(3) "图元/边": 以选取的轴、直线边、平面曲线为平移方向。

(4) "平面法线": 以选取的平面或基准面的法向为平移方向。

(5) "2 点": 以两基准点或顶点的连线方向为平移方向。

(6) "坐标轴": 以坐标系的三根坐标轴为平移方向。

3. “运动增量”选项组

设定元件平移的运动方式，在该选项组的“运动参照”下拉列表中，“光滑”选项表示连续平移元件。其他选项表示以 1、5 或 10 的步距平移元件，非连续运动。

4. “位置” 选项组

显示元件平移时的相对坐标或距离。

13.5 间隙与干涉分析

13.5.1 间隙分析

对装配体进行间隙分析分为两类：配合间隙和全局间隙。配合间隙分析两个相互配合的零件之间的间隙，而全局间隙则是对整个装配体进行间隙分析，全局间隙需要设定一个参照间隙，系统将分析出所有不超出该设定值的间隙所在位置。

调用命令的方式如下。

菜单：执行“分析”|“模型”|“全局间隙”或“配合间隙”命令。

1. “全局间隙”分析

操作步骤如下。

第 1 步，打开 Ch13-01-00. asm。

第 2 步，在组件模式中，调用“全局间隙”命令，弹出“全局间隙”对话框，如图 13-27(a)所示。

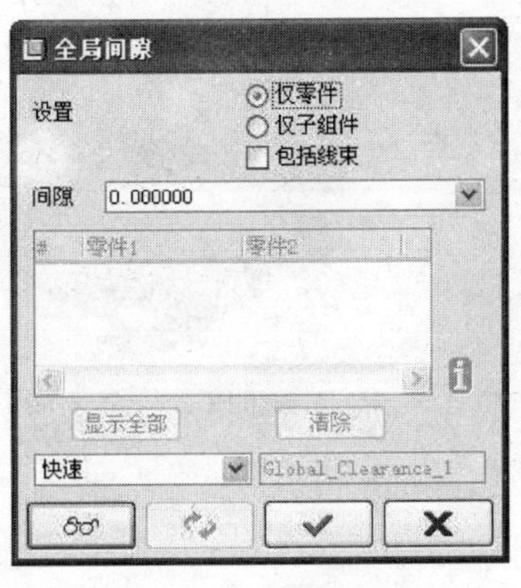

(a) 间隙为 0

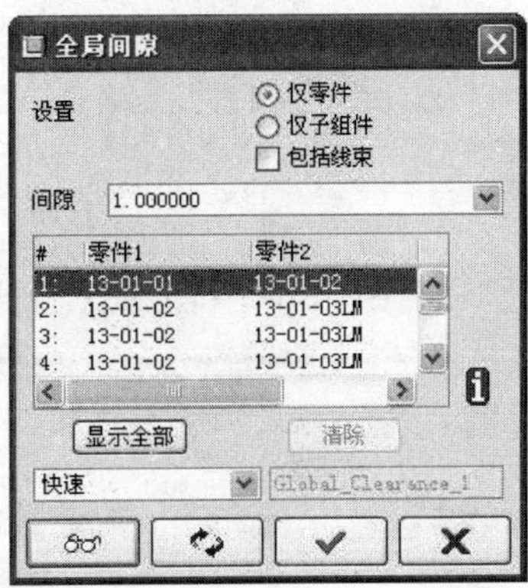

(b) 间隙为 1

图 13-27 “全局间隙”对话框

第 3 步，在“全局间隙”对话框的“间隙”文本框中输入间隙值“1”。

第 4 步，单击[60]图标按钮，计算分析结果显示在信息框中，如图 13-27(b)所示。

第 5 步，单击[显示全部]按钮，在绘图区显示所有不超出该设定值的间隙所在位置，如图 13-28 所示，单击[清除]按钮，绘图区消除所有显示。

第 6 步，单击[✔]图标按钮，结束操作。

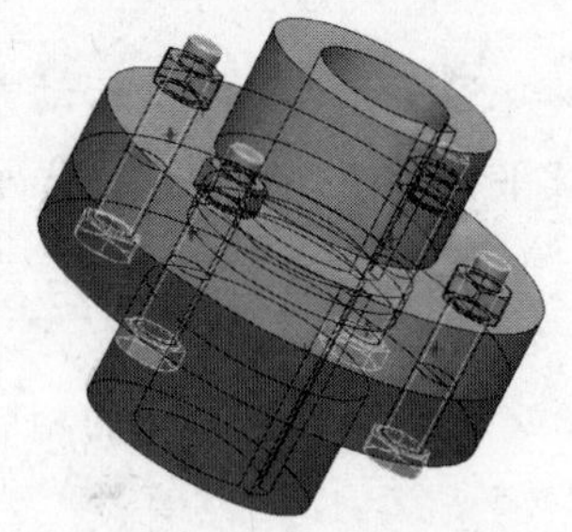

图 13-28　全部距离不大于“1”的间隙显示

2. “配合间隙”分析

操作步骤如下。

第 1 步，打开 Ch13-03-00. asm。

第 2 步，在组件模式中，单击下拉菜单“分析”|“模型”| “配合间隙”，弹出“配合间隙”对话框，如图 13-29 所示。

第 3 步，分别选取产生间隙的两个面或一条线和一个面，绘图区显示间隙值，如图 13-30 所示。

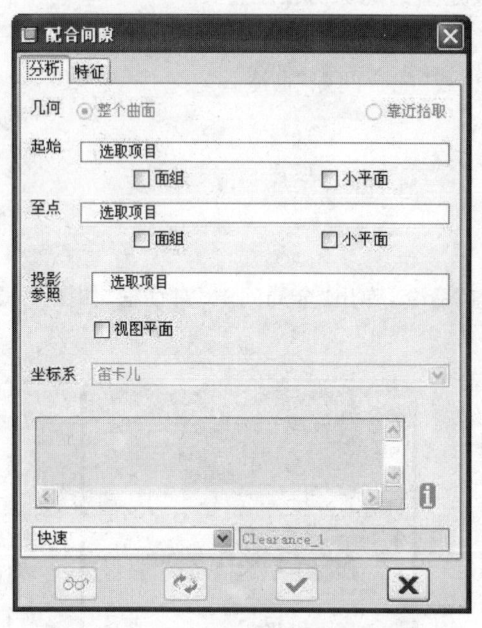

图 13-29　“配合间隙”对话框

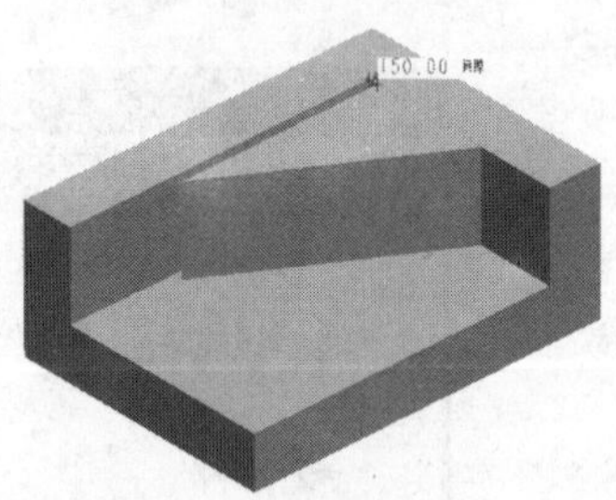

图 13-30　显示间隙值

第 4 步，单击[✔]图标按钮，结束操作。

13.5.2　干涉分析

干涉分析可以帮助设计者检验分析装配体中零件间的干涉状况。

调用命令的方式如下。

菜单：执行“分析”|“模型”|“全局干涉”命令。

操作步骤如下。

第 1 步，打开 Ch13-03-00. asm。

第 2 步，在组件模式中，单击下拉菜单“分析”|“模型”| “全局干涉”，弹出“全局干涉”对话框，如图 13-31 所示。

第 3 步，单击图标按钮，计算分析结果显示在信息框中。

第 4 步，单击显示全部按钮，在绘图区显示所有零件间发生干涉所在的位置，如图 13-32 所示，单击清除按钮，消除所有显示。

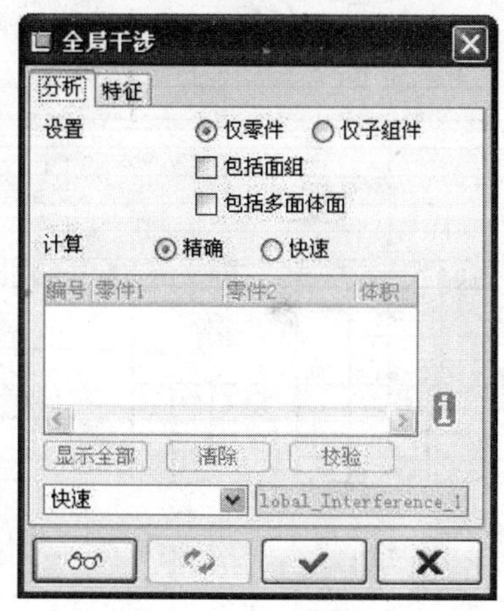

图 13-31 “全局干涉”对话框

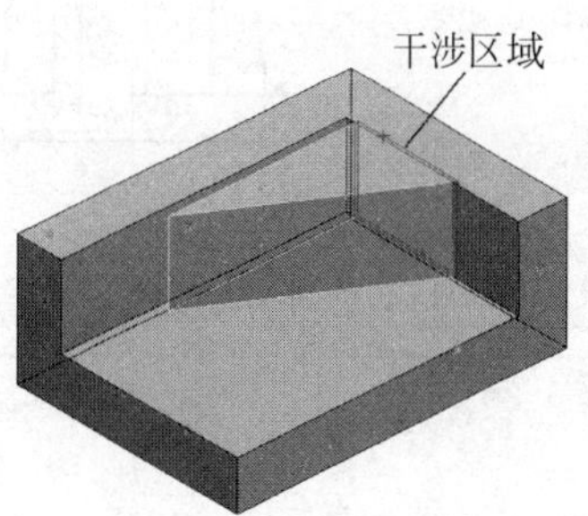

图 13-32 显示干涉零件及位置

第 5 步，单击图标按钮，结束操作。

13.6 上机操作实验指导十二 千斤顶装配

根据已创建的千斤顶零件模型以及千斤顶装配图，如图 13-33 所示，完成千斤顶组件的装配。本实验主要涉及本章零件的装配和爆炸图创建。

操作步骤如下。

步骤 1 创建新文件

参见本章第 13.1.1 小节，新建文件名为 Ch13-04-00. asm，操作过程略。

步骤 2 装配第一个零件——“底座”（又称主体零件）

第 1 步，单击“工程特征”工具栏中的图标按钮，在弹出的“文件打开”对话框中，选择要装配的第一个底座零件文件 Ch13-04-01. prt。

第 2 步，单击“装配”操控板上的“放置”上滑面板，在“放置”上滑面板中选取适当的装配约束类型，选取“默认”约束，单击图标按钮，完成第一个元件的装配。

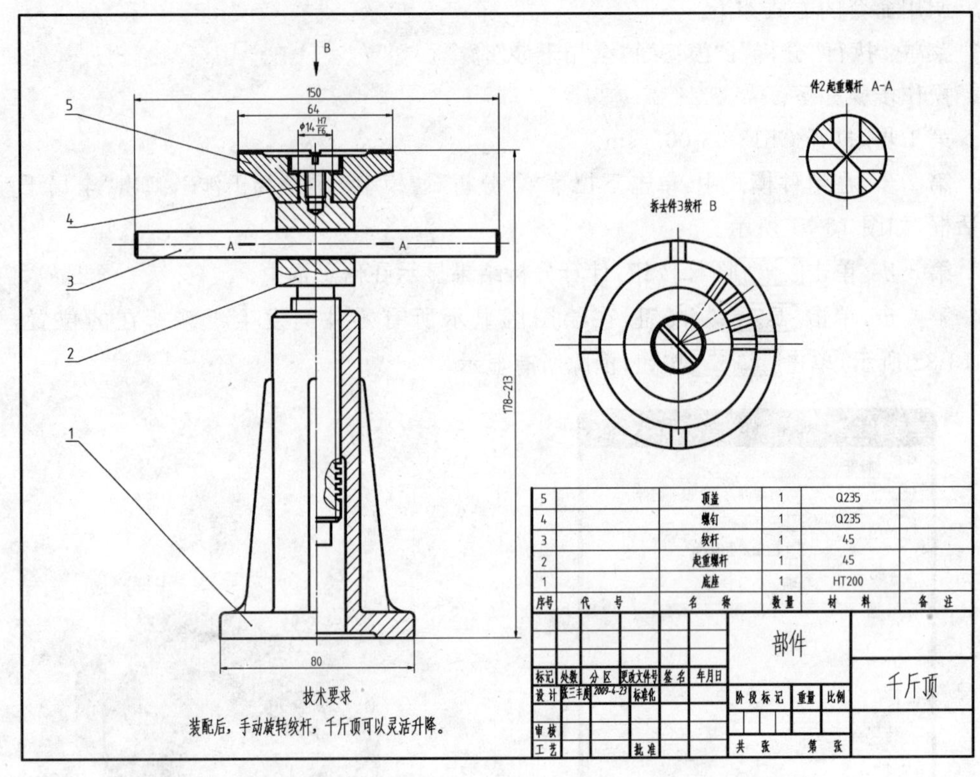

图 13-33　千斤顶装配图

步骤 3　装配第二个零件——“螺杆”

第 1 步，单击图标按钮，在弹出的“文件打开”对话框中，选择要装配的第二个螺杆零件文件 Ch13-04-02. prt。

第 2 步，单击“装配”操控板上的“放置”上滑面板，在“放置”上滑面板中选取适当的装配约束类型。

(1) 选取“对齐”约束，绘图区如图 13-34(a)所示，拾取螺杆的轴线，再拾取底座的轴线，结果如图 13-34(b)和图 13-34(c)所示。

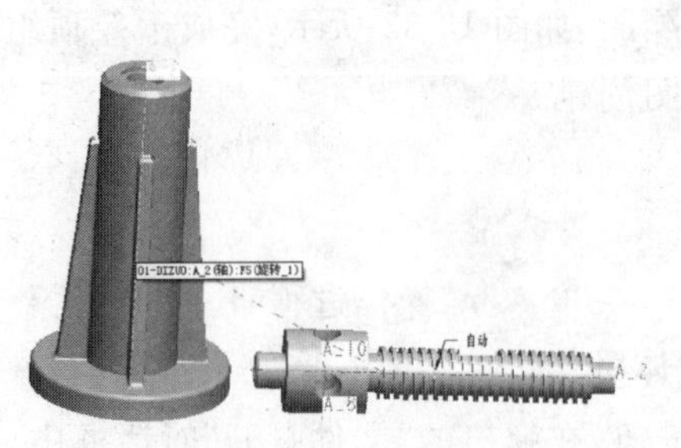

(a) 拾取螺杆和底座的轴线

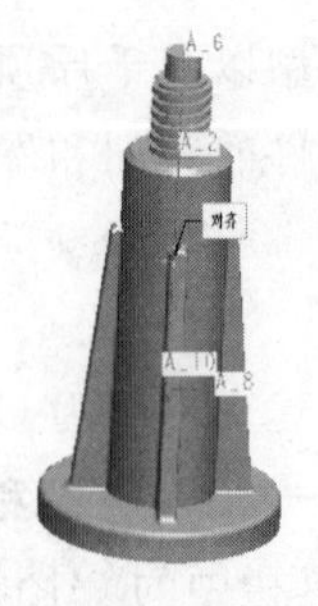

(b) “对齐”结果

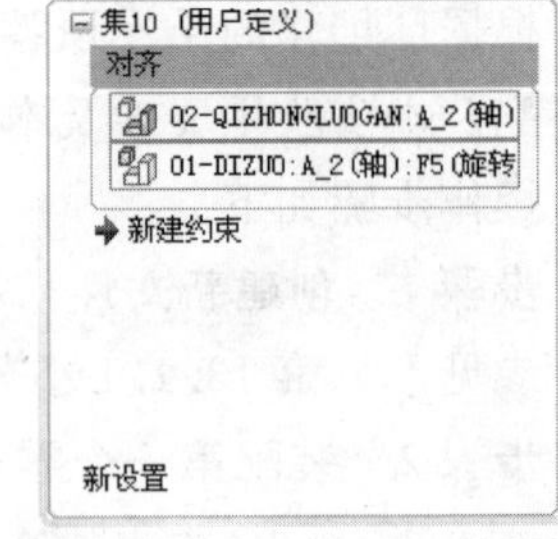

(c) “放置”上滑面板中的显示

图 13-34　添加“对齐”约束

(2) 按住 Ctrl＋Alt 组合键的同时按住鼠标左键拖移出螺杆，如图 13-35(a)所示。在“放置”上滑面板中，单击“新建约束”选项，选取“相切”约束。在绘图区拾取螺杆的螺纹工作面，再拾取底座的螺纹工作面，如图 13-35(b)所示。

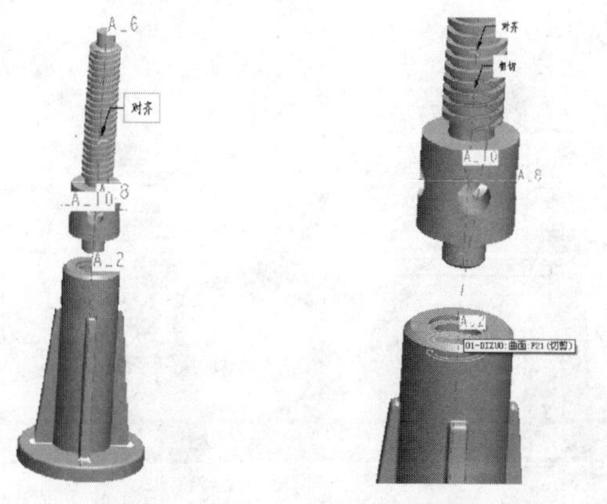

(a) 拖移出螺杆　　(b) 拾取螺杆螺纹和底座螺纹的工作面

图 13-35　添加“相切”约束

注意：“相切”约束是保证螺杆外螺纹与底座内螺纹工作面旋合在一起，不产生干涉现象。

(3) 在“放置”上滑面板中，单击“新建约束”选项，选取“匹配”约束，偏移方式选取“偏距”选项。在绘图区拾取螺杆的端面，再拾取底座的顶面，如图 13-36(a)所示。在“放置”上滑面板中输入偏移距离“10”，如图 13-36(b)所示，然后单击“反向”按钮，结果如图 13-36(c)所示。

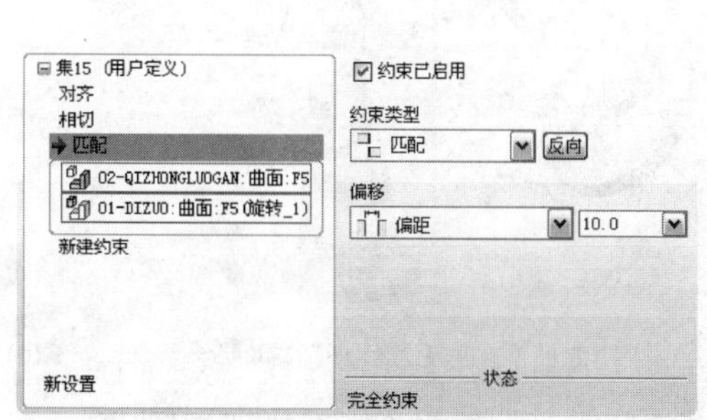

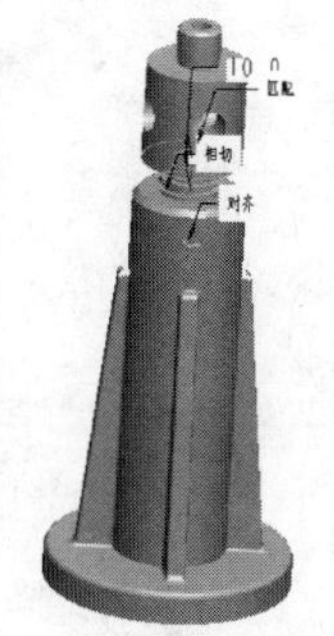

(a) 拾取螺杆端面和底座顶面　　(b) “放置”上滑面板中的显示　　(c) “匹配”结果

图 13-36　添加“匹配”约束

第 3 步，在“装配”操控板上，单击☑图标按钮，完成螺杆在千斤顶装配体中的定位。

步骤 4　装配第三个零件——“顶盖”

第 1 步，单击图标按钮，在弹出的“文件打开”对话框中，选择要装配的第三个顶盖零件文件 Ch13-04-05.prt。

第 2 步，单击“装配”操控板上的“放置”上滑面板，在“放置”上滑面板中选取适当的装配约束类型。

(1) 选取“对齐”约束，在绘图区如图 13-37(a)所示，拾取顶盖的轴线，再拾取螺杆的轴线，结果如图 13-37(b)所示。

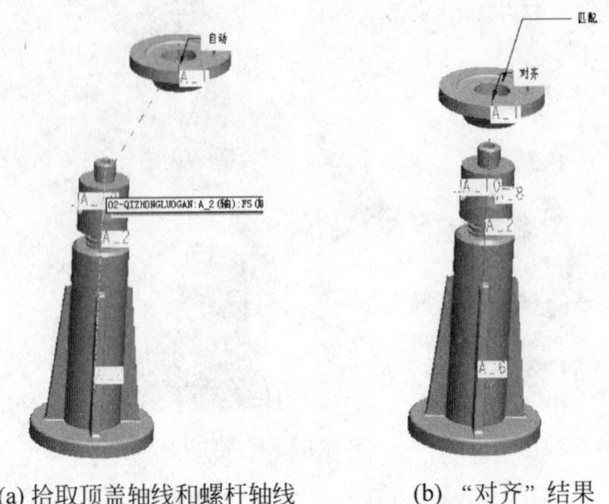

(a) 拾取顶盖轴线和螺杆轴线　　(b) “对齐” 结果

图 13-37　添加“对齐”约束

(2) 在“放置”上滑面板中，单击“新建约束”选项，选取“匹配”约束。单击操控板上的图标按钮，如图 13-38(a)所示，拾取独立的窗口中顶盖的底端，再在绘图区拾取螺杆的端面，结果如图 13-38(b)所示。

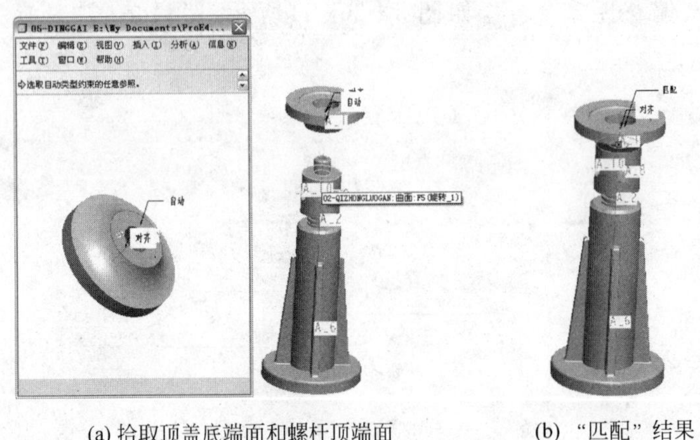

(a) 拾取顶盖底端面和螺杆顶端面　　(b) “匹配” 结果

图 13-38　添加“匹配”约束

第 3 步，在“装配”操控板上，单击图标按钮，完成顶盖在千斤顶装配体中的定位。

步骤 5　装配第四个零件——“螺钉”

第 1 步，为便于螺钉装入螺杆的螺纹孔中，在模型树中选中 Ch13-04-05. prt(顶盖)并右击，在弹出的快捷菜单中选取“隐藏”选项，使该零件暂时隐藏。

第 2 步，单击图标按钮，在弹出的“文件打开”对话框中，选择要装配的第四个螺钉零件文件 Ch13-04-04. prt。

第 3 步，单击“装配”操控板上的“放置”上滑面板，在“放置”上滑面板中选取适当的装配约束类型。

(1) 选取“对齐”约束，单击操控板上的图标按钮，拾取独立的窗口中螺钉的轴线，再在绘图区拾取螺杆的轴线，如图 13-39 所示。

(2) 在“放置”上滑面板中，单击“新建约束”选项，选取“匹配”约束，单击操控板上的图标按钮，拾取独立的窗口中螺钉的端面，再在绘图区拾取螺杆的顶面，如图 13-40 所示。

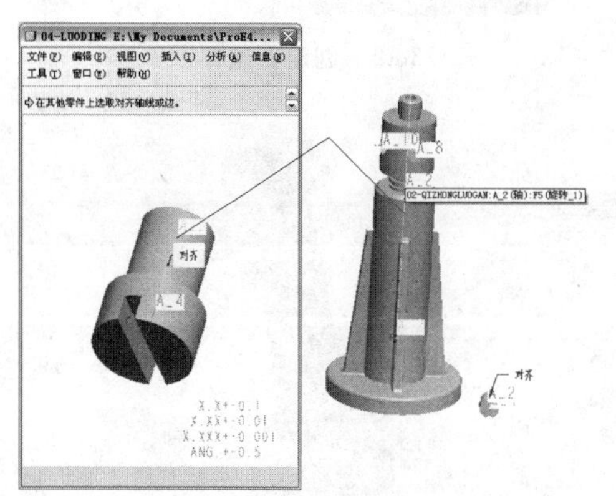

图 13-39　添加“对齐”约束

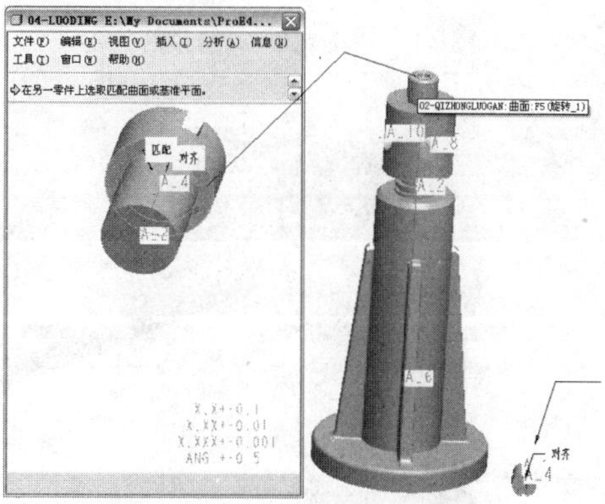

图 13-40　添加“匹配”约束

第 4 步，在“装配”操控板上，单击图标按钮，完成顶盖在千斤顶装配体中的定位。

第 5 步，在模型树中选中 Ch13-04-05. prt(顶盖)并右击，在弹出的快捷菜单中选取“取消隐藏”选项，使该零件恢复显示。

步骤 6　装配第五个零件——“绞杆”

第 1 步，单击图标按钮，在弹出的“文件打开”对话框中，选择要装配的第五个绞杆零件文件 Ch13-04-03. prt。

第 2 步，单击“装配”操控板上的“放置”上滑面板，在“放置”上滑面板中选取适当的装配约束类型。

(1) 选取“插入”约束，在绘图区拾取绞杆的圆柱面，然后拾取螺杆上端孔的圆柱面，如图 13-41 所示。

(2) 单击右工具箱上的图标按钮，选取螺杆上端孔的轴线 A_8，按住 Ctrl 键，选取螺杆上端另一垂直孔的轴线 A_10，两孔轴线相交点为新创建坐标系原点，如图 13-42 所示。

(3) 在“放置”上滑面板中，单击“新建约束”选项，选取“坐标系”约束。如图 13-43(a) 所示，在绘图区拾取绞杆的坐标系，然后拾取螺杆上新创建坐标系，结果如图 13-43(b) 所示。

第 3 步，在“装配”操控板上，单击图标按钮，完成绞杆在千斤顶装配体中的定位，千斤顶装配完成。

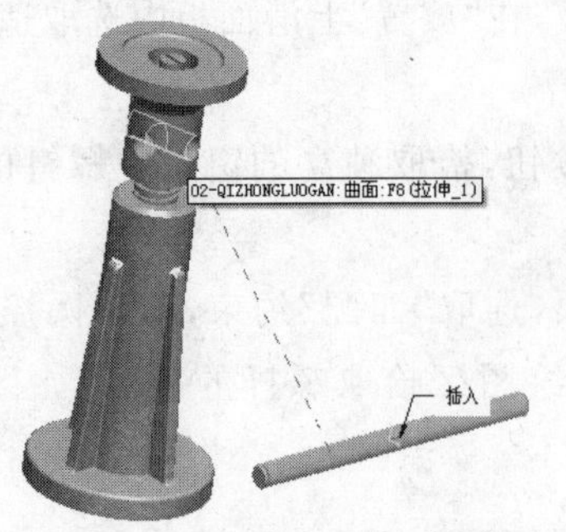

图 13-41　添加"插入"约束

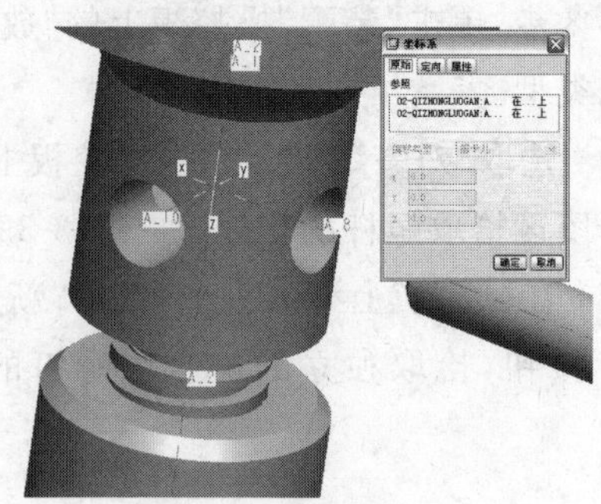

图 13-42　创建新坐标系

(a) 拾取绞杆的坐标系和螺杆上新建坐标系

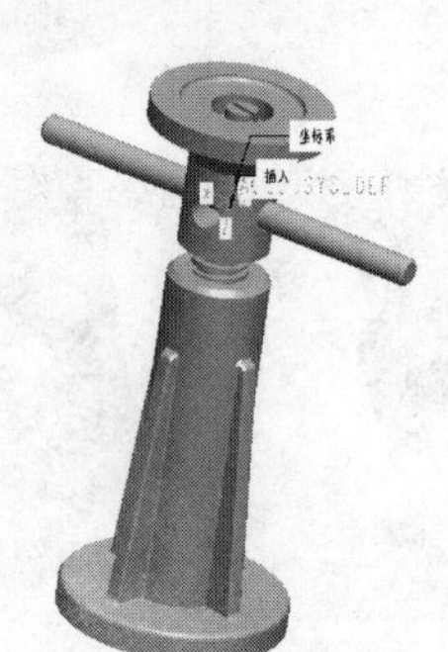

(b) 装配结果

图 13-43　添加"坐标系"约束

步骤 7　干涉分析

第 1 步，调用"全局干涉"命令，弹出"全局干涉"对话框。

第 2 步，单击 图标按钮，计算分析结果显示在信息框中，如图 13-44 所示，有一处零件螺杆内螺纹与螺钉外螺纹发生干涉。由于此处螺纹为修饰螺纹，干涉为虚拟干涉，可以忽略。

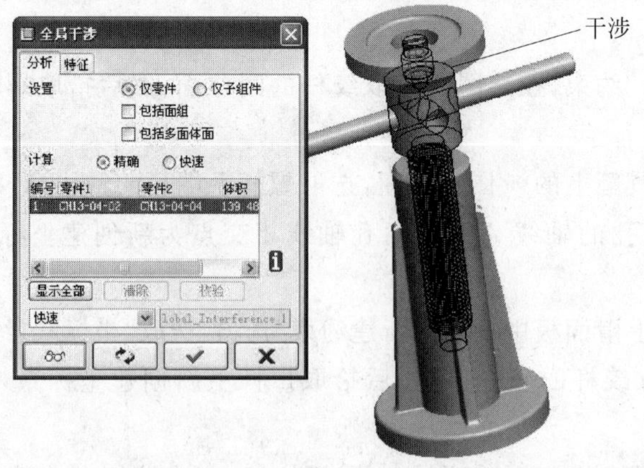

图 13-44　千斤顶干涉分析

第 3 步，单击[✓]图标按钮，结束干涉分析操作。

步骤 8　生成千斤顶爆炸图

第 1 步，单击下拉菜单“视图”|“视图管理器”，打开“视图管理器”对话框。

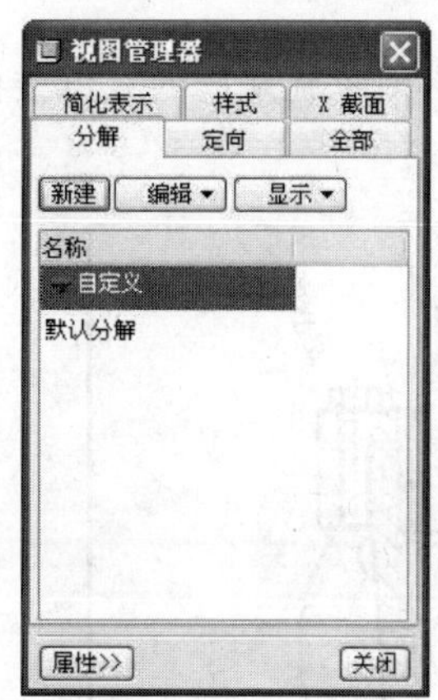

图 13-45　“自定义”

第 2 步，单击“分解”选项卡，再单击“新建”按钮，输入一个新名称“自定义”，回车，如图 13-45 所示。

第 3 步，单击“属性”按钮，显示操作图标按钮。

第 4 步，单击“编辑位置”图标按钮，弹出“分解位置”对话框，根据装配关系重新调整装配体中各元件的分解位置。

（1）在“运动类型”选项组内，选择“平移”单选按钮。在“运动类型”选项组内选取下拉列表中的“图元/边”，并单击图标按钮。在绘图区选取螺杆的轴线作为零件移动的方向。然后在绘图区分别选取要移动的螺钉、顶盖和螺杆，移动至如图 13-46(a)所示位置。

（2）在“运动类型”选项组内，选择“复制位置”单选按钮。选取复制位置的零件螺杆，然后选取要移动的零件绞杆，结果如图 13-46(b)所示。

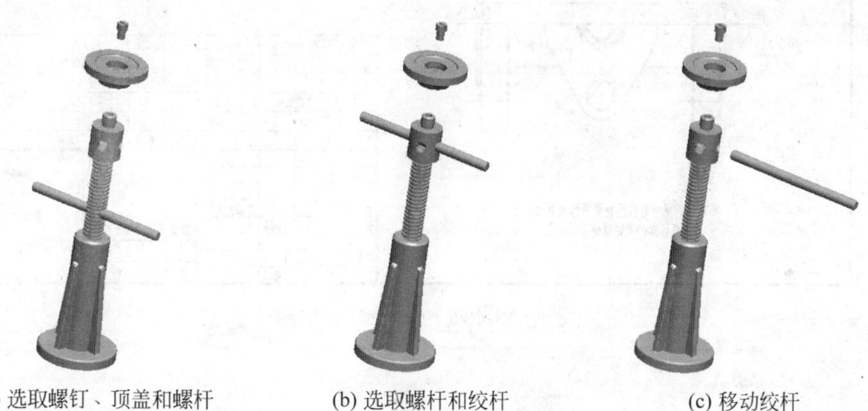

(a) 选取螺钉、顶盖和螺杆　　(b) 选取螺杆和绞杆　　(c) 移动绞杆

图 13-46　“千斤顶”自定义爆炸图

（3）在“运动类型”选项组内，选择“平移”单选按钮。在“运动类型”选项组内选取下拉列表中的“图元/边”，并单击图标按钮。在绘图区选取绞杆的轴线作为移动的方向。然后在绘图区选取要移动的绞杆，移动至合适位置，结果如图 13-46(c)所示。

（4）单击“确定”按钮，关闭“分解位置”对话框，回到“视图管理器”对话框。

第 5 步，单击[<<...]图标按钮，返回“名称”列表。

第 6 步，单击“编辑”下拉菜单中的“保存”选项，弹出“保存显示元素”对话框，去除勾选“分解”选项，如图 13-47 所示，单击“确定”按钮。

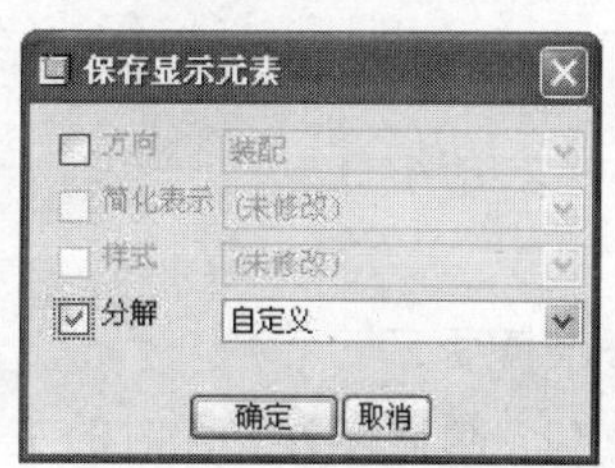

图 13-47　“保存显示元素”对话框

第 7 步，单击“视图管理器”对话框中的“关闭”按钮。

13.7 上 机 题

根据已创建的旋塞阀零件模型以及装配图，如图 13-48 所示，创建旋塞阀的三维装配体，如图 13-49 所示。

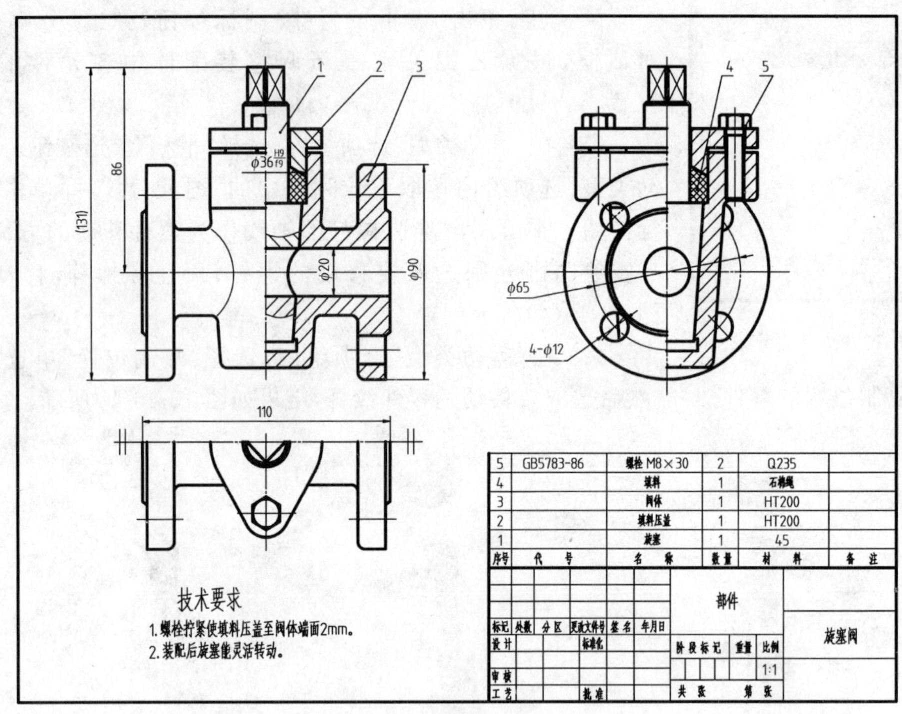

1
2
3
4
5
86
(131)
φ36 H9/f9
φ20
φ90
φ65
4-φ12
110
5 GB5783-86 螺栓 M8×30 2 Q235
4 填料 1 石棉绳
3 阀体 1 HT200
2 填料压盖 1 HT200
1 旋塞 1 45
序号 代 号 名 称 数量 材 料 备 注
部件
旋塞阀
标记 处数 分区 更改文件号 签名 年月日
设计 标准化
阶段标记 重量 比例
1:1
审核
工艺 批准
共 张 第 张
技术要求
1. 螺栓拧紧使填料压盖至阀体端面2mm。
2. 装配后旋塞能灵活转动。

图 13-48 “旋塞阀”装配图

图 13-49 “旋塞阀”装配体

装配提示：

（1）阀体作为装配时的主体零件，第一个装配定位。选取“默认”约束，使新加元件坐标系与装配组件坐标系对齐，完成装配。

(2) 装配旋塞时,使用“对齐”约束和“相切”约束进行定位,其中“相切”的两个面分别为旋塞和阀体的锥面。

(3) 装配螺栓时,先装配一个螺栓,完成装配后,执行“阵列”命令。

操作步骤如下:

1) 选取该螺栓,单击右工具箱上“编辑特征”工具栏中的▦“阵列”图标按钮,弹出“阵列”操控板。

2) 在“阵列”操控板第一个下拉列表中选择“轴”选项,在绘图区选取旋塞轴线作为阵列中心,如图 13-50 所示。

图 13-50 选取阵列中心

3) 在操控板中进行如图 13-51 所示的设置。

图 13-51 “阵列”操控板

4) 单击☑图标按钮,完成阵列命令。

第14章 视图的创建和编辑

利用Pro/ENGINEER进行三维设计后，制造加工是实现产品的一个重要环节。然而，一方面，三维实体不能充分表达设计中的所有细节，如尺寸标注、技术要求、注释说明等内容；另一方面，除了具有复杂形面结构的零件需要采用数控机床或加工中心等先进制造方法进行加工外，大多数结构较为规范的零件通常都是采用传统的生产加工方法。因此，二维工程图作为工程界的技术语言，是指导生产、进行技术交流不可缺少的工具。

Pro/ENGINEER系统的工程图模块提供了强大的创建工程图的功能，不仅可以创建用以表达零部件的各种视图，还可以用注解来注释绘图、处理尺寸，也可以使用层来管理不同项目的显示等。在Pro/ENGINEER中，可以将所有的三维模型创建其工程图，而且所有视图都是相关的，如果改变一个视图中的某一尺寸值，系统将自动更新其他相关视图。另外，Pro/ENGINEER工程图与其父模型相关：模型的尺寸和特征更改会自动反映到工程图上；相反，在工程图上进行尺寸更改后，其父模型也会自动更新为新的尺寸。这种相关性极大地体现了参数化设计理念的优点。Pro/ENGINEER系统也可以从其他CAD系统导入绘图文件。

本章将着重介绍视图的创建和编辑方法，主要内容如下。

(1) 模板文件的创建。

(2) 一般视图的创建。

(3) 投影视图的创建。

(4) 轴测图的创建。

(5) 剖视图的创建。

(6) 编辑视图。

14.1 创建工程图

Pro/ENGINEER工程图环境提供了大量的视图处理与绘图工具，使用户能够较方便地完成一张完整的工程图。

14.1.1 新建工程图

操作步骤如下。

第 1 步，单击标准工具栏□图标按钮，启动“新建”命令，系统弹出“新建”对话框。

第 2 步，在“类型”选项组内选择“绘图”，在“名称”文本框中输入工程图文件名称，如图 14-1 所示。

第 3 步，单击“确定”按钮，弹出如图 14-2 所示的“新制图”对话框。

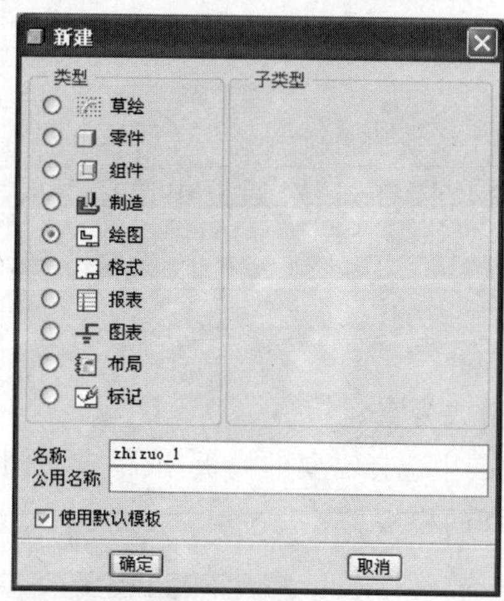

图 14-1 在“新建”对话框中选择“绘图”单选按钮并命名

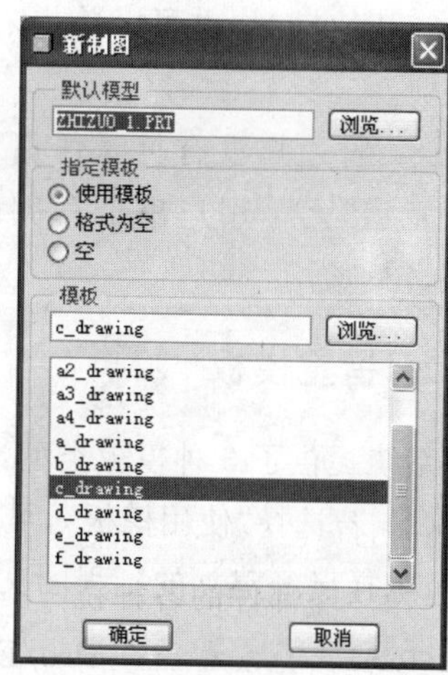

图 14-2 “新制图”对话框

第 4 步，在“默认模型”文本框内，指定生成工程图的三维模型。

第 5 步，在“指定模板”选项组内指定创建工程图的模板类型。

第 6 步，单击“确定”按钮，进入工程图环境，如图 14-3 所示。

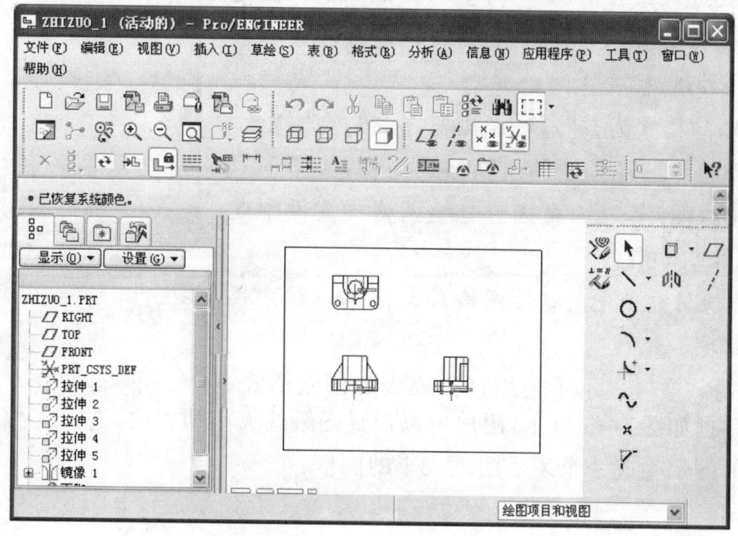

图 14-3 工程图界面

14.1.2 操作及选项说明

在“新制图”对话框中进行如下操作。

1. 指定生成工程图的模型

(1) 当用户打开若干个三维模型时，系统自动将当前活动模型列在“新制图”对话框的“默认模型”栏内，用户可以在该栏内输入已经打开的三维模型文件名，指定另一个已打开的模型，也可以单击右侧的“浏览”按钮，在“打开”对话框中选择生成工程图的模型。

(2) 若用户没有打开任何三维模型文件，系统在“新制图”对话框的“默认模型”栏内显示“无”，用户单击右侧的“浏览”按钮，在“打开”对话框中选择生成工程图的模型。

2. 指定模板

系统提供了3种模板类型，即使用模板、格式为空、空。

(1) 若选择“使用模板”，可以在“模板”列表中选择需要的模板，或单击右侧的“浏览”按钮，选择已经建立的工程图文件，使用该文件的模板。

注意：

① “模板”列表中的a0_drawing～a4_drawing对应于公制A0～A4图幅，a_drawing～f_drawing对应于英制A0～A4图幅。

② 使用模板时，默认模型不可为“无”。

③ 由模板进入工程图环境，可直接按照默认设置建立模型的视图，如图14-3所示，按照第3角投影建立顶视图、前视图、右视图。

(2) 若选择“格式为空”，单击“浏览”按钮，在“打开”对话框中选择用户已经创建的绘图格式文件，如图14-4所示。进入工程图环境后，直接带有绘图格式文件中的图框、标题栏等基本信息。

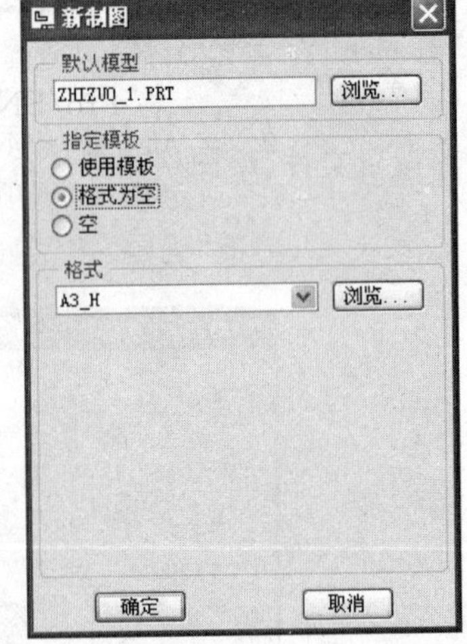

图14-4 “新制图”对话框的指定模板为“格式为空”

注意： 建议用户预先创建绘图格式文件[①]，以该方式进入工程图环境。

(3) 若选择“空”，表示不使用任何模板和图纸格式，“新制图”对话框如图14-5所示，用户可以设置图纸的大小和方向，进入工程图模块后，系统根据选定的图幅生成一个表示图纸大小的图框。

---

① 参见本书第14.2.2小节。

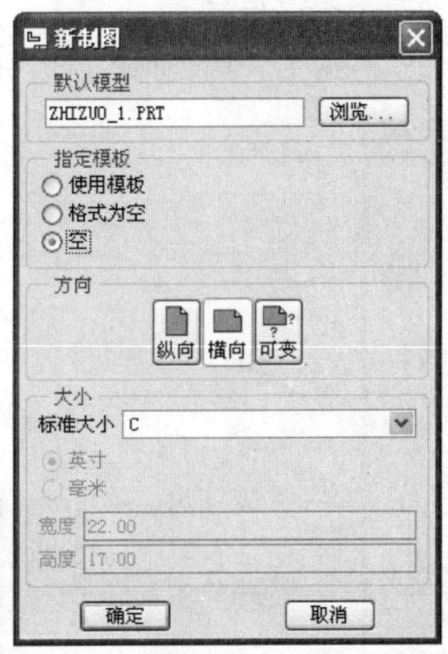

图 14-5 “新制图”对话框的指定模板为“空”

注意：选择“格式为空”或“空”时，“默认模板”可以为“无”。

14.2 模板文件的创建

工程图一般是进行产品设计的最终技术文件，创建符合国家标准的工程图是设计人员必须具备的能力。在 Pro/ENGINEER 的工程图模块中，绘图环境和绘图方式可以由绘图设置文件、绘图格式文件确定。在由三维模型创建二维工程图过程中，有许多重复操作，为了减少设计绘图工作量，快速生成准确、标准的二维工程图，提高设计效率，一般应首先根据国家标准的要求创建模板文件，以便在设计中直接调用。

在创建模板文件前，首先建立用户自己的工作目录，如 F：\PROE4.0，下面创建的相关配置文件存放于该目录下。

14.2.1 绘图设置文件

Pro/ENGINEER 默认的绘图设置文件为 prodetail.dtl，位于 Pro/ENGINEER 安装目录下的 text 子目录中。该文件通过一系列参数选项控制投影方向、标注样式、文本样式、几何公差标准等，不同国家、不同行业都有各自的工程图设计标准，创建适合本国、本部门设计标准的设置文件非常重要。创建绘图设置文件的操作步骤如下。

步骤 1 进入工程图环境

在如图 14-1“新建”对话框的“类型”选项组内选择“绘图”，并取消“使用默认模板”复选框后，单击“确定”按钮。在弹出的如图 14-6 所示的“新制图”对话框的“标准大小”下拉列表中选择一种公制图纸，如 A3 图纸，进入工程图环境。

步骤 2　工程图配置选项设置并命名保存

第 1 步，单击下拉菜单“文件”|“属性”，弹出如图 14-7 所示的“菜单管理器”对话框。

图 14-6　“新制图”对话框

图 14-7　“菜单管理器”对话框

第 2 步，选择“绘图选项”，弹出如图 14-8 所示的“选项”对话框，其中列出 100 多个选项。

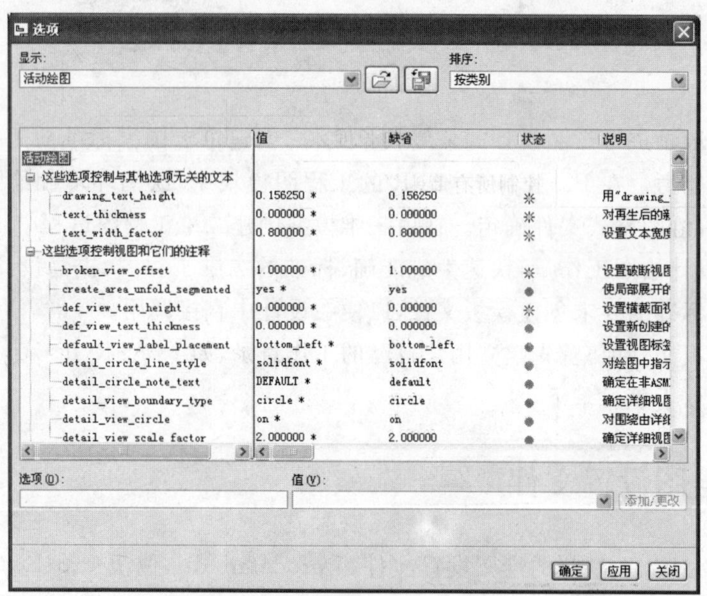

图 14-8　绘图“选项”对话框

第 3 步，设置工程图环境的相应参数选项。机械工程图需要设置的主要选项如表 14-1 所示。具体方法是在左侧列表中选择或在其下方“选项”栏内输入需要重新设置的选项名，在右侧“值”栏内重新输入新值，或从其下拉列表中选择新值，单击“添加/更改”按钮；按上述方法继续设置其他选项。

第 4 步，单击“应用”按钮。

表 14-1 工程图设置文件的主要参数选项

配置选项名	意　义	默认值	新　值
allow_3d_dimensions	设置等轴测视图是否显示尺寸	no	yes
axis_line_offset	设置轴线延伸而超出其关联特征的距离	0.1	3
broken_view_offset	设置破断视图(即折断画法)两部分间的偏距	5	1
chamfer_45deg_leader_style	控制倒角尺寸的引线类型,但不改变文本	std_iso	std_asme_ansi
circle_axis_offset	设置圆的中心线超出圆周的距离	0.1	3
crossed_arrow_length	设置剖切平面箭头的长度	0.1875	3
crossed_arrow_width	设置剖切平面箭头的宽度	0.0625	1
def_view_text_height	设置视图注释和在剖视图名称的文本高度	0	5
def_view_text_thickness	设置视图和剖视图中的视图名称的文本粗细宽度	0	0.35
detail_circle_line_style	设置绘图中表示详图视图(局部放大图)的圆的线型	phantomfont	solidfont
dim_leader_length	设置箭头在尺寸界线外时尺寸线的长度	0.5	5
draw_arrow_length	设置引线箭头的长度	0.1875	3
draw_arrow_style	控制所有箭头样式	closed	filled
draw_arrow_width	设置引线箭头的宽度	0.0625	1
drawing_units	设置绘图中所有参数的单位	Inch	mm
drawing_text_height	设置绘图中所有文本的高度	0.15625	3.5
half_view_line	指定半视图的线	solid	symmetry
lead_trail_zeros	控制尺寸前导零和后续零的显示	std_default	std_metric
projection_type	确定创建投影视图的方法	third_angle	first_angle
radial_pattern_axis_circle	设置径向阵列特征中垂直于屏幕旋转轴的显示模式	no	yes
text_orientation	控制绘图中尺寸文本的显示	horizontal	parallel_diam_horiz
text_thickness	设置文本的粗细宽度	0	0.35
text_width_factor	设置文本宽度和高度的比例	0.8	0.7
thread_standard	控制螺纹孔(具有垂直于屏幕的轴)以圆弧、圆或螺纹孔内部的隐藏线的方式进行显示	std_ansi	std_ansi_imp_assy
tol_display	控制尺寸公差的显示	no	yes

续表

配置选项名	意义	默认值	新值
tol_text_height_factor	设置对称偏差中尺寸文本高度与公差文本高度之间的比例	standard	0.6
tol_text_width_factor	设置对称偏差中尺寸文本宽度与公差文本宽度之间的比例	standard	0.6
view_note	设置与视图相关的注释文本要求	std_ansi	std_din
view_scale_format	设定视图比率的格式	decimal	ratio_colon
witness_line_delta	设置尺寸界线自尺寸线的延伸距离	0.125	2
witness_line_offset	设置尺寸线和标注对象间的偏距	0.0625	0

第5步，单击按钮，在"另存为"对话框中选择路径为用户的工作目录，将默认的文件名"活动绘图"更改为Metric_GB，如图14-9所示。单击OK按钮，生成Metric_GB.dtl工程图配置文件，返回"选项"对话框。

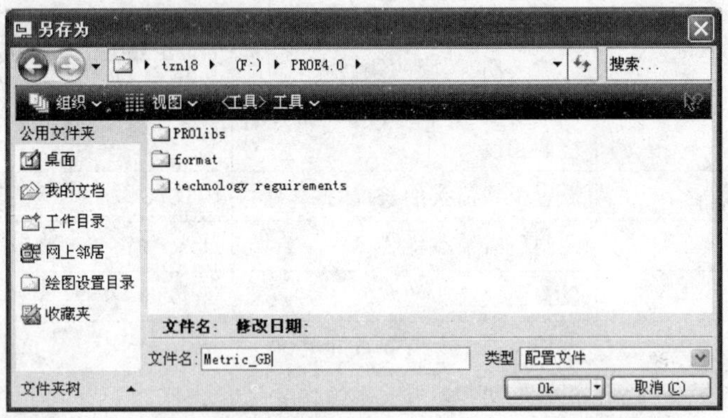

图14-9 保存绘图设置文件

第6步，单击"关闭"按钮，单击"菜单管理器"中的"完成/返回"选项。

注意：

(1) "选项"对话框中的"排序"下拉列表中提供了3种排序方式：按类别、按字母顺序、按设置，用户可以改变排序方式，以便于查找配置选项。

(2) 用户可以单击按钮，调用已经创建的配置文件。

14.2.2 绘图格式文件

Pro/ENGINEER的绘图格式包括图框、标题栏等，由绘图格式文件.frm确定。默认的绘图格式文件存放于Pro/ENGINEER安装目录下的format子目录中。绘图格式文件在Pro/ENGINEER的"格式"模块中创建。下面以横向A3图纸格式为例说明创建绘图格式文件的步骤。

操作步骤如下。

步骤 1　进入“格式”模块

第 1 步，单击下拉菜单“文件”|“新建”，弹出“新建”对话框。

第 2 步，在“类型”选项组内选择“格式”。

第 3 步，在“名称”文本框中输入文件名称 A3_h，如图 14-10 所示。

第 4 步，单击“确定”按钮，弹出如图 14-11 所示的“新格式”对话框。

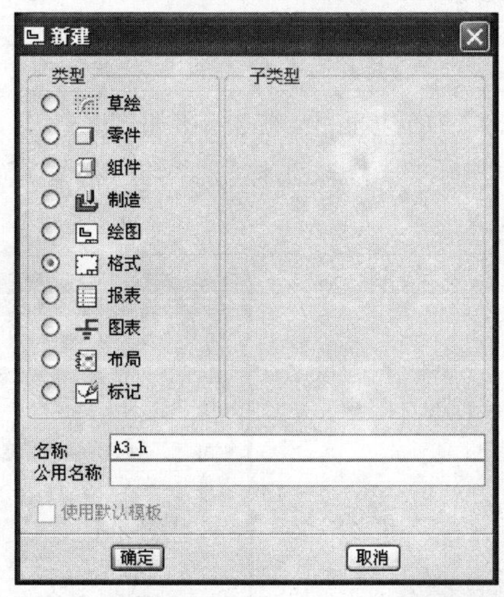

图 14-10　“新建”对话框中选择“格式”单选按钮

图 14-11　“新格式”对话框

第 5 步，选择指定模板为“空”，方向为“横向”，并在“标准大小”下拉列表中选择公制图纸 A3。

第 6 步，单击“确定”按钮，进入格式模块，如图 14-12 所示，边框线表示图纸大小的外框。

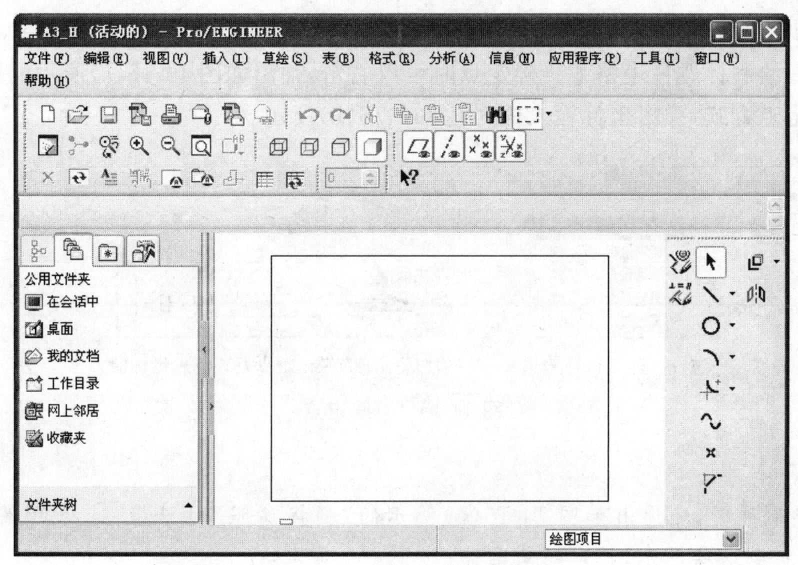

图 14-12　“格式”模块界面

注意：如果在"方向"选项组内选择"可变"选项，用户则可以自定义图纸大小。

步骤 2　制作内图框线

第 1 步，单击"绘图草绘器工具"工具栏中的图标按钮，启动"偏移"命令，将如图 14-12 所示的外边框偏移复制。利用"单一图元"选项，将左侧边向右侧偏移 25；利用"链图元"选项，选择其余各边(按住 Ctrl 键选择多边)，向内侧偏移 5，如图 14-13 所示。

第 2 步，利用"编辑"|"修剪"|"拐角"命令，在左侧边与上侧边需要保留的一侧单击，将其另一侧修剪到交点；继续选择在左侧边与下侧边需要保留的一侧单击，修剪交点另一侧线段。

第 3 步，修改内边框线型。选择刚绘制的 4 条内边框线，右击，在如图 14-14(a)所示的快捷菜单中选择"线型"选项，弹出 14-14(b)所示的"修改线体"对话框，将线宽设置为 0.8，颜色设置为"绿色"。

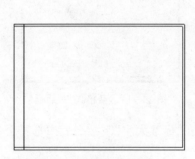

图 14-13　偏移复制图框

(a) 图元快捷菜单

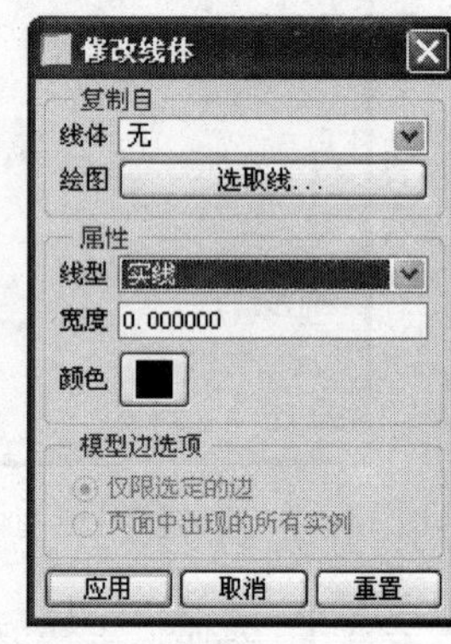

(b) "修改线体"对话框

图 14-14　设置内边框线宽与颜色

步骤 3　创建标题栏

第 1 步，使用"绘图草绘器工具"工具栏中的图标按钮，启动"线"命令，指定起始点、终止点，绘制标题栏表格线。确定点时可以右击，弹出如图 14-15(a)所示的快捷菜单，选择坐标定点方式，弹出坐标输入框，如图 14-15(b)所示。

(a) "线"快捷菜单

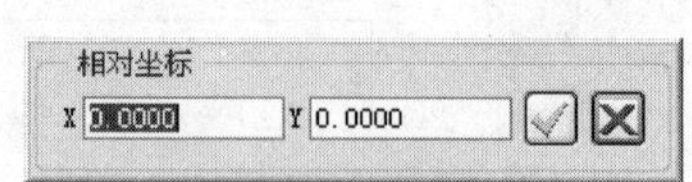

(b) 按指定的坐标定点方式输入坐标值

图 14-15　直线定点

注意：

(1) 绘制线时，还弹出如图 14-16(a)所示的"捕捉参照"对话框，选择参照图元或边后，可以捕捉到这些图元，指定约束条件。

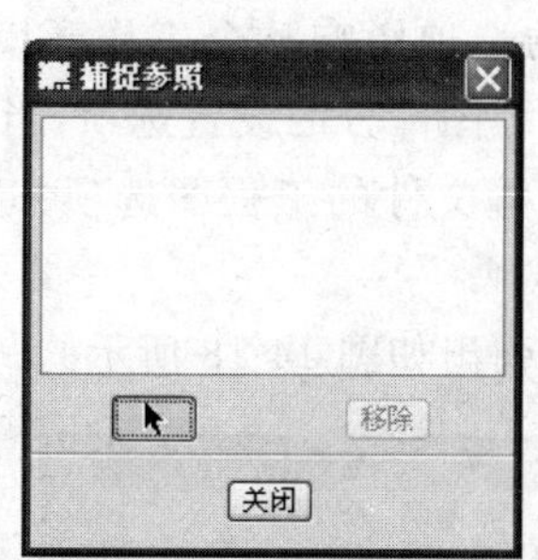

(a) “捕捉参照”对话框

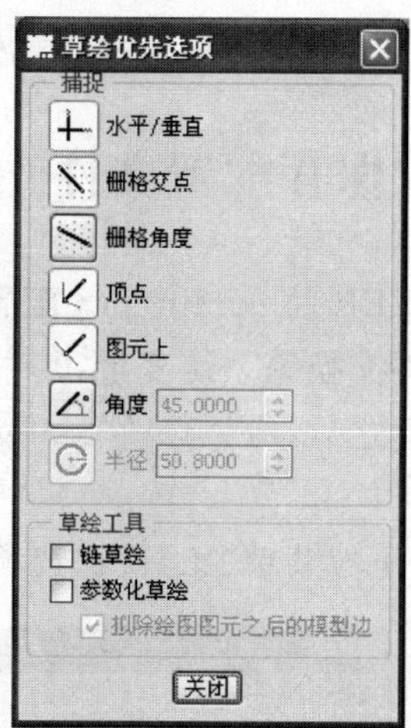

(b) “草绘优先选项”对话框

图 14-16　设置自动捕捉

(2) 当选择“草绘”|“草绘器优先选项”命令，将弹出如图 14-16(b)所示的“草绘优先选项”对话框，选中“水平/垂直”和“栅格交点”按钮。绘制线时，既可以绘制水平或垂直的线，也可以捕捉到栅格交点。

(3) 表格线也可以利用“偏移”命令创建。

第 2 步，利用菜单“插入”|“注释”[①]命令填写标题栏内文字，并修改注释属性。如图 14-17 所示。

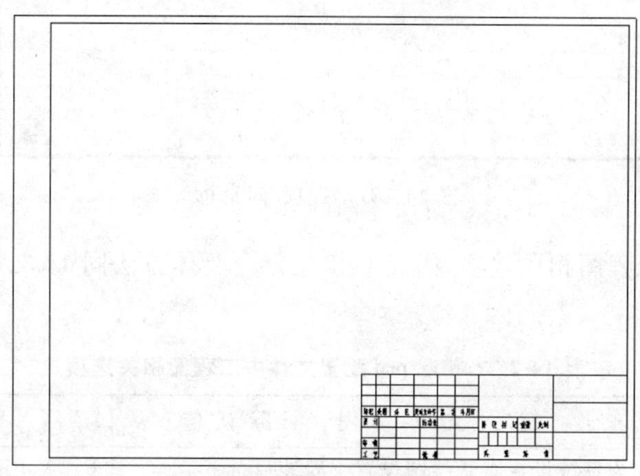

图 14-17　A3 绘图格式

注意：标题栏及其文字还可以用创建表格的方法绘制。采用此方法，在工程图中可以利用表格单元属性，完成标题栏填写。

步骤 4　保存绘图格式文件

将创建好的绘图格式存放于用户自己的工作目录 F：\PROE4.0\format 下。

① 参观本书第 15.3.1 小节。

用户用上述方法创建其他标准图纸格式的绘图格式文件。

14.2.3 更改保存配置文件

Pro/ENGINEER 的 config. pro 配置文件的选项影响整个工作环境，包含了使用环境、使用单位、文件交换等系统变量，其中包括工程图部分的设置选项，当绘图设置文件和绘图格式文件创建之后，应该修改 config. pro 配置文件的工程图选项并存盘。修改配置文件的步骤如下。

第 1 步，调用下拉菜单"工具"|"选项"命令，弹出如图 14-18 所示的"选项"对话框。

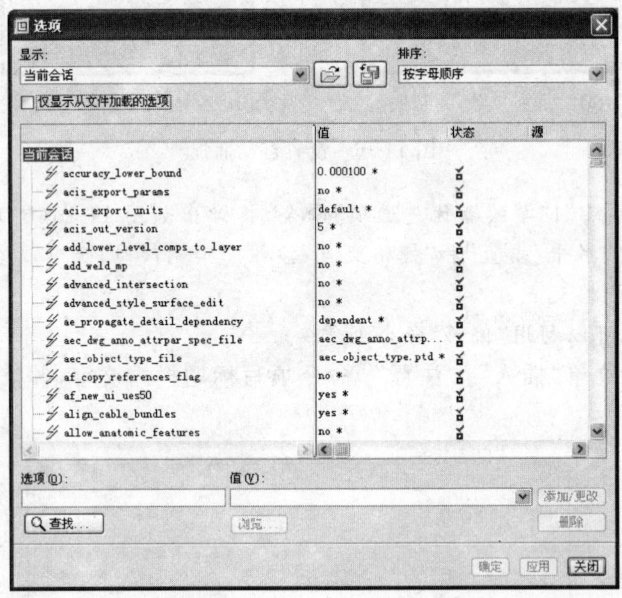

图 14-18 "选项"对话框

第 2 步，设置工程图相关选项，如表 14-2 所示。具体方法同 14.2.1 工程图配置选项设置。

表 14-2 config. pro 配置文件中工程图相关选项

配置选项名	意义	默认值	新值
drawing_setup_file	为系统设置默认绘图设置文件	安装目录下 text\prodetail. dtl	F: \ PROE4. 0 \ Metric _GB. dtl
pro_dtl_setup_dir	设置绘图设置文件目录		F: \PROE4. 0
pro_format_dir	设置绘图格式文件路径		F: \PROE4. 0\format
tolerance_standard	设置尺寸公差标准	ansi	iso
tol_mode	设置尺寸公差模式	limits	nominal
tolerance_table_dir	为 ISO 标准模型设置用户定义公差表的默认目录		安装目录下 tol_tables\iso

第 3 步，单击“应用”按钮。

第 4 步，单击[保存]按钮，在“另存为”对话框中选择路径为用户的工作目录（如 F：\PROE4.0），将默认的文件名 current_session.pro 更改为 config.pro，单击 OK 按钮，生成新的 config.pro 配置文件，返回“选项”对话框。

第 5 步，单击“关闭”按钮，退出“选项”对话框，完成设置。

14.2.4 更改系统起始位置

将系统起始位置更改为用户工作目录，使用户在启动 Pro/ENGINEER 后，可以方便调用绘图格式文件，并直接进入用户设置的工程图环境。其操作方法如下。

在桌面上的 Pro/ENGINEER 图标上右击，选择“属性”选项，将系统起始位置更改为用户工作目录 F：\PROE4.0，如图 14-19 所示。

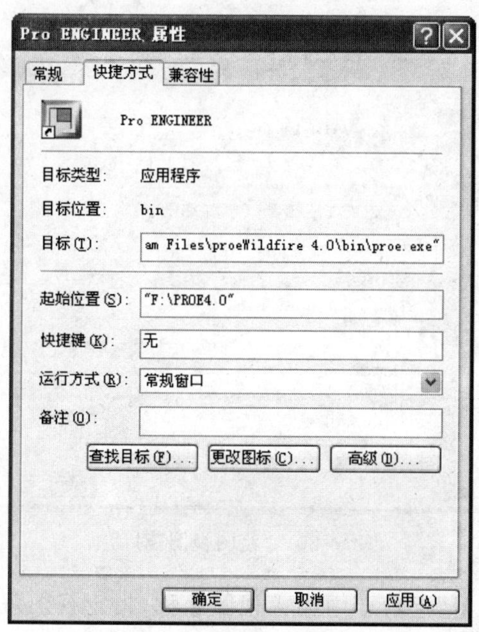

图 14-19 更改系统起始位置

14.3 一般视图的创建

将机件向投影面投射所得到的图形称为视图，国家标准机械制图规定了 6 个基本视图、向视图以及局部视图、斜视图等。如果在创建工程图时没有指定使用模板，则进入工程图环境后，没有任何基本视图，那么，在 Pro/ENGINEER 工程图环境中由模型创建的第一个视图一定是一般视图，用户可以设置不同的观察方向对其进行旋转，也可以根据需要对其设置比例进行缩放，故一般视图是最易于用户进行设置变动的视图。而且只有生成一般视图之后，用户才能以此为基础，继续创建投影图、剖视图、辅助视图等。

一般视图可以为全视图、半视图、局部视图、破断视图等类型。

调用命令的方式如下。

菜单：执行“插入”|“绘图视图”|“一般”命令。

图标：单击“绘制”工具栏中的图标按钮。

14.3.1 创建一般视图

操作步骤如下。

第1步，单击图标按钮，启动“一般”命令。

第2步，系统提示“选取绘制视图的中心点。”时，在适当位置单击，确定视图位置。一般视图将显示在图14-4“新制图”对话框内指定的模型，系统弹出如图14-20所示的“绘图视图”对话框。

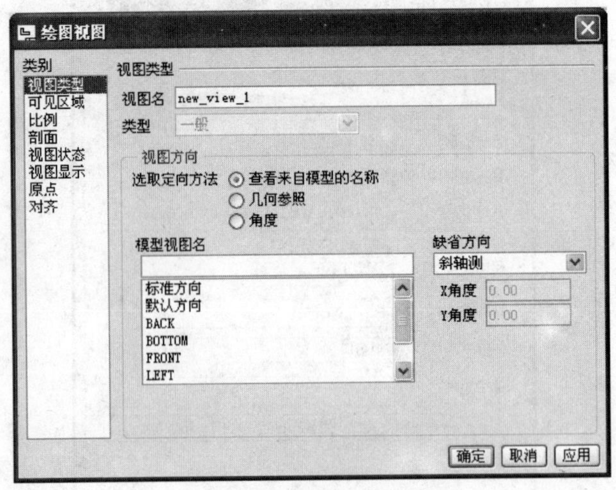

图14-20 “绘图视图”对话框

第3步，在“视图类型”选项卡中输入视图名称、指定视图观察方向，如在“模型视图名”列表中选择FRONT，单击“应用”按钮。

注意：当创建一般视图时，视图类型只能是“一般”，无法选择其他类型。

第4步，在“类别”列表中选择“可见区域”选项，显示如图14-21所示的“可见区域”选项卡，从“视图可见性”列表中选择视图类型，如默认为“全视图”。

第5步，在“类别”列表中选择“比例”选项，显示如图14-22所示的“比例”选项卡，确定视图比例，单击“应用”按钮。

第6步，在“类别”列表中选择“剖面”选项，在“剖面”选项卡中设置视图是否剖切，如何剖切[①]，单击“应用”按钮。

第7步，在“类别”列表中选择“视图显示”选项，显示如图14-23所示的“视图显示”选

---

① 参见本书第14.6节。

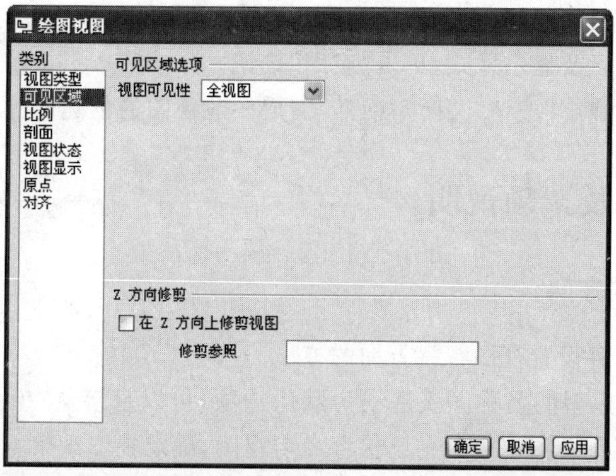

绘图视图
类别
视图类型
可见区域
比例
剖面
视图状态
视图显示
原点
对齐
可见区域选项
视图可见性 全视图
Z 方向修剪
在 Z 方向上修剪视图
修剪参照
确定 取消 应用

图 14-21 “绘图视图”对话框中的“可见区域”选项卡

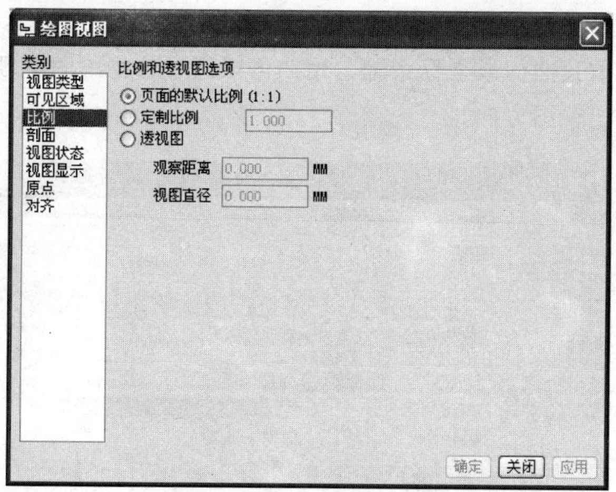

图 14-22 “绘图视图”对话框中的“比例”选项卡

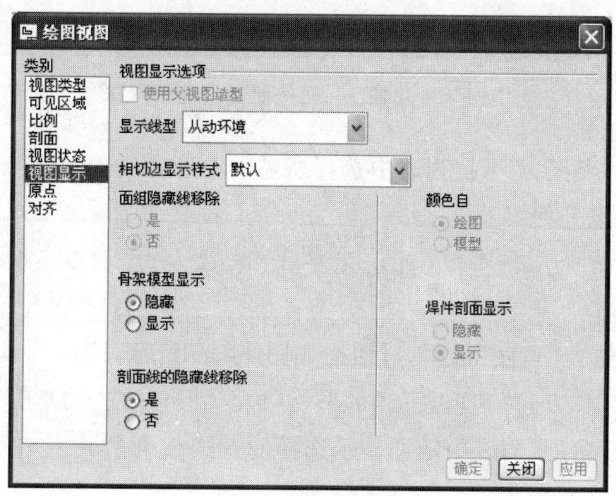

图 14-23 “绘图视图”对话框中的“视图显示”选项卡

项卡，在“显示线型”下拉列表中设置视图的显示状态；在“相切边显示样式”下拉列表中选择是否显示相切边以及显示样式，单击“应用”按钮。

第 8 步，单击“确定”按钮，关闭对话框，完成一般视图的创建。

14.3.2 操作及选项说明

1. 设置视图方向

系统提供了 3 种设置视图观察方向的方法。

(1) 查看来自模型的名称。该选项为默认选项，可以直接从“模型视图名”列表中选择系统预设的视图以及指定模型中已保存命名视图，确定视图观察方向。当选择“模型视图名”列表中“默认方向”，可以在其右侧的“默认方向”下拉列表中选择“等轴测”、“斜轴测”，或通过选择“用户定义”选项，定义 X、Y 方向的角度，确定视图的默认方向。

(2) 几何参照。当选择“几何参照”选项，对话框如图 14-24 所示。系统弹出“选取”对话框，并提示“选取顶曲面或坐标系轴”，用户可以通过选择绘图中预览模型的两个互相垂直的几何参照确定视图方向。

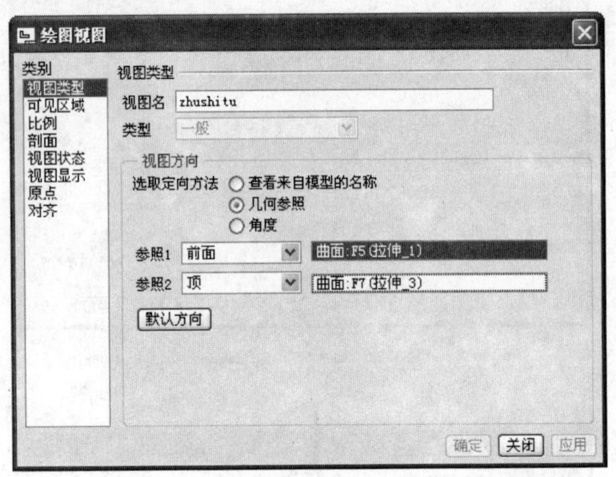

图 14-24 通过几何参照确定视图方向

具体方法是在“参照 n”下拉列表中选择所需的参照方向，再单击其右侧参照收集器，并在绘图模型上选取几何参照。

注意：为方便选择几何参照，可以先单击“默认方向”按钮，将视图恢复为其原始方向。

(3) 角度。当选择“角度”选项，对话框如图 14-25 所示，用户可以从“旋转参照”下拉列表中选择参照选项“方向”、“垂直”、“水平”、“边/轴”，并在“角度值”文本框中定义旋转角度，回车，在“参照角度”列表中随即显示选择的方式。单击 + 按钮，可以继续添加新的观察方向。

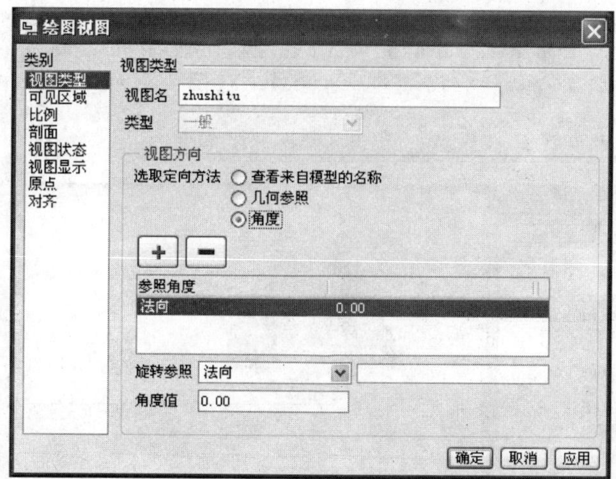

图 14-25　通过几何参照确定视图方向

2. 设置视图可见区域

"可见区域"选项卡的"视图可见性"列表中提供了 4 种视图。

(1) 全视图是显示完整的视图，如图 14-29 所示。

(2) 半视图只显示某一指定的基准面或平面一侧的视图。这种视图类型往往用于具有对称结构机件的对称画法，如图 14-26(a)所示。

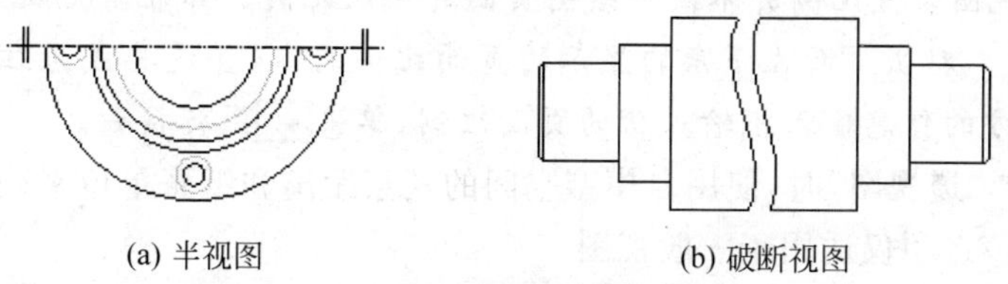

(a) 半视图　　(b) 破断视图

图 14-26　视图可见性

(3) 局部视图可以通过设置参照点和显示边界，表达机件某一局部的结构形状，如图 14-32(b)、(c)所示。

(4) 破断视图可以通过创建两条破断线，移除两破断线之间的部分，并将破断线外侧的两部分合拢到一个指定距离内，如图 14-26(b)所示。

3. 设置视图比例

新创建的视图采用绘图页面比例值，默认比例值可以通过设置配置文件选项加以控制，在如图 14-18 所示的"选项"对话框中设置系统变量 default_draw_scale 的值。否则，系统将根据页面尺寸大小和模型的大小自动确定默认比例。默认比例值显示在绘图页面的底部左下角，如图 14-27 所示。"比例"选项卡提供了 3 种设置比例的选项，如图 14-22 所示。

(1) 当选择"页面的默认比例"时，系统则以上述所述的默认比例显示视图。

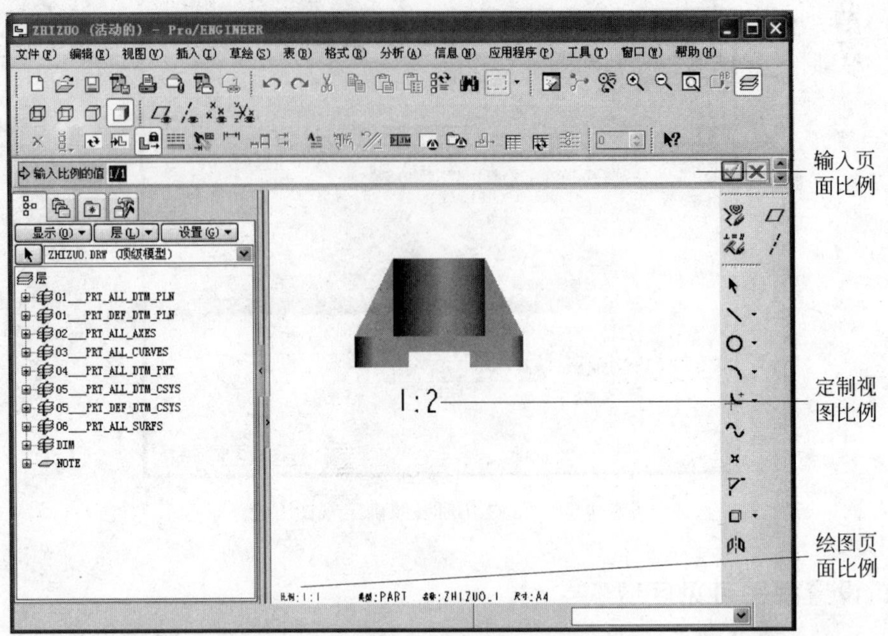

图 14-27　页面比例与视图比例

(2) 当选择“定制比例”时，可在比例文本框内输入新的视图比例值。系统根据用户设置调整视图显示，并在视图的下方显示该比例值，如图 14-27 所示。

注意：为视图设置比例并不改变绘图页面的默认比例。如果需要改变当前绘图窗口的页面比例，可以双击页面左下角的显示的页面比例文本，并使其成为红色亮显，然后通过绘图区域上方的信息输入框输入新的页面比例，单击☑图标按钮。

(3) 当选择“透视图”时，使用自模型空间的观察距离和纸张单位来确定视图大小，可创建透视图。该选项仅适用于一般视图。

4. 设置视图显示

Pro/ENGINEER 工程图不仅可以以当前活动模型的方式显示，也可以利用如图 14-23 所示的“视图显示”选项卡重新设置视图显示方式。

(1) 在“显示线型”下拉列表中系统提供的选项如图 14-28(a)所示，默认为“从动环境”选项，即使用工程图环境中的视图显示样式图标控制，如图 14-28(b)所示；或使用由“工具”|“环境”命令中的“显示线型”中的设置，如图 14-28(c)所示。设置结果如图 14-29 所示。

(2) 在“相切边显示样式”下拉列表中，系统提供的选项如图 14-30 所示。默认为“默认”选项，即使用“工具”|“环境”命令中的“相切边”中的设置。还可以通过其他选项设置是否显示相切边，显示的线型等，如图 14-31 所示。

【例 14-1】 用创建一般视图的方法，创建如图 14-32(a)所示的机件模型的两个局部视图，分别如图 14-32(b)、(c)所示。

操作步骤如下。

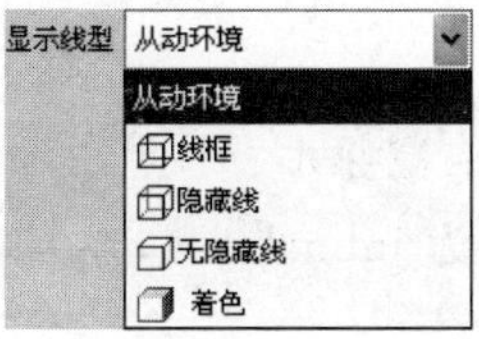

显示线型 从动环境
从动环境
线框
隐藏线
无隐藏线
着色

(a) 显示线型

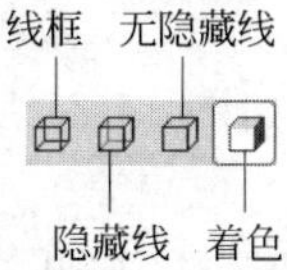

线框 无隐藏线
隐藏线 着色

(b) 显示样式图标按钮

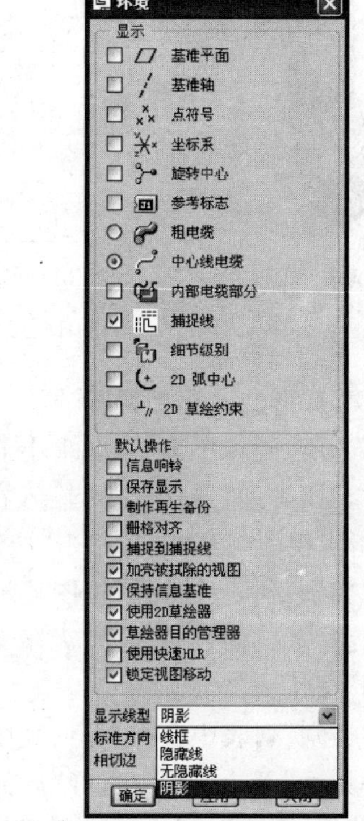

(c) “环境”对话框设置显示线型

图 14-28　设置显示线型

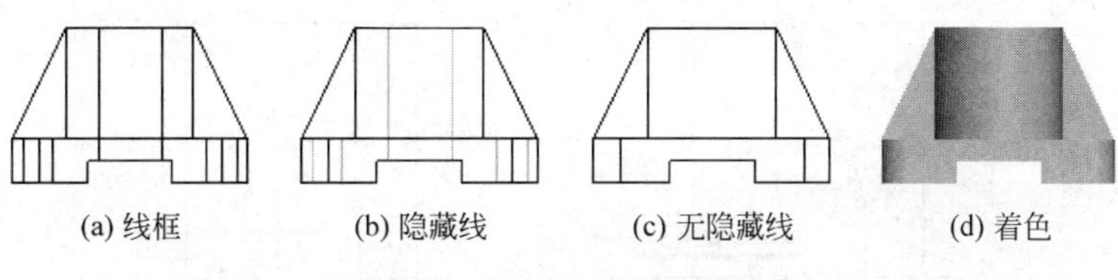

(a) 线框　　(b) 隐藏线　　(c) 无隐藏线　　(d) 着色

图 14-29　视图显示的 4 种状态

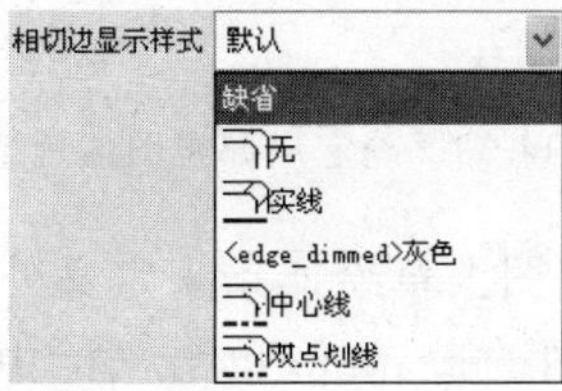

图 14-30　相切边显示选项

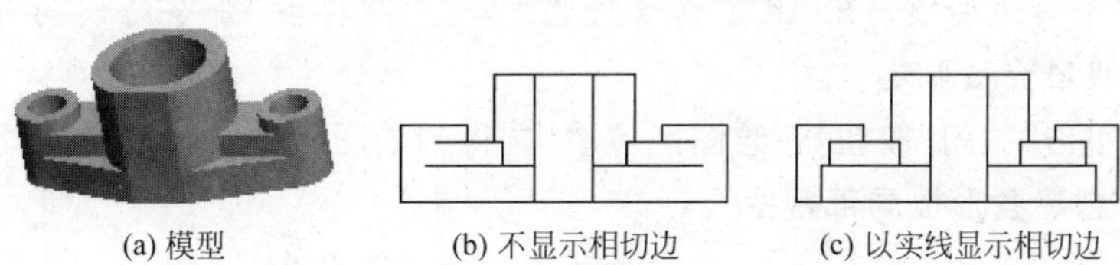

(a) 模型　　(b) 不显示相切边　　(c) 以实线显示相切边

图 14-31　相切边显示样式

(a) 三维模型

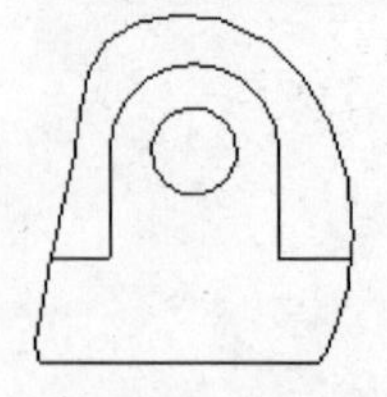

(b) U形凸台局部视图

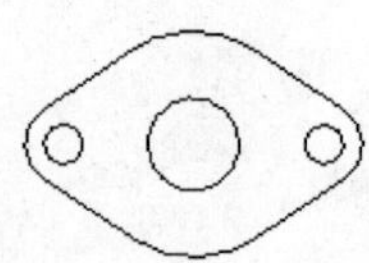

(c) 菱形板局部视图

图 14-32　局部视图

步骤 1　创建 U 形凸台局部视图

第 1 步～第 2 步，同本书第 14.3.1 小节第 1 步～第 2 步。

第 3 步，在"视图类型"选项卡中，输入视图名称为 jubushitu1，在"模型视图名"列表中选择 LEFT，指定视图观察方向，单击"应用"按钮。

第 4 步，在"类别"列表中选择"视图显示"选项，显示如图 14-23 所示的"视图显示"选项卡，在"显示线型"下拉列表中选择"无隐藏线"；在"相切边显示样式"下拉列表中选择"无"，单击"应用"按钮。

第 5 步，在"类别"列表中选择"可见区域"选项，显示如图 14-21 所示的"可见区域"选项卡，在"视图可见性"下拉列表中选择"局部视图"。

第 6 步，系统提示"选取新的参照点。"时，在需要保留的 U 形凸台区域中心附近选取视图的几何。如图 14-33(a)所示，移动鼠标至凸台孔几何特征的边，系统加亮显示该几何，单击，在选择点处出现"×"。

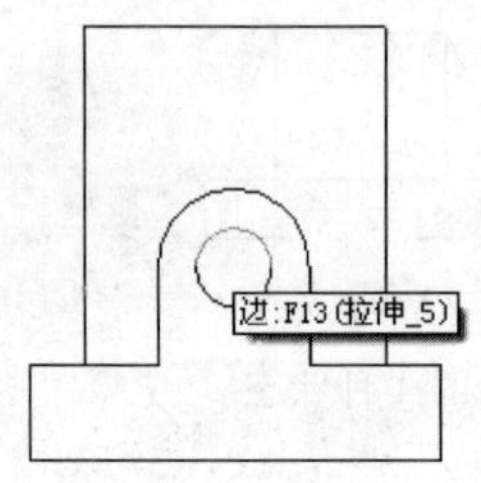

(a) 确定参照点

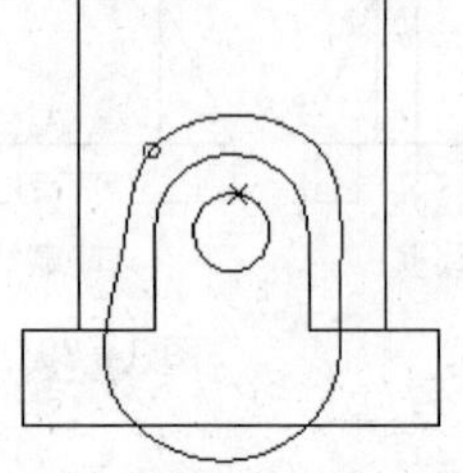

(b) 绘制样条边界

图 14-33　确定局部视图显示范围

第 7 步，系统提示"在当前视图上草绘样条来定义外部边界。"时，围绕刚指定的参照点草绘一样条曲线作为局部视图的边界线，单击鼠标中键，封闭曲线，如图 14-33(b)所示。"可见区域"选项卡显示如图 14-34 所示。

注意：样条曲线必须封闭，且不需要使用"草绘"|"样条"命令绘制局部视图的边界线，否则局部视图会被取消。

第 8 步，单击"关闭"按钮，在绘图区域单击，得到如图 14-32(b)所示的局部视图。

步骤 2　创建菱形板局部视图

第 1 步～第 2 步，同本书第 14.3.1 小节第 1 步～第 2 步。

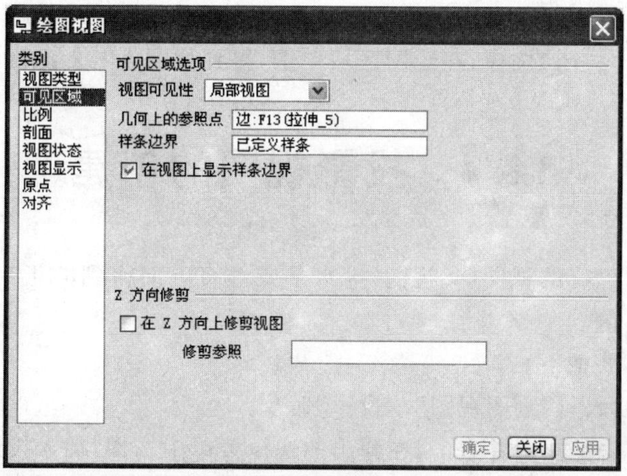

图 14-34 “可见区域”选项卡设置局部视图 1 的选项

第 3 步，在“视图类型”选项卡中，输入视图名称为 jubushitu2，在“模型视图名”列表中选择 Right，指定视图观察方向，单击“应用”按钮。

第 4 步～第 5 步，同步骤 1 第 4 步～第 5 步。

第 6 步，系统提示“选取新的参照点。”时，在需要保留的菱形板区域中心附近选取视图的几何。如将鼠标移动至菱形板上孔几何特征的边，系统加亮显示该几何，单击，在选择点处出现“×”。

第 7 步，同步骤 1 第 7 步。

第 8 步，取消“在视图上显示样条边界”复选框。

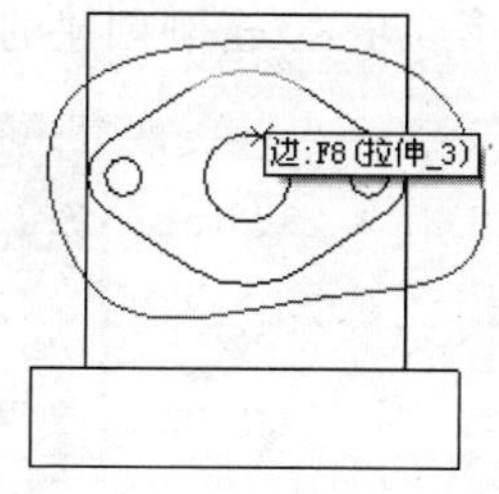

图 14-35 选取平行于视图的边

第 9 步，选中“在 Z 方向上修剪视图”复选框，并选取平行于该视图的边，如图 14-35 所示的菱形板的上半圆弧边，系统将取消该平面后面的所有图形。“可见区域”选项卡显示如图 14-36 所示。

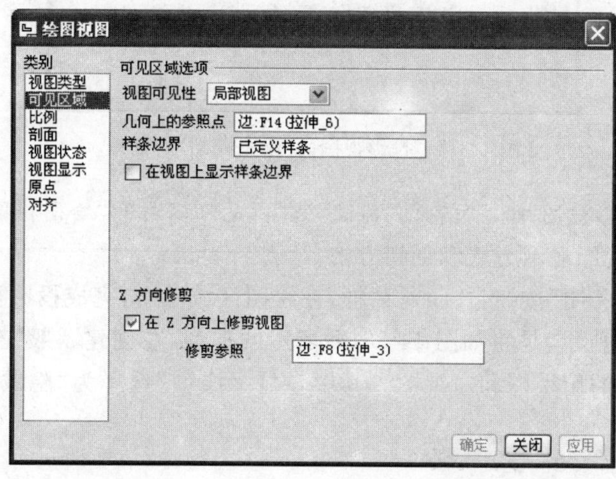

图 14-36 “可见区域”选项卡设置局部视图 2 的选项

注意：修剪参照可以是平行于该局部视图的边、曲面或基准平面。

第 10 步，单击“关闭”按钮，在绘图区域单击，得到如图 14-32(c)所示的局部视图。

14.4 投影视图的创建

投影视图是将已有的视图(父视图)沿水平或垂直方向得到的正交投影，位于父视图上、下方或其左、右侧。

调用命令的方式如下。

菜单：执行“插入”|“绘图视图”|“投影”命令。

快捷菜单：单击父视图并右击，在弹出的快捷菜单中选择“插入投影视图”。

操作步骤如下。

第 1 步，调用“投影”命令，系统出现一个投影方框。

第 2 步，系统提示“选取绘制视图的中心点。”时，在父视图一侧单击，确定投影视图位置。

注意：当存在几个视图时，需要选择某一视图作为父视图，再确定投影视图的位置。

第 3 步，双击刚创建的投影视图，弹出如图 14-37 所示的“绘图视图”对话框。

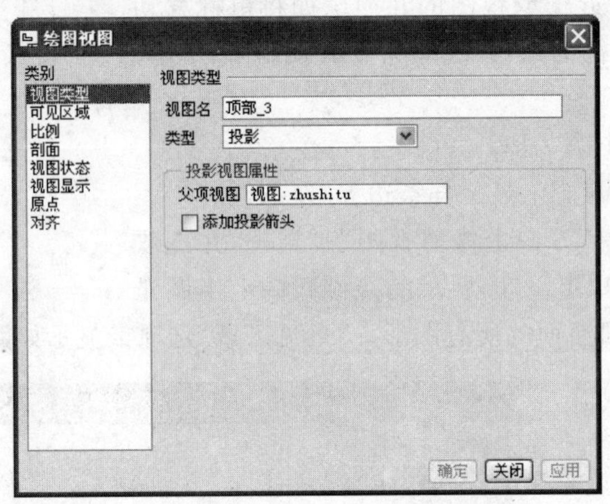

图 14-37 投影视图的“绘图视图”对话框

注意：利用投影视图快捷菜单的“属性”选项，也可以打开“绘图视图”对话框。

第 4 步，设置视图显示方式和剖切方法。

第 5 步，单击“关闭”按钮，关闭对话框，在绘图区域单击，完成投影视图的创建。

如图 14-38(b)所示，是将如图 14-38(a)所示的模型，在创建一般视图主视图之后，利用“投影”命令创建的俯视图和左视图。其中，“显示线型”选择为“隐藏线”，“相切边显示样式”选择为“无”。

注意：

(1) 投影视图可以为全视图、半视图、局部视图、破断视图。

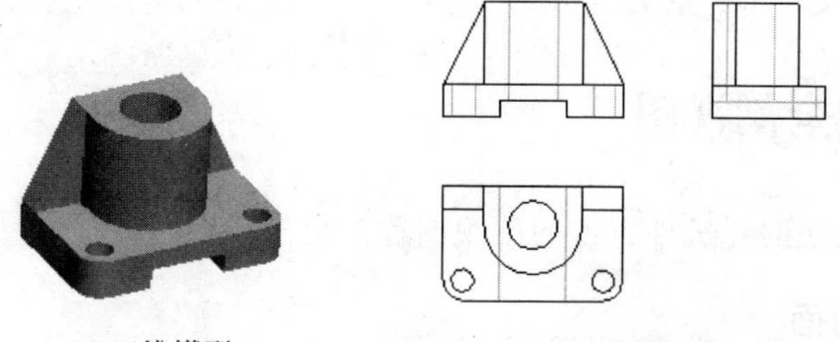

图 14-38 由主视图生成的俯视图和左视图

(2) 投影视图的比例与其父视图的比例相同,不可更改。

14.5 轴测图的创建

利用创建一般视图的方法,设置其观察方向为“等轴测”或“斜轴测”,可以创建轴测图。

【例 14-2】 在如图 14-38 所示的视图基础上,在适当位置创建如图 14-38(a)所示的模型的等轴测图,如图 14-39 所示。

操作步骤如下。

第 1 步,单击图标按钮,启动“一般”命令。

第 2 步,系统提示“选取绘制视图的中心点。”时,在图纸右下角适当位置单击,确定轴测图的位置。系统弹出“绘图视图”对话框。

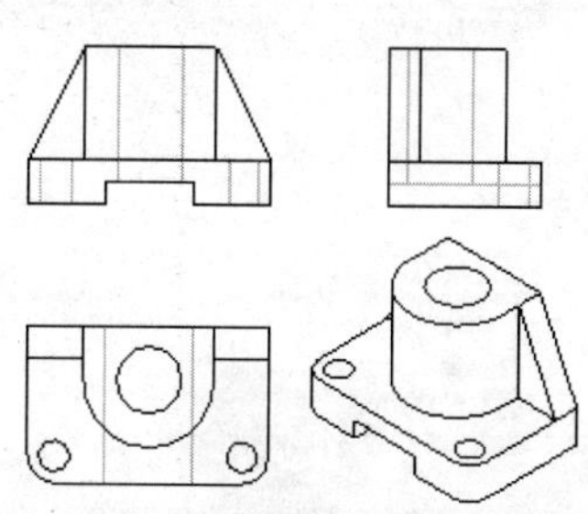
图 14-39 在图纸上创建轴测图

第 3 步,在“视图类型”选项卡的视图名称框内输入名称为“轴测图”,在“模型视图名”列表中选择“默认方向”,在其右侧的“默认方向”下拉列表中选择“等轴图”选项,单击“应用”按钮。

第 4 步,同例 14-1 步骤 1 的第 4 步,即选择“显示线型”为“无隐藏线”,选择“相切边显示样式”为“无”。

第 5 步,单击“关闭”按钮,关闭对话框,在绘图区域单击,完成投影视图的创建,如图 14-39 所示。

14.6 剖视图的创建

当一个机件的内部结构较复杂时,为了清晰地表达机件的内部结构,常采用剖视图进行表达。根据剖切面剖开机件的范围,剖视图分为全剖视图、半剖视图和局部剖视图。根据剖切平面的数量和位置不同,剖切面可分为单一剖切面(投影面平行面、投影面垂直面)、几个平行剖切面、几个相交剖切面。

14.6.1 创建全剖视图

用剖切面完全地剖开机件所得的剖视图称为全剖视图。

1. 创建剖切面

创建的第1个视图如果是剖视图,其剖切面一般在零件模式下利用"视图管理器"命令创建。

调用命令的方式如下。

菜单:执行"视图"|"视图管理器"命令。

图标:单击"标准"工具栏中的图标按钮。

操作步骤如下。

第1步,打开Ch14-2.prt,如图14-40所示。

第2步,在零件模式中,单击图标按钮,打开"视图管理器"对话框,单击"显示"按钮,在其下拉菜单中选择"剖面线"选项,如图14-41(a)所示。

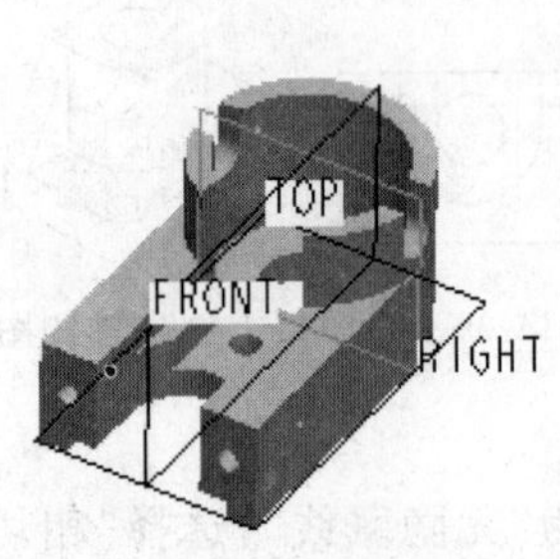

图14-40 三维模型

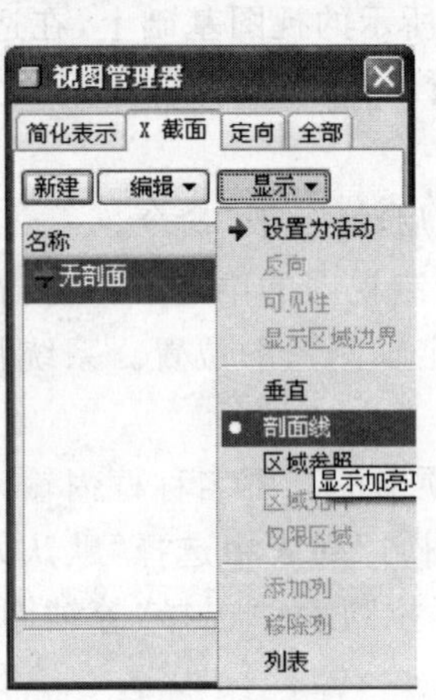

(a)选择"剖面线"

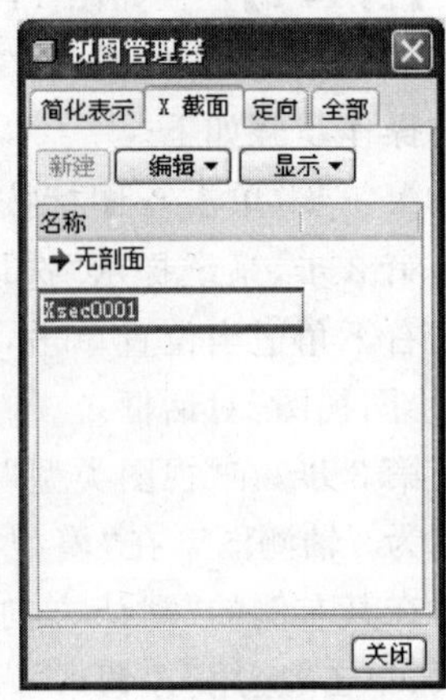

(b) 输入截面名称

图14-41 视图管理器

第3步,单击"新建"按钮,出现截面名称输入框,如图14-41(b)所示。在该框内输入截面名称A,回车。系统弹出如图14-42(a)所示的"剖截面创建"菜单管理器。

第4步,默认"平面"|"单一"选项,单击"完成"选项,系统弹出如图14-42(b)所示的"设置平面"菜单管理器和"选取"对话框。

第5步,系统提示"选取平面或基准平面。"时,选取一个参照面,如图14-40所示的FRONT基准面。

第6步,单击"关闭"按钮,结束命令。

注意:

(1) 上述单一剖切面采用默认的选项,若是多个剖切面需要选择"偏距"选项。

(a) “剖截面创建”菜单管理器　(b) “设置平面”菜单管理器

图 14-42　确定剖切面

(2) 当在“设置平面”菜单管理器中选择“产生基准”选项，可以创建一个基准平面作为剖切平面。

2. 创建全剖视图

在工程图模式下，利用“绘图视图”对话框创建全剖视图。

操作步骤如下。

第 1 步，调入 A3_H 绘图格式文件，创建工程图，操作过程略。

第 2 步，在工程图模式下，单击图标按钮，启动“一般”命令。利用上述创建一般视图的方法在“绘图视图”对话框中设置“视图类型”、“可见区域”、“比例”、“视图显示”等选项。此处，选择 FRONT 基准面为观察方向，选择“显示线型”为“无隐藏线”，选择“相切边显示样式”为“无”。操作步骤略。

注意：如果是将现有的视图改为剖视图，只要双击该视图，即会弹出“绘图视图”对话框，进行相应设置。

第 3 步，在“类别”列表中选择“剖面”选项，显示如图 14-43(a)所示的“剖面”选项卡，在“剖面选项”组内选择“2D 截面”单选按钮，相应按钮亮显，默认“模型边可见性”选项为“全部”，如图 14-43(b)所示。

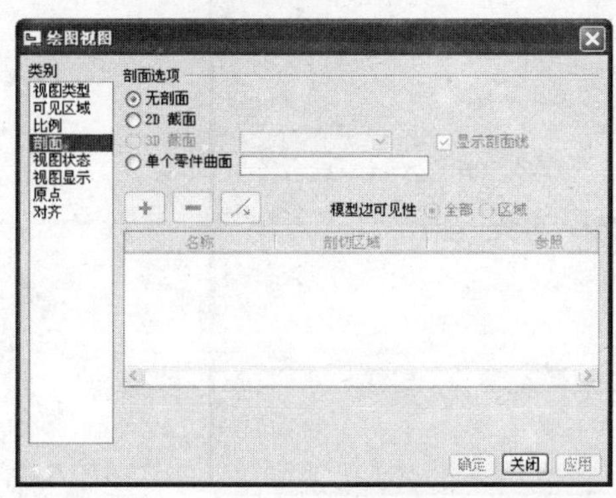

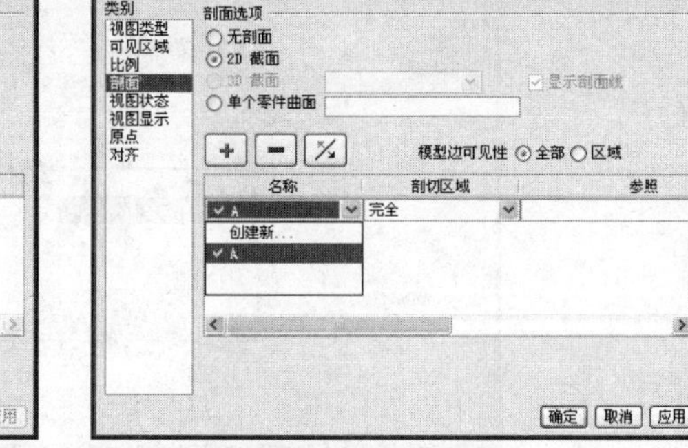

(a) “剖面”选项卡　(b) 选择剖切面

图 14-43　“剖面”选项卡

注意：当在“模型边可见性”选项组内选择“区域”，则将创建断面图。

第 4 步，单击[+]按钮，在“名称”下拉列表中选择截面 A，默认“剖切区域”中的剖切种类“完全”，如图 14-43(b)所示。

第 5 步，单击“确定”按钮，关闭对话框，在绘图区域单击，完成全剖视图的创建如图 14-44 所示。

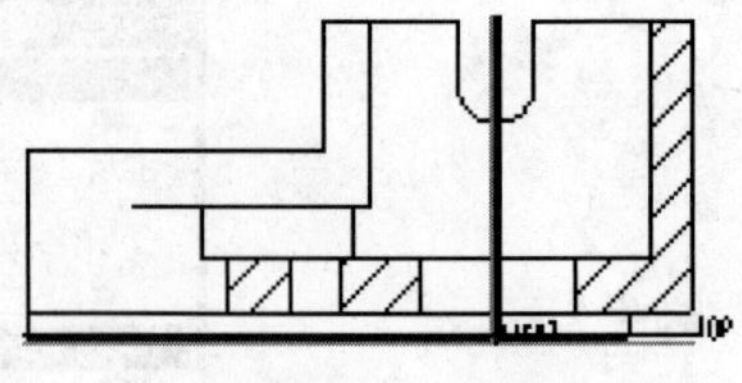

图 14-44　全剖视图

14.6.2　创建半剖视图

半剖视图主要用于内、外结构形状都需要表达的对称或基本对称的机件，是将剖切面与观察者之间对称一半移去得到的剖视图。Pro/ENGINEER 创建半剖视图的步骤和方法与全剖视图基本相同。

【例 14-3】 在创建如图 14-40 所示的模型主视图的基础上创建半剖的左视图。

操作步骤如下。

第 1 步，打开 14.6.1 所创建的工程图。

第 2 步，调用“投影”命令，系统出现一个投影方框。

第 3 步，系统提示“选取绘制视图的中心点。”时，在主视图右侧单击，确定左视图位置，并创建左视图。

第 4 步，双击刚创建的左视图，弹出“绘图视图”对话框。在“视图显示”选项卡中，在“显示线型”下拉列表中选择“无隐藏线”；在“相切边显示样式”下拉列表中选择“无”，单击“应用”按钮。

第 5 步，同创建全剖视图的第 3 步。

第 6 步，单击[+]图标按钮，在“名称”下拉列表中选择“创建新…”选项，如图 14-45 所示。系统弹出“剖截面创建”菜单管理器，默认“平面”|“单一”选项，单击“完成”选项，系统弹出“信息输入窗口”，如图 14-46 所示。

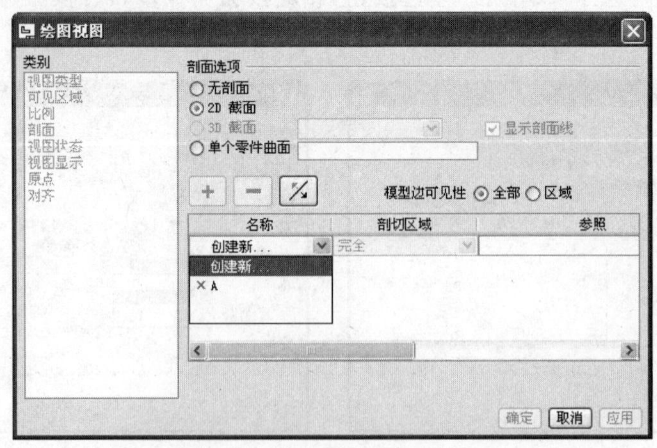

图 14-45　选择“创建新…”选项

输入截面名[退出]: B 

图 14-46 输入截面名称

第 7 步，在信息窗口内输入截面名称 B，单击图标按钮。系统弹出“选取”对话框。

第 8 步，系统提示“选取平面或基准平面。”时，在主视图上选取 RIGHT 基准面。

第 9 步，在“剖切区域”下拉列表中选择剖切种类为“一半”，如图 14-47 所示。

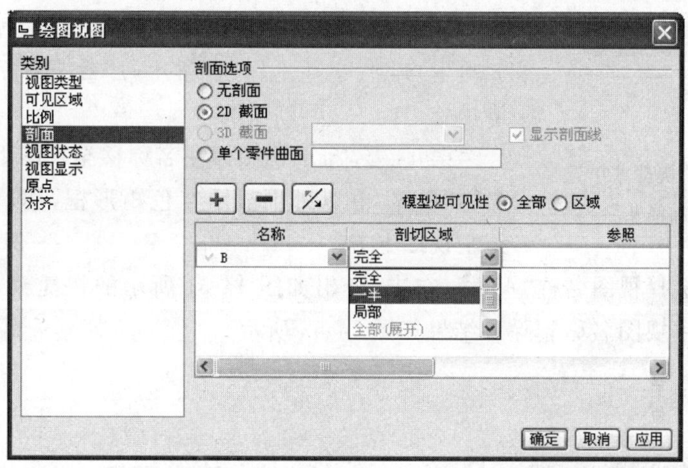

图 14-47 选择剖切区域为“一半”

第 10 步，系统提示“为半截面创建选取参照平面。”时，选择 FRONT 基准面作为半剖视图的分界面。

第 11 步，系统提示“拾取侧。”，并以红色箭头显示当前剖切侧，如图 14-48 所示。在 FRONT 基准面右侧，即箭头所指一侧单击。系统在“边界”区显示“已定义侧”，如图 14-49 所示。

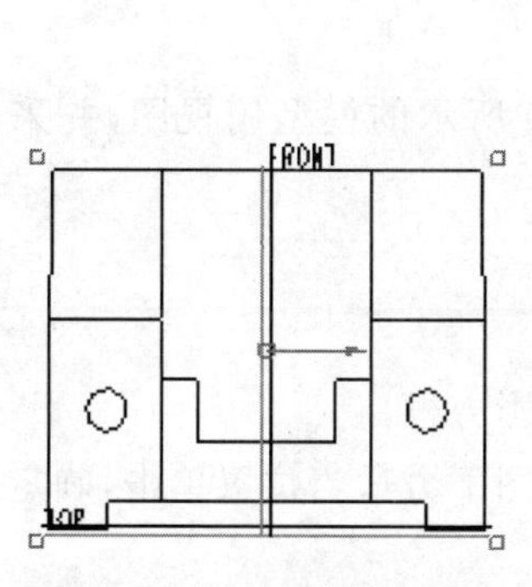

图 14-48 显示剖切侧

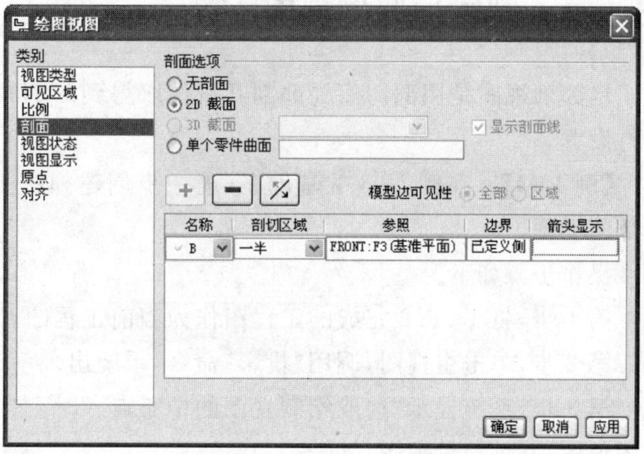

图 14-49 确定半剖视图的分界面与剖切侧

注意： 如果需要剖切剖切面的另一侧，只需在剖切面另一侧单击，红色箭头随即反向。

第 12 步，单击“应用”按钮，单击“关闭”按钮，关闭对话框，在绘图区域单击，创建半剖的左视图。

下一个
前一个
从列表中拾取
删除(D) Del
显示尺寸
视图信息
插入投影视图...
在树中使用模型
边显示(E)...
添加箭头
移动特殊...
锁定视图移动
属性(R)

图 14-50 视图快捷菜单选择“添加箭头”

第 13 步，标注半剖视图。单击左视图，再右击，弹出如图 14-50 所示的快捷菜单，选择“添加箭头”选项，系统提示“给箭头选出一个截面在其处垂直的视图。中键取消。”时，选择需要添加箭头的主视图，在适当位置单击。

注意：添加箭头还可以在“绘图视图”对话框的“剖面”选项卡内，单击如图 14-49 所示的“箭头显示”区，用同样方法操作。

第 14 步，将剖视图标注名称移至视图上方。选择视图名称“B-B”，在其外围显示红色矩形框，用鼠标按住并拖动至主视图上方。

第 15 步，选择视图名称“A-A”，右击，弹出如图 14-51 所示的快捷菜单，选择“拭除”选项，单击，将主视图名称删除。结果如图 14-52 所示。

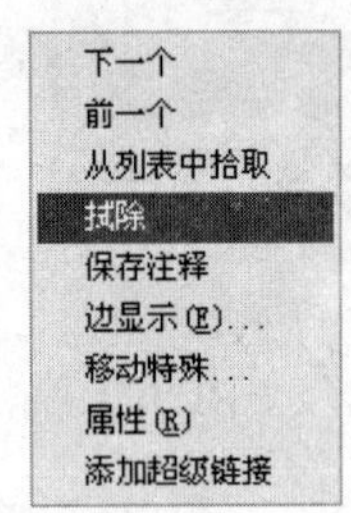

图 14-51 视图名称快捷菜单选择“拭除”

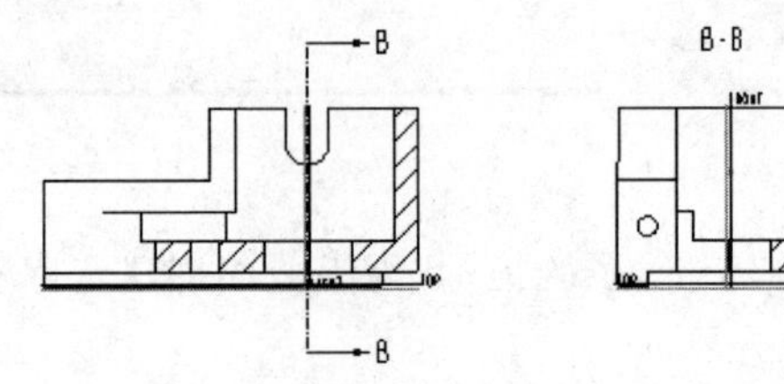

图 14-52 剖视图

14.6.3 创建局部剖视图

局部剖视图是用剖切面局部剖开机件所得到的剖视图，同样利用“绘图视图”对话框进行设置。

【例 14-4】 在例 14-3 的基础上，进一步创建如图 14-40 所示的模型俯视图，并采用局部剖视图。

操作步骤如下。

第 1 步，将 14.6.2 完成的工程图作为当前工程图。

第 2 步，单击主视图，调用“投影”命令，系统出现一个投影方框。

第 3 步，系统提示“选取绘制视图的中心点。”时，在主视图下方适当位置单击，确定俯视图位置，并创建俯视图。

第 4 步，双击刚创建的俯视图，弹出“绘图视图”对话框。在“视图显示”选项卡中，在“显示线型”下拉列表中选择“无隐藏线”，单击“应用”按钮。

第 5 步，同创建全剖视图的第 3 步。

第 6 步，同例 14-3 第 6 步。

第 7 步，在信息窗口内输入截面名称 C，单击图标按钮。系统提示“选取平面或基准平面。”，并弹出“设置平面”菜单管理器，如图 14-53(a)所示，选择“产生基准”选项。

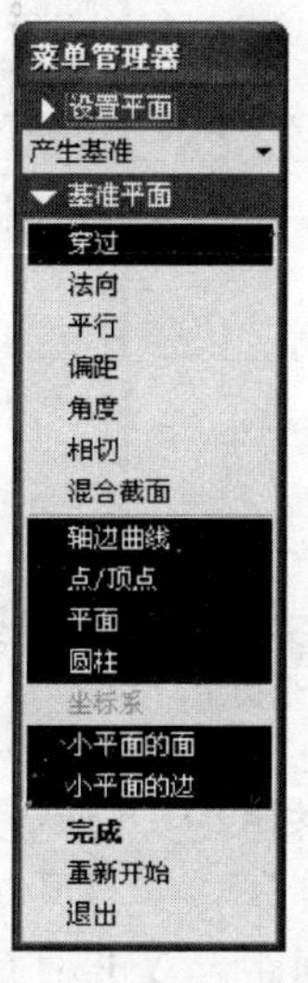

(a) 选择平面选项　　(b) 选择 “穿过” 选项

图 14-53　“设置平面”菜单管理器

第 8 步，选择“穿过”选项，如图 14-53(b)所示。弹出“选取”对话框。

第 9 步，系统提示“从下面选取一个显示：轴、边、曲线、通道，点、顶点，平面，圆柱。”时，在左视图上选取端面小孔的轴线，如图 14-54(a)所示。

第 10 步，重复第 8 步。

第 11 步，系统提示“从下面选取一个显示：轴、边、曲线、通道，点、顶点，平面，圆柱。”时，在左视图上选取端面另一小孔的轴线，如图 14-54(b)所示。单击菜单管理器的选项“完成”。系统创建基准平面 DTM3 作为剖切面 C。

第 12 步，在“绘图视图”对话框的“剖切区域”下拉列表中选择剖切种类为“局部”。

第 13 步，系统提示“选取截面间断的中心点<C>。”时，如图 14-55 所示，在俯视图剖切区域的左侧边上单击，确定中心点，在选择点处出现“×”。

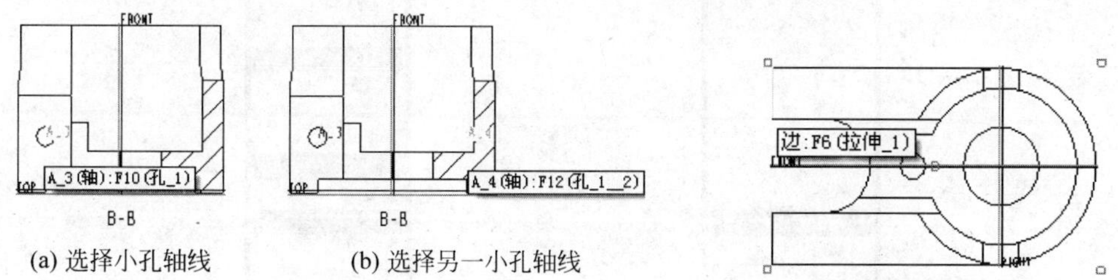

(a) 选择小孔轴线　　(b) 选择另一小孔轴线

图 14-54　选择基准面通过的轴线

图 14-55　指定局部剖的剖切区域中心点

第 14 步，系统提示“草绘样条，不相交其他样条，来定义一轮廓线。”时，围绕刚指定的中心点草绘一样条曲线作为局部剖视图的边界线，单击鼠标中键封闭曲线。

第 15 步，单击“应用”按钮。局部剖视图如图 14-56 所示，“剖面”选项卡如图 14-57 所示。

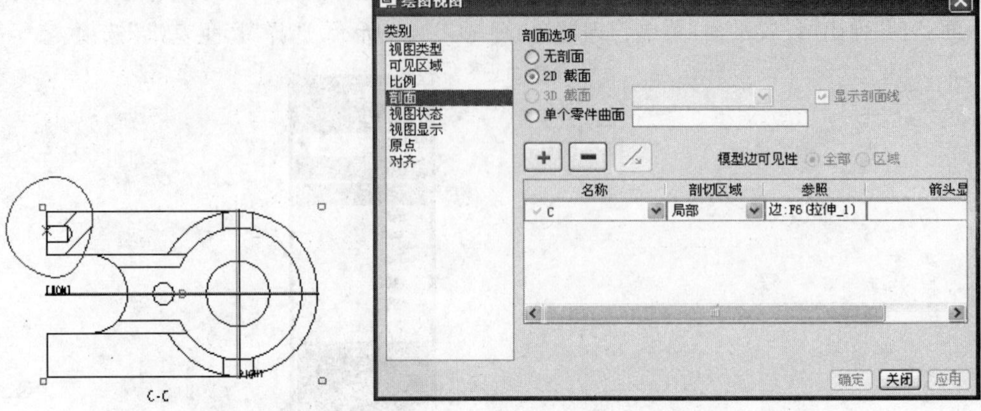

图 14-56　绘制局部剖样条曲线边界　　　　图 14-57　设置局部剖选项

第 16 步，单击“关闭”按钮，关闭对话框，在绘图区域单击。

第 17 步，选择视图名称“C-C”，将其拭除。

第 18 步，调整剖面线间距。双击剖面线，弹出如图 14-58(a)所示的“修改剖面线”菜单管理器，选择“间距”|“值”选项，如图 14-58(b)所示，系统在绘图区域顶部显示“消息输

(a) “修改剖面线”菜单管理器

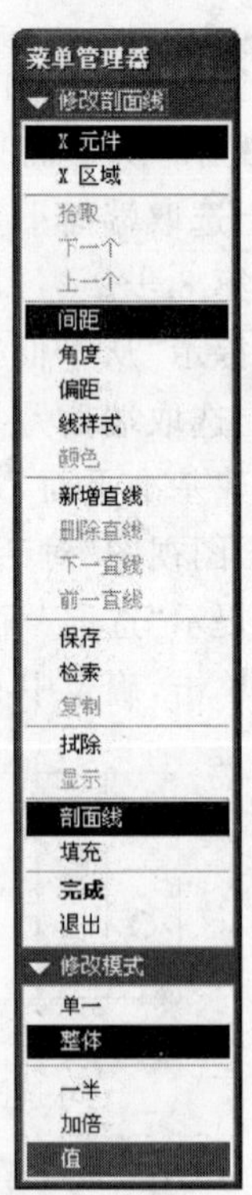

(b)选择“间距”选项

图 14-58　修改剖面线

入窗口”，在“输入间距值”框内输入剖面线间距，单击其右侧的图标按钮。用同样方法更改其他剖视图上的剖面线，使各剖面线保持一致。

注意：在“修改剖面线”菜单管理器，选择“角度”选项，可在菜单管理器下方显示角度值，从中选择所需的角度。此外，还可以输入剖面线相对于起始位置的偏距、修改剖面线的样式(线型、颜色、宽度)、新增剖面线并保存、检索并选择剖面线类型等操作，请读者自行练习。

第19步，关闭基准面显示，重画当前视图，视图如图14-59所示。

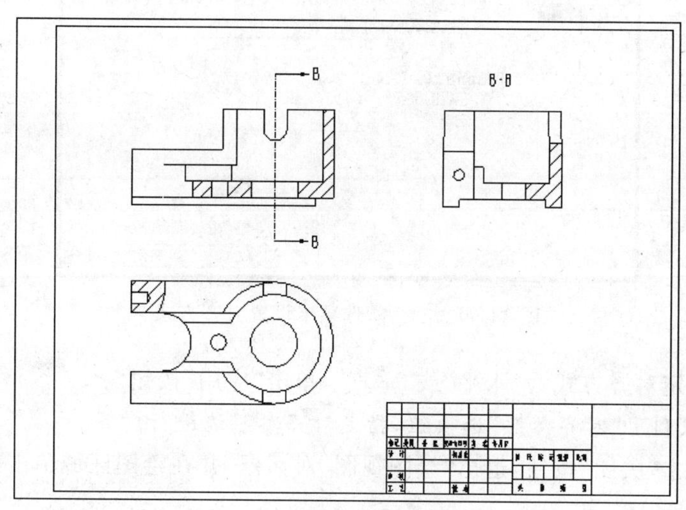

图14-59　完成的工程图视图

14.7　编辑视图

模型视图创建之后，可能会出现视图位置或是视图属性不合适等问题，需要进行重新调整，以提高视图表达的标准化、正确性、可读性。视图属性包括视图名称、类别、比例、显示状态，以及视图边界等，这些均可以在“绘图视图”对话框中进行修改编辑，方法如上述各节所述。另外，视图的标注、剖视图中的剖面线的修改等已在例14-4中介绍。本节着重介绍视图的编辑。

14.7.1　对齐视图

当两个视图均是用“一般视图”命令创建时，为保证投影规律，可利用“绘图视图”对话框的“对齐”选项卡，将两个视图对齐。

操作步骤如下。

第1步，双击需要对齐的视图，弹出“绘图视图”对话框。

第2步，在“类别”列表中选择“对齐”选项，显示如图14-60所示的“对齐”选项卡，选择“将此视图与其他视图对齐”复选框，系统提示“选取要与之对齐的视图”，选择要与之对齐的视图。

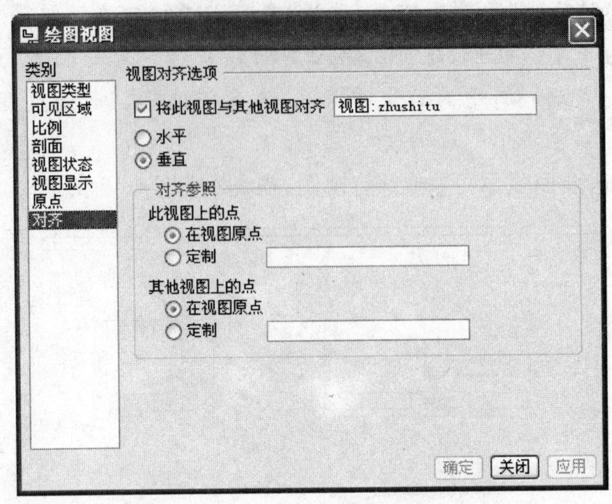

图 14-60 “对齐”选项卡设置对齐方式

第 3 步，确定对齐方式为“水平”或“垂直”，单击“应用”按钮。

注意：可以利用“对齐参照”选项组，指定对齐参照边进行对齐。

第 4 步，单击“关闭”按钮，退出“绘图视图”对话框，并在绘图区域单击。

14.7.2 移动视图

当创建好的视图位置需要调整时，可以对视图进行移动操作。在默认情况，Pro/ENGINEER 所创建的视图位置是锁定的，以防止用户意外移动视图。所以在移动视图前，必须解锁视图，具体方法有如下 3 种。

(1) 执行“工具”|“环境”命令，弹出如图 14-28(c)所示的“环境”对话框，取消选中“锁定视图移动”复选框。

(2) 单击 “绘制”工具栏中的图标按钮，使该按钮弹起，关闭锁定视图的开关。

(3) 选择某一视图，右击，在弹出的快捷菜单中选择“锁定视图移动”，将其不选中，如图 14-50 所示。

移动视图的操作步骤如下。

第 1 步，单击选择需要移动的视图，所选视图轮廓加亮显示，即显示视图的边界及四角与中心点的句柄。

第 2 步，光标移到所选视图上时变成“十”字光标，按住鼠标左键并拖动，所选的视图随鼠标的拖动而移动，至合适位置松开鼠标。

注意：

(1) 如果视图之间存在关联，移动父视图时，其子视图也随之移动。

(2) 一般视图可以任意移到图纸合适位置，而投影视图默认设置下只能在投影线方向上移动。但当某一视图在“绘图视图”对话框的“对齐”选项卡内，取消选中“将此视图与其他视图对齐”复选框时，则可以任意移动。

14.7.3 拭除视图

拭除视图操作可以将选定的视图暂时隐藏，以便缩短视图重生成或重画的时间，打印时也不输出。

调用命令的方式如下。

菜单：执行“视图”|“绘图显示”|“绘图视图可见性”命令。

操作步骤如下。

第 1 步，启动“绘图视图可见性”命令，系统弹出“视图”菜单管理器，如图 14-61(a)所示。

第 2 步，选择“拭除视图”选项。

第 3 步，系统提示“选取要拭除的绘图视图。”时，单击选择需要隐藏的视图，如图 14-39 所示的轴测图，视图拭除后将显示其视图名称，如图 14-62 所示。

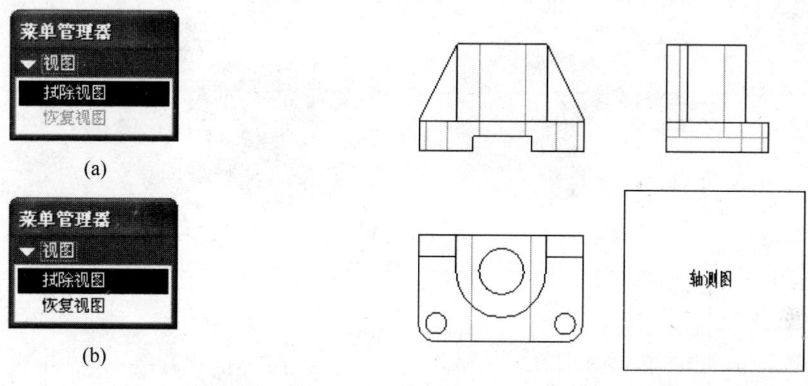

图 14-61 “视图”菜单管理器　　图 14-62 拭除轴测图

注意：

(1) 若选择的视图与其他视图之间有联系，如选择如图 14-59 所示的左视图，该视图在主视图上有关联的标注箭头，则系统会在绘图区顶部显示消息输入窗口，提示用户“抹掉所有与视图左视图相关的箭头和圆?”，用户可以进行选择，确定是否消除箭头。

(2) 当一个视图被拭除，“视图”菜单管理器中的“恢复视图”选项亮显，如图 14-61(b)所示。

14.7.4 恢复视图

拭除后的视图在需要时再恢复显示，同样打开“视图”菜单管理器进行操作。“恢复视图”选项在拭除视图操作后才可以进行。

操作步骤如下。

第 1 步，启动“绘图视图可见性”命令，系统弹出“视图”菜单管理器，如图 14-61(b)所示。

第 2 步，选择“恢复视图”选项。

第 3 步，系统弹出“视图名”菜单，如图 14-63 所示，并提示“选取要恢复的绘图视图。”时，选择需要恢复的视图名称(或单击选择需要恢复的视图)，单击“完成选取”选项，所选的视图恢复显示。

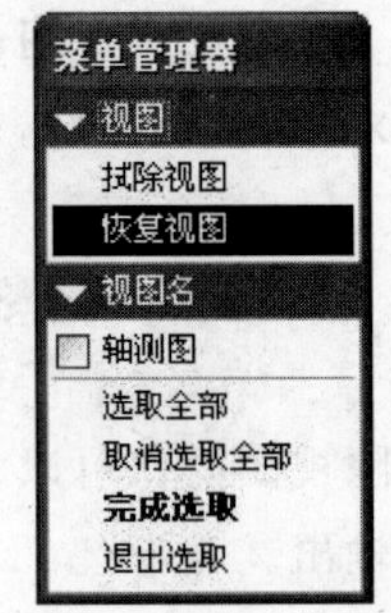

图 14-63　选取恢复的视图名

14.8　上机操作实验指导十三　泵体视图创建

调用 A3_H 绘图格式文件，将如图 14-64(a)所示泵体的三维实体创建其工程视图，如图 14-64(b)所示。主要涉及的命令包括“视图管理器”命令、创建“一般”视图、“投影”视图命令以及“绘图草绘器工具”中的“使用”命令、“圆角”命令、“填充”命令等。

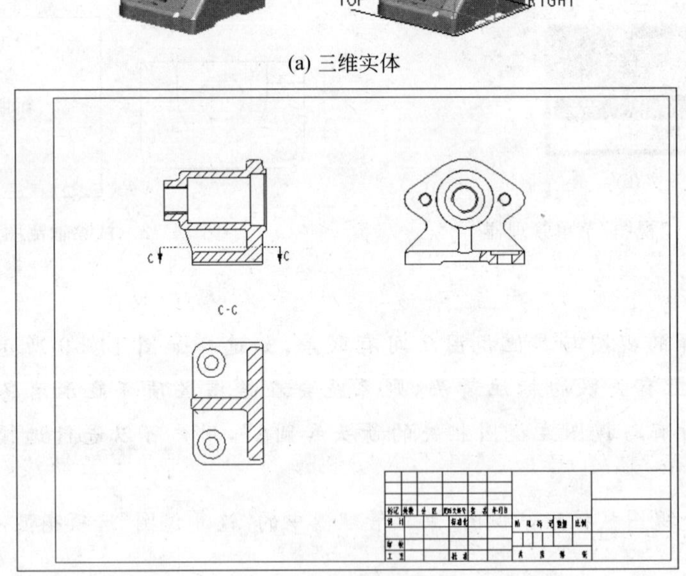

(a) 三维实体

(b) 工程视图

图 14-64　由泵体三维实体创建工程视图

操作步骤如下。

步骤 1　在零件模式下创建剖切面

第 1 步，打开 Ch14-3. prt。

第 2 步，单击图标按钮，打开“视图管理器”对话框，如图 14-41 所示。

第 3 步，单击“新建”按钮，创建主视图剖切面 A，左视图剖切面 B，俯视图剖切面 C，如图 14-65 所示。操作过程略。

(a) 主视图剖切面

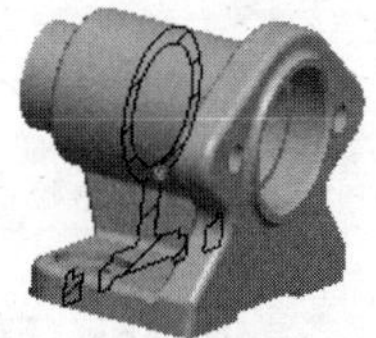

(b) 左视图剖切面

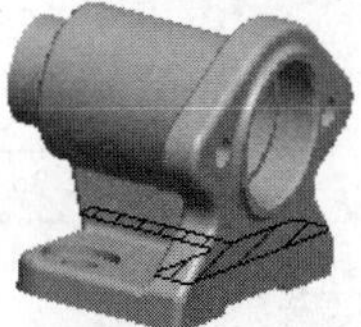

(c) 俯视图剖切面

图 14-65　利用“视图管理器”创建视图剖切面

注意：创建左视图和俯视图剖切面前，先创建相应的基准平面。

步骤 2　创建新文件

第 1 步，单击下拉菜单“文件”|“新建”，在如图 14-1 所示的“新建”对话框的“类型”选项组内选择“绘图”，在“名称”文本框中输入文件名称 bengti，单击“确定”按钮。

第 2 步，在“新制图”对话框中选择“格式为空”模板类型，单击“浏览”按钮，在“打开”对话框中选择 A3_H 绘图格式文件，如图 14-4 所示，单击“确定”按钮，进入工程图环境。

步骤 3　利用“一般”命令创建全剖主视图

第 1 步，单击图标按钮，启动“一般”命令。

第 2 步，系统提示“选取绘制视图的中心点。”时，在适当位置单击，确定视图位置，系统以默认比例 1∶1 显示泵体模型当前视图，并弹出如图 14-20 所示的“绘图视图”对话框，显示“视图类型”选项卡。

第 3 步，在“视图类型”选项卡中的“模型视图名”列表中选择 BACK，确定视图观察方向，单击“应用”按钮，系统显示主视图的全视图。

第 4 步，在“类别”列表中选择“视图显示”选项，显示如图 14-23 所示的“视图显示”选项卡，在“显示线型”下拉列表中选择“无隐藏线”，单击“应用”按钮。

第 5 步，在“类别”列表中选择“剖面”选项，在“剖面”选项卡的“剖面选项”组内选择“2D 截面”单选按钮。单击按钮，在“名称”下拉列表中选择截面 A，默认“剖切区域”中的剖切种类“完全”，如图 14-66(a)所示。

第 6 步，单击“确定”按钮，在绘图区域单击，完成全剖视图的创建，如图 14-66(b)所示。

步骤 4　利用“投影”命令创建局部剖的左视图

第 1 步，右击，在弹出的快捷菜单中选择“插入投影视图”选项，系统出现一个投影方框。

第 2 步，系统提示“选取绘制视图的中心点。”时，在主视图右方单击，确定左视图位置，显示左视图。

第 3 步，双击刚创建的左视图，弹出“绘图视图”对话框，设置“显示线型”为“无隐藏线”，“相切边显示样式”为“无”，单击“应用”按钮。

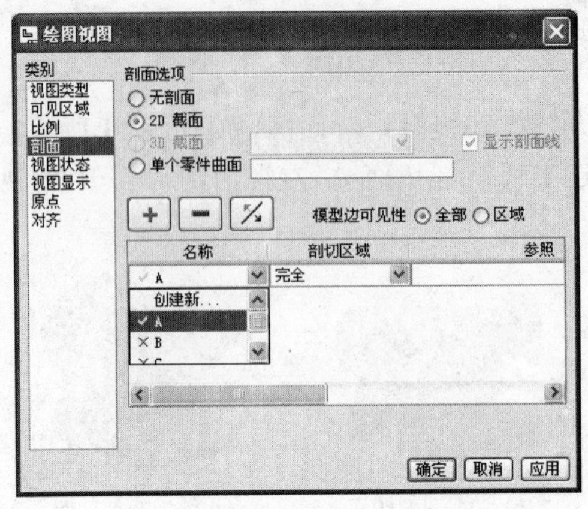

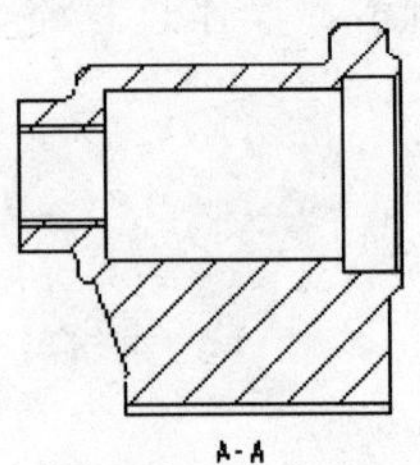

(a) 选取剖切面、设置剖切区域　　(b) 创建的主视图

图 14-66　创建全剖主视图

第 4 步,在"类别"列表中选择"剖面"选项,在"剖面"选项卡的"剖面选项"组内选择"2D 截面"单选按钮。单击 + 按钮,在"名称"下拉列表中选择截面 B,在"剖切区域"下拉列表中选择剖切种类为"局部",如图 14-67(a)所示。

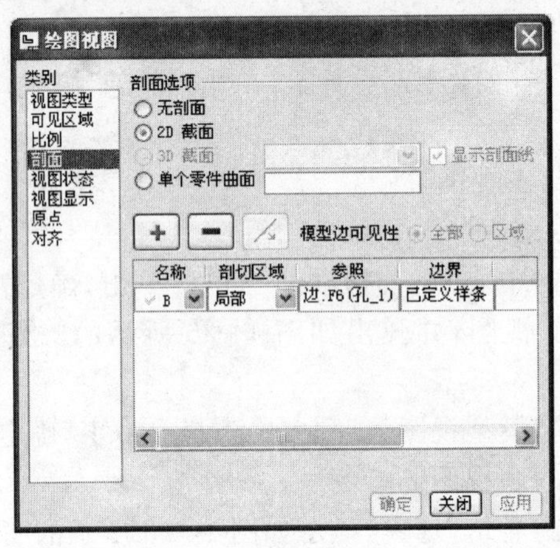

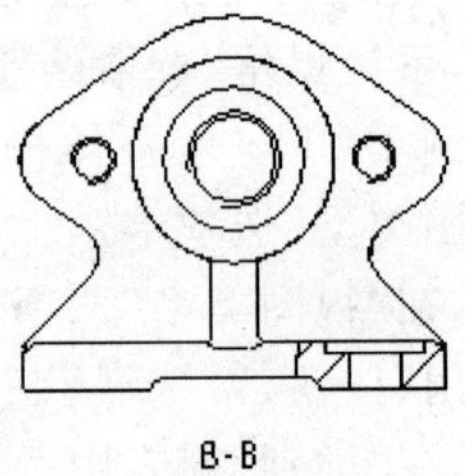

(a) 选取剖切面、设置剖切区域及剖切范围　　(b) 创建的左视图

图 14-67　创建局部剖左视图

第 5 步,系统提示"选取截面间断的中心点<C>。"时,在左视图剖切区域的一条边上单击,确定中心点。

第 6 步,系统提示"草绘样条,不相交其他样条,来定义一轮廓线。"时,围绕刚指定的中心点草绘一样条曲线作为局部剖视图的边界线,单击鼠标中键封闭曲线。设置如图 14-67(a)所示。

第 7 步,单击"关闭"按钮,局部剖视图如图 14-67(b)所示。

步骤 5　利用"投影"命令创建全剖的俯视图

启动"投影"命令,在主视图下方创建俯视图,并设置"显示线型"为"无隐藏线","相切边显示样式"为"无";"剖面"设置如图 14-68(a)所示。操作过程略。

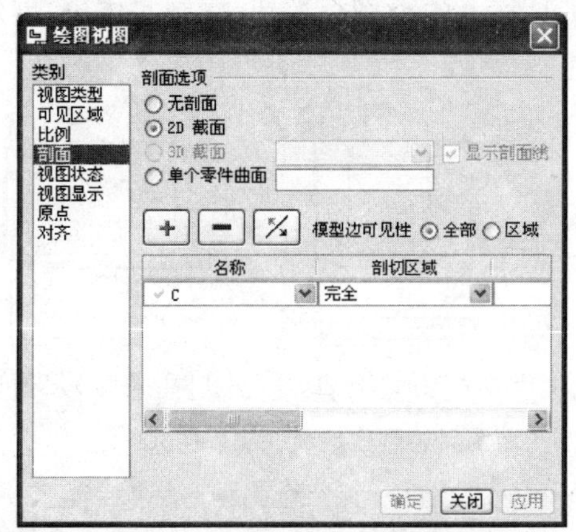

(a) 选取剖切面、设置剖切区域及剖切范围

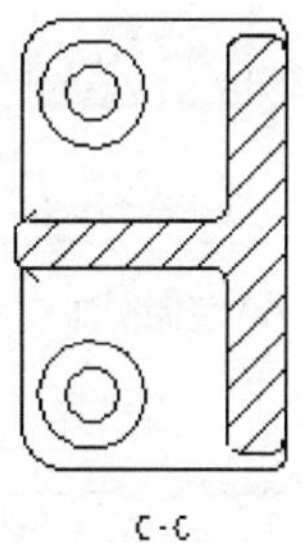

(b) 创建的俯视图

图 14-68　创建全剖俯视图

步骤 6　编辑整理视图

第 1 步，分别选择视图名称"A-A"、"B-B"，利用快捷菜单将其拭除。

第 2 步，调整各剖视图中剖面线的间距，使各剖面线保持一致。操作过程略[①]。

第 3 步，将主视图上的肋编辑为不剖处理。

(1) 双击主视图上的剖面线，在"修改剖面线"菜单管理器中选择"X 区域"选项，选择"拾取"选项，选择主视图下方区域的剖面线，单击"修改剖面线"菜单管理器中"拭除"选项，如图 14-69(a)所示，单击"完成"选项，单击。结果如图 14-69(b)所示。

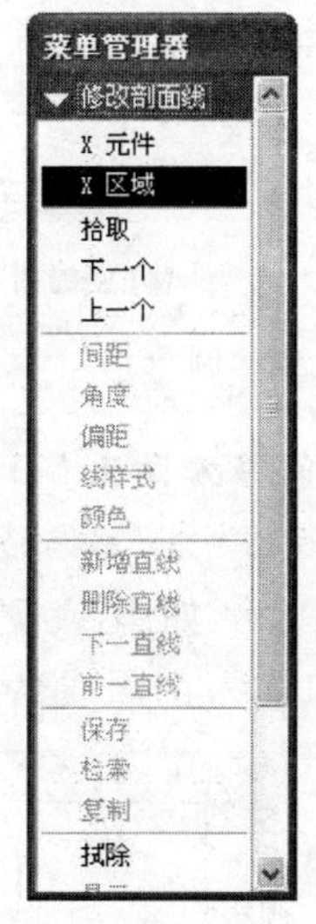

(a) "修改剖面线" 菜单管理器

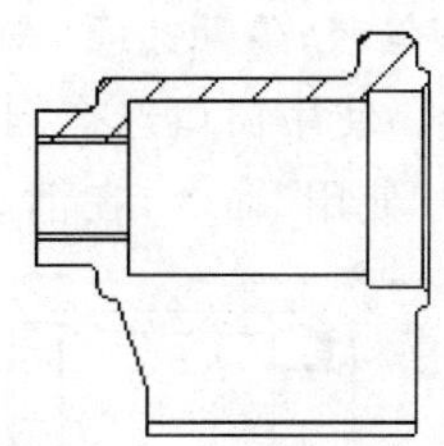

(b) 拭除肋所在区域的剖面线

图 14-69　拭除主视图上的剖面线

① 参见本书例 14-4 第 16 步。

（2）单击“绘图草绘器工具”工具栏上的图标按钮，复制实体边，创建剖面线边界图元，如图 14-70(a)所示。

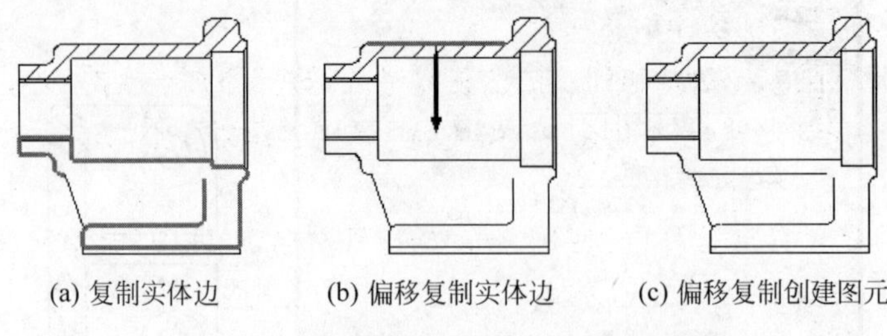

(a) 复制实体边　　(b) 偏移复制实体边　　(c) 偏移复制创建图元

图 14-70　复制图元边创建剖面线边界图元

注意：

（1）执行“草绘”|“边”|“使用”命令，也可复制实体边。

（2）使用 Ctrl 键选择多条边。

（3）单击“绘图草绘器工具”工具栏上的图标按钮，选择主视图 ϕ36 圆柱上侧转向线，如图 14-70(b)所示。在消息输入窗口输入偏距 36。偏移复制实体边创建 ϕ36 圆柱下侧转向线，如图 14-70(c)所示。

（4）单击“绘图草绘器工具”工具栏上的图标按钮，选择 ϕ36 圆柱下侧转向线与右端支撑板左端面轮廓线，在如图 14-71(a)所示的“圆角属性”对话框中输入半径为 2，默认修剪造型为“完全修剪”，单击“确定”按钮，创建圆角，如图 14-71(b)所示。

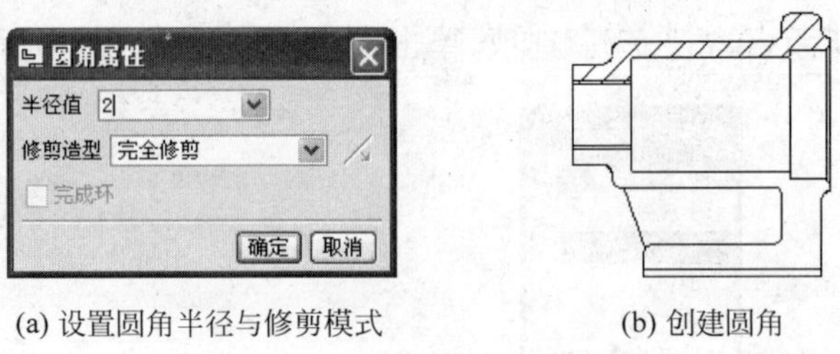

(a) 设置圆角半径与修剪模式　　(b) 创建圆角

图 14-71　在主视图上创建圆角

注意：输入偏距时，应注意偏移方向，确定在偏移方向上偏距的正负。偏距为正，则向箭头所指方向一侧偏移；偏距为负，则向箭头相反方向一侧偏移。

（5）创建剖面线。使用窗口选择剖面线边界图元，如图 14-72(a)所示，执行“编辑”|“剖面线/填充(H)”|“使用”命令，在消息输入窗口输入剖面线名称后，即可填充剖面线。

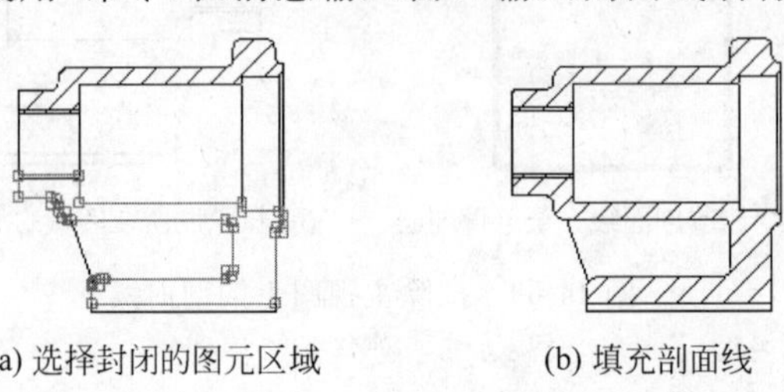

(a) 选择封闭的图元区域　　(b) 填充剖面线

图 14-72　在主视图上填充剖面线

双击该剖面线，更改其间距为 4，结果如图 14-72(b)所示。

注意：剖面线图元边界必须围成封闭区域。

第 4 步，标注全剖俯视图。

(1) 单击俯视图，再右击，在弹出的快捷菜单中选择“添加箭头”选项，系统提示“给箭头选出一个截面在其处垂直的视图。中键取消。”时，选择需要添加箭头的主视图，在适当位置单击。

(2) 将剖视图标注名称移至视图上方。选择视图名称“C-C”，在其外围显示红色矩形框，用鼠标按住并拖动至俯视图上方。

第 5 步，关闭基准面显示，重画当前视图。

步骤 7　保存图形

参见本书第 1 章，操作过程略。

14.9　上　机　题

分别打开 Ch14-4. prt 和 Ch14-5. prt 模型文件，调用 A3_H 创建如图 14-73(a)、(b)所示的泵体和支架的零件工程图，效果如图 14-73(c)、(d)所示。

(a) 泵体　　(b) 支架

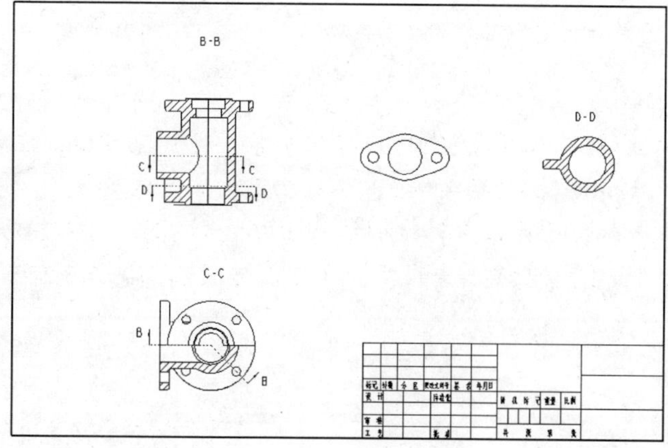

(c) 泵体工程视图

图 14-73　创建工程视图

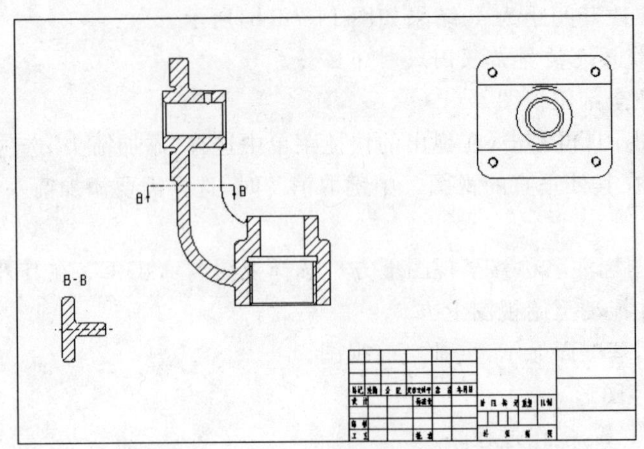

(d) 支架工程视图

图　14-73(续)

绘图提示：

如图 14-73(c)、(d)所示的 D-D、B-B 断面图，可以利用“绘图视图”对话框，在“剖面”选项卡的“剖面选项”组内选择“2D 截面”单选按钮，并选择“模型边可见性”为“区域”选项。

第15章 工程图标注

一张完整的工程图，在创建视图后还需要进行尺寸标注、注写技术要求、填写标题栏等。Pro/ENGINEER 的工程图模块有完善的工程图标注功能。

本章将介绍的内容如下。

(1) 尺寸标注。

(2) 尺寸的整理与编辑。

(3) 创建注释。

(4) 标注尺寸公差。

(5) 标注表面粗糙度。

15.1 尺寸标注

Pro/ENGINEER 工程图中所标注的尺寸有以下两种。

(1) 三维零件或组件本身所拥有的设计尺寸，在工程上会自动标注并可以显示出来，称为驱动尺寸或显示尺寸。这类尺寸可以进行双向驱动，即：当在零件模式下更改了特征尺寸，相关工程图相应的驱动尺寸也发生变化；若在工程图中改变了某一驱动尺寸，相关的模型的形状大小也会发生变化。

(2) 手动插入的尺寸称为从动尺寸或添加尺寸。这类尺寸只能实现从模型到绘图的单向驱动，即：如果在模型中更改了尺寸，则在工程图上相关的结构图形与尺寸均会发生变化。

在工程图上标注尺寸的步骤如下。

(1) 显示驱动尺寸。

注意：工程图中的尺寸应尽量多地使用驱动尺寸，以便能充分利用零件模型与其工程图之间的相关性。

(2) 拭除、调整多余或不合适的驱动尺寸，并加以整理，以便能清晰地显示。

(3) 手动添加从动尺寸，保证尺寸的完整性。

(4) 重新定位尺寸在视图上的显示，修改尺寸的组成元素。

15.1.1 显示/拭除驱动尺寸

模型尺寸、信息与模型保持参数化相关性，当创建某一模型工程图时，模型的尺寸就成为驱动尺寸。默认情况下驱动尺寸及模型信息是不可见的。应该将其显示，并有选择地拭除不必要的尺寸。

调用命令的方式如下。

菜单：执行"视图"|"显示及拭除"命令。

图标：单击"绘制"工具栏中的图标按钮。

1. 显示尺寸

操作步骤如下。

第 1 步，单击图标按钮，启动"显示及拭除"命令，弹出"显示/拭除"对话框，"显示"选项卡为当前选项卡，如图 15-1 所示。

第 2 步，在"类型"选项组中选择显示类型，如单击尺寸按钮。

第 3 步，在"显示方式"选项组中选择显示零件还是特征的尺寸，以及尺寸所显示的视图等。

第 4 步，根据系统提示，选择特征，或零件，或视图等，"预览"选项卡亮显。

第 5 步，选择"预览"选项卡，选择某一选项，按照相应提示，对显示的尺寸进行过滤，如图 15-2 所示。

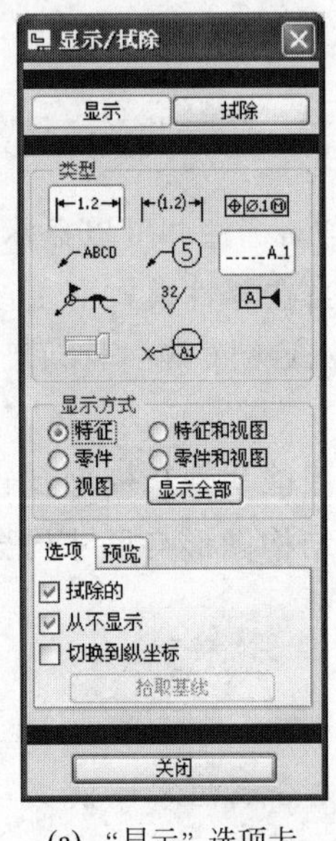

(a) "显示" 选项卡

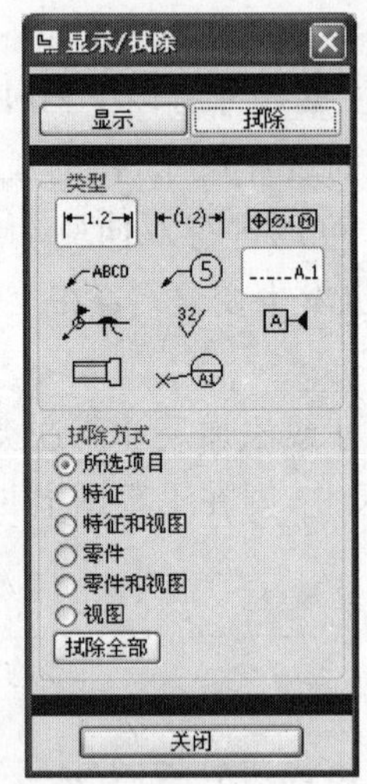

(b) "拭除" 选项卡

图 15-1 "显示/拭除"对话框

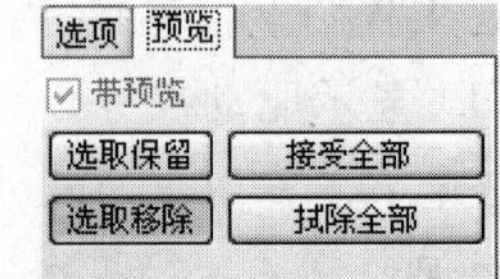

图 15-2 "预览"选项卡

第 6 步，单击"关闭"按钮，按照上述选择显示尺寸，如图 15-3 所示。

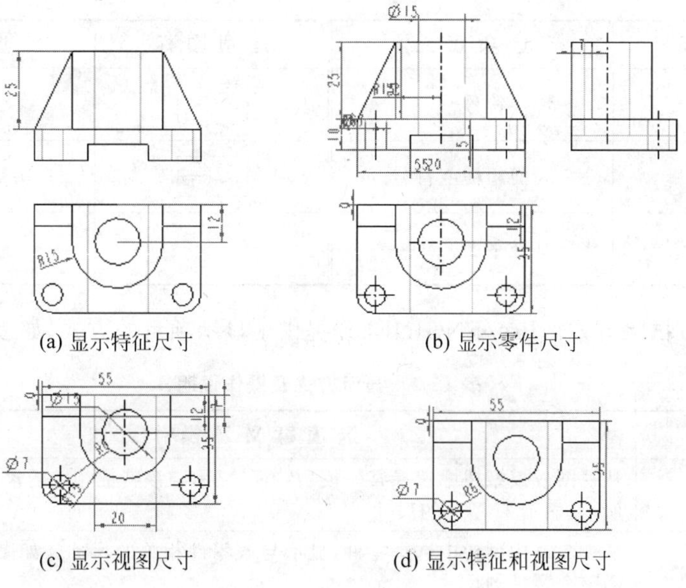

(a) 显示特征尺寸　(b) 显示零件尺寸

(c) 显示视图尺寸　(d) 显示特征和视图尺寸

图 15-3　尺寸显示方式

2. 拭除尺寸

操作步骤如下。

第 1 步，同显示尺寸第 1 步。

第 2 步，单击“拭除”按钮，显示“拭除”选项卡。

第 3 步，在“类型”选项组中选择拭除类型，如单击尺寸[|←(1.2)→|]按钮。

第 4 步，在“拭除方式”选项组中选择需要拭除的是零件还是特征的尺寸，及其所属视图等。

第 5 步，根据系统提示，选择特征或视图等。

第 6 步，单击“关闭”按钮。

3. 操作及选项说明

(1) 项目类型。在“类型”选项组内提供的显示/拭除项目如表 15-1 所示。用户可以按要求进行选择性地组合选取，以便同时显示/拭除需要的项目。

表 15-1　显示/拭除项目类型及说明

选项图标	选项意义	选项图标	选项意义
[|←(1.2)→|]	一般模型尺寸	[↙ABCD]	注释
[|←(1.2)→|]	参考尺寸	[↙⑤]	球标(零件编号)
[⊕Ø.1Ⓜ]	几何公差	[----A_1]	轴线

续表

选项图标	选项意义	选项图标	选项意义
	焊接符号		螺纹等装饰特征
32/	表面粗糙度符号	A1	几何公差基准
A	基准平面		

(2) 显示/拭除方式。Pro/ENGINEER 提供了显示项目的方式，如表 15-2 所示。

表 15-2　显示方式及操作说明

方　式	选项意义及操作方法
特征	从视图或模型树中选择某一模型特征，显示与该特征相关的尺寸。如图 15-3(a)所示，显示 U 型体的尺寸
零件	从视图或模型树中选择零件，显示与该零件相关的尺寸。如图 15-3(b)所示，显示整个零件的尺寸
视图	选择某一视图，显示所选视图的尺寸。如图 15-3(c)所示，在俯视图上显示尺寸
特征和视图	在某一视图上选择一个特征，该特征的相关尺寸显示在所选视图中。如图 15-3(d)所示，在俯视图上显示底板的尺寸
零件和视图	在某一视图上选择零件，该零件的相关尺寸显示在所选视图中。该方式适合于在组件中将某一零件的尺寸显示在选定视图中
显示全部	显示所有尺寸

注："拭除"选项卡上的拭除方式意义与相应"显示"方式意义相同。

注意：

(1) 其他选项类型的显示方式与尺寸相同。

(2) 可以不打开"显示/拭除"对话框，在导航器的模型树中选择某一特征后，右击，弹出如图 15-4 所示的快捷菜单，选择"显示尺寸"，即可显示如图 15-3(a)所示的特征尺寸；或选择"按视图显示尺寸"，即可显示如图 15-3(c)所示的某一视图的尺寸。

(3) 选择某一尺寸，右击，在弹出的快捷菜单中选择"拭除"，即可拭除所选尺寸，如图 15-5 所示。驱动尺寸不能用"删除"命令永久删除，只能拭除，且可重新显示。

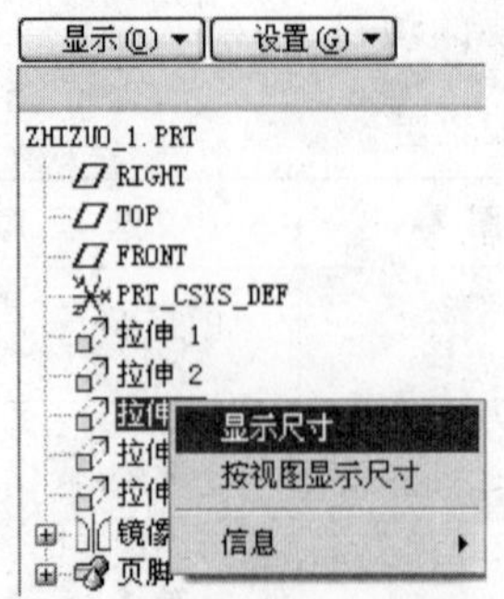

图 15-4　模型树特征快捷菜单

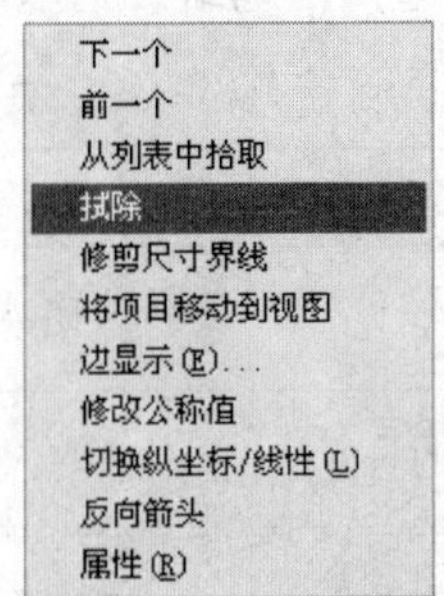

图 15-5　尺寸快捷菜单

(4) 显示预览。当选择了需要显示尺寸的特征、零件或视图后,“预览”选项卡亮显,如图 15-2 所示。用户可以通过预览选项对显示的尺寸进行过滤。

① 选取保留:从预览尺寸中选取要显示的各个尺寸,其余未被选定的尺寸将被拭除。

② 选取移除:从预览尺寸中选取要移除的尺寸,其余未被选定的尺寸都将显示。

③ 接受全部:显示所有预览的尺寸。

④ 拭除全部:拭除所有预览的尺寸。

注意:

(1) 从预览尺寸中选取多个尺寸,需要按住 Ctrl 键。

(2) 在操作过程中,可以使用“重画”命令,重画视图。

15.1.2 手动添加一般尺寸

系统显示的驱动尺寸可能还不完整,有的尺寸不合适,需要拭除后再重新标注,这就需要用户手动添加尺寸。

调用命令的方式如下。

菜单:执行“插入”|“尺寸”|“新参照”命令。

图标:单击“绘制”工具栏中的▭图标按钮。

1. 添加一般尺寸的步骤

操作步骤如下。

第 1 步,单击▭图标按钮,启动“新参照”命令,系统弹出“依附类型”菜单管理器,如图 15-6 所示。

第 2 步,选择标注尺寸的依附类型,如默认为“图元上”方式。

第 3 步,系统提示“选取图元进行尺寸标注或尺寸移动;中键完成。”时,依次选取两个图元,在适当位置单击鼠标中键,确定尺寸位置。

第 4 步,继续添加其他尺寸。

第 5 步,单击“返回”选项,结束命令。

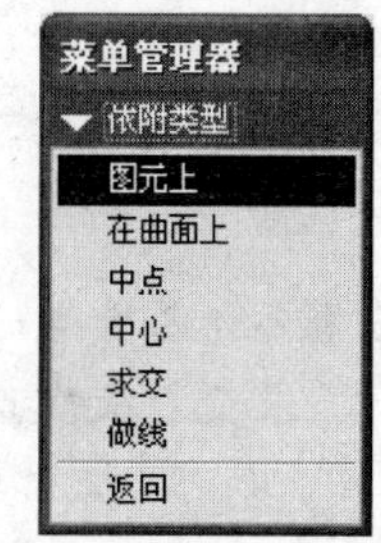

图 15-6 “依附类型”菜单管理器

2. 操作及选项说明

“新参照”命令的尺寸依附类型共有 5 种,操作说明如下。

(1) 图元上:依次选择两个图元,将标注两个图元之间的尺寸,如图 15-7 所示。

注意:

(1) 当选择两个图元成一定角度时,则标注两个图元间的夹角。

(2) 单击某一圆或圆弧时,即可标注半径;双击某一圆或圆弧时,即可标注直径。

(2) 中点:依次选取两个图元,在如图 15-8(a)所示的“尺寸方向”菜单管理器中选择

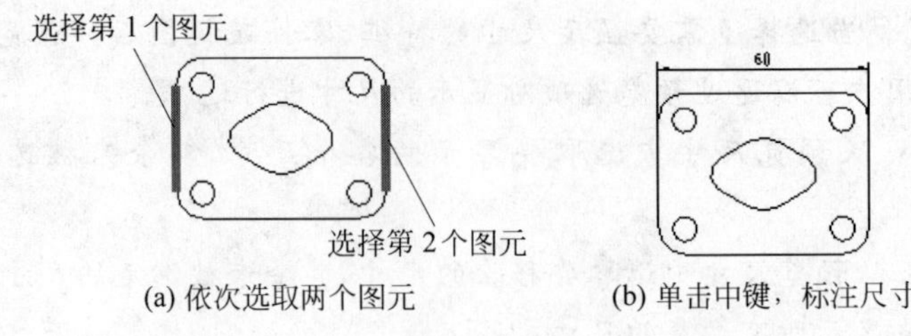

(a) 依次选取两个图元　　(b) 单击中键，标注尺寸

图 15-7　“图元上”方式添加尺寸

尺寸方向，将标注两图元中点在所选方向之间的距离，如图 15-8(b)所示。

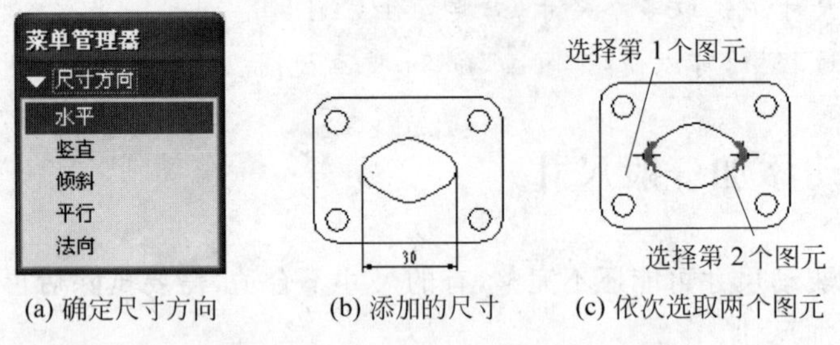

(a) 确定尺寸方向　　(b) 添加的尺寸　　(c) 依次选取两个图元

图 15-8　“中点”方式添加尺寸

(3) 中心：依次选取两个图元(圆或圆弧)，如图 15-9(a)所示，并在如图 15-8(a)所示的“尺寸方向”菜单管理器中确定尺寸方向，系统将捕捉所选圆或圆弧的圆心，并标注两圆心在所选方向之间的距离，如图 15-9(b)所示。

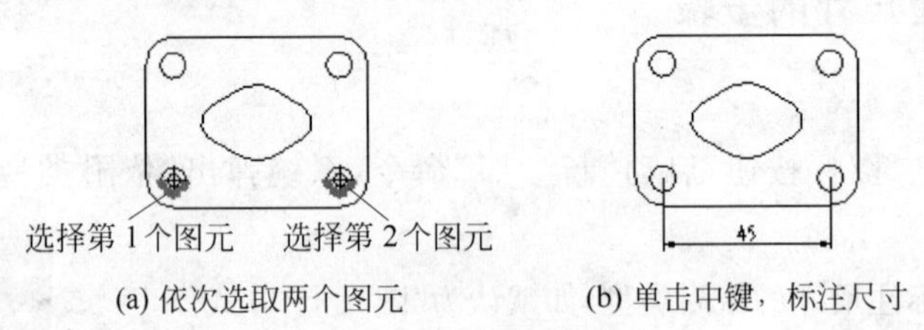

(a) 依次选取两个图元　　(b) 单击中键，标注尺寸

图 15-9　“中心”方式添加尺寸

注意：如果选择的两个图元为非圆形图元，则结果与“图元上”方式相同。

(4) 求交：依次选取两对相交图元，系统捕捉到两个交点，如图 15-10(a)、(b)所

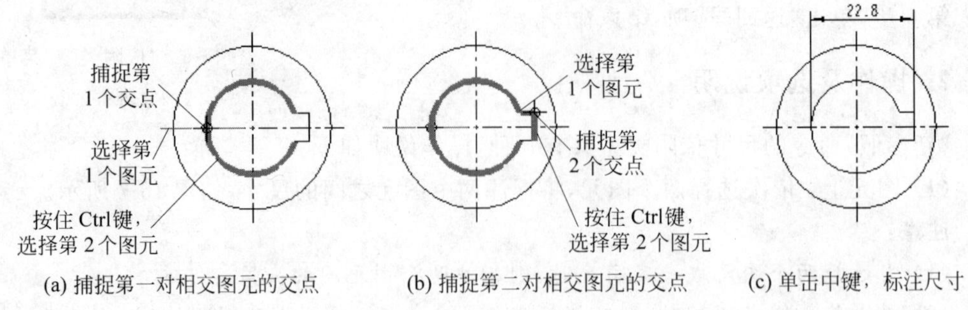

(a) 捕捉第一对相交图元的交点　　(b) 捕捉第二对相交图元的交点　　(c) 单击中键，标注尺寸

图 15-10　“求交”方式添加尺寸

示，并在如图 15-8(a)所示的“尺寸方向”菜单管理器中确定尺寸方向，将标注两个交点在所选方向之间的距离，如图 15-10(c)所示。

注意：系统捕捉到的是两个图元靠选择点的最近交点。

(5) 做线：提供了“两点”、“水平直线”、“竖直线”3 个选项，如图 15-11 所示。可以创建倾斜、水平、垂直的尺寸界线，标注尺寸，如图 15-12 和图 15-13 所示。

图 15-11 “做线”选项

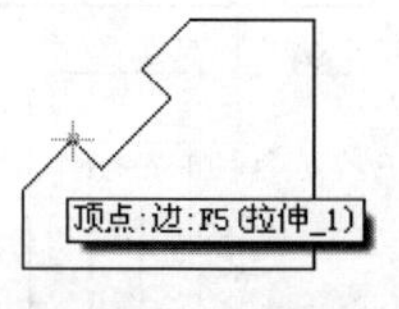

(a) 选择一个顶点

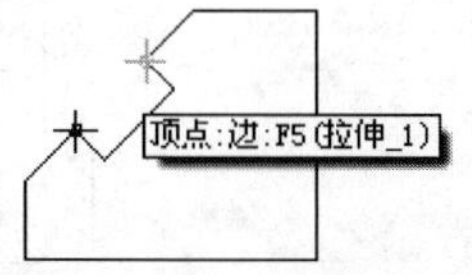

(b) 按住 Ctrl键选择第 2 个顶点

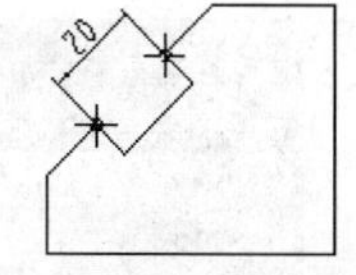

(c) 单击中键，标注尺寸

图 15-12 “做线”的“2 点”方式添加尺寸

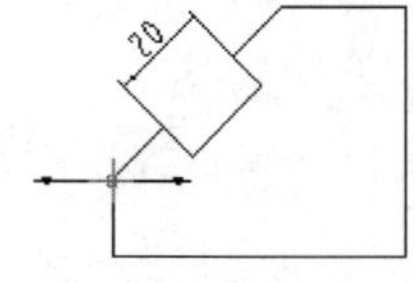

(a) 选择一个顶点做水平线

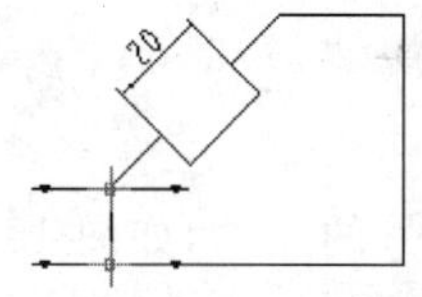

(b) 选择第 2 个顶点做水平线

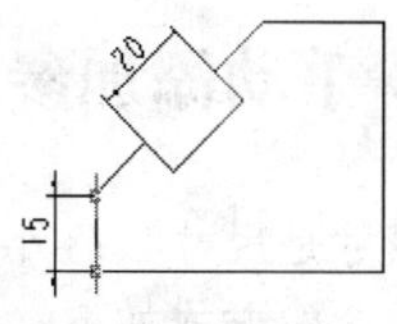

(c) 单击中键，标注尺寸

图 15-13 “做线”的“水平直线”添加尺寸

15.1.3 手动添加公共参照尺寸

公共参照尺寸是具有公共尺寸界线的一组尺寸，如图 15-16 所示。

调用命令的方式如下。

菜单：执行“插入”|“尺寸”|“公共参照”命令。

操作步骤如下：

第 1 步，启动“公共参照”命令，系统弹出如图 15-6 所示的“依附类型”菜单管理器。

第 2 步，选择标注尺寸的依附类型，如默认为“图元上”方式。

第 3 步，系统提示“选取几何使用公共尺寸标注参照。”时，选取公共参照的直线，如图 15-14(a)所示的底边。

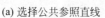

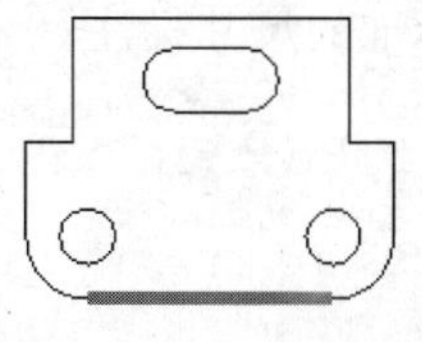
(a) 选择公共参照直线

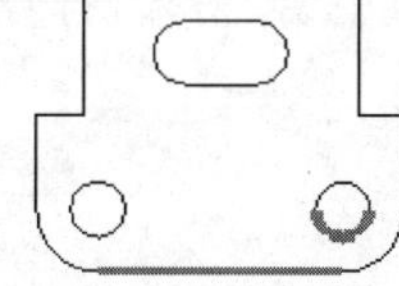
(b) 选择第 2 个图元

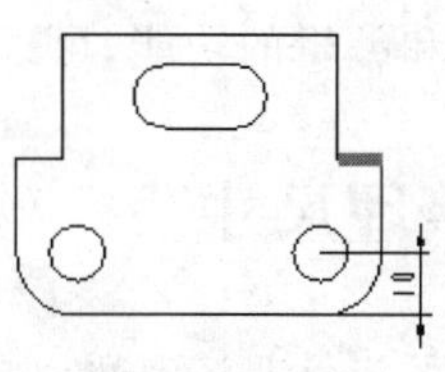

(c) 选择第 3 个图元

图 15-14 添加公共参照尺寸操作

第 4 步，系统提示“选取图元进行尺寸标注或尺寸移动；中键完成。”时，选取小圆弧，如图 15-14(b)所示，在适当位置单击鼠标中键，确定尺寸位置，系统弹出如图 15-15 所示的“弧/点类型”菜单管理器。

第 5 步，系统提示“请选取中心或相切尺寸类型。”时，选择“中心”选项，系统标注尺寸 10。

第 6 步，系统继续提示“选取图元进行尺寸标注或尺寸移动；中键完成。”时，继续选择其他图元，如图 15-14(c)所示的右侧水平边，单击中键，添加其他尺寸。直至单击中键，结束命令，在适当位置单击，完成尺寸标注，如图 15-16 所示。

图 15-15 “弧/点类型”菜单管理器

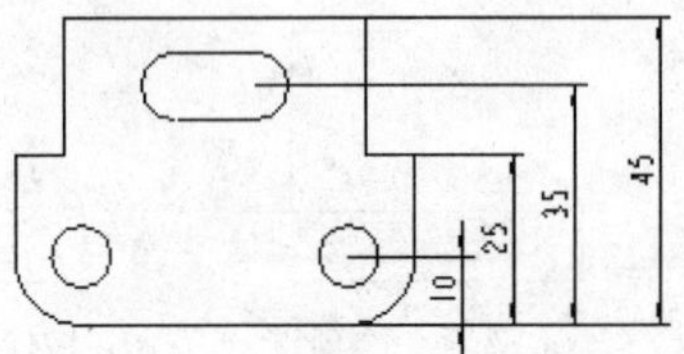

图 15-16 添加公共参照尺寸

15.1.4 手动添加参照尺寸

参照尺寸是尺寸数值外加有括号的尺寸，如图 15-17 所示。

调用命令的方式如下。

菜单：执行“插入”|“参照尺寸”|“新参照”命令。

手动添加参照尺寸的方法与上述添加一般尺寸的方法相同。

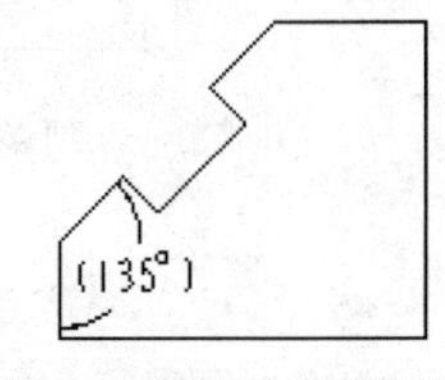

图 15-17 添加参照尺寸

注意：

(1) 在零件模式下，通过“参照尺寸”命令可以创建参照尺寸，然后在工程图模式下的“显示/拭除”对话框内选择[(1.2)]类型，显示参照尺寸。

(2) 将 parenthesize_ref_dim 配置选项的值设置为 yes，创建的参照尺寸外加括号。如果此选项的值被设置为 no，则尺寸数值后面跟随文本 REF。

15.2 编辑尺寸

系统显示的驱动尺寸往往比较凌乱，且标注的位置和形式也可能不符合国标，需要进行调整；另外，手动添加的尺寸常需要进行编辑、修改。Pro/ENGINEER 工程图环境提供了尺寸整理和编辑的功能，可以得到完善、清晰，符合标准的尺寸标注。

15.2.1 整理尺寸

系统显示的尺寸是凌乱的，如图 15-3 所示。

调用命令的方式如下。

菜单：执行“编辑”|“整理”|“尺寸”命令。

图标：单击“绘制”工具栏中的图标按钮。

执行命令后，系统弹出“整理尺寸”对话框，如图 15-18(a)所示。该对话框处于非活动状态，且弹出“选取”对话框，等待用户选择尺寸。

操作步骤如下。

第 1 步，单击图标按钮，启动“整理尺寸”命令，系统弹出“整理尺寸”对话框。

第 2 步，系统提示“选取要清除的视图或独立尺寸。”时，选择单个或多个尺寸，或整个视图，如选择如图 15-3(b)所示的主视图和俯视图，单击“选取”对话框的“确定”按钮(或单击中键)，“整理尺寸”对话框被激活，并显示“放置”选项卡，如图 15-18(b)所示。

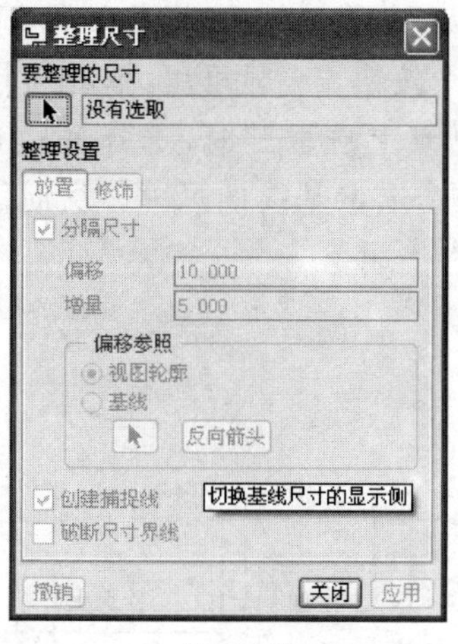

(a) 非活动状态

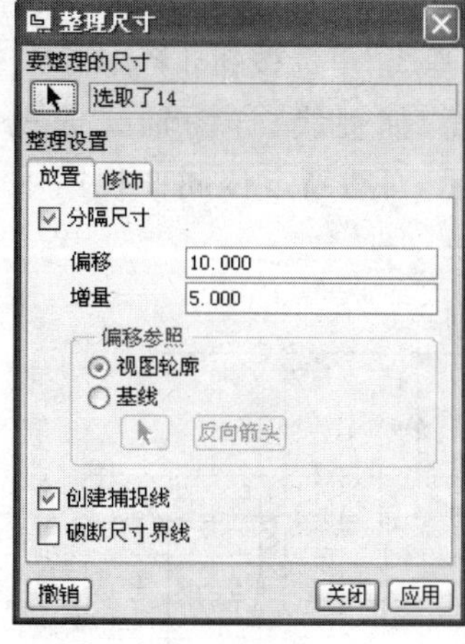

(b) 激活后

图 15-18 “整理尺寸”对话框

第 3 步，在“放置”选项卡中，默认选中“分隔尺寸”复选框，设置分隔尺寸的参数，如图 15-19(a)所示。单击“应用”按钮，可以看到尺寸重新排列。

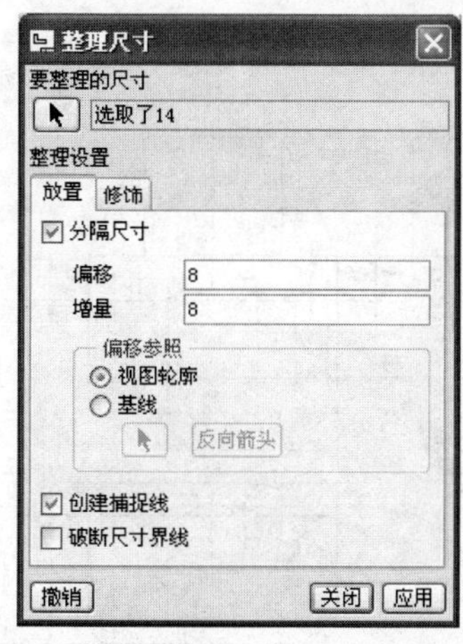

(a) “放置”选项卡设置分隔尺寸参数

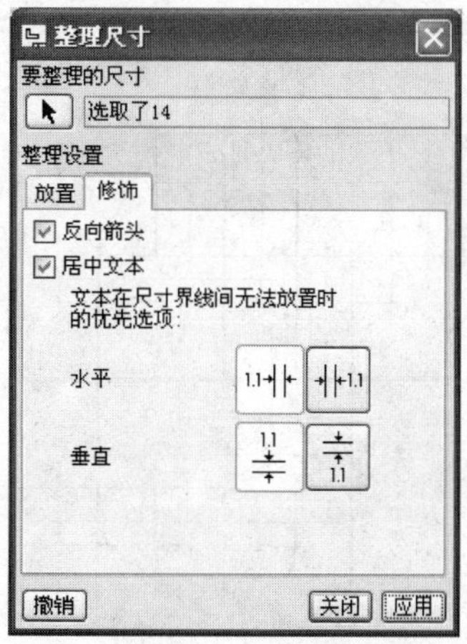

(b) “修饰”选项卡

图 15-19 “整理尺寸”对话框设置修改选项

第 4 步,单击"修饰"选项卡,如图 15-19(b)所示。选择是否需要"反向箭头"、"居中文本",以及当尺寸界线之间放不下尺寸文本时,水平及垂直方向尺寸的放置方式。

第 5 步,单击"应用"按钮,关闭对话框。尺寸整理结果如图 15-21(a)所示。

注意：单击"撤销"按钮,将返回到整理之前的状态,且撤销后不需再次选取尺寸即可重试。

操作说明如下。

(1)"放置"选项卡中设置分隔尺寸参数。

①"偏移"文本框中输入偏移量,确定第 1 个尺寸相对于"偏移参照"的距离。

②"增量"文本框中输入增量值,确定同一方向尺寸线之间的距离。

③"偏移参照"提供了两种方式。"视图轮廓"为默认选项,指偏移与视图轮廓相关的尺寸；当选择"基线"单选按钮,[箭头按钮]和[反向箭头]两个按钮才亮显可用,单击[箭头按钮],系统提示"在平边、基准平面、捕捉线、详图轴线或视图边界上选取。"时,选择底边作为基线,如图 15-20(a)所示,可重新定位同一视图中平行于选定基线的尺寸。反向箭头的效果如图 15-20(b)所示。

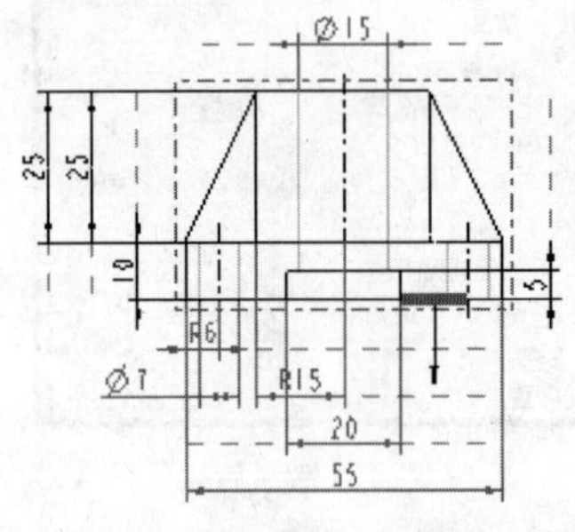

(a) 基线的下方排列尺寸

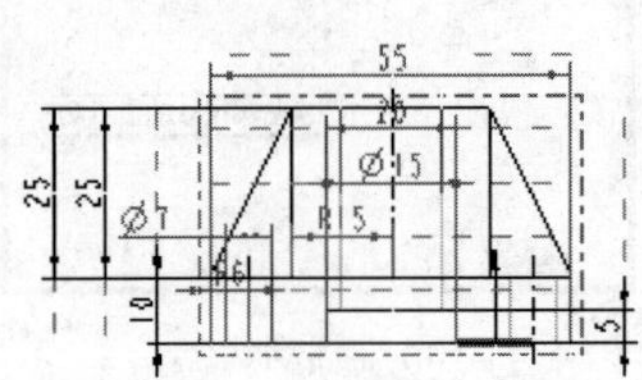

(b) 反向箭头，基线的上方排列尺寸

图 15-20 "基线"方式排列尺寸

④"创建捕捉线"复选框默认为选中,将在尺寸位置创建水平或垂直的虚线,如图 15-21 所示。

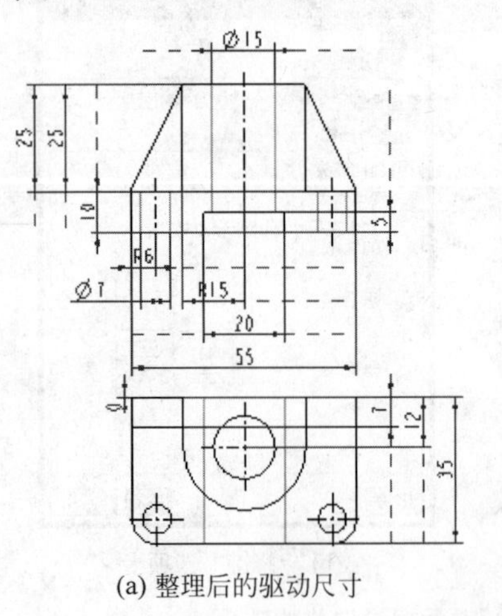

(a) 整理后的驱动尺寸

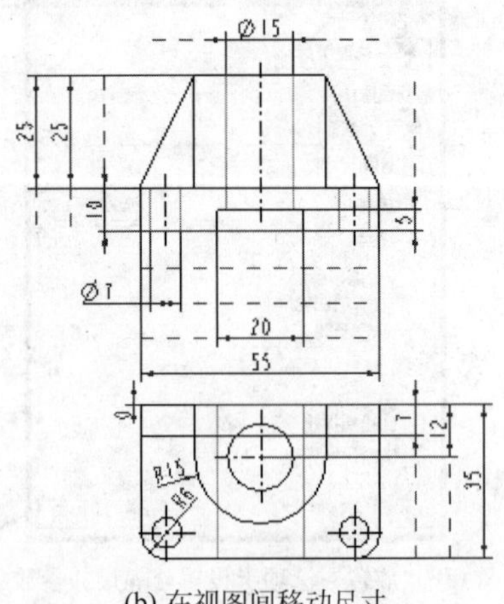

(b) 在视图间移动尺寸

图 15-21 支座的驱动尺寸

注意：捕捉线之间的距离为指定值，用于定位尺寸、几何公差、表面粗糙度符号等，也可执行"插入"|"捕捉线"命令，单击"绘制"工具栏中的▤创建捕捉线[①]。

⑤ 当选中"破断尺寸界线"复选框，在尺寸界线与其他图元相交时，即会在相交处破断尺寸界线。

注意：只有选中"分隔尺寸"复选框，相应选项才亮显可用，否则只有"破断尺寸界线"可用。

(2) "修饰"选项卡中设置分隔尺寸参数。

① "反向箭头"复选框默认为选中，表示当尺寸界线内放不下箭头时，系统自动将箭头反向至尺寸界线外侧。

② "居中文本"复选框默认为选中，表示系统将每个尺寸文本自动居中放置。

③ "水平"/"垂直"选项组的按钮用于控制当尺寸界线内无法放置尺寸文本时，按指定设置将文本移动到尺寸界线外。水平文本向左或向右移动；垂直文本向上或向下移动。

15.2.2　在视图之间移动尺寸

如果某一尺寸显示在某一视图上不合适，可以将选定的尺寸从同一模型的一个视图移到另一个视图。如图 15-21(a)所示为支座整理后的驱动尺寸，其中半径尺寸 R15、R6 显示在主视图上不符合国家标准对尺寸标注的要求，需要将其移动到俯视图上。

调用命令的方式如下。

菜单：执行"编辑"|"将项目移动到视图"命令。

操作步骤如下。

第 1 步，选取需要移动的尺寸，如图 15-21(a)主视图上的半径尺寸 R15 和 R6。

第 2 步，启动"将项目移动到视图"命令，系统弹出"选取"对话框。

第 3 步，系统提示"选取模型视图或窗口"时，选择所选尺寸将要附着的目标视图，如图 15-21 所示的俯视图。所选尺寸移动到新视图上，并被激活，可以移动调整其位置。

第 4 步，在适当位置单击，结束"将项目移动到视图"命令，如图 15-21(b)所示。

注意：

(1) 如果在所选的视图中不能显示尺寸，系统将发出警告，并且停止移动操作。

(2) 如果选取的是一个阵列特征的尺寸，阵列特征的所有尺寸都将移动到新视图。

(3) 一张工程图中，特征的某个尺寸只能在一处显示，当将尺寸从一个视图移动到另一个视图，原视图上的该尺寸消失，除非添加从动尺寸。

15.2.3　移动尺寸

驱动尺寸与从动尺寸的文本位置，以及尺寸线、尺寸界线的位置均可以采用拖动的方式移动。

---

① 参见本书例 15-1 步骤 5。

操作步骤如下。

第 1 步，选取需要移动的尺寸，被选中尺寸变为红色，移动光标至所选尺寸上，光标将变成表 15-3 所示的形状。

第 2 步，按住鼠标左键不放，拖动尺寸至合适位置后松开左键。

第 3 步，单击，结束操作。

表 15-3　光标形状及其含义

光标符号	含　义
✥	光标移至尺寸文本上，将变成十字箭头形状，表示可以自由移动尺寸
↔	移动光标，其形状变成左右箭头，表示可以在水平方向上移动尺寸
↕	移动光标，其形状变成上下箭头，表示可以在垂直方向上移动尺寸

注意：

(1) 当光标移至尺寸界线起点附近时，拖动，可以沿尺寸界线方向改变其起点位置。

(2) 当光标移至尺寸界线与尺寸线交点附近时，可以将尺寸界线拖动成倾斜。

(3) 当拖动尺寸至捕捉线上时，系统会自动将尺寸定位于捕捉线上，保证尺寸线之间的距离。

(4) 使用 Ctrl 键可以选取多个尺寸。如果移动这多个选定尺寸中的一个，所有的尺寸都将随之移动。

【例 15-1】 调用 A3_H 绘图格式文件，由如图 15-22 所示的轴承座生成其三视图，并标注尺寸。

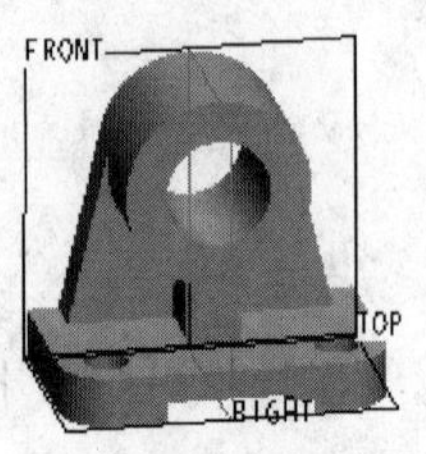

(a) 轴承座模型

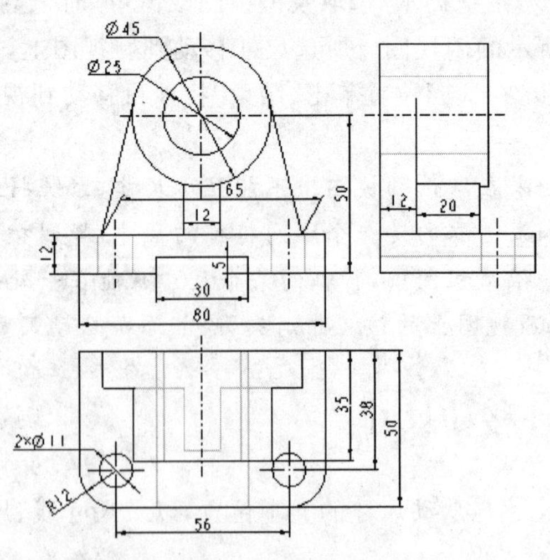

(b) 轴承座三视图与尺寸标注

图 15-22　轴承座

操作步骤如下。

步骤 1　打开轴承座模型文件

打开 Ch15-5.prt。

步骤 2　创建新文件

调入 A3_H 绘图格式文件，创建工程图，文件名称 zhouchengzuo，操作过程略。

步骤 3　创建三视图

操作步骤略[①]。

步骤 4　显示驱动尺寸与轴线

第 1 步，单击图标按钮，启动"显示及拭除"命令，弹出如图 15-1 所示的"显示/拭除"对话框。

第 2 步，在"类型"选项组中单击尺寸和按钮。

第 3 步，在"显示方式"选项组中选择"视图"。

第 4 步，系统提示"选取模型视图或窗口"时，选择主视图，"预览"选项卡亮显，如图 15-5 所示。

第 5 步，系统提示"使用对话框的预览部分选取所需的项目。"时，单击"接受全部"按钮。

第 6 步，系统继续提示"选取模型视图或窗口"时，选择俯视图，"预览"选项卡亮显，可预览到显示尺寸相互重叠，如图 15-23(a)所示。

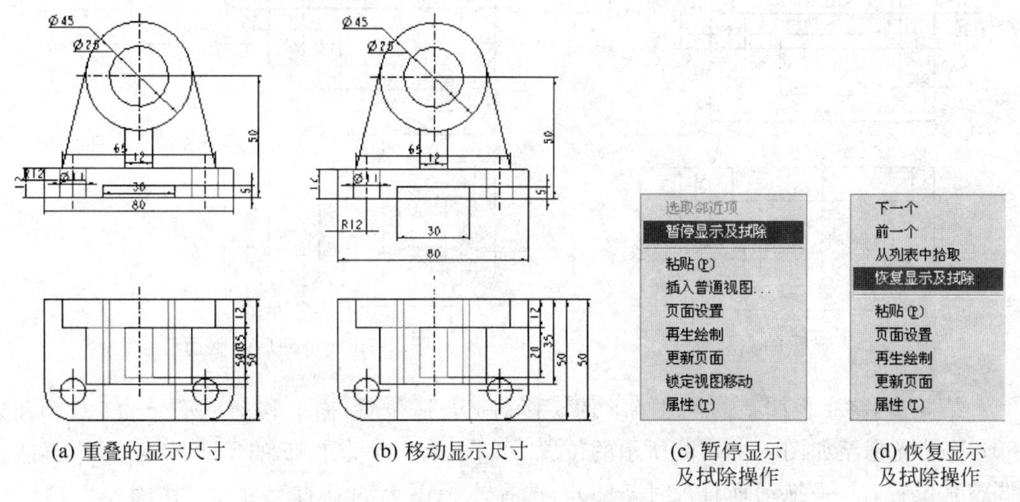

(a) 重叠的显示尺寸　(b) 移动显示尺寸　(c) 暂停显示及拭除操作　(d) 恢复显示及拭除操作

图 15-23　凌乱的驱动尺寸

第 7 步，右击，系统弹出如图 15-23(c)所示的快捷菜单，选择"暂停显示及拭除"选项，选择重叠尺寸进行移动，使尺寸清晰显示，如图 15-23(b)所示。右击，系统弹出如图 15-23(d)所示的快捷菜单，选择"恢复显示及拭除"选项。

第 8 步，单击如图 15-2 所示的"选取移除"按钮，系统弹出"选取"对话框，在俯视图上

① 参见本书第 14 章。

选择拉伸 2 特征尺寸 50，即底板上切割槽的宽度，如图 15-24 所示。单击“选取”对话框的“确定”按钮，拭除该尺寸。

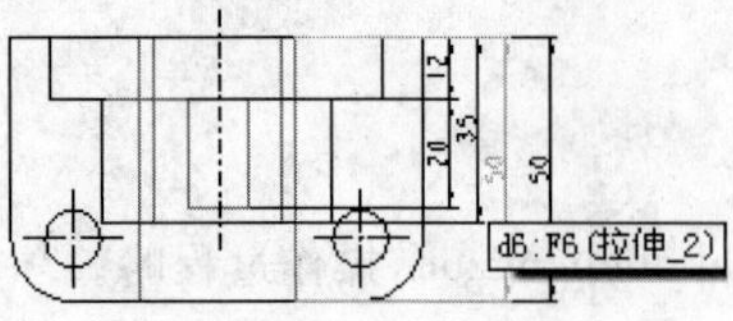

图 15-24　选择需要拭除的尺寸

第 9 步，系统继续提示“选取模型视图或窗口”时，选择左视图，显示拉伸 2 特征尺寸 50，用第 8 步方法将该尺寸移除。

第 10 步，单击“关闭”按钮，在适当位置单击，结束命令，结果如图 15-25 所示。

步骤 5　移动整理尺寸

第 1 步，在主视图上选取需要移动的尺寸，如图 15-25 所示的半径尺寸 R12。启动“将项目移动到视图”命令，选择俯视图，单击。用同样方法将俯视图上尺寸 12、20 移动到左视图上。

第 2 步，单击图标按钮，启动“整理尺寸”命令，选择主、俯视图，在“整理尺寸”对话框的“放置”选项卡内进行设置，如图 15-19 所示。单击“应用”按钮，整理结果如图 15-26 所示。

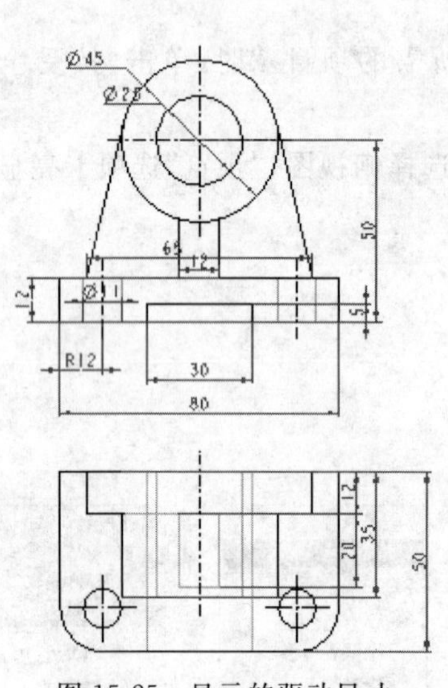

图 15-25　显示的驱动尺寸

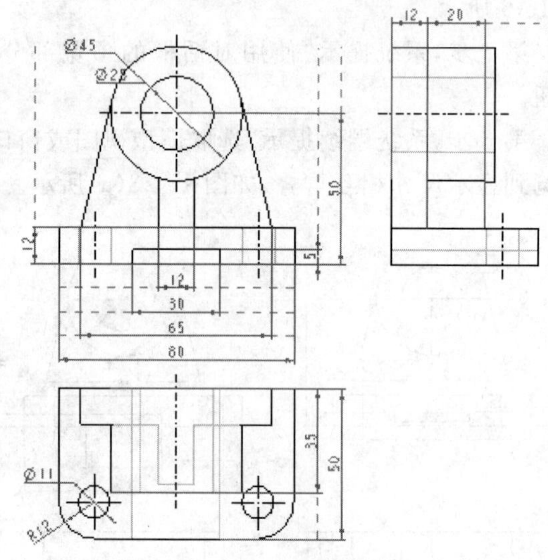

图 15-26　整理后的驱动尺寸

第 3 步，将主视图上的尺寸 ϕ45、ϕ25 移动至合适位置，向上移动水平尺寸 12、30、65、80；移动光标至如图 15-27(a)所示的位置，水平拖动，将尺寸 65 的尺寸界线倾斜，再适当调整其位置；水平拖动垂直尺寸 5、50。选择主视图上的垂直尺寸 12，移动光标移至如图 15-27(b)所示的位置，水平拖动，移动垂直尺寸 12 的下端尺寸界线的起点，用同样方法拖动其另一尺寸界线起点，以及尺寸 5、50 的尺寸界线起点。

第 4 步，拖动俯视图上的尺寸 35，以及左视图上的尺寸 12、20，及其尺寸界线起点。

第 5 步，向上移动俯视图至适当位置，结果如图 15-28 所示。

步骤 6　创建捕捉线

第 1 步，单击图标按钮，启动“捕捉线”命令，系统弹出如图 15-29(a)所示的“创建捕捉线”菜单管理器，以及“选取”对话框。

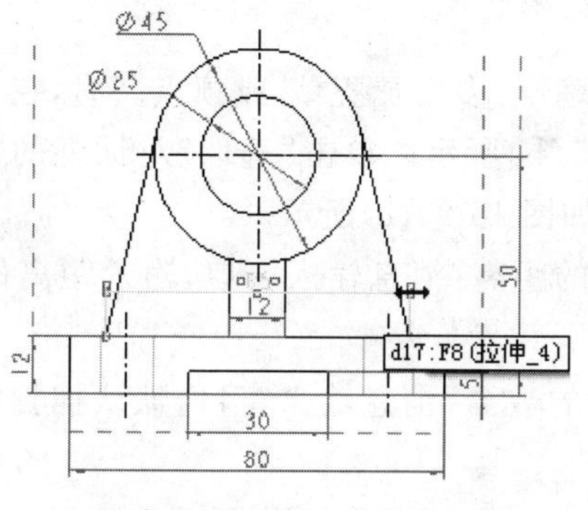

(a) 移动尺寸、倾斜尺寸65尺寸界线

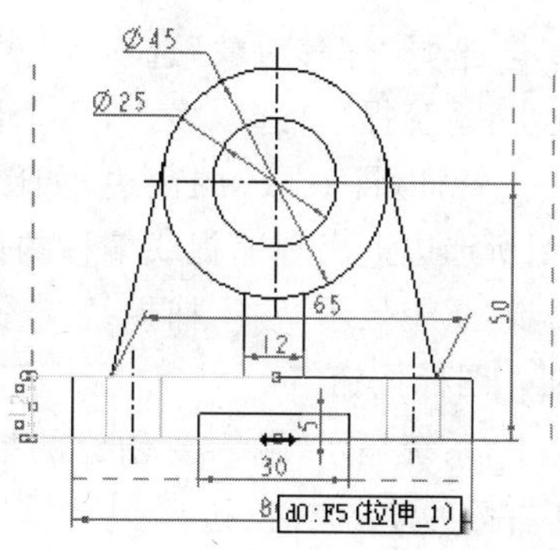

(b) 移动尺寸界线起点

图 15-27 移动尺寸

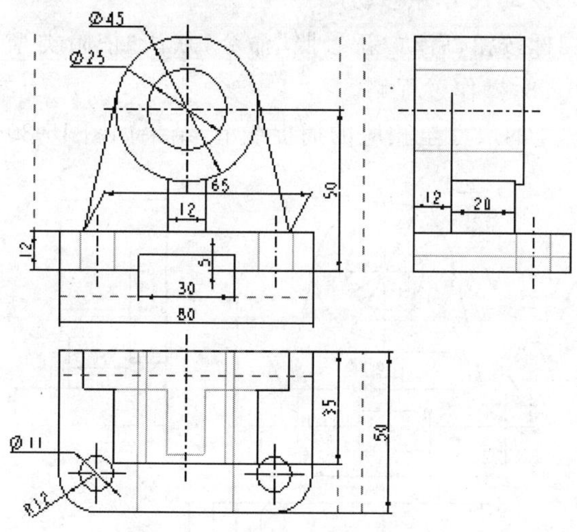

图 15-28 移动后的驱动尺寸

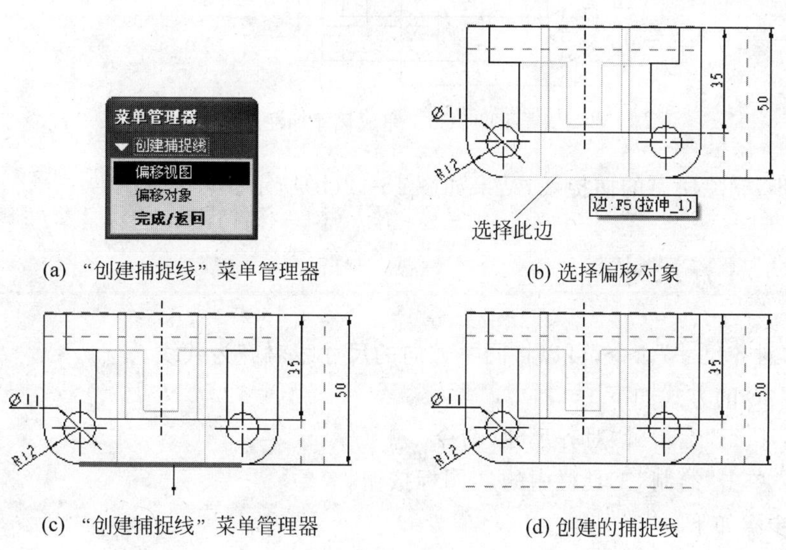

(a) "创建捕捉线"菜单管理器

(b) 选择偏移对象

(c) "创建捕捉线"菜单管理器

(d) 创建的捕捉线

图 15-29 创建捕捉线

第 2 步，选择“偏移对象”选项。

第 3 步，系统提示“选取多边，多个图元，基准，多个捕捉线 或顶点。”时，在俯视图上选择拉伸_1 特征(即底板)的前边，如图 15-29(b)所示。单击“选取”对话框的“确定”按钮，俯视图所选边上出现捕捉线偏移的箭头，如图 15-29(c)所示。

第 4 步，系统显示“输入捕捉线与参照点的距离”消息输入窗口，输入距离值 8，单击其右侧的☑图标按钮。

第 5 步，系统显示“输入要创建的捕捉线的数据”消息输入窗口，默认捕捉线条数为 1，单击其右侧的☑图标按钮。

第 6 步，选择“创建捕捉线”菜单管理器的“完成/返回”选项，创建的捕捉线处于激活状态，单击，结束命令，如图 15-29(d)所示。

步骤 7　手动添加从动尺寸并移动

第 1 步，单击图标按钮，启动“新参照”命令，默认“依附类型”为“图元上”，创建底板上孔的定位尺寸 56、38，操作过程略。

第 2 步，移动刚创建的尺寸至相应的捕捉线上，结果如图 15-30 所示。

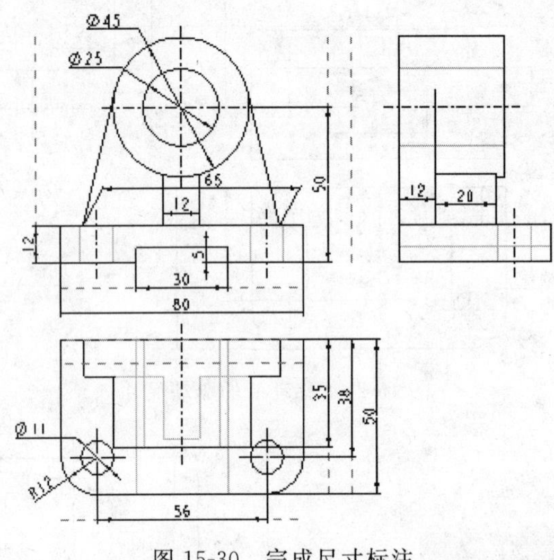

图 15-30　完成尺寸标注

第 3 步，删除所有的捕捉线，结果如图 15-22(b)所示。

15.2.4　对齐尺寸

使用“对齐尺寸”命令，可以将同一方向的尺寸线对齐为共线。

调用命令的方式如下。

菜单：执行“编辑”|“对齐尺寸”命令。

图标：单击“绘制”工具栏中的图标按钮。

操作步骤如下。

第 1 步，选择要将其他尺寸与之对齐的尺寸，使该尺寸亮显，如图 15-30 所示左视图的尺寸 20。

第 2 步，按住 Ctrl 键选取要对齐的其他尺寸，使亮显。如图 15-30 所示左视图的尺寸 12。

第 3 步，单击图标按钮，系统自动将尺寸 12 与尺寸 20 对齐，成为连续尺寸，如图 15-31 所示。

注意：

(1) 可以对齐线性、径向和角度尺寸。

(2) 尺寸与第一个选定尺寸对齐。

(3) 选择多个要对齐的尺寸后，右击，在弹出的快捷菜单中选择“对齐尺寸”选项，如图 15-32 所示，也可以对齐尺寸。

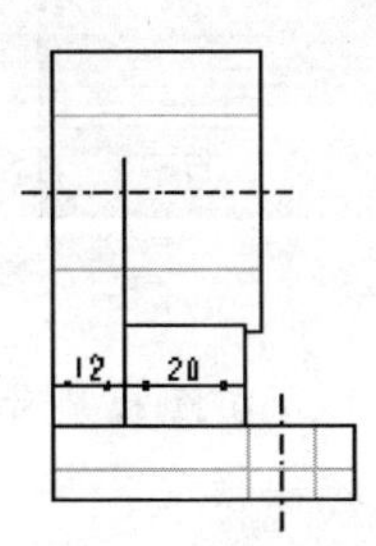

图 15-31　对齐尺寸

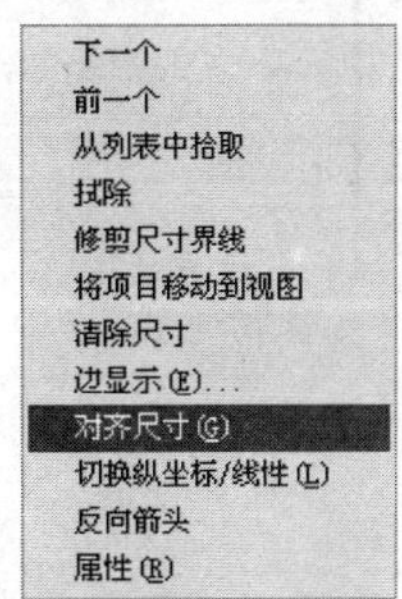

图 15-32　多个尺寸快捷菜单

(4) 还可以使用捕捉线对齐尺寸，且移动捕捉线，将会移动与之对齐的所有图元。

(5) 如果单独移动一个尺寸，则已对齐的尺寸不会继续保持对齐状态。

15.2.5　修改尺寸属性

利用“尺寸属性”对话框可以设置工程图中的尺寸，以满足标注的要求。

调用命令的方式如下。

菜单：执行“编辑”|“属性”命令。

快捷菜单：选择某一尺寸，右击，在弹出的快捷菜单中选择“属性”选项。

执行命令后，系统弹出如图 15-33 所示的“尺寸属性”对话框，该对话框包含“属性”、“尺寸文本”、“尺寸样式”3 个选项卡。

注意：双击某一尺寸，也可以打开该尺寸的“尺寸属性”对话框。

1. 设置尺寸属性

利用“属性”选项卡可以进行如下设置与操作。

(1) 更改尺寸的数值及其公差。在“值和公差”选项卡内更改尺寸数值，尺寸偏差以及公差显示格式[①]。

① 参见本书第 15.2.3 小节。

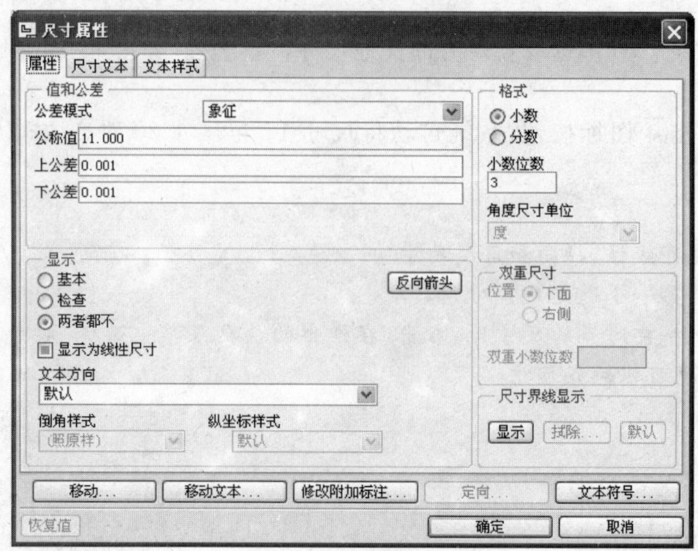

图 15-33 “尺寸属性”对话框

注意：只有选择了驱动尺寸，“公称值”文本框才亮显可用。在修改尺寸数值后，通过“编辑”|“再生”|“模型”命令，即可自动更新工程图所关联的零件模型。

(2) 设置尺寸的显示方式。尺寸的显示方式有三个单选项。“基本”表示基本尺寸，是设计确定的尺寸，不能显示公差，如图 15-34(a)所示。以“检查”方式显示的尺寸，表示零件中需要检查的重要尺寸，如图 15-34(b)所示。默认为“两者都不”，如图 15-33 所示。

当选择的是系统自动标注的倒角尺寸，则“倒角样式”下拉列表亮显，如图 15-35 所示，从中可以选择倒角尺寸的显示样式，如 Cd 样式。

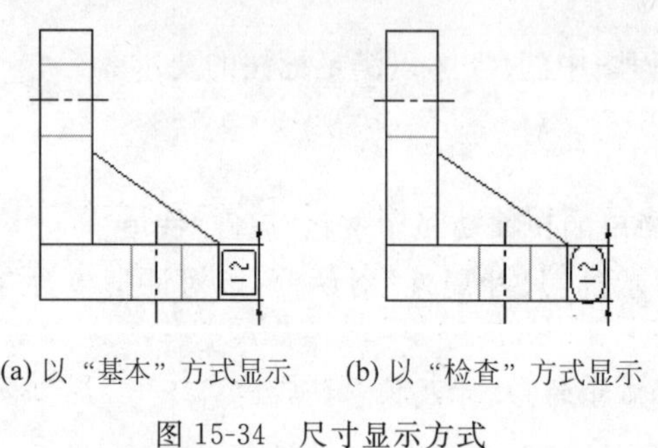

(a) 以“基本”方式显示　(b) 以“检查”方式显示

图 15-34 尺寸显示方式

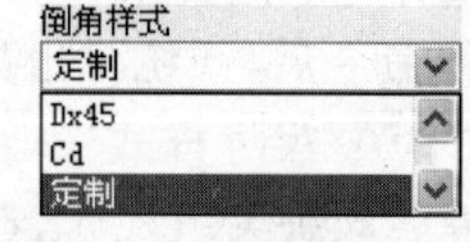

图 15-35 设置倒角样式

(3) 设置尺寸的显示格式。在“格式”选项组设置尺寸以“小数”、“分数”格式显示，默认为“小数”，且可以设置小数的位数。

(4) 控制尺寸界线的显示。在“尺寸界线显示”选项组内设置所选的尺寸是否显示尺寸界线，如图 15-36 所示的半剖视图中的尺寸 $\phi 50$ 的左尺寸界线需要拭除。

注意：只能拭除一条尺寸界线，当拭除另一条尺寸界线时，系统自动显示已被拭除的那条尺寸界线。

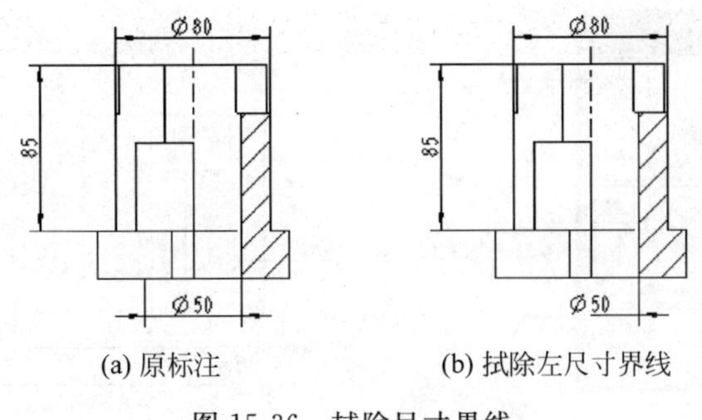

(a) 原标注　　(b) 拭除左尺寸界线

图 15-36　拭除尺寸界线

2. 设置尺寸文本

“尺寸文本”选项卡如图 15-37 所示，可以编辑尺寸文本。

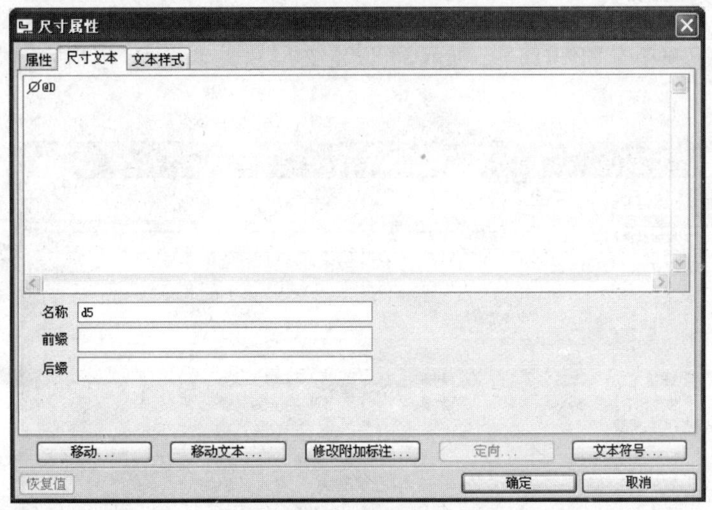

图 15-37　“尺寸属性”对话框中的“尺寸文本”选项卡

用户可以在“尺寸文本”编辑区输入尺寸文字以及相关符号；利用“前缀”或“后缀”文本框，可以输入显示在当前尺寸文本之前或之后的文字或符号，单击“文本符号”按钮，系统弹出如图 15-38 所示的“文本符号”对话框，可以选择所需的符号。当重新打开“尺寸属性”对话框的“尺寸文本”选项卡，对文本已作的修改都将显示于“尺寸文本”编辑区中。

【例 15-2】　将如图 15-30 所示的俯视图上的尺寸 $\phi11$ 修改为 $2\times\phi11$，如图 15-39 所示。

操作步骤如下。

第 1 步，双击如图 15-30 所示的俯视图上的尺寸 $\phi11$，系统弹出“尺寸属性”对话框。

第 2 步，单击“尺寸文本”按钮，系统弹出“尺寸文本”选项卡，如图 15-37 所示。

第 3 步，在“前缀”文本框中输入“2×”。

图 15-38 “文本符号”对话框

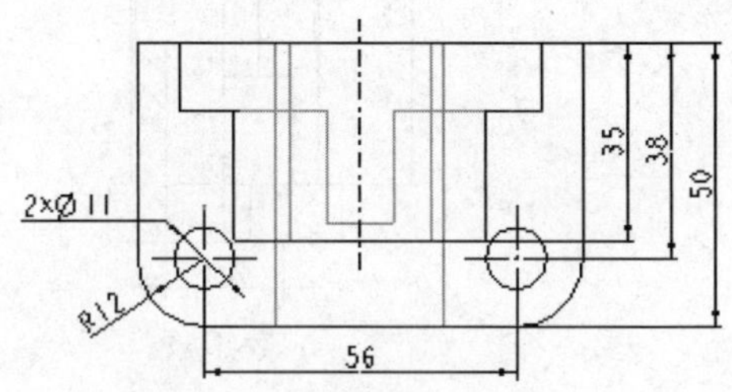

图 15-39 编辑尺寸文本

第 4 步，单击“确定”按钮，在适当位置单击，结果如图 15-39 所示。

注意：可以直接在“尺寸文本”编辑区的 ϕ@D 前输入“2×”。

3. 设置文本样式

“文本样式”选项卡如图 15-40 所示，可以定义尺寸文本样式，包括字体类型、高度、行间距和颜色。

图 15-40 “尺寸属性”对话框中的“文本样式”选项卡

(1) 设置文字样式。在“复制自”选项组内选择基础样式。可以从“样式名称”下拉列表中选择文本样式；或是单击“选取文本”按钮，选择现有的文本样式。

(2) 设置文字字符。在“字符”选项组内选择字体、设置倾斜角度、是否加下划线等。当取消“高度”、“粗细”、“宽度因子”文本框后的“默认”复选框，这 3 个文本框亮显，可以输入相应的值。

(3) 设置“注释/尺寸”的显示方式。在“注释/尺寸”选项组内可以设置文本在水平、垂直方向上的对齐方式，以及文本角度、颜色等。通过选中“镜像”复选框将选定的文本进行镜像复制，还可以取消“行间距”文本框后的“默认”复选框，修改行间距值。

当尺寸文本与剖面线重合时，可以选中“打断剖面线”复选框，并在“边距”文本框内输入尺寸文本与剖面线之间打断的间距。

注意：

(1) 当设置完成后可以单击“预览”按钮，预览设置效果。如不满意，可以单击“重置”按钮，重新设置。

(2) 当单击“移动”或“移动文本”按钮时，可以实时移动尺寸或尺寸文本。

(3) 仅当所选的尺寸为采用“中点”、“中心”、“求交”等方式手动添加的尺寸时，“定向”按钮才亮显可用。单击该按钮，弹出如图 15-8(a)所示的“尺寸方向”菜单管理器，选择某一选项，可以改变所选尺寸的标注方向。

15.3 注 释

Pro/ENGINEER 中注释可包括文字、符号、绘图标签、尺寸以及参数化的信息等，在工程图中注写技术要求和文字等信息可以通过创建注释完成。Pro/ENGINEER 使用指定的文本样式创建注释文本。

15.3.1 创建无引线的注释

“无引线”注释可以自由放置，且可以用鼠标拖动到任意位置，如图 15-41 所示的技术

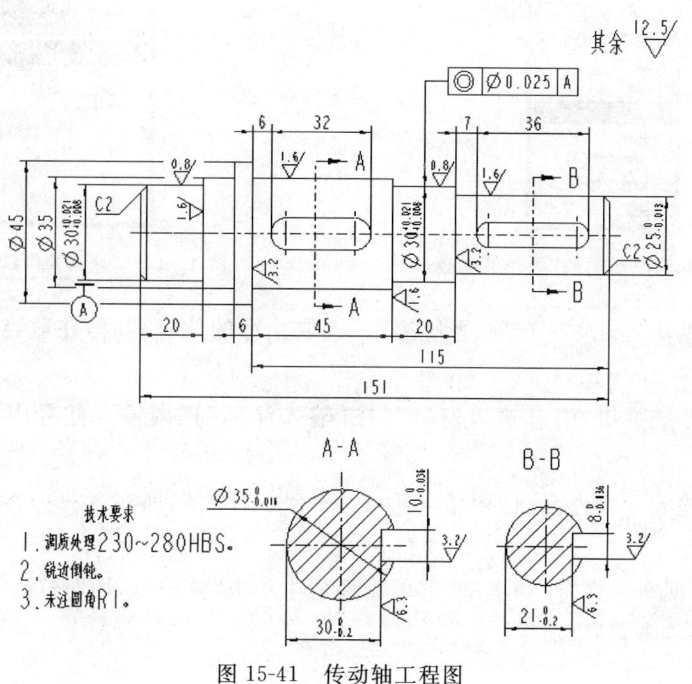

图 15-41 传动轴工程图

要求文本可以用此类注释创建。

调用命令的方式如下。

菜单：执行“插入”|“注释”命令。

图标：单击“绘制”工具栏中的图标按钮。

操作步骤如下。

第 1 步，单击图标按钮，启动“注释”命令，系统弹出如图 15-42 所示的“注释类型”菜单管理器。

第 2 步，默认引线样式为“无引线”选项。

第 3 步，默认注释文字内容来源为“输入”选项。

第 4 步，依次确定注释文字的放置方式、对齐方式。

第 5 步，指定注释文本的文字样式。

第 6 步，单击“制作注释”选项，系统弹出如图 15-43 所示的“获得点”菜单管理器。

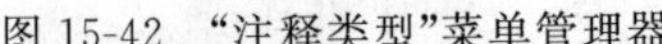

图 15-42 “注释类型”菜单管理器

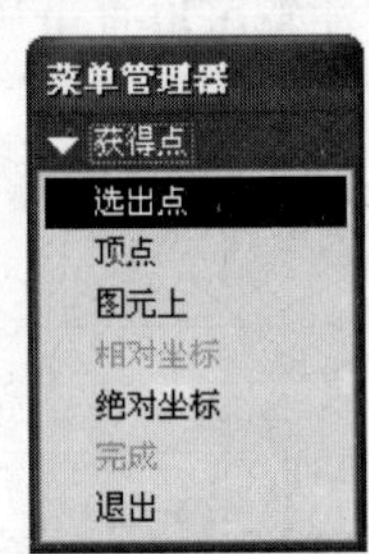

图 15-43 “获得点”菜单管理器

第 7 步，默认“选出点”选项，系统提示“选取注释的位置。”时，在适当位置单击，确定注释的位置。

第 8 步，系统弹出“消息输入窗口”，在“输入注释”栏内输入注释内容“技术要求”，回车。

第 9 步，输入注释内容“1. 调质处理 230～280HBS。”，回车。……，继续输入其他行文字内容，回车。

第 10 步，回车。在“注释类型”菜单管理器中单击“完成/返回”选项。

第 11 步，单击，结束命令。

15.3.2 创建带引线的注释

带引线注释是从依附对象创建端部带有箭头的指引线与注释相连，如图 15-44 所示带有箭头引线的注释“通孔”。

调用命令的方式如下。

菜单：执行“插入”|“注释”命令。

图标：单击“绘制”工具栏中的图标按钮。

操作步骤如下。

第 1 步，同本书第 15.3.2 小节第 1 步。

第 2 步，选择引线样式为“带引线”选项，“引线方向”选项亮显，如图 15-45(a)所示。

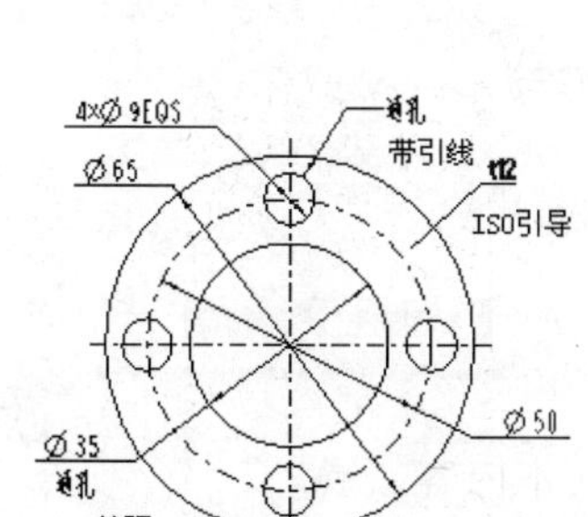

图 15-44 带引线、ISO 引导、偏距注释

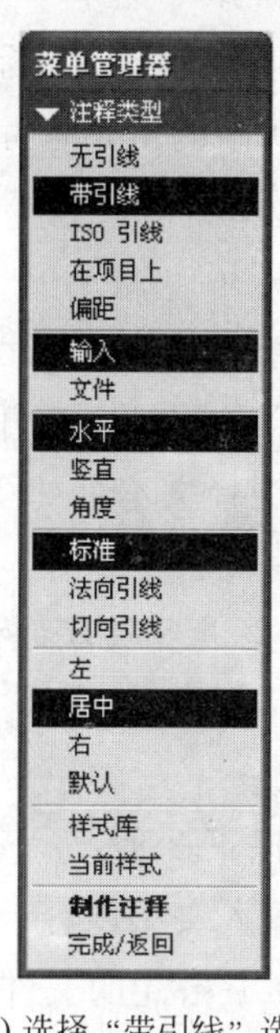

(a) 选择“带引线”选项

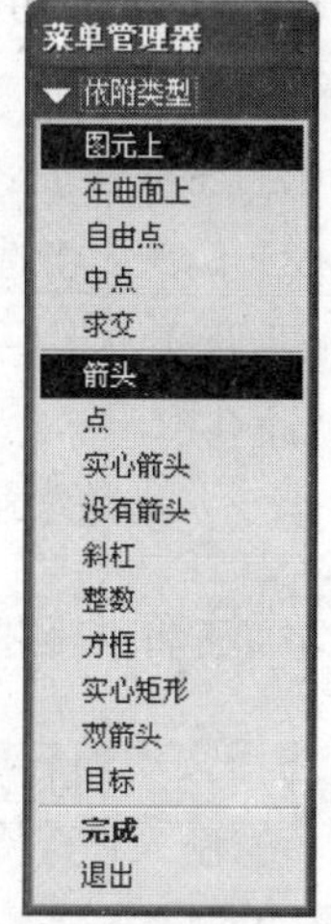

(b) 选择引线依附类型

图 15-45 创建带引线注释菜单管理器

第 3 步，默认注释文字内容为“输入”选项。

第 4 步，依次确定注释文字的放置方式、引线方向、对齐方式。

第 5 步，指定注释文本的文字样式。

第 6 步，单击“制作注释”选项，系统弹出如图 15-45(b)所示的“依附类型”菜单管理器和“选取”对话框。

第 7 步，依次选择注释的依附类型和箭头样式。

第 8 步，系统提示“选取多边 多个图元 尺寸界线 基准点 坐标系 多个坐标系向量 轴心 多个轴线 曲线 模型轴或顶点。”时，选择上面小圆边，单击“选取”对话框的“确定”按钮。

注意：系统的提示根据选择的“依附类型”而不同。

第 9 步，单击“依附类型”菜单管理器中的“完成”选项，系统弹出如图 15-43 所示的“获得点”菜单管理器。

第 10 步，同本书第 15.2.2 小节第 7 步。

第 11 步，在“消息输入窗口”的“输入注释”栏内输入注释内容“通孔”，回车。

第 12 步～第 13 步，同本书第 15.2.2 小节第 10 步～第 11 步。

15.3.3 操作及选项说明

1. 其他注释类型

除了上述“无引线”和“带引线”注释外，还有以下 3 种注释类型。

(1) ISO 引导：为注释创建符合 ISO 标准的指引线，文本具有下划线。创建方法同“带引线”类型。如图 15-41 所示的倒角标注(注释的引线方向为“切向引线”，引线类型为“没有箭头”)；如图 15-44 所示的注释“t12”(注释的引线方向为“标准”，依附类型为“自由点”，箭头样式为“没有箭头”)。

(2) 在项目上：将注释直接依附于图元上，无引线，也无需指定注释位置。

(3) 偏距：将选取的草绘项目(尺寸、几何公差、注释、符号、轴、基准点等)作为参照图元，并偏移一定距离，创建注释文本。如图 15-44 所示，选择尺寸 $\phi35$ 为参照图元，创建注释“通孔”。

注意：移动参照图元时，与其相关联的注释也随之移动。

2. 注释内容

注释文本内容的来源有以下 2 种：

(1) 输入：直接从键盘输入文字内容。

(2) 文件：选取某一.TXT 格式的文件，从中读取文本内容。

3. 注释文字的放置方式

注释文字的放置方式有水平、垂直、角度 3 种，如图 15-46 所示。

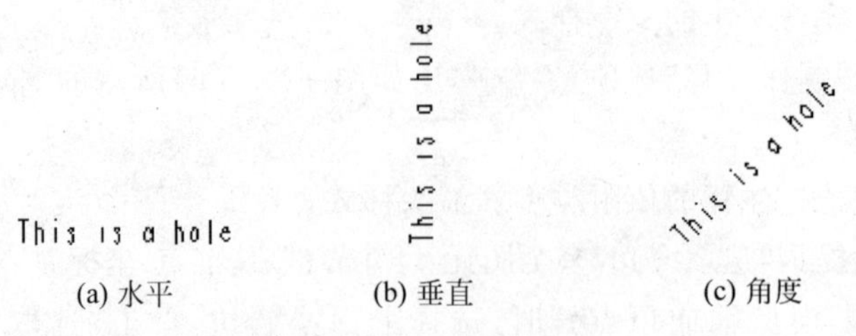

图 15-46 文字放置方式

4. 注释文字的对齐方式

注释文字相对于文字插入点的对齐方式有左、居中、右、默认 4 种。如图 15-47 所示（×表示插入点，即注释文本的放置位置）。

×通孔　　通×孔　　通孔×　　×通孔

(a) 左　　(b) 居中　　(c) 右　　(d) 默认

图 15-47　文字对齐方式

5. 引线方向

当注释类型为“带引线”、“ISO 导引”时，可以选择引线附着类型。

(1) 标准：为默认引线类型，可以创建多条引线，如图 15-48(a)所示。可以用鼠标拖动注释至任意位置。

(2) 法向引线：引线方向为所选图元的法线方向，只能创建一条引线，也只能沿该法线方向拖动注释，如图 15-48(b)所示。

(3) 切向引线：引线方向为所选图元的切线方向只能创建一条引线，也只能沿该切线方向拖动注释，如图 15-48(c)所示。

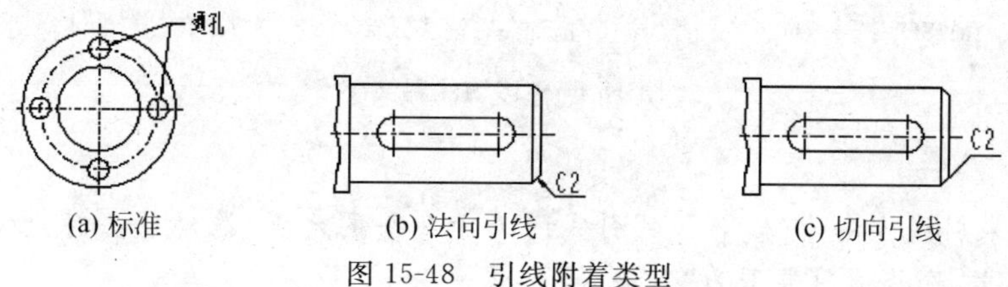

(a) 标准　　(b) 法向引线　　(c) 切向引线

图 15-48　引线附着类型

15.3.4　编辑注释

可以利用“显示/拭除”对话框的按钮，对注释进行显示/拭除操作，操作方法同尺寸的显示/拭除①。还可以修改注释属性、移动注释等。

1. 修改注释属性

修改注释属性的命令调用及操作方法与本书第 15.2.6 小节所述的修改尺寸属性方法类似。启动“编辑”|“属性”命令后，系统弹出如图 15-49 所示的“注释属性”对话框，可以修改文本内容，设置注释文本样式。

2. 移动注释

注释及引线的位置均可以采用鼠标拖动的方式移动。操作方法与本书第 15.2.3 小节移动尺寸的方法相同。如图 15-50 所示，为移动注释文字。

① 参见本书第 15.1.1 小节。

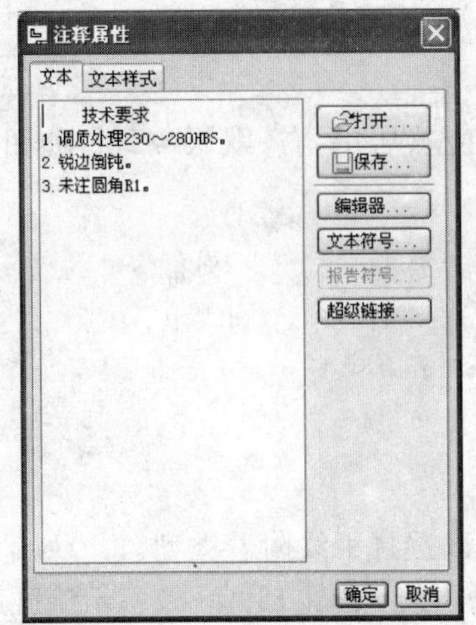

(a) “文本”选项卡修改文本内容

(b) “文本样式”选项卡修改文本样式

图 15-49 “注释属性”对话框

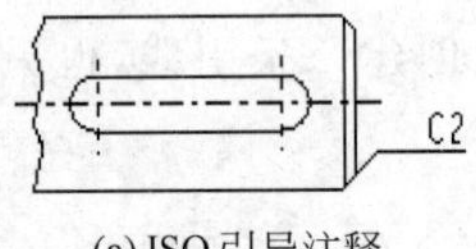

(a) ISO引导注释

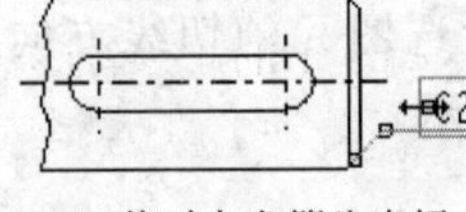

(b) 拖动左右箭头光标

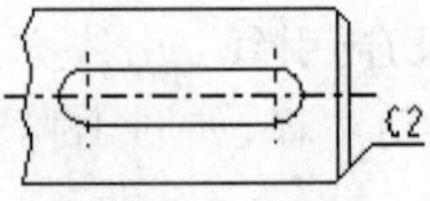

(c) 移动后的注释文字

图 15-50 移动注释文字

注意：

（1）如果引线方向为“标准”，且引线附着于某个图元上，拖动箭头时，箭头始终附着在所选图元上，除非依附类型为“自由点”。

（2）移动的方向受引线方向的限制[①]。

15.4 技术要求的注写

工程图中，技术要求是不可缺少的组成部分。除了用文字表达零部件所需达到的技术要求外，还需要在图样中标注尺寸公差、形位公差、表面粗糙度等性能指标。

在 Pro/ENGINEER 的零件模块下，有关注释、符号的创建，以及尺寸、表面光洁度、几何公差等的标注均可以利用“插入”|“注释”的相关命令操作，有关菜单项如图 15-51 所示。本书只介绍在工程图模块下有关技术要求的操作方法。

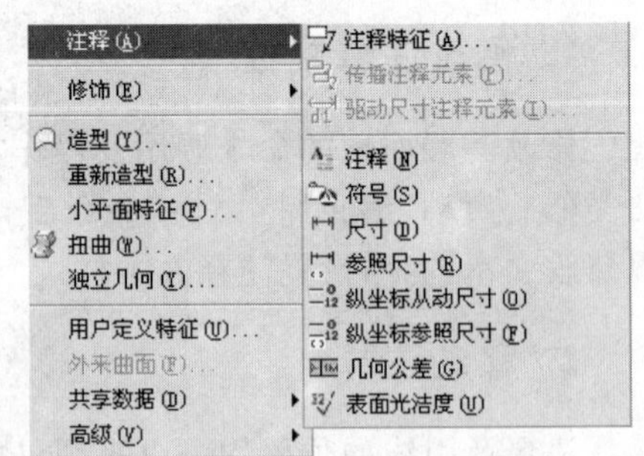

图 15-51 “插入”|“注释”菜单

① 参见本书第 15.3.3 小节的引线方向。

15.4.1 表面粗糙度标注

1. 插入表面光洁度

在 Pro/ENGINEER 中，所插入的表面粗糙度符号可以是系统提供的表面光洁度符号，也可以是自定义符号。

Pro/ENGINEER 系统的表面光洁度可用于任何模型曲面，只有注释意义，且以 μm 为公制单位。表面光洁度符号存放于系统安装目录下的\symbols\suffins 文件夹下的 3 个子文件夹中，符号及其含义如表 15-4 所示。

表 15-4 Pro/ENGINEER 表面光洁度符号及其含义

文件夹	说 明	参数值	符 号	示 例
generic	一般，任何加工方法	no_valre. sym		
		standard. sym	\roughness_height	6.3
machined	去除材料方法	no_valre1. sym		
		Standard1. sym	\roughness_height	3.2
unmachined	不去除材料	no_valre2. sym		
		Standard2. sym	\roughness_height	12.5

调用命令的方式如下。

菜单：执行“插入”|“表面光洁度”命令。

操作步骤如下。

第 1 步，启动“表面光洁度”命令，系统弹出如图 15-52 所示的“得到符号”菜单管理器。

第 2 步，选择“检索”选项，弹出如图 15-53 所示的“打开”文件对话框。选择插入符号所在的文件夹，如 machined。

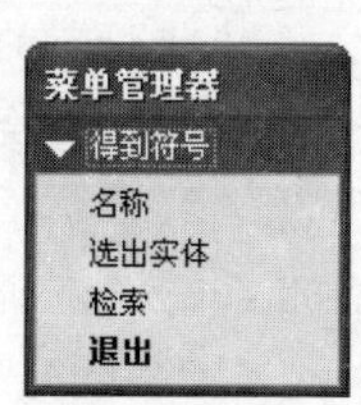

图 15-52 “得到符号”菜单管理器

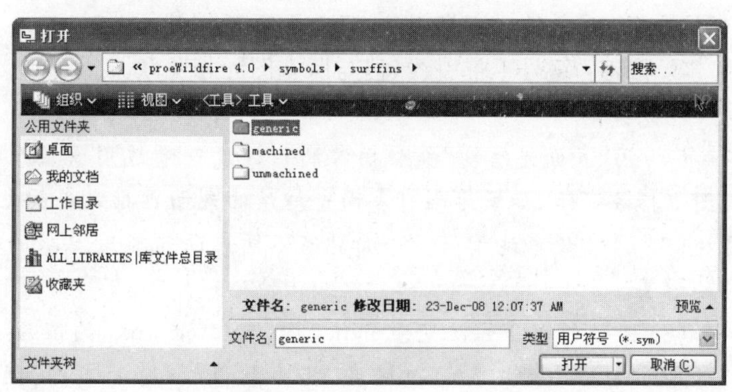

图 15-53 符号“打开”对话框

第 3 步，选择所需的符号，如 Standard1. sym，单击“打开”按钮，系统弹出“实例依附”菜单管理器，如图 15-54 所示。

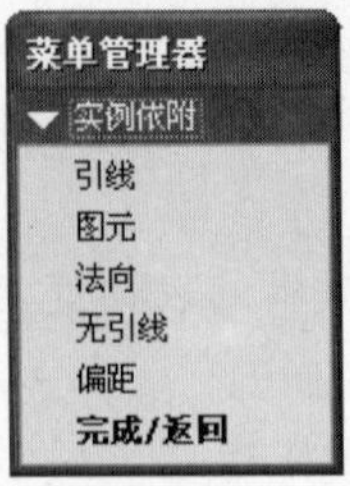

菜单管理器
▼ 实例依附
引线
图元
法向
无引线
偏距
完成/返回

图 15-54 “实例依附”菜单管理器

第 4 步，选择“法向”选项，系统弹出“选取”对话框。

第 5 步，系统提示“选取一个边，一个图元，一个尺寸，一曲线，曲面上的一点或一顶点。”时，选取如图 15-41 所示的传动轴主视图上 $\phi 25$ 轴段的上转向轮廓线。系统弹出“消息输入窗口”。

第 6 步，系统提示“输入 roughness_height 的值 32。”时，输入 1.6，回车，系统在所选的图元上标注粗糙度符号。

第 7 步，系统继续提示“选取一个边，一个图元，一个尺寸，一曲线，曲面上的一点 或一顶点。”时，按第 5 步～第 6 步方法继续标注其他粗糙度符号，直至单击“选取”对话框的“确定”按钮，返回“实例依附”菜单管理器。

第 8 步，选择其他选项，或是单击“完成/返回”选项，单击，完成命令。

2. 操作及选项说明

(1) 符号来源。“得到符号”菜单管理器中符号的来源有以下 3 种。

① 名称：名称下拉列表中列出当前工程图中所有符号名称，可以从中选择一个。

② 选出实体：选择当前工程图中已经插入的符号图元。

③ 检索：从“打开”对话框内选择符号所在的文件夹，从中选择符号。

注意：

(1) 第一次插入符号时，系统首先弹出“打开”对话框，即自动采用检索选项。

(2) 用户自定义的符号也可以用“表面光洁度”命令插入。可以将配置文件选项 pro_surface_finish_dir 设置为自定义符号所在的路径，系统可以直接检索到。

(2) 符号依附方式。

① 引线：使用引线连接符号。

② 图元：将符号与选择的边或图元相连接。

③ 法向：将符号与选择的边或图元垂直相连接。

④ 无引线：符号不带引线，且与图元不相关。

⑤ 偏距：符号不带引线，但与所选图元相关联。

注意：

(1) 用“表面光洁度”命令插入的粗糙度符号适用于整个表面，一个表面只能在一个视图上标注显示，如果为已有表面光洁度的表面再指定表面光洁度时，系统将用新的符号替换旧符号。故不适于同一平面具有不同表面粗糙度要求的情况，除非使用插入绘图符号的方法。

(2) 默认情况下系统变量 sym_flip_rotated_text 的值为 no，则利用系统提供的如表 15-4 所示的符号标注表面粗糙度，其参数值(即符号文本)随符号一起旋转，如图 15-55(a)所示，不能满足国标要求。如将该系统变量值设为 yes，就能标注符合国标要求的粗糙度符号，如图 15-55(b)所示。还可以利用自定义粗糙度符号，进行标注。

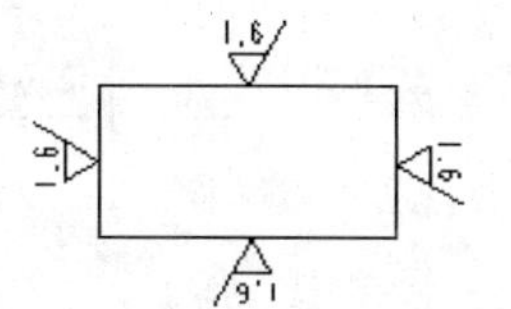

(a) 文本相对符号不旋转

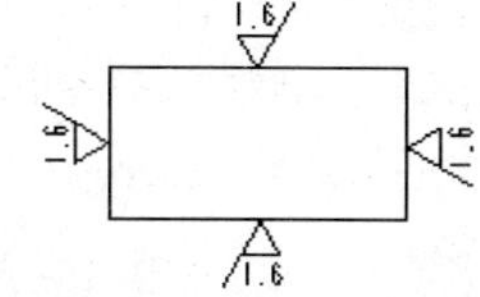

(b) 文本相对符号旋转

图 15-55　不同方向的表面光洁度符号

(3) 用“表面光洁度”命令插入的粗糙度符号可以利用“显示/拭除”,操作方法同尺寸的“显示/拭除”。

(4) 选择表面粗糙度符号后,可以采用拖动方式移动。双击表面粗糙度符号可以弹出“表面光洁度”对话框,对粗糙度符号进行编辑。

(5) 用户可以利用“插入”|“绘图符号”|“定制”命令插入系统提供的绘图符号,或自定义符号。用户可自行学习。

15.4.2　尺寸公差标注

1. 显示尺寸公差

要在工程图中显示尺寸公差,必须将绘图选项的 tol_display 参数值设为 yes,关于绘图选项设置参见本书第 14.2.1 小节所述。

注意:

(1) 本书已将系统启动目录更改为 F:\PROE4.0,config.pro 配置文件中的配置选项 drawing_setup_file(绘图设置文件)为 F:\PROE4.0\Metric_GB.dtl,其中的绘图选项 tol_display 参数值为 yes。

(2) 只有绘图选项 tol_display 参数值为 yes,“尺寸属性”对话框的“公差模式”下拉列表才可用。

2. 尺寸公差格式

在 Pro/ENGINEER 工程图中显示与创建尺寸时,系统根据配置文件中有关尺寸公差格式的设置显示尺寸公差,并将所设置的格式应用于所有尺寸。config.pro 配置文件中,尺寸公差格式选项 tol_mode 的值有 4 个,对应 4 种尺寸公差模式,如表 15-5 所示,相应的标注格式如图 15-56 所示。

表 15-5　config.pro 配置文件中选项 tol_mode 的设置

公差格式名	参数值	说明
象征(公称)	nominal	以基本尺寸形式显示尺寸,即尺寸不具有公差
限制(极限)	limits	以最大极限尺寸与最小极限尺寸形式显示尺寸
加一减	plusminus	以基本尺寸后具有上、下偏差的形式显示尺寸
十一对称	plusminissym	以基本尺寸后具有对称偏差的形式显示尺寸

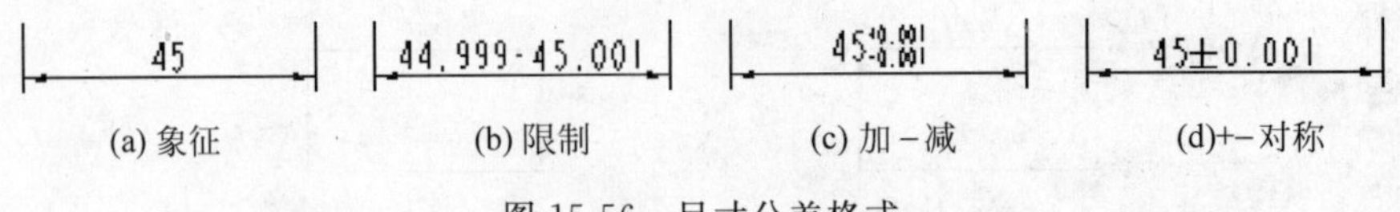

(a) 象征　　(b) 限制　　(c) 加－减　　(d)+－对称

图 15-56　尺寸公差格式

用户可以利用“工具”|“选项”命令，在如图 14-18 所示的“选项”对话框中修改尺寸公差格式选项 tol_mode 的值。但修改后的值只能影响新增尺寸的显示，如果需要修改已注尺寸的显示格式，必须手动利用“尺寸属性”对话框逐一修改，如图 15-57 所示。

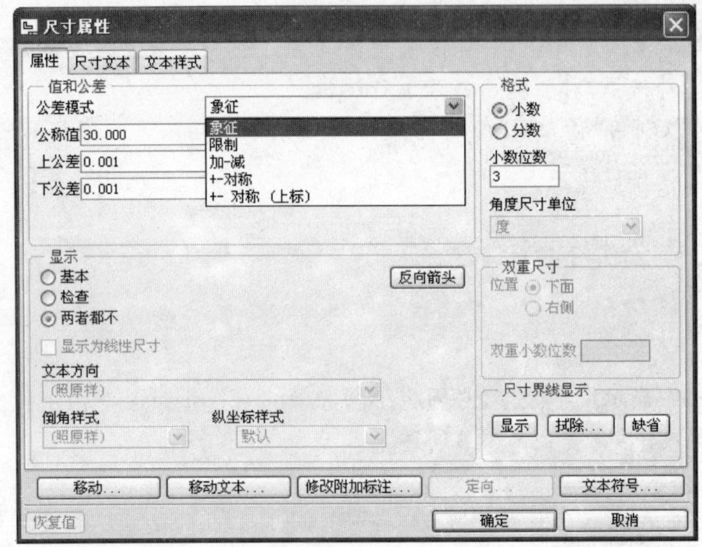

图 15-57　修改公差格式

注意：为操作方便，本书将 config.pro 配置文件中的 tol_mode 值设为常用格式 nominal，所有显示与添加的尺寸均不显示公差。需要标注公差的尺寸，在“尺寸属性”对话框中设置公差格式。

3. 标注尺寸公差的步骤

操作步骤如下。

第 1 步，利用“工具”|“选项”命令，在如图 14-18 所示的“选项”对话框中修改尺寸公差显示选项 tol_display 的值为 yes，尺寸公差格式选项 tol_mode 的值为 nominal。

注意：使用本书的工程图环境可以省略此步骤。

第 2 步，显示驱动尺寸，添加从动尺寸，整理尺寸，修改编辑有关尺寸属性，使尺寸正确、完整、清晰地显示。

第 3 步，选择需要标注公差的尺寸，右击，在弹出的快捷菜单中选择“属性”选项，弹出所选尺寸的“尺寸属性”对话框。

第 4 步，在如图 15-57 所示的“属性”选项卡的“公差模式”下拉列表中选择公差格式。

第 5 步，在“属性”选项卡的“值和公差”选项组内，分别在“上公差”、“下公差”文本框内输入上、下偏差值。

注意：系统默认的上公差为“+”，下公差为“-”。

第 6 步，单击“确定”按钮，退出“尺寸属性”对话框。

第 7 步，在适当位置单击。

【例 15-3】 利用本书工程图环境，标注如图 15-41 所示的传动轴上的尺寸公差。

操作步骤如下。

步骤 1 标注两段轴颈尺寸公差

第 1 步，选择左侧尺寸 ϕ30，按住 Ctrl 键，选择右侧尺寸 ϕ30；右击，在弹出的快捷菜单中选择“属性”选项，弹出“尺寸属性”对话框。

第 2 步，在如图 15-57 所示的“属性”选项卡的“公差模式”下拉列表中选择公差格式为“加－减”。

第 3 步，在“属性”选项卡的“值和公差”选项组内，在“上公差”文本框内输入 0.021、在“下公差”文本框内输入－0.008。

第 4 步，单击“确定”按钮，退出“尺寸属性”对话框。

第 5 步，在适当位置单击。

步骤 2 标注两键槽尺寸公差

操作步骤如下。

第 1 步，同时修改两键槽宽度的公差格式为“加－减”，上公差值为 0，下公差值为 0.036。且将尺寸移至尺寸界限外。操作过程略。

第 2 步，同时修改两键槽深度的公差格式为“加－减”，上公差值为 0，下公差值为 0.2。操作过程略。

步骤 3 分别标注其他两个尺寸公差

操作过程略。结果如图 15-41 所示。

15.5 上机操作实验指导十四 泵体工程图标注

打开如图 14-64(b)所示泵体的三维实体工程视图，添加工程标注，如图 15-58 所示。主要涉及的命令包括“显示及拭除”命令、插入“尺寸”命令、“将项目移动到视图”命令、“表面光洁度”命令、“注释”命令等。

操作步骤如下。

步骤 1 打开泵体工程图文件

打开 Ch14-64.drw，操作过程略。

步骤 2 显示轴线

第 1 步，单击图标按钮，弹出“显示/拭除”对话框。

第 2 步，在“显示”选项卡的“类型”选项组中单击按钮。

第 3 步，在“显示方式”选项组中单击“显示全部”按钮，系统弹出“确认”对话框，单击“是”按钮。

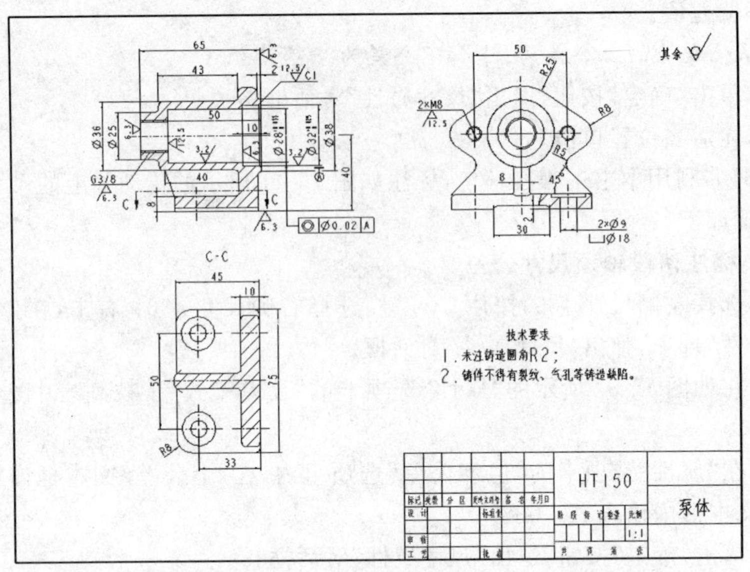

图 15-58　泵体工程图

第 4 步,单击“关闭”按钮,单击,在各视图上显示轴线。

第 5 步,采用鼠标左键拖动方式调整俯视图与左视图轴线长度,使前后对称线超出轮廓线 2～5mm。

步骤 3　按形体分析创建尺寸

第 1 步,显示底板尺寸。

(1) 在模型树中选择拉伸特征 1——底板,右击,在弹出的快捷菜单中选择“显示尺寸”选项,在视图上显示底板尺寸。

(2) 拖动尺寸数字及尺寸界线起点至适当位置。

(3) 单击“视图”工具栏上的图标按钮,如图 15-59 所示。

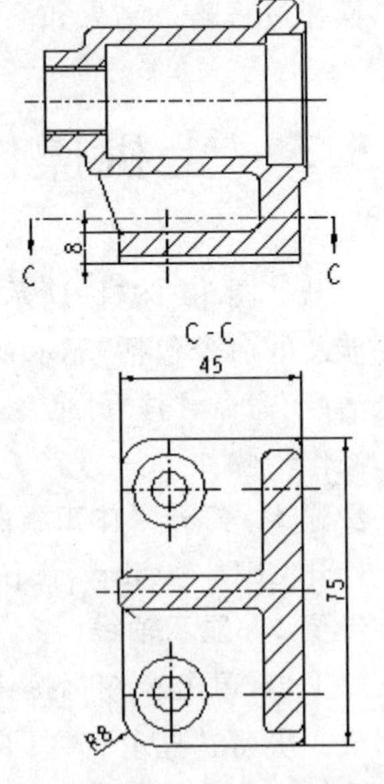

图 15-59　显示并调整底板尺寸

第 2 步,显示底板上孔尺寸。

(1) 在模型树中选择孔特征 1,右击,在弹出的快捷菜单中选择“显示尺寸”,如图 15-60 所示。

(2) 选择主视图上孔深尺寸 8 以及锪平孔深尺寸 2,右击,在快捷菜单中选择“拭除”选项。用同样方法拭除左视图上孔的定位尺寸 25。

(3) 选择主视图上孔的定位尺寸 33,右击,在快捷菜单中选择“将项目移动到视图”选项。系统提示“选取模型视图或窗口”时,选择俯视图,单击,尺寸 33 移动到俯视图上。用同样方法将孔定形尺寸 $\phi9$ 移至左视图上。

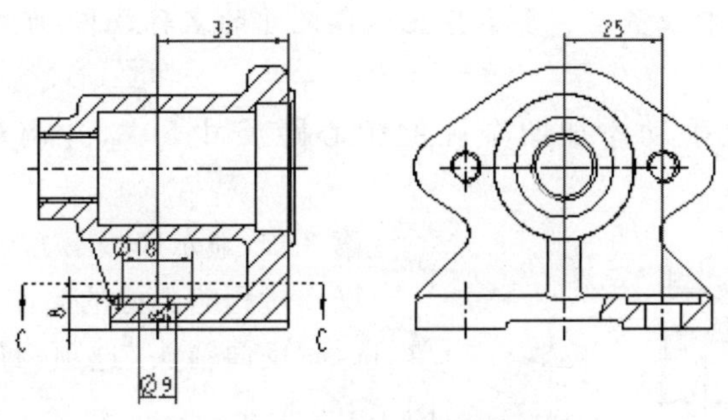

图 15-60　显示底板上孔的尺寸

(4) 将左视图上的尺寸 $\phi9$ 修改为 $2\times\phi9$[①]，操作过程略。

(5) 单击图标按钮，启动“注释”命令，在如图 15-42 所示的“注释类型”菜单管理器中选择注释类型为“偏距”，其余选项为默认设置，单击“制作注释”选项，系统提示“选取一个尺寸，尺寸箭头，几何公差，注释，符号实例，一个参照尺寸，一个基准点，草绘基准点或一个轴端点。”时，选择尺寸 $2\times\phi9$，系统提示“选取放置位置。”时，在 $2\times\phi9$ 尺寸下方适当位置单击，系统弹出“文本符号”对话框。在“消息输入窗口”的“输入注释”栏内输入注释内容“⌴ϕ&d12”，回车，回车。单击“注释类型”菜单管理器中的“完成/返回”选项，单击，如图 15-61 所示。

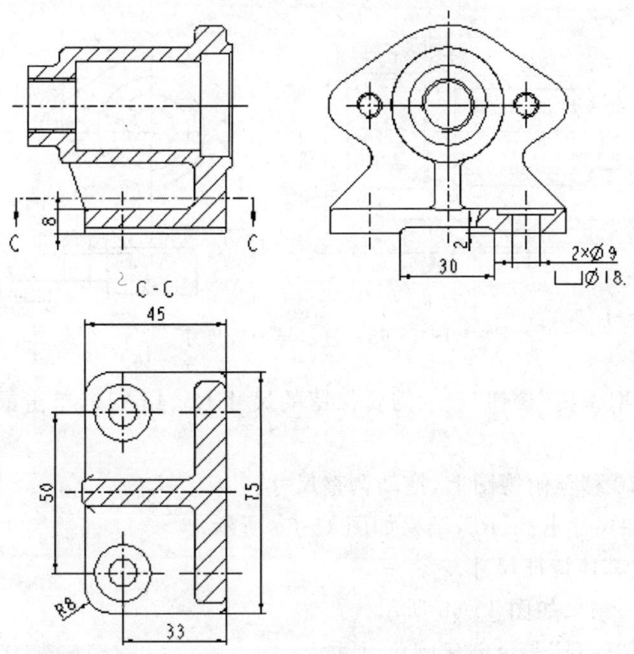

图 15-61　添加、调整底板上孔、槽的尺寸

① 参见本书例 15-2。

注意：当指定文本位置后，系统将显示各尺寸的名称，d12 为 ϕ18 尺寸名称，完成注释后，ϕ& 自动拭除。

(6) 在俯视图上手动添加两个孔的中心距尺寸 50[①]，并调整尺寸位置，操作过程略。

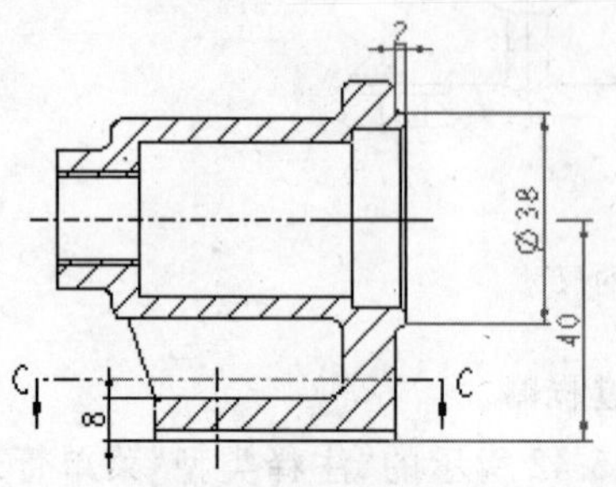

图 15-62　显示、调整主体右侧凸台的尺寸

第 3 步，显示底板下方切割槽的尺寸。

操作过程略。槽的高度尺寸可以通过快捷菜单，选择“反向箭头”选项，将其箭头反向，结果如图 15-61 所示。

第 4 步，显示并调整主体右侧圆柱凸台尺寸，结果如图 15-62 所示。操作过程略。

第 5 步，创建、调整、添加异型板尺寸。

(1) 单击图标按钮，弹出如图 15-1 所示的“显示/拭除”对话框。

(2) 在“类型”选项组中单击尺寸按钮。

(3) 在“显示方式”选项组中选择“特征”。

(4) 系统提示“在所选视图选取特征。中键完成”时，在模型树中选择异型板特征，单击鼠标中键，“预览”选项卡亮显，并在视图上显示其尺寸，如图 15-63 所示。

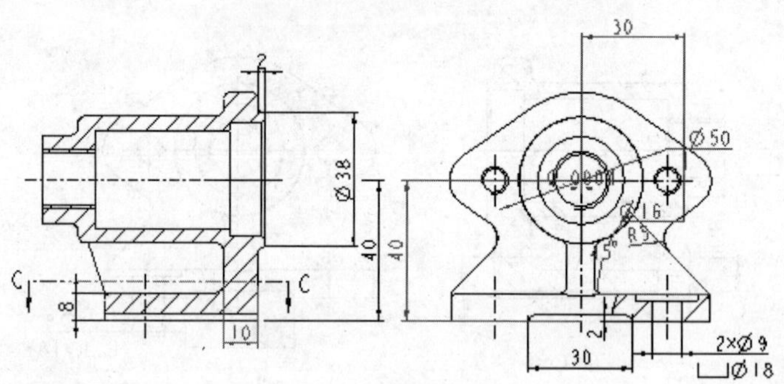

图 15-63　显示异型板尺寸

(5) 单击“选取保留”按钮，选取需要保留的尺寸 R5、45°、10，单击鼠标中键，单击“关闭”按钮，单击。

(6) 将尺寸 10 移至俯视图上，拖动调整尺寸。

(7) 手动添加尺寸 R25、R8，结果如图 15-64 所示。

第 6 步，创建其他特征尺寸。

操作过程略。结果如图 15-65 所示。

第 7 步，利用“注释”命令创建倒角尺寸。

(1) 单击图标按钮，系统弹出如图 15-42 所示的“注释类型”菜单管理器。

(2) 选择“注释类型”为“ISO 引线”；选择注释的引线方向为“切向引线”，单击“制作

---

① 参见本书第 15.1.2 小节。

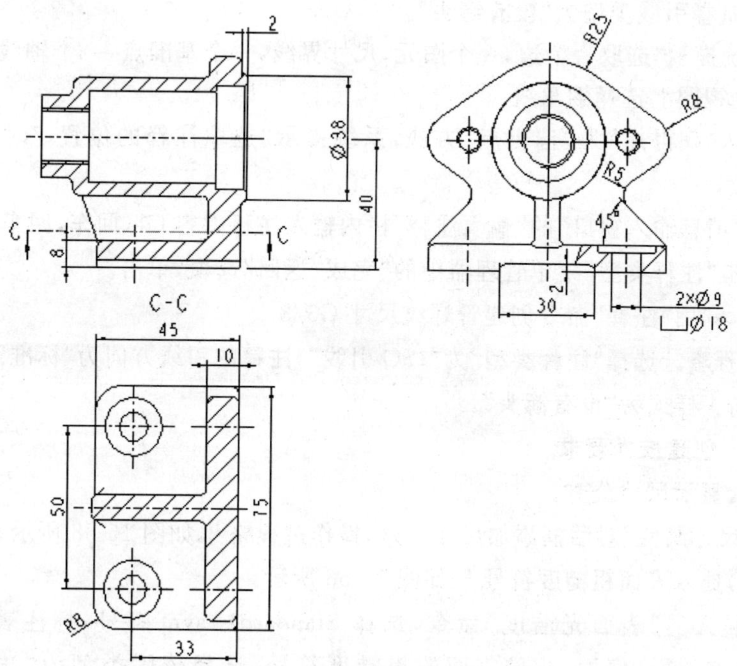

图 15-64　创建异型板尺寸

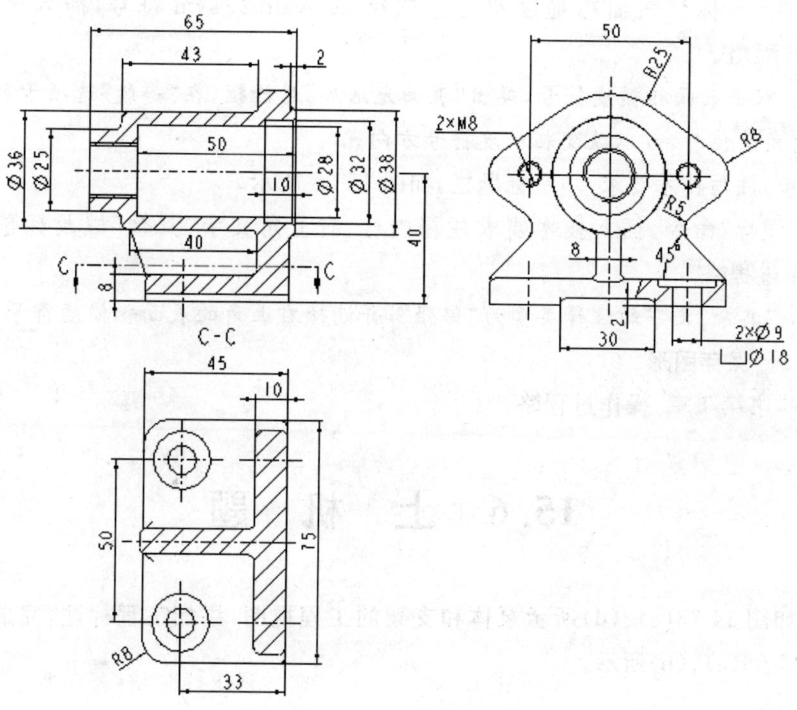

图 15-65　显示其他特征尺寸

注释”选项，选择引线类型为“没有箭头”。

(3) 系统提示“选取一个边，一个图元，尺寸界线，一个基准点，一个轴线，一曲线或一顶点。”时，主视图上选择倒角线。

(4) 默认“获得点”为“选出点”方式，系统提示“选取注释的位置。”时，在适当位置单击。

(5) 在“消息输入窗口”的“输入注释”栏内输入注释内容C1，回车，回车。

(6) 单击“注释类型”菜单管理器中的“完成/返回”选项，单击。

第8步，利用“注释”命令创建管螺纹尺寸G3/8。

操作过程略。选择“注释类型”为“ISO引线”，注释的引线方向为“标准”，依附类型为“自由点”、箭头样式为“没有箭头”。

步骤4 创建技术要求

第1步，显示尺寸公差。

利用“尺寸属性”对话框添加尺寸公差，操作过程略①，如图15-58所示。

第2步，插入表面粗糙度符号②，如图15-58所示。

执行“插入”|“表面光洁度”命令，选择Standard1.sym符号，标注表面粗糙度代号。其中左右端面、底面、内腔表面的粗糙度符号，选择依附类型为“法向”(右端面选择尺寸65，其余符号选择图元)；螺纹与倒角上符号选择依附类型为“偏距”，分别选择相应注释，标注表面粗糙度符号。选择no_valre2.sym符号，插入至图纸右上角，操作过程略。

注意：双击表面粗糙度符号，弹出“表面光洁度”对话框，在“一般”选项卡的“属性”选项组，修改角度值对，可以改变粗糙度符号方向。

第3步，注写技术要求，填写标题栏，如图15-58所示。

启动“注释”命令，插入技术要求注释内容、右上角文字“其余”以及标题栏内的文字③。操作过程略。

注意：“其余”文字的注释类型为“偏距”，并选择右上角的表面粗糙度符号为参照。

步骤5 保存图形

参见本书第1章，操作过程略。

15.6 上 机 题

打开如图14-73(c)、(d)所示泵体和支架的工程视图，添加工程标注，完成零件工程图，如图15-66(a)、(b)所示。

① 参见本书第15.4.1小节。

② 参见本书第15.3小节。

③ 参见本书例15-3。

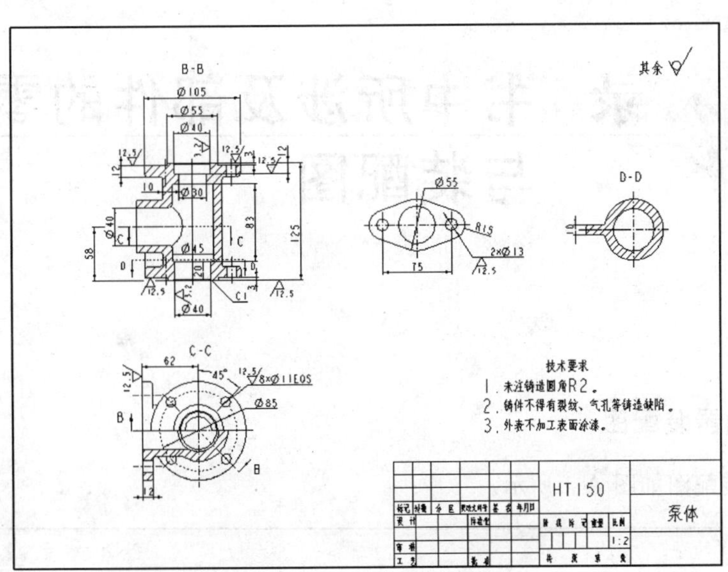

(a) 泵体工程图

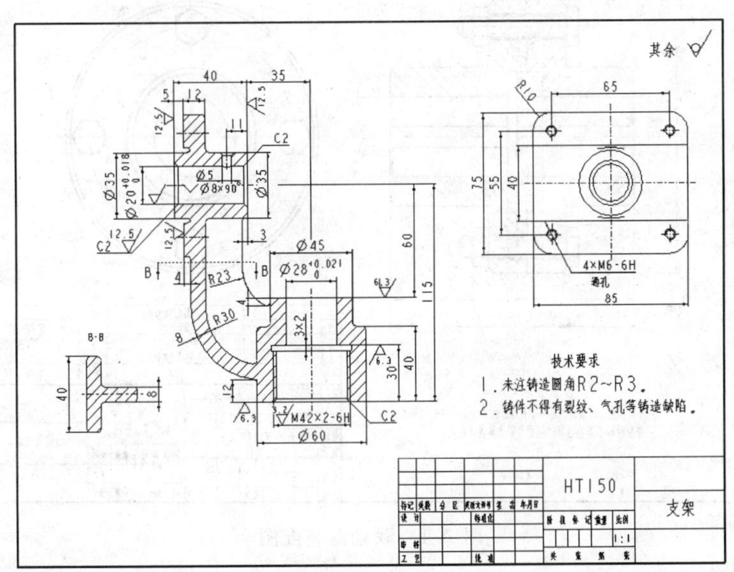

(b) 支架工程图

图 15-66　添加工程图标注

附录A 书中所涉及部件的零件图与装配图

1. 联轴器装配图

联轴器装配图如图 A-1 所示。

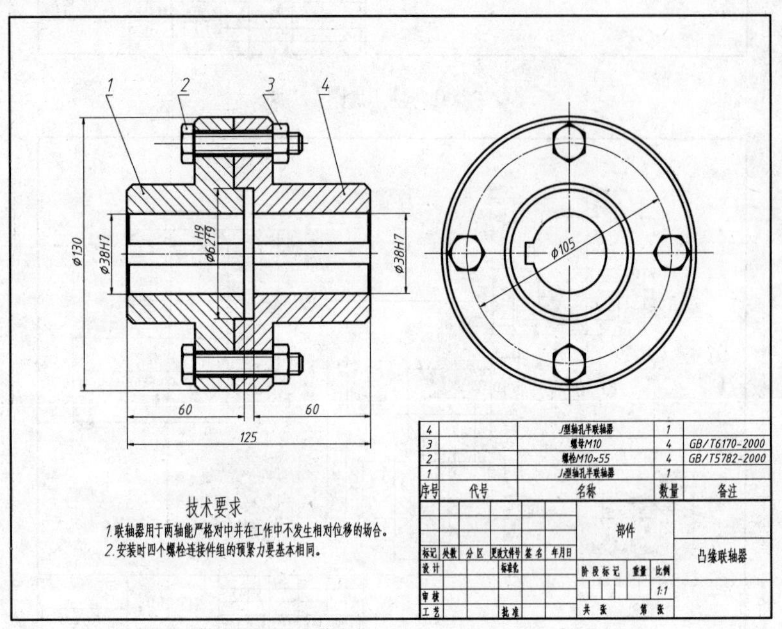

图 A-1 联轴器装配图

2. 联轴器零件图

联轴器零件图如图 A-2 所示。

3. 虎钳装配图

虎钳装配图如图 A-3 所示。

4. 虎钳零件图

虎钳零件图如图 A-4 所示。

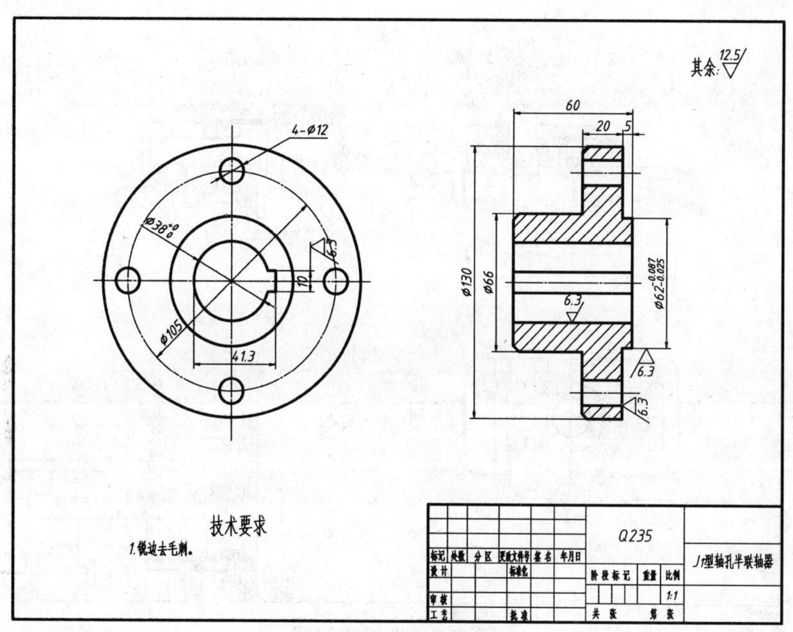

(a) 联轴器左法兰

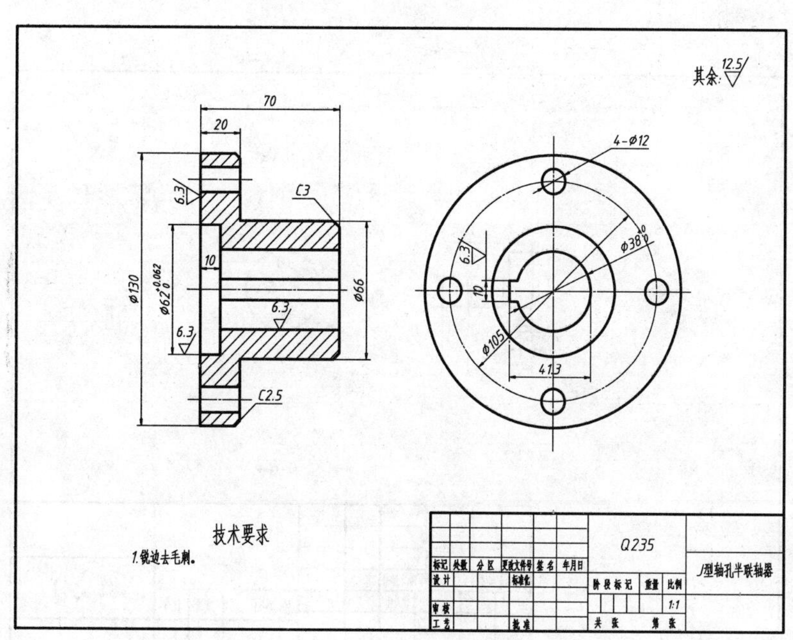

(b) 联轴器右法兰

图 A-2　联轴器零件图

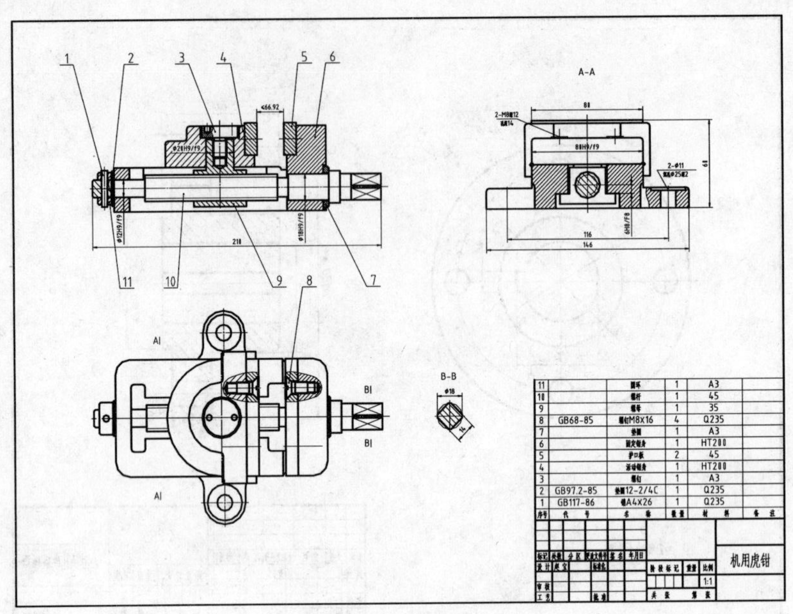

图 A-3　虎钳装配图

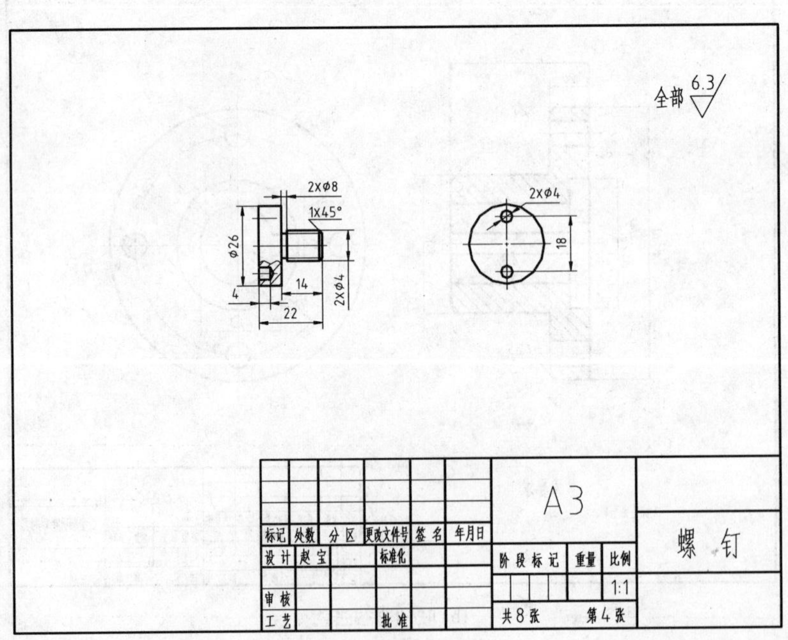

(a) 螺钉

图 A-4　虎钳零件图

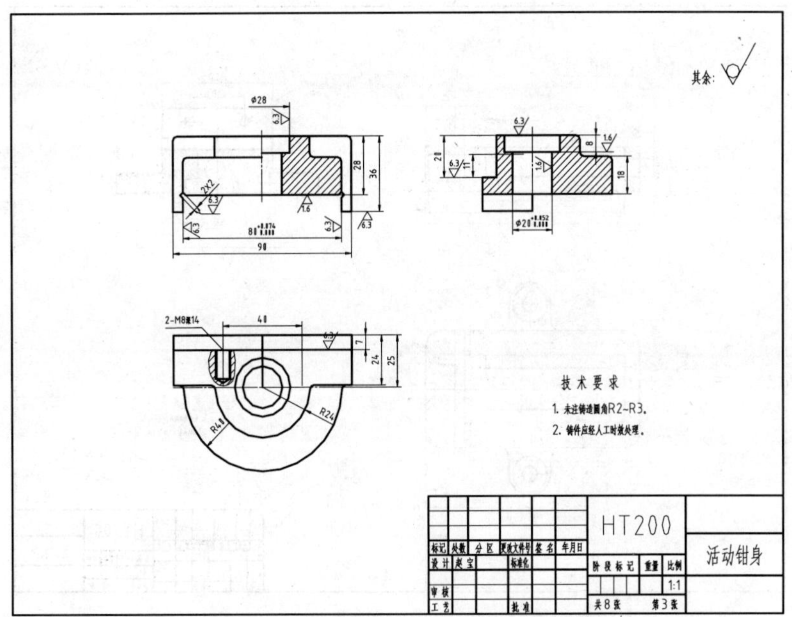

(b) 活动钳身

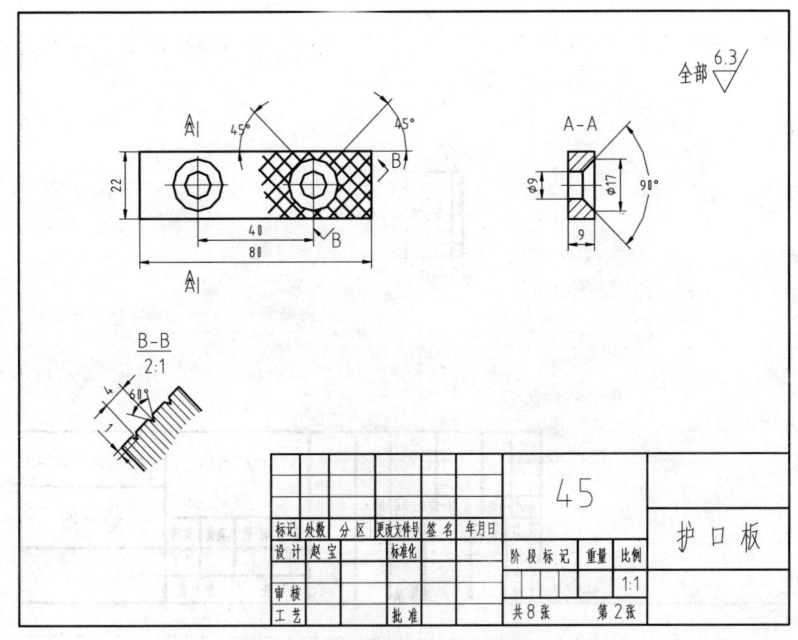

(c) 户口板

图 A-4(续)

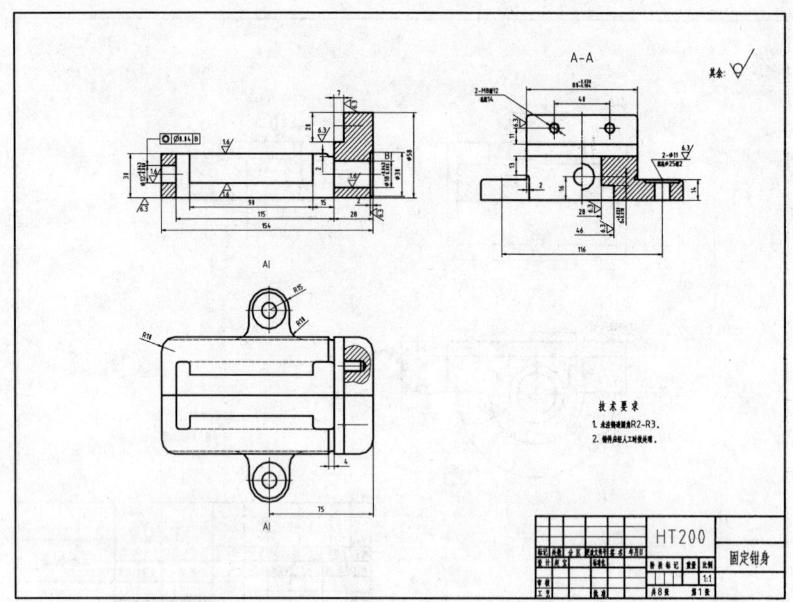

(d) 固定钳身

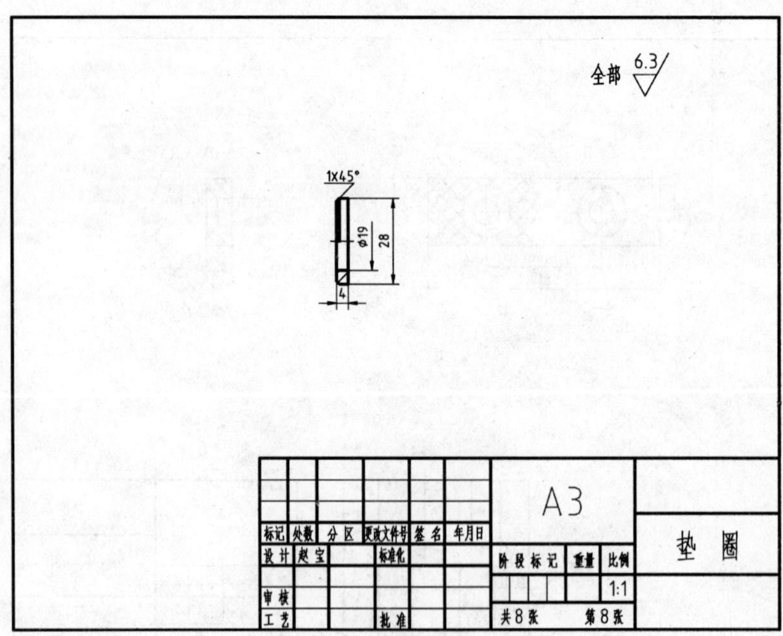

(e) 垫圈

图 A-4(续)

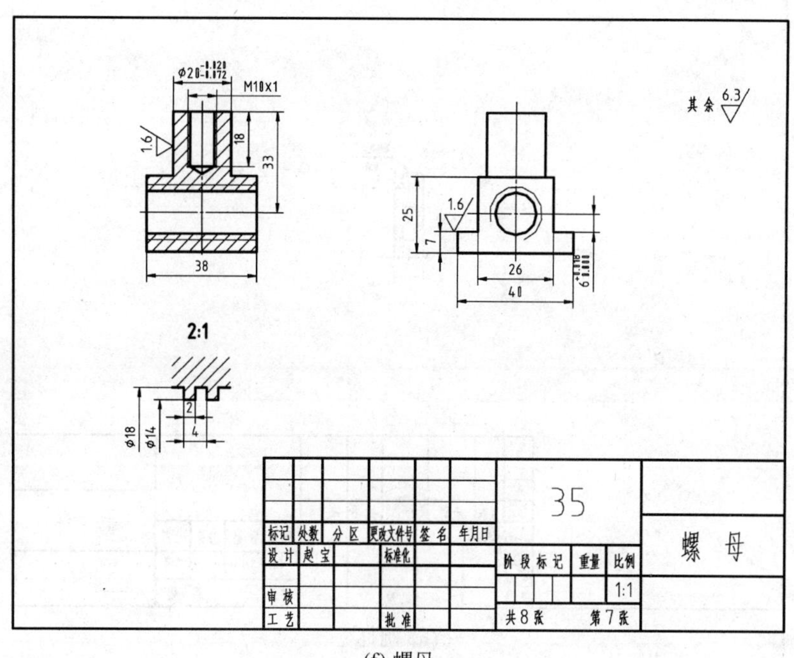

(f) 螺母

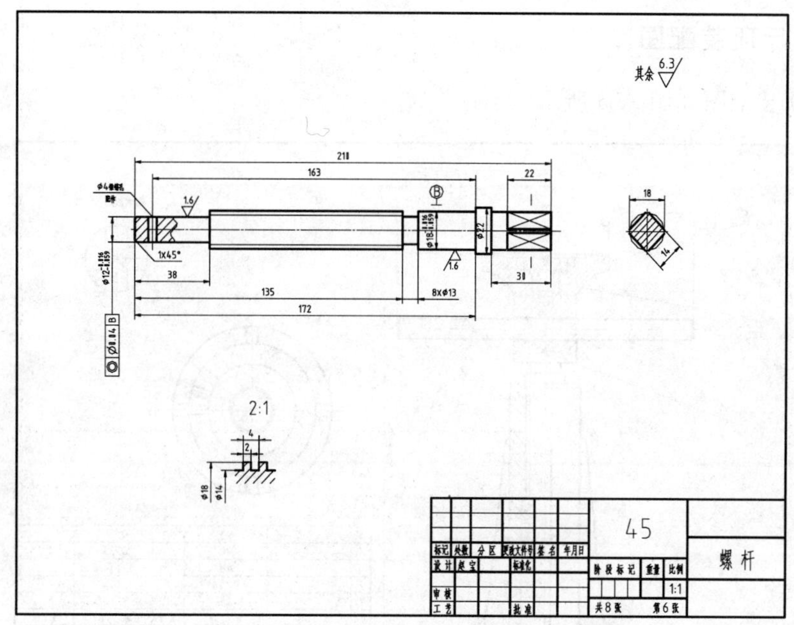

(g) 螺杆

图　A-4(续)

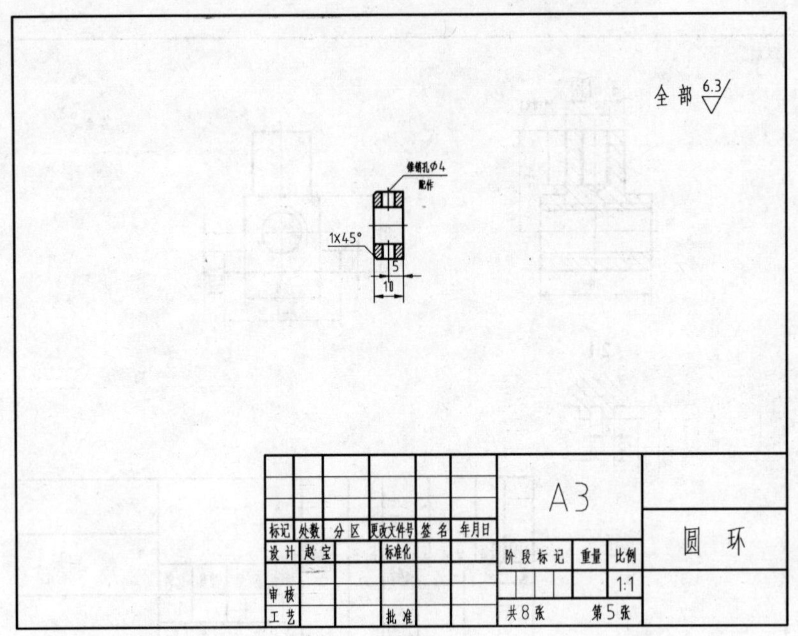

(h) 圆环

图 A-4(续)

5. 千斤顶装配图

千斤顶装配图如图 A-5 所示。

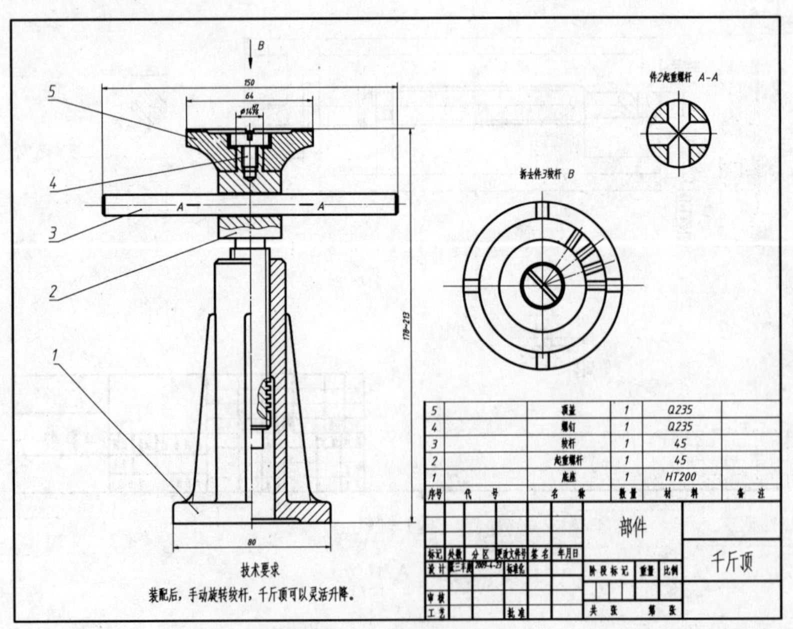

图 A-5 千斤顶装配图

6. 千斤顶零件图

千斤顶零件图如图 A-6 所示。

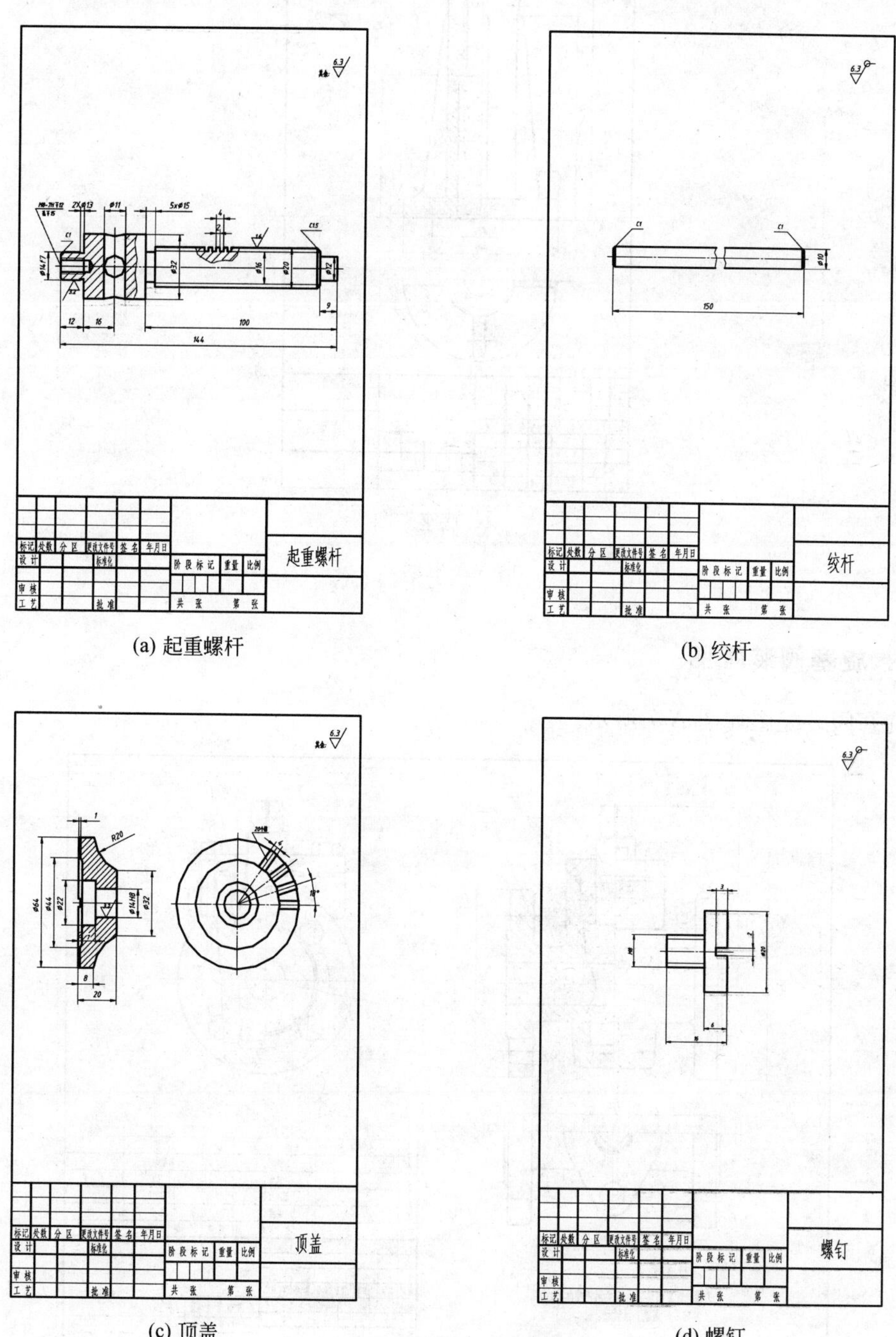

(a) 起重螺杆　(b) 绞杆　(c) 顶盖　(d) 螺钉

图 A-6　千斤顶零件图

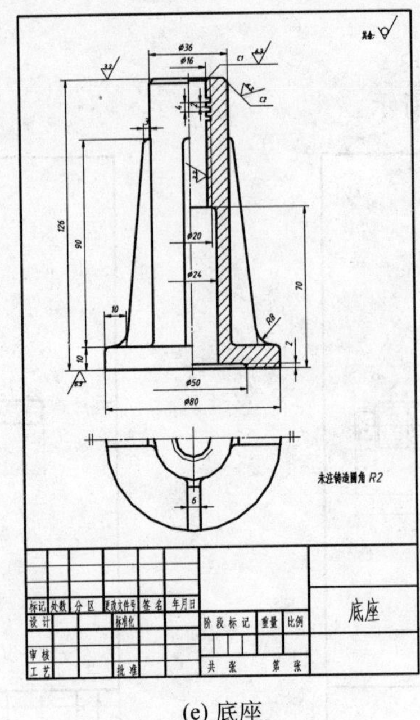

(e) 底座

图 A-6(续)

7. 旋塞阀装配图

旋塞阀装配图如图 A-7 所示。

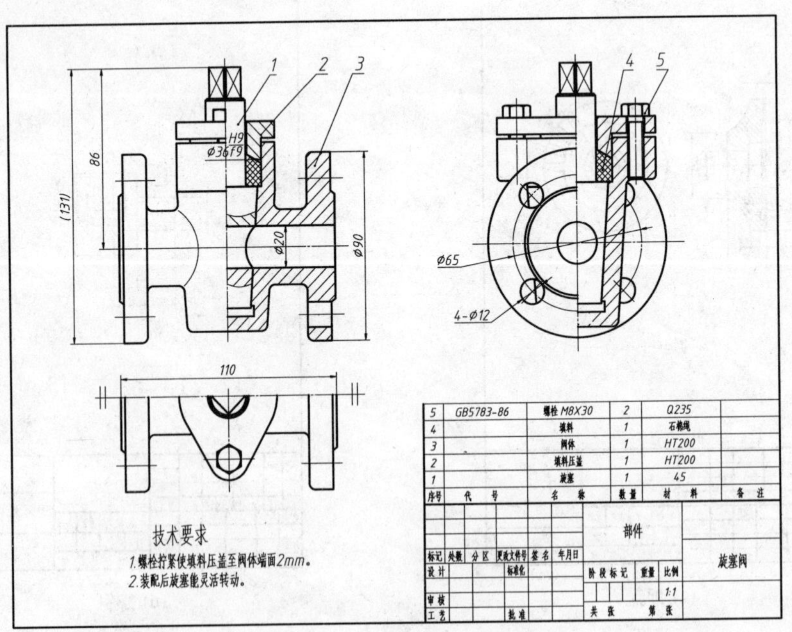

序号	代号	名称	数量	材料	备注
5	GB5783-86	螺栓 M8X30	2	Q235	
4		填料	1	石棉绳	
3		阀体	1	HT200	
2		填料压盖	1	HT200	
1		旋塞	1	45	

图 A-7 旋塞阀装配图

8. 旋塞阀零件图

旋塞阀零件图如图 A-8 所示。

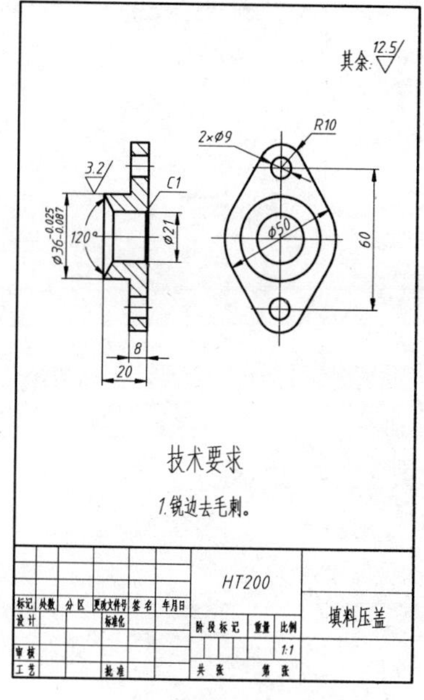

(a) 填料压盖

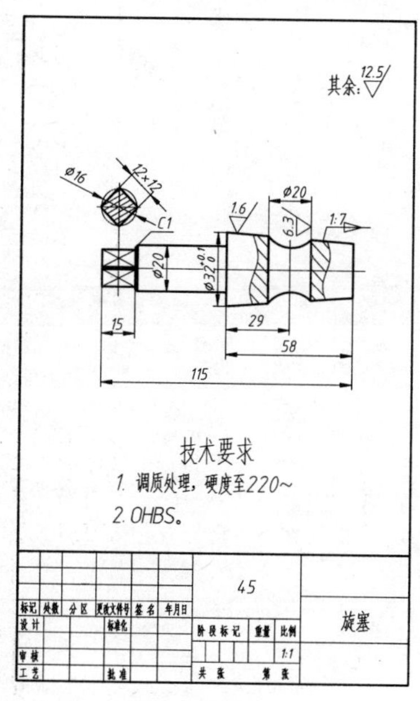

(b) 旋塞

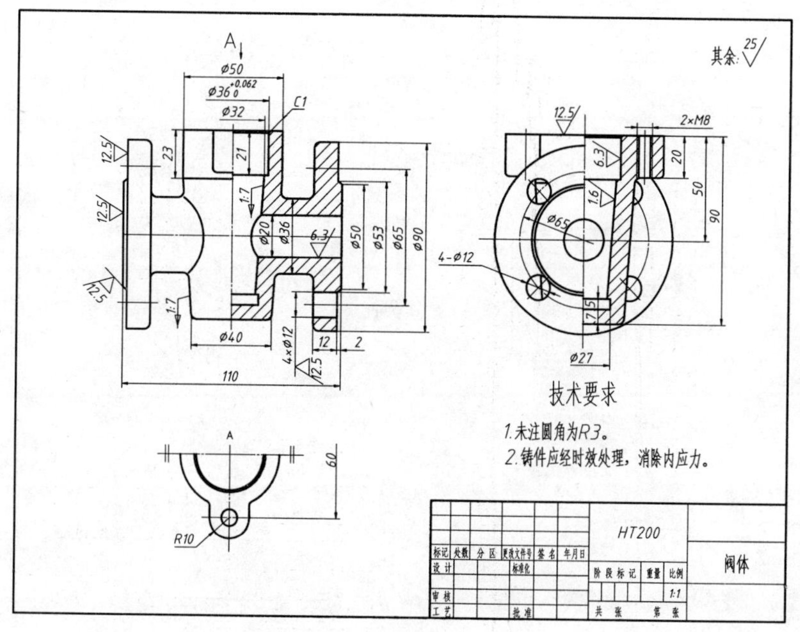

(c) 阀体

图 A-8 旋塞阀零件图

读者意见反馈

亲爱的读者：

感谢您一直以来对清华版计算机教材的支持和爱护。为了今后为您提供更优秀的教材，请您抽出宝贵的时间来填写下面的意见反馈表，以便我们更好地对本教材做进一步改进。同时如果您在使用本教材的过程中遇到了什么问题，或者有什么好的建议，也请您来信告诉我们。

地址：北京市海淀区双清路学研大厦 A 座 602 室 计算机与信息分社营销室 收

邮编：100084　　电子邮件：jsjjc@tup.tsinghua.edu.cn

电话：010-62770175-4608/4409　　邮购电话：010-62786544

教材名称：Pro/ENGINEER Wildfire 4.0 中文版标准实例教程

ISBN：978-7-302-21253-9

个人资料

姓名：＿＿＿＿＿＿＿ 年龄：＿＿＿＿ 所在院校/专业：＿＿＿＿＿＿＿

文化程度：＿＿＿＿＿＿ 通信地址：＿＿＿＿＿＿＿＿＿＿＿＿＿＿

联系电话：＿＿＿＿＿＿ 电子信箱：＿＿＿＿＿＿＿＿＿＿＿＿＿＿

您使用本书是作为：□指定教材 □选用教材 □辅导教材 □自学教材

您对本书封面设计的满意度：

□很满意 □满意 □一般 □不满意　改进建议＿＿＿＿＿＿＿＿

您对本书印刷质量的满意度：

□很满意 □满意 □一般 □不满意　改进建议＿＿＿＿＿＿＿＿

您对本书的总体满意度：

从语言质量角度看 □很满意 □满意 □一般 □不满意

从科技含量角度看 □很满意 □满意 □一般 □不满意

本书最令您满意的是：

□指导明确 □内容充实 □讲解详尽 □实例丰富

您认为本书在哪些地方应进行修改？（可附页）

＿＿＿＿＿＿＿＿＿＿＿＿＿＿＿＿＿＿＿＿＿＿＿＿＿＿＿＿＿＿

＿＿＿＿＿＿＿＿＿＿＿＿＿＿＿＿＿＿＿＿＿＿＿＿＿＿＿＿＿＿

您希望本书在哪些方面进行改进？（可附页）

＿＿＿＿＿＿＿＿＿＿＿＿＿＿＿＿＿＿＿＿＿＿＿＿＿＿＿＿＿＿

＿＿＿＿＿＿＿＿＿＿＿＿＿＿＿＿＿＿＿＿＿＿＿＿＿＿＿＿＿＿

电子教案支持

敬爱的教师：

为了配合本课程的教学需要，本教材配有配套的电子教案（素材），有需求的教师可以与我们联系，我们将向使用本教材进行教学的教师免费赠送电子教案（素材），希望有助于教学活动的开展。相关信息请拨打电话 010-62776969 或发送电子邮件至 jsjjc@tup.tsinghua.edu.cn 咨询，也可以到清华大学出版社主页（http://www.tup.com.cn 或 http://www.tup.tsinghua.edu.cn）上查询。

高等学校计算机基础教育教材精选

书　　名	书　　号
Access 数据库基础教程　赵乃真	ISBN 978-7-302-12950-9
AutoCAD 2002 实用教程　唐嘉平	ISBN 978-7-302-05562-4
AutoCAD 2006 实用教程(第 2 版)　唐嘉平	ISBN 978-7-302-13603-3
AutoCAD 2007 中文版机械制图实例教程　蒋晓	ISBN 978-7-302-14965-1
AutoCAD 计算机绘图教程　李苏红	ISBN 978-7-302-10247-2
C++ 及 Windows 可视化程序设计　刘振安	ISBN 978-7-302-06786-3
C++ 及 Windows 可视化程序设计题解与实验指导　刘振安	ISBN 978-7-302-09409-8
C++ 语言基础教程(第 2 版)　吕凤翥	ISBN 978-7-302-13015-4
C++ 语言基础教程题解与上机指导(第 2 版)　吕凤翥	ISBN 978-7-302-15200-2
C++ 语言简明教程　吕凤翥	ISBN 978-7-302-15553-9
CATIA 实用教程　李学志	ISBN 978-7-302-07891-3
C 程序设计教程(第 2 版)　崔武子	ISBN 978-7-302-14955-2
C 程序设计辅导与实训　崔武子	ISBN 978-7-302-07674-2
C 程序设计试题精选　崔武子	ISBN 978-7-302-10760-6
C 语言程序设计　牛志成	ISBN 978-7-302-16562-0
PowerBuilder 数据库应用系统开发教程　崔巍	ISBN 978-7-302-10501-5
Pro/ENGINEER 基础建模与运动仿真教程　孙进平	ISBN 978-7-302-16145-5
SAS 编程技术教程　朱世武	ISBN 978-7-302-15949-0
SQL Server 2000 实用教程　范立南	ISBN 978-7-302-07937-8
Visual Basic 6.0 程序设计实用教程(第 2 版)　罗朝盛	ISBN 978-7-302-16153-0
Visual Basic 程序设计实验指导与习题　罗朝盛	ISBN 978-7-302-07796-1
Visual Basic 程序设计教程　刘天惠	ISBN 978-7-302-12435-1
Visual Basic 程序设计应用教程　王瑾德	ISBN 978-7-302-15602-4
Visual Basic 试题解析与实验指导　王瑾德	ISBN 978-7-302-15520-1
Visual Basic 数据库应用开发教程　徐安东	ISBN 978-7-302-13479-4
Visual C++ 6.0 实用教程(第 2 版)　杨永国	ISBN 978-7-302-15487-7
Visual FoxPro 程序设计　罗淑英	ISBN 978-7-302-13548-7
Visual FoxPro 数据库及面向对象程序设计基础　宋长龙	ISBN 978-7-302-15763-2
Visual LISP 程序设计(AutoCAD 2006)　李学志	ISBN 978-7-302-11924-1
Web 数据库技术　铁军	ISBN 978-7-302-08260-6
程序设计教程(Delphi)　姚普选	ISBN 978-7-302-08028-2
程序设计教程(Visual C++)　姚普选	ISBN 978-7-302-11134-4
大学计算机(应用基础·Windows 2000 环境)卢湘鸿	ISBN 978-7-302-10187-1
大学计算机基础　高敬阳	ISBN 978-7-302-11566-3
大学计算机基础实验指导　高敬阳	ISBN 978-7-302-11545-8
大学计算机基础　秦光洁	ISBN 978-7-302-15730-4
大学计算机基础实验指导与习题集　秦光洁	ISBN 978-7-302-16072-4
大学计算机基础　牛志成	ISBN 978-7-302-15485-3
大学计算机基础　訾秀玲	ISBN 978-7-302-13134-2

大学计算机基础习题与实验指导　訾秀玲　ISBN 978-7-302-14957-6
大学计算机基础教程(第 2 版)　张莉　ISBN 978-7-302-15953-7
大学计算机基础实验教程(第 2 版)　张莉　ISBN 978-7-302-16133-2
大学计算机基础实践教程(第 2 版)　王行恒　ISBN 978-7-302-18320-4
大学计算机技术应用　陈志云　ISBN 978-7-302-15641-3
大学计算机软件应用　王行恒　ISBN 978-7-302-14802-9
大学计算机应用基础　高光来　ISBN 978-7-302-13774-0
大学计算机应用基础上机指导与习题集　郝莉　ISBN 978-7-302-15495-2
大学计算机应用基础　王志强　ISBN 978-7-302-11790-2
大学计算机应用基础题解与实验指导　王志强　ISBN 978-7-302-11833-6
大学计算机应用基础教程　詹国华　ISBN 978-7-302-11483-3
大学计算机应用基础实验教程(修订版)　詹国华　ISBN 978-7-302-16070-0
大学计算机应用教程　韩文峰　ISBN 978-7-302-11805-3
大学信息技术(Linux 操作系统及其应用)　衷克定　ISBN 978-7-302-10558-9
电子商务网站建设教程(第 2 版)　赵祖荫　ISBN 978-7-302-16370-1
电子商务网站建设实验指导(第 2 版)　赵祖荫　ISBN 978-7-302-16530-9
多媒体技术及应用　王志强　ISBN 978-7-302-08183-8
多媒体技术及应用　付先平　ISBN 978-7-302-14831-9
多媒体应用与开发基础　史济民　ISBN 978-7-302-07018-4
基于 Linux 环境的计算机基础教程　吴华洋　ISBN 978-7-302-13547-0
基于开放平台的网页设计与编程(第 2 版)　程向前　ISBN 978-7-302-18377-8
计算机辅助工程制图　孙力红　ISBN 978-7-302-11236-5
计算机辅助设计与绘图(AutoCAD 2007 中文版)(第 2 版)　李学志　ISBN 978-7-302-15951-3
计算机软件技术及应用基础　冯萍　ISBN 978-7-302-07905-7
计算机图形图像处理技术与应用　何薇　ISBN 978-7-302-15676-5
计算机网络公共基础　史济民　ISBN 978-7-302-05358-3
计算机网络基础(第 2 版)　杨云江　ISBN 978-7-302-16107-3
计算机网络技术与设备　满文庆　ISBN 978-7-302-08351-1
计算机文化基础教程(第 3 版)　冯博琴　ISBN 978-7-302-19534-4
计算机文化基础教程实验指导与习题解答　冯博琴　ISBN 978-7-302-09637-5
计算机信息技术基础教程　杨平　ISBN 978-7-302-07108-2
计算机应用基础　林冬梅　ISBN 978-7-302-12282-1
计算机应用基础实验指导与题集　冉清　ISBN 978-7-302-12930-1
计算机应用基础题解与模拟试卷　徐士良　ISBN 978-7-302-14191-4
计算机应用基础教程　姜继忱　ISBN 978-7-302-18421-8
计算机硬件技术基础　李继灿　ISBN 978-7-302-14491-5
软件技术与程序设计(Visual FoxPro 版)　刘玉萍　ISBN 978-7-302-13317-9
数据库应用程序设计基础教程(Visual FoxPro)　周山芙　ISBN 978-7-302-09052-6
数据库应用程序设计基础教程(Visual FoxPro)题解与实验指导　黄京莲　ISBN 978-7-302-11710-0
数据库原理及应用(Access)(第 2 版)　姚普选　ISBN 978-7-302-13131-1
数据库原理及应用(Access)题解与实验指导(第 2 版)　姚普选　ISBN 978-7-302-18987-9
数值方法与计算机实现　徐士良　ISBN 978-7-302-11604-2
网络基础及 Internet 实用技术　姚永翘　ISBN 978-7-302-06488-6

网络基础与 Internet 应用　姚永翘　　ISBN 978-7-302-13601-9
网络数据库技术与应用　何薇　　ISBN 978-7-302-11759-9
网络数据库技术实验与课程设计　舒后　何薇　　ISBN 978-7-302-20251-6
网页设计创意与编程　魏善沛　　ISBN 978-7-302-12415-3
网页设计创意与编程实验指导　魏善沛　　ISBN 978-7-302-14711-4
网页设计与制作技术教程(第 2 版)　王传华　　ISBN 978-7-302-15254-8
网页设计与制作教程(第 2 版)　杨选辉　　ISBN 978-7-302-17820-0
网页设计与制作实验指导(第 2 版)　杨选辉　　ISBN 978-7-302-17729-6
微型计算机原理与接口技术(第 2 版)　冯博琴　　ISBN 978-7-302-15213-2
微型计算机原理与接口技术题解及实验指导(第 2 版)　吴宁　　ISBN 978-7-302-16016-8
现代微型计算机原理与接口技术教程　杨文显　　ISBN 978-7-302-12761-1
新编 16/32 位微型计算机原理及应用教学指导与习题详解　李继灿　　ISBN 978-7-302-13396-4